U0103194

中國近代詩歌史

馬亞中著

臺灣學生書局印行

序　一

　　春節剛過，門人馬亞中來寓所告余，他的論著《中國近代詩歌史》，今歲將由臺灣學生書局出版。余年邁久病，聞訊爲之大快。《中國近代詩歌史》是亞中的博士學位論文。三年前，舉行論文答辯之時，王元化、霍松林等著名專家、教授七人一致給予很高評價，稱它塡補了清代文學研究的一項空白。現在終於能夠正式出版，相信它一定能對清代文學的研究有所裨益。

　　中國近代社會，一方面遭受外國殖民者的馮陵；一方面封建專制已趨於窮途末路，其外患內憂爲前古所未有，近代文學（即晚清文學）正產生於這樣一個急劇動盪的時代。錢謙益說：「古之爲詩者有本焉，《國風》之好色，《小雅》之怨誹，《離騷》之疾痛叫呼，結轖於君臣夫婦朋友之間，而發作於身世逼側，時命連蹇之會。」近代詩人身逢前古未有危難之局，其歌也有思，哭也有懷，閃耀着鮮明的時代色彩，皆可謂「有本」之作，其震動人心之力，也有前古詩人所沒有能達到的。而近代文學的總體，在藝術上，正孕育着前古未有之「變」。窮則變，變則通。近代出現的「詩界革命」、「文界革命」、「小說界革命」，皆爲這種窮極生變的表徵，而經過不斷的變革，才過渡到現代白話的新文學。近代文學之重要，於此可見。但近代文學研究的現狀卻並不令人愜意，無論在作品整理、資料搜集，還是在史論、作家論、作品論方面，與先秦、唐宋文學的研究相比，都有較大的差距。

有待於人們的急起直追。

　　亞中年少好學，眞積力久。大學畢業後，即從余攻讀碩士學位和博士學位，而其有志於清代文學（包括近代文學）研究早在本科學習期間。他的碩士論文是研究桐城派詩的，程千帆教授閱後，喜稱「老眼爲之一明」。後作博士學位論文，又選擇了難度極大的近代詩歌作爲研究對象，可謂初生牛犢不畏虎。三年後洋洋洒洒成此論著近四十萬言，其毅力已足驚人，尤其值得肯定的是，他能把近代詩歌放在整個古代詩歌發展的宏觀中觀察，犖析其藝術流變和趨向，具有高屋建瓴之勢，視野開濶，頗多創見，呈現了年青一輩學人的新風貌。學問無止境，異日更上層樓，高樹旗纛，余將拭目以待。

　　　　　　　　　　一九九一年三月 **錢仲聯** 於蘇州大學

序　二

　　中國文學發展到元明時期，戲曲、小說取得了重大成就，這種勢頭在清代前期仍然延續下去。在「五四」運動後相當長的一段時間裏，隨着文學觀念的演變和小說、戲劇地位的提高，元明清文學研究中致力於戲曲、小說者多，注意詩歌者則相對減少（至少在大陸上是如此）。延至今日，加強元明清詩歌的研究已成爲一個不容忽視的問題。

　　先秦的法家雖然攻擊過《詩》《書》，秦始皇還頒布過「偶語《詩》《書》者棄市」的法令，但這只是我國歷史上的暫時現象。就總體來說，詩歌在我國古代備受推崇，而且越到後來，寫詩越成爲士大夫應該具備的能力之一。其流風所及，不但才子佳人小說裏的男女主角往往以詩歌相倡和，並進而私訂終身，連《水滸傳》裏的宋江也因題了反詩而鋃鐺入獄。而我國古代之所謂文，則包括文藝性的與非文藝性的兩個方面，且以非文藝性的爲主。被視爲「明道」或「載道」之器而與詩歌相頡頏的，實爲非文藝性的文章；文藝性的文却遠不如詩歌之被社會重視，其進展也相應緩慢。故就文學上的重要性來說，文之不逮於詩，似無庸置疑。至於戲曲、小說，無論其在元明清時期有多大成績，但在「五四」運動以前，一直被視爲小道。清末雖有梁啓超等人加以提倡，但局面並未根本改變。也正因此，對我國文學史起着決定性作用的，始終是詩。如果不能充分把握其演變的脈絡，也就

不能眞正了解中國文學的路是怎樣走過來的。

　　另一方面，元明清文學乃是我國處於轉型期的文學。儘管我國的新文學是在西方文藝思想影響下形成的，但元明清文學實際上已在朝着這個方向行進，只是進程極爲遲緩，而且不斷地跌仆，有時甚至後退。西方文藝思想不過是像傳說中的縮地術似地，使我國當時正處在艱難歷程中的文學，化千里爲跬步而已。而最能體現出這一歷程的艱難性的，卻是詩歌。

　　詩歌既受社會的高度尊崇，社會上占支配地位的觀念自必以此作爲其主要領地之一；而除了少數例外的情況，文學界的優秀分子亦必投身於其間。前一種現象使文學中體現轉型期特點的新因素很難在詩歌領域中立足，後一種現象又使這種新因素必將在詩歌中滋長。二者的衝突和彼此的消長，構成了元明清詩歌發展的具體內容；與此相配合，在其藝術方法上當然也產生了種種變化。所以，即使元明清戲曲小說的成就在詩歌之上，但若要了解元明清文學發展過程的複雜性與曲折性，卻首先必須研究那個時期的詩歌；若要從總體上探討元明清文學的特點和得失，也首先必須研究作者最衆多、當時的各種文學思想都能藉以充分表現的詩歌。

　　若就嘉慶以後的清代文學史來說，詩歌的重要性尤爲突出。因爲在那一階段，戲曲和小說都已黯然失色，再也產生不出像康熙時的《長生殿》、《桃花扇》或乾隆時的《儒林外史》、《紅樓夢》那樣的作品了，文學上最傑出的代表是詩人兼散文家龔自珍。他那深沉的、幾乎是絕望的痛苦和英勇的、滲透着反抗性的追求，以及由這二者的奇妙結合所形成的強烈的激動，爲我國的詩歌開闢了一個前所未有的境界。以此爲開端，詩歌的發展一面

呈現出內容和手法上的豐富性，另一面又在迴旋曲折之中顯示出求變、求新的趨向。倘要闡明元明清文學與新文學之間的關係─相互聯繫和突然飛躍，首先就必須研究嘉、道直至清末的詩歌。

　　也正因此，我很贊同日本已故漢學家吉川幸次郎氏的如下意見：「詩歌是中國人文學活動中最重要與自覺的東西。然而在近時的中國文學史上，詩歌研究似已稍稍被忽略了，在近代詩歌方面尤其感到如此。……中國詩的發展變遷的狀態極為微妙，既難以捕捉，也難以敍述。但我確信由於勇敢地排除這種困難，對中國文學史或中國文化史就能達到較完全的認識，我期待着從事這──困難工作的同志的出現。」❶而馬亞中博士的《中國近代詩歌史》，就正是他「從事這一困難工作」所獲得的可喜成果。

　　此書的基幹，為清代道、咸、同、光四期詩史。這是中國詩歌史上最被忽視的一個階段，因而研究上的難度很大。本書作者却在廣泛蒐集資料的基礎上，在紛紜的現象中清理出幾條主要的脈絡，並通過各代表性的詩人、詩派的特徵及其相互關係──包括對立與衝突──的探討，以顯示出當時詩歌發展的總的風貌，體大思精，而分析又頗細密，實為研究清代後期詩歌史難能可貴的力作。

　　然而，清代後期詩歌既非憑空而來，中國詩歌的演進亦非終結於此，若不求索其來龍去脈，就不能闡發其在中國詩史上的地位。故作者又以二章的篇幅溯其本源，以全書的最後一章明其流

───────────

❶　吉川幸次郎著、高橋和已編《中國詩史》下册二四九頁，日本筑摩書房一九八一年版。

衍。這就使讀者看到了作者對中國詩歌史的總體把握。他認爲：
「中國詩歌發展到盛唐，猶如百川歸海，煙波浩渺」。元和新變，
「實際上是對李、杜，對盛唐詩歌的各個方面作片面的變本加屬
的發展，由於是趨於極端的發展，因此往往利弊共存」。宋詩在
這基礎上進一步創新，她「在不同於唐詩的藝術原則指導下」，
形成「拗折、雕鍊、瘦硬、清淡、跳躍，以文爲詩，以俗爲雅，
不拘工對，對照鮮明，喻擬新奇，思致深曲等特徵」，「從根本
上來看，宋詩的新開拓，實際上是藝術原則的更新和藝術度的擴
大」。但由於這是一種「與傳統相鉏鋙」的革新，在江西詩派的
末流產生明顯弊端時，就形成了「向傳統的回歸」。直到明末清
初，才回到革新的道路上來，詩歌「又出現了一個繁榮局面」。
但由於種種原因，不久便「發生了曲折」，到道、咸時期才氣勢
磅礴地展開，終於使我國的古典詩歌成爲一種「完成的藝術」，
而宣統至民國初年的詩歌則成了我國古典詩歌史上的一抹絢爛的
晚霞。就這樣，作者爲我們提供了關於中國詩歌史的新的認識，
而本書所勾勒的清代後期詩歌的歷程，則是這個總體建構中的有
機組成部分。所以，本書的基幹雖是清代的道、咸、同、光四朝
詩史，但卻對於我國整個詩歌史乃至整個文學史的研究，都有所
啓迪。——當然，任何一部自成體系的文學史著作所提供的文學
發展的歷程都是作者自己的架構，絕不能要求它完全切合實際；
但在有了多種架構並經過相互攻難、補充以後，我們也就會得以
逐步接近文學發展的眞實歷程了。

　　總之，要深切了解元明清文學史，必須深入地研究元明清詩
歌；尤其是對清代後期的文學，即使祇是想獲得一個概略的認識，

也非首先研究清代後期的詩歌不可。近幾十年來，雖陸續有優秀
的學者爲此獻出卓越的研究成果，但研究者的人數顯然太少，許
多應做的工作尚未着手。在這樣的情況下，馬亞中博士向讀者呈
獻了他的《中國近代詩歌史》，我想，這實在是值得高興的事。
然而，我的這篇序恐已因高興而寫得太長，引起了讀者的厭煩，
那麼，我還是趕快打住，讓讀者閱讀正文罷。

一九九一年三月　章培恒 於復旦大學

中國近代詩歌史

目　　錄

引　論

文學和文學史

　　若想認眞地去研究文學史，最好對文學和文學史有一個比較明確的基本看法。遺憾的是，目前文學界在文學和文學史這個基本問題上顯然尚未取得統一的認識，也許，實際上要想於此取得完全的統一是相當困難的，甚至是不可能的。因此我們沒有必要待取得完全統一的認識後，再去研究文學史。在衆說紛紜的背景下面，爲了避免誤會，以使論題得以順利展開，我們得首先概要陳述一下本文在這個問題上所持的基本看法。

一、文學與生活

　　要想割斷文學與生活的聯繫，無疑是抽刀斷水，問題的關鍵在於如何解釋這種聯繫。生活的概念不是空洞的、狹隘的。可以說人類洪荒開闢以來所從事的一切活動，無不可以稱之爲生活。因此從時間的方向上，我們可以把生活分成歷史的生活和現實的生活兩大部分；而從生活的內容上，我們又可以概分爲物質生活和精神生活兩大類。現實的物質生活和精神生活既是歷史的物質生活，精神生活的積累，又是它們的揚棄和發展；精神生活既是對物質生活的觀照、反映，又是對自身的反省。哲學、社會科學、

文學都屬於精神生活，由於精神活動是自在的，具有自我反省的能力，因此，哲學、社會科學、文學既是生活的一個部分，同時又以包括自身在內的全部生活作爲對象。這樣，就不僅僅是文學，哲學、社會科學也都將與生活（包括歷史的）發生聯繫。顯然，僅僅看到文學與生活有着不可分割的聯繫，仍是遠遠不夠的，這樣，尚不能將文學與哲學，社會科學區分開來。所以我們還必須進一步尋找足以將文學與哲學、社會科學區分開來的特徵。這就使我們不得不注意到文學與生活的聯繫和哲學、社會科學與生活的聯繫之間的區別。要詳細地、比較精確地辨析這種區別，需要用專著才能完成，顯然，這遠非本文力所能及。在這裏，我們只能作一極簡單的比較。如果說，與生活發生聯繫，哲學用的是思辨方式，社會科學用的是實證方式，那麼，文學用的即是感悟方式。

我們採用「感悟」這個概念，是因爲它能夠較好地概括文學創作、文學作品、文學欣賞三方面的特徵。溝通三方面的聯繫，把文學的三個基本環節統一起來，從而能在較高的層次上說明文學的主要特徵。

首先我們從文學創作角度看，「感悟」可以說明作者獨特的認識過程。文學家的文學認識與哲學和社會科學的認識方式不同，它不排斥豐富的感性體驗，並不急着把豐富的感性體驗轉化成明確的理性概念進行清晰的邏輯推理，而是盡力保持着內在感覺和體驗的全部豐富性，並且還要充分展開想像翅膀。「精鶩八極，心遊萬仞」「思接千載，視通萬里」，陸機與劉勰都注意到了文學創作的這一特點。在這全部的感性豐富性裏，作者的「悟性」

會把作者引渡到認識的彼岸。所謂「悟性」是佛家經常使用的一個概念，中國古代文論家也經常借來闡述文學觀點。實際這是主體所具有的穿透現象世界的認識能力。「凡體驗有得處，皆是悟」（陸桴亭《思辨錄輯要》卷三）達到悟境有遲有速，然而「悟」本身往往是在瞬間完成的，所謂豁然開朗，正是悟的實現。人們往往不能自覺意識到它的完成過程。當然它與一個人的感受、經驗、思想的積累關係密切，「人性中皆有悟，必工夫不斷，悟頭始出」。（同上）因此，作家必須重視對生活的觀察體驗。文學創作的實現，其前提條件就是這種悟性的完成。這樣作家就能夠從其最親切的感受體驗出發，創作出既可感，又有「悟」的作品，而不必從抽象的概念出發，去編織圖解概念的缺乏眞情實感的謊話。這樣既可避免創作的公式化、概念化，又可避免創作膚淺乏味，流爲生活現象的平面展覽。當然，並不是任何感性體驗都能使作者領悟到深刻而又非陳熟的人生哲理，作者所應傳達的應當是那種能使讀者產生深刻而新鮮的領悟的感性體驗。這就要求作家具有敏感的心靈以及豐富的生活。

其次，從文學作品的角度看，「皆是悟」可以說明文學作品特有的存在方式。一部文學作品不同於一部哲學著作，哲學著作幾乎捨棄了生活的感性豐富性，而遨遊在抽象思辨的王國。因此，它的形式特點是一系列完整明確地表達出來的由理性概念組成的邏輯程序。而文學作品則恰恰相反，它以保存生活（包括心靈世界）的感性豐富性爲前提，甚至時常還要對它作顯微式或者鳥瞰式的展示，整個作品是一個展開了的可感的形式過程。作品本身並不向讀者明白地完整地提供到達彼岸世界的直接的邏輯橋樑。佛家

曾創「無有文字語言，是眞入不二法門」（《維摩詰所說經》）的「言語道斷」說。這實際上是要求擺脫言語的局限，一憑悟性達到佛境，如果我們對此進行改造來此喻文學作品，是可以有所啓發的。我們可以把"無有文字言語"理解爲不在文學作品中作明確的理性推理以昭示思想結論，而只是讓作者的領悟滲透、融化在感性之中，聽憑讀者的悟性作用。事實上，司空圖的「超以象外，得其環中」（《二十四詩品》）嚴羽的「水中之月，鏡中之像」（《滄浪詩話》）都在這個問題上作了發揮。清人葉燮在《原詩》中引人言說：「詩之至處，妙在含蓄無垠，思致微渺，其寄托在可言不可言之間，其指歸在可解不可解之會，言在此而意在彼，泯端倪而離形象，絕議論而窮思維，引人於冥漠恍惚之境，所以爲至也。若一切以理概之……非板則腐，……若夫詩，則理尚不可執，又焉能一一證之實事者乎？」對此責問，葉燮也不得不首先承認：「子之言誠是也」。同時又解釋說：「然子但知可言，可執之理爲理，而抑知名言所絕之理之爲至理乎？子但知有是事之爲事，而抑知無是事之爲凡事之所出乎？可言之理，人人能言之，又安在詩人之言之？可徵之事，人人能述之，又安在詩人之述之？必有不可言之理，不可述之事，遇之於默會意象之表，而理與事無不燦然於前者也。」又舉杜詩爲證，以爲「若以俗儒之眼觀之，以言乎理，理於何通？以言乎事，事於何有？所謂言語道斷，思維路絕。然其中之理，至虛而實，至渺而近，灼然心目之間，殆如鳶飛魚躍之昭著也」，由於，他對「理」與「事」作出了特別的解釋，從而使他的見解比引言又深入一層，而清代另一位詩論家吳喬的飯酒之喻，同樣妙得文學三昧：「意

喻之米，飯與酒所同出。文喻之炊而爲飯，詩喻之釀而爲酒。文
之措詞必副乎意，猶飯之不變米形。噉之則飽也。詩之措詞不必
副乎意猶酒之變盡米形，飮之則醉也。”（《圍爐詩話》卷一）
這些詩論家都注意到了文學作品與非文學作品其存在方式的區別，
都強調文學作品不能直接明瞭地交代作者的思想觀點，並且不必
拘泥於實事實理。本文同樣認爲文學作品只爲某種理性認識提供
一個前提，整個作品應該向未來呈現出一種開放勢態，爲讀者建
造一個可能性系統。當然，作者在此岸世界建立起來的這個開放
的可能性系統，就作者本人的意圖而言，會暗示一種達到彼岸世
界既定位置的指向，這個指向就是作者悟性的方向。但這種指向
能否得以精確實現，卻是值得懷疑的，因爲悟性在此岸世界和彼
岸世界之間建立起來的是一種或然性聯繫。對於同一個感性對象，
不同的人往往會有不同的領悟。一般來說讀者有可能漸近於作者
暗示的指向，因爲人與人之間畢竟存在着許多共性，這種共性正
是作品得以實現自己的基礎。但是一部作品在歷史進程中，有時
會被人作出全新的解釋，這類例子在中外古今的文學史料中是不
勝枚舉的。所以文學作品的歷史實現，不僅僅取決於作品本身，
還取決於讀者的理解過程。因此全部展示和實現的文學性存在於
作品、讀者及其相互關係的歷史過程中。文學作品的這一特點是
哲學、社會科學、自然科學著作所不具備的，或者很不充分的。
由於哲學、社會科學、自然科學著作，是以直接的完整表達的明
確的邏輯形式昭示一個結論，作者的思想觀點明白地告訴了讀者，
讀者只是通過作品展示的邏輯過程理解和接受一個結論。儘管，
他對於結論可以提出懷疑，進行商榷，但作者明示的結論不會改

變。當然由於語言本身的局限，也可能會使結論產生一種模糊性，致使人們在接受一個結論時產生分歧，但這種情況只是一種「言不盡意」的悲劇，或者是一種語義演變造成的悲劇。文學作品則不然，他不僅有着上述這種情形，而且更主要的是它的形式本身並不向讀者提供一個明確的結論，結論要由讀者自己去尋找。在這裏，讀者不是一個被動的接受者，而是一個主動的發現者，創造者。文學作品這種雙重不穩定性是其顯著的特徵，它給文學作品帶來了萬古長青的生命力。因此，一部成功的文學作品，它必須同時具備兩個條件：一是感性形式，作品首先必須使人產生活生生的感覺效果（包括情緒效果），人們通過語言符號應該感受到生活形式（強調其可感性）的存在；一是這種形式必須是現月的水，化米的酒，足以成為觸發悟性的契機。

最後，「感悟」同樣可以說明讀者的欣賞特徵。讀者在作品提供的形式面前，通過接受和理解，通過聯想和想像不僅重建了感性世界的全部豐富性，感受和體驗到了現實人生的生動性，同時讀者又在自己重建的感性世界裏體驗和領悟到了現實人生的某些本質，使情感和心靈產生強烈震動。由於這種體驗和領悟並非是被動的接受，而是主動的發現和創造，因此讀者能夠進入到審美的自由境界，讀者的主體精神能夠得到極大的發揮，獲得空前的滿足。當然，讀者從此岸世界達到彼岸世界的時候，也許會建築一座邏輯的橋樑，但作為文學的欣賞，這個過程是相當短暫的。如果作為文學批評，那麼在描述這種體驗和領悟的時候，當然就必須把這種在欣賞中瞬間完成的過程最充分地展開，放大時間和空間，說明為什麼能從此岸世界到達彼岸世界的全部原因。但是，

這種通往彼岸世界的邏輯橋樑並不是唯一的,絕對的,讀者不同的
素質會導致不同的結果。在專心致志,心神凝一的情況下,讀者完
全憑藉自己的悟性騰空飛渡其落脚點自然難以完全一致。仁者見
仁,智者見智。魯迅先生也曾經說過:「文學雖然有普遍性,但
因讀者的體驗的不同而有變化」。(《看書瑣記》)又曾舉閱讀
《紅樓夢》爲例:「單是命意,就因讀者的眼光而有種種:經學
家看見《易》,道學家看見經,才子看見纏綿,革命家看見排滿,
流言家看見宮闈秘事」(《〈絳洞花主〉小引》),可見在文學
欣賞方面是無法實行大一統的。然而,由此,讀者的主觀能動性
卻得到了充分發揮。由於讀者的這種文學的認識,保存了現實生
活的最大豐富性,因此,他能夠對人類的感性世界,對人類的情
感世界獲得比其它形式更多的體驗和領悟,而且由於對彼岸世界
的領悟是一種自覺的實現,並有着情感的強有力的支持,因此尤
爲親切堅定。同時,它比起哲學等抽象的思辨認識來,雖然比較
零碎,難以對彼岸世界作出系統的說明,而且對彼岸世界的認識
有時也比較膚淺,甚至不免模糊和朦朧,但卻更加生動和豐富,
更加親切和平易近人。而且由於整個欣賞過程進入了自由的審美
境界,人們的個性精神也獲得了空前的解放,而這往往又是人們
在現實生活中難以實現的。這些優勢也是枯燥乏味的哲學思辨所
難以企及的,因而文學比起哲學來擁有更爲廣泛的讀者。這就是
文學不可替代的理由。

　　文學的這種不可替代性正是文學獨特的表現方式,即文學形
式造成的,所以我們應該理直氣壯地肯定形式的重要作用。事實
上,文學的主體精神的實現,它的自覺程度的提高,不在是否認

識到文學應該表現人生，而在於文學的這種根本表現方式的自覺。如果只是把注意力永遠停留在一切文化存在的共性之上，而無視文學自身的存在質，無視它的形式的獨特作用，甚至把它淪爲政治、經濟、哲學的附庸，那麼就不可能有文學的自覺。

對文學特徵的揭示，爲本文主題的展開確立了一個根本的原則，使我們有可能擺脫庸俗社會學的羈絆，從一個新的角度去把握對象。但這種揭示仍然是原則性的，並不是對於文學作品的具體形式，當然也不是對於詩歌形式的說明。因此我們有必要進一步討論一下文學的具體形式，在這裏主要是詩歌形式，以便進一步確定我們的研究方向。

文學作爲一個獨特的文化存在，有着區別於其它文化存在的特殊形式。這種特殊形式並不是一種抽象的存在，它具體化爲文學作品，而文學作品也有其特殊的存在形式。可以說文學作品的存在形式正是文學形式的具體的物質承擔者。但是，文學是發展的，在歷史運動中，它不斷地塑造着自身。因爲，在一個橫斷面上的文學作品並不能完整地說明它的存在形式。嚴格地說，文學是一個開放的體系。它的具體的存在形式存在於這個體系中的全部作品之中，不僅包括過去的、現在的，也包括未來的。因此，我們對於文學具體的存在形式的說明只能是歷史的和部分的，而且即使這樣，我們也很難錙銖不漏地描述清楚一個歷史層面上的作品形式的全部細節，我們能做到的，只是比較原則地把作品形式分成若干層次，這幾個層次也許是文學作品所必須具備的。首先，文學作品具有各種不同的體裁樣式，每一種體裁都有自己典型的結構模式，這是最表層的形式。在這表層形式裏也同樣滲透

着作者的情感體驗，因而也具有相當的形式力量。比這形式深一層，則是在一定的體裁模式之內的不同作品的謀篇布局、結構安排。這是使作品成爲一個有機系統的內在組合方式。在實質上，它反映的是作者對生活的展現過程。比這更深一層的形式，則是在一定篇章內的修辭方式。這裏的修辭方式，指的是一種廣義的修辭方式，它不僅包括語言修辭，同時也包括作者所採用的表現方式。它所反映的是作者與對象之間的創作關係。這種關係可以簡單概括爲主現、客觀，直接、間接，這樣一組互相交叉而「配比分量」不同的狀態。在本質上，正說明了作者對生活發現和體驗的獨特性。最後，爲上述這些層次包裹着的核心就是文學的「世界」。它是作者發現、加工改造而得以實現的生活形式（「有意味形式」）本身，是作者最終爲讀者創造的一個可以感悟的世界。由於它是可以感悟的，因此，它既是形式的、現象的，又是內容的、本質的。在這裏形式和內容，現象和本質完全水乳交融在一起，文學終於在這裏完全實現了自身的本性。

　　上面描述的是作品的一般形式，與我們的論題直接相關的詩歌形式是它進一步的具體化。在衆多的具體化形式中，詩歌是一種最古老，藝術層次最高，也是最精練的作品形式。周作人曾把整個文學範圍比作一座山，頂部是所謂「純文學」，底部是「原始文學」和「通俗文學」。（《中國新文學源流》）無疑，詩歌正屬於山尖上的東西。詩歌的表層是它的格律體系，韻律、節奏、句式都屬於它的範圍，它簡潔、精緻、最富有音樂性。其次是詩歌的章法和構思，它顯得特別凝煉，時空變換節奏快，幅度大，跳躍性強。再次是詩歌的各種修辭手段，它顯得特別精粹，

集中、緊湊和濃郁，具有極強的爆發力和感召力。最後是詩歌的
「境界」，它深遠、浩渺、最富有想像力，又如醇酒，最需要品
味冥想。

我們剖析了作品的一般形式和具體的詩歌形式，也就為研究
詩歌作品確定了重點、方向和任務。本文將主要按照上面認識到
的詩歌形式去逐層分析將要涉及到的作品。

二、作家、作品與文學史

不管我們如何來看待文學史，作家和作品總是無法違避的。
離開了作品的文學是空洞的，離開了作家的作品也同樣是虛無的，
這就從根本上涉及到了我們對於作家其人的看法。然而這卻是一
個異常複雜的問題，也是一個極容易使人葬身海底的漩渦。但如
果想要認眞嚴肅地來研究文學和文學史，也就無法迴避人的問題。
本文並不嗜望能澄清人的問題，因為這既非本文的任務也非本人
力所能及，但作為一個誠實的人，也毋庸隱瞞自己的看法（雖然
它是模糊的幼稚的），更何況這與我們的研究關係極大。

朱光潛曾說：「世間事物最複雜因而最難懂的莫過於人，懂
得人就會懂得你自己」。（《談美書簡》）因為，從根本上說，
人類不同於動物，人類對自身的肯定，與動物的生命肯定有着本
質區別，它是一種不斷深化，不斷拓展的全時空的無限肯定。這
是人之所以成為人的最基本的原動力。正因為人具有這種動力，
所以人才能從動物那種與自然界渾然一體的單一生命交流的循環
中解放出來，而區分出客觀世界，使自己成為能夠全面認識世界
和改造世界的主體。而動物則由於完全把自己封閉在與自然界渾

然一體的唯一的生命交流的循環之中，因而自然界只是它生命的
外在組成部分，而只具有與內在同一的生命意義，所以必然是懵
懂的，缺乏自覺意識的。正因此，人的實踐是一種主體的實踐，
它是一個無限展開的過程，因而人的意識和理性也同樣是一個無
限展開的過程，而人作爲認識和改造世界的主體也同樣是一個無
限展開的過程。這一過程又現實地表現爲包括肉體和靈魂，物質
和精神，存在和意識，實踐和理性構成的複雜多元的社會關係。
這種社會關係的運動形式就是生活。個體作爲人類的最小單元，
他只能存在於人類的社會關係之中，個體的生活也只能是整個社
會生活的一個有機成份。但是，個體究竟是怎樣同整個社會發生
聯繫的呢？我們認爲這座聯繫的橋樑就是個體的“群”的歸屬。

　　在現實中，個體不可避免地要歸屬於各種有形無形的“群”
體。從生理關係、生存關係、實踐關係、精神關係等各個方面，
人類社會客觀地分成各種形形色色的「群體」。男人、女人、老
年、少年、白種人、黃種人、黑種人、健康人、殘疾人，以及各
種心理類型；國家、民族、地域、社會團體、家庭、階級、職業、
知識結構、文化層次，以及各種哲學、政治、宗教、道德、倫理、
文學等方面的精神類型。諸如此類，幾乎無限可分。當然由於歷
史的發展，在不同的歷史階段必然會有不同的社會關係，有的群
會消失，有的群會新生，但有二個群也許將是永恆的，其一就是
整個人類這樣一個極大的群，其二就是個體這樣一個極小的群。
它們是社會群體劃分的兩個極限。

　　由於所有這些群體都是從不同角度，不同層次上劃分出來的，
因而具有各自不同的共性特徵和存在形式。它們之間雖然會發生

程度不同的影響，但這種影響不是絕對的。相互之間的關係是以
獨立的品格爲前提，而不是從屬的、主奴的。在運動狀態，群體
的定性（群性）只有在自己所具的角度和層次上才能充分實現自
己。而群體的定性不僅使群體顯示其特徵。同時也使群體內聚，
它是群體向心力的能源。

　　在上述基礎上，我們就可以比較自然地、清楚地來認識個性。
任何群體，其基本單位都是個體。反過來，任何個體也都歸屬於
各種群體。因此，個體的定性實際上處在大到類，小到個體這樣
極其豐富多樣的群體定性的交會點上，個性的內容和性質就是他
所歸屬的所有群體定性的有機組合。由於群體的劃分近於無限，
因此個性的組合也是無限多樣的。世界上沒有一個個性完全相似，
也沒有一個個性完全不相似。個性旣是個體的，又是社會的；旣
是特殊的，又是普遍的。同時，由於個性的組合特別豐富，所以個
性也異常複雜。這種複雜性，特別是在個體處理一件涉及到多種
群體利益的事件時，會得到充分的展示。個體面對這樣一種現實，
內在的各種與之相聯繫的群性及其向心內聚力，會同時發生作用，
實質上，這是一種強弱多寡的力量交鋒。一般來說，個體的行爲
傾向主要由其中一種較強大的群性力量表示出來，但是當這一群
性力量借助意志抑止其它群性的時候個體在心靈上就會出現痛苦，
而當這種群性在事件處理中實現自己以後，個體所得到的，也絕
對不只是成功的歡樂，而往往是哀樂並存的情緒波瀾。如果當內
在兩種或多種群性力量勢均力敵的時候，個體內在的矛盾衝突，
會使個體出現兩重或者多重人格。由於，這內在的矛盾衝突往往
並不發生在同一層次上，並不是相同角度上的對應關係，而是猶

如一塊內在磁場紊亂不堪的生鐵。因此把個性僅僅理解爲「黑白相間的花斑馬」（《托爾斯泰論創作》）是遠遠不夠的。把人物性格看作是"二重組合"也是很不夠的。當然個體行爲的實現，還要考慮到具體事件主要所處的劃分層次，以及是否作爲單一或者主要的關注對象，還要考慮到其它現實條件的作用。總之，我們在理解個性，理解個體行爲時，應該比較具體地、全面地、客觀地分析、估計行爲對象的內容，及其環境，分析估計個體內在群性的強弱多寡程度，及其所處環境對這些發生作用的群性因素的影響。我們寧願把個性看得複雜一些，而最好不要簡單地用某種決定論把個性簡單化。

個性是複雜的，對於一個作家來說，他所面對的人物，都是複雜的，而他自己也是複雜的，滲透進作品的個性也同樣是複雜的。然而，我們上面已經提到，對於某一件具體事件，影響個體行爲的主要因素是個體內在與該事件有關的群性。因此，對於一個作家的文學創作來說，影響其文學形式的主要因素應該是與之直接相關的文學群性，而不是其它群性。當然，在一定條件下，其它群性也會發生程度不同的影響，而文學的群性也時常由於各種原因而不能最充分地實現自己，更何況其它群性與文學形式並不直接相關。

作家的文學群性包括作家先天和後天形成的文學才能，文學素養，文學觀念等內容。它們不僅與現實，而且與歷史的有關內容緊密聯繫。在我們分析作品形式的時候，這些都是有必要特別予以考慮的。至於其它群性只能酌情而論。而文學群性內部也不一定完全一致。作者對於各種不同體裁的把握也是有差異的。這

種差異有時還特別明顯。這不僅表現在文學才能、文學素養方面，在文學觀念（包括創作觀念）方面也同樣如此。錢鍾書先生在《談藝錄》中曾舉陳子昂、穆修、顧炎武、朱彝尊、袁枚以及歐洲的考萊、萊辛、伏爾泰、夏多勃里昂、拜倫、佩特為例說明詩歌與散文、戲劇、音樂，以及文學與哲學、政治等方面存在的矛盾現象。並推而廣之，認為：「一身且然，何況一代之風會，一國之文明乎。故若南宋詞章之江西詩派，好掉書袋，以讀破萬卷，無字無來歷，大詔天下；而南宋義理之象山學派，朱子所斥為『江西人橫說』者，尊性明心，以留情傳注為結塞支離，幾乎說到無言，廢書不讀。二派同出一地，並行於世。有明弘正之世，於文學則是有李何之復古模擬，於理學則有陽明之師心直覺，二事根本抵牾，竟能齊驅不倍。在歐洲之十六世紀，亞里士多德詩學大盛之年，適為亞里士多德哲學就衰之歲。十九世紀浪漫初期，英國文學已為理想主義之表現，而英國哲學尚沿經驗派之窠臼。法國大革命時，政論空掃前載，而文論抱殘守缺。「詩畫一律」，人之常言，而吾國六義六法，標準絕然不同。學者每東面而望，不睹西牆，南向而視，不見北方，反三舉一，執偏概全。將『時代精神』，『地域影響』等語，念念有詞，如同禁呪」。所論可謂深至。這些都說明各種群性都有自己存在和發展的內容，並不是某一種「決定論」所能大一統的。也就是說，即使是在精神領域，個體的哲學、政治、階級意識、倫理、道德等方面的群性並不能替代文學的群性。它們之間出現矛盾並存現象完全正常。具有不同哲學、政治、階級意識、倫理、道德等方面觀念的個體完全可能具有相同的文學觀念。有相同哲學、政治、階級意識、倫

理道德等觀念的個體也完全可能具有不同的文學觀念。當然一致
的現象也同樣存在，但這並不意味着某種群性起着君臨作用。因
爲不同的群性之間並不存在一種必然的因果聯繫。即使是對那些
有意把文學隸屬於政治、哲學等其它精神形式的個體，我們也不能
簡單地站在他們的立場上來認識他們。其實認爲文學應該從屬於
其它精神形式的觀點，仍然是一種關於文學的觀點，只是這種觀
點不正確，有可能扼殺文學的個性。在進行眞正的文學創作時，
起主要作用的是有關文學的群性，不正確的文學觀念會抑制作家
文學才能，文學素養的發揮。

　　然而，誠如前述，文學是對生活的感悟，而生活又是一個相
當廣泛的概念。作家是一個異常複雜矛盾的綜合體，生活也同樣
是異常複雜矛盾的綜合體。對於作家的創作來說，作家的心靈世
界也是生活的一個組成部分，同樣是作家感悟的對象。而就作家
的感悟而言，又是作家個性積累綜合性的閃光，在主體與客體的
交流之中，作家和生活的複雜性會得到充分的體現。所以，我們
對於作品的研究，特別是對於溶化於作品的作家的體驗，領悟和
人格的考察，也就不得不注意到作家所具的其它豐富複雜的群性。
但我們必須強調，這些群性在作品中都有自己主要的對應點，不
能隨意轉換。阮大鋮在政治上是一個投機鑽營的小人。但他的
《咏懷堂詩》中卻充滿了對自然、對山水清音的熱愛和嚮往。所
以我們不能用他的政治品格來衡量他的自然態度。同時，我們還
應該明確，由於生活是一個相當廣泛的概念，所以，我們不能認
爲描寫現實生活的作品才是對生活的感悟，描寫歷史生活的作品
卻不是，也不能認爲描寫社會事件的作品才是對生活的感悟，而

表現個人心靈的作品就不是。而且，由於作品中的生活是經作家
主體改造過的生活，是作家對生活感悟的結果。所以，決定作品
性質的不應當是作品所涉及的題材，而應當是作家的感悟。我們
不能認爲描寫了時事的作品就一定具有時事同樣的性質，而描寫
了歷史的作品就一定缺乏時代精神。任何群體一經產生，就都有
自身存在、發展的運動過程。特別是精神性的群體，由於語言文
字可以突破時空的限制，學習和教育完全有可能使一個作家不相
信現實中新出現的某種思想觀點，而卻信仰歷史上存在過的某種
思想觀點。而且，由於作家的主觀能動作用，作家也會對歷史和
現實作出自己的思考，形成自己特有的思想觀點。所以我們必須
從實際出發，儘量克服主觀隨意化。

　　當然，不同的群體都不是孤立的存在物，相互之間會發生各
種複雜的聯繫，在一定條件下，相互之間也會發生交互作用，例
如，在權力的干預下，作家有可能違背自己的文學觀，而服從某
種政治要求，去創作某些圖解政治的作品，或者迎合某些個人的
趣味。文學又可能被納入政治和個人意志的軌道，古今中外都不
乏其例。梁陳詩風不能說與統治者的個人趣味沒有關係。隋李諤
《上隋高祖革文華書》說：「魏之三祖，更尚文詞，忽君人之大
道，好雕蟲之小藝。下之從上，有同影響。競騁文華，遂成風俗。
江左齊、梁，其弊彌甚。貴賤賢愚，唯務吟咏，遂復遺理存異，
尋虛逐微，競一韻之奇，爭一字之巧。連篇累牘，不出月露之形；
積案盈箱，唯是風雲之狀。世俗以此相高，朝廷據此擢士。祿利
之路既開，愛尚之情愈篤 ”。李諤的概括雖然未必十分準確，但
也事出有因。故唐初李世民作宮體，使虞世南賡和。世南曰：「聖

作誠工，然體非雅正，上有所好，下必有甚焉，恐此詩一傳，天下風靡，不敢奉詔」。（尤褒《全唐詩話》卷一）虞世南之諫，也並非杞人憂天。近證之文革浩刼，政治與個人意志對文學的扭曲更是有目共睹。如果政治與個人意志能夠尊重文學發展的規律，爲文學的發展創造有利條件，掃除文學發展的障礙，那麼，無疑能起到十分有效的積極作用，反之，對於文學則是一場災難。然而它們對於文學來說畢竟是外部力量，而不是文學自身的發展規律。文學史的任務是研究文學自身的發展規律，而不是別的。

那麼，什麼才是文學自身的發展規律呢？根據前面我們對於文學的認識，可以簡單地說，也就是文學感悟方式演變發展的規律。它們體現於整個歷史運動過程中產生的作家作品之中。這就要具體涉及到作家的文學觀念、作品的感悟形式。比較而言，對文學觀念和作品的感悟形式作出準確的描述，可能要容易一些，要探尋文學觀念和作品的感悟形式產生的原因，卻困難得多。在這時就很容易滑入某種決定論的陷阱，要避免這種危險，就必須時時注意自己的文學立場，同時又實事求是地看到文學與其它精神文化形態的交互作用，克服簡單化和絕對化。

三、中國的文學、文學概念的形成及其特徵

也許在人類意識剛剛蘇醒起來的黎明時刻文學與其它精神文化形態完全是渾然一體的。人類開始只是意識到了自己是區別於客觀世界的存在。各種精神文化形態的分化還是以後的事情，只有當人類認識世界和改造世界的能力有極大的發展，需要分門別類地去從事各種專門的精神文化活動以後，才有分化的可能。這

種分化究竟在什麼時候，這在目前尚未見有統一的說法，但每見人言，文學起源於勞動，或者說起源於改造世界的實踐活動，但其實不止是文學，其它的精神文化形態又何嘗不起源於人類改造世界的實踐活動呢？因此，這個說法，似乎尚不足以將文學和非文學的起源區分出來。在中國古代文論中（包括詩論），最早對「文學」，即使是對「詩」的解釋，對它的功用的理解，往往離不開個人意願的表達和政治，歷史的目的，故後人多有「六經皆史」的說法，錢鍾書先生《談藝錄》所引有關議論近十餘家。到清末，章太炎則對「文學」作了最廣義的解釋。造成這些情況的原因，恐怕不能不追究到古人對文學最早的解釋。而這種解釋表明，文學在其初，其實是與政史混爲一體的，至少相互之間的關係相當模糊。事實上，《詩》的職能不止是文學的，僅就《論語》的解釋來看就很明顯。而就《詩》中所說的「是以爲刺」，「歌以汎之」，「以究王政」，「是用大諫」來看，也同樣證明《詩》的職能相當廣泛。而唯獨眞正屬於文學的審美職能，卻不很明確。究其原因，恐怕不能責備古人文學觀念的模糊，而應該承認，在《詩》的時代，文學與政史尚未分化，至少這種分化尚未完成。這種大分化在春秋、戰國時代才成爲比較明顯的事實，也許正是着眼於這種分化的實現，着眼於《詩》的那種非官方的記史職能的消失，孟子才說：「王者之跡熄而《詩》亡，《詩》亡然後《春秋》作……孔子曰：『其義則丘竊取之矣』。」然而，後人卻往往把古人對於那種文學與政、史渾然一體的存在形式的認識，看作是眞正的文學觀念，其結果自然會生出許多誤會，不時將文學與政史相混❶。我們之所以要作上述辨析，是因爲如果我們要探

究文學自身發展的規律，要探究文學觀念及其感悟形式的成因，最終會追究到文學的始源。當然，對於客觀上已經出現的文學萌芽，我們可以追溯到《詩》的時代，但是我們應該清醒地認識到，《詩》的時代尚非文學獨立自覺的時代，因此，要眞正認識文學形式的形成尚不能完全從《詩》中尋找答案。

　　春秋、戰國時代發生的精神文化形態的大分化一直在自發地進行着。從總體上說，這種分化到了漢代在許多方面都趨於成熟。政治、歷史、哲學，都逐步開始取得自己的定性。特別是在政、史方面，更是成就卓著，盛況空前，出現了賈誼、晁錯、司馬遷、劉向、王充、班固等著名作家。在此同時，《詩》、《騷》的融合，主要沿着兩個方向發展。一是向着「彣」的方向發展，它們繼承了《詩》中「賦」的手法以及騷體的語言章句特點，逐步形成了「舖張揚厲」鏤金錯采，堂皇華美的賦體。一是向着具象抒情的方向發展，它們繼承了《詩》和騷體所具的具象抒情特徵，並且保持和發展了《詩》章句方面整齊押韻的特徵，逐步形成了五言詩。在這過程中，哲學以及政史等形態與文學一起也逐步走上了自覺的道路，但這種自覺基本上還處在文體自覺的階段。劉歆、班固將《詩賦略》與《六藝略》、《諸子略》並列，這雖然能說明他們已經意識到詩賦與六經、諸子不屬一類，但畢竟還是朦朧的，區別究竟在那裏，他們還沒有作明確的表達。而在概念的使用上，當時所說的「文學」往往偏於「學」的方面，指「博」「學」或者說是「學術」。詩賦，辭章一類往往被稱作爲「文」或「文章」。當然這裏的「文」和「文章」，其實應該寫作「彣」和「彣彰」。由於在先秦時代，人們對於「文學」的認識，重心

偏於「質」的方面，偏於政史方面的功用，這就直接影響了漢人的看法。而當眞正的文學（詩賦）從渾然一體的文化存在中分化出來以後，首先引起注意的是它的獨特的語言章句形式，它們是「彣」的繼承和發展，爲了把它們同其它文化形式區別開來，漢人也就比較自然地採用了「彣彰」這樣一個能夠反映詩賦辭章的某些文體特徵的概念。

這種文體的自覺到了魏晉時期有了更進一步的深入，於是出現了曹丕的《典論》、陸機的《文賦》、摯虞的《文章流別論》、劉勰的《文心雕龍》、鍾嶸的《詩品》、蕭統的《文選》等一系列區分文體，闡述文體特徵流變、目的、功用等內容的重要著作，在混亂的文、筆區分之中，人們力圖更準確地來區分文學和非文學的特徵，並對它們作出界定。但「文」和「筆」的概念仍然是很不穩定的，「文」一會兒是指「吟咏風謠流連哀思」（蕭繹《金樓子·立言》）之作，一會兒又是指「有韻」之作，「筆」一會兒是指「善緝流略，善爲章奏」（同上）之作，一會兒又是指「無韻」之作，「吟咏風謠流連哀思」之作不必「有韻」，「有韻」之作也未必「吟咏風謠流連哀思」。陸機和劉勰等人雖然已經比較深入地涉及和揭示了「文」的具象和抒情，聯想和想像等方面的特徵，但從說明「文」的實例來看，在整體上未必都具備這樣的特徵。他們所論的「文」，以及蕭統所指的「文」都包括論、奏等以議論爲基本特徵的文字。事實上魏晉南北朝人並沒有找到一個能從本質上將文學和非文學區分開來的標準。文學的自覺在當時實際上仍然停留在文體自覺的階段。所以，這種文學的自覺仍然是局部的自覺，只是比之於漢人更加細密罷了。

　　由於六朝人對文學的認識實際上仍然基本上偏重於「彣」，偏重於語言和章句形式，所以並不能爲文學開闢寬闊的康莊大道，相反，這種認識的反饋，卻把文學引向了雕章琢句的狹徑。結果在唐代造成了全面的反動。詩歌要求恢復漢魏風骨，要求擴大表現範圍，要求像《詩》一樣去表現整個社會人生，文章則要求從俳儷駢偶中解放出來，恢復先秦兩漢的散體形式，恢復言之有物的質實品格，一直發展到宋代，形成了聲勢浩大的「古文運動」，其結果，雖從俳儷駢偶的章句中解放了出來，卻同時也「取消了兩漢『學』與『文』的分別，『文學』和『文章』的分別」，這樣，關於「文」的觀念可以說又回復到了先秦時代，由於古文運動的巨大慣性，巨大影響，以致使得明清的關於「文」的觀念一直沿襲着唐宋人的舊說，這由明代的秦漢派和唐宋派文論，以及清代影響廣泛的桐城派文論可以得到說明，大約是到了清代中葉，由於駢體文悄悄地中興起來，阮元又重提六朝的文筆之說，這表明文學的自覺過程在受到長期的抑制之後，又開始了艱難的覺醒。然而可惜的是，阮元他們的起點太低，依然停留在六朝人的認識水平上，仍然在語言章句形式的大門口徘徊。

　　而在文學觀念的進程步履艱難的時候，小說、詞曲、傳奇雜劇這些我們現在把它們作爲文學大家庭的基本成員的體裁卻在文化的淺層次自發地繁榮了起來，並逐步滲透進了文化高層次。但在整體上，它們一開始就是被人輕視的，並不作爲文學意識的對象。但是，後來由於創作的實績，由於它們不可抑制的蓬勃發展，那些富有遠見的人們便開始比較認眞地來對待這一不容忽視的眞正的文學存在，並對它們進行了理論上的思考。然而它們一開始

就是一種「通俗文學」，其文化地位是無法和正統的詩文（包括非文學的文）相抗衡的。因此，首先是要求地位的平等，這種「平等」的呼聲從明代開始，到清代，逐步高漲，終於在清末，有人喊出了「小說者，實文學之上乘」。（狄葆賢《論文學上小說之位置》）的口號。但是，可惜的是人們對於詩、詞、曲、雜劇傳奇、小說以及文章的一部分，在相當長的一個時期內是並不作為一個整體來研究的。這種狀況甚至一直延續到本世紀初。

我們這樣來看待中國古代文論，並不意味着認為古人對文學的特徵缺乏認識，而只是認為古人對於文學的整體觀念的認識仍然是很不夠的。然而古代文論，尤其是古代詩論中還是存在着許多精闢、深刻的關於文學的見解。除了陸機和劉勰以外，鍾嶸、皎然、司空圖、嚴羽、葉燮等詩論家都發表過精妙絕倫，特別富有啓發性的文學觀點，只是這些觀點往往因詩而發，或者只局限於某些藝術境界，而沒有作進一步的推廣和發揮，使之能涵蓋整個文學。這不能不令人遺憾。至於古人關於進行詩歌以及散文創作（其中一部分）的精闢見解則尤為豐富。中國古典詩歌之所以取得舉世矚目的巨大成就，同古人善於總結詩歌創作的經驗無法分開。

文學整體觀念的模糊，和文學創作經驗的異常豐富，構成了中國文學發展過程中，重範例、重悟性、重實踐的特殊創作氛圍。中國詩人就生活在這種氛圍之中。這是我們研究中國詩歌的發展所必須首先注意到的事實。本來文學創造就不可能完全脫離歷史的存在，而憑空進行。它不可能不受到歷史的影響，不可能割斷與歷史的聯繫，他的聯想和想像必然要受到存在的限制，他的實

踐，他的創造，可能會與某一旣定的文學存在迥然相異，但新生
的創造物，它的細胞，它的各種基本因素卻不可能脫離歷史。歷
史中的一個作家，在其成爲作家的過程中，首先必須接受有關文
學的教育和訓練，他必須首先去學習，認識歷史上有關的文學存
在。他的創作實踐必須以此爲起點，因此，他注定要受到歷史上
旣定的文學存在的影響，作家的主觀能動作用並不是向壁虛構，
它只有在對歷史和現實的文學存在的思考中才能充分實現自己。
而中國文學的那種特殊的創作氛圍又進一步強化了這種歷史的影
響。由於在文學的最高層次上缺乏明確的文學整體觀念的引導，
作家只能主要從現存的文學範例中獲得啓示，從經驗中直觀創作
方法，憑悟性達到創作的自由境界。中國的選學之所以那樣悠久
和發達，並不偶然，它是在與中國文學特殊的創作傳統和氛圍的
交流反饋中得以成長，並成爲這種傳統和氛圍的固態象徵。因此
我們研究中國詩歌，就特別需要注意詩人對於歷史上旣定文學存
在的認識，取捨和評價態度，而這些也正是各種詩歌流派形成的
基本核心，同樣也是我們區分不同流派的主要依據。

　　由於語言文字的作用，文學的歷史存在將同時紛呈於目前。
當然，一定的時代總是以與它最近的時代作爲直接的前提，歷史
年代的先後，以及最近發生的文學運動會影響詩人對眼前所有客
觀存在的選擇。然而，文學的發展，往往並不是單線排它的承接
展開，而是多線索的，因此這種影響必然是多樣的，多方面的，
在一個時期內可能以某一種傾向爲主，但我們也不能忽視其它傾
向的存在。

論題的確立

　　上面我們陳述了本文所持的關於文學和文學史的基本看法，從而爲我們的研究確立了基本原則以及重點和方向，但本文並不是對整個文學發展史的研究，而只是就其中的一小部分，即中國古典詩歌的最後歷程，進行討論。因此還有必要對我們的論題作一些必要的說明。

　　本世紀以來有一種流行的看法，認爲中國的詩歌到北宋就算壽終正寢了，以後是詞曲小說的時代。他們以爲這樣也就算是運用了進化的觀點。其實這種看法由來已久。最早甚至可以追溯到元代（錢鍾書《談藝錄》）到了明代類似的議論就更多。其中較著名的如胡應麟《詩藪》云：「宋人詞勝而詩亡矣，元人曲勝而詞亦亡矣」。李贄《童心說》云：「詩何必古選，文何必先秦。降而爲六朝，變而爲近體，又變而爲傳奇，爲院本，爲雜劇，爲《西廂曲》，爲《水滸傳》，爲今之舉子業，皆古今至文」。都認爲一代有一代之文學。至王世貞學生茅一相則更概括爲普遍規律，以爲一代絕藝「皆獨擅其美而不得相兼」。（《題詞評曲藻後》）一代文學樣式遂成爲絕對排它的孤獨存在。至清代焦循又進一步分析其中原因：「不能已於言，而言之又不能盡，非弦誦不能通志達情。可見不能弦誦者，即非詩。周、秦、漢、魏以來，至於少陵、香山，體格雖殊，不乖此旨。晚唐以後，始盡其詞而情不足，於是詩文相亂，而詩之本失矣。然而性情不能已者，不可遏抑而不宣，乃分而爲詞，謂之詩餘。詩亡於宋而遁於詞，詞

亡於元而遁於曲」（《雕菰集》卷十四《與歐陽制美論詩書》）
焦氏以樂和情作爲標準，來衡定詩歌。而晚清王國維又以「眞」
論文學，且發揮葉燮「好名好利」之說（參見《原詩》卷三）潘
德與「爲人爲己」之說（參見《養一齋詩話》卷一）認爲：「古
代文學之所以有不朽之價值者，豈不以無名之見者存乎？至文學
之名起。於是有因之以爲名者，而眞正文學乃復託於不重於世之
文體以自見。逮此體流行之後，則又爲虛玄矣。」故而「詩至唐
中葉以後，殆爲羔雁之具矣，故五季，北宋之詩，（除一二大家
外）無可觀者，而詞則獨爲其全盛時代，其詩詞兼擅如永叔、少
游者，皆詩不如詞遠甚。以其寫之於詩者，不若寫之於詞者之眞
也。至南宋以後，詞亦爲羔雁之具，而詞亦替矣」。（《文學小
言》）故金元則以雜劇「爲一代之絕作」。（《元劇之文章》）
這些議論大多似是而非，經不起推敲，如果僅僅以「唐詩宋詞元
曲，明清傳奇小說」這樣的概括來看待一代新興而富有特色的文
體則也未嘗不可，如果進一步絕對化，那麼顯然要與事實相背。

　　在文學內部，各種不同體裁在其分化、形成、發展過程中，
相互之間的影響十分重要，但一種文體一經形成，便開始了自己
的生命運動。文學是發展的，但文學的發展並不是文體之間「前
仆後繼」式的遞相取代，新文體與舊文體之間並非是線性的排它
關係。相反，文學正朝着各種體裁日趨豐富的方向發展。即使是
同一種體裁在發展過程中，新體與舊體之間也並非是前後相承的
取代關係，律詩在唐代形成以後，古體仍然久盛不衰，它們並行
不悖，造成了爭奇鬥妍的繁榮局面。再如白話詩興起以後，創作
文言詩仍然大有人在。直到今天，文言詩的創作，仍然零零星星

不絕如縷。顯然，各種體裁，各種新舊體式，常常要並行發展很常時間，而某種舊體式的逐漸消失，其根本原因也並不是由於新體式的出現，而恐怕應該歸結爲審美觀念，審美趣味，語言形式發生重大轉變，以及群衆基礎，進行創作的其它現實條件的喪失。因此我們不能同意宋詞的興起便是古典詩歌的結束這樣一種觀點。

事實上，在元明清三代，古典詩歌仍然是一個相當龐大的現實存在，而且在文壇上還是佔據着最崇高的地位，這種地位一直要到本世紀初才發生根本動搖。元明且不論，僅就清詩而言不僅數量相當驚人（僅晚清徐世昌所輯《晚晴簃詩彙》收錄作家就達六千一百多家，幾乎是《金唐詩》的三倍,而逸出者仍是大量的)，而且質量也不可隨意抹倒。即使到了民國，古典詩歌的創作也沒有因爲《嘗試集》和《女神》的出現而即刻消失得無踪無影。當然，由於本世紀初東西方文化的大規模交流，由於文學的物質載體語言的重大變化，古典詩歌作爲一個歷史時代終於已經結束。所以，如果要客觀地來研究中國古典詩歌的完整發展過程，我們就不能無視宋以後古典詩歌的龐大存在，否則中國古典詩歌的歷史將被攔腰砍斷。古典詩歌在宋以後又走過了一段曲折的歷程，終於迎來了燦爛絢麗的晚霞。黎明曙光，紅日東升，固然令人振奮，而落日夕照，餘輝遠靄，又何嘗不令人流連忘返。本文就將以這片晚霞作爲觀賞對象，具體地說，本文將主要以道光至民國初年的中國古典詩歌作爲對象，來展示中國古典詩歌的最後歷程。

對於這段詩歌發展歷史的研究，尚不見有梓行於世的專著，但有關的研究論文儘管相對並不很多，還是有的。重要的概論有：陳衍《近代詩鈔序》（1923），錢仲聯《近代詩評》（1926）、

汪辟疆《論近代詩》（ 1932 ），陳衍《近代詩論略》（1933）、
汪辟疆《光宣詩壇點將錄》（ 1934 ）、《近代詩派與地域》
（ 1935 ）、錢仲聯《論近代詩四十家》（ 1935 、 1983 ） 章士
釗《論近代詩絕句》（ 1948 ）北大《近代詩選導言》（ 1960 ）
汪辟疆《近代詩人述評》（ 1962 ）錢仲聯《近百年詩壇點將錄》
（ 1983 ）等都影響廣泛。重要的詩選有孫雄《道咸同光四朝詩
史》，陳衍《近代詩鈔》、北大《近代詩選》，錢仲聯《近代詩
選》等。至於將這段詩歌放在近代文學中一起研究的著作尚有胡
適《五十年來中國之文學》，陳子展《中國近代文學變遷》《最
近三十年中國文學史》、錢基博《現代中國文學史》、復旦《中
國近代文學史稿》等。這些著述，都論及了中國詩歌在近代的發
展情況，但具體分期，起迄年代卻並不一致。有的起自道光，有
的起自光緒戊戌，有的則起自鴉片戰爭。而所迄則基本上在民國
初期。除了上面的分期以外，近代文學其它形形色色的分期時限
遠不止此，擇其主要，如周作人把「新文學運動」追溯到明末公
安派（見《中國新文學的源流》）鄭振鐸則也認爲「近代文學開
始於明世宗嘉靖元年（公元 1522）。」王國維則由「眞文學」之
說，而推崇雜劇，推崇白話的，白描的「自然文學」。由此而推
演開去。則宋代話本的出現，可謂中國文學史上的一大變革，故
也有認爲近代文學可追溯到宋代（參見吉川辛次郎述、黑田洋一
編《中國文學史》）。而佔主導地位的看法則是從第一次鴉片戰
爭到五四運動，與近代史的一般分期相同。近來則又崛起一種
「打通說」，認爲應該打通近現代文學的分界，因此上限爲第一
次鴉片戰爭，而下限則延伸到人民共和國成立。也有把本世紀文

學作爲一個時代整體。而所有關於近代分期的說法，都與「近代」概念有關。儘管對於「近代」的理解千差萬別，要之則可分成兩大類，一是關於時間的概念，即與「以前」對應，是「近時」，「近來」這些靠近現在的時間概念。如陳衍運用的「近代」概念就屬於這一類。這在歷史上也早有先例，如「近任昉，王元長等，辭不貴奇，競須新事，爾來作者，寖以成俗」（鍾嶸《詩品序》）又「盛唐諸人，惟在興趣，羚羊掛角，無跡可求……近代諸公乃作奇特解會，遂以文字爲詩，以才學爲詩，以議論爲詩」。（嚴羽《滄浪詩話》）皆以之概括一時之文學。晚清劉師培作《論近世文學之變遷》，則「近世」之時限，始於明末，斷自晚清，時下文學則以「近歲」標名。又與陳衍稍有不同。陳衍以《春秋》張三世之說論清代詩歌，而以爲「文簡以下，傳聞之世也；文愨以下，所聞之世也；文端、文正以降，所見之世也。」所聞所傳聞，前人已有論次，故陳衍選所見之世之詩相續。這樣陳衍之「近代」實乃清代最後部分。汪辟疆亦與之相仿，以爲：「有清一代詩學，至道咸始極其變……至同光乃極其盛，故本題範疇，斷自道光初元。」（《近代詩人述評》）再一類是關於性質的概念，即把「近代」作爲一個標誌某種特有性質的專有名稱，而不再是可以隨意通用的一般時間名詞。這類看法又可一分爲二。其一認爲文學受時代決定，故時代發生質變，文學也必因之而質變，是以，歷史分期也即是文學的分期。其二認爲文學有自己的歷史，近代文學即是在性質上根本不同於古代文學的一種新文學。錢歌川曾有專文比較近代文學與古代文學的區別：「一般地說，古代文學是大事業的，客觀的，有點不容易接近的，而近代文學則

相反，是自意識的、主觀的，馬上就可以親近的。」「古代文學上一個共通的特點，就是由種種的方式表現着非常偉大的感情和信仰，民衆全體的生命以及一種宏大普遍之感。」故古代文學推崇「至純至高」的格調，注重大場面、大題材，而「近代文學上最大的特質就是個人的要素，雖無民衆全體的生命存乎其間，而對於人情的偉大，確有更深透的闡明，無論寫出的對象，完全是個人的，而都能成爲人格的典型。」所以「近代文學的視野特別的廣大了」，不論是「犯罪情形」，還是「內面生活的秘密」，都「毫無隱諱地」表白出來。「支配着近代文學的就是探求人生一切眞相的熱情。所以近代文學是複雜的、變化多端的；而古代文學則是常套的，目標一致的。（《近代文學的特徵》）儘管他的這種觀點未必完全符合實際，未必能解釋文學史上的所有客觀存在，但我們可以看出，他是在努力從文學上區分「古代」和「近代」。而有的人則側重從文體上來區分古代文學和近代文學，認爲近代文學是「白話的」，「通俗的」自然文學，有的人則側重於從思想上來區分古代文學和近代文學，認爲古代文學是封建的文學，而近代文學則是反帝、反封建的文學。看來這種區分缺乏一種統一的標準，而且相當困難，因而很難取得完滿的一致。

顯然，「近代」這個概念由於研究者各自不同的理解和改造，已失去了往日的單純和明晰，愈來愈模糊了，爲了避免誤會和各種旣定觀點的干涉和糾纏，必須說明本題所採用的「近代」一詞，只是指道光至清末民初這段時限，與上述各種分期也並無血緣關係。雖然，前人的各種分期曾給本文以有益的啓迪，但本文的時限與上述有些分期相一致，也只是形式上的一致，其實質是有區

別的。

劉勰說：「文律運周，日新其業。變則其久，通則不乏，趨時必果，乘機無怯，望今制奇，參古定法」。（《文心雕龍·通變》）中國古典詩歌的發展史正是一部通變的歷史。後代詩歌的形成和發展，都是在對前代詩歌的思考和總結的基礎上，選擇新途的結果。如果說，唐詩的歷史回顧主要表現在對漢魏風骨的重新發現，宋詩的歷史回顧主要表現在從杜韓那裏發現新的出路，明詩的歷史回顧主要表現對盛唐氣象的嚮往和追求，清初的歷史回顧主要表現在對宋詩的重新認識。那麼，道光以後的古典詩歌則表現了一種全面的反省精神，它不僅要參定宋詩和唐詩，而且還要從晚唐，從漢魏那裏尋求啓示。這種反省是那樣深邃、廣闊，那樣深沉、纏綿，就像一個人臨終前，忽然閃現童年以來走過的人生旅途一樣，中國古典詩歌也在作這種最後的反省。與此同時，一種新的期待和渴望也正在舊的機體內騷動着，茫茫詩空，黎明的晨曦究竟在那裏，一隻大鳥展翅博擊長空，回翔在天際。這些都似乎在向人們暗示一個歷史的結論。

而且，即使我們把注意力轉移到詩歌自身運動的外部，去觀察一下社會的歷史運動。我們同樣可以發現，儘管 1840 年的鴉片戰爭造成了一個新的時代，但是，如果不是由於清王朝內部在嘉道以後日趨腐朽，由康乾時期中華帝國在邊陲取得的赫赫武功，我們完全可以重新設想一下戰爭的結局。鴉片戰爭的發生也許是必然的，但鴉片戰爭具體發生在那一天卻是偶然的，而戰爭的勝負並不取決於一個偶然的時間，因為戰爭在本質上是力量的較量。因此，鴉片戰爭及其後果的必然性，應該從清王朝由盛轉衰，整

個封建時代由盛轉衰，日趨腐朽沒落這樣一個現實中去尋找，因此要理解鴉片戰爭，就必須理解嘉道以後的社會現實。鴉片戰爭前的十幾年爲戰爭的實現準備了充分的條件。這樣，以道光作爲一個歷史時代的界限也並不是毫無道理的。

當然這並不是我們把道光以後的中國古典詩歌作爲最後一個詩史階段的根本原因，但道光以後的社會生活卻是這時期詩歌的主要對象，這種在分期上的吻合能夠爲我們的研究工作帶來許多方便。因此作必要的說明也是有益的。

由於我們所考察的對象是中國古典詩歌發展的最後一個階段，它是歷史的繼承和發展，以往的詩歌運動在它身上必然會留下深深的烙印。相對於歷史而言，它只是一個結果，歷史是它的重要前提。而且對於道光以後各種詩歌流派以及他們的詩學觀點、創作成就、歷史地位和時代價值的評判，也只有放在整個詩歌發展的歷史長河中去考察，放在詩歌運動的總趨向中去認識，才能比較恰如其分，切中肯綮。因此本文意欲首先闡明對於道光以前詩歌發展的基本認識，然而在這個基礎上來分析認識道光以後古典詩歌的發展，這樣也許有助於形成一個具有個性的認識體系。

另外，還想說明一下，本文認爲詩歌在其繼承和創新的發展過程中，出現兩種矛盾對立的辯證傾向：一是「踵事增華」、「變本加厲」、「由疏趨密」的傾向；一是「返樸歸眞」、「密而求疏」、「由繁趨簡」的傾向，它們構成了詩歌發展過程中的內在辯證運動。同時還認爲在詩歌的審美歷史中，同樣存在兩種對立的傾向：一是指向未來的審美理想，它引導詩歌藝術不斷趨新；一是指向過去的審美傳統，它引導詩歌藝術趨雅，它們之間

的對立統一構成了詩歌審美的辯證運動。本文企圖以此作為貫穿
全文的基本線索。

❶　對上述觀點的闡發詳見拙文《對〈詩〉的再認識——兼及先秦時代語言
　　文化形態的基本特徵》(《文學遺產》1991,3)。

第一章
古典詩歌的歷史建構與凝凍
——從漢詩到明七子

第一節　從無到有：漢魏詩歌藝術形式的覺醒

如果說《詩》的時代仍然是各種精神文化形態渾然不分的時代，至少那種分化還是處在極其幼稚的萌芽狀態，那麼，到了漢代各種精神文化形態的分化在客觀上已經相當發達。由於散文體的長足發展，那種需要比較詳細、準確地記載、陳述、議論的精神文化職能，就由適宜的散文體來承擔了，明揚愼不主張「六經皆史」的說法，但他認爲詩體不適宜記史，（參見《升庵詩話》卷十一）卻頗有啓發性，正是由於文體的分工，詩的職能才明確起來。而事實上，漢代文人詩幾乎沒有一首是紀史的。而在民間，在文化的淺層次裏，民歌卻繼續保存着《詩》的傳統。可以說在文化程度很低的民間，進行思想情感交流的主要文化形態，就是他們的歌唱，什麼是哲學，什麼是政治，什麼是歷史，什麼是文學，對於他們來說根本是無所謂的，他們想說就說，想歌就歌。有所感受，有所體驗，有所經歷，有所思想，他們就借助歌唱表達出來。如果一首歌唱出了許多人的心聲，引起了普遍的共鳴，那麼自然也就會流傳開去。同時由於下層百姓文化程度低，缺少

理性的洗禮，因此，他們看問題往往是直觀的，而他們的表達也就往往是形象的，保持着濃郁的感性色彩，由文人採集整理的漢樂府民歌，雖然也許已經過某些加工，但基本上依然保存着它的原始風貌，淳樸粗獷，自然眞切。敍事、抒情議論都有，而且常常自然地交織在一起，這就與主要以抒情感嘆爲主的文人詩歌（包括文人創作的樂府）形成了明顯的對照。而這種對照又正好說明了精神文化形態的分化已經在文化高層次中實現了自己。

漢代文人詩作爲中國古典詩歌分化獨立的第一個階段，顯示着質樸自然，天眞猶存的風貌。劉勰稱漢代古詩「直而不野，婉轉附物，怊悵切情，」（《文心雕龍・明詩》），嚴羽也謂：「漢魏古詩，氣象混沌，難以句摘，」（《滄浪詩話》），王世貞則曰：「西京、建安，似非琢磨可到。」（《藝苑巵言》卷一），吳喬又說：「漢魏之詩，正大高古……古謂不束於韻，不束於粘綴，不束於聲病，不束於對偶。」（《圍爐詩話》卷一），而龐塏更認爲：「漢、魏詩質直如說話，而字隨字折，句隨句轉，一意順行以成篇。」（《詩義固說》上）這些評論從多方面指出了漢詩「高古天成"（費錫璜《漢詩總說》)，的特色。漢代文化本來與楚文化一脈相承。尤其是在文學方面，楚辭的影響相當深遠。「爰自漢室，迄至成哀，雖世漸百齡，辭人九變，而大抵所歸，祖述楚辭，靈均餘影，於是乎在。」（劉勰《文心雕龍・時序》），但是，漢詩的風格卻與尚保留着濃郁的原始思維特徵和情調的楚辭很不相似，「屈平聯藻於日月，宋玉交彩於風雲」（同上)，在漢詩中卻很難見到楚辭那種「暐燁奇意」。漢詩既無華美的藻彩，又無神奇要妙的想像。張衡的《四愁詩》在句法上頗有楚辭的特色，

但所想也不過在「太山」、「桂林」、「漢陽」、「雁門」之間，這不能不使人疑惑不解。然而，如果我們將漢詩與漢賦作一對照，也許多少能消去一點疑惑。

與漢詩相反，漢賦在語言章句方面進一步發展了楚辭的形式，王逸指出：屈原以後「名儒博達之士，著造詞賦，莫不擬則其儀表，祖式其模範，取其要妙，竊其華藻。」（《楚辭章句序》），說明了漢賦與楚辭之間的血緣關係。而班固也說：「漢興，枚乘、司馬相如，下及揚子雲，競爲侈麗宏衍之詞。」（《漢書·藝文志》）。然而，縷金錯彩、鋪張揚厲的漢賦，卻「沒其諷喻之義」，放棄了楚辭強烈的個人抒情色彩，所謂「勸百諷一」，其結果卻是買櫝還珠。漢代著名的大賦，大多殫心竭力，窮形盡相，着意鋪陳描狀王家京都的繁華，宮殿的壯麗，苑囿的遼闊和遊獵的巨大聲勢，漢賦在客觀上已經成爲「潤色鴻業」的富麗堂皇的文字飾件，而且也是漢語言高度成熟，發達和富有的盡情展覽，它們是繁榮昌盛，蓬勃崛起的自豪頌歌。也是這個空前統一和強大的東方大帝國在文化精神方面對自己的一種肯定。對歷史的敍述留給了史傳，對思想的發揮留給了論說，而「潤色鴻業」又留給了大賦，剩下的純粹個人的性情、感慨則無可選擇地留給了詩。因爲是個人性情的自然抒發，所以既不需要長敍大論，也不需要縷金錯彩，而只要「平平說出，曲曲說出。」（朱自清《朱自清文集》四），而詩的本性卻得到了較充分的體現，雖然也許是不完滿的。這樣漢詩與漢賦，就顯示出了迥異的風格。

漢詩在格律方面是比較自由的，當時尚不見有明確的條規。有雜言句式，也有整齊句式，而最有代表性的是五言句式。音調

自然，韻律和諧。詩人重在抒發胸臆，無意雕章琢句，篇章渾然，難於句摘，可謂「天衣無縫」。讀《古詩十九首》不難獲得這樣的體會。表現手法也比較單純，起首往往用比興，觸物感發，諸如「青青陵上柏，磊磊澗中石」，「冉冉孤生竹，結根泰山河」，「迢迢牽牛星，皎皎河漢女」等多屬此類。而抒情寫物也以直接描述爲主，既不用故實，也少修辭性的喩擬，除了少數通篇以物喩意的作品，如朱穆《與劉伯宗絕交詩》之類，大多數詩作在整體上與對象保持着一種相對直接的關係。如秦嘉《贈婦詩》，趙壹《疾邪詩》，孔融《雜詩》，蔡琰《悲憤詩》，古詩《今日良宴會》，《生年不滿百》之類。當然也有不少詩作，也時常插入間接寓意寄情的手法，如古詩《冉冉孤生竹》篇末：「傷彼蕙蘭花，含英揚光輝，過時而不採，將隨秋草萎」，便是借物言志表達女主人公對青春易逝的感嘆。而詩人所描述的形象也往往很容易爲經驗所接受，非常實在，爲人喜聞樂見。而詩語也是質樸無華，流暢自如，比較通俗，又好用疊詞，顯得天眞爛漫。當然如《郊祀歌》由於其職能在於祭祀神靈和頌揚威德，是皇室重大活動的點綴，因此相當典雅，完全不同於普通個人抒情詩的自然親切，平易近人。它們雖然在體制上不同於賦，卻有着賦那種騁才求雅的精神，後代刻意雕琢，「生澀奧衍」一派卻往往要溯源於此（參見陳衍《石遺室詩話》卷三），但《郊祀歌》並不代表漢詩的基本傾向。

魏詩，則接踵漢詩。不僅五言詩經過詩人的不斷創作日趨老練，樂府民歌也因爲文人的仿制，而成爲一種專門的詩體。它們越來越成爲意識的對象，所謂「慷慨以任氣，磊葉以使才」（劉

颺《文心雕龍·明詩》)。五言詩體和樂府詩體已逐步成爲詩人舒
展文才的形式。正如龐塏所云:「魏詩多一分緣飾,遂讓漢人一
分,然未甚相遠。」(《詩義固說》下)。世積亂離,風衰俗怨,建
安詩人所感所悟,志深筆長,梗概多氣,那種對亂世的描狀,對
人生的悲嘆,沉重地向人襲來:「鎧甲生蟣虱,萬姓以死亡。白
骨露于野,千里無雞鳴。」(曹操《蒿里行》)「對酒當歌,人
生幾何?譬如朝露,去日苦多。慨當以慷,猶思難忘」。(曹操
《短歌行》),「出門無所見,白骨蔽平原。路有饑婦人,抱子棄
草間。願聞號泣聲,揮涕獨不還。」(王粲《七哀詩》),「驚
風飄白日,光景馳西流。盛時不再來,百年忽我遒。生存華屋外,
零落歸山丘。」(曹植《箜篌引》)這些詩篇,感受是那樣的細
緻和深刻,傳達是那樣的眞切和具體。五言和樂府在建安詩人手
裏已經得心應手,運用自如。它們在總體上比漢詩顯得精緻而更
富有表現力。魏詩不僅在句式方面更穩定,五言詩的創作更普遍,
而且對選辭造句也開始講究起來。語言比古詩更爲豐富多彩。這
在曹氏父子和建安七子的詩作裏表現得很明顯。而其中尤以曹植
最爲傑出。鍾嶸評曹植詩云:「其源出於《國風》。骨氣奇高,
詞采華茂,情兼雅怨,體被文質,燦溢今古,卓爾不群,嗟乎!
陳思之於文章也,譬人倫之有周孔,鱗羽之有龍鳳,音樂之有琴
笙。女工之有黼黻」。(《詩品》卷上),可謂推崇備至。曹植詩
已開始着意精細地刻劃對象,諸如「驚風飄白日」(前引)「餘
巧未及展,仰手接飛鳶」。「膾鯉臇胎鰕,炮鱉炙熊蹯。」(《名
都篇》),「仰手接飛猱,俯身散馬蹄。狡捷過猴猿,勇剽若豹螭。」
(《白馬篇》),「羅衣何飄颻,輕裾隨風還。顧盼遺光彩,長嘯

氣若蘭。」（《美女篇》），都十分講究用辭的貼切，準確和生動。
在修辭方面，也較多採用比喻手法。且講究藻采之美麗，典雅。
魏詩則相比《古詩》進一步文人化了。而在表現手法上，魏詩不
僅善於描狀物象，而且也善於寄托。其中尤以阮籍爲最。籍詩以
主觀抒發爲主，但這種抒發往往是通過間接的寫物而曲折隱晦地
流露出來，故鍾嶸評其詩曰「言在耳目之內，情寄八荒之表。」
（《詩品》卷上），而劉勰亦謂「阮旨遙深」（《文心雕龍·明詩》）。
《咏懷詩》中如「孤鴻號外野，翔鳥鳴北林。」「凝霜被野草，
歲著亦雲已。」，「寧與燕雀翔，不隨黃鵠飛」，「丘墓蔽山岡，萬
代同一時。」之類都是隱含人生哲理，耐人尋味的詩句。

　　各種文體隨着精神文化形態的分化，各自的職能正在日趨明
確，而且它們所具有的巨大功能也得到進一步的認識。曹丕說：
「蓋文章，經國之大業，不朽之盛事。年壽有時而盡，榮樂止乎
其身。二者必至之常期，未若文章之無窮。是以古之作者，寄身
於翰墨，見意于篇籍，不假良史之辭，不托飛馳之勢，而聲名自
傳于後。」（《典論論文》）。他不僅看到了文章的社會功用，這
是前人多有論述的，而且還進一步看到文章形式所具的超越時空
限制的巨大功能。藉助於文章，人們的生命得到極大的延長，可以
留名千古，故欲不朽，唯有著文章於世。這種對文章的極度重視，
也是造成建安文學繁榮發達的一個重要原因，故後人總結說：“魏
之三祖，更尚文詞……下之從上，有同影響，競騁文華，遂成風
俗。」如果說漢詩還只是個人性情的一種自然流露，是「情動于
中而形于言」，那麼，儘管魏詩也仍然是「感于哀樂，緣事而發」。
但與漢詩人相比，魏詩人則更加有意致力於詩，因而魏詩在形式

上比漢詩有了進一步的發展。

第二節 踵事增華：六朝詩歌藝術形式的不斷展開

中國詩歌的航船已經啓動，它將無可阻攔地向着自己應去的方位前進。隨着客觀上各種文體的興盛，晉以後的文人已有必要，有可能進一步自覺地去認識各種文體的特徵和職能，並探究它們發展的規律。這樣就造成了詩文理論和批評的大繁榮。而這種理論和批評的反饋又促進或限制了詩文的發展。

「詩緣情而綺靡」，陸機從詩的內容和形式兩方面確定了詩的特徵。在內容上他肯定了《毛詩序》「情動于中而形于言」的觀點，在形式上則肯定了曹丕「詩賦欲麗」（《典論·論文》）的觀點。而晉詩也正是在這種認識指導下不斷發展。一方面晉詩以主觀抒情爲主，而且在抒情之中，男女之情佔了一定的比重，著名的作品如張華的《情詩》潘岳的《悼亡詩》，陸機《爲顧彥先贈婦詩二首》等。而對歷史的感嘆，對神仙世界的向慕，也佔了一定的比例，左思的《咏史》，郭璞的《遊仙詩》就是其中著名的篇章，然而晉詩卻失去了魏詩所具有的那種慷慨悲歌的氣勢和力度。晉詩人是憂鬱多思的。他們的詩歌缺少魏詩那種強烈的感性魅力和召喚力量。然而晉詩人卻在他們所感悟的範圍和深度內，比魏詩人作了更精心的表達。陸機所說的「綺靡」，就是對於語言修辭的講究。劉勰說「晉世群才，稍入輕綺，張潘左陸，比肩詩衢，采縟于正始，力柔于建安，或析文以爲巧，或流靡以自妍。」在這方面可以陸機爲代表，鍾嶸論陸機云:「其源出于陳思。才高詞

贍，舉體華美。」（《詩品》卷上）。陸機與曹植相比，更注意語
詞的修飾。陸詩不僅藻采華美，且時出對句。王世貞說：「士衡、
康樂已於古調中出俳偶。」（《藝苑卮言》卷三）。如果說曹植詩
中已偶爾採用俳偶詩句如「太息經長夜，悲嘯入青雲。」（《雜詩》）
「江介多悲風，淮泗馳急流。」（同上），「潛魚躍清波，好鳥鳴
高枝。」（《公讌詩》）之類，那麼，陸機已常常有意在中幅採用
俳偶句式。如「振策陟崇丘，案轡遵平莽。夕息抱影寐，朝組銜
思往。」（《赴洛道中作》），「俯入窮谷底，仰陟高山盤。凝冰
結重磵，積雪被長巒。陰雪與岩側，悲風鳴樹端。」（《苦寒行》），
「輕蓋承華景，騰步躡飛塵。鳴玉豈樸儒，憑軾皆俊民」。（《長
安有狹邪行》），「和風飛清響，鮮雲垂薄陰。蕙草饒淑氣，時鳥多
好音。」（《悲哉行》），諸如此類在陸機詩中是很多的。從這
些例子中我們還可以看到陸機已十分講究形容詞和動詞的使用。
而如《苦寒行》、《悲哉行》、《日出東南隅行》等詩，都採用大段
鋪敍的手法，進行渲染，賦體的手法已滲透進來。在音節上如
「逝矣經天日，悲哉帶地川。」（《長歌行》）之類已近律句。
所有這些已逐步失去了《古詩》的風貌。對此，王世貞不無遺憾
地說：「陸士衡翩翩藻秀，頗見才致，無奈俳弱何。」（《藝苑
卮言》卷三）。但是陸機的詩學觀和創作，其影響卻是深遠的。謝
榛說：「陸機《文賦》『詩緣情而綺靡，賦體物而瀏亮』夫『綺
靡』重六朝之弊，『瀏亮』非兩漢之體。」（《四溟詩話》），雖
持貶義，而卻從反面說明了陸機對六朝詩風的影響。王世貞更具
體而論，以為：「謝靈運天質奇麗，運思精鑿，雖格體創變，是
潘陸之餘法也，其雅縟乃過之。」（《藝苑卮言》卷三）。而胡應

麟《詩藪》亦謂:「靈運之詞,淵源潘陸」。

在注重形式,競今疏古,窮新極變的道路上,南朝詩人又向前邁進一步。「儷采百字之偶,爭價一句之奇,情必極貌以寫物,辭必窮力而追新,此近世之所競也。」(《文心雕龍・明詩》),劉勰作爲一個同時代的文論家,他的描述無疑是最貼近現實的。顏延之、謝靈運、鮑照,直到謝朓、沈約、庾信等詩人,整個南北朝詩正日趨新途,向着唐代律體詩發展。如果說晉詩從整體上是抒情,那麼南北朝詩則在狀摹山水景物方面有了長足的發展,本來像陸機等詩人的作品裏,已有較多的寫景成份。故張戒說:「潘陸以後,專意詠物,雕鐫刻縷之工日以增。」(《歲寒堂詩話》卷上),把潘陸作爲寫景詠物之祖。但潘陸與謝靈運、鮑照相比則顯然尙處在早期階段。而謝靈運和鮑照詠物的最突出的對象就是山水。所謂「老莊告退,而山水方滋」,雖然老莊未必告退,而山水之作確是方興未艾,謝詩如:「白雲抱幽石,綠篠媚清漣」。(《過始寧墅》),「石淺水潺湲,日落山照曜。荒林紛沃若,哀禽相叫嘯。」(《七里瀨》),「時竟夕澄霽,雲歸日西馳。密林含餘清,遠峰隱半規。」(《遊南亭詩》),「揚帆采石華,掛席拾海月。溟漲無端倪,虛舟有超越。」(《遊赤石進帆海詩》),「亂流趨孤嶼,孤嶼媚中川。雲日相輝映,空水共澄鮮。」(《登江中孤嶼詩》),「澹瀲結寒姿,團欒潤霜質。澗委水屢迷,林迥岩逾密。」(《登永嘉綠嶂山詩》),「林壑斂暝色,雲霞收夕霜。芰荷迭映蔚,蒲稗相因依。」(《石壁精舍還湖中作詩》),對山水風光作如此盡情的描繪、精細的刻劃是前所未有的壯舉。寂寞的山川第一次在詩人的筆下大膽地展示出幽秀深邃,駘宕迷人的姿

態。而另一位詩人鮑照，則從另一個角度較多地展示了山川的雄奇蒼茫之態。其詩如「千岩盛阻積，萬壑勢迴縈。巑岏高昔貌，紛亂襲前名。洞澗窺地脈，聳樹隱天經。」「高岑隔半天。長崖斷千里。氛霧承星辰，潭壑洞江紀。嶄絕類虎牙，嶄岏像熊耳。埋冰或百年，韜樹必千祀。」（《登廬山詩二首》），「青冥搖烟樹，穹跨負天石。霜崖滅土膏，金澗測泉脈。旋淵抱星漢，乳竇通海碧。」（《從登香廬峰詩》），「幽隅秉晝燭，地牖窺朝日。怪石似龍章，瑕璧麗錦質。」（《從庾中遊園山石寶詩》），「高山絕雲霓，深谷斷無光。晝夜淪霧雨，冬夏結寒霜。淖坂既馬領，磧路又羊腸。」（《登翻車峴詩》），「兩江皎平通，三山鬱駢羅。南帆望越嶠，北屆指齊河。關扃繞天邑，襟帶抱尊華。長城非壑嶮，峻阻似荆芽。攢樓貫白日，摛諜隱丹霞。」（《還都至三山望石頭城詩》），這些詩作與他的《擬行路難》等詩一樣，洋溢着一股英特之氣。謝鮑的詩篇與其前人相比，不僅在詩句對偶方面更加普遍，更加成熟，而且也善於調遣語詞，更生動地刻劃和摹狀對象，不僅講究形容詞的設色敷采，而且還特別重視動詞，甚至是副詞的錘煉，有時還進一步迫使其它詞性也暫時改作動詞用，如「青翠杳深沈」（謝靈運《晚出西射堂》）「白花皜陽林」（謝靈運《郡東山望溟海水》）之類。這種刻意雕煉的結果有時不免要影響詩句的通順流暢，但卻換來了對山川景物精細生動的展現。鍾嶸評謝詩「內無乏思，外無遺物」，又評鮑詩：「善製形狀寫物之詞……然貴尚巧似，不避危仄」（《詩品》）都注意到了謝、鮑窮形盡相的本領。而在語言修辭手法方面，謝鮑詩也比較豐富，不僅有疊辭，而且還有頂針聯鎖，而喻擬手法的使用也比

較熟練，這由前面的示例中可見一斑。但與後人相比，謝鮑對於喻擬手法的運用還是較少的。其中有一些富有喻擬意味的詩句，往往也是緣於主謂和動賓關係中動詞的活用，在性質上一般並不是主賓對象所固有，而是借用的。例如「飛」和「馳」這樣的動詞，一般只表示人或動物的動態，如果將它們與其它對象聯繫起來，就有了喻擬意味。但如果這種對象的運動狀態與這種動詞的性質很接近，那麼就很難說是眞正的喻擬手法了。因爲喻擬的側重點是它的間接性，它的目的是要讓人們在聯想的轉換中感受到對象的生動性和豐富性，如果依然只能產生屬於對象的直接效果，那麼還是不作爲喻擬手法爲好。謝鮑的本領主要還在於善於捕捉美的形象，用貼切精煉的語言直接傳達於目前。故方東樹論謝詩云：「觀康樂詩，純是功力。如挽強弩，規矩步武，寸步不失。如養木雞，伏伺不輕動一步。自命意顧題，布局選字，下語如香象渡河，直沈水底。又如累棋，如都盧尋橦，痀瘻承蜩，一口氣不敢出，恐粗也。又如造凌風臺，稱停材木，分毫不得偏畸。及其成功，如偃師之爲像人，人巧奪天工。」(《昭昧詹言》卷五)，又論鮑詩云：「鮑詩全在字句講求，而行之以逸氣。」「明遠雖以俊逸有氣爲獨妙，而字字煉，步步留，以澀爲厚，無一步滑。」(同上卷六)，都特別推崇他們選字造句的功力。

謝鮑以後如謝朓、沈約則尤注音節的和諧流暢，而逐漸向唐詩靠攏。謝榛說：「詩至三謝乃有唐調」(《四溟詩話》卷一)，而謝朓自云：「圓美流暢如彈丸」。由於對音節的重視，因此謝朓不像謝鮑那樣刻意雕煉，以致影響詩句的流暢。但小謝仍然十分注意詩作的生動性。其詩如：「遠樹暖阡阡，生烟紛漠漠。魚

戲新荷動，鳥散餘花落。」（《遊東田詩》），「日出衆鳥散，山
暝孤猿吟。已有池上酌，復此風中琴。」（《郡內高齋閑望答呂
法曹詩》），「花樹雜爲錦，月池皎如練。」（《別王丞僧孺詩》），
「天際識歸舟，雲中辨江樹。」（《之宣城出新林浦向板橋詩》），
「白日麗飛甍，參差皆可見，餘霞散成綺，澄江靜如練。喧鳥覆
春洲，雜英滿芳甸。」（《晚登三山還望京邑詩》），「餘雪映青
山，寒霧開白日。暖暖江村見，離離海樹出。」（《高齋視事詩》），
「落日餘清陰，高枕東窗下。寒槐漸如束，秋菊行當把。」（《落
日悵望詩》），「闢館臨秋風，敞窗望寒旭。風碎池中荷，霜翦江
南綠。」（《治宅詩》）形象是那樣的鮮明清晰，語言是那樣的
清新明朗，而音節也比較琅琅上口。然而，這些尚不是律詩，與
漢魏古詩又相去甚遠。故方東樹說：「玄暉別具一幅筆墨，開齊
梁而冠乎齊梁。」（《昭昧詹言》卷七），吳喬則引馮班之語說：
「沈約、謝朓、王融創爲聲病，於時文體不可增減，謂之齊梁體，
異乎漢、魏、晉、宋之古體也。雖略變雙聲叠韻，然文不粘綴，
取韻不論雙只，首不破題，平仄亦不相儷，沈宋因之，變爲律詩。」
（《圍爐詩話》卷一）。如果說潘陸、謝鮑他們主要是吸取賦體
的養分，在詩中發展了俳偶之體，爲唐代律詩的形成準備了章句
方面的條件，那麼，謝朓、沈約他們則進一步在韻律方面爲律詩
的產生作出了貢獻。對於韻律的注意，在魏晉時代已見端倪，如
《封氏聞見記》說魏時有李登《聲類》十卷，《魏書江式傳》說
晉呂靜有《韻書》五卷。《隋書經籍志》也稱晉張諒撰《四聲韻
略》二十八卷。總之，自西漢哀平以來由於佛教的傳入和翻譯，
啓發和影響了對漢語言聲韻規律的發現，而在文學方面運用聲韻

規律也許在建安時代已有先例。范文瀾認爲：「曹植既首唱梵唄，作《太子頌》、《睒頌》，新聲奇製，焉有不煽動當世文人者乎？故謂作文始用聲律，實當推源于陳王也。」（《文心雕龍·聲律篇》注），又舉「孤魂翔故城，靈柩寄京師」（《贈白馬王彪》），「游魚潛綠水，翔鳥薄天飛。」「始出嚴霜結，今來白露晞。」（《情詩》）爲例，說明在曹植詩中已具律詩的胚胎（《中國通史簡編》第二編）。而陸機在《文賦》中又從理論上對文章作了聲律方面的要求。但是，眞正在理論和實踐方面造成廣泛影響的還是謝朓和沈約，沈約作了《四聲譜》，又在《宋書·謝靈運傳論》中闡明了創作應遵循的具體方法。可見當時詩人對聲律的具體運用已有了比較清楚的認識，因而他們能比前人更爲自覺地在詩歌創作上注意聲律協調，進行比較廣泛的嘗試，諸如謝朓的《銅雀悲》，沈約的《咏芙蓉》，何遜的《銅雀伎》等已是平仄和意義完全對偶的詩篇。不過「永明體」詩往往只對不粘，少量如何遜《夕望江橋》等已是既對又粘，儼然律體的作品。

　　而整齊的七言體，在齊梁時代也開始流行，吳喬認爲：「七律托始于漢武，魏文等七言古詩。蕭子雲《燕歌行》始有偶句。自此漸有七言六句似律之詩如梁簡文帝《和蕭子顯春別》云云，梁元帝《春別》云云，陳後主《玉樹後庭花》云云。又有七言八句似律之詩，而末二句似五言者，如梁文帝《春情》云云，梁元帝《聞箏》云云。又有七言八句，前後散，中四語偶者，如梁簡文帝《烏夜啼曲》云云」（《圍爐詩話》卷一），不過還應當指出，鮑照在七言體形成過程中也作過不可抹殺的貢獻。他的《擬行路難十八首》中大量採用七言句，而如「君不見枯籜走階庭」，

一首，除起兩句因採用「君」字領起而爲八字外，餘皆七言，而
「今年陽初花滿林」一首已純是七言，且起首和中幅也間雜對句。

　　總之，隨着詩的自覺和詩的形式成爲專門的意識對象，詩體
也就必然日益遠離它原始的自然形式，而成爲人們施展才華的特
殊對象。「黃歌『斷竹』，質之至也；唐歌《在昔》，則廣于黃
世；虞歌《卿雲》，則文于唐時；夏歌『雕牆』，則縟于虞代；
商周篇什，麗于夏年」。（《文心雕龍‧通變》)，劉勰已經看到
了這種由質樸、簡陋而日趨華采繁縟的演進規律。其後蕭統更清
楚地概括說：「若夫推輪爲大輅之始，大輅寧有推輪之質？增冰
爲積水所成，積水曾微增冰之凜，何哉？蓋踵其事而增華，變其
本而加屬。物既有之，文亦宜然。」（《文選序》)。再後葉燮又
進一步解釋說：「大凡物之踵事增華，以漸而進，以至于極。故
人之智慧心思，在古人始用之，又漸出之，而未窮未盡者，得後
人精求之而益用之。乾坤一日不息，則人之智慧心思必無盡與窮
之日。」（《原詩》卷一)，把踵事增華與人類無窮的創造本能聯
繫起來，從而揭示了踵事增華的內在原因。漢魏以來詩歌的演進
也正是如此。然而，事物的發展是一種內在矛盾的辯證運動。蕭
統、葉燮他們還只是注意到了事物向前運動的主要趨向，僅僅用
他們的觀點尚不能解釋詩歌發展過程中紛紜複雜的矛盾現象。元
好問曾說歷代詩論大凡以「脫棄凡近」爲工。「雖然，方外之學，
有爲道日損之說，又有學至于無學之說，詩家亦有之，子美夔州
以後，樂天香山以後，東坡海南以後，皆不煩繩削而自合。」
（《陶然集詩序》)。葉矯然也說：「詩家熟後求生，密後求疏，
巧後求拙。蓋詩之熟者、密者、巧者，終帶儈氣，非絕詣也。」

（《龍性堂詩話初集》）。而朱庭珍又進一步概括說：「大約樸
厚之衰，必爲平實，而矯以刻劃；迨刻劃流于雕琢瑣碎，則又返
而追樸厚；雄渾之弊，必入廓膚，而矯以情眞；及情眞流于淺滑
俚率，則又返而主雄渾；典麗之降，必至餖飣，則矯以新靈；久
之新靈流于空疏孤陋，則又返而趨典麗。」（《筱園詩話》），這
番議論雖然似乎側重於風格，但也說明了創作精神和創作趨勢方
面的矛盾現象。可惜的是這些詩論家尚停留在現象描述的層次，
而缺乏本質上的探索。詩歌在其發展過程中一方面固然是「無日
不趨新，古疏後漸密，不切者爲陳。」（趙翼《論詩》），但另一
方面還存在着與這種方向完全相反的作用力，元好問、葉矯然、
朱庭珍他們都隱約看到了這股相反的作用力。人類的創造活動一
方面既是對自己的一種肯定和解放，但同時又是對自身的一種否
定和束縛，因爲人類在創造的同時，又爲自己增設了對立面，人
類的創造物既能幫助人類去進一步征服客觀世界，而同時這種創
造物又將迫使人類屈從於它，按照這種創造物的性質和規定去行
動，去生活，爲此，人類還將設法去協調自身與創造物之間的關
係。這樣，人類在創造的同時，也就束縛了自己。當然，這種矛
盾將促使人類向新的深度和廣度發展。詩體在它形成和發展的過
程中，由於詩人的創造活動「由簡而趨繁，由疏而趨密，由樸而
趨華。」（羅惇曧《文學源流》），使詩的感悟不斷更新，達到新
的水平，取得新的成就，這可以說是一個形式化過程。但與此同
時，新體的出現，又必然地增加了新的規定，新的要求，它們構
成了一種外在的力量，迫使詩人去適應，去接受新的規則，這樣
詩人在創作過程中就不得不首先去考慮這種外在的形式要求，詩

人也就不能無拘無束、隨心所欲地表達「心聲」。其結果也就必然會產生衝破束縛，回歸自然的要求，從而能不受阻礙地表達心聲，這可以看作是非形式化過程。這種要求具體表現出兩種意向：一是主張新變，也就是以我為變。一是要求恢復最初的自然狀態，這種意向，又表現為二種情況：一是追求語言表達的質樸無華，「一語天然萬古新，豪華落盡見真淳」。一是以古格為我格。第一種意向，由於是以我為變所以情況比較複雜，在風格上或者趨向質樸如話；或者自求新異，獨出巧妙，前者與後一種意向的第一種情況相似，在方向上，完全與詩體發展的基本趨向相反；後者，則是以非形式化手段實現的形式化與詩體發展的基本趨向大體一致。第二種意向的第二種情況，由於以古範為最後歸縮，所以並不能真正衝破束縛，只不過是趣味的變換而已，在實質上，它體現了人類本能中與創造力相對立的惰性力一面，它雖然具有穩定的作用，但嚴格地說，它並不能體現消除異化力量的本質，詩歌發展史上的擬古派，往往具有這種特徵。

然而，一定的形式具有自己獨特的表現力，並不是隨便能夠替代的。審美的歷史繼承性也往往使一個成熟的形式在一個時期內保持穩定。因此，重視形式的詩人又往往要求自己去掌握一定的形式，達到出神入化的程度，以人工造天巧，帶着鐐銬跳出最美的舞蹈。但當一定的形式最充分地發揮了自己的表現力以後，重視形式的詩人就會去創造新的形式，以突破舊形式的限制。它代表了詩體發展的基本趨向。

詩歌正是在這種矛盾的辯證運動中不斷向前發展，同時又形成千姿百態，豐富多彩的現實局面。六朝詩歌在其發展過程中，

一方面是「競今疏古」，與之相適應的則是重視形式，重視新變的理論，最有代表性的是陸機的《文賦》，葛洪的《抱樸子‧鈞世》，蕭統的《文選序》；另一方面是要求返樸歸眞，在理論上的代表主張是裴子野的《雕蟲論》，裴氏云：「其五言爲家，則蘇李自出。曹劉偉其風力，潘陸固其枝葉，爰及江左，稱彼顏謝，箴綉鞶悅，無取廟堂。……荀卿有言，『亂代之徵，文章匿而采』，斯豈近之乎。」抨擊華辭，可謂激烈。而在創作上則有陶淵明獨立於風會之外。然而，陶詩雖質樸平淡，但與漢詩相比，也並不相似。從形式上來講，陶詩顯然更爲成熟。詩中也採用偶句，其詩如「羈鳥戀舊林，池魚思故淵。開荒南野際，守拙歸園田。方宅十餘畝，草屋八九間。榆柳陰後簷，桃李羅堂前。曖曖遠人村，依依墟里烟。狗吠深巷中，雞鳴桑樹顚。戶庭無塵雜，虛室有餘閑。」(《歸園田居》)，該詩除首尾不對外，中間都用偶句，而且還較工穩，描寫也很周密。

當然，陶詩大多採用單筆，一氣盤旋。但觀察和描寫都較細緻，諸如「晨興理荒穢，帶月荷鋤歸。道狹草木長，夕露沾我衣。」(《歸園田居》)，「行行至斯里，叩門拙言辭。主人解余意，贈遺副虛期。談諧終日夕，觴至輒傾杯」。(《乞食》)，「採菊東籬下，悠然見南山。山氣日夕佳，飛鳥相與還」。(《飲酒》)「萬族各有托，孤雲獨無依。曖曖空中滅，何時見餘輝。朝霞開宿霧，衆鳥相與飛。遲遲出林翩，未夕復來歸。」(《咏貧士》)，用辭樸實而準確。而如《飲酒》「清晨聞叩門」一首，從叩門，問答到心有所感，敍述相當細膩。然而，陶詩與潘、陸、顏、謝、鮑等又全然不同。陶詩相對側重於從總體上把握對象，而不拘泥

於細部的精雕細刻，陶詩較少使用形容詞，尤其是綺麗的藻采，動詞的運用也很輕鬆。語言明白如話，是接近於口語的書面語。鍾嶸雖然將陶詩列入中品，而其評陶詩「文體省靜，殆無長語，篤意眞古，辭興婉惬。」（《詩品》卷中)，還是比較恰當的。陶詩雖然紋寫眞切細緻，但並不冗沓雕琢，詩語簡潔乾淨，省去一切無謂的裝飾。即如《古詩》中常有的「比興」語，也罕有運用。一切以所見所感爲準。故方東樹說：「讀陶公詩，專取其眞，事眞景眞，情眞理眞，不煩繩削而自合。謝、鮑則事事繩削，而其佳處，則在以繩削而造于眞。」(《昭昧詹言》卷四)，蘇軾以爲陶詩「外枯而中膏，似澹而實美。」（《評韓柳詩》）而重翰藻者如蕭統亦謂：「其文章不群，辭彩精拔，跌宕昭彰，獨超衆類，抑揚爽朗，莫之與京。橫素波而傍流，干青雲而直上，語時事則指而可想，論懷抱則曠而且眞。」（《陶淵明集序》)，他們都能在陶詩背後，看到濃郁的文學意味。陶淵明無疑找到了最恰當的形式來表現他對田園歸隱生活的特有感悟。

陶詩的方向雖然與六朝詩歌的趨向相矛盾，但這是發展中的矛盾，是詩歌運動在新的高度，新的層次上的辯證現象。而不是整個詩歌的倒退。而劉勰的文論似乎也正意識到這種矛盾的辯證運動，所以他一方面講新變，同時又反對「競今疏古」；一方面看到踵事增華，重視藻彩，同時又認爲，「練青濯絳，必歸藍蒨。矯訛翻淺，還宗經誥。斯斟酌乎質文之間，而櫽括乎雅俗之際，可與言通變矣。」（《文心雕龍‧通變》)。詩歌正是在「質文」、「雅俗」的矛盾運動中不斷前進。而劉勰的觀點則帶有調適的傾向。

第三節　宏遠的多方位拓展：
唐代詩歌藝術形式的成熟深化與豐富多樣化

　　六朝詩一方面在形態上日趨發達，另一方面感悟範圍卻日趨
狹窄和浮淺。無聊的應酬咏物充塞詩壇，最後又陷入聲色，緣情
一變而爲色情。甚至在民間，也許是由於文人創作的反饋，民歌
在其自覺過程中，也日益趨向單純的歌唱愛情，而逐漸成爲下層
百姓表達戀情的專門形式（當然在北方，轉變的步子要晚一些）。
中國詩歌至此走進了一條狹窄的胡同，而難以充分實現自己的定
性。我們強調文學的特殊存在方式，並不是要否定文學與生活的
廣泛聯繫，相反在我們看來，與生活的聯繫是一切精神文化形態
必然的性質。因此，我們研究文學是以此作爲當然前提的。割斷
了文學與生活的聯繫，文學的存在方式也就失去了它的存在意義
和價值。我們重視作品形式，是因爲一定的形式對於感悟來說具
有獨特的深度和廣度。「宮體」詩也是對於生活的感悟，但是宮
廷腐朽的色情生活，是一種毫無價值，或者說只有反面價值的生
活，把這種生活作爲唯一的生活形式加以歌頌，其結果必然是極
大地縮小文學的感悟範圍；把宮體形式作爲唯一的文學形式，也
必然極大地限制文學的表現功能。無疑，「宮體」形式是一種發
達的詩體形式，但發達的詩體形式，並不止是宮體形式。誠然，
如果用漢魏詩的筆墨去表現宮廷的色情生活，不可能取得「宮體」
的效果，但用「宮體」的筆墨去表現其它廣闊的生活也同樣難以
奏效。如果說，六朝詩歌形式日趨發達，最後以「宮體」作爲主

要標誌，那麼，這種形式上的進展，顯然是以犧牲形式和生活感悟的豐富性作為沉重的代價，中國詩歌發展到這裏，已經窮困之極。

　　窮則變，變則通。恢復詩歌形式和生活感悟的無限豐富性，充分發揮詩歌的功能，這一神聖的使命已無可違避地落在唐代詩人的肩上。如果說劉勰已意識到這種歷史要求將會出現，那麼，唐人不僅把這種要求轉變為明確的理論綱領，而且還化作實際的創作行動。陳子昂、張九齡、李白，崛起於窮極之時，受命於危難之際。陳子昂首先在《與東方左史虬（修竹篇）序》中對六朝以來的詩風提出了批評，認為「漢魏風骨，晉宋莫傳」，「齊梁間詩，彩麗競繁，而興寄都絕」。他的目標很明確，就是要恢復，「漢魏風骨」和「興寄」傳統。而他所欣賞的是「骨氣端翔，音情頓挫，光英朗練，有金石聲」的作品。而這種藝術特徵，不是描寫宮廷色情生活的作品所能具備的，而他自己也正以《感遇》三十八首，《薊丘覽古》七首和《登幽州臺歌》等著名作品拓寬了生活感悟的範圍，而為潘德輿所特別器重的張九齡也以他的《感遇》詩為詩壇增添新彩。而真正徹底扭轉六朝詩風，唱出盛唐之音的是李白。李陽冰《草堂集序》說：「盧黃門云：『陳拾遺橫制頹波，天下質文，翕然一變』，至今朝詩體，尚有梁陳宮掖之風，至公大變，掃地以盡。」中國詩歌到李白筆下又展現出極為豐富多彩的姿態，李白用他瑰奇的筆墨，極其生動地表現了廣闊的生活畫面，甚至可以說六朝以來還沒有一個人像李白那樣如此充分地顯示出詩歌應有的本性。

　　李白與陳子昂一樣以復古為己任，據孟棨《本事詩》所載，

李白曾有言：「梁陳以來，艷薄斯極，沈休文又尚以聲律。將復古道，非我而誰？」又說「自從建安來，綺麗不足珍。」（《古風》其一），也以六朝，尤其是梁陳詩風作爲反撥對象，然而李白的復古絕非意味着在詩體上拋棄建安以來所取得的成果，而復歸建安以前的窠臼。他在《古風》第一首中說：「大雅久不作，吾衰竟誰陳。正聲何微茫，哀怨起騷人。揚馬激頹波，開流蕩無垠，廢興雖萬變，憲章亦已淪。」「我志在刪述，垂暉映千春。希聖如有立，絕筆于獲麟。」隱然以史爲己任。李白正是站在這個立場上認爲建安以來綺麗不足珍。因此，李白復古的重點在於恢復詩歌對生活感悟的豐富性，打破梁陳以來對詩歌的束縛，更廣泛地去表現生活。而對於六朝以來在詩歌形式方面取得的成果，對於其中所有的合理因素都要加以繼承和吸取。故杜甫論白詩「清新庾開府，俊逸鮑參軍。」（《春日憶李白》)，而李白亦謂「覽君荊山作，江鮑堪動色。」（《書懷贈江夏韋太守》），「解道澄江靜如練，令人長憶謝玄暉。」（《金陵城西樓月下吟》），「蓬萊文章建安骨，中間小謝又清發。」（《宣州謝朓樓餞別校書叔雲》），而名篇如《行路難》也顯然受到鮑照的影響，句如「停杯投箸不能食，拔劍四顧心茫然」，則全本於鮑照：「對案不能食，拔劍擊柱長嘆息。」（《擬行路難》）。

　　廣泛的生活，需要用更爲豐富的形式去表現。李白在詩歌發展的道路上，既沒有停步，更沒有退步，而是又向前邁進了一大步，不過李白並沒從雕煉語言的角度去發展詩歌。他喜歡清新自然的語言風格，「一曲斐然子，雕蟲喪天眞」。（《古風》三十五），「清水出芙蓉，天然去雕飾」。（《書懷贈江夏韋太守良宰》)

當然與陶淵明的質樸平淡不同,白詩而是俊逸的、豐富的,又是鮮明流暢的。李白對詩歌藝術發展作出的最大貢獻在於進一步豐富了詩歌的語言修辭手法。不僅誇張比喻,比擬等手法得到了相當廣泛而成功的運用。(這也是唐代詩人在詩歌形式方面對漢魏六朝詩人的一大突破),而且,尤爲突出的是,李白自覺地、極大地開拓了想像空間,如果說楚辭中神奇的想像尚與南方的巫風保持着千絲萬縷的聯繫,仍是「祭神歌舞的延續」(參見李澤厚《美的歷程》),而漢魏六朝的文人詩又側重於實情實景的描寫,那麼,李白就是中國詩史上第一個最自覺地在詩的領域廣泛地展示人類巨大想像力的詩人。「西岳蓮花山,迢迢見明星。素手把芙蓉,虛步躡太清。霓裳曳廣帶,飄拂升天行。邀我登雲臺,高揖衞叔卿。恍惚與之去,駕鴻凌紫冥。俯視洛陽川,茫茫走胡兵。流血塗野草,豺狼盡冠纓。」(《古風》十九),「雲青青兮欲雨,水淡淡兮生烟。裂缺霹靂,丘巒崩摧,洞天石扉,訇然中開。青冥浩蕩不見底,日月照耀金銀臺。霓爲衣兮風爲馬,雲之君兮紛紛而來下,虎鼓瑟兮鸞回車,仙之人兮列如麻。」(《夢遊天姥吟留別》),「我欲攀龍見明主,雷公砰訇震天鼓。帝旁投壺多玉女。三時大笑開電光,倏煉晦冥起風雨。閶闔九門不可通,以額扣關閽者怒。」(《梁甫吟》),「登高望蓬瀛,想像金銀臺。天門一長嘯,萬里清風來,玉女四五人,飄飄下九垓。含笑引素手,遺我流霞杯。」(《遊泰山》之一),諸如此類,五彩繽紛的意象在詩人筆底瀾翻而出,在讀者眼前展現出一個自屈騷以來還沒有過的神奇世界。與李白相比,兩晉的遊仙詩將黯然失色。劉熙載稱李白詩:「海上三山,方以爲近,忽又是遠,太白詩言在口頭,

想出天外」，所謂「升天乘雲」，「鑿空而道」者也。又認爲：
「『有時白雲起，天際自舒捲』『卻願所來徑，蒼蒼橫翠微』，即
此四語，想見太白詩境。」（《藝概・詩概》）。當然僅以神奇的
想像來論定李白的詩還是很不夠的，龔自珍說：「莊屈實二，不
可以并，并之以爲心，自白始。儒仙俠實三，不可以合，合之以
爲氣，又自白始也。其斯以爲白之眞原也已。」（《最錄李白集》）。
李白詩是多姿多彩的，然而我們在這裏並不打算去完整地展示李
白詩的風彩，而只想指出，李白的復古並沒有造成詩歌形式的倒
退，相反卻使中國詩歌產生了一次飛躍，這個飛躍的一個重要標
誌就是中國詩歌從此不再主要依靠語辭的直現能力來直接展示對
象，而是憑藉各種修辭手段間接地突現對象。如果說，漢魏六朝
詩主要憑藉語言功夫。用的是硬勁，那麼，唐詩則憑藉整體的構
思修辭，用的是巧勁。李白的神奇想像並不是最終的對象，它或
者是某種情緒，某種寄托的外化，或者是某種氣氛，某種形象的
傳神，因此在本質上只是一種手段。當然，唐代大量的詩歌並不
完整展現神奇的想像世界，諸如：「月下飛天鏡，雲生結海樓。」
（李白《渡荆門送別》），「飛流直下三千尺，疑是銀河落九天。」
（《望廬山瀑布》），「空山百鳥散還合，萬里浮雲陰且晴，嘶酸
雛雁失群夜，斷絕胡兒戀母聲。川爲淨其波，鳥亦罷其鳴……幽
音變調忽飄洒，長風吹林雨墮瓦；進泉颯颯飛木末，野鹿呦呦走
堂下。」（李頎《聽董大彈胡笳兼寄語弄房給事》），「忽如一夜
春風來，千樹萬樹梨花開。」（岑參《白雪歌》），「照日秋雲迥，
浮天渤海寬。驚濤來似雪，一坐凜生寒。」（孟浩然《與顏錢塘登
障樓望潮作》），「大漠孤烟直，長河落日圓。」（王維《使至塞

上》），「鰲身映天黑，魚眼射波紅。」（《送秘書晁監還日本國》），
這類詩歌則主要是通過借助各種修辭手段而取得力半功倍的效果。
當然如王維和孟浩然，相對來說較多採用直接的描寫法來層現對
象。然而，他們對於自然環境的描繪與謝靈運、鮑照等人很不相同，
他們並不以局部的刻劃爲滿足，而更重視整體的構思，以意境的
完整渾成，耐人尋味爲目標。如《終南山》《山居秋暝》《鳥鳴澗》
《晚泊潯陽望廬山》《宿武陽即事》《遊風林寺西嶺》之類，都
不以窮形盡相爲能事，而是力避枝蔓蕪雜，以局部的簡潔省淨換
取整體的和諧渾成。他們與漢魏六朝詩人相比，在藝術技巧方面
變得更加自覺和純熟。

　　而在詩體方面，經過初唐四傑和沈佺期、宋之問等人的努力，
格律詩得到了基本確立，而成爲中國古典詩歌富有代表性的體裁。
如果說六朝詩體幾乎是沿着一條單線向「永明體」發展。那麼，
唐初的復古運動，則使詩體更加豐富。在唐代不僅律詩得到形成，
被廣泛採用而且由於對歷史的再認識，漢魏以來那種比較自由，
韻律限制不嚴的詩體，也爲唐人吸收過來作了新的推廣和發展，
五古、七古、雜言、歌行、樂府，成了與律詩並駕齊驅的幾種主
要形式。不過唐代以後的古體與漢魏六朝，尤其是六朝古體不同，
劉熙載說：「七古可命爲古近二體：近體曰駢、曰諧、曰麗、曰
綿，古體曰單、曰拗、曰瘦、曰勁。一尙風容，一尙筋骨。此齊
梁、漢魏之分，即初、盛唐之所以別也。」（《詩概》），又說：
「詩以律絕爲近體，此就聲音言之也。其實古體與律絕，俱有古
近體之分，此當於氣質辨之。古體勁而質，近體婉而姸，詩之常
也。」（同上）。由於六朝詩歌是向律體發展，所以六朝古體也即

是劉熙載說的「近體」，也有人認爲這種詩「實墮律體」（徐師曾《文體明辯》）唐代詩人作古詩爲了與律詩和齊梁詩區別開來，就有意向「單」「拗」「瘦」「勁」的方向發展，李重華說：「自唐沈宋創律，其法漸精，又別作古詩，是有意爲之，不使稍涉于律，即古近迥然二途，猶度曲者南、北兩調矣。」（《貞一齋詩說》）。因此而有所謂「三平調」，用律詩之所忌。而且在體制篇幅上，唐詩也更加博大，故唐以後古體非漢魏古體所能限制。當然，唐人旣是最好的創造者，又是最好的繼承者。吳喬引馮班語曰：「沈、宋旣裁新體，陳子昂崛起，直追阮公，遂有兩體。開元以下，好聲律者則師景雲、龍朔、矜氣格者則追建安、黃初，而永明文格微矣。然白樂天、李義山、溫飛卿、陸魯望皆有齊、梁格詩。」（《圍爐詩話》卷一），可見齊梁詩體在中晚唐以後尚未絕跡。另一方面，由於律詩的發展，而反過來影響古體。陳僅說：「如李、韓詩體，斷不可參入律詩一語，杜、王、高、岑體則可偶參一句。其有兩句者，必仄體也。唐初四傑體，則有兩句，長慶體，則更有四句純律。結語則高、岑體亦間有以律句收之。然此種惟施於轉韻七古，以助其鏗鏘之節奏耳。」（《竹林答問》）。同時律體又有與古體相融合者。陳僅說：「盛唐人古律有兩種：其一純乎律調而通體不對者，如太白『牛諸西江夜』，孟浩然『掛席東南望』是也，其一爲變律調而通體有對有不對者，如崔國輔『松雨時復滴』，岑參『昨日山有信』是也。雖古詩仍歸律體。」（同上）。可見唐詩一變六朝的單調局面，顯示出異常豐富的風貌。

　　比李白稍後最集中地體現唐詩的豐富性和高度藝術技巧的詩

人是杜甫。元稹在回顧有詩以來詩歌發展現狀後說：「至于子美蓋所謂上薄風騷，下該沈宋；古傍蘇李，氣奪曹劉；掩顏謝之孤高，雜徐庾之流麗；盡得古今之體勢，而兼人人之所獨專矣。」（《唐故工部員外郎杜君墓系銘並序》），評價之高可謂至矣。雖然，杜甫未必能囊括四海，包容古今，因為我們曾經強調過，各種形式都有自己特殊的表現力，因而不可隨意替代。而歷史的發展，又是一種不斷的揚棄過程。時間不可重複，歷史上的一切現實條件都將成為過去而不復再來，因而，歷史上的一切文學形式也無法完滿地重呈當年英姿。但是，後人卻可以從歷史上吸收養分，創造出自己的藝術。想用杜甫來代替前人固然是不可能的，但是認為杜甫能夠儘量利用歷史精華，比前人更為豐富地進行藝術創造，卻並不誇張。杜甫一方面不願「與齊梁作後塵」（杜甫《戲為六絕句》），在齊梁詩人身後亦步亦趨。另一方面，又主張：「不薄今人愛古人，清詞麗句必為鄰。」「別裁偽體親風雅，轉益多師是汝師。」（同上）。因此又說：「李陵蘇武是吾師」，「熟知二謝將能事，頗學陰何苦用心」（《解悶五首》）「清新庾開府，俊逸鮑參軍。」（《春日憶李白》），杜甫並沒將六朝詩人一腳踢開。正是這種虛心好學又勇於創新的精神和高度的藝術才華，鑄造了「集大成」的杜詩。

在詩歌形式上，杜甫不僅使五、七言近體詩趨於高度成熟，而且還創造了拗體，並開啟了新樂府的先聲，而《北征》又把古體推向新的高度。在廣義的修辭範圍裏，杜甫不僅善於運用各種語言修辭技巧，如「憂端齊終南，澒洞不可掇。」（《自京赴奉先縣咏懷五百字》），「觀者如山色沮喪，天地為之久低昂。㸌如

羿射九日落，矯如群帝驂龍翔。來如雷霆收震怒，罷如江海凝清光。」（《觀公孫大娘弟子舞劍器行》），「感時花濺舊，恨別鳥驚心。」（《春望》），「霜皮溜雨四十圍，黛色參天二千尺。」（《古柏行》），「岸花飛送客，檣燕語留人。」（《發潭州》），「綠垂風折笋，紅綻雨肥梅。」（《陪鄭廣文遊何將軍山林十首》），「香稻啄餘鸚鵡粒，碧梧棲老鳳凰枝。」（《秋興八首》）等，而且還善於創造想像的世界，如「得非玄圃裂，無乃瀟湘翻。」悄然坐我天姥下，耳邊已似聞清猿。反思前夜風雨急，乃是蒲城鬼神入。元氣淋漓障猶濕，眞宰上訴天應泣。野亭春還雜花遠，漁翁暝踏孤舟立。滄浪水深青溟闊，歌岸側島秋毫末。不見湘妃鼓瑟時，至今斑竹臨江活。」（《奉先劉少府新畫山水障歌》），「此時驪龍亦吐珠，馮夷擊鼓群龍趨。湘妃漢女出歌舞，金支翠旗光有無。咫尺但愁雷雨至，蒼茫不曉神靈意。」（《渼陂行》）等。不僅善於錘煉語辭，憑藉深厚的語言功夫，從正面刻劃對象，如「身輕一鳥過，槍急萬人呼。」（《送蔡都尉詩》），「曉看紅濕處，花重錦官城。」（《春雨》）「雨拋金鎖甲，苔臥綠沉槍。」（《何將軍山林》），「飛星過水白，落月動沙虛。」「地坼江帆隱，天晴木葉聞。」（《春宿左省》）等，而且也善於「平平說出」，渾涵無痕，如「烽火連三月，家書抵萬金。」（《春望》），「即從巴峽穿巫峽，便下襄陽向洛陽。」（《聞官軍河南河北》），「親朋無一字，老病有孤舟」（《登岳陽樓》）「罷人不在樹，野圃泉自注。紫崖雖羌沒，農器尙牢固。」（《宿花石戍》）等。不僅善於大筆勾勒，如「會當凌絕頂，一覽衆山小。」（《望岳》），「吳楚東南坼，乾坤日夜浮。」（《登岳陽樓》），「高標跨蒼穹，

烈風無時休。」（《同諸公登慈恩寺塔》），「無邊落木蕭蕭下，不盡長江滾滾來。」（《登高》）等。而且善於刻劃細節，如「老妻畫紙爲棋局，稚子敲針作釣鉤」。（《江村》），「瘦妻面復光，痴女頭自櫛。學母無不爲，曉妝隨手抹，移時施朱鉛，狼籍畫眉闊。」（《北征》），「妻孥怪我去，驚定還拭淚。」「嬌兒不離膝，畏我復卻去。憶苦好追涼，故繞池邊樹」（《羌村》），「澄江平少岸，幽樹脫多花。細雨魚兒出，微風燕子斜。」（《水檻遣心》）「隨風潛入夜，潤物細無聲。」（《春夜喜雨》）等。不僅善於實寫可見可聞之景，可明可曉之理，如「兩個黃鸝鳴翠柳，一行白鷺上青天。」（《絕句》），「沙頭宿鷺聯拳靜，船尾跳魚撥刺鳴。」（《漫成》），「卻繞井欄添個個，偶經花蕊弄輝輝。」（《見螢火》），「漆有用而割，膏以明自煎。蘭摧白露下，桂折秋風前。」（《遣興五首》），等，而且善於虛寫可感而不可見之態，莫名難言之意，如「碧瓦初寒外，金莖一氣旁。」（《冬日洛城北謁玄元皇帝廟》），「星臨萬戶動，月傍九霄多。」（《春宿左省》），「晨鐘雲外濕，勝地石堂烟。」（《舡下夔州郭宿雨濕不得上岸》），「日月籠中鳥，乾坤水上萍。」（《衡州送李大夫七丈勉赴廣州》），「瓢棄樽無綠，爐存火似紅。」（《對雪》）等。漢魏六朝以來幾乎還沒有一個詩人能像杜甫那樣善於運用各種藝術手法來表現他對生活的豐富感悟。從國家民族的安危，到家人骨肉的日常瑣事；從雄奇的山川，到平淡的田園；從歷史興衰，到現實哀樂；從物質生活到精神生活，杜甫的視野是那樣的寬廣，而情感的波瀾動蕩又是那樣富有力度和生氣。杜詩的風格是以沉鬱頓挫爲核心的異常豐富多彩的有機整體。正因爲杜詩成

功地創造性地發展了中國詩歌的歷史成果，鑄造了異常豐富多彩的藝術風貌，從而對後代發生了無與倫比的廣泛而深遠的影響。清代田同之說：「惟老杜聲音格律，克集大成，則無所不有，故中晚宋元皆得從中分其一體。」（《西圃詩說》），而葉燮又從風格方面加以闡述：「杜甫之詩包源流，綜正變，自甫以前，如漢、魏之渾樸古雅，六朝之藻麗濃纖、淡遠韻秀，甫詩無一不備。然出于甫，皆甫之詩，無一字句爲前人之詩也。自甫以後，在唐如韓愈、李賀之奇畢，劉禹錫、杜牧之雄傑，劉長卿之流利，溫庭筠、李商隱之輕艷，以至宋、金、元、明之詩家，稱巨擘者無慮數十百人，各自炫奇翻異，而甫無一不爲之開先。」（《原詩》卷一），雖然後人未必完全恪守於杜甫，但杜甫對後人的啓發和暗示，則無疑是多方面的，當然李白詩的個性也是相當獨特而鮮明的，非杜甫能包容，故後人往往以李杜並稱，雖有揚杜抑李，或揚李抑杜者，而兩人光芒終究不能相掩。清代魯九皋總結詩學流變，至唐而謂：「貞觀之際，王楊盧駱號稱四傑，其詩多沿舊習。陳杜沈宋繼之，格律漸高，而陳拾遺尤爲復古之冠，其五言古詩，原本阮公，直追建安作者。自後曲江起，浸浸稱盛。開元、天寶之際，篤生李杜二公集數百年之大成……要自子建、淵明而後，二家特爲不祧之祖。其輔二家而起者，有王維、孟浩然、高適、岑參、李頎、王昌齡、劉眘虛、裴迪、儲光羲、常建、崔顥諸人」。（《詩學源流考》），概括可謂全面。總之中國詩歌發展到盛唐，猶如百川歸海，烟波浩渺。然而，滄海奔流，翻騰不息，它又將成爲百川之源，形成滾滾向前的波濤。

第四節　變本加厲：
中晚唐詩對盛唐詩的三個方向偏至化發展

　　如果說，遼闊的詩界，在漢魏六朝以後，尚有許多未闢之區，那麼經過盛唐詩人的努力開墾，辛勤耕耘，如今極目遠望已是一片茂盛，眼前幾乎已經沒有一塊荒原，這的確是令人振奮的，但對拓荒者來說，卻又是不幸的，他們無疑要付出加倍的辛勞，才能可望有新的收穫，歷史就這樣向李、杜以後的拓荒者出了一道難題。

　　馮班說：「蓋大曆間，李、杜詩格未行，元和長慶始變，此實文字之大關也。然當時以和韻長篇為元和體，但言時代，則韓、孟、劉、柳、左司、長吉、義山，皆詩人之赫赫者也。」（吳喬《圍爐詩話》卷四引）。對於元和以後的創造者來說，他們要在李杜以後有所作為，就必須有所變化。就這一點而論，高棅稱元和以後的晚唐詩為「正變」也是頗有眼光的。生命在於運動，詩歌只有在變化中才能不斷向前發展。元和之後的古典詩歌基本上沿着三個方向變化，它們分別以韓愈、白居易、李商隱為代表。

　　趙翼評韓愈詩說：「韓昌黎生平，所心摹力追者，惟李杜二公。顧李杜之前，未有李杜，故二公才氣橫恣，各開生面，遂獨有千古。至昌黎時，李杜已在前，縱極力變化，終不能再闢一徑。惟少陵奇險處，尚有可推擴，故一眼觀定，欲從此闢山開道，自成一家。此昌黎注意所在也。」（《甌北詩話》卷三），而韓愈論詩興趣所向也正在於此。其論李杜詩曰：「想當施手時，巨刃磨

天揚。垠崖劃崩豁，乾坤擺雷硠」，而他的願望也是：「我願生兩翅，捕逐出八荒。精誠忽交通，百怪入我腸。刺手拔鯨牙，舉瓢酌天漿。騰身跨汗漫，不着織女襄。」（《調張籍》）。可見韓愈的主攻方向是要在想像的王國作進一步的開拓。另一方面，韓愈作爲古文運動的領袖，他還擔負着改革華艷不實的駢體文風，恢復散體古文的歷史使命，他既主張「文從字順」（《南陽樊紹述墓誌銘》），創造比較接近口語的古文，又主張「唯陳言之務去」（《答李翊書》），刊落一切陳腐套語俗語，力出新意。這種精神與他詩學主張基本相通。韓愈好作古體，且力避俳偶。他在《薦士》詩中說：「橫空盤硬語，妥帖力排奡。敷柔肆紆餘，奮猛捲海潦。」，可以說這也就是韓愈在章句方面追求的目標。錢鍾書先生說「文章之革故鼎新，道無它，曰以不文爲文，以文爲詩而已。向所謂不入文之事物，今則取爲文料；向所謂不雅之字句，今則組織而斐然成章。謂爲詩文境域之擴充，可也；謂爲不入詩文名物之侵入，亦可也。《司空表聖集》卷八《詩賦》曰：『知非詩詩，未爲奇奇。』趙閑閑《滏水集》卷十九《與李孟英書》曰：『少陵知詩之爲詩，未知不詩之爲詩，及昌黎以古文渾灝，溢而爲詩，而古今之變盡。』」（《談藝錄》），如果說，漢魏六朝以來，由於詩體的自覺，詩正朝着有意擺脫散文體的方向發展，那麼到了唐代的近體詩，可謂趨於極致。然而由於復古運動，要求詩歌全面地去表現生活，而豐富的生活，有時卻需要採用散體文的某些手法加以表現，這在集大成的杜甫詩裏已初露端倪，這樣詩體又開始在一個新的發展水平否定自己。到了韓愈則更自覺地將古文手法運之於詩歌，以豐富詩的表現手法。宋蔡夢弼引《捫虱新

話》云：「韓以文爲詩，杜以詩爲文，世傳以爲戲。然文中要自有詩，詩中要自有文，亦相生法也。文中有詩，則句語精確，詩中有文，則詞調流暢。」（《杜工部草堂詩話》），而陳師道則謂：「退之以文爲詩，子瞻以詩爲詞，如教坊雷大使之舞，雖極天下之工，要非本色。」（《後山詩話》），言外似有微意。其實詩自詩，文自文，兩者區分吳喬已有明辯，但在詩中吸收某些文的手法也未嘗不可，要在消化，使之成爲詩的有機部分，此正有佳處，無可厚非。故「以文爲詩」有成功不成功之分，錢仲聯師認爲對歷代關於韓愈「以文爲詩」的褒貶，應該具體而論「他們批評韓詩，有切中弊病的一面；讚揚韓詩，也有符合實際的一面，但都把問題說得絕對化了。」（《韓昌黎詩系年集釋前言》），這是一種實事求是的看法。

韓愈的詩歌創作正是企圖從這兩方面着手，闖出一條新路。

他的著名五言長篇《南山詩》採用大段鋪敍手法描寫南山峻險山勢，四時變態，中間連用五十一個「或」字，疊用「若」字「如」字，博喻連譬，窮形盡貌「以畫家之筆，寫得南山靈異縹緲，光怪陸離。」（錢仲聯《韓昌黎詩系年集釋》引顧嗣立語）爲詩界別開生面。徐震說：「昌黎《南山》取杜陵五言大篇之體，攝漢賦鋪張雕繪之工，又變謝氏軌躅，亦能別開境界，前無古人。……自宋人以比《北征》，談者每就二篇較絜短長。予謂《北征》主于言情，《南山》重在體物，用意自異，取材不同，論其工力，並爲極詣，無庸辯優劣也。」（同前）。而《陸渾山火》一篇則將一場熊熊烈烈、凶猛險惡的山林大火描繪成一幅「怪怪奇奇」的「西藏曼荼羅畫」（同前引沈曾植語）：「有聲夜中驚莫原，天

跳地踔顚乾坤。赫赫上照窮崖垠，截然高周燒四垣。神焦鬼爛無
逃門，三光弛騰不復曒。虎熊麋豬逮猴猿，水龍鼉龜魚與黿，鴉
鴟雕鷹雉鵠鵝，燖焞煨燔孰飛奔。祝融告休酌卑尊，錯陳齊玫闢
華園，芙蓉披猖塞鮮繁。千鐘萬鼓咽耳喧，攢雜啾嚘沸篪塤。彤
幢絳旃羅紫繖，炎官熱屬朱冠褌，髹其肉皮通骴臀，頯胸坯腹車
掀轅，緹顏靺股豹兩鞬，霞車虹靷曰轂輠丹蕤縓蓋緋繙帑。紅
帷赤幕羅脹膰，豆池波風肉陵屯，餤呀巨壑頣黎盆，豆登五山
瀛四罇……」該詩「造語險怪」，「憑空結撰」，以「巨刄摩天」，
「乾坤擺蕩」的筆力來駕馭大火，征服大火。由此可以見出
韓愈與李白、杜甫的區別所在。雖然韓愈較多地吸取了李白馳
騁幻想的精神，但李白創造的想像世界，往往靈異縹緲，天仙
雜沓，神妙清麗，舒展自如。而韓愈則雄奇瑰異，險象迭出，
駭目驚心，窮形盡相，筆力鑱刻。前者如干將莫邪，後者如闢山
巨斧。而杜甫詩雖然也有神奇的想像世界，但終不似李白、韓愈
那樣擺脫一切，暢遊汗漫，忘情馳騁，故人斷言「《陸渾山火》
詩，浣花決不能作。」（同前引吳可語)。其它如《石鼓歌》一首
則進一步開拓題材範圍，繼杜甫《李潮八分小篆歌》之後，開了
咏唱金石碑帖的先聲，而如《贈劉師服》之類，則將詩歌題材伸
展到飲食起居這類日常生活瑣事方面。總之韓愈沿着李杜開闢的
方向，進一步拓展了詩歌的表現範圍。而在創作原則上與李杜不
同之處在於，韓愈不僅以美的事物爲對象，而且如劉熙載所說還
「往往以醜爲美。」（《詩概》)。生活中那些一般被認爲醜怪險
惡的事物，常常爲韓愈的詩筆所征服，而成爲可以悠然欣賞的畫
面。

　　另一方面如《嗟哉董生行》：「淮水出桐楊山，東馳遙遙千里不能休。肥水出其側，不能千里、百里入淮流。」《忽忽》「忽忽乎余未知生之爲樂也願脫去而無因」。等採用散文句式，打破詩歌固有的節奏韻律。而如《八月十五夜贈張功曹》一詩跌宕縱橫，開闔轉折，誠如方東樹《昭昧詹言》所說全是「一篇古文章法」。《關靈師》、《薦土》等詩又以議論爲詩。劣者不免味同嚼蠟，流爲押韻之文。在用韻方面，韓愈也喜歡逞奇爭勝。如《送無本師歸范陽》押四十九敢韻，「因難見巧，愈險愈奇」。（歐陽修《六一詩話》）《贈崔立之評事》又一韻到底，越押越險。而如《此日何足惜》一詩卻押寬韻，又「波瀾橫溢，泛入傍韻。乍還乍離，出入迴合」。（同前）

　　雖然韓愈詩在總的方面表現出了追求奇險的傾向，但當韓愈描寫日常生活和平淡情景的時候，也往往採用平易樸實的手法。如《落齒》、《贈劉師服》、《送李翱》、《路旁堠送鄂岳李大夫》《寄元協律》、《庭揪》、《杏花》、《李花贈張十一署》、《南溪始泛》等，誠如方東樹所評「皆是文體白道……而一往清切，愈樸愈真，耐人吟諷。」表現出了「文從字順」的一面。

　　上述兩種傾向，看似矛盾，但總的精神都是力求在李杜以後別開生面。當然不同的形式，不同的手法都是與韓愈對生活的不同感悟相一致的。而趨新尚奇與返樸歸真的矛盾對立統一現象，在韓愈身上也表現得相當突出。當然不管是追求奇險，還是追求樸質，在藝術上的至境應該都要達到「至寶不雕琢，神力謝鋤耘」（韓愈《醉贈張秘書》）這樣一種出神入化，不見人工痕跡的水平。

　　而其時，與韓愈精神相一致的還有孟郊。劉熙載說：「昌黎、東野兩家詩，雖雄富清苦不同，而同一好難爭險。」(《詩概》)，這由韓孟兩家之聯句可見趣向所在，不過與韓愈相比，孟郊側重於選用平易的語辭去雕煉深刻的詩思，而這種詩思尤以清苦淒悲為主，故孟詩字雖易懂而句卻刻苦峭拔，精警非常，其詩如「冷露滴夢破，峭風疏骨寒」，「霜氣入病骨，老人身生冰」。(《秋懷十五首》)「無火炙地眠，半夜皆立號」「寒者願為蛾，燒死彼華膏！華膏隔仙羅，虛繞千萬遭」。(《寒地百姓吟》)「青山有蘼蕪，淚葉長不幹。空令後代人，採掇幽思攢」(《古薄命妾》)「南山塞天地，日月石上生」(《遊終南山》)，「峽棱劃日月，日月多摧輝。」(《峽哀》)造句瘦勁緊煉，無一空言餘語。

　　賈島之雕煉詩語與孟郊亦相近，但賈島更擅長五律，字字推敲，句不苟作，所謂「二句三年得，一吟雙淚流，知音如不賞，歸臥故山秋」(賈島《送無可上人》自注)可以見出他的創作精神。

　　孟郊和賈島都放棄了韓愈追求奇幻的浪漫精神，而發展了韓愈「務去陳言」的一面。其後如盧同、馬異、樊宗師、劉叉等則發展了韓愈追求奇幻的一面，開創了一個近乎怪誕的想像世界。

　　而早年受到韓愈獎掖的李賀，則用瑰奇的詩筆在神幻的想像世界開出了又一個嶄新局面，杜牧評李賀詩云：「……風檣陣馬，不足為其勇也；瓦棺篆鼎，不足為其古也；時花美女，不足為其色也；荒國傐殿，梗莽丘壟，不足為其恨怨悲愁也；鯨呿鼇擲，牛鬼蛇神，不足為其虛荒誕幻也。」(《李賀集序》)描寫李賀詩境可謂貼切。其詩如「昆山玉碎鳳凰叫，芙蓉露泣香蘭笑。十

二門前融冷光，二十三絲動紫皇。女媧煉石補天處，石破天驚逗秋雨。夢入神山教神嫗，老魚跳波瘦蛟舞，吳質不眠綺桂樹，露脚斜飛濕寒兔」。（《李憑箜篌引》）「老兔寒蟾泣天色，雲樓半開壁斜白，玉輪軋露濕團光，鸞佩相逢桂香陌，黃塵清水三山下，更變千年如走馬。遙望齊州九點烟，一泓海水杯中瀉」。（《夢天》）「月午樹立影，一山惟白曉。漆炬迎新人，幽塘螢擾擾」。（《感諷五首》）「博羅老仙時出洞，千歲石床啼鬼工。毒蛇濃吁洞堂濕，江魚不食銜沙立」。（《羅浮山父與葛篇》），「羲和敲日玻璃聲，刼灰飛盡古今平」。（《秦王飲酒》）「青霓扣額呼宮神，鴻龍玉狗開天門」。（《綠章封事》）「秋墳鬼唱鮑家詩，恨血千年土中碧」（《秋來》）「天河夜轉漂回星，銀浦流雲學水聲」，（《天上謠》）等等，設想是那樣奇特，意境是那樣瑰詭，神思是那樣跳躍動蕩，變化莫測，而造辭造語又是那樣凝重堅固，設色敷采又是那樣濃郁幽艷。總之本於韓愈趨新尚奇的精神，又作了個性的發揮。

元和以後，另一變化趨向以白居易爲代表。賀裳說：「詩至元、白，實又一大變。」（《載酒園詩語》又編）而趙翼比較韓孟與元、白之異同，謂「韓、孟尚奇警，務言人所不敢言，元、白尚坦易，務言人所共欲言。」（《甌北詩話》卷四）可見，韓與白兩人變化方向幾乎相反。白居易在詩學主張方面，特別重視詩歌的社會功用，所謂「文章合爲時而著，歌詩合爲事而作」。（《與元九書》）是他的核心主張。在創作方面，他特別重視樂府詩體，繼杜甫新題樂府以後，白居易更推而衍之，大量創作新樂府。他在《寄唐生》詩中說：「我亦君之徒，鬱鬱何所爲。不能發聲哭，

轉作樂府詩。篇篇無空文，句句必盡規，功高虞人箴，痛甚騷人辭。非求宮律高，不務文字奇，惟歌生民病，願得天子知」。可見，白居易創作新樂府，有其政治目的，所以，他在主觀上並不重視詩歌的藝術技巧，只以通俗易懂為指歸。故其詩「篇無定句，句無定字；繫於意不繫於文。首句標其目，卒章顯其志……其辭質而徑，欲見之者易諭；其言直而切，欲聞之者深誡也；其事核而實，使採之者傳信也；其體順而肆，可以播于樂章歌曲也」。（白居易《新樂府序》）實際上淪為政治宣傳品，在相當程度上影響和損害了詩具有的文學功能的實現。

　　白氏集中較有文學價值的作品主要是「閒適」、「感傷」兩類。其詩亦平易流暢，而富有風華和情韻，其詩如「縹緲巫山女，歸來七八年。殷勤湘水曲，留在十三弦。苦調吟還出，深情咽不傳。萬重雲水思，今夜月明前」（《夜聞箏中彈瀟湘送神曲感舊》）「幾處早鶯爭暖樹，誰家新燕啄春泥。亂花漸欲迷人眼，淺草才能沒馬蹄」。（《錢塘湖春行》）「燈火萬家城西畔，星河一道水中央，風吹古木晴天雨，月照平沙夏夜霜，能就江樓銷署否？比君茅屋較清涼」。（《江樓夕望招客》）「三百年來庾樓上，曾經多少望鄉人？」（《庾樓曉望》）「誰開湖寺西南路？草綠裙腰一道斜。」（《杭州春望》）「何獨終身數相見，子孫長作隔牆人」。（《欲與元八卜鄰先有是贈》）機調流轉，眼前景，心中情，用輕鬆的筆墨平平道出，親切柔和，宛在目下。與其新樂府不同，結句每有餘味，能化中幅直寫實敘為虛空烟雲。而最享大名的還是他的《長恨歌》、《琵琶行》這類七言歌行。詩人吸取《孔雀東南飛》的神理，採擷初唐四傑的藻彩，推衍李頎七

言長篇的體制，並結合說唱變文的某些手法，熔鑄而出，創出了
七言體裁的嶄新局面，白氏的七言歌行，敍事婉轉，體貼細膩，
情采生動，聲韻流美，而語句明白曉暢，實是雅俗共賞的文學佳
品，故當時後世廣爲傳誦，白居易《與元九書》中嘗謂：「及再
來長安，又聞有軍使高霞寓者，欲聘倡妓，妓大誇曰：『我誦得
白學士《長恨歌》豈同他妓哉？』由是增價」。在語言修辭方面又
好作疊調，不避重複，如「檢點盤中飯，非精亦非糲。檢點身上
衣，無衣亦無關」。（《洛陽有愚叟》）「丘園共誰卜？山水共
誰尋？風月共誰賞？詩篇共誰吟？花開共誰看？酒熟共誰斟？」
（《哭崔晦叔》）「春樹花珠顆，春塘水麴塵，春娃無氣力，春
馬有精神」。（《洛下春遊》）疊調在《詩》中較多，隨着詩體
的自覺，疊調日趨減少，到了唐代，詩中（尤其是律體詩）特別
注意避免用詞的重複，以防止單調，儘量發揮有限字數的作用，
豐富詩意。白居易卻反其道而行之，這與韓愈的「以文爲詩」相
仿，旨在以非詩爲詩，增加詩歌的表現手法，白氏作詩好盡情盡意，
故宜用反覆咏嘆手法以增強氣勢，渲洩胸臆。白居易還好用頂針
格，造成綿延流轉的情調。這種手法不僅在歌行體中採用，律詩
中也偶爾闌入。如「一歲中分春日少，百年通計老時多。多中更
被愁牽引，少裏兼遭病折磨」。（《贈皇甫朗之》）而如「一山
門作兩山門，兩寺原從一寺分。東澗水流西澗水，南山雲起北山
雲。前臺花發後臺見，上界鐘聲下界聞。遙想吾師行道處，天香
桂子落紛紛」。（《寄韜光禪師》）則又在律體中作當句對。不
僅造成句調流暢，而且還傳出了山寺的特徵和詩人體會到的特殊
意味，如此之類都有意打破常格，心到口到，意到筆到，稱心適

意，信筆所之，皆本于直道胸臆。然不好錘煉，往往「詞沓意盡，調俗氣靡，于詩家遠微深厚之境，有間未達」。（錢鍾書《談藝錄》）。

　　然而，雖然白居易以平易暢達爲目標，卻頗喜歡馳騁才情，除了前述新創句律以外，另一個主要標誌是爭勝於韻律。趙翼說：「古來但有和詩，無次韻，唐人有和韻，尚無次韻，次韻實自元、白始。依次押韻，前後不差，此古所未有也。而且長篇累幅，多至百韻，少亦數十韻，爭能鬥巧、層出不窮，此又古所未有也。他人和韻，不過一二首，元、白則多至十六卷，凡一千餘篇，此又古所未有也」。（《甌北詩話》卷四）在韻律方面爭奇鬥勝，顯然與白居易的新樂府主張不一致，由此也可見出，一個詩人的多面性和複雜性。

　　與白居易齊名的元稹，和白氏風格趨向大同小異。「選語之工，白不如元；波瀾之闊，元不如白。白蒼莽中間存古調，元精工處亦雜新聲」。（賀裳《載酒園詩話》又編）兩人同主才情，唯下筆輕出，不免淺俗，遂遺「元輕白俗」之譏。

　　在韓孟、元白之外，又另出變局的是李商隱，韓孟一派重在古體，以奇崛之思，勁健之骨獨自標格；元、白一派則長於律體歌行，「以流易之體，極富贍之思」。（姚鼐《五七言今體詩鈔序目》）「然滑俗之病，遂至濫惡」。（同上）李商隱生當其後，繼承杜詩深沉凝煉的筆墨，發揚婉轉綺麗的風格，遂別開生面。

　　李商隱雖然最爲擅長的也是五七言近體，但與元白恰成對照。李商隱用思深曲，織錦細密，隸事工穩，與元白相比，一深一淺，一曲一直，一雅一俗；而與韓孟相比，一細一刻，一婉一勁，一

麗一奇，也顯然異趣。李詩如：「瑤池阿母綺窗開，黃竹歌聲動地哀，八駿日行三萬里，穆王何事不重來？」（《瑤池》）「死憶華亭聞淚鶴，老憂王室泣銅駝。天荒地變心雖折，若比傷春意未多。」（《曲江》）「不收金彈拋林外，卻惜銀床在井頭」。（《富平少候》）「王母西歸方朔去，更須重見李夫人」。（《漢宮》）「誰言瓊樹朝朝見，不及金蓮步步來」。（《南朝》），「荔枝盧橘沾恩幸，鸞鵲天書濕紫泥」（《九成宮》）「春風舉國裁宮綿，半作障泥半作帆」。（《隋宮》）「應共三英同夜賞，玉樓仍是水晶簾」（《月夜重寄華陽姊妹》）「欲舞定隨曹植馬，有情應濕謝莊衣」。（《對雪二首》）「背燈獨共餘香語，不覺猶歌《起夜來》」。（《正月崇讓宅》）「劉郎已恨蓬山遠，更隔蓬山一萬重。」（《無題》）「身無彩鳳雙飛翼，心有靈犀一點通」（《無題》）「春心莫共花爭發，一寸相思，一寸灰」。（《無題》）這類詩歌寄托是那樣遙深，情致是那樣纏綿，藻彩是那樣綺麗，造語是那樣細密。這在前人是沒有的，至少沒有像李商隱那樣發揮得淋漓盡致。與李賀相比，兩人都重設色敷采，但李賀詩艷而沉重，李商隱詩艷而細膩。兩人又善作神幻之思，然李賀詩奇特荒誕，令人悚然，李商隱詩則縹緲迷離，令人神傷。詩如：「松篁臺殿蕙香幃，龍護瑤窗風掩扉。無質易迷三里霧，不寒長着五銖衣」。（《聖女祠》）「一春夢雨常飄瓦，盡日靈風不滿旗。萼綠華來無定所，杜蘭香去未移時。玉郎會此通仙籍，憶向天階問紫芝」。（《重過聖女祠》）「秦女夢余仙路遙，月窗風簟夜迢迢。潘郎翠鳳雙飛去。三十六宮聞玉蕭。」（《秦樓曲》）等，與李賀大不相同。玉溪詩與人事結合得比較緊密。一

般不對神幻世界作大規模的空所依旁的展示。

從前面的敍述中可以看出，元和以後古典詩歌的三個主要變化方向，實際上是對李、杜，對盛唐詩歌的各個方面作偏至化的變本加厲的發展，由於是趨於極端的發展，因此往往利弊共存，既容易顯示個性特徵，又容易失誤產生弊端。韓孟之抉天心，探地肺，務去陳言，力求深刻，而不免失之於雕琢、板滯；李賀之漚心瀝血，搜捕八荒，奇異瑰麗，而不免失之於荒誕，氣躓；元白之平易近人，自然流美，情采旖旎，而不免失之於調輕氣俗，淺率俚鄙；李商隱之含蓄纏綿，綺麗細密，而不免失之於晦澀。遂致後人褒貶無常，然皆要不失爲詩界豪傑之士。

第五節　艱險的墾荒：
宋詩對唐詩藝術度域和藝術原則的突破和更新

元和以後的詩歌新變，不僅是唐詩的一大轉折，而且是中國詩史上的又一轉折，它開啓了宋詩的先河，而元和以後的三個主要變化方向中對宋詩影響最大的要推韓愈一派。葉燮說：「韓愈爲唐詩之一大變，其力大，其思雄，崛起特爲鼻祖。宋之蘇、梅、歐、蘇、王、黃，皆愈爲之發其端，可謂極盛。」（《原詩》卷一）朱琦論詩亦謂「宋詩從韓出，歐梅頗深造。荊公獨峭折，硬語自陵踔。」（《咏古十首》）然而，在宋初對詩壇影響最大的卻是白居易和李商隱。魯九皋說：「宋初國祚雖定，文采未著，學士大夫家效樂天之體，群奉王禹稱爲盟主。其後楊億、劉筠輩崇尚西昆，專取溫、李數家，摹仿于字句儷偶之間。」（《詩學

源流考》）而嚴羽亦謂「王黃州學白樂天，楊文公、劉中山學李商隱。」（《滄浪詩話》）許顗更舉例說：「本朝王元之詩可重，大抵語迫切而意雍容，如『身後聲名文集草，眼前衣食簿書堆』又云：『澤畔騷人正憔悴，道旁山鬼漫揶揄。』大類樂天也。」（《彥周詩話》）而據近人梁昆考證，宋初學白居易的「香山派」成員有徐鉉、李昉、王奇、徐鍇等（參見《宋詩派別論》）而相對來說宋初之「西昆派」則影響較大，歐陽修說：「蓋自楊劉唱和，《西昆集》行，後進學者爭效之，風雅一變，謂『西昆體』。由是唐賢諸詩集幾廢而不行。」（《六一詩話》）可見即使是宋初詩風也仍然是沿着元和以後的變化方向在發展。然白詩易流爲滑俗，李詩易流爲綺靡。故隨着古文運動在宋代的發展，韓愈又被作爲一面旗幟高高舉起，石介著《怪說》三篇，矛頭直指西昆體領袖楊億：「今楊億窮妍極態，綴風月，弄花草，輕巧侈麗，浮華篡組，刓鎪聖人之經，破碎聖人之言，離析聖人之意，蠹傷聖人之道。」「上綱上線」，可謂尖刻銳利。而梅堯臣、蘇舜欽、歐陽修又以實際的創作一變「雕章麗句」之風。而作爲對宋初享樂頹靡之風的精神反撥，宋代道學的興起，形成一種外在的力量對詩歌中纏綿綺靡之風也有着相當的抑制作用。人之情慾不能在高尚的、道貌岸然的詩文中渲洩，因而只能尋找別的渠道流露出來。晚唐以來形成的以言情爲主的詞，作爲一種不登大雅之堂的文學體裁，就像歌妓一樣，充當了情欲的承擔者。因爲是低賤的「小道」，所以「作踐」一下也無傷大雅和體面。從此詩中便絕少言情之章，而專門言情的詞，也正好有了優惠，便很快蓬勃發展了起來。等到要尊詞道的時候，那種特殊的優惠就得取消，而

和詩文一樣，道貌岸然地去咏唱高尚的題材。蘇、辛以民族的感嘆寄之於詞，詞道也就有了提高。而到了詞道已尊，而不妨也可言情的時候，那麼，詩中也就同樣可以開禁去言情了。然後，文學是以整個生活作爲感悟對象的，由於外在力量的抑揚作用，而造成不同體裁的「偏食」，在根本上並不利於各種體裁全面地發展。

宋初詩風的消長，隱然與外在力量的干涉有着不可忽視的聯繫。石介對西昆體的抨擊正是以道統爲根據的，而明代張綖對西昆體的辯護，也是以「文章一小技，于道未爲尊」，作爲理由，認爲西昆之風不足以害道，故作昆體未嘗不可。（參見張綖《刊西昆詩集序》）這種外在力量的干涉作用，在宋代對於「西昆體」是一種抑制，對于韓孟一派的興起，相對來說卻是有利的，儘管道學家覺得韓愈在道的方面還有些欠缺，對於古文家講「文」也並不滿意，似乎文道並重還不如乾脆主道來得徹底。但在古文家看來，「言之無文，行之不遠」，文還是不得不要講的。而道學的威力畢竟還不足以將古文家也一併扼殺掉。相反古文家卻可以打着明道的幌子，將文發展起來。

宋代的幾個著名的詩文家，不僅在古文方面以韓愈爲宗，在詩歌方面也同樣以韓愈爲宗，即使側重於詩的梅堯臣、黃庭堅也同樣推重韓愈。因此，韓愈在宋代不僅是古文運動的一面旗幟，而且還是詩歌新變的導師。

梅堯臣論詩云：「韓孟于文詞，兩雄力相當。」「篇章綴談笑，雷電擊幽荒。」「天之產奇怪，稀世不可常。寂寥二百年，至寶埋無光，郊死不爲島，聖俞發其藏。」（《讀蟠桃詩寄子美

永叔》）又說：「既觀坐長嘆，復想李杜韓。願執戈與戟，生死事將壇。」（《讀召不疑學士詩卷》）對韓孟可謂是一片欽佩之心。但梅堯臣于韓、孟兩家，於孟發揮較多，於韓主要取其「清妙」一路。劉熙載說：「孟東野詩好處，黃山谷得之，無一軟熟句；梅聖俞得之，無一熱俗句。」（《詩概》）梅堯臣雖然以「平淡」爲極致，但詩不苟出，苦於吟咏，構思極難，曾對歐陽修說：「詩家雖率意，而造語亦難，若意新語工，得前人所未道者，斯爲善也，必能狀難寫之景，如在目前，含不盡之意，見于言外，然後爲至矣。」（歐陽修《六一詩話》）故梅詩語辭雖質樸，而「覃思精微」，能於平淡中見深意，章句亦較精煉，故梅詩之「平淡」與白居易之「平易」實不相同，相去甚遠。梅堯臣反映民生疾苦的詩如《田家語》、《汝墳貧女》等與白氏樂府有雅俗之別。他如「春洲生荻芽，春岸飛楊花。河豚當是時，貴不數魚蝦……斯味曾不比，中藏禍無涯。甚美惡亦稱，此言誠可嘉。」（《范饒州坐中客語食河豚魚》）「不出只愁感，出遊將自寬……漸老情易厭，欲之意先闌。卻還見兒女，不語鼻辛酸。」（《正月十五夜出回》）「風葉相追逐，庭響如人行……曾不若隄篴，繞樹猶有聲。」（《秋夜感懷》）「前山不礙遠，斷處吐尖碧。研青點無光，淡墨近有跡……安得老畫師，寫寄幽懷客。」（《看山寄宋中道》）詩語洗煉，構思曲折而深刻。

與梅堯臣相比，歐陽修則更傾向於韓愈。《六一詩話》謂：「退之筆力，無施不可……其資談笑，助諧謔，敍人情，狀物態，一寓于詩，而曲盡其妙。」而蘇軾卻以爲歐陽修「詩賦似李白。」（《居士集敍》）至晚清劉熙載又辨道：「然試以歐詩觀之，雖

曰似李，其刻意形容處，實于韓爲逼近。」又比較梅堯臣而謂：
「歐陽修永叔出于昌黎，梅聖俞出于東野。」（《詩概》）其實
歐陽修於李白、韓愈皆有所得，卻又非李白、韓愈所能掩。胡仔
說：「歐公作詩，蓋欲自出胸臆，不肯蹈襲前人。」（《苕溪漁
隱叢話》後集）歐陽修和韓愈一樣重視氣格，但又吸取李白的流
暢瀟洒，又將古文描述自如的章法推而廣之，故能自成一家。而
歐陽修在諸體中，尤擅長古體大篇。詩如其文敷愉逶迤，親切曉
達，眼前景，心中意款款寫來，氣脈流暢。其詩如《憶山示聖俞》
《啼鳥》《春日西湖寄謝法曹歌》《和對雪憶梅花》等「情韻幽
折，往返詠唱，令人低徊欲絕，一唱三嘆，而有遺音。」（方東
樹《昭昧詹言》卷十二）而如《菱溪大石》《紫石屏歌》等亦能
作「持久想像」，唯末幅「均以常理自衡其說」（朱自清《宋
五家詩鈔》）與李白、昌黎相比，不免滯實。歐陽修在章句方面
爲增綿延流轉之調，還時用頂針勾連法，如「……孤吟夜號霜。
霜寒入毛骨……」「更欲呼子美，子美隔濤江。」（《讀〈蟠桃
詩〉寄子美》）「花深葉暗耀朝日，日暖眾鳥皆嚶鳴。」「花開
鳥鳴輒自醉，醉與花鳥爲交朋」（《啼鳥》）「……下照千丈潭。
潭心無風月不動……」（《紫石屏歌》）「……能憶天涯萬里人。
萬里思春尙有情……」，這又是白居易好用的手法。

如果說歐陽修重在氣格，那麼至王安石就相當講究語言修辭。
而且還重視煉意。其詩下字工煉，用事貼切，對偶精巧，意境高
遠，故能在韓孟以後開出新的境界。孟郊、賈島也都相當重視鍛
煉詩語，但選語範圍卻遠不如王安石廣泛豐富，李商隱也善於用
典，但側重于借古諷今，寄托難言之情，而王安石則更擴大到寫

景等方面。故而,情調風格也大不一樣。其詩如「春風取花去,
酬我以清陰。」(《半山春晚即事》)「俯窺憐綠淨,小立竚幽
香。」(《歲晚》)「客思似楊柳,春風千萬條。更傾寒食淚,
欲漲冶城潮。」(《壬辰寒食》)「獨尋飛鳥外,時渡亂流間」。
(《自白土村入北寺二首》)「前日杯盤共江滸,一歡相屬豈人
謀。山蟠直瀆輸淮口,水抱長干轉石頭」。(《次韻酬朱昌叔三
首》)「病身最覺風露早,歸夢不知山水長。坐感歲時歌慷慨,
起看天地色淒涼。鳴蟬更亂行人耳,正抱疏桐葉半黃」(《葛溪
驛》)「晴日暖風生麥氣,綠陰幽草勝花時。」(《初夏即事》)
「一水護田將綠繞,兩山排闥送青來。」(《書湖陰先生壁》)
「春風又綠江南岸,明月何時照我還。」(《泊船瓜州》)等。
皆富有色彩,又極精嚴生動。不僅詩語錘煉,而且喻擬手法運用
也相當成功。

　　總之,宋詩承元和新變趨向,至歐陽修還只是全劇的序幕,
故清代吳江人陸鎣稱歐陽修:「獨標風格,有漢、唐規矩。」
(《問花樓詩話》卷二)歐陽修尚未展現宋人新貌,而王安石則
去唐人已遠,故胡應麟說:「至介甫創撰新奇,唐人格調始一大
變。」(《詩藪》外集卷五)然與蘇、黃相比,王安石之變尚未
達到高潮,所以胡應麟又說:「蘇、黃繼起,古法蕩然。」(同
上)頗有惋惜之意。而葉燮則本於發展觀點認為:「至于宋人之
心手,日益以啓,縱橫鈎致,發揮無餘蘊,非故好為穿鑿也。譬
之石中有寶,不穿之鑿之,則寶不出。且未穿未鑿以前,人人皆
作模稜皮相之語,何如穿之鑿之實有得也?如蘇軾之詩,其境界
皆開闢古今之所未有,天地萬物,嬉笑怒罵,無不鼓舞于筆端,

而適其意之所欲出，此韓愈後之一大變也，而盛極矣。」（《原詩》卷一）

　　中國詩歌發展到唐代，藝術技巧日益豐富，體格也日趨嚴密，而限制也隨之而增。若要使詩歌有進一步的發展，就必須突破束縛，於是而有元和以後的新變。這種新變是以變本加厲地發揮盛唐端緒作爲途徑的。然一格既破，一格又立，因此要不斷前進，就得不斷突破。自蘇軾出，又倡「自然」之說，要求在創作上有更大的自由。他在《答謝民師書》一文中說：「所示書教及詩賦雜文觀之熟矣，大略如行雲流水，初無定質，但常行于所當行，常止于所不可不止，文理自然，姿態橫生。」又在《文說》中說：「吾文如萬斛泉源，不擇地而出，在平地滔滔汩汩，雖一日千里無難。及其與山石曲折，隨物賦形而不可知也。」而所以能「行于當行」，「止于不可不止」，皆本於作者心中的情意，皆本於心靈的感發。「山川之有雲霧，草木之有華實，充滿勃郁而見于外，夫雖欲無有，其可得耶！」（蘇軾《江行唱和集序》）因此，意有所到盡可以突破現存之規。這是一種開放的精神，不同作家當各有其所行所止。因此「作詩必此詩，定知非詩人。」（蘇軾《書鄢陵王主簿所畫折枝》）不同的作家，不同的靈感觸發，必然會有不同的作品。因此題材不是決定性的，只有作家個人的主觀感悟才具有決定意義。對於蘇軾本人來說，他的成熟的審美趣味在古淡一路。他在《書黃子思詩集後》中說：「蘇、李之天成，曹、劉之自得，陶、謝之超然，蓋亦至矣。而李太白、杜子美以英瑋絕世之姿，凌跨百代，古今詩人盡廢；然魏晉以來，高風絕塵，亦少衰矣。李杜之後，詩人繼作，雖間有遠韻，而才不逮意。獨

韋應物、柳宗元發纖穠於簡古，寄至味於淡泊，非余子所及也。」
這番話有二層意思，一是創作精神上的「天成」、「自得」，也
就是「行當所行」，「止當所止」。一是創作趣味上的「超然遠
韻」、「簡古淡泊」。因此從總的創作方向上來看，蘇軾屬於
「返樸歸眞」一路。然而，古往不復來。蘇軾其實是無法復歸當
初原始狀態的，而且不僅不能，在人看來還是「盡廢古法」之魁。

　　蘇軾曾說：「詩之美者莫如韓退之，然詩格之變自退之始。」
（魏慶之《詩人玉屑》引）蘇軾本人也正是沿着新變道路勇往直
前的健將。爲了在詩中更加自如地來抒發詩人的心靈感悟，蘇軾
繼承和發展了韓愈「以文爲詩」的訣竅。但韓愈的風格以奇崛、
鑱刻爲主。且時時益之以漢賦的氣體，而蘇軾則以流蕩超逸，舒
捲自如爲行文特徵。趙翼論蘇詩云：「其尤不可及者，天生健筆
一枝，爽如哀梨，快如並剪，有必達之隱，無難顯之情，此所以
繼李杜後爲一大家也。」（《甌北詩話》卷五）蘇軾雖然曾說過
「清詩要鍛煉，方得鉛中銀」。但其實並不以鍛煉爲工，其詩如
《題西林壁》意雖新穎深刻，而語卻不夠洗煉，他如《眞興寺閣》
《五丈原懷諸葛公》等也有同病。然其妙處「在乎心地空明，自
然流出，一似全不着力，而自然沁人心脾。」（同上）如「人似
秋鴻來有信，事如春夢了無痕」（《與潘郭二生同遊憶去歲舊跡》）
「倦客再遊今老矣，高僧一笑故依然」（《書普庵長老壁》）
「門外想無千斛米，墓中知有百年人」（《送李邦直赴史館》）
「請看行路無從涕，盡是當年不忍欺。」（《徐君猷挽詩》）
「江上秋風無限浪，枕中春夢不多時。」（《次蔣穎叔韻》）等
皆「不假雕飾自然意味悠長。」（同上）且蘇軾雖不以屬對爲能

事，而卻時時見巧，如「休驚歲歲年年貌，且對朝朝暮暮人。」
（《寄陳述古》）「三過門間老病死，一彈指頃去來今。」（《過
永樂長已卒》）「公特未知其趣耳，臣今時復一中之。」（《戲
徐召猷孟亨之皆不飲酒》）「豈意青州六從事，化為烏有一先生。」
（《章質夫寄酒六壺書到酒不到》）「多情白髮三千長，無用蒼
皮四十圍。」（《宿州次劉涇韻》）運文理於律，而着手成春，
自然湊泊。而在語言修辭方面，蘇軾尤喜用喻擬手法，如「人生
到處知何似？應似飛鴻踏雪泥。」（《和子由澠池懷舊》）「水
枕能令山俯仰，風船解與月徘徊。」（《六月二十七日望湖樓醉
書》）「雨過潮平江海碧，電光時摯紫金蛇。」（《望海樓晚景》）
「欲把西湖比西子，淡妝濃抹總相宜。」（《飲湖上初晴後雨》）
「只恐夜深花睡去，故燒高燭照紅妝。」（《海棠》）「嶺上晴
雲披絮帽，樹頭初日掛銅鉦。」（《新城道中》）「誰為天公洗
眸子，應費明河千斛水。」（《中秋見月和子由》）「有如兔走
鷹隼落，駿馬下注千丈坡，斷弦離柱箭脫手，飛電過隙珠翻荷。」
（《百步洪》）等皆奇特生動，妙趣橫生，絕非漢魏詩人筆墨能
出。而且蘇詩的語言還特別豐富。沈德潛稱：「蘇子瞻胸有洪爐，
金銀鉛錫，皆歸鎔鑄。」（《說詩醉語》卷下）王十朋也說：
「平生斟酌經詩，貫穿子史，下至小說雜記，佛經道書，古詩方
言，莫不畢究。」（《蘇詩注序》）不管是否可以入詩，皆能點
化而發其妙。（參朱弁《風月堂詩話》）趙翼比較韓愈、蘇軾、
陸游三家而謂：「昌黎好用險韻，以盡其鍛煉；東坡則不擇韻，
而但抒其意之所欲言。放翁古詩好用儷句，以炫其絢爛；東坡則
行墨間多單行，而不屑於對屬。且昌黎、放翁多從正面鋪張；而

東坡則反面、旁面，左縈右拂，不專以鋪敍見長。昌黎、放翁使
典亦多正用；而東坡則驅使書卷入議論中，穿穴翻簸，無一板用
者。此數處似東坡較優。然雄厚不如昌黎，而稍覺輕淺；整麗不
如放翁，而稍覺率略。」（《甌北詩話》卷五）而東坡詩筆不僅
超曠自如，隨意變幻，而且「每于終篇之外，恆有遠境，匪人所
測。于篇中又各有不測之遠境。」（方東樹《昭昧詹言》卷十二）
「至于神來、氣來，如道師說無上妙諦。」（同上引姚范語）如
《和子由記園中草木十一首》其二，前面寫「春陽一以敷，姸醜
各自矜」，結句卻歸爲「飄零不自由，盛亦非汝能。」耐人尋味。
《廬山二勝》又非止是寫景而已。《新居》前四句：「朝陽入北
林，竹樹散疏影，短籬尋丈間，寄我無窮境」李慈銘以爲「清妙
微遠，寄悟無窮」（參見錢仲聯《宋詩三百首》）《月夜與客飲
杏花下》寫月中賞花：「褰衣歲月踏花影，炯如流水涵青草。花
間置酒清香發，爭挽長條落香雪。」是何等幽雅，而結尾：「明
朝捲地春風惡，但見綠葉棲殘紅。」又是何等淒涼。對比之中，
令人思遠。而《舟中夜起》：「夜深人物不相管，我獨形影相嬉
娛。」又是多麼值得品味。《松風亭下梅花盛開》結尾：「酒醒
夢覺起繞樹，妙意有在終無言。先生獨飲勿嘆息，幸有落月窺清
樽。」眞可謂「超以象外」，餘意無窮。蘇軾集中這類寄有回味
無窮的人生哲理的篇章不在少數。故蘇詩雖不免有粗筆，而膚淺
之境卻罕有。而蘇軾所以能達到這樣的造詣，是與他的藝術天才，
淵博學問和深刻的識力不能分開的。蘇詩以意爲主，隨意而出，
無法而有法，從心所欲而不逾矩，可謂是「出新意于法度之中，
寄妙理于豪放之外。」（蘇軾《書吳道子畫後》）但是要達到這

樣的境界，沒有高度的天才，學問和識力是不可能的。後人見蘇詩出筆容易，往往喜而效法。不只有效顰之譏。

其時，與蘇軾齊名，而與蘇軾異趣的是黃庭堅。如果說蘇軾以天才勝，那麼黃庭堅則以人工奪天巧。如果蘇軾發展了李白、韓愈流暢瀟洒的一面，那麼黃庭堅則發展了杜甫、韓愈奇崛兀傲的一面。延君壽比較蘇黃之創作態度云：「東坡作詩，非只不能同孟東野之吃苦，並不能如黃山谷之刻至，賴有天才,抱萬卷書,以眞氣行之耳。」（《老生常談》）趙翼比較蘇黃之短長而謂：「東坡隨物賦形，信筆揮洒，不拘一格，故雖瀾翻不窮，而不見有矜心作意之處。山谷則專以拗峭避俗，不肯作一尋常語，而無從容游泳之趣。且坡使事處，隨其意之所之，自有書卷供其驅駕，故無掇撦痕跡。山谷則書卷比坡更多數倍，幾於無一字無來歷，然專以選材庀料爲主，寧不工而不肯不典，寧不切而不肯不奧,故往往意爲詞累，而性情反爲所掩。」（《甌北詩話》卷十一）而潘德輿亦謂「蘇黃並稱，其實相反，蘇豪宕縱橫而傷於率易，黃勁直沈着而苦於生疏。朱子云『黃詩費安排』，良然，然黃之深入處,蘇亦不能到也。」《養一齋詩話》卷一）他們都看到了蘇黃明顯的差異。

中國詩歌發展到宋代，蘇黃兩人最鮮明地表現出了新變過程中的兩種基本傾向。如果說蘇軾代表的是要求打破人工束縛，返樸歸眞的一路（這還可由蘇軾的《和陶詩》作進一步的說明），那麼，黃庭堅代表的則是以人工造天巧，不斷「踵事增華」「變本加厲」的一路。他們既體現了詩歌發展過程中矛盾的一面，又體現了詩歌運動的辨證統一。葉燮強調東坡之變，而田雯則認爲：「山谷詩從杜韓脫化而出，創新闢奇，風標娟秀，陵前轢後，有

一無兩。宋人尊爲西江詩派，與子美俎豆一堂，實非悠謬。」(《古
歡堂集雜著》卷二)蘇黃兩人交相輝映，構成了宋詩特有的鮮明風
采。黃庭堅要在杜韓之後以人工造天巧，就逼得他的雕煉向生、
新、奇的方向發展。黃庭堅論詩云：「文章最忌隨人後。」(《贈
謝敞王博喩》)又說「隨人作計終後人，自成一家始逼眞。」
(《題樂毅論後》)正是這種勇於獨創的精神鼓勵着黃庭堅向陡
峭的險峰攀登。方東樹說：「涪翁以驚，叛爲奇、意、格、境、
句、選字、隸事、音節著意與人遠，此即恪守韓公『去陳言』、
『詞必己出』之教也。故不唯凡、近、淺、俗、氣骨輕浮不涉毫
端句下，凡前人勝境，世所程式效慕者，尤不許一毫近似之，所
以避陳言，羞雷同也。而於音節，尤別叛一種兀傲奇崛之響，其
神氣即隨此以見。」(《昭昧詹言》卷十)從多方面肯定了黃庭
堅的生造之功。

在體裁格律方面，黃庭堅發展了拗體。詩體由古而律，由律
而拗，這是一個自我否定不斷發展的過程。在律體的成熟過程中，
李白曾作過一些古律，至杜甫律體已高度成熟，但杜甫似乎並不
滿足，夔州以後，有意突破嚴整的格律，創作了一些不合正格的
拗體(包括吳體)但數量有限，據方回《瀛奎律髓》統計，杜詩
七律一百五十九首，此體僅十九首。而黃庭堅的七律三百一十餘
首，其中拗體竟有一百五十餘首，將近一半，而且拗法繁多，有
單拗、雙拗，以及無規律可循的「吳拗」(其中吳體有二十餘首)
等，有上半首拗，下半首不拗，有上半首不拗，下半首拗；有首
句拗，餘句不拗，有末句拗，餘句不拗等。這樣實際上是擴大了
近體詩的格律範圍，從而在嚴謹中有了變化，限制中有了自由，

而不至於死板僵化。這樣也就更有利於近體詩豐富地去表現各種複雜的情感。黃庭堅創作了許多成功的拗體作品，如《過方城尋七叔祖舊題》《汴岸置酒贈黃十七》《題落星寺嵐漪軒》等都是膾炙人口的佳作。不用拗體將會失去獨特的藝術效果。當然黃庭堅的貢獻並不只是因為創作了拗體。更重要的還在於他在創作意識上勇於突破，敢於向一些常人卻步的險區進軍。除拗體以外，他在句法上，也時常打破成規，諸如一六句式（一、四句式，一、五句式），二、五句式，三、四句式（三、二句式），倒錯句式等常為詩人大膽採用。諸如：「愧無藻鑑能推谷，願捲襄書當贈錢。」（《王聖美三子補中廣文生》）「石吾甚愛，勿遣牛礪角。」（《題竹石牧牛》）「公如大國楚，吞五湖三江」（《子瞻詩句妙一世》）「誰謂石渠劉校尉，來依絳帳馬荊州。」（《次韻馬荊州》）「雖無季子六國印，要讀田郎萬卷書。」（《戲簡朱公武劉邦直田子平五首》）「管城子無食肉相，孔方兄有絕交書。」（《戲呈孔毅父》）「有子才如不羈馬，知公心是後凋松。」（《和高仲本喜相見》）「牛礪角尚可，牛鬥殘我竹。」（《題竹石牧牛》）「有來竹四幅，冬夏生變態。」（《次韻謝黃斌老送墨竹十二韻》）這些拗句主要利用語法單位與固有的節奏單位相錯位來造成一種挺健的聲調效果。而倒錯句式則往往有強調作用。如「飛雪堆盤鱠魚腹，明珠論斗煮鷄頭。」（《次韻王定國楊州見寄》）「無心海燕窺金屋，有意江鷗傍草堂。」（《題李十八知常行》）「交情吾子如棠棣，酒碗今秋對菊英。」（《次韻答任仲微》）等，皆能突出詩意，並使詩句不流於軟弱。然而，上述這些似乎還是次要的，更不同尋常的還是他的選辭造語。黃

庭堅和蘇軾一樣，用詞相當廣泛，善於「以俗爲雅，以故爲新。」（黃庭堅《再次韻楊明叔序》）經史筆記，方諺俗語皆能點鐵成金。而黃庭堅比蘇軾更講究鍛煉。並且有意擴大字面效果之間的差距，在鮮明的對照中顯出生趣。其詩如：「尋師訪道魚千里，蓋世功名黍一炊。」（《王淮州既到官都下有所盼未歸》）「塞上金湯唯粟粒，胸中水鏡是人才。」（《送顧子敦赴河東》）「未應白髮如霜草，不見丹砂似箭頭。」（《次韻德孺惠貺秋字之句》）「桃李春風一杯酒，江湖夜雨十年燈。」（《寄黃幾復》）「寒爐餘幾火？灰裏撥陰何。」（《次韻高子勉十首》）等，一句之內詞意跳躍，詞面形象粗細、雅俗、剛柔、貴賤之間，往往能於不和諧處見協調。不僅如此，句與句之間也有這種大幅度的對照。如「坐對眞成被花惱，出門一笑大江橫。」（《王充道送水仙五十枝欣然會心》）「馬齕枯萁喧午枕，夢成風雨浪翻江。」（《六月十七日晝寢》）「能令漢家重九鼎桐江波上一絲風。」（《題伯時畫嚴子陵釣灘》）等，構思奇特，一反常規，在意象大幅度的變化中拓展想像空間，強化感染力。而且詩人在對仗方面也同樣注意增加跨度，避免軟弱平穩。如「不肯低頭拾卿相，又能落筆生雲烟。」（《贈惠洪》）「欲學淵明歸作賦，先須摩詰畫成圖。」（《追和東坡題李亮功歸來圖》）「少得曲肱成夢蝶，不堪衙吏報鳴鼉。」（《寄袁守廖獻卿》）「頭白眼花行作吏，兒婚女嫁望還山。」（《次韻柳通叟寄王文通》）「舞陽去葉才百里，賤子與公俱少年。」（《次韻裴仲謀同年》）等都不是俗套的對偶法。而在章法上，也同樣富有跳躍性。如《送張材翁赴秦簽》，前四句逆入，追憶當年與主人公父輩之交遊，而句

中卻無一憶字，彷彿就是眼前情景。五六兩句暗示主人公當年不
過尚是一乞字小兒；七八兩句一筆收回，已是十年以後，而當時
與主人公才眞正相交；九十兩句又由樽前宏論，感嘆主人公成長
之快；十一、十二兩句又收一筆，已是三年後的今天，這時主人
公更加成熟了；下四句方才交待主人公的去向；最後四句又由眼
前之事觸發自己對人生和社會的感嘆。全詩追敍了主人公成長的
歷程。詩筆不斷轉折，而詩思卻如盤旋空中的蒼鷹，完全憑虛翱
翔，顯示了黃庭堅獨特的結構方法。再如《戲呈孔毅父》，起二
句以恢諧之筆寫自己以筆謀身，窮困潦倒；第二聯卻說文章應有
經世之用。既有如此之用，卻不能安身立命，詩思在空中作了轉
折，暗示了多少感慨。三聯又收回說，自己只能做個應付差事的
小官。詩人雖不明言，而在與二聯的對應中，卻可以看出詩人內
心有多少難言之隱啊！最後一聯又憑空一折，回憶當年僧床共飯
的愜意，而不由得夢歸東湖。詩人雖然沒有明言自己曲折的思想變
化，卻很清楚地向人們暗示，既然文章應有經世之用，而自己卻
無法發揮文章的作用，所以還不如早日歸去吧！由於詩思完全泠
然空中，所以詩人能利用相當有限的語言，洗煉地傳達出複雜曲
折的內心世界。再如《湖口人李正臣蓄異石九峰東坡先生名曰壺
中九峰》，借石寄托詩人對蘇軾的悼念。首聯：「有人夜半持山
去，頓覺浮嵐暖翠空。」用典而不着痕跡，用石之被盜象徵蘇軾
去世。領聯：「試問安排華屋處，何如零落亂雲中？」凌空一轉，
不是承前去感嘆石之被盜，反而說還不如這樣爲好。然而在這轉
折之中其實隱藏了詩人多少的感嘆和悲傷，蘇軾生時雖曾入「華
屋」，卻一再被逐，既如此不得重用，又倍受折磨，所以還不如

一去不返。然而，這畢竟是一種激憤之語，情感上的萬千懷念卻是難以消去的，所以詩人在頸聯卻又寫道：「能回趙璧人安在？已入南柯夢不通。」一種永別的悲傷縈回筆端。然而，斯人已去，卻留下了不朽的篇章，看到它也就有了安慰，所以詩人在最後寫道：「賴有霜鐘難席卷，袖堆來聽響玲瓏。」這樣蘇軾彷彿又回到了人間，永遠和他的朋友生活在一起。通篇切合石，又通篇不離人。而詩思又是那樣的曲折多變卻又不粘於字面。類似的佳篇在黃庭堅詩集裏不在少數。它體現了黃庭堅高超的藝術才華和詩歌的藝術特徵。其它如用辭的準確錘煉：「姮娥攜青女，一笑粲萬瓦。」（《秘書省冬夜宿直寄懷李德素》）「秋入園林花老眼，茗搜文字響枯腸。」（《次韻楊君全送酒》）「寒蟲催織月籠秋，獨雁叫群天拍水。」（《聽宋宗儒摘阮歌》）。隸事用典，比喻比擬的巧妙奇特：「平生幾兩屐？身後五車書。」（《詠猩猩毛筆》）「露濕何郎試湯餅，日烘荀令炷爐香。」（《觀王主簿家酴醿》）「痴兒了卻公家事，快閣東西倚晚晴。」（《登快閣》）「心如蛛絲游碧落，身如蜩甲化枯枝。湘東一目誠甘死，天下中分尚可持。」（《奕棋二首呈任公漸》）「蜂房各自開戶牖，處處煮茶藤一枝。」（《題落星寺》）等，皆有意避熟避俗，而用典的細密渾成又是得力於「昆體工夫」（朱弁《風月堂詩話》）。在以文為詩方面，黃庭堅的主要貢獻在於吸取古文的單行之氣運之於律，又用寫古文的硬筆和選材方法、敍寫手段來寫詩，從而使詩歌顯得蒼老遒健，峭拔拗硬。

然而所有這些藝術手法都是圍繞着煉意展開的，沒有深刻而奇特的感悟，所有的一切就是多餘的。這也就是詩人所說的「欲

得妙於筆，當得妙於心。」（《道臻師畫墨竹序》）所以藝術之法是「活法」，而其最高境界則是出神入化，「不煩繩削而自合。」（參見黃庭堅《題李白詩草後》《與王觀復書》《大雅堂記》）在這一點上，黃庭堅與蘇軾殊途而同歸。

然而，蘇詩畢竟是天才的自然發露，「飛行絕跡」，無法可依，可望而不可即，在當時學者卻不多；黃詩極人工之精深，新穎奇特，炫奪人目，卻有跡可循，故在當時學者頗衆。北宋末呂本中將學黃詩而與之同味的詩人歸併在一起，作《江西詩社宗派圖》，又編刊《江西詩派詩集》，於是在中國詩史上，第一次正式明確地有了宗派之名。其後，雖然褒貶無常，但「江西詩派」卻一直是令人注目的歷史存在，它的影響極其深遠。

蘇軾與黃庭堅及其江西詩派從不同側面最鮮明地體現了宋詩的精神風貌。劉克莊說：「元祐後詩人迭起，一種則波瀾富而句律疏，一種則鍛煉精而性情遠，要之不出蘇黃二體而已。」（《後村詩話》）指出了蘇黃詩具有相當的代表性。對於唐詩和宋詩的區分和辨析，在南宋以後就已開始，例如嚴羽說：「盛唐詩人惟在興趣，羚羊掛角，無跡可求。故其妙外瑩徹玲瓏，不可湊泊，如空中之音，相中之色，水中之月，鏡中之象，言有盡而意無窮。近代諸公作奇特解會，遂以文字爲詩，以議論爲詩，以才學爲詩。以是爲詩，夫豈不工，終非古人之詩也。蓋於一唱三嘆之音，有所歉焉。」（《滄浪詩話·詩辨》）雖是辨析卻以自己的趣味作褒貶。明人劉績又將唐宋詩作正反對比：「唐人詩純，宋人詩駁；唐人詩活，宋人詩滯；唐詩渾成，宋詩飣餖；唐詩縝密，宋詩漏逗；唐詩濕潤，宋詩枯燥；唐詩鏗鏘，宋詩散緩。」（郭紹虞

《滄浪詩話校釋》引）雖然偏執，褒貶失度，卻從反面暗示了唐宋詩的某些原則區別。楊愼則從詩境的側重點上區分唐宋：「唐人詩主情，去《三百篇》近；宋人詩主理，去《三百篇》卻遠矣。」（《升庵詩話》卷八）其後，清人王士禎又說：「唐詩主情，故多蘊藉；宋詩主氣，故多徑露」（《帶經堂詩話》卷二十九）潘德興也認爲：「唐詩大概主情，故多寬裕和動之音，宋詩大概主氣，故多猛起奮末之音」（《養一齋詩話》卷四）而厲志卻認爲漁洋之說未必準確，蓋「唐詩亦正自有氣，宋詩但不及其內斂耳。」（《白華山人詩話》卷一），衆說紛紛，大概對宋詩都有微意。而翁方綱則作持平之論，認爲：「唐詩妙境在虛處，宋詩妙境在實處。……而盛唐諸公，全在境象超詣，所以司空表聖《二十四品》及嚴羽卿以禪喩詩之說，誠爲後人讀唐詩之准的。若夫宋詩，則遲更二三百年，天地之精英，風月之態度，山川之氣象，物類之神致，俱已爲唐賢佔盡，即有能者，不過次第翻新，無中生有，而其精詣，則固別有在者。宋人之學，全在研理日精，觀書日富，因而論事日密。」故「詩則至宋而益加細密，蓋刻抉入裏，實非唐人所能囿也。」又說：「善夫劉後村之言曰：『……豫章稍後出，會粹百家句律之長，究極歷代體制之變，蒐討古書，穿穴異聞，作爲古律，自成一家，雖隻字半句不輕出，遂爲本朝詩家宗祖。』按此論不特深切豫章，抑且深切宋賢三昧。」（《石洲詩話》卷四）於揚唐抑宋之時，能肯定宋詩特長，可謂難得。近人繆鉞則對唐宋詩作了較客觀的全面比較。他說：「唐詩以韻勝，故渾雅，而貴蘊藉空靈；宋詩以意勝，故精能，而貴深折透闢；唐詩之美在情辭，故豐腴；宋詩之美在氣骨，故瘦勁；唐詩如芍藥

海棠，穠華繁采；宋詩如寒梅秋菊，幽韻冷香；唐詩如啖荔枝，一顆入口，則甘芳盈頰；宋詩如食橄欖，初覺生澀，而回味雋永。譬諸修園林，唐詩如疊石鑿池，築亭闢館；宋詩則如亭館之中，飾以綺疏雕檻，水石之側，植以異卉名葩。譬諸遊山水，唐詩則如高峰遠望，意氣浩然；宋詩則如曲澗尋幽，情境冷峭。唐詩之弊爲膚廓平滑，宋詩之弊爲生澀枯淡。……就內容而論，宋詩較唐詩更爲廣闊，就技巧論，宋詩較唐詩更爲精細。」又說：「唐詩以情景爲主。……惟杜甫多敍述議論，然其筆力雄奇，能化實爲虛，以輕靈還蒼質。韓愈、孟郊等……在唐爲別派，宋人承其流而衍之。凡唐人以爲不能入詩，或不宜入詩之材料，宋人皆寫入詩中，且往往喜於瑣事微物逞其才技……餘如朋友往還之跡，諧謔之語以及論事說理，講學衡文之見解，在宋人詩中尤恆遇之，此皆唐詩所罕見。夫詩本以言情，情不能直達，寄於景物，情景交融故有境界，似空而實，似疏而密，優柔善入，玩味無斁，此六朝及唐人之所長也。宋人略唐人之所詳，詳唐人之所略，務求充實密栗，雖盡事理之精微而乏興象之華妙……故宋詩內容雖增擴，而情味則不及唐人之醇厚。」又說：「唐人佳句多渾然天成，而其流弊爲凡熟、卑近、陳腐。」而宋詩「立意措詞，求新求奇，於是喜用僻鋒，走狹徑，雖鐫鑱深透，而乏雍容渾厚之美。」（《論宋詩》）所論可謂詳盡精當。總之，他們都認識到唐詩與宋詩在總體上是大不相同的。無論是格律、章法結構，還是修辭方法和境界，都有着不同的傾向和側重點。當然這並不意味着唐宋兩代詩歌完全不能相兼，唐詩主要是指唐代詩歌的基本傾向，它主要以盛唐詩歌爲標誌。宋詩主要是指宋代詩歌的基本傾向，

主要以蘇黃及其江西詩派爲代表。如具體而論，則唐代詩歌中有宋詩，宋代詩歌中也有唐詩。同時，也不意味着唐詩與宋詩的藝術成份完全不同，父子相續，雖面貌各異，但血緣相通，兒子身上有着父親的遺傳因子。宋人生當唐人之後，不願守成，志在開拓，故務離唐人以爲高。略唐人之所詳，詳唐人之所略。因此，其實宋人只是擴大了藝術範圍。所謂以「非詩爲詩」，「以醜爲美」，皆是這種開拓的結果。唐代皎然論詩有所謂「四不」，「四深」，「二要」，「二廢」，「四離」，「六迷」,「六至」、「七德」，「五格」等（參見《詩式》）可以看作是對唐詩守則的總結。但這些守則的概念都是抽象的，例如何謂「不怒」，何謂「不露」？這些都需要作者和讀者自己去體會。當然這在唐人也許很容易體會到這些概念的具體內涵。但時代一變，後人關於「不怒」、「不露」的標準也許就會與唐人不盡一致。這樣在藝術上就勢必會產生一個「度」的問題，度也就是一個合適的量的範圍。乏則不至，過猶不及。只有恰到好處，才能符合藝術守則。如果把藝術守則看作不變，那麼，宋詩顯然在藝術「度」上與唐詩並不一致。宋詩的新開拓，在作唐詩的人看來就顯得過「度」了。劉績對宋詩的批評，實際上就是這方面的代表。由於「度」的改變，「度」的擴大，就必然會使宋詩顯示出與唐詩不同的風貌。而這對作宋詩的人來說，也就完全正常。翁方綱的觀點，正是這方面的代表。但是皎然提出的詩歌法則，是否就是一種永恆的法則呢？顯然這是不能肯定的。即以「不怒」爲例，就值得商榷。而同樣以唐詩爲範式的嚴羽，他在《滄浪詩話》中提出的「詩法」與皎然也不盡一致。而元人楊載在《詩法

家數》中提出的原則又有自己的特色。諸如「寧粗毋弱，寧拙毋巧，寧樸毋華」，「要迢遞險怪，雄俊鏗鏘」，「詩要苦思」，「詩要煉字」，等等幾可作爲宋詩的藝術原則。而清人潘德輿的「質實」，與嚴羽的「神韻」也顯然是方枘圓鑿。雖然宋詩的藝術原則未必完全與唐詩相悖，但許多地方是不同的。宋詩的拗折雕煉、瘦硬、清淡、跳躍，以文爲詩，以俗爲雅，不拘工對，對照鮮明，喻擬新奇，思致深曲等特徵，是在不同於唐詩的藝術原則指導下創作的結果。前引諸家對唐宋詩的辨析，對此也是一個很好的說明。因此，從根本上來看，宋詩的新開拓，實際上是藝術原則的更新和藝術度的擴大。而這種新的藝術原則和藝術度，也對詩人的素養提出了更高的要求，沒有高度的藝術才華、學力和膽識就難以駕重就輕取得藝術的成功。同時對於欣賞者的素養也提出了更高的要求，沒有豐富的知識，深刻的感悟力也就難以領略宋詩的奇妙境界。另一方面由於是新的藝術原則和藝術度，因此必然與傳統相鉏鋙而唐詩又以其藝術上的高度成功和強大的魅力進一步強化了傳統的力量。正是由於這多方面的原因，當江西詩派的末流產生明顯弊端的時候，就很容易造成向傳統的回歸，而詩歌辨證運動過程中返樸歸眞的一面也會得到加強。南宋以後詩歌漸趨明暢平熟，其主要原因也許正在於此。楊萬里和陸游，早年都學江西詩派。但最後都翻然棄之。陸游強調工夫在詩外，又「重言明申平淡之旨」（錢鍾書《談藝錄》）而其詩也一變拗峭而爲「清新圓潤」，（參見錢仲聯《劍南詩稿校注》）而其「雄健沉鬱」一面則趨向於杜甫。楊萬里則不同於陸游，好用俚俗語，其筆調又極平易流暢。而尤善用白描之法，曲折之思，速

寫生活中生動而富有情趣的場景。總之，南宋重要的詩人如陸游和楊萬里又小變蘇、黃而別開生面。但這種小變似乎是調適唐宋的結果。

第六節　難於掙脫的傳統引力場：
漢唐詩歌藝術在元明時代的不斷凝凍

南宋以後，詩歌總的趨向是平易通達。故王若虛竭力擡高白居易和蘇軾，而又肆意貶抑黃庭堅和江西詩派。至元好問則對蘇黃均有微意，而尤不滿於江西派，其心香所在則是漢魏和劉琨、陶淵明。已具有一定的復古意味。但元好問本人的創作其實受蘇軾影響很大，基本上折衷於唐宋之間。趙翼論元好問詩說：「元遺山才不甚大，書卷亦不甚多，較之蘇、陸，自有大小之別。然正惟才不大、書不多，而專以精思銳筆，清煉而出，故其廉悍沉摯處，較勝於蘇、陸。蓋生長雲朔，其天稟本多豪健英傑之氣；又值金源亡國，以宗社丘墟之感，發爲慷慨悲歌，有不求而自工者，此固地爲之也，時爲之也。」（《甌北詩話》卷八）姚鼐則稱其「才與情稱，氣兼壯逸。」（方東樹《昭昧詹言》卷十二引）元好問詩句調雖貫暢動蕩，但無粗豪之氣。詩筆老健洗煉。其詩如「窮途老阮無奇策，空望歧陽淚滿衣。」「歧陽西望無來信，隴水東流聞哭聲。野蔓有情縈戰骨，殘陽何意照空城？」（《岐陽三首》）「高原水出山河改，戰地風來草木腥。」「蛟龍豈是池中物，蟣蝨空悲地上臣。喬木他年懷故國，野烟何處望行人？」（《壬辰十二月車駕東狩後即事》）「只知灞上眞兒戲，誰謂神

州遂陸沉！」「興亡誰識天公意，留着青城閱古今。」（《癸巳
四月二十九日出京》）「殘陽淡淡不肯下，流水溶溶何處歸？」
（《杏花落後分韻》）「只知終老歸唐土，忽漫相看是楚囚！」
（《鎮州與文舉百一飲》）「衣上風沙嘆憔悴，夢中燈火憶團圞。」
（《羊腸坂》）等皆沉摯悲涼，具有很強的藝術感染力，能在陸
游以後卓然自立。

　　北方蒙古族定鼎中原以後，漢文化發展的外因條件發生了變
化。元朝統治者漢化程度不高，又推行嚴酷的民族壓迫政策，漢
人尤其是南方人更受到歧視，又多年停止科舉，不以文章取士。
這些因素，對漢文化正統詩文的發展有着相當的抑制作用。而在
唐宋以後，欲開創詩文的嶄新局面，無疑需要付出更爲艱辛的勞
動。另一方面，元代讀書人社會地位低下，有「九儒十丐」之說，
「蓋當時臺省元臣、郡邑正官及雄要之職，中州人多不得爲之，
每抑沉下僚，志不得伸。……於是以其有用之才，而一寓於聲歌
之末，以抒其拂郁感慨之懷，所謂不得其平則鳴焉者也。」（明
胡侍《眞珠船》卷四）許多富有藝術才華的讀書人就這樣淪落於
市井瓦舍之中，他們常常在管弦絲竹、粉紅黛綠之中放浪形骸，
以排遣內心的苦悶和壓抑。本來在宋代已經逐步發展起來的通俗
文學，如雜劇，這時卻遇到了天然良機，它們意外地獵取了許多
具有很高文化修養的天才作家。而蒙古民族又是一個嗜好歌舞的
民族。據孟珙《蒙韃備錄》記載：「國王出師，亦以女樂隨行。
率十七八美女，極慧黠，多以十四弦等彈大官樂等。」比較通俗，
又伴隨歌唱的雜劇形式自然能得到特別的青睞，至少可以在不受
壓抑的氛圍下得到自由的發展。雜劇眞是因禍得福的幸運兒，它

們原先還常常要受到正統詩文的排擠，而現在卻獲得了空前的解放。當然，即使不是由於元朝特定的時代條件，雜劇終究也能繁榮起來，但至少不會很快崛起，爭霸天下。而作爲漢文學正宗的詩歌，一方面受到現實環境的壓抑，另一方面又失去了許多文學天才，而它所肩負的使命卻又是那樣的沉重，於是自然只有苟延殘喘的份了。

南宋以後，出於對江西詩派及其末流的反撥，詩歌折衷於唐宋之間。如果說「郝、元初變，未拔於宋。」（翁方綱《石洲詩話》卷五引楊維楨語）那麼，至虞、楊、范、揭，才力遜於元好問，既無力開出新聲，又無意取法宋人，於是，詩歌在傳統引力場的作用下，又向唐退回了一步。然而，這些身居元廷，在元統治者鮮血淋漓的馬刀威懾之下生活的文人，能有多少雄渾昂揚的氣慨呢！柔弱的靈魂只能唱出柔弱的歌聲。元詩比較重視選詞的流麗，長於寫景咏物，但氣象和格局都遠遜於唐詩。《靜居緒言》評元詩而謂「似多蘊藉，實少偉奇，矜藻思而乏氣骨，工鋪排而失熟煉」潘德輿則稱「元詩似詞」（《養一齋詩話》卷二）陸鑒亦謂「元詩近詞曲」。(《問花樓詩話》卷二)所謂「范楊再變，未幾於唐。」（翁方綱《石洲詩話》卷五引楊維楨語）如果是指元詩柔弱，力不足以爲唐，那麼庶可得其真。元末，楊維楨一變盛時的流麗之態，而趨向於李賀一路，在詭艷怪異的風格中寄托他複雜曲折的心態。楊維楨論詩推崇《十九首》和陶淵明、李白、杜甫，而貶齊梁、晚唐和季宋，然而卻特別看重李賀，將他與李白並列。李賀的詩風雖然不同於蘇、黃，然而他那種嘔心瀝血的創造精神，卻是與韓愈以來的詩歌趨向相一致的。楊維楨雖然在理論上嚮往

着向上一路的高格，可是他的創作實踐卻離漢魏高格甚遠，以致被人斥爲「文妖」（王彝《文妖》），一個具有創造才華的詩人，看來在他的意識深層，永遠是不安分的。

中國古典詩歌，有着悠久的歷史，又植根於民族文化的土壤之中，所以有着極強的生命力。隨着元朝統治的衰敗，古典詩歌又逐步從壓抑中崛起，而明王朝的建立，推翻了民族壓迫，對漢民族和漢文化無疑是一個空前的解放。從而也爲古典詩歌的復興創造了新的機運。元末明初的詩人在具體的創作實踐中已不安於一種柔弱的局面。他們的視野相對要開闊一些，如劉基、高啓這些詩人，他們的創作實踐已非唐詩所能限制。而這些詩人又是在壓抑的社會氛圍下成長起來，元末的社會大動亂薄射於外，給他們的心靈以強烈的刺激，因而有深情鬱積於內，他們既有較高的文學素養和才華，又有對生活的獨特感悟，因而創作了不少激動人心的篇章，但是在強大的傳統引力場作用下，他們尚不足以在唐宋以外開出一個新的天地。

如何才能使詩歌振興起來呢？這是擺在明朝詩人面前的一個戰略性問題。宋濂認爲：「開元、天寶中，杜子美復繼出，上薄風雅，下該沈宋，才奪蘇李，氣吞曹劉，掩顏謝之孤高，雜徐庾之流麗，眞所謂集大成者，而諸作皆廢矣。並時而作，有李太白宗風騷及建安七子，其格極高，其變化若神龍之不可羈……元祐之間，蘇黃挺出，雖曰共師李杜，而竟以己意相高，而諸作又廢矣。」言語之間，傾向於盛唐。而方孝孺則認爲：「前宋文章配兩周，盛時詩律亦無儔。今人未識崑崙派，卻笑黃河是濁流。」又批評元詩人說：「天曆諸公制作新，力排舊習祖唐人。粗豪未

脫風沙氣，難詆熙豐作後塵。」（《談詩五首》）顯然傾向於宋詩。然而，儘管元人學唐並沒有取得輝煌的成果，但是，唐詩本身的高度成就卻是客觀存在，它已經成為一種既定的「範式」。而且唐詩與宋詩相比，比較平易近人，容易吸引視聽。因此即使是推崇宋詩的人，也不敢抹殺唐詩，而推崇唐詩的人卻常常排斥宋詩。方孝孺雖然獨具卓識，但他的觀點在當時卻缺乏影響。自高棅《唐詩品彙》一出，唐詩更風行於世。《四庫全書總目提要》說：「《明史・文苑傳》謂終明之世，館閣以此書為宗，厥後李夢陽，何景明等，摹擬盛唐，名為崛起，其胚胎實兆於此。平心而論，唐音之流為膚廓者，此書實啓其弊；唐音之不絕於後世者，亦此書實衍其傳。」可見該書影響之大。

宋以後，鑒於蘇、黃，特別是黃庭堅及其江西詩派所引起的流弊，究竟怎樣才能開創新局面，一直是一個沒有很好解決的問題。在當時，嚴羽以禪喻詩，以「第一義」，「第二義」，去論定漢魏盛唐，及大曆以後之詩，已經有把漢魏盛唐詩作為範式的意思。然而在具體的創作上，尚不見得有如此死板。陸游、楊萬里、元好問等重要詩人，其實還主要是以「自然」之說作為創作原則，他們只是在風格上稍稍地趨於平易流暢而已，並不見得要把漢魏盛唐詩歌作為最後的歸宿。元代詩人學唐，但也沒有高舉起「詩必盛唐」的旗幟，可以說，他們只是為了擺脫宋詩的流弊，而為唐詩的審美傳統所吸引，不由自主地向唐詩靠攏。但是，不管怎樣，我們應該注意到唐詩本身所具有的巨大吸引力。尤其是在詩歌受抑以後，剛剛開始復蘇的時候，客觀上相當繁榮的唐詩作為一個歷史範式受到廣泛的注目，是完全可以理解的。高棅以

後的李東陽雖然不拘泥一格，但他所心儀的還是唐詩，他曾說：
「六朝宋元詩，就其佳者，亦各有興致，但非本色，只是禪家所
謂『小乘』，道家所謂『屍解』仙耳。」又說：「漢魏以前，詩
格簡古，世間一切細事長語，皆著不得。其勢必久而漸窮，賴杜
詩一出，乃稍爲開擴，庶幾可盡天下之情事。韓一衍之，蘇再衍
之，於是情與事，無不可盡，而其爲格，亦漸粗矣。」（《麓堂
詩話》）正因爲李東陽的眼睛隔着一層「格」和「調」，所以他
不可能將他的「詩之爲道亦無窮」的觀點貫徹到底，終於成爲七子
的先導。正因爲明人胸中總有漢魏盛唐高格高調這一尊偶像在，
因此他們沒有能發揮蘊含在元末明初詩中博采兼取的一面，卻發
展了這樣一個簡單的邏輯：復興詩歌就是恢復詩歌全盛時的狀態，
盛唐詩歌盛況空前，成就最高，因此，復興詩歌就必須以盛唐爲
範式。這個邏輯在明七子首領李夢陽那裏被發展到了極點。李夢
陽認爲「宋無詩，唐無賦，漢無騷。」（《方山精舍記》）因此，
李夢陽不學宋以後詩，而把盛唐詩歌作爲主要取法對象，古體兼
及漢魏。而且，尤爲偏執的是，他竟把漢魏盛唐的高格高調作爲
最終的目標。他說：「《詩》云『有物有則』，故曹、劉、阮、
陸、李、杜能用之而不能異，能異之而不能不同……夫文與字一
也。今人橫臨古貼，即太似不嫌，反曰能書。何獨至於文，而欲
自立一門戶耶？」（《再與何氏書》）那麼爲什麼一定要唐臨晉
貼般地摹仿古人呢？李夢陽認爲「文必有法式，然後中諧音度。如
方圓之於規矩，古人用之，非自作之，實天生之也。今人法式古
人，非法式古人也，實物之自則也。」（《答周子書》）。他把詩
作的具體形式看作是一成不變的自然法則，所以，雖然「以我之

情述今之事」，猶須「尺寸古法」（《駁何氏論文書》）可見，李夢陽的失誤，在於他混淆了詩的根本性質與具體的表現形式之間的區別。詩歌作爲一種最凝煉的語言感悟方式，這是它區別於非文學和其它文學體裁的基本定性。改變了這個定性，也就失去了詩。但是同樣是詩，又具有千變萬化的具體表現形式。漢魏、六朝、唐、宋各有自己的具體表現形式；再細而辨之，則一代之詩，又因人而異，不同作家又各有自己不同的表現形式；再細而辨之，一人之詩又因感悟不同而具有不同的表現形式。這就是共性和個性的區別。猶如自然界，生物和非生物各有自己的定性，而同是生物，又各有物種的區別，而同一物種又各有分類。李夢陽的失誤就好比是把一隻虎作爲整個生物的標本。凡與虎不同的獅、象、昆蟲，一概可以排斥在外。由於他眼裏只見漢魏、盛唐之詩，捨此之外，則無詩，所以自然必以漢魏盛唐詩作爲樣板。而於漢魏盛唐之詩他所看重的又主要是「前疏者後必密，半闊者半必細，一實者必一虛，疊景者意必二。」（《再與何氏書》）這些章句手法。這樣就必然導致「鑄形宿模」，泥古不化。明七子的另一位首領何景明則比李夢陽的目光要廣闊深刻一些。首先他承認個性的多樣性，認爲「譬之樂，衆響赴會，條理乃貫；一音獨奏，成章則難。」（《與李空同論詩書》）所以他不滿李夢陽貶低「清俊響亮」的風格。同時又因承認個性的多樣性進而認爲應當各有變化，「故曹、劉、阮、陸，下及李、杜，異曲同工，各擅其時，並稱能言。」「今爲詩不推類極變，開其未發，泯其擬議之跡，以成神聖之功，徒敍其已陳，修飾成文，稍離舊本，便自杌楻……雖由此即曹、劉，即阮、陸，即李、杜，且何以益

於道化也？佛有筏喻，言捨筏則達岸矣，達岸則捨筏矣。」（同上）已有獨創新變的意思。然而，何景明胸中的偶像並沒有推翻，他和李夢陽一樣認爲：「秦無經，漢無騷，唐無賦，宋無詩。」（何景明《雜言》）。因此，他不可能把新變的主張貫徹始終。而其才華也不足以使他別開生面。明七子另一位重要人物徐禎卿論詩則較通達。他認爲：「情者，心之精也。情無定位，觸感而興，既動於中，必形於聲。……然引而成音，氣實爲佐；引音成詞，文實與功。蓋因情以發氣，因氣以成聲，因聲而繪詞，因詞而定韻，此詩之源也。然情實窈眇，必因思以窮其奧；氣有粗弱，必因力以奪其偏；詞難妥貼，必因才以致其極；才易飄揚，必因質以御其侈。此詩之流也。」（《談藝錄》）他的這番議論可算是從根本上來論詩，不比抓住皮毛枝節論詩易致流弊。但他也有自己的傾向。所以他又說：「朦朧萌坼，情之來也；汪洋漫衍，情之沛也；連翩絡屬，情之一也；馳軼步驟，氣之達也；簡練揣摩，思之約也；頡頏累貫，韻之齊也；混沌貞粹，質之檢也；明雋清圓，詞之藻也。高才閑擬，濡筆求工，發旨立意，雖旁出多門，未有不由斯戶者也。」（同上）在這裏他闡明了創作過程。而所謂「簡練揣摩」，「頡頏累貫」「混沌貞粹」，「明雋清圓」之類都有自己質的規定，很難說是一種客觀的說明。其實它們只能說明「思之約」，「韻之齊」，「質之檢」，「詞之藻」中的一個方面。而徐禎卿本人所好正在清雋一路。他著《談藝錄》的目的，也是爲了「廣教化之源，崇文雅之致，削浮華之風，敦古樸之習。」（同上）所以他以《詩》《騷》《古詩十九首》樂府作爲最高範式：「故古詩三百，可以博其源；遺篇十九可以約其

趣；樂府雄高，可以厲其氣；《離騷》深永，可以神其思。然後
法經而植旨，繩古以崇辭，雖或未盡臻其奧，我亦罕見其失也。
（同上）可見徐禎卿所提倡的也是向上一路的高格，不過他比李
、何圓通而能見其大。總的來說，明七子極端地發展了元代以來
學唐的詩學主張，他們鑒於宋詩的流弊，而無視宋詩在整體上的
藝術突破，採取全盤否定的態度，以致得出了「宋無詩」的結論。
從詩歌發展的深層動因來看，它雖然體現了「返樸歸眞」，消除
異化的力量，但這種力量卻完全與詩歌運動的歷史惰性結合在一
起，因而是保守的、停滯不前的，結果只能拋棄宋詩在藝術突破
中取得的新進展，把現實詩歌引向宋以前的古範（這種古範在明
七子看來是詩的終極範式）於是本來富有生機的漢唐詩歌藝術在
這裏出現了凝凍，這樣明七子就不可能眞正消除藝術發展過程中
出現的異化現象，衝破束縛，爲詩歌發展開闢新的前景。明七子
的理論和實踐體現出了中國詩歌發展的迂迴曲折性。

　　事實是，在創作實踐上，明七子除了在題材內容方面提供了
一些新東西，在詩歌藝術方面他們並無新貢獻。早年曾沈酣於明
七子之詩的吳喬，後來翻然猛省，反戈一擊，頗能擊中要害。他
說：「弘、嘉不用自心，只以唐人詩句爲樣子，獻吉以『三峽樓
臺淹日月，五溪衣服共雲山』，『錦江春色來天地，玉壘浮雲變
古今』爲句樣。仲默以「花迎劍佩星初落，柳拂旌旗露未乾，』
『春城月出人皆醉，野戍花深馬去遲」爲句樣。」（《圍爐詩話》
卷六）又諷刺說：「二李派詩句，換其題，皆是絕妙好詞……徐
禎卿《贈別》云：『徘徊桂樹涼風發，仰視明河秋夜長。』別時
草草匆匆，那有此孤獨寂寥景象？移之懷人，即相稱矣。」（同

上）而對吳喬大爲不滿的姚範也同樣認爲七子不善學古，他曾舉例說：「讀仲默五言詩，多摹漢魏格調……但無自然英旨。」又說：「空同五言多效大謝，仿其形似，遺彼神明，天韻旣非，則句格皆失姸矣。其遊百門山水詩云：『想見山中人，薜蘿若在眼』此襲其語，便有靈滯之殊……空同襲之，情韻都非，遂同木偶。」（《援鶉堂筆記》集部甲之四）任何一種生氣勃發的藝術，一旦凝凍僵化，便會失去生命力，令人生厭。但是，儘管李何輩泥古不化，在當時卻影響頗大。李夢陽自己曾說：「當是時，篤行之士，翕然臻向，弘治之間，古學遂興。」（《答周子書》）《明史・文苑傳》也稱：「操觚談藝之士，翕然宗之。」

　其後李攀龍、王世貞爲代表的後七子仍然迷途不返。「修復西京大曆以上之詩文，以號令一世。」（錢謙益《列朝詩集小傳・王尙書世貞》）李攀龍的偏執處與李夢陽如同一轍。嘗「高自誇許，詩自天寶以下，文自西京以下，誓不汚我豪素也。」又說擬古樂府「當如胡寬之營新豐，鷄犬皆識其家。」「論五言古詩曰，唐無五言古詩，而有其古詩。」「論古則判唐、選爲鴻溝，言今則別中、盛爲河漢。」（錢謙益《列朝詩集・李按察攀龍》）而王世貞論詩稍爲闊大。而其核心仍是盛唐，他認爲「盛唐之於詩也，其氣完，其聲鏗以平，其色麗以雅，其力沈而雄，其意融而無跡，故曰盛唐其則也。」（《徐汝思詩集序》）晚年論詩有所追悔，曾說「作《卮言》時，年未四十，與于鱗輩是古非今，此長彼短，未爲定論。行世已久，不能復秘，惟有隨時改正，勿誤後人。」（錢謙益《列朝詩集小傳・王尙書世貞》）晚年病亟，手子瞻集不置。」（同上）而其序愼子正《宋詩鈔》謂：「余所

以抑宋者爲惜格也。然而代不能廢人，人不能廢篇，篇不能廢句。蓋不止前數公而已。此語於格之外者也……雖然以彼爲我則可，以我爲彼則不可。子正非求爲伸宋者也，將善用宋者也。」可見王世貞已不能恪守盛唐而不渝，而始爲七子成員，終爲李攀龍所擯的謝榛雖以第一義爲主，而稍有擴充。《霏雪錄》評宋詩如「三家村乍富人，盛服揖賓，辭容鄙俗。」而謝榛卻說：「殊不知老農亦有名言，貴介公子不能道者。」（《四溟詩話》卷一）可見他也不絕對排斥宋，又欲選初盛唐十四家集中最佳者，錄成一帙，「熟讀之以奪神氣，歌咏之以求聲調，玩味之以衰精華。得此三要，則造乎渾淪，不必塑謫仙而畫少陵也。夫萬物一我也，千古一心也，易駁而爲純，去濁而歸清，使李杜諸公復起，孰以予爲可教也。」（同上卷三）並不贊成鑄形宿模，而欲以我一統，捨筏登岸。而他所追求的具體境界則是：以李賀、孟郊造語奇古爲骨，去其所偏，而取平和爲體，兼以初盛唐諸家，合而爲一，高其格調，充其氣魄，若蜜蜂歷採百花，自成一種佳味與芳馨。（參見《四溟詩話》卷四）這種野心，顯然不是李攀龍所能容忍的。

在創作上，他們與前七子有同病，故吳喬有同譏：「元美以『萬里悲秋常作客，百年多病獨登臺』，『風光荏苒音書絕，關塞蕭條行路難』爲句樣。于鱗以『秦地立春傳太史，漢宮題柱憶仙郎』，『顧眄一過丞相府，風流三接令公香』爲句樣。……故其得意句，皆自樣中脫出，如糖澆鴛鴦，隻隻相似，求以飛鳴宿食，無有似處，只堪打破唐兒童而已。」（《圍爐詩話》卷六）可謂辛辣。然李、何、李、王皆熱心經世，立身正直。故他們的詩歌

作品多取富有社會意義的現實題材，不乏尖銳之處。有針砭時政，干預生活的作用。

　　前後七子在藝術上雖然沒有新的突破，而淪爲僞體、贗品，不可能對詩歌發展作出創造性的貢獻。明代的復古運動體現了詩歌發展的迂迴曲折性。但是，對於挽救元代以來柔弱衰微的詩運，卻有着重振旗鼓的作用。經過前後七子的努力，古典詩歌又逐漸恢復元氣，呈現出一種向上的趨勢。古典詩歌又成爲一種受到普遍尊重和廣泛注目的藝術形式，並且逐步形成了一支聲勢浩大的創作隊伍。由錢謙益編選的《列朝詩集》和朱彝尊編選的《明詩綜》便可看出，明代的詩歌創作的確是盛況空前，恰與元詩的衰落局面形成鮮明的對照。這種元氣的恢復，創作力量的加強，爲後來詩歌運動的新變作了積極的準備。我們很難設想，不經過明代這一恢復階段，清代的詩歌會一下取得很高的成就，然而明七子的方向，畢竟不是中國詩歌的發展方向。如果停留在明七子的水平上，中國詩歌將會很快地重新萎縮下去。對漢唐傳統的簡單回歸，是一種「返祖」現象，它對於宋詩並不是一種辨證的否定。詩歌永遠是獨創者的自由天地，而非泥古者的療養所。當古典詩歌的元氣恢復以後，一種新的突破必然會到來。

第二章
強大的傳統引力場控制下的艱難新構
——從公安派到乾嘉各派

第一節　正本清源：
明末清初詩人對詩和詩學傳統的再認識

　　明七子的失誤在於他們的審美眼光偏狹，又過分迷戀輝煌的歷史，以今就古，以我就古，結果畫虎不成。但他們卻以大量的贗品喚醒了人們。即使李夢陽本人到了晚年也因王叔武之勸，而有所悔悟，他慨嘆說：「予之詩，非眞也。王子所謂文人學子韻言耳，出之情寡而工之詞多者也。」（《詩集自序》）而較早對明七子的擬古詩風提出尖銳批評的有徐渭，他說：「今之爲詩者，何以異於是，不出於己之所自得，而徒竊於人之所嘗言，曰，某篇是某體，某篇則否；某句似某人，某句則否；此雖極工逼肖，而已不免於鳥之爲人言矣。」（《葉子肅詩序》）這是從人各有詩的角度來批評擬古詩風，尚不能解決詩歌藝術形式的共性問題。李贄則將王學左派的心學推廣到文學領域，認爲：「天下之至文，未有不出於童心焉者也。」（《童心說》）又進一步從發展的角度指出：「詩何必古《選》，文何必先秦。降而爲今朝，變而爲

近體，又變而爲傳奇，變而爲院本，爲雜劇，爲《西廂曲》，爲
《水滸傳》，爲今之舉子業，大賢言聖人之道皆古今至文，不可
得而時勢先後論也。」（同上）但是，李贄只是從文體樣式的新
增來肯定文學的發展，也並不能解決一代有一代之詩的問題。而
焦竑則從獨創的角度肯定了詩歌的變化，「倘如世論，於唐則推
初盛而薄中晚，于宋又執李杜而繩蘇黃，植木索塗，縮縮焉循而
無敢失，此兒童之見，何以伏元和、慶曆之強魄也。」（《竹浪
齋詩集序》）相對而言較能擊中明七子的要害。至公安派出，才
比較系統全面地批評了明七子的擬古理論。

　　首先公安派認爲，詩必須「獨抒性靈」（袁宏道《敍小修詩》）
在這方面他與徐渭、李贄是一致的，而與明七子的區別也不十分
明顯，因爲李夢陽等也認爲詩歌當言志抒情（參見李夢陽《張生
詩序》《林公詩序》）但是明七子的眼中隔着第一義的屏障，因
此認爲當用第一義之「法」來言志抒情，而公安派卻認爲應當
「不拘格套」（袁宏道《敍小修詩》）「文章新奇，無定格式，
只要發人所不能發，句法字法調法，一一從自己胸中流出，此眞
新奇也。」（袁宏道《答李元善》）這就與明七子根本對立，爲
什麼可以「不拘格套」呢？在公安派看來，這是因爲意與法是一
致的。當「以意役法，不以法役意。」（袁中道《中郎先生全集
序》）因此意有所至，也就無所謂第一義和第二義。進而又推及
詩歌與時代的關係，那麼就必然產生一代有一代之詩的觀點。袁
宏道說：「大抵物眞則貴，眞則我面不能同君面，而況古人之面
貌乎？唐自有詩也，不必選體也。初盛中晚自有詩也，不必初盛
也。李、杜、王、岑、錢、劉，下迨元、白、虞、鄭，各自有詩也，不

必李、杜也。趙宋亦然，陳、歐、蘇、黃諸人，有一字襲唐者乎？又有一字相襲者乎？……夫既以不唐病宋，何不以不《選》病唐，不漢魏病《選》，不《三百篇》病漢，不結繩鳥跡病《三百篇》耶？果爾，反不如一張白紙，詩燈一派，掃土而盡矣。」（《與丘長孺》）所論所駁眞是痛快犀利。正因爲公安派從理論上打碎了第一義的屏障，因而視野就開闊了，不僅宋詩不可抹殺，自己也盡可以進行自由的創造。這對於被明七子用第一義束縛的明詩無疑是一次大膽的解放。

然而，公安派不僅要從詩界一掃明七子之雲霧，而且同樣要在文界廓清明七子之陰霾。明七子不僅要求詩宗盛唐，而且還要求「文必秦漢」。他們摹擬秦漢古文，把文章寫得佶倔聱牙。因此，先有唐宋派起而嬌之，至此公安派又以性靈說加以轟擊。針對明七子佶倔聱牙的文風，公安派主張，筆代口舌，用流行的通俗平易的語言去寫文章，甚至不避俚俗。（參見袁宗道《論文》）同時袁宏道還從歷史趨勢的角度加以論證，他說：「夫物始繁者終必簡，始晦者終必明，始亂者終必整，始艱者終必流麗痛快。其繁也晦也亂也艱也，文之始也。……其簡也明也整也流麗痛快也，文之變也。」（《與江進之》）這就提出了與「踵事增華、變本加厲」完全相反的觀點。這顯然也是片面的，帶有很強的實用色彩。這種觀點不僅支持他們從事古文創作，也影響到他們的詩歌創作。他們雖然肯定了宋詩變唐之功，但他們對宋代詩人主要推崇蘇軾，因爲蘇軾的風格與他們的理論和趣味比較一致。而對黃庭堅卻並不提倡。在唐代他們也特別攞舉白居易。也因爲白詩通俗。袁宗道甚至名其齋曰「白蘇」。然而袁宏道的「趨簡」

說，畢竟經不住事實的檢驗，於是他的弟弟袁中道又說：「性情之發，無所不吐，其勢必互異而趨俚，趨於俚又將變矣！作者始不得不以性情救法律之窮。夫昔之繁蕪有持法律者救之，今之剿竊又將有主性情者救之矣，此必變之勢也。」（《花雲賦引》）用「性情」來爲「俚俗」張目，又不廢法律之功，而明今日之勢，比袁宏道似乎要高出一籌。然而公安派的根本失誤在於他們忽視了藝術形式的重要作用，脫口而出只是口語，而非文章，更非詩歌，詩之所以爲詩，是因爲它有自己客觀的存在方式。如果說，明七子的失誤在於把虎等同於動物，那麼，公安派的失誤在於無視動物與植物的區別。在詩歌創作中，喪失了「奇理斯瑪權威」也同會導致藝術的失落。有公安派的理論，就必然有鄙俚公行之日。

　　袁中道有幸能見末流之弊，因而其論家兄宏道之功過較公允。他說：「國朝有功於風雅者，莫如曆下。其意以氣格高華爲主，力塞大曆後之寶，於是宋元、近代之習爲之一洗。及其後也，學者浸成格套，以浮響虛聲相高，凡胸中所欲言者，皆鬱而不能言，而詩道病矣。先兄中郎矯之，其志以抒發性靈爲主，始大暢其意所欲言，極其韻致，窮其變化，謝華啓秀，耳目爲之一新。及其後也，學之者稍入俚易，境無不收，情無不寫，未免衝口而發，不復檢活，而詩道又將病矣。……有作始自宜有末流，有末流自宜有鼎革。」（《阮集之詩序》）公安派以俚鄙作爲代價，換來了詩歌的解放。

　　其後，竟陵派鑒於公安派的俚俗之弊，又不願復入明七子的窠臼。而奮起求古人之眞詩於「幽情單諸」「孤行靜寄」之中。

（參見鍾惺《詩歸序》）其結果，實際上是以一種極其偏狹的風格來取代公安派的俚鄙和明七子的空腔高調，反而把詩歌引向一條荒僻之徑。「其魔尤甚」。而陳子龍又復起重振七子餘威，旨在驅散竟陵派之鬼氣，結果反把詩歌引向擬古之途。

經過這番曲折擺動，清代詩人方才能比較清楚地洞悉其中利弊，找到一條比較正確的道路。

在清初頭腦清醒，最具有理論洞察力和遠見卓識的詩人是錢謙益。他早年曾深受王世貞的影響，四十以後「愀然有改轍之志。」（錢謙益《答山陰徐伯調書》）到清初編撰《列朝詩集》時，七子、公安、竟陵的流弊已經暴露。錢謙益在《列朝詩集》「袁宏道小傳」中分析總結了萬曆以來詩歌的演變情況，指出：「萬曆中年，王、李之學盛行，黃茅白葦，彌望皆是。文長、義仍嶄然有異，沉痼滋蔓，未克芟薙。⋯⋯中郎之論出，王李之雲霧一掃，天下之文人才士始知疏瀹心靈，搜剔慧性，以蕩滌摹擬塗澤之病，其功偉矣。機鋒側出，矯枉過正，於是狂瞽交扇，鄙俚公行，雅故滅裂，風華掃地。竟陵代起，以淒清幽獨矯之，而海內之風氣復大變。譬之有病於此，邪氣結轖，不得不用大承湯下之，然輸瀉太利，元氣受傷，則別症生焉。北地、濟南，結轖之邪氣也；公安瀉下之，刼藥也；竟陵傳染之，別症也。」針對七子的流弊，錢謙益反對模擬，主張獨創，在這方面他與公安派並沒有多少區別。與此同時，錢謙益也主張發抒性情，但與公安派的「性靈說」不盡相似，公安派在理論上，尤其是在創作實踐上偏重於個人生活，認為「性靈無涯，搜之愈出」（袁中道《中郎先生全集序》）而錢謙益特別強調社會生活，強調詩人對社會生活的感悟。他說：

「古之為詩者有本焉。《國風》之好色，《小雅》之怨誹，《離騷》之疾痛叫呼，結轖於君臣夫婦朋友之間，而發作於身世逼側，時命連蹇之會，夢而囈，病而吟，春歌而溺笑，皆是物也。」（《周元亮賴古堂合刻序》）又說：「夫詩者言其志之所之也。志之所之，盈於情，奮於氣，而擊發於境風識浪奔昏交湊之時世。」（《愛琴館評選詩慰序》）錢謙益生當變亂之世，而特別重視「不平之鳴」、「愁苦之言」，寄托着他對時世的感慨。另一方面，錢謙益又力破「第一義」，擴大傳統的範圍，強調詩歌風格的豐富性、多樣性。他說：「世之論唐詩者，必曰初盛中晚，老師笠儒，遞相傳述，撰厥所由，蓋創於宋季嚴羽，而成於國初之高棅，承偽踵謬三百年於此矣。」（《唐詩英華序》）又以《詩》中之例來駁斥嚴羽「妙悟」之說，其實「妙悟」之說原也有其深刻之處，有合理內核可取，我們在「引論」部分已經提及。嚴羽的主要失誤是縮小了「妙悟」之說可以覆蓋的範圍，而僅僅歸結為某一種風格，這樣就勢必會影響詩歌風格的豐富多樣性。造成偏執和單調。錢謙益針對這種偏執指出：「唐人一代之詩各有神髓，各有氣候。今以初盛中晚釐為界分，又從而判斷之曰，此為妙悟，彼為二乘，此為正宗，彼為羽翼，支離割剝，俾唐人之面目，蒙冪於千載之上，而後人之心眼沈錮於千載之下。甚矣詩道之窮也。」（《唐詩鼓吹序》）這是正確的，對於明七子的偏執之疾，不啻是一服切中病根的良藥。而同時對於竟陵派的鬼趣，也同樣有蕩滌之效。

針對公安派的流弊，錢謙益在主張獨創的時候又注意學古。他說：「杜有所以為杜者矣，所謂上薄風雅，下該沈宋者是也。

學杜有所以學杜者矣，所謂別裁偽體，轉益多師者是也。捨近世
之學杜者，又捨近世之訾謷學杜者，進而求之,無不學無不捨焉。」
（《曾房仲詩序》）這樣也就可以解決藝術形式的共性和個性，
繼承性和獨創性之間的關係問題。如果信口而出即是詩，那麼人
言無不是詩，而詩也就不成其為詩。因此作詩必須遵循詩的藝術
形式，而藝術形式在哪裡？不衹在漢魏中,也不衹在唐宋中，而又
在漢魏中,又在唐宋中,只有轉學多師方能掌握詩的藝術形式，這
樣就把藝術形式的共性與歷史繼承性（範式作用）相統一起來。
然而，如果漢魏唐宋就是詩，那麼就沒有我之詩,也就沒有李白,
沒有杜甫，也沒有蘇軾、黃庭堅，詩也就無所謂是詩。因此詩歌
的藝術形式又是發展的，而這種發展存在於千百個獨創詩人的個
性創造中，創造也就是對傳統的否定（並非排斥，而是揚棄）即
對範式的突破，這樣也就把藝術形式的個性和個人獨創性相統一
起來。我認為這就是「無不學而無不捨」的最深刻的含義。然而
創造並非易事，它不僅需要有對傳統的深刻體會，同時還要有雄
厚的創作修養，又要有詩人的天才。因此錢謙益又十分重視學問，
他認為「古之人其胸中無所不有。」（《瑞芝山房初集序》）但
是詩歌創造又並不是在詩中大談學問。嚴羽說：「夫詩有別材，
非關書也；詩有別趣，非關理也。而古人未嘗不讀書，不窮理。
所謂不涉理路，不落言筌者，上也。」（《滄浪詩話》）錢謙益
也重視學問之「醞釀」、「郁陶駘蕩」，（參見《湯義仍先生文
集序》《瑞芝山房初集序》）詩人只有對歷史（包括精神意識方
面）有深刻的理解，才能對現實有深刻的領悟，當然只有歷史知
識，而沒有對現實的深刻體驗，也同樣不能對歷史和現實有深刻

的領悟，它們之間是互相影響、相輔相成的，而沒有文學的修養和才華，這種領悟無法用文學方式深刻地表達出來。因此，錢謙益說：「夫詩文之道，萌拆於靈心，蟄啓於世運，而苞長於學問，如燈之有炷，有油，有火而焰發焉。」（《題杜蒼略自評詩文》）「靈心」即是詩人的天才和興會，「世運」即是指歷史和現實，「學問」也就是詩人文學和非文學的修養，將這三方面統一起來，也就比較全面地回答了創作問題。

錢謙益這樣來論詩，不僅可以矯公安派淺率俚俗之弊，同時又不至於將詩歌引向竟陵派的寒荒僻徑。錢謙益在明清之交，不僅懷有遠見卓識，而且文學聲望很高，因而他的理論影響也相當廣泛。朱鶴齡說：「虞山公生平梗概，千秋自有定評，愚何敢置喙。若其高才博學，囊括古今，則瓊呼卓絕一時矣。」（《與吳梅村祭酒書》）而吳偉業既評錢謙益於詩「可以百世」，（《龔芝麓詩序》）又說：「若集眾長，而掩前哲，其在虞山乎！」（《致孚社諸子書》）黃宗羲也稱錢謙益「四海宗盟五十年」（《錢宗伯收齋》）朱彝尊更推尊說：「海內文章伯，周南太史公。」（《題錢宗伯文集後集杜》）這些論者都是一時名人，皆推重如此，可見錢謙益在當時人心目中的地位。而他們之所以如此推重錢謙益，其中一個重要原因是因為錢謙益的文學主張比較深刻地揭示了文學創作的規律，解決了當時迫切需要回答的文學問題，也體現了當時大多數作家對文學的認識，反映了文學發展的必然要求。當時著名詩人如吳偉業、龔鼎孳、黃宗羲、顧炎武、屈大均、朱彝尊、施閏章等幾乎都主張抒發性情，反對模仿，有所創新，而對於傳統的範圍，也基本上不拘泥於「第一義」。

在錢謙益以後,又進一步總結歷代詩歌的變革,從理論上系統
分析詩歌因變的原因,揭示創作規律,明確詩歌本末源流,而自成體
系的則是葉燮的《原詩》。它標誌着我國古代詩學理論已趨於高
度成熟,其體大思精,辯證深邃爲古來所不可多見。然而如果沒
有明代以來,尤其是明末清初詩歌運動的正反經驗教訓和公安派、
錢謙益等人的理論啓示,我們也很難想像葉燮能寫出這部卓越的
著作。《原詩》的一些精彩見解我們在上述有關方面已多次引伸,
這裏我們還想強調的一點是,葉燮對於詩歌遞變規律的解釋,不
同於公安派僅僅從風格方面,或者從詩律寬嚴方面(參見袁宏道
《雪濤閣集序》,袁中道《花雲賦引》)來認識,而是從根本的創
作精神方面來認識,在詩歌發展的總的趨向上,他贊成「踵事增
華,變本加厲」的觀點。同時又認爲「夫厭陳熟者,必趨生新;
而厭生新者,則又返趨陳熟。」實際上指出了傳統與理想,保守
與激進兩種審美觀念的衝突和擺動,因而比公安派的解釋更具有
概括力。同時,葉燮又進而認爲「陳熟,生新不可一偏,必二者
相濟,於陳中見新,生中得熟,方全其美。」提出了他的創作指
導思想。結合他對詩歌發展基本趨向的看法,可以看出,葉燮主
張的是一種漸進的新變,而不是突變。這個觀點反映了明末清初
以來大多數詩人的願望,在以後也一直有深遠的影響。

　　而在清初,最具有現實意義的學古主張,則是對宋詩的提倡。

　　在唐以後,宋詩的新變體現了古典詩歌發展的必然要求。明
七子沒有能認識到這種歷史的必然性,過分迷戀於唐詩,結果限
制了他們的創作,不能把詩歌推向一個新的階段。在明代,儘管
如方孝孺、瞿佑、都穆、唐順之等人曾先後給宋詩以應有的肯定

評價，但影響有限，大多數人爲風氣所執，眼裏只有盛唐。至公安派出，始大力推重蘇軾，風氣稍有轉變，但公安派其實只看到蘇軾稱心適意，平易流暢的一面。對宋詩並未有全面的體會。錢謙益繼之而起，力破「第一義」成見，不僅提倡中晚唐，而且認爲「古今之詩」「總萃於唐，而暢遂於宋。」（《雪堂選集題詞》）但錢謙益與公安派一樣也只推重蘇軾，對黃庭堅卻大有貶意。儘管如此，錢謙益聲望旣高，振臂一呼，自然雲從。毛奇齡論清初詩風而謂：「且有遁而之於變者，推其故大抵皆惑於虞山錢氏之說，揚宋而抑明。」（《蒼崖詩序》）喬億則謂：「自錢受之力詆弘、正諸公，始纉宋人餘緒，諸詩老繼之，皆名唐而實宋，此風氣一大變也。」又說：「觀錢受之詩，則知本朝諸公體制所自出。」（《劍溪說詩》卷下），倡導之功可謂大矣。黃宗羲則更推重黃庭堅及江西派。他說：「宋之長輔廣引，盤折生語，有若天設，號爲豫章宗派者，皆源於少陵……以極盛唐之變。」（《張心友詩序》）而吳偉業則謂：「夫詩之尊李杜，文之尙韓歐，此猶山之有泰華，水之有江河，無不仰止而取益焉，所不待言者也，使泰山之農人得拳石而寶之，笑終南、太乙爲培塿；河濱之漁父捧勺水而飲之，目洞庭震澤爲汎觴，則庸人皆得而抑揄之矣。」（《與宋尚木論詩書》）雖未明言倡宋，但他不願拘泥於李杜一格的用意還是不難發現的。因此，錢謙益曾稱其詩「精求於韓杜二家」「吸取其精髓，而佽助之眉山、劍南、斷斷乎不能窺其籬落，識其阡陌也。」（王士禎《感舊集》引語）朱彝尊雖然對學宋者頗有微辭，但他也說：「白、蘇各有神釆。」（《靜志居詩話》卷十六「袁宗道」）且謂：「予每怪世之稱者習乎唐則謂唐

以後書不必讀，習乎宋則謂唐人不足師。一心專事規摹則發乎性情也淺。」（《憶雪樓詩集序》），而觀其晚年與查愼行結伴入閩之作，始信宋犖、姚鼐、洪亮吉、章太炎等評朱詩學宋之言不假。查愼行則尤致力於蘇軾，有《補注東坡編年詩》五十卷。對黃庭堅也評價較高，說：「涪翁生拗錘煉，自成一家，值得下拜。」（《初白庵詩評》）而趙翼則將其與陸游相比，王士禎中年也曾學宋，並提倡山谷詩，其論詩絕句云：「涪翁掉臂自清新。」（《戲仿元遺山〈論詩絕句〉三十二首》）《讀唐宋金元諸家詩有感》亦謂：「瓣香只下涪翁拜。」後來施山竟把他看作是明清以來提倡黃庭堅的第一人。（參見《望雲樓詩話》）而清初影響最廣泛的宋詩選本是呂留良、吳之振的《宋詩鈔》，宋犖說：「明自嘉隆以後，稱詩家皆諱言宋……近二十年乃專尚宋詩，至余友吳孟舉《宋詩鈔》出，幾於家有其書矣。」（《漫堂詩說》）除《宋詩鈔》外，有關宋詩重要選本還有陳焯編選《宋元詩會》一百卷，曹庭棟編選《宋百家詩存》二十九卷，陳訏編選《宋十五家詩選》等。

　　隨着「第一義」受到衝擊，清初的「宋詩熱」持續了相當長一個時期。朱彝尊在作於康熙十五年前後的《葉李二使君合刻詩序》中說：「今之言詩者每厭棄唐音，轉入宋人之流派。」毛奇齡在《唐七律選序》中亦稱：「前此入史館時（康熙十七年）值長安詞客高談宋詩之際。」再聯繫宋犖評刊行於康熙十年的《宋詩鈔》之語以及王士禎在康熙二十七年選《唐賢三昧》，由宋返唐的情況，我們大致可以推斷，這股宋詩熱主要發生於順治至康熙前期這段時間內。

　　清初這股宋詩熱有其積極意義，主要表現在三個方面。首先

是擴大了學古面，打破了明七子造成的單調局面，有利於醫治由
於明七子的偏食而造成的營養不良。黃宗羲說：「雖鹹酸嗜好之
不同，要必心遊萬仞，瀝液群言，上下數千年之間，始成其為一
家之學，故曰善學唐者唯宋。」（《姜山啓彭山詩稿序》）而宋
犖也說：「考鏡三唐之正變，然後上溯源於曹、陸、陶、謝、阮、
鮑六七名家，又探索於李、杜大家，以植其根底；下則泛濫於宋、
元、明諸家，所謂取材富而用意新者。不訪瀏覽以廣其波瀾，發
其才氣，久之，源流洞然，自有得於性之所近，不必撫唐，不必
撫古，亦不必撫宋、元、明，而吾之眞詩觸境流出……此之謂悟
後境。」（《漫堂說詩》）他們都發揮了錢謙益「無不學無不捨」
的主張。可見這些著名的宋詩提倡者，都並不希望像明七子擬唐
那樣去擬宋，而是要擴大學古範圍，全面繼承優秀的歷史遺產。
這樣來談學宋，也就無明人之偏頗。其次是重新認識宋詩，可以
明確宋詩變唐的必然性。方苞弟子王灼說：「詩之變，不自宋詩，
唐人已先之矣，永徽變而為開元，開元變而為大曆，大曆變而為
元和長慶，遞變遞降不能不為宋人之詩，其勢然也……變至於蘇
黃變而益盛，蘇黃之變，變之善者也。」（《陳寶蓴詩序》）而
葉燮不僅闡明了變之趨勢，更解釋了這種新變的內在原因。這在
前面已有引伸，不再贅述。同時又可以吸取宋詩變唐的經驗教訓，
俾益於清人之變。再次，可以利用新變的已有成果，以宋人之變
唐作為起點，把清詩推向一個新階段。因此學宋不僅體現了學古
與創新的必然趨勢，而且這種趨勢，會給古典詩歌帶來新的繁榮
局面。而明末清初，以及清人高度重視漢文化的客觀外因條件也
有利於古典詩歌的新崛起。

　　繼唐宋之後，中國古典詩歌在明末清初終於又出現了一個繁
榮局面。「國家不幸詩家幸，賦到滄桑句便工！」（趙翼《題遺
山詩》）社會空前的動蕩，卻爲詩人的創作準備了一個有利的客
觀環境。由烽烟戰火，刀光劍影，狼奔豕突，婦孺哀嚎交織起來
的社會現實，時命運蹇，偃塞崎嶇的身世遭遇，強烈地擊撞着詩
人們的肺腑，震撼着詩人們的靈魂，於是情感隨着熱血一起奔突，
詩思和着心潮一道噴湧，而正確的創作意識又使詩人們成熟起來，
他們空前地富有。錢謙益、吳偉業、顧炎武、屈大均……這些輝
耀於詩國之空的明星，爲清代詩歌譜寫了激動人心的第一樂章。

　　錢謙益是當時公認的騷壇泰斗，也是轉變一代詩風的巨手。
閻若璩讚頌他的詩「融唐宋金元於一爐。」（《與戴唐器》）瞿
式耜更具體地指出他的詩歌「以杜韓爲宗而出入於香山、樊川、
松陵以迄東坡、放翁、遺山諸家。」（《初學集目錄後序》）而
錢謙益本人於唐宋金元也主要推重杜甫、韓愈、李商隱、蘇軾、
陸游、元好問諸家。他的創作實踐也確能擺脫一家一體的限制，
而自成新貌，金孝章評其詩曰：「托旨遙深，庀材宏富，情眞而
體婉，力厚而思沈，音雅而節和，味濃而色麗。」（王士禎《感
舊集》引）庶幾能得其實。他的著名詩篇如《金陵秋興八首次草
堂韻》、《西湖雜感》、《吳門春仲送李生還長干》、《讀梅村
宮詹艷詩有感書後四首》、《哭稼軒留守相公一百十韻》、《迎
神曲十二首》以及遊黃山諸詩等皆爲古來罕有之作。他的詩歌格
律嚴謹、拗體較少，與黃庭堅恰成對照。在語言方面，重視藻采
典麗動人；隸事用典，精密貼切，有李商隱之長。而廣博淵深，
佛道筆記隨意點化，又有蘇軾之勝。造句成章，善於用虛，故能

化堆垛爲烟雲，變密實爲靈動，氣健勢暢，「巧縟而謝倚麗」，正得元好問之精。而沉鬱頓挫，雄健慷慨，恰是杜甫，陸游之神。而五古如《古詩一首贈王貽上》，奇崛老健，又傳韓愈之神理。千姿百態而非前賢一家可囿。當然從總的傾向來看，錢詩以抒情爲主，但常常能與敍事寫景很好地結合起來，這就要求他寫實而不爲實所囿所拘，他的詩含蓄深沉，而不迷蒙空幻，達到了很高的藝術境界。

另一位著名詩人吳偉業，在創作實踐上也能打通三唐，兼取宋人。他的詩歌詞采豐腴，色澤華美，顧有孝稱其詩如「絳雲捲舒，暉爍萬有。又如四瑚八璉，寶光陸離。」（《江左三大家詩鈔敍》）而「指事類情，又宛轉如意，非如學唐者徒襲其貌也。」（趙翼《甌北詩話》卷七）五古如《遇南廂園叟感賦八十韻》、《清涼山讚佛詩》哀感頑艷，自成壁壘，它如《過吳江有感》等亦非規規於學杜者可比。而在藝術方面最有獨創性的是他的七言歌行，吳偉業兼工詞曲傳奇，故能取其敍事寫情曲折細膩的手段運之於詩，又融初唐四傑，李頎七古、元、白「長慶體」而化之，形成了一種獨特的體制，世稱爲「梅村體」。這種詩體容量大，音節瀏亮宛轉，承轉自然流動，風采卓約，情調纏綿，而且在諸如轉韻、連鎖等藝術技巧方面也有比較穩定的格式。吳偉業創作了大量梅村體長篇，諸如《永和宮詞》、《聽女道士卞玉京彈琴歌》、《琵琶行》、《圓圓曲》、《臨淮老妓行》等都是其中最著名的佳構。這些詩篇多角度、多層次、多線索地反映了明清之際社會上下層廣闊的生活內容，自古以來，還很少有人像吳偉業這樣創作了如此衆多而傑出的長篇敍事篇章。由於吳偉業的努力，

使中國古典敍事詩達到了一個新的高度。在當時和後代吳偉業的梅村體都有着廣泛和深遠的影響。

　　愛國遺民顧炎武的詩歌創作，主要本於杜甫。取法不如錢謙益那樣廣泛。但顧炎武與明七子有區別，他重視獨創，反對模擬。他雖然學杜，但他卻告誡人說：「君詩之病在於有杜，君文之病在於有韓、歐，有此蹊徑於胸中，便終身不脫依傍二字，斷不能登峰造極。」（《與人書十七》）又說作詩：「不似則失其所以爲詩，似則失其所以爲我。李、杜之詩所以獨高於唐人者，以其未償不似而未償似也。」（《日知錄・詩體代降》）所論與明七子很不相同。與其說，顧炎武因學杜而詩近杜，還不如說，顧炎武才性的自然發露，有近於杜者。顧炎武是一個嚴謹而樸實的人，忠義之心，民族之感極爲強烈。曾七謁孝陵，六謁十三陵，故屈大均悼詩有「一代無人知日月，諸陵有爾即春秋」之句，顧詩如《秋山》、《精衞》、《感事》、《海上》、《淮東》、《王家營》、《金山》、《白下》、《寄潘次耕時被薦燕中》等，質實堅蒼，詩語典雅，使事用典廣博而不蕪雜，精切而不晦澀，善用實筆，彈無虛發，字字落實，凝煉厚重，意境渾厚闊大，情感沉摯悲壯。但由於他在藝術上缺乏明顯的突破，朱庭珍評其詩曰：「寧人詩甚高老雄整，雖不脫七子習氣，然使事運典，確切不移，分寸悉合，可謂精當，此則過於七子。」（《筱園詩話》卷二）褒中寓有微意。

　　另一位堅貞不屈的遺民詩人屈大均，也受到明七子影響。但他認爲：「天下之詩皆得之於《易》。……吾嘗欲以《易》爲詩，使天地萬物皆聽命於吾筆端。神化其情，鬼變其狀；神出乎無聲，

鬼入乎無臭，以與造物同遊於不測。」（《六瑩堂詩集序》）又說：「《易》以變化爲道，詩亦然。故曰知變化之道者，其知神之所爲。詩以神行，使人得其意於言之外，若遠若近，若無若有，若雲之於天，月之於水，心得而會之，口不可得而言之，斯詩之神者也。」（《粵游雜咏序》）這就與明七子從格調求詩不同。強調變化，強調神行，就有可能避免明七子之泥古不化。屈大均的優秀作品如《過大梁作》、《過涿州》、《燕京述哀》、《大都宮詞》、《烈皇帝御琴歌》、《秣陵》、《讀陳勝傳》、《華岳》、《哭華姜》、《雲州秋望》、《早發大同作》等都激動人心，有很強的藝術感染力。其詩不同於顧炎武，長於虛筆，以抒情爲主，即使敍事，也能不粘於瑣實，而能通過想像，化實爲虛，以神行之。朱庭珍稱其詩：「氣既流蕩，筆復老成，不拘一格，時出變化。」（《筱園詩話》卷二）而屈大均晚年屢和蘇詩韻，又說：「逃唐歸宋計亦得。」（《送朱上舍》），可見屈大均已不甘心於唐。其山水名篇《登羅浮絕頂奉同蔣王二大夫作》，錢仲聯師認爲脫胎於蘇軾《白水山佛跡岩》「益加以奇肆變化」，（錢仲聯《宋詩三百首》）而「奇情壯采，不減東坡」。（錢仲聯《清詩三百首》）

其他詩人如錢秉鐙的七律，吳嘉紀的樂府，施閏章的五律也都有着極高的成就。而錢、吳所擅長的白描手法，尤非唐詩能限。

當然，在清初隨着宋詩被重新提倡，也出現過一些流弊，其原因一是不善學宋，一是缺乏才華。主要表現在三個方面。一是以擬唐轉而爲擬宋。趙執信說：「攻何、李、王、李者曰：『彼特唐人之優孟衣冠也』是也。余見攻之者所自爲詩，蓋皆宋人之

優孟衣冠也。」（《談龍錄》）一是不能取宋詩之精神，宋犖指出：「顧邇來學宋者，遺其骨理而扯其皮毛；棄其精深而描摹其陋劣，是今人之謂宋，又宋之臭腐而已，誰爲障狂瀾於旣倒邪？」（《漫堂說詩》）一是風格過偏，不適應普遍的審美趣味。葉燮說：「近今詩家，知懲七子之習弊，掃其陳熟餘派，是矣。然其過凡聲調字之句近乎唐者一切摒棄而不爲，務趨於奧僻，以險怪相尙，目爲生新，自負得宋人之髓，幾於句似秦碑，字如漢賦，新而近於俚，生而入於澀，眞足大敗人意。」（《原詩》卷三）。這些流弊的出現不足爲怪，要在唐宋以後開拓疆域原非易事，無疑需要比唐宋詩人付出更大的努力，因此沒有高度的文化修養和藝術天才很難取得成功。這是歷史給清代詩人造成的不利條件。因此對清代詩人的每一寸新進展都不能低估其價值。

　　雖然，清初詩歌在總體上已有了一個良好的開端，宋詩已作爲一種新的詩學傳統開始受到人們的重視。但是一方面由於傳統的慣性，一方面由於對宋詩的重新認識還剛剛開始，因此，這時期的詩人主要還是自覺地或不自覺地從宋詩當中吸取善變的精神來指導自己的創作實踐，對宋詩本身的取法，除錢謙益、查愼行等少數詩人外，還沒有取得很高的成就。尤其是宋詩的一個主要方面，黃庭堅及其江西詩派尙未受到比較廣泛的眞正重視，對黃庭堅詩歌的取法更沒有多少成果，不少學宋詩人如黃宗羲、呂留良、陳訏等人的實際創作成就並不非常突出。因此清初對宋詩的提倡實際上還處於初級階段。人們還沒有來得及深入到宋詩的精深境界，自由地駕馭它的藝術成果，爲我所用。要眞正消化宋詩這一新發現的詩學傳統，還需要有較長的時間。

第二節　逆水行舟，不進則退：
從王士禛到沈德潛的「老調重彈」

　　明末清初提倡宋詩出現流弊雖然不足爲怪，但有流弊，就會
有人起來挽救流弊。這就爲「返樸歸眞」勢力的增強和活躍提供
了新的契機。另一方面，宋詩本身不僅顯示了一種獨創精神，而
且在總體上還體現了一種不同於唐詩的風格，儘管宋詩本身也包
含了多種風格，宋詩的優秀代表都各有自己的面貌，但他們又有
自己的共性。創作精神並不是審美對象，因此可以不受審美趣味
的影響和制約；藝術風格卻是審美對象，所以要受到審美趣味的
影響和制約。不同的讀者都各有不同的嗜好，不同的時期也各有
不同的審美傾向。而詩人與讀者一樣也各有自己的審美愛好，同
時在一定的時期也會體現出共同的審美追求。動亂時期與和平時
期，不僅詩人對現實生活的感悟不同，而且審美追求也會有所區
別。所謂「人情好尙，世有轉移。」（陸時雍《詩鏡總論》）而
《禮記·樂記》則謂「治世之音安以樂，其政和；亂世之音怨以
怒，其政乖；亡國之音哀以思，其民困。」雖然詩歌藝術風格的
性質並不完全由世運的盛衰所決定，但兩者之間也有着曲折的聯
繫，尤其是詩歌風格的情感因素確與世運的盛衰有着比較直接的
關聯。隨着社會的安定，政局的鞏固，詩歌的現實對象也就發生
了改變。在緊張動盪的戰亂生活煎熬中苟且度日的人們，也自然
很嚮往和平、寧靜、安詳的生活環境，而現在這種願望已經正在
實現，人們自然會珍惜這來之不易的和平生活，而康熙時期治國

安邦的政治重心，也主要是「休養生息」，這是符合時代要求的。
從政治角度來講，統治者也需要一種「順成和動」之音；對聽慣
了淒厲的哀泣之聲的平民百姓來說，也希望能在「順成和動」之
音中享受寧靜安詳的愉悅；而和平生活本身也為「順成和動」之
音提供了客觀條件。這上面的種種因素都直接或間接地影響了清
初以後的詩歌動向。朱彝尊曾自述詩歌創作的變化：「一變而為
騷誦，再變而為關塞之音，三變而吳儈相雜，四變而為應制之體，
五變而成放歌，六變而作漁師田父之語。」（《荇溪詩集序》）
姚鼐評查慎行詩亦謂：「國朝詩人少時奔走四方，發言悲壯；晚
遭恩遇，敍述溫雅，其體不同者莫如查他山。」（《方恪敏公詩
後集序》）都說明了個人生活經歷的變化，對詩歌創作的影響。
而郭曾沂比較「江左三家」、「嶺南三家」與「國朝六家」詩歌
的區別也指出：「六家詩繼三家起，盛世元音便不同。」（《雜
題國朝諸名家詩集後》）也注意到了戰亂時期的詩歌與和平時期
的詩歌各不相同。而在康熙時期影響最大，較能體現和平之聲的
詩人是王士禛。清初以後詩歌主要趨向發生改變與他的神韻說很
有關係。

　　王士禛早年學詩愛好明代徐禎卿、高子業之詩，徐高之詩屬
於「古淡清音」一派。王氏家法雖傳兩李詩學，但王士禛心香一
瓣卻並不在杜甫，而在王、孟一路，故王士禛雖然學唐，但與兩
李取經不同。張九徵曾讚王士禛說：「夫歷下諸公，分代立疆，
矜格矜調，皆後天事也。明公御風以行，飛騰縹緲……然則明公
之獨絕者先天也，弟知其然，而不能言其然，杜陵云自是君身有
仙骨，世人那得知其故；此十四字足以序大集矣。」（周亮工

《賴古堂尺牘新鈔》錄張九徵《與王阮亭》）當時人已經看出王
士禎之才性與李攀龍他們不同。順治十四年秋，二十四歲的王士
禎遊歷下，賦《秋柳》四章，顯示了與明七子呆板、滯重完全不
同的風格，一時和者甚衆，詩名鵲起，成爲騷壇新秀。二十七歲
赴任揚州推官，官雖小，而地居要衝，是騷人墨客遊宴聚會之地，
因而大大擴大了他的交遊範圍。吳偉業曾述其所見：「吾友新城
王貽上爲揚州法曹，地殷務劇，賓客日進……已而放衙面客，刻
燭賦詩，清言霏霏不絕。坐客思而詫曰，王公眞天才也。」（《程
崑侖文集序》）二十八歲以詩贄於詩壇泰斗錢謙益，受到特別褒
揚，「所以題拂而揚詡之者無所不至。」（王士禎《古夫於亭雜
錄》）詩名益顯。中年時又受到宋詩熱的影響。所謂「物情厭故，
筆意喜生，耳目爲之頓新，心思於焉避熟」，於是「越三唐而事
兩宋」（俞兆晟《漁洋詩話序》引王士禎語）並公開爲黃庭堅詩
翻案。但在創作實踐上，王士禎對黃庭堅詩的學習主要限於古體。
而且成就並不明顯。這時期他也創作了諸如《定軍山諸葛公墓下
作》、《八陣圖》這一些雄摯奧博、沉着痛快的作品。但統觀王
士禎的全部創作，這些作品並不體現他的風格特徵。王士禎眞正
擅長的還是神韻一路，盧見曾爲《感舊集》所寫凡例，開宗明義，
指出王士禎「主詩教以神韻爲宗」，「神韻」一語淵源已久，而
就王士禎的認識來看，在風格上主要本於司空圖「冲淡」、「自
然」、「清奇」三品；在精神上，則本於司空圖「不着一字，盡
得風流」，嚴羽「瑩徹玲瓏，不可湊泊」，「羚羊掛角，無跡可
求」的思想。顯然如果用王士禎的神韻說來衡量宋詩，可取之處
一定不如唐詩爲多。故王士禎最終還是復歸於唐。對此，王士禎自

己解釋說，對宋詩的提倡雖然盛行一時，但是「既而清利流爲空疏，新靈寖以佶屈，顧瞻世道，怒焉心憂，於是以太音希聲，藥淫哇錮習，《唐賢三昧》之選，所謂乃造平淡時也，然而境亦從茲老矣。」（俞兆晟《漁洋詩話序》引），這番話是很值得品味的，一是王士禎復倡唐音與矯學宋之失有關，一是與憂心世道有關。那麼何以見得學宋會影響世道呢？王士禎沒有明言其中的利害關係。而毛奇齡也有類似的擔憂，他說：「（吾鄉）爲詩皆一以三唐爲斷，而入長安反驚心於時之所爲宋元者，以爲長安首善之地，一時人文萃集，爲國家啓教化，而流俗蟲壞，反至於此。」（《何生洛仙北遊集序》）在《劉櫟夫詩序》中更明白地指出，宋詩風行於世，不利於「昌明張大之業行於開闢。」其因何在？朱彝尊的一段評論可作注脚。他說：「唐人之作中正而和平，其變者率能成方，迨宋而粗厲噍殺之音起。」（《劉介於詩集序》）而施閏章解釋得更清楚：「大抵憂心感者，其聲粗以厲，敬心感者，其聲直以廉……嘗竊論詩文之道與治亂終始，先生則喟嘆曰：宋詩自有其工，探之可以綜正變焉。近乃欲祖宋元而祧前古，風漸以不競，非盛世清明廣大之音也。願與子共振之。」（《佳山堂詩序》）參考上述見解，我們可以明白王士禎何以見宋詩之失，而「瞻顧世道，怒焉心憂」了。如果說王士禎早年之倡神韻，乃是出於天性所好，或者只是爲了挽救明代二李之弊。那麼其晚年復歸於唐卻似乎不太單純了，而帶有一定的政治傾向。盧見曾序《感舊集》說：「自古一代之興，川岳鍾其秀靈，必有文章極盛之會以抒洩其菁英郁勃之氣，其發爲詩歌，朝廷之上，用以鼓吹休明。」又序《國朝山左詩鈔》說：「漁洋以實大聲宏之學爲海

內執騷壇牛耳，垂五十餘年……蓋由我朝肇興遼海，聲教首及山東，一時文人學士，鼓吹休明，黼黻盛業，地運所鍾，靈秀勃發，非偶然者也。」這些評論都帶有濃郁的政治色彩。康熙二十年，玄燁曾賦柏梁體曰：「麗日和風被萬方」（《清史稿‧聖祖本紀》二）這種「麗日和風」正是當時社會和政治的象徵。王士禎的神韻詩在客觀上與這種「麗日和風」完全諧和，而王士禎也以他的文學貢獻而獲得康熙帝的特別青睞，平步青雲。康熙三十八年，玄燁特賜御書大字一聯：「烟霞盡入新詩卷，郭邑新開古畫圖。」這既是對王士禎神韻詩的寫照與讚揚，同時也體現了帝王的興趣和用意。

　　清初以來的詩歌運動就這樣由於內因和外因方面的多種原因，由於詩壇領袖人物在詩學觀念上的迷誤，而發生了曲折，清初以來對宋詩的提倡在一定程度上受到了抑制。但是王士禎畢竟是一個有才華的詩人，而且他的神韻說與明七子的格調說也有較大的區別。因此他在創作實踐上也不像明七子那樣泥古不化，而重視妙悟、神會，「忽自有之」、「得之於內。」（王士禎《漁洋詩話》）他的詩歌如：「秋來何處最消魂，殘照西風白下門，他日差池春燕影，只今憔悴晚烟痕。」（《秋柳四首》）「行人繫纜月初墮，門外野風開白蓮。」（《再過露筋祠》）「十日雨絲風片裏，濃春烟景似殘秋。」（《秦淮雜詩》）「他日相思忘不得，平山堂下五清明。」（《冶春絕句》）「好是日斜風定後，半江紅樹賣鱸魚。」（《眞州絕句》）「都將家國無窮恨，分付潯陽上下潮。」（《蟂磯靈澤夫人祠》）等，都善於從整體上傳達對象的精神，而將似有似無的意緒寄托於淡遠縹緲，自然和諧的境

界之中，含蓄朦朧，耐人尋味。但是在藝術手法方面很難說有多少新創，他在創作上基本上遵循着王、孟一派的藝術原則。

　　繼王士禎以後，沈德潛迷途不返，反將復古之風愈煽愈烈。

　　王士禎的神韻說其流弊在於「虛」的方面，容易「陷入模糊影響」。（錢仲聯《清人詩文論十評》）《四庫全書總目》認為王士禎詩如「律以杜甫之忠厚纏綿，沉鬱頓挫，則有浮聲切響之異。」而且王詩取材範圍也以「模山範水，批風抹月」為主。如果說王士禎只是以閑適平淡的境界，在客觀上迎合了統治者「鼓吹休明」的需要，那麼到了乾隆時期，這種消極的為政服務已不能滿足統治者的雄心了。

　　經過康熙時期的休生養息，清朝的國力到了乾隆初期已經非常強盛，當時的一般米價只有十餘文。所謂「只今沙漠皆耕桑，關北亦似關南熟」（錢載《出古北口》）「稻粱應侶雁，蝦蟹不論錢。」（錢載《水鄉二首》）。從總體上來看，乾隆時期可稱得上是國泰民安的時代。當然，由於我國地域廣闊，地理環境複雜多樣，國民經濟的發展是不平衡的，窮富差別懸殊，但總的來說還是經濟高漲，國力強盛，在這種社會背景下，容易刺激起蓬勃振奮的熱情。從乾隆時代的科舉盛況，以及士大夫渴望建功立業的雄心中，我們可以看到社會心理正在發生微妙變化。而乾隆皇帝又是一個野心勃勃的君主，好大喜功，在他執政期間，曾多次發動張揚國威的戰爭，號稱「十全老人」。顯然，乾隆時期的政治重心已從康熙時期的休生養息轉移到對事功的熱烈追求。在這樣的社會條件下，那種淡泊寧靜、又容易流為模糊影響的神韻派詩風，似乎與普遍的社會心態不太切合。而沈德潛似乎洞悉其

中得失變化。爲矯虛空之弊，沈德潛復張格調旗幟，提倡「鯨魚碧海」的盛唐詩風。阮元序《群雅集》說：「昔歸愚宗伯訂別裁集謂王新城執嚴滄浪之意，選《唐賢三昧集》，而於少陵鯨魚碧海或未之及。……近今詩家輩出，選錄亦繁，要以宗伯去淫濫以歸雅至爲正宗。與其出奇標異於古人之外，無寧守此近雅者爲不悖於三百篇之旨也。」這番評論既可以看出沈德潛的影響，又體現了沈德潛詩學主張的保守性。沈德潛認爲「詩至有唐爲極盛」（《古詩源序》）而「宋元流於卑靡。」（《唐詩別裁凡例》）重新恢復了「第一義」的偏見。當然，沈德潛提倡的「鯨魚碧海」風格，並不是劍拔弩張一路，但也非雄奇華美一路，他曾說：「風騷以後，五言代興，漢如蘇、李贈答，古詩十九首，句不必奇詭，調不必鏗鏘，而纏綿和厚，令讀者油然興起，是爲雅音。」（《喬慕韓詩序》）又說：「故見之於詩，冲淡夷愉，不必雕肝嘔心，而世之刻意求工者轉或遜矣。」（《南園倡和序》）沈德潛所好似乎在樸實平和一路。然而殊不知宋人正是由於尋常境界，尋常手法已爲唐人寫熟，方一眼觀定好奇的韓愈這個「昆侖第二源」，另闢新徑。沈氏不解此理，因此總是有意無意地拾古人牙慧。朱庭珍認爲沈德潛「所爲詩平正而乏精警，有規法度而少眞氣，襲盛唐之面目，絕無出奇生新，略加變化處。」（《筱園詩話》卷二）所論頗爲允當，沈詩大多平鋪直敍，呆板笨拙。另一方面，沈氏論詩更明確強調文學的政治功用。他說：「詩教之尊，可以和性情、厚人倫、匡政治、感神明。」（《重訂唐詩集序》）所以詩歌創作應該「箴時之病，補政之缺。」（《重訂唐詩別裁集序》）有意識地把文學納入政治的軌道。而且這種積極的爲政

治服務應該以「忠孝悱惻」、「溫柔敦厚」為原則。而所有這些
又正合乎帝王之心。乾隆是一個雄心勃勃的皇帝，他希望有所作
為，因此並不迴避現實問題。昭槤《嘯亭雜錄》記載：「純廟憂
勤稼穡，每歲分命大臣報其水旱，無不見於翰墨……後諸詞臣有
以御製詩錄為簡册以進者。朱相國錄上紀咏水旱豐歉之作，名
《孚惠全書》以進，上大喜，賜以詩扇。」可見乾隆是希望能通
過詩歌作品了解民瘼的，故他稱讚沈德潛詩曰：「別後詩裁經細
檢，當前民瘼聽頻陳。」（沈德潛《自訂年譜》引）然而，復古
保守的詩學觀，濃郁的政治功利色彩，平庸的藝術才華，集於沈
德潛一身，使沈德潛創作的大量詩作，都缺乏真氣和生氣，流為
呆笨的水旱災害，民情風俗，個人情懷的彙報。汪國垣評其詩曰：
「通體工整，無可讀之篇，無可摘之句，勉誦一過，了無動人。」
（《論近代詩》）而尊唐之譚獻，亦稱沈詩「多渣滓，則過求平
寬之流弊耳。」（復堂日記》卷一）沈德潛「自命起衰復古，未
免力小任重，舉鼎折脰。」（朱庭珍《筱園詩話》卷二）但是，
作詩濫惡，滿腦政治意圖，不諳藝術三昧的乾隆，卻十分欣賞沈
德潛之詩，君臣賡和，多次褒揚，有詩讚曰：「我愛德潛德，淳
風挹古初。」（沈德潛《自訂年譜》引）又破天荒為沈詩集作序
說：「夫德潛之詩，遠陶鑄乎李、杜，而近伯仲乎高、王矣。乃
獨取義於昌黎『歸愚』之云者，則所謂去華就實，君子之道也。」
（弘曆《歸愚詩鈔序》）沈氏本鄉間一個老儒，應試多次，至六
十七歲才中進士，而終「以文字結主知，膺殊獎。」（鄭方坤
《國朝名家詩鈔小傳》卷四）其中奧妙，恐怕與沈氏詩學適合乾
隆的政治要求不無關係。而「歸愚」兩字尤值得品味。統治者自

然最希望下臣忠厚至愚，質樸實在。而沈德潛的人品詩學恰恰很好地體現了「歸愚」二字。故陳衍批評沈德潛而引孔子語曰：「詩之失愚。其爲人也，溫柔效厚而不愚，則深於詩者也。」（《近代詩鈔序》）沈德潛卻正以「歸愚」而膺殊獎，享盛名，吹捧者至謂：「海內之士尊若山斗，奉爲圭臬，翕然無異詞。」（王豫《群雅集》卷一）然而，沈德潛有時也偶露崢嶸，如《漢將行》一詩「結尾『藏弓』之語，用鳥盡弓藏之典，矛頭明明直指世宗。」（錢仲聯《夢苕庵詩話》）藝術性雖不高，卻甘冒大不韙，豈非「糊塗一時」；又有過愚之舉，竟將平時爲乾隆捉刀者咸錄集中，豈非過於珍惜「渣滓」。故當乾隆獲知這位「歸愚」的「天子門生」，「歸愚」過了頭時，竟勃然大怒，一氣之下，將其墓碑仆倒，歸愚之魂豈不寃哉！（參見《清史列傳》卷十六《清朝野史大觀》卷三）

清代的詩歌運動發展到沈德潛，再一次體現了「返樸歸眞」的力量與歷史惰性相結合所造成的嚴重阻礙，風格上的呆滯弩鈍，創作精神上的保守迂腐，對於宋詩的簡單否定，造成了對明七子的簡單回歸。沈德潛終於又一次重蹈七子覆轍。如果說，明七子當年鼓吹唐音，還有相當的積極意義。那麼沈德潛這次重彈老調，即使連這一點意義也蕩然無存。雖然社會的變化，也許需要一種雄壯昂揚的風格，但是藝術上的保守觀點，卻只會影響詩人們創造性地去實現這種審美要求。從根本上來說，沈德潛的格調說是違背詩歌運動的總趨向的。詩歌發展的歷史，是一個不斷創造的過程，本來經過明代的恢復，詩歌在清初已經出現了一個新的創造勢頭，但是這勢頭卻很快受到了抑制。吳錫麒序《群雅集》說：

「本朝人文炳蔚，韶濩鏘鳴。新城司寇以神韻導之於前，長洲宗伯以體裁齊之於後。稟溫柔敦厚之旨，揚順成和動之音。以正步趨，以端矩矱。」可惜的是，這種帶着濃郁政治色彩的詩歌運動其結果雖然正了「步趨」，端了「矩矱」。但卻嚴重地阻障了詩歌的發展。至此，詩歌運動的內在要求與影響它發展的外在阻力之間已出現了尖銳的衝突。只有衝破這種阻力才能給詩歌發展帶來生機。

第三節　知難而進：
時風之外詩人對傳統模式的局部突破

然而，清人畢竟不同於明人，明代以來詩歌運動的經驗教訓，使不少詩人變得成熟起來。他們能夠在舉世滔滔的局面下，獨立於時風之外，堅持走自己的道路。而清代的統治者雖然以自己的好惡影響了一時的詩歌創作，但他們終究還沒有發展到運用主宰一切的權力去強制抑制不同的創作風格和創作精神。沈德潛生前雖然因得寵而使他的格調說產生了不小的影響，但實際上，格調派的勢力也未必能完全壟斷整個詩壇。沈德潛之前的王士禛，提倡神韻說，雖然也影響廣泛，但也同樣不能籠蓋四野。其時，就有趙執信起來大唱反調，吳喬亦譏之爲「清秀李于麟。」（趙執信《談龍錄》）而學宋派雖然受到抑制，降溫退熱，卻並未消聲匿跡。而且克服了心躁氣浮，反向深處有了推進。

繼查慎行之後，浙地學宋詩人成就顯著者有厲鶚。王昶評其詩曰：「擷宋詩之精詣，而去其疏蕪。時沈文慤公方以漢魏盛唐

倡於吳下，莫能相掩也。」（《湖海詩傳》卷二）而沈德潛卻認
為「沿宋習敗唐風者，自樊榭為厲階。」（袁枚《答沈大宗伯論
詩書》引沈德潛語）可見厲、沈兩人格法不合，迥然異趣。厲鶚
論詩重獨創，曾說：「少陵所謂多師為師，荊公所謂博觀約取，
於體是辨。衆制既明，爐韛自我，吸攬前修，獨造意匠，又輔於
積卷之富，而清能靈解，即具其中。」（《查蓮坡蔗塘未定稿序》）
故他非常欣賞趙谷林之詩，「胚胎於韋柳韓杜蘇黃諸大家，而能
自出新意，不襲故常。」（《趙谷林愛日堂詩集序》）這種觀點
與清初錢謙益等人的觀點精神相通，既重視繼承，又強調獨創，
同時厲鶚也同樣重視學問。而在風格上，厲鶚愛好「清瑩」之境。
曾說：「蓋自廟廊風諭，以及山澤之臒，所吟謠未有不至於清而
可以言詩者，亦未有不本乎性情而可以言清者。」（《雙清閣詩
集序》）在《汪積山先生遺集序》中又說：「余極嗜其詩，清恬
粹雅，吐自胸臆，而群籍之精華經緯其中。」又稱《盤西紀遊集》：
「以堅瘦為其格，以華妙為其詞，以清瑩為其思……絕去切擬，
冥心獨造，而卒無不與古人合。僕性喜為遊歷詩，搜奇抉險，往
往有得意句，讀之亦絕叫以為不如也。」在和平寧靜的環境裏，
厲鶚陶醉在杭郡清幽的自然山水之中，物我化一，一片清氣。故
能寫出「瑩然而清，窅然而邃」（王昶《湖海詩集》卷二）的詩
來。厲鶚善於體察山水的深微之境，而不是浮光掠影，人云亦云。
集中尤以五言山水造詣最高。其詩如「岩翠多冷光，竹禽無驚啼。」
（《理安寺》）「幽人先鳥起，林間正寂然。」「烟雨為合離，
花態亦變遷。」（《永興寺二雪堂曉起看綠萼梅》）「穿漏深竹
光，冷翠引孤往。冥搜滅衆聞，百泉同一響。」（《晚登韜光絕

頂》）「月在衆峰頂，衆流亂葉中。一燈群動息，孤磬四天空。」
（《靈隱寺月夜》）「松風揚纖碧，花影蓄深黛。」（《溪山巢
泉上作》）「暝色入孤弦，風燈濕茅屋。」（《雨中同符幼魯泛
舟》）等，皆遠離塵囂，孤寂清瑩。而詩語自然，卻又洗煉深刻。
關鍵字辭皆有透進一層的表現力，繼承了謝靈運、陳與義山水詩
的造語手法，但一般不使用過於生僻的詞彙。厲詩的構思也較曲
折，如「俯江亭上何人坐，看我扁舟望翠微。」（《歸舟江行望
燕子磯作》）利用互相交映的手法，傳達出一種無言的精神情趣
的交流。而喻擬手法的運用也較深入，如「山當落日如爭渡，帆
向遙天欲倒吞。」（《焦山觀音岩晚望》）「秋翠忽飛來，都染
瓜州樹。」（《雨後同蔚洲登大觀樓望隔江山色》）「萬頃吳波搖
積翠，春寒來似越兵來。」（《自石湖至橫塘》）至如「黑鶯燕
子翻階影，涼受槐花洒地風。」（《晝臥》）之類則採用倒裝句
式，強調在特殊條件下的特有感受。諸如此類，都力避凡近，不
作浮泛之語。

　　而山陰胡天游則屬於「才情富艷，奇氣橫逸」的一派，（錢
仲聯《三百年來浙江的古典詩歌》）論詩反對「軟弱」。曾說：
「舉世困軟弱，所向柔容顏。可嘆風俗敝，更到文字間。」（《留
鄭汝能》）又說：「俗學多以軟弱宜。」（《雜詩》）因此欲以
奇詭矯之。尚變而不拘於正，「句律看君出新變，盡含風瀑響颼
颼」（《送施令人蜀》）「變窮天地出清新，自剖爐錘卻鬼神。」
（《風詩》）詩人要以獨創的精神開闢新的詩境。他的五言詩字
字雕煉，境境雕煉。在雕煉中見奇偉，在拗硬中見風骨。其詩如
「大聲噫然號，雪蜺淼崩奔。蹴踏萬銀屋，昂軒來咀吞。閃倏晦

昧際，日月顛尻臀」，(《曉渡安東觀海市已驟風雨》)「海日積微金，凍瀑點清漏。置身鴻濛前，眞氣入膚腠。問天嬾搔頭，唯有青貿貿。」(《將登華岳》)「門牡自飛拔，金鐵乘空遊。昴畢相與鬥，谷洛尋戈矛。」(《龍鐘》)「銀漢卻曳地，天開倒垂窗。」(《沁口》)「大海忽然凍，短日青卷低。」「佪佪葬萬古，永悶高天青。」(《孤懷》)「凍苦星辰白，霜明鼓角幹。」(《寒夜》)「我欲鞭昆侖，鞭赤山血流。我欲剪北斗，天舌施其喉。」(《攄意》)皆冥心獨造。與厲鶚相比，胡天游不是一個獨遊山水的靜觀者，他賦予山川日月以生命。整個自然界是動盪變幻的。而詩人自己又是一個自然的征服者，他遨遊在宇宙間，叱咤風雲，揮斥萬有。他用瑰奇的想像，誇張的筆觸，生造鑱刻的語彙創造了一個異乎尋常、驚心動魄的世界。有韓愈的雄詭，有李賀的怪誕，有孟郊的刻肝鏤腎。「詩中有靈劍，劍劍切玉鋒。詩中吐逸葩，葩葩仙芙蓉。鮑謝不抉暗，留韻孟齒淙。金骨振鏗聳，秋魂濯溶溶。」「吟得一生盡，果將大造虧。」詩人評孟郊的詩句，庶幾可移來自我寫照。而長篇紋事詩《海賈》和《烈女李三行》也同樣貫穿着詩人尚奇的精神。當然，由於詩人用辭有時過於生造，常常改變詞性，任意搭配，而不顧語法規律。因此有些詩句不免「過於澀㘯」。(袁枚《隨園詩話》卷七)

　　秀水錢載，官至禮部侍郎，甚久爲文學侍從，卻與沈德潛不同。陳衍說：「有清一代，詩宗杜韓者，嘉道以前唯一錢蘀石侍郎。」(近代詩鈔》卷一)把錢載作爲近代學宋詩派之濫觴。吳修也稱錢載「詩精深於杜韓蘇黃，脫去蹊徑，自名一家。」(《昭代名人尺牘小傳》卷二十一)錢載論詩見解不多，要以「不求與

古人合而不能不合，不求與古人異而不能不異。」（《夢堂詩老傳》）二語為其創作宗旨。蘀石齋詩境變化極多。宏闊雄壯，精深曲折，淳樸閑適，淡遠縹緲，奇崛拗硬無所不有。其詩如「千峰壯九秋，萬里歸一眺」、「西出兩峰口，萬燈中夜紅」。（《木蘭詩》）「手障全陝三峰倚，目瞰中原阻大河。」（《潼關》）「突據岡巒高壘險，全收吳楚大江橫。」（《清流關》）「以身入秋碧，欻況鷺與鷗。」（《去嚴州十里外泊》）「浪花風鬥激，綠散何迷濛。」（《入七里瀧》）「澗聲雲氣中，翠與白相幻。」（《清遠道士養鶴澗》）「吹瘦門前樹，秋鶯坐夢中。橫塘雨猶可，不願橫塘風。」（《橫塘曲》）「宵聲最清慮，況在風竹間。而當雪落聲，小閣如空山。」（《初二夜聽雪作》）「清泉滿路不歸澗，破寺無僧唯出雲。（《雨後行北山下》）「石壁翠雲相對起，野橋紅樹獨吟來。」（《慈相寺》）「兩竹手分握，力與河底爭」。「小休柳陰飯，烟氣船梢橫。」（《罔泥》）「叱牛呼鴨村不嘩，松林風細出書聲。」（《題陳丈明經西溪書屋圖》）「村叟得錢憑拗取，數枝香氣帶歸鞍。」（《訪菊》）「千音瀑掛起蒼壁，萬片嵐蒸生渴苔。」（《吳秋部岩飛雲洞圖》）「豈知寒光中間慘裂鐵骨，一倒臥肆突十丈雙瘦蛟。」（《清遠堂古梅》）等各有特色，刻劃和傳神兼而有之，繪景與寫意皆具風采。而氣分壯逸，趣兼深淡，要在「盡洗鉛華，求歸質厚。」（錢鍾書《談藝術》）與時人相比，錢載突出的還是在章句方面恣意逞奇。張維屏說錢載「論詩喜講句法，句法中喜講疊法」。（《國朝詩人征略》卷三十四）能得其概要。錢載學韓愈「不僅以古文章法為詩，且以古文句調入詩」。（錢鍾書《談藝錄》）詩句往

往不受格法束縛隨意而出。如「可憐溪邊五里十里不知何處好花樹，推蓬一片萬片朱朱白白浮下橋門英」。（《將遊支硎華山、天平諸勝》）共三十言。古來罕有此長句。它如「長歌短歌須喚彭城劉夢得，快寫新羅國僧九十九歲相伴之烟霞」。（《九華山歌寄壽茅明徑應奎八十》）「豈知九行章草士衡平復帖，又得海岳翁所跋李公炤所儲。」（《觀眞晉齋圖》）等集中頗夥。在體裁方面，自三言到九言無一不有。通篇三言，如《練時日》者有《題王編修鳴盛西莊課耕圖》《立春後二日對雪三首》等，通篇九言，如《元年五月應詔我北行》、《曹學士洛畫天下名山圖二百四十頁題之》等。六言詩則更多。而在句法方面求奇的例子也不勝枚舉，如「別來秋雨復秋雨，住處夕陽還夕陽。」（《哭萬孝廉光泰於夕照寺》）「採葛採蕭方採艾，於邐於木盍於磐。」（《有懷故園親戚》）「自知小病元非病，人道長愁始欲愁。」（《種草花作》）「淡月淡如此，涼風涼漸深。」（《宿州曉行》）「鷺飛白水白，酒賣黃婆黃。」（《黃陂》）「早禾渴雨雨而雨，修樹藏山山復山。」（《德安北山行雨》）「兒時我母教兒地，母若知兒望母來。」（《到家作》）等，利用復詞對舉，或作強調，或使流轉，其中有妥當，亦有故弄玄虛者。又常採用勾聯句法，如《興隆店》一詩幾乎就是由勾聯、對舉手法結構成章。他如「山嫩江逾碧，江碧山盡春。」（《富春江》）「人事無常畫中畫，畫中看畫無人會。」（《劉松年觀畫圖歌》）等也不乏其例，或作承遞，或使連綿。又有用諸多單音節名詞並列構句者，如「直須廟廡先諸葛，增配關張馬趙黃。」（《謁漢惠陵》），「寧申岐薛亭臺裏，車馬衣裳士女風。」（《樂游原》）等。眞

可謂「薈萃古人句律之變，正譎都備，格式之多，駸駸欲空掃前
載。」（錢鍾書《談藝錄》）前述諸法。在前人或偶一戲之，或
無意自得，而在錢載卻作爲常法大量運用，有意推廣，志在求異
求奇。雖不乏弄巧成拙，筆墨遊戲之例，而與其如沈德潛墨守成
規，勦襲雷同作古人階下奴囚，無寧爲開拓新界而飲刄中彈，洒
血疆場。而功過得失，也就無暇顧及了。

　　雖然，上面例舉的厲鶚、胡天游、錢載三人，就聲望而言，
也許在當時不足與王士禎、沈德潛爭一日之長。但有此三人自立
天壤，砥柱中流，清代的詩歌運動就有了希望，而不至於再度衰
落。創造是詩歌發展的原動力。中國古典詩歌雖然在宋代以來，
幾經曲折，但是，它的生命並沒有完結，創造活力沒有喪失。因
此總有再度崛興的一日。清初詩學觀念的解放，猶如一輪朝陽，
融化了冰雪。古木逢春，老樹着花。雖有回寒凜冽，也終究不能
吞滅陽春，如紙薄冰也無法束縛洶湧的春潮。

第四節　以俗化雅，別開生面：
性靈派對詩學傳統的市民化改造

　　沈德潛重拾明七子餘睡，他的詩學主張在根本上與詩歌發展
的內在要求相矛盾。儘管由於某些特殊的條件，使沈德潛蜚聲海
內，他的詩學主張也因此風靡一時，但這只是一時的迷誤，所謂
「翕然宗之，」也只是表面假象，即使如門下士王昶論詩也已不
能恪守師說。魯嗣光序王昶《春融堂集》說：「至於作詩，自魏
晉六朝以迄元明無不遍覽，要必以杜韓蘇陸爲宗。」而王昶爲張

大己說，竟不惜曲諱乃師，其論沈德潛曰：「然先生獨綜今古，無籍而成。本源漢魏，效法盛唐，先宗老杜，次及昌黎、義山、東坡、遺山、下至青邱、空同、大復、臥子、阮亭，皆能兼綜條貫。」（《湖海詩傳》卷八）其實沈氏門戶哪有如此之寬，推崇七子是實，而於宋人實不能相容。其有言道：「宋詩近腐，元詩近纖，明詩其復古也。」（《明詩別裁序》）王昶不至於不知沈氏詩學宗旨，無乃七子老調，已成芻狗，宗唐排宋已不能服人，故不得已將乃師裝扮一番。但又何濟於事，卻反而暴露了沈氏詩學主張的虛脫。而其時，高張性靈旗幟，對沈氏詩學主張大加撻伐的是袁枚。吳應和說：「歸愚宗伯以漢魏盛唐之詩唱率後進，為一時詩壇宗臣。隨園起而一變其說，專主性靈，不必師古，初學立足未定，莫不喜新厭舊，於是《小倉山房集》人置一編，而漢魏盛唐之詩絕無掛齒。」（《浙西六家詩鈔·小倉山房詩》）故舒位《乾嘉詩壇點將錄》分別以「托塔天王」與「及時雨」屬之。「托塔天王」晁蓋位雖尊，卻在位不長。「及時雨」宋江方是「廣大教化主」。尚鎔說：「與子才同時，最先得名者莫如沈歸愚。歸愚才力之薄，又在漁洋之下，且格調太入套。」（《三家詩話》）故一旦蒼頭突起，異軍橫掃，格調派便傾刻瓦解。

袁枚論詩不以尊唐宗宋為指歸，他要擺脫一切傳統的陳見，徹底地「以我為變」，以衝破束縛，消除異化。他認為「詩有工拙，而無今古。」（《答沈大宗伯論詩書》）又抨擊泥唐襲宋者：「抱韓杜以凌人，而粗笨手者，謂之權門托足；仿王孟以矜高，而半吞半吐者，謂之貧賤驕人；開口言盛唐及好用古人之韻者，謂之木偶演戲；故意走宋人冷徑，謂之乞兒搬家；好迭韻、次韻，

刺刺不休者，謂之村婆絮談；一字一句自注來歷者，謂之古董開店。」（《隨園詩話》卷五）可謂淋漓痛快。即使是對袁枚大有貶辭的潘德與對袁枚不以朝代論詩的見解也非常讚賞。他說：「袁簡齋謂『唐宋者，歷代之國號，與詩無與；詩者，各人之性情，與唐宋無與』雋話解頤，一空蔀障。簡齋詩可議此論不可廢也。」（《養一齋詩話》卷五）其實唐詩與宋詩就其傾向而言，本有區別，但是卻不能以時代之先後定優劣。此論在公安派已先發之，袁枚發揮公安緒論，抨擊明七子第二之沈德潛，正是以水克火。不過公安派卻倡導宋詩，袁枚則並無定見，雖有時議論唐宋卻並不嚴肅，故時相鉬鋙，而終以性靈爲本。

作詩本性情，原非袁枚獨見。雖然洪亮吉評王士禎、沈德潛而謂：「王文簡、沈文慤以名公巨卿，手操選政。文簡則專主神韻，而蹠實或所未瑕；文慤則專主體裁，而性情反置不言。其病在於己律人，又強人以就我。」（《讀雪山房唐詩序例序》）其實，王、沈集中也不乏主性情語，則是往往爲其所主風格所掩。至沈德潛，又把性情限於溫柔敦厚一格。故袁枚主性靈而尤側重於破溫柔敦厚之腐見。袁枚認爲孔子詩教並不限於溫柔敦厚，所謂「可以興、可以群、可以觀、可以怨」，證之以《詩》，原是風格多樣。而詩又不必盡「關係人倫日用」，所謂「邇之事父，遠之事君」，爲詩之「有關係者」；「多識草木鳥獸之名」，爲詩之「無關係者」。（參見《答沈大宗伯論詩書》）「夫詩之道大而遠，如地之有八音，天之有萬竅，擇其善鳴者而賞其鳴足矣，不必尊宮商而賤角羽，進金石而棄弦匏也。」（《再與沈大宗伯書》）袁枚這樣來擴大詩道，是要把詩從道貌岸然的政治倫理功

用中解放出來，恢復詩歌平易近人的面目。所以袁枚的性靈不僅包括「公性情」，也不妨是一時一人的「私性情」。可以嚴肅，也不妨詼諧。「君子修身，先立其大，則其小者毋庸矯飾。」（《答蕺園論詩書》）本於此，袁枚還特別重視男女情詩，認爲：「夫詩者由情生者也，有必不可解之情，而後有必不可朽之詩。情所最先，莫如男女。」（《答蕺園論詩書》）對沈德潛不選王次回《疑雨集》大不以爲然。並以《關雎》爲證，而譏諷道：「使文王生於今，遇先生（沈德潛）危矣哉！」（《再與沈大宗伯書》）袁枚的這種主張，與當時戴震對宋代道學的批判在精神上是一致的。

另一方面，袁枚的性靈說，不僅包括性情方面的內容，而且還包括寫作方面的內容。袁枚還要以「靈性」、「靈機」、「靈巧」，來藥沈德潛的呆滯、笨拙。就「靈性」而言，袁枚重視作詩的「天才」「其人之天有詩，脫口能吟；其人之天無詩，雖吟而不如無吟。」（《何南詩序》）就「靈機」而言，袁枚強調創作的靈感觸發，「興會所至」。（《隨園詩話》卷二）就「靈巧」而言，袁枚欣賞新鮮、生動、生趣盎然、清新雋妙的風格。袁枚自稱「我詩重生趣」。（《哭張芸墅司馬》）又說：「詩無生趣，如木馬泥龍，徒增人厭。」（《隨園詩話補遺》卷三引何獻葵語）而於古人，袁枚特別推重楊萬里，曾說：「余不喜黃山谷而喜楊誠齋。」又借汪大紳之口說自己所作似楊萬里，且謂：「誠齋，一代作手，談何容易……使我擬之，方且有愧。」（《隨園詩話》卷八）自我標榜，幽默風趣。

總之，在根本的創作精神上，袁枚要打碎沈德潛及其古往今

來的同道者，建造起來的了無生氣卻莊嚴崇高的詩歌神像，把詩
還給平民百姓，所以並不把詩歌創作看得多麼莊嚴慎重。他曾
風趣地爲自己所作題詩：「不矜風格守唐風，不知人詩鬥韻工。
隨意閑吟沒家數，被人強派樂天翁。」（《自題》）在他看來詩
歌不過是性情隨時的自然發露，所以根本用不到大驚小怪，矜格
矜調。

　　而袁枚其人在生活上也同樣並不認眞嚴肅，袁枚自仕途失利，
三十餘歲便絕意進取，而遊戲人間。生活不拘禮節，曾在隨園
「柳谷」之中自題一聯曰：「不作公卿，非無福命都緣懶；難成
仙佛，爲讀詩書又戀花。」正是絕好的自我寫照。隨園之中時常
詩酒流連，脂粉飄香。正因爲是遊戲人間，所以也並不自命清高。
且善於交好權貴，集中阿諛奉迎之章極多。又能獎掖後進，雖有
「一言之美，君必能舉其詞爲人誦焉。」（姚鼐《袁隨園君慕誌
銘》）。而《隨園詩話》自然泛且濫矣。然而，也許正因爲如此，
在喧鬧的金陵都市，袁枚雖招收女弟子，有傷風化，而能「極山
林之樂，獲文章之名」近五十年。

　　有這樣的創作態度、詩學觀點，有這樣的生活經歷，在袁枚
的詩集中出現大量率意的庸濫之作自然不足爲怪。

　　袁枚的詩歌不求典雅，不以俚俗爲病。就創作傾向而言，屬
於「返樸歸眞」一路，但卻不以漢魏高格爲目標，與蘇軾的「化
俗爲雅」也不同。在語言風格上接近白居易和楊萬里，但卻無白
居易之樸素閑淡，又無楊萬里之風骨。袁詩如「月下掃花影，掃
勤花不動。停帚待微風，忽然花影弄。」（《偶作絕句》）「盆
梅三株開滿房，主人坐對心相忘，偶然入內女兒怪，阿爺何故衣

裳香。」（《即事》）「當日開元全盛時，三千宮女教坊司。繁華逝水春無恨，只恨遲生杜牧之。」（《題張憶娘簪花圖》）「人家門戶多臨水，兒女生涯總是桑。」（《雨過湖洲》）「水為情多流不去，秋來處處長芙蓉。」（《秦淮雜詩》）它如「隔簾嬌女罷吹簫。」（《咏羅隱廟》）「招魂只用美人妝。」（《咏銅雀臺》）等雖俏皮幽默，總不失風流故態。而風格較高者如「一關開閉隨王氣，絕頂河山感霸才。安石本為江左出，賈生偏過洛陽來。」（《秦中雜感》）「我知混沌以前乾坤毀，水沙激盪風輪顛。山川人物熔在一爐內，精靈騰踔有萬千，彼此遊戲相愛憐，忽然剛風一吹化為石，清氣既散濁氣堅，至今欲活不得，欲去不能，只得奇形怪狀蹲人間。不然造化縱有千手眼，亦難一一施雕鎪，而況唐突真宰豈無罪，何以耿耿群飛欲刺天。」（《同金十一沛恩遊棲霞寺望桂林諸山》）筆性構思都極其聰明、巧妙，非沈德潛筆下所能有。然而如「不慣別離情，回身向空抱。」（《古意》）以及《再贈文玉》、《斑竹贈潘校書兼調香嚴》、《答問》、《贈慶郎》等作品俚俗鄙下，渲染聲色，為人所不齒。惡之者斥之曰：「以淫女狡童之性靈為宗，專法香山，誠齋之病，誤以鄙俚淺滑為自然，尖酸佻巧為聰明，諧謔遊戲為風趣，粗惡頹放為雄豪，輕薄卑靡為天真，淫穢浪蕩為艷情，倡魔道妖言，以潰詩教之防。」（朱庭珍《筱園詩話》卷二）深惡痛絕，罵語滿紙，無以復加。而為之諱護者則謂：「生龍活虎在人間，幾個能擒復能縱。世人不識用筆精，毛舉細故供譏評。今我讀此心為平，瑕瑜不掩留菁英。汰其四者存其六，此集自占千秋名。」（張云璈《聽人談袁簡齋詩文退而成篇》）又有人謂：「平心論

之，袁之才氣，固是萬人敵也。胸次超曠，故多破空之論；性海
洋溢，故有絕世之情……若刪其浮艷纖俗之作，全集僅存十分之四，
則袁之真本領自出。」（蔣子瀟《游藝錄》卷下）其實貶者也不
必大動肝火，褒者也無須刪濫留菁，蓋袁枚生前絕不願汰去艷情
之篇。嘗謂：「僕緣情之作，是千二百人所共非。天下固有小是
不必是，小非不必非者；亦有君子之非賢於小人之是者。先有寸
心，後有千古。」（《答蕺園論詩書》）還是任其自然為好。作
者既不求雅，論者也不必以雅強求。若以今相比，袁枚的性靈之
什，正如流行歌曲，通俗唱法，如衡之以美聲、歌劇，必然格格
不入。對於平民百姓來說，男女戀情正是他們需要用詩的形式去
歌吟的主要內容。證之以六朝以來的民歌，證之以乾隆時期刊行
的民歌總集《時尚南北雅調萬花小曲》、《霓裳續譜》之類，完
全符合歷史事實。而當代少數民族的民歌也以情歌為主，即使是
流行歌曲也同樣以男女戀情為主要內容。這些平民百姓的「詩」，
在形式上親切自然，通俗易懂，又輕鬆靈活，如話如訴，所以能
在城市鄉村廣泛流行。而袁枚本人不僅詩學觀念開放，整個文學
觀念也不迂腐，曾作筆記小說集《子不語》三十四卷。不以尊卑
雅俗論文學。曾說：「《三百篇》半是勞人思婦率意言情之事，誰
為之格，誰為之律？」（《隨園詩話》卷一）又說：「有婦人女
子，村氓淺學，偶有一二句，雖李、杜復生，必為低首者。」（同
上卷三）所以，尚鎔稱袁詩為「詩中之詞曲」（《三家詩話》）
頗能搔着癢處。袁詩正是以其風情嫵媚，「雜以市道」（邵祖平
《無盡藏詩話》）通俗輕靈，平易近人，而風靡於世，成為「廣
大教主」。「上自朝廷公卿，下至市井負販，皆知貴重之。海外

琉球,有來求其書者。」(姚鼐《袁隨園君墓誌銘》)趙翼評袁枚曰:「愛宿花爲蝴蝶夢,惹銷魂亦野狐精。」(《偶閱小倉山房詩再題》)不愧爲袁枚知音。欲知袁枚其人其詩,由此二語參之,庶可得其眞。

　　而趙翼不僅與袁枚齊名,詩學主張亦相近。並且又是一個史學家,所著《廿二史札記》、《陔餘叢考》等多有發明創見。學問深於袁枚。詩中多有嘲諷理學之見,如《靜觀》認爲氣在理先,《書所見》又痛斥「存天理滅人欲」:「卻絕男女欲,不許人類生,將使大千界,人滅物滿盈,此豈造化理,流毒逾秦坑。」其它創見也時時可見,如《後園居詩》:「有客忽叩門,來送潤筆需,乞我作墓誌,要我工爲腴……乃知青史上,大半亦屬誣。」譏諷正史,《讀史二十一首》之二論秦築長城,隋開運河,而謂:「當其興大役,天下皆痍瘡。以之召禍亂,不旋踵滅己。豈知易代後,功及萬世長……作者雖大愚,貽休實無疆。」具有辯證之眼。諸如此類,表明趙翼是一個不願爲傳統陳見束縛的作家。而他論詩也同樣主創造,以發展的眼光來對待詩歌的新變。「詩文隨世運,無日不趨新。」(《論詩》)所以「李杜詩篇萬口傳,至今已覺不新鮮。」(《論詩》)不必盲目崇古,輕視今人。而其所作也不拘一格。五古多以議論爲詩之什,七古又時出奇恣縱情之筆。近體又多工巧之章。詩語有時典博生僻如《放言》;有時又「好作俚淺之語,往往如委巷間歌謠。若『被我說破不值錢』,『一個西瓜分八片』等句。」(尚鎔《三家詩話》)而詩調往往輕滑、俏皮,以其創作態度不能莊嚴,詩情又不能沉鬱所致。其詩如「故人來訪應排闥,鄰女如窺冤上梯。」(《大雨倒牆戲筆》)「不如且聽他,留作兩鬢華。麈談助霏清玉屑,牙慧增吐艷雪花。

掀來色映白題舞，捻斷詩推白戰家。既已白之謂白矣，何必元之
又元耶！」（《白鬚》）「閑增手錄書頻校，瘦減腰圍帶屢移。
老嫗縱然思再嫁，頗慚面已皺生皮。」（《六十自述》）「香篆
碧縈魂一縷，枕痕紅透肉三分。畫師何處窺曾見，侍女私相語弗
聞。且莫眞眞喚名字，夢中或已去行雲。」（《題美人春睡圖》）
「老夫也自忘衰醜，只道窺牆爲玉來。」（鄰女多梯牆折花）
（《寓齋老桂四株到日正放花喜作》）「寸燭未殘千載過，先生
笑比爛柯樵。」（《閱史戲作》）「襁兒背上臥，搖櫓兼搖兒。」
（《舟行絕句》）等，與袁詩氣味相近，故與袁枚有同譏。但在
《甌北詩集》中也時有犀利之篇：「神龍行空中，螻蟻對之揖。
禮教雖則多，未必逐鑒及。」（《雜題八首》）「死法死飢等死
耳，垂死寧復顧禁防。」（《逃荒嘆》）「貧官身後唯千卷，名
士人間值幾錢。」「書生不過稻梁謀，磨蝎身偏願莫酬。」（《子
才書來驚聞心餘之訃詩以哭之》）「卻慚書卷空填腹，不抵充飢
一核糧。」（《米價日增旅食不免簡縮》）「尺波將涸魚先散，
一骨才投犬共爭。」（《感事》）或諷喻現實，或譏刺世態，都
入木三分。

　　趙翼的私生活比較檢點，清貧自愛。詩中雖及聲色，卻禔躬
以禮這是與袁枚不同之處。而詩中所寫不過是故作俏皮，頑笑而
已。趙翼的詩境也較袁枚爲蒼莽奇崛，有男子漢之粗獷、闊大。
他曾自嘲曰：「笑我聱牙難入律，銅琵琶上撥皮弦。」（《贈張
吟薌》）所爲粵桂滇黔山水詩皆奇詭非常，發李杜韓蘇之未發。
而其詩油滑處雖與袁枚同，但同中亦有異。袁爲滑稽之俊，趙爲
滑稽之雄，而稍後之張問陶則爲滑稽之秀，其詩如「先生燕居常

閉門，儦傔侍立如無人；先生出遊行頗速，山魈一過市人縮。」
（《劉山魈升張儦傔芳合咏》）形容高矮兩僕極有趣。而趙翼山
行有「奇智」：「輿夫有短長，呼來就排比，上則前矮張，下則
後短李。」（《山行雜詩》）若借得張氏兩僕豈不更能行陡壁如
平地哉！

　　袁、趙、張可爲當時性靈派三傑。他們在藝術手法上常不顧
成規不管雅俗，隨意翻新，眼前有某一景、某一意可寫，卻往往
不從正面直接傳達。而偏要從反面、側面，從人意想不到處設想，
逆人之意，翻前之案，機智巧妙，輕鬆詼諧。他們發揮了杜甫、
蘇、黃、楊萬里詩中「諧」的一面，卻拋棄了他們的嚴正、沉摯、
莊重的一面，而雜以市民情趣，從俚俗處開出了前古未有的新境
界。然而，他們的新開拓卻是以犧牲高雅的藝術趣味和藝術風格
作爲沉重的代價。

　　乾隆時期，在學術界，考據學派佔着統治地位，由於以前被
宋儒視爲經典的許多古籍如《古文尚書》、《河圖洛書》等相繼
被證明爲僞書，宋學的根基受到了嚴重的動搖，它的空虛不實已
難以維繫人心。乾隆時期文化統治雖然更爲嚴酷，但重實而不重
虛。宋學的空虛，既徒增懷疑，而其講學、宗派又「足爲太平盛
世之累」。（魯迅《買〔小學大全〕記》），故乾隆不再以宋學
作爲牢籠士大夫的武器，而反過來借助古籍整理去嚴禁反滿的文
獻，同時把士大夫引向繁瑣的考據深淵。而乘此機運，攻擊道學
先生也就成了「一種潮流」，「也就是『聖意』」。（同上）於
是而殃及禮教，「人欲」也乘機有了相當的解放。而其時，由於
社會的繁榮安定，上層社會固有的腐朽享樂主義思想也日漸擡頭。

乾嘉時代貪汚成風，揮霍成癖，養優取樂，廣蓄姬妾也漸成時尚。當時與袁枚相善的尹文端公家裏就是姬妾成群。

　另一方面，城市的繁榮，商業的發展，使市民階層日益擴大。市民意識、市民情趣，逐漸成爲影響時尚的重要力量。而投機取巧，低級趣味，既衝擊着迂腐保守的傳統觀念，同時也有力地腐蝕着古樸淳厚的傳統品格。

　而性靈派正是以城市生活和「人欲解放」的思想環境作爲溫床，以對保守的詩學觀念，尤其是對沈德潛的「格調說」進行反撥作爲契機，以詩歌「以我爲變」的獨創精神作爲動力，而形成發展起來的詩歌新流派。

　然而詩歌畢竟已有悠久的歷史，而且早已成爲一種最高尙、最典雅的藝術，頑強的詩歌審美傳統，雖然有可能在一定條件下受到抑制，但不會就此屈服。王國維論藝術之美認爲有二種形式。他說：「除吾人之感情外，凡屬於美之對象者，皆形式而非材質也。而一切形式之美又不可無他形式以表之。唯經過此第二之形式斯美者愈增其美。而吾人之所謂古雅，即此第二種之形式，即形式之無優美與宏壯之屬性者，亦因此第二形式故而得一種獨立之價值。」（《古雅之在美學上之位置》）王氏所說的第一形式，就文學而言接近於「境界」，所強調的是對象的外在可感性。所謂第二形式，也就是文學作品的特有形式，所強調的是它的歷史繼承性。因爲有自己的傳統，也就有自己獨立的價值，這種價值愈古愈雅。「古雅之判斷……由時之不同，而人之判斷之也各異。吾人所斷爲古雅者，實由吾人今日之位置斷之。古代之遺物，無不雅於近世之製作。……故古雅之判斷，後天的也，經驗的也，

故亦特別的也，偶然的也。」（同上）三代之鍾鼎，秦漢之摹印，
之所以成為美的對象，主要緣於它的「第二形式」，緣於它的
「古雅」。在這裏王國維發現了藝術品所具有的獨立的歷史意味，
它體現了隱藏在審美意識深處的傳統繼承性，一種審美中的「奇
理斯瑪權威」。也反映了審美意識內在的深刻矛盾。一方面是指
向未來的審美理想，它引導文學藝術不斷更新；一方面是指向過
去的審美傳統，它引導文學藝術趨向於高雅。它們之間矛盾的辯
證運動，構成了審美的歷史。明七子對「第一義」的追求，可以
看作是對「古雅」的嚮往。他們的失誤在於對傳統進行簡單的模仿。
殊不知古雅是不可複製的。但是，如果對古雅的嚮往並不流於簡
單的模仿，而是以一種求雅的精神對俗變的成果進行改造，使它
在形式上不斷自覺、不斷完善，更好地用傳統的精華武裝自己，
那麼俗變的成果就會趨向於高雅。當然這種高雅的形式並不是最
古雅的，但卻是現實的。性靈派忽視形式的提煉，造成了詩歌運
動的又一次俗變；而對「古雅」的追求，又必然會造成對俗變的
修正，或者是反動。

第五節　正雅袪俗，守傳存統：
嘉道詩人對性靈派的全面批評

　　性靈派的詩歌創作，對於破除格調派的迂腐保守的詩學觀念，
無疑有着相當的積極作用。然而，對於知識階層內許多深受傳統
文學的薰陶，藝術趣味高雅的詩人和讀者來說，性靈派的詩風則
是難以接受的。他們有的我行我素，有的則欲起而力挽狂瀾。另

一方面袁枚生活有失檢點，放誕風流，又招收女弟子，大違於傳統禮教。雖然當時，由於攻擊理學，而「人慾」有了一定的解放，但傳統的力量並非一觸即潰，頑固的傳統觀念，以及強烈的社會責任感，都會驅使一些人起而衛道。章學誠就是這方面的代表，他曾在《文史通義》中痛斥袁枚「專以纖佻浮薄詩詞倡導末俗，造然飾事，陷誤少年，蠱惑閨壺。」（《書坊刻詩話後》）

而較早從詩學角度，全面批評性靈派的是姚鼐為代表的桐城詩派。姚鼐曾明確指出：「今日詩家大為榛塞，雖通人不能具正見。吾斷謂樊榭、簡齋皆詩家之惡派。」（《惜抱軒尺牘·與鮑雙五》）。對袁枚的批評實際上從姚鼐的伯父姚範已經開始。姚範當年與袁枚同在翰林，但姚範致仕歸田，袁枚乞詩留念，姚範竟無一言相贈，劉聲木以為袁枚放蕩太甚，不顧禮法，故姚範「早於無形之中已嚴絕之。」（《萇楚齋隨筆》）而姚鼐的學生方東樹、姚瑩對袁枚也大致貶辭，方東樹指責袁枚「未嘗至合，而輒矜求變」，「隨口率意，蕩滅典則。」（《昭昧詹言》）姚瑩也痛斥袁枚以「豪艷儇薄，傷風敗俗之辭倡導後生。」（《孔衡浦詩序》）姚鼐本人與袁枚同居江寧，私人關係尚可。但兩人生活態度迥然相異。姚鼐雖然也早早看破仕道，激流勇退，而並不頹廢，遊戲人間，卻能潔身自好，甘於淡泊清貧的生活。因此姚鼐對袁枚的生活方式並不欣賞。而尤不滿於袁枚的詩學主張。姚鼐為袁枚所作挽詩，稱袁詩：「千篇少孺常隨事，九百虞初更解顏。灶下嫗通情委曲，硯旁奴愛句斕斑。」（《挽袁簡齋四首》）似褒而實貶，以輕率俚俗論定袁集。針對性靈派輕率俚俗的詩風，姚鼐提出了：「熔鑄唐宋」的論詩宗旨。為此，姚鼐編選了《五

七言今體詩鈔》，「存古人之正軌，以正雅袪邪。」爲後學指示門徑。姚鼐曾作書告誡姪孫：「必欲學此事，非取古大家正矩潛心一番不能有所成就。近體只用吾選本，其間各家，門徑不同…同者必歸於雅正，不著纖毫俗氣，起復轉折必有法度，不可苟且草率致不成章。至其神妙之境，又須於無意中忽然遇之，非可力探，然非功力之深終身必不遇此境也。此後，但就遇《今體詩鈔》更追求古人佳處。」（《惜抱軒尺牘・與伯昂》）可見《五七言今體詩鈔》體現了姚鼐所追求的「雅正」精神。在這封信裏姚鼐特別強調了章法問題，並進一步提出了藝術上出神入化的「神妙」境界，作爲更高的追求目標。然而統觀《五七言今體詩鈔》和姚鼐的全部詩學觀點，「雅正」的內容還要更廣泛一些。

首先，姚鼐十分重視詩歌作品的社會功用，這在《陳東浦方伯七十壽序》、《方恪敏公詩後集序》中表現得比較清楚，他希望詩人能夠「勤思國事，憫念民瘼」，能表現民生疾苦，不贊成一味「紀恩揚美」。而《五七言今體詩鈔》所選也以「有寄託」之作爲多。其中尤以入選李商隱詩最能說明問題，姚鼐所選，大多是反映時政的作品。而他自己所作也有不少具有諷喻作用，例如，他在《咏古》詩中諷刺漢武帝的巡遊，而當時乾隆也正有南巡之舉，因此很難說姚鼐沒有借古諷今之意。因爲歷來的咏史之章就多有寄託，例如李商隱的許多咏古詩就有着濃厚的諷喻色彩，而姚鼐又恰恰是十分推重這些有寄託之作的。乾隆時期法網森嚴，寃獄頻興，對此姚鼐也深感憂慮。他在《咏懷》《漫咏》等詩篇中抨擊了秦以來的暴政，尤其對秦始皇焚書虐民抨擊最厲，並深表憂慮：「焉知百世後，不有甚於秦。天道且日變，民生彌苦辛」，

其時，乾隆禁書已經開始，姚鼐的憂慮竟成了現實。在文字獄的高壓政策之下，姚鼐有如此膽識，實在令人欽佩。而官場仕途的腐敗現象也同樣使姚鼐憤懣和失望，他在詩中寫道：「宜乎朝廷士，進者多容容」。（《漫咏》）「堂上有萬里，薄帷能蔽日。親者巧有餘，疏者拙不足」。（《雜詩》）「自從通籍十年後，意興直與庸人侔」。（《于朱子穎郡齋》）「況余本性杞柳直，戕賊彎回成拷栳」。（《紫藤花下醉歌》）正是這種憤懣和失望使姚鼐早早離開官場，不願與濁流合污。歸田以後，姚鼐在書信中也經常用「時事壞弊」（《與周希甫》）「近觀世路風波尤惡。」（《與魯山木》）「貧乏乃今日士大夫所同」。（《與鮑雙五》）「當今時事艱難」、（《與陳碩士》）……這樣的字句來評述當時的時政。為此，姚鼐慨嘆道：「天下非無可為之善策，而得為之者難！」（《與陳碩士》）正是出於對乾嘉時期時政世運「壞弊」的擔憂，姚鼐十分強調文學的社會功利作用，他不僅讚賞寫「愁苦之言」，並且認為「夫古人之文豈第文焉而已，明道義，維風俗以昭世者，君子之志，而辭足以盡其志者，君子之文也」。（《復汪進士輝祖書》）又推崇曹、陶、李、杜、韓、蘇、黃這些著名詩人的「忠義之氣，高亮之節，道德之美，經濟天下之才」。（《荷塘詩集序》）而且左袒新興的公羊學。對學生孔廣森所著《公羊通義》一書持肯定態度，讚揚說：「博洽可取之論多矣，豈可不謂之豪俊哉！」（《與陳碩士》）而他對袁枚性靈派的批評，也首先着眼於社會功利的角度，反對頹靡之風。他的《挽袁簡齋四首》最後二句云：「烟花六代銷沈後，又到隨園感舊時」。六朝的歷史經驗，使姚鼐在秦淮河畔頹靡的世風裏，隱約地看到了

清王朝行將沒落的趨勢。為了挽救頹運，而要求文學具有社會的
功利作用，這是完全可以理解的。儘管自古以來，從未有過依靠
文學解民倒懸、力挽國運的成功先例。

其次，《五七言今體詩鈔》還有一個比較突出的特點，就是
較多入選了宋詩，並且認為黃庭堅詩：「其兀傲磊落之氣足與古
今作俗詩者，澡濯胸胃，道啓性靈。」把黃庭堅詩作為針砭俗詩
的良藥，所以姚鼐還專門選了《山谷詩鈔》。黃長森說：「自先生
同時有倡為性靈之說者，取其流美輕佻、易悅庸耳俗目，貲郎走
卒群起談詩，自以為附庸風雅……山谷質厚為本，實足為學者滌
濯肺腸，回易面目。」（《山谷詩鈔序》）黃氏看清了姚鼐的茅
頭所指就是袁枚為代表的性靈派。而同時也顯示了與沈德潛為代
表的格調派的重要區別。在姚鼐之前，對黃庭堅詩的提倡雖然已
有先聲，但都沒有發生實質性的影響，王士禎中年雖拜涪翁，後
來卻又重倡唐音，作了自我否定，浙派詩人中不乏學黃庭堅者，
但社會影響不大。桐城派詩人中姚範特別欣賞黃庭堅，曾說：
「涪翁以驚創為奇，其神兀傲，其氣倔奇，元思瑰句，排斥冥笙，
自得意表，玩誦之久，有一切廚饌腥螻而不可食之意。」（《援
鶉堂筆記》卷四十二）又批評沈德潛「以帖括之餘，研究風雅…
傍漁洋而於有明諸公及本朝竹垞之流緒言餘論，皆上下探獲。然
徒資探討，殊鮮契悟。結習未忘，妄仞大乘。」（《援鶉堂筆記》
集部甲之四》）。至姚鼐又推廣姚範之說。針對性靈派的俚俗浮滑、
輕薄浪蕩，姚鼐力返雅正。但為避免撲火揚波，復入格調派之窠
臼。姚鼐又提倡宋詩。而黃庭堅的創作精神和藝術風格既可藥性
靈派之淫畦錮疾，又可以藥格調派之膚淺呆笨，可謂是一箭雙雕。

所以姚鼐一眼選定「極力推重」。(《施山《望雲樓詩話》》)然
而學習山谷詩也往往易流於槎枒、枯瘠,因此姚鼐與姚範一樣,
在提倡拗硬的黃庭堅詩的時候,還要求取法「綺密瑰妍」的李商
隱。其實黃庭堅本人也不廢西昆體。其詩曰:「元之如砥柱,大
年若霜鶻。王楊立本朝,與世作邨郭。」(《次韻楊明叔見餞十
首》)且曾取法於李商隱。而姚鼐集中學李商隱的詩歌也復不少。
最明顯的有《擬西昆體四首》、《秦宮辭》、《咏白杜鵑花》等。
但是無論是學山谷,還是學義山,若只強調人工則往往易生晦澀、
雕琢之弊,故姚鼐又非常注意用自然天成來調劑人工。他一方面
聲稱:「欲作古賢辭,先棄凡俗語。」(《與張荷塘論詩》)一
方面又自稱:「文字無功謝琢雕。」兩者初看似有矛盾,其實卻
是可以統一的。唯有極人工之精方能至造化之域,唯有至自然之
境方能極生造之功。所以姚鼐還兼取李白、蘇軾的「洒脫自在」、
「自然高妙」之長來調適黃庭堅、李商隱。沈曾植說姚鼐「經緯
唐宋,調適蘇杜,正法眼藏。」(《惜抱軒詩集跋二篇》)也正
是看到了姚鼐欲以人工研煉造自然化境的精神。姚鼐選黃庭堅
《落星寺》詩,不選一、二首,而選其三,就暗示了他的趣向所
在。

　　而針對學宋詩派,如以厲鶚為代表的浙派,褊積冷僻小典故,
喜用別名,替代辭,詩境不夠宏大的流弊,姚鼐又強調唐詩,不
專以宋詩為標榜。當然厲鶚七律如《悼亡姬》、《秦淮懷古》、
《夏至前一日同少穆耕民泛湖》等已初露性靈派詩的端倪。這幾
方面的原因,使姚鼐批性靈派而兼及厲鶚為代表的浙派。

　　總之,姚鼐所嚮往的雅正,在藝術方面就是兼採唐宋之精華,

而去其偏鋒。而在創作精神方面，姚鼐基於「雅正」，而重視學古，所以反對將明七子一筆抹殺。但姚鼐的「雅正」，並不囿於「第一義」，而且也並不贊成學古守正而不知變，他曾說：「夫文章之事欲能開新境，專於正者其境易窮，而佳處易爲古人所掩。近人不知詩有正體，但讀後人集，體格卑，卑務求新，而入纖俗，斯固可憎厭。而守正不知變者，則亦不免於隘也。」（《惜抱軒尺牘・與石甫》）可見姚鼐之提倡雅正，主要針對割裂傳統的俗變而發，並不是反對新變，而是要求在吸收傳統菁華的基礎上開創新境。所以他最終把「自出胸臆，而遠追古人不可到之境於空濛曠邈之區，會古人不易識之情於幽邃杳曲之路」，看作是「詩家第一種懷抱。」（《答蘇園公書》）鑒於過去詩學論爭的得失利弊，姚鼐力求圓通，所以，姚鼐詩學的個性傾向並不十分鮮明，而就其對後代詩學的影響來看，則側重於對宋詩，尤其是對黃庭堅的提倡方面。

而在姚鼐同時，以學人身份對袁枚的性靈說提出批評的是翁方綱。郭紹虞先生說：「翁氏論詩，所不滿者即是隨園一派的性靈之說。」（《中國文學批評史》七四）。翁方綱是宋詩的大力提倡者，而在《石洲詩話》中卻對袁枚最愛好的楊萬里大加抨擊，他說：「石湖、誠齋皆非高格⋯⋯其實石湖雖只平淺，尚有近雅之處，不過體不高，神不遠耳。若誠齋以輕儇佻巧之音，作劍拔弩張之態，閱至十首以外，輒令人厭不欲觀，此眞詩家之魔障⋯孟子所謂『放淫息邪』，少陵所謂『別裁僞體』，其指斯乎！」而袁枚正以似誠齋而自喜，翁方綱卻直搗黃龍，將袁枚崇拜之偶像一拳槌碎，可謂辣手。但翁方綱與袁枚的根本分歧還在於對待

學問的態度上。袁枚論詩原也不廢學問，《隨園詩話》、《續詩品》等主要的詩學著作都強調過學問。爲袁枚辯護者，也說袁枚「未嘗教人不讀書」，並以親眼所見爲證：「余見其挿架之書無不丹黃一過，《文選》《唐文粹》尤所服習，朱墨圈無慮數十遍。」（郭麐《靈芬館詩話》卷八）但袁枚的學問畢竟不深，這一點就連後來挺身而出爲袁枚說公道話的蔣子瀟也承認：「所惜根柢淺薄，不求甚解處多，但以供詩文之料，而不肯求通，是爲所短。」（《游藝錄》卷下）本來對於一個詩人來說，實在也無需以學富五車相求，但袁枚在創作上所開風氣，卻似乎可以不要學問。袁枚重「靈性」，「靈機」，有時不免強調過頭，而且自己所作往往率意，似乎脫口便可成詩。於是爲後學大開方便之門。錢泳說：「太史專取性靈……自太史《隨園詩話》出，詩人日漸多。」（《履園叢話》卷八）這就是袁枚性靈說的實際影響。而翁方綱標出「肌理」二字，講「正本探源之法」，卻是要紮紮實實地講學問，要從學問中孕育出詩意來。他認爲：「宋人精詣全在刻抉入裏，而皆從各自讀書學古中來。」由於學問深厚，所以詩也「細密」。（《石洲詩話》卷四）甚至認爲「考訂訓詁之事與詞章之事未可判爲二途。」（《蛾求篇序》）另一方面着眼於藝術形式，又強調「窮形盡變」之法，由學古而能「會粹百家句律之長，窮極歷代體制之變」，（《石洲詩話》卷四）「大而始終條理，細而一字之虛實單雙，一音之低昂尺黍，其前後接笋乘承轉換開合正變。」（《詩法論》）都一一細加探求，然後以盡己之變，自成一家。如果說袁枚側重於對眼前生活的感悟，那麼，翁方綱則側重於對歷史傳統的感悟。憑藉對歷史（包括社會、政治、

文化等各個方面）的深入了解和認識，生發出細密的詩意，又以對藝術傳統的深刻理解爲基礎，作細緻的創造性表現，這樣就能創作出「肌理細膩骨肉勻」的詩歌來。但是由於翁方綱忽視了「靈性」和「靈機」，所以他創作的詩歌往往缺乏詩的情趣和生氣，更有甚者則成爲裝死學問的口袋，例如翁方綱的許多以金石考訂爲題材的詩歌就屬於這一類，結果反被袁枚譏爲「誤把抄書當作詩」（《仿元遺山論詩》）。

　　稍後又有宋大樽以「學古」相標榜，並以「學古」名集，以見其心誠志堅。宋大樽的學古對象與姚鼐、翁方綱不同，與沈德潛也有區別，而側重於《三百篇》、漢魏。又強調詩歌的社會功用，重視人品。所以他認爲「漱六藝之芳潤，非本也，約《六經》之旨，乃本也。」「若不本之《六經》，雖復『熟精《文選》理』，有是非頗謬者矣。」（《茗香詩論》）當年劉勰爲矯浮靡的文風，要求明道宗經，但未忽視形式，況且，劉勰所論之「文」也不僅僅是今天所說的文學作品。宋大樽論詩，而欲本於《六經》，固然有正性情，救頹靡之風的現實針對性，但離詩道卻遠。當然，就宋大樽本人的意圖而言，他是要提倡一種質樸誠摯的詩風。因此，就詩歌的境界而言，他力貶艷情，在他看來「曲寫閨怨，如水益深，如火益熱，非教也。……千古英雄失足，豈不以此哉？又說：「好色而淫，則發乎情者不止乎禮義。不止乎禮義，則無廉恥。無廉恥，安得有氣節？以流極之運，加以登高之呼，『城中好高髻，四方長一尺』矣。蓋聲音發於男女者易感；風化流於朝廷者莫大也。特是田野之夫，猶思有清白行；洋洋縉紳，豈獨爲邦鄉所宗，後儒晚學，咸取則焉，縱不克止沸，亦何至厝火於

積薪！誦其詩不知其人，斤斤焉僅斥其詩格卑靡，定為下品之第。」
（《茗香詩論》）矛頭所指，顯然就是袁枚，而且不僅貶其詩格，
更斥其人品，所以要本《六經》，張禮教。由此出發，他推重樸
淡誠摯的風格。「前人謂孔氏之門如有詩，則公幹升堂，思王入
室，景陽、潘陸，自可坐於廊廡間。噫！是何言也？以漢之樂府
古歌辭升堂，《十九首》入室，廊廡之間坐陶、杜，庶幾得之。」
而「齊、梁、陳、隋之格之降而愈下也。」（同上）由此可見其
宗趣所在。

　　但是，由於宋大樽忽視了詩歌形式「踵事增華」的一面，所
以他重古體，而輕近體，重四、五言，而輕七言，所謂「近體有
止境，古體無止境。」（同上）雖然他也認為：「《三百》後有
《補亡》；《離騷》後有《廣騷》、《反騷》；蘇李贈答、《古
詩十九首》、樂府後有雜擬，非復古也，勦說雷同也。《三百》
後有《離騷》，《離騷》後有蘇李贈答、《古詩十九首》；蘇李
贈答、《古詩十九首》外有樂府，後有『建安體』，有嗣宗《詠
懷詩》，有陶詩，陶詩後有李、杜，乃復古也，擬議以成其變化
也。」（同上）似乎也看到了新變，卻不能從詩歌藝術形式不斷
發展的觀點出發，提出建設性意見。而他的詩歌創作擬古處也正
不少。

　　而乾隆三家中的蔣士銓，雖然與袁枚、趙翼齊名，詩學趨向
卻並不相同。尚鎔說：「近日論詩競推袁、將、趙三家，然此論
雖發自袁、趙，而蔣終不以為然。試觀《忠雅堂集》中，於袁猶
貌為推許，趙則僅兩見，論詩亦未數及矣。」（《三家詩話》）
蔣之所以不願引袁、趙為同道，歸根結柢在於蔣持論與袁、趙不

同。蔣士銓重視學古，又本於忠孝節義。於宋人，蔣士銓學蘇、黃，於唐人，學杜、韓、李商隱（參見蔣士銓《學詩記》）而袁枚則愛好白居易、楊萬里。創作風格也大不相同，蔣詩雖然有「粗露之病」，卻勁健雄直，無浮滑輕儇之態。故於袁趙兩家深惡痛絕的朱庭珍卻對蔣士銓另眼相看，譽其詩：「才力沈雄生辣，意境亦厚，是學昌黎、山谷而上摩工部之壘，故能自開生面，卓然成家。」（《筱園詩話》卷二）與其評袁枚、趙翼相比，幾有天壤之別。所以不能把蔣士銓看作是性靈派的巨帥，相反卻應把他視為陰與性靈派為敵的虎將。

其時，不為性靈派詩風所刧者，在江蘇還有黃景仁，在嶺南則有黎簡、宋湘。

黃景仁是乾嘉時期難得的哀愁詩人，一生窮困潦倒，鬱鬱不得志。翁方綱評黃仲則說：「天性高曠，而其讀書心眼，穿穴古人，一歸於正定不佻，故其為詩，能詣前人所未造之地，凌厲奇矯，不主故常。」（《悔存詩鈔序》）這番評論雖然不免有強以己意解人之嫌，但所謂「正定不佻」，「不主故常」卻未嘗不能體現黃景仁的創作精神。黃詩以抒情為主，但摯而不佻，故雖情采洋溢，卻無輕靡之病。且黃詩取徑較寬，在唐代主要學李白、韓愈、李商隱三家，在宋代也兼取黃庭堅，但黃仲則卻非呆手笨腳的擬古之徒，學古而「公然有離立之勢。」（黃景仁《詩評》）神思超逸奇崛處，本於李白、韓愈；情采低廻宛轉處，又得之於李商隱；而矯健深刻處，又巧取於黃庭堅。但又不同於李白、韓愈、李商隱、黃庭堅。其詩如「盤回舞勢學胡旋，似張虎威實媚人。」（《圈虎行》）「才見銀山動地來，已將赤岸浮天外。」

（《觀潮行》）「鵝毛一白尚天際，傾耳已是風霆聲。」「一折
平添百丈飛，浩浩長空舞晴雪。」（《後觀潮行》）「全家都在
風聲裏，九月衣裳未剪裁。」（《都門秋思》）「茫茫來日愁如
海，寄語羲和快着鞭。」（《綺懷》）「風蓬飄盡悲歌氣，泥絮
沾來薄幸名。十有九人堪白眼，百無一用是書生。」（《雜感》）
「此行不是長安客，莫向浮雲直北看。」（《幼女》）「當窗試
與燃高燭，要看魚龍唼影來。」（《山館夜作》）「慘慘柴門風
雪夜，此時有子不如無。」（《別老母》）「千家笑語漏遲遲，
憂思潛從物外知，悄立市橋人不識，一星如月看多時。」（《癸
巳除夕偶成》）「最憶瀕行尚回首，此心如水只東流。」（《感
舊雜詩》）「急雪溪山同寂寞，孤舟天地入清貧。」（《三疊夜
坐韻》）等，都情深意切，流轉自如。

　　而嶺南黎簡的詩風則與黃景仁迥然不同，以鑱刻奇警爲主。
黎簡論詩也主張獨創，自稱「簡也於爲詩，刻意軋新響。」（《答
同學問僕詩》）但他並不反對學古，曾說：「作詩須從難處落手，
不嫌酷肖……見今人朝學古人，暮欲立一格，動畏優孟之譏，必
致獲落無成，入於野體面已。」（《黎二樵批點〈李長吉集〉・
題記》）他的完整看法是：「始則傍門戶，終自樹棨戟。」（《與
升父論詩》）既能「重理律」，又能「空藩籬」（《過周肅齋二
子》）所以黎詩雖然能「刻意軋新響」，而終不失於「雅」。對
於古人，黎簡着重於師法杜、韓、李賀、黃庭堅。張維屏認爲：
「其詩由山谷入杜，而取煉於大謝，取勁於昌黎，取幽於長吉，
取艷於玉溪，取瘦於東野，取僻於閬仙，錘焉鑿焉，雕焉琢焉，
於是成其爲二樵之詩。」（《國朝詩人征略》卷四十六）所評略

嫌瑣碎。其詩如：「慘淡石見血，無乃蛟龍怒。」（《鼓湧灘》）千百石壘迸，彙此一簾水。清寒先迎人，去此尚一里。」（《水簾洞》）「海曉雲壓水，上有山壓雲，晨颼轉欲帆，萬嶺懸空奔。」（《浴日亭》）「正晝牛馬汗，裂地入日痕。」（《秋熱坐困五竹坪來話別北行》）「飛泉島天來，白虹結長縆。曳之入深黑，乃帖耳引頸。」（《題鼎湖龍湫》）「鵝潭烟平月如夢，雲車軋波玉顏凍。」（《金花廟》）「刀色抱人不見人，人乃聲出刀中央。」（《刀歌》）「不知一夜雲化水，洗出東南半天碧。」（《羅浮觀日圖》）「湖上秋光闊無著，約束結成明月團。」（《江上行》）「萬物不動日影直，直如水弩射透石。」（《苦熱行》）「高峰雙壁路，一線島懸空。馬歇嘶雲表，人來出石中。」（《高峰隘》）「水影動深樹，山光窺短牆。秋村黃葉瓦，一半入斜陽。」（《小園》）「掩書開境入中年，白日黃河急鬢邊。」（《開鏡》）等，皆刻意出奇，眞可謂是「無一語墮恆蹊」，（錢仲聯《夢苕庵詩話》）在藝術手法上，特別善用沈勁有力的動詞，和誇張喻擬手法強調主觀感受。突出主觀心靈對客觀對象的改造和變形。

宋湘的創作又與黎簡迥異。宋湘論詩主性情。曾說：「三百詩人豈有師，都成絕唱沁心脾。今人不講源頭水，只問支流派是誰。」（《說詩》八首）以性情爲源頭，所以不必以我就古，完全可以自創新貌。「唐翻晉案顏家帖，幾首唐詩守六經？」（《與人論東坡詩二首》）前賢的優秀作品都並不以擬古爲能，一切取決於詩人的本源。「學韓學杜學髯蘇，自是排場與衆殊。若使自家無曲子，等閑鐃鼓與笙竽。」（《說詩八首》）而宋湘對自己

的評論也是：「我詩我自作，自讀還賞之。賞其寫我心，非我毛與皮。」（《湖居後十首》）可見宋湘的詩學主張與袁枚、趙翼並無多大區別。但是創作風格卻雅俗分明。宋詩如「歲月去如電，磨牛跡陳陳」，「一鳥從東來，啄啄庭樹杪。側睨似相識，似笑湖居民。去年湖居民，今年湖居民。」「當其結撰時，古今及天下。書成取自讀，不如無書也。」「請君行看湖，塵埃與野馬。」「名雖我不知，相過無已時。」「各住一角山，同抱一湖水。難得山水間，往來一艇子。」（《湖居後十首》）「我今賣花一萬朵，置之庭中照如火。但得花開紅近人，不許鳥啼悲到我。」（《杜鵑花盛開堆滿庭院作歌》）「奇情運勢與天遊，屈曲盤挐出復收。已見道旁嫌露爪，爭教檐下不低頭。」（《贈龍爪柏》）「青苗收藁易，黃土葬人難。」「道路無人哭，青犂有夢操。」（《河南道中書事感懷》）「此輩吾何愛，蒼生骨欲鳴。」（《惠州感事》）等，語言都極其質樸平易，而立意卻深刻，**透進數層**，耐人尋味。筆性又誠厚真摯，故無輕儇油滑之態。宋湘的七言近體，還能運古於律，健舉超拔。其詩如：「客自長江入洞庭，長江回首已冥冥。湖中之水大何許，湖上石山終古青。」（《入洞庭》）「我與青山是舊游，青山能識舊人不。一般九月秋紅葉，兩個三年客白頭。」「無心出岫憑誰語，僧自撞鐘風滿樓。」（《貴州飛雲洞題壁》）「馬蹄今日踏滇山，山在乾坤何處邊？」（《滇南勝境題壁》）等，復辭運用都極自然，不落痕跡。而立意深遠，氣格超逸，又非尋常詩筆所出。在這些方面，宋湘成功地吸取了陶淵明、李白、韓愈、蘇軾、黃庭堅、錢載等人的藝術精華，為乾嘉詩壇開出了新的局面。陳融稱其詩：「哀樂無端，

飛行絕跡。」（《頤園詩話》）陳柱稱其詩：「浸淫百家，兼取衆長，不守成法，不守故常，故能卓然有所樹立也。」（《嘉應詩人宋芷灣》）

而其時受袁枚影響，與性靈派後輩著名詩人孫原湘齊名，被法式善稱爲「三君」的舒位和王曇，詩風也有所變化。

舒位「喜觀仙佛怪誕九流稗官之書。能度曲，所作樂府、院本，老伶皆可按歌，不煩點竄。」（徐世昌《晚晴簃詩彙》卷一百六）所爲詩，神思開展，乘空凌雲，取道韓愈、盧同、馬異、李賀奇恣一脈。詩情「鬱怒橫逸」。（龔自珍《已玄雜詩》自注）宋大樽則稱其詩：「有時橫笛竹俱裂，非醒非醉非歡娛。」（《酬鐵雲》）其詩如：「烈火雖燎原，不能焚遠愁。」（《雜諷五首》）「被兮被兮可奈何，世間破被有許多，安得盡遣朱八作畫唐六歌。」（《破被篇》）「何此蟲聲青且幽，如是世間了無別。十年枉自注蟲魚，反復尋維愧格物。」「傳去三生玉女言，記來四句金剛偈。初聽彼此似相呼，再聽往還似相詰。……忽然遠唱一聲雞，四角悄然若樂闋。憶得此時青粉牆，霜花一寸開如雪。」（《臥聞蟋蟀偶成》）「仙人夜半持山飛，騎雲東海聞潮雞。雲輕山重天門黑，落水無聲化留石。」「當年何處忽携來？此日何竟不携去？又如到此雞不鳴石不墮，公意欲將此物置何處？且何所用作孤注？」（《張公石》）「一峰穿一雲，一雲蓋一松，千松萬松撐虬龍，翠濤黃雪交天風。風蕭蕭，樹重重，南朝四百八十寺，寺寺夕陽僧打鐘……踏遍來時路，已被下界十萬炊烟封。」（《登攝山絕頂》）等皆思緒深遠，詩人冥遊於恍惚變幻的世界之中，尋覓着解釋生活的答案。

　　王曇尤是一個怪僻而近於顚狂的詩人，能作掌心雷，並因此而獲不白之寃。從此益放縱，「每會談，大聲叫呼，如千百鬼神，奇禽怪獸，挾風雨、水火、雷電而上下。」（龔自珍《王仲瞿墓表銘》）其詩亦放誕不馴，恣肆縱橫，時時傾發出一種鬱勃激憤的情懷，其詩如：「兒莫學阿爺，知書娘道好，至今餓死無人保。……秦王燒書黑如炭，豫讓吞之不當飯。魚鹽作相盜作將，天下功名在屠販。兒不聞蒼頡作字鬼神哭，從此文人食無粟。又不聞軒轅黃帝不用一字丁，風後力牧爲公卿。」（《善才生二十五日》）「君藏君顯世不測，神物肯與凡人奴？天公命汝龍蛇蟄，太白昏荒夜星落。鵂鶹惡鳥避空山，風雨一聲鬼神作。……不如兀兀坐岩阿，月帽風裙好千古。」（《獨秀峰歌》）「雨聲不住人耳聾，擡頭不見天上龍。一蛟盤天受天語，魚鼇蛙鰍半空舞。」（《對雨》）「南斗輸一隻，五湖如旋飆，北斗輸一隻，三王四帝爭滁濠。秦皇漢武局中一隻劫，昆明赤土三重焦……風姨娘子貌如春花一十八，手弄風輪繖，口傳玉皇旨，腳踏南山腰。三呼復三吸，百人與一瓢。三百六十子，連瓜帶蒂抹入南壙坳。南斗罷去北斗走，有如鴉翻鵲亂歸雲霄。」（《棋盤山爲大風所倒》）等，「極波譎雲詭」之奇觀（錢仲聯《三百年來浙江的古典詩歌》）往往帶有濃郁的神話傳奇色彩，稱得上是詩中的《西遊記》、《封神榜》。

　　舒、王的詩作，由於情調鬱勃激憤，雖然時時不拘格法，卻少輕薄之病。比較而言舒詩才俊氣逸，構思奇妙，然尙未洗盡性靈滑態；王詩縱姿狂誕，但頗乏剪裁，不免疏獷。故舒王之作尙不足以稱爲雅音。至於陳文述，則近承袁枚艷情之聲，而遠取錢

謙益、吳偉業之藻采，愈加發揚，「濃麗繁縟，如綿綉屏開，炫人心目，然千篇一律，可以移東補西。」（陳來泰《壽松堂詩話》卷一）其病在「豐詞少骨，繁采寡情。」（金天羽《答樊山老人論詩書》）「以塗澤為工，外集所編，僅香奩一體，就有二十卷之多。」（錢仲聯《三百年來浙江的古典詩歌》）詩風至此，愈趨卑靡。

而與陳文述相反，陳沆繼宋大樽後，再倡漢魏之音，著《詩比興箋》，伸比興之義，揚清淡之風。魏源評其詩云：「空山無人，沉思獨往。木葉盡脫，石氣自青。羚羊掛角，無跡可尋。成連東海，刺舟而去。」（《跋陳沆簡學齋詩》五）陳詩語言樸淡，詩境渾然，難以句摘，無爭奇鬥勝之心，而平淡之中卻有清神遠韻。同是取法漢魏，造詣深於宋大樽。

與陳沆志趣基本一致，而取法較寬的還有潘德輿。潘氏著有《養一齋詩話》，矛頭所向首先是袁枚，同時也不滿於翁方綱偏取宋人。針對袁枚「六義頹然付狹邪」（潘德輿《戲為絕句》）有「佻纖之失」，（《養一齋詩話》卷一）潘德輿重揚孔門詩教，在這方面他與宋大樽是一致的。同時他認為，性靈詩風所以風靡，乃是作者有「悅人之心」，「凡悅人者，未有不欺人者也。末世詩人，求悅人而不恥，每欺人而不恥。」（同上卷三）故若要不為時風所動，就必須「為己而作」，這個觀點與葉燮也是一致的。而人品與詩品通，欲得詩品之高，須有人品之高。所以他強調「思無邪」，植人本根，而不同意王世貞「孔雀雖有毒，不掩其文章」的觀點。不僅貶低嚴嵩之詩，甚至連陳子昂、王安石也不放過，這就把人品看得過於簡單，甚至強以自己的政治好惡醜詆

陳、王，勢必不能服天下之心。而在潘德興看來當今詩風惡在
「阿諛誹謗，戲謔淫蕩，誇詐邪誕。」（同上卷一）所以當以
「質實」兩字藥之。在他看來：「若人人之詩以質實爲的，則人
心治而人事亦漸可治矣。詩所以厚風俗者此也。……質則不悅人，
實則不欺人，以此二字衡之，而天下詩集之可焚者亦衆矣。」
（同上卷三）以「質實」兩字爲金丹大藥，自然可以克纖佻卑靡
之失。若僅以「不悅人，不欺人」來限定「質實」兩字，倒也不
失爲一個普遍的準則。但潘德興的「質實」兩字，又是指質樸記
實的風格，「吾取虞道園之詩者，以其質也；取顧亭林之詩者，
以其實也。」（同上）而「質實」的最高境界是「以性情時事爲
詩」的漢魏詩歌，而非「以語錄議論爲詩」的南宋道學詩歌，
「分辨不精，概以質實爲病，則淺者尙詞采，高者講風神，皆詩
道之外心，有識者之所笑也。」（同上）然而，詩畢竟不是歷史，
詩道廣闊，風格多樣，若概之以質實，強納天下詩人於一屋，斷
然謂捨此而無出路，必然單調乏味，由熟趨腐，詩道從此又將大
弊。幸好，乾嘉以後，諸說紛呈，非一家而能獨霸天下。故潘氏
「質實」之說也未必能使天下詩風趨於極端。同時，潘德興雖然
推重質實的風格，但對詩學源流、遞變，也具有相當的洞悉力。
所以他並不絕然排斥宋人，相反他也承認「蘇黃之詩，標新領異，
旁見側出，原令人目眩心搖。」且「矯七子學唐太似之病，必然
師法蘇黃。」（同上卷一）但是，蘇黃雖不可廢，而輕重有別。
「學者大綱，自宜宗唐。」（同上卷四）這就是潘德興與翁方綱
的分歧所在。桐城派姚鼐倡「熔鑄唐宋」之說，在理論上雖以唐
爲主，但實際上，卻以黃庭堅爲當務之急用。而潘德興雖兼取於

宋，而實際所法卻在漢魏以來質樸一路。清人往往好為圓通折衷之說，故須透進一層，刪其枝葉，而見其實質。否則，作面面觀，那麼清人五官皆具，同一人樣，就很難分辨。當然，無論是姚鼐、翁方綱，還是宋大樽、陳沆、潘德輿，他們在理論上總的精神，都是針對袁枚為代表的性靈派的流弊，而要求以正祛邪，以雅救俗，但各家都有自己的藥方。

　　總之，清初以來的詩歌運動，發軔於錢謙益，又經王士禎、沈德潛的曲折迂迴，而激起性靈派的全面發動，結果矯枉過正，又引起乾嘉諸家的全面修正。從而為道咸以後的詩歌開出了種種門徑，提供了最直接的前提。

第三章　難逃佛掌的叛逆與藝術遺傳中的局部變異
——道咸時期的諸樂競奏

第一節　道咸詩壇概況

　　乾嘉諸家對袁枚性靈派的反撥，可以看作是道咸時期詩風轉折的前奏。從作家生活的現實環境來看，乾嘉時期也正是清王朝瀕臨崩潰的前夜。縱觀中國幾千年的封建歷史，任何一個王朝都無法掙脫「動亂——安定——繁榮——腐化——衰敗——動亂」這樣一個不幸的循環。歷代王朝的興衰更迭，實際上就是一個又一個這種不幸循環的連續。

　　清王朝經過康熙時期的休生養息，又出現了安定繁榮的局面，尤其值得肯定的是城市和工商經濟又再度活躍和發達起來。與之相適應，也出現了新的思想文化觀念，其重要標誌就是具有反傳統傾向的「人欲解放」和重視工商的觀念有了相當的勢力。這自然是一種進步現象。然而與此同時，這種社會環境也為統治集團準備了腐化的溫床。長期的安定，使統治者逐漸消磨了開國時期的危機意識和以天下為己任的精神力量，固有的腐朽享樂主義人生觀又重新泛濫。乾嘉時代貪污成風，揮霍成癖。雖然乾隆和嘉慶皇帝對官吏有比較嚴密的考察監督，貪官污吏一經發現，雖位

至督撫也嚴懲不貸。嘉慶上臺後，即下決心懲處了權勢顯赫無比的大貪污犯軍機大臣、文華殿大學士、一等公和坤，抄沒贓款達十億兩以上。但是殺幾個貪官污吏的人頭，並無法消除整個統治集團的腐敗，鮮血淋漓的屠刀也難以威懾惡性膨脹的貪欲。封建政治制度本身缺乏消除腐化的有效機制，這是歷代王朝之所以必然走向衰亡的內在原因。高度集權的金字塔式的一元化政治制度，把皇帝聳立在沒有約束的巔峰。表面上看，他似乎掌握着碩大無比的權力，操縱着文武百官的命運。然而，當他的權力往下逐級傳遞的時期，即形成了向下的逐級層層控制的統治網絡，這種逐級層層控制的權力統治，最後在利益原則的作用之下，必然會轉化爲向上的逐級層層的蒙騙。在虛僞的陰雲籠蓋之下，最高統治者事實上就成了安徒生童話裏那個穿上「一絲不掛」之「新裝」的國王。於是當腐化開始的時候，即使是清醒的帝王，也無法徹底清查所有的腐敗現象。而腐化一經發生，便會像瘟疫一樣迅速滋蔓開去，最高統治者他不可能挖去將其聳立起來的每一塊統治基石，所以只能眼睜睜地看着整個統治機體腐爛下去。對於這樣一種可悲的趨勢，清醒的統治者不會不知道，但是，統治權力的私欲比理性更頑強。爲了維持專制統治，帝王總是希望通過臣民的「光明正大」、「忠心不貳」的道德自律，以及自己「洞察奸佞」的天才來消除蒙騙的陰雲。然而，古往今來究竟有幾根犯顏直諫的錚錚鐵骨？幾個滅絕私欲、赤膽忠心的靈魂？又有幾雙能洞察一切的慧眼呢？在至高無上的權力懸劍之下，即是冒死直諫的忠臣，他們的諫章又有幾份敢於傷害帝王的自尊心和藐視他的尊嚴呢？於是像哄騙嬰孩吃藥似的，忠心耿耿的奴才們便變着花

樣小心翼翼，戰戰兢兢地繞着幾道彎子進行所謂諷喻，因此，連最大膽的忠諫也都有幾份虛僞。在總體上，理性的綱常和道德總是無法戰勝最頑強的個人私欲，而在權力之利劍和個人私欲之「內功」夾擊之下，「光明正大」也總是落荒而走。這就是專制體制無可避免的悲劇。這種悲劇最後總是以整個統治集團的全面徹底的腐敗，以致造成社會的大動亂和城市工商經濟、農業經濟的大破壞作爲唯一結局。與此同時，新的經濟因素和思想文化觀念也常常會遭到粉碎性的打擊，這裏充分體現了專制體制與新的工商經濟之間不可調和的尖銳衝突。

　　乾嘉時代，隨着腐化瘟疫的擴散，社會的各種矛盾趨於激化，也刺激着生活其中的詩人們的心靈，危苦之音已經起於青萍之末。生活在社會基層的敏感詩人，最先用詩歌唱出了心中的哀憤。他們抨擊官場的混濁黑暗、世風的衰敝、人情的淡薄，揭露貪官汚吏的巧取豪奪，慨嘆黎民百姓的飢寒困頓，抒發個人生活坎坷和懷才不遇的悲憤。從黃景仁、宋湘、黎簡到舒位、王曇，我們可以程度不同地聽到這種不得已而發的危苦之音。甚至如趙翼這個人生道路尚屬平穩的人物，也對清王朝的世運深感失望。他曾在《讀史三首》中寫道：

　　歷歷興衰史册陳，古方今病輒相循。

　　時當晏豫誰憂國，事到艱難已乏人。

　　九仞山才傾簣土，一杯水豈救車薪。

　　書生把卷偏多感，剪燭傍皇到向晨。

　　這首作於嘉慶五年的詩篇，似乎已在白蓮教的劍光中預感到清王朝的末日即將來臨。在這樣的社會背景下，性靈派輕儇的調子已經逐漸無法繼續歌唱下去了。對於那些有志於濟世的詩人來說，則不僅要抒發危苦之音（當然程度各有不同），而且還要從正面去匡救時弊。即使像姚鼐這樣一個溫柔敦厚的人，他的敏銳目光也時時能穿透進時政世運的深處，揭露社會內在的巨大危機。姚鼐以後，宋大樽、潘德輿也着眼於社會倫理的角度去批判袁枚的性靈詩，企圖用傳統的倫理道德觀念去阻止人欲橫流，希望通過道德自律來挽救清王朝腐敗的頹運，其結果當然是無濟於事的。但他們的出發點是從正面匡救時世，是社會責任心對他們的召喚。只是他們所採用的思想武器卻是保守落後的，在本質上只能阻礙社會的進步，所以他們只能成為封建大悲劇中的殉葬者。

　　當清王朝由盛轉衰，腐化加劇，危機四伏的時候，西方新興的資本主義國家卻正在突飛猛進地日趨強盛。他們朝氣流溢，野心勃勃，終於毫不猶豫地將艦隊開進了古老中國的海灣。一個是氣息奄奄，一個是如日方升，戰爭的結果是不言而喻的。從此中國的社會矛盾變得更加複雜。為了拯救清王朝，這個社會的詩人們越來越清楚地要求文學經世致用，干預時政，於是文學的政教功利意識又空前地強大起來。人們不想再把文學作為娛樂陶冶的對象，而指望它能成為挽救國運的利劍。而各種社會矛盾對詩人心靈的刺激，也使詩人們不能不放棄悠然自得地淺唱低吟的情趣，而去呻吟、去哭泣、去嘲諷、去咀咒、去揭露、去抨擊、去控訴、去吶喊！無論是龔自珍、魏源，還是張維屏、姚燮，或者是桐城派、宋詩派，都程度不同地強調了文學的社會功用，並用他們的

詩歌表現了對這個社會矛盾空前尖銳複雜的時世的感悟，「爲變風變雅，之後，益復變本加厲。」（陳衍《小草堂詩集序》）於是道咸時期的詩歌在情感內容方面，進一步轉變了乾隆盛世性靈派的詩風，將乾嘉時期出現的危苦之音越唱越響亮，越唱越深沉。

　　而在藝術形式方面，中國詩歌內在的「踵事增華」與「返樸歸眞」的矛盾運動也有了新的展開。

　　爲了淋漓盡致地、痛快地抒發心聲，有一些詩人具有藐視藝術成規，衝破傳統束縛的傾向，他們不計較局部藝術形式是否工穩，只求鮮明地將個性坦露於世。在詩歌發展史上，他們體現了消除異化，回歸自然，「返樸歸眞」的趨向。龔自珍就是其中最醒目的一個。他對於歷史傳統沒有明確的取捨，不名一家，但並不趨於俚俗浮滑，這是他與明末公安派和乾隆性靈派之間迥異之處。他在創作中比較自然地發揮了文字學方面的學識，他的詩在語詞運用方面沒有走上通俗化的道路，而具有明顯的文人化、學者化色彩。另一位詩人金和則較多地繼承了性靈派的藝術特色，並較多地吸取了筆記小說的藝術營養，在通俗化的道路上作了有益的探索，並取得了許多值得肯定的成果。但是不管是龔自珍，還是金和，他們都是喝着傳統文化的乳汁成長起來的，深受傳統文學的薰染，而現實條件又沒有提供徹底擺脫傳統束縛的可能性，因此他們的詩歌仍然保持着傳統詩歌的本質特點，他們並沒有跳出古典的模式，就像孫大聖跳不出如來佛的手掌一樣，他們被傳統文化的引力場強有力地限制住了。

　　另外還有一批詩人，如姚燮、魏源、張維屏、張際亮、貝青喬等，他們雖然也具有直抒性情，「返樸歸眞」的願望，但不像

龔自珍、金和他們那樣勇敢、徹底。他們鑒於性靈派的流弊，不願在藝術上流於荒率，希望保持高雅的風格，這就把他們引向漢古唐律的「高格」，然而明七子和沈德潛格調派的流弊，他們同樣也想避免，因此，他們對於傳統的學習範圍就不像明七子和沈德潛那樣狹窄、單一，而比較廣泛，並不排斥宋詩，當然重點仍在漢唐。這批詩人，在理論和創作意識上，最具有調和折衷的色彩。而在創作實踐上，因各人創造才能的高低，其成就也有較大的差距。有的偏於獨創的一端，有的偏於擬古的一端，這就需要具體而論。當然，由於他們在創作意識上，不是刻意與傳統「高格」立異，所以，傳統的影響相對來說就更深、更明顯。

以上三種傾向有一個共同的特點，就是既不明確打出自己學古的旗號，也並無建立流派的野心。這批詩人在創作實踐上體現了消除異化的兩種意向。關於這兩種意向，我們在第一章已作了分析，這裏不再復述。

與上述這批詩人不同，爲了在藝術形式上能在唐宋以後有新的突破，道咸時期的桐城派暨宋詩派希望沿着清初以來尚未得以很好展開的「學宋」途徑，作進一步的發展，以求在宋詩的基礎上，以宋人求變的精神，「踵事增華」、「變本加厲」，最終跳出唐宋詩的藝術模式，以形成新的藝術面貌。在這方面，清初以來的學宋詩人已經積累了相當豐富的經驗，爲新的發展作了較好的鋪墊。在一個藝術傳統相對封閉的國家裏，詩人們幾乎不可能擺脫傳統的啓示和影響而進行成功的藝術創造，傳統既是他們的根，又是他們的出發點；既是他們揚棄的對象，又是他們獲取藝術啓迪的歷史源泉。歷史以一種展開的方式呈現於詩人面前，由

他們去領會和選擇。而對於那些重視藝術形式，希望沿着「踵事增華」的方向進行藝術突破的詩人來說，「學宋」無疑是一條最佳的途徑。在當時的歷史條件限制之下，桐城派暨宋詩派所進行的藝術探索是無可厚非的，儘管他們最終不可能把詩歌引出古典的模式，但他們還是在古典模式之內作了幾乎是最大限度的發揮，雖然那只是很有限的進展。而對於在唐宋詩以後，幾乎將趨於飽和的古典模式來說，即使是這一點進展也是很不容易的，我們應該珍惜它，而不能隨手拋棄。

從前面的敍述中可以看出，道光以前的詩歌運動從不同角度，多方面地影響了道咸時期詩歌的現實，它們是道咸詩歌發展的歷史前提，離開了這個前提，我們將無法理解整個近代詩歌的藝術流變。中國古典詩歌的發展是一條連續不斷的歷史長河，雖然有起伏和曲折，但總是後浪推前浪，一浪接一浪地滾滾向前。鑒於在近代詩歌的研究領域，好標舉現實的首創性，而忽視藝術之歷史流變的偏向，我們尤其需要注意把握近代詩歌發展的來龍去脈，在整個詩歌發展史的宏大背景中，來認識古典詩歌在其最後階段的演變和歸宿。肩負着沉重的歷史包袱，古典詩歌在其最後階段，那怕是邁出微小的一步，都要比前人付出更多的辛勞。它表明古典模式所允許的創造餘地已經發掘殆盡，它的歷史使命即將結束。它預示着只有徹底地打破古典模式，才能獲得創造的嶄新天地。而如果我們掩去了近代詩歌的歷史前提，將很難對近代詩歌作出恰如其分的評判。

第二節 不立門戶的無派詩家述要

這一批詩人本無流派之名，而且也不願開設門戶。姚瑩有詩云：「昔以道性情，今且竟門戶。其才雖足欣，其息已非古」。（《論詩四章與張培基》）並無標榜之心。我們之所以把這些創作傾向並不一致的許多詩人集合起來研究，主要是爲了大體上將他們與桐城派和學宋派區別開來，同時又不至於使我們的研究對象顯得過於零碎散亂。而且儘管他們有着不同的創作傾向，但異中也有所同，除了不以流派相標榜以外，這批詩人在理論和創作實踐上都十分重視文學的社會功用，注意表現現實生活中發生的重大事件，從鴉片戰爭到太平天國，他們都有相當深入的描述。

這批詩人中較早最尖銳地揭露清王朝內裏腐敗、國運衰微的是龔自珍。龔自珍懷有經世大志，所謂「少年攬轡澄清意」。（《己亥雜詩》）又深受戴震學派、浙東史學、常州公羊學的影響，尤其是浙東史學、常州公羊學都以人事和時政作爲治學的方向和歸宿。所以龔自珍特別關心時政民生。魏源概括其一生所學而謂：「於經通《公羊春秋》，於史長西北輿地。其書以六書小學爲入門，以周秦諸子，吉金樂石爲厓郭，以朝章國故，世情民隱爲質幹」。（《定庵文錄序》）經世濟時是龔自珍治學的核心。「黔首本骨肉，天地本比鄰。一發不可牽，牽之動全身」。「四海變秋氣，一室難爲春。宗周若蠢蠢，嫠緯燒爲塵。所以慷慨士，不得不悲辛」。（《自春徂秋偶有所觸·拉雜書之》）正是出於對社會人生的強烈責任感和深切的憂慮，龔自珍也要求文學能干

預時政。「感慨激奮而居下位，無其力，則探吾之是非，而昌昌大言之」。（《上大學士書》）在龔自珍看來，沉沒於下位的士大夫，沒有行政的權力，就只能以「立言」的方式匡世濟時。當然所謂「昌昌大言」不僅僅是指文學，但文學也應當是其中的一個重要部分。龔自珍受浙東史學的影響很深，他在《古史鈎沉論》中集中地發揮了章學誠「六經皆史」的觀點，認爲詩即是史，所以應該以時爲指歸。「安得上言依漢制，詩成待史佐評論」。（《夜直》）這就是龔自珍的詩學功用觀。但是，同是強調文學的社會功用，龔自珍與宋大樽、潘德輿等從正面強調倫理之用是完全不同的。對清王朝日趨沒落的深刻洞察，結合着公羊學的「三世」說，使龔自珍不再停留在正面教化的水平上，而轉變爲社會批判。在「瞞」和「騙」的世界裏，作爲社會精英和良知的知識階層也業已喪失了獨立的人格，苟且偷生。「僕妾色以求容」，「俳優狗馬行以求祿」，「小者喪其議，次者喪其學，大者喪其祖。」（《古史鈎沉論》四）而龔自珍卻仍然保持着獨立的批判精神。本於強烈的「憂天下」之心，他希望通過對社會陰暗面的大膽揭露和批判，以「教訓其王公大人」。（同上）從而改弦更張，變法圖強。在龔自珍看來，「無八百年不夷之天下，天下有萬億年不夷之道。然而十年而夷，五十年而夷，則以拘一祖之法，憚千夫之議，聽其自墮，以俟踵興者之改圖爾。一祖之法無不敝，千夫之議無不靡，與其贈來者以勍改革，孰若自改革？」（《乙丙之際著議第七》）。但是深刻的悲劇在於，即使有着獨立批判精神的龔自珍，他的「改革」「更法」，也不可能有新的內容，無非是「宗法、限田、均田之類的陳舊的復古空想和注意人才，

越級升擢，整頓貪污、廢除跪拜等等相當枝節的補救改良。這一套基本上並沒有跳出封建正統思想體系治國平天下的圈子」。（李澤厚《中國近代思想史論，十九世紀改良派變法維新思想研究》）龔自珍自己也承認：「何敢自矜醫國手？藥方只販古時丹」。《己亥雜詩》）而他對君主專制的責疑也同樣沒有超出明末清初黃宗羲和唐甄的思想水平。對社會陰暗面的揭露和批判也沒有導致他背叛清王朝，相反對於農民起義他同樣持反對態度，而且希望用詩歌去感化他們。他在《升平分類讀史雅詩自序》中說：「今之世，有窮陬荒濱，貊鄉鼠壤，悍頑煽亂，而自外於天地父母者，間歲上聞，爲支末憂。謂宜有文臣，附先知覺後知之義，作爲歌詩，而使相與弦歌其間。詩之義，貴易知也。犯上作亂之民，必有自博顙泣者，必有投械而起，仰祝聖清千萬年，俯祝雲祁之遊其世」。而且即使在他被迫離京出走以後，還時時「默感玉皇恩」，（《己亥雜詩》）仍然眷戀着朝廷的恩典，《己亥雜詩》之六云：「亦曾橐筆侍鑾坡，午夜天風伴玉珂。欲浣春衣仍護惜，乾清門外露痕多。」由此可見龔自珍還不能算作爲清王朝的叛臣逆子。而他所嘆息的是：「我有心靈動鬼神，卻無福見乾隆春。席中亦復無知者，誰是乾隆全盛人？」（《秋夜聽彈琵琶》）清王朝的盛世已經一去不返，然而封建盛世卻仍然是龔自珍的政治理想。我們不能因爲他對清王朝陰暗面的無情暴露和批判而過分拔高他的思想覺悟，龔自珍畢竟是一個深受傳統教育的封建士大夫。即使在他用危言讜論震驚朝野的時候，也看不到平民百姓的力量。他認爲在盛世，「百寶萬貨，人功精英，不翼而飛，府於京師。山林冥冥，但有鄙夫。」凡有用之士才，咸爲朝廷所用，

故朝廷之外只剩下村氓鄙夫,雖「虎豹食之,曾不足悲」。而到了衰世,「聖智心肝」、「人功精英」、「百工魁桀所成」,「如京師,京師弗受也,非但不受,又裂而磔之」於是「百寶皆怨」,「古先冊書,聖智心肝」,皆遁於山林。如是,則「京師貧」,「山林實」,「豪傑輕量京師,輕量京師則山中之勢重矣」。於是「山中之民,有大音聲起,天地爲之鐘鼓,神人爲之波濤矣」。(參見《尊隱》)顯然,龔自珍所指的山中之民乃是像龔自珍本人這樣一些有膽識才幹,卻志不得伸,不爲朝廷重用的知識份子,也即是「逸民」,而非民衆百姓,煽亂之「悍頑」。龔自珍的言外之意無非是:如果不把像他這樣一些人才選拔出來,委以重任,朝廷就不會太平。這與他在《己亥雜詩》中所說的「我勸天公重抖擻,不拘一格降人才」的精神完全一致。不過更增加了一點警呼的色彩。

然而,我們也不能因爲龔自珍並沒有擺脫傳統思想的羈絆而忽視他對清王朝陰暗面的揭露和批判。事實上,龔自珍對後來啓蒙思想家的最深刻的影響正是這種尖銳無情的社會批判精神。雖然在龔自珍之前也有不少詩人已經觸及到清王朝腐朽衰敗的現實。例如前舉的姚鼐、黃景仁、黎簡、宋湘、舒位、王曇等人的作品。但比較而言,都沒有龔自珍來得廣泛和尖銳。龔自珍不僅在大量的散文作品如《乙丙之際著議》、《西域置行省議》、《京師樂籍說》、《尊隱》、《古史鉤沈論》、《平均篇》、《明良論》、《述思古子議》等名篇中比較集中地揭示了清王朝內部存在的嚴重危機。而且在他的許多詩篇中也同樣展示了一幅清王朝瀕臨崩潰的時代畫面。如《餺飥謠》、《咏史》、《自春徂秋偶有所觸

拉雜書之》、《僞鼎行》、《夜坐》、《行路易》、《逆旅題壁》
以及《己亥雜詩》中的許多篇章，或從正面，或從側面；或直敍
或寓言象徵；或着眼於經濟，或着眼於政治；或面向上層，或面
向下層；或內地，或邊陲；或內部矛盾，或民族矛盾。總之是多
方面、多角度、多手法地勾勒了嘉道之際的社會現實，稱得上是
一部用詩寫成的生動形象的歷史。

　　與龔自珍相類似，魏源也同樣懷有經世抱負，同屬於今文學
派。但魏源性格內斂，頭腦冷靜，比龔自珍更具有實際的政治才
幹，而且好學深思，嚴謹紮實，他的許多經世著作如《籌鹺篇》、
《籌河篇》、《籌漕篇》、《籌海篇》、《海國圖志》、《聖武
記》等都比較切實具體，具有實際的政治效用。面對腐敗的時政，
龔自珍抑制不住內心的激憤，常常充滿激情地「放言高論」，富
有濃郁的浪漫色彩，而魏源則側重於因時制宜，尋求切實有效的
辦法，具有務實的傾向。龔自珍更具有詩人的氣質，而魏源則更
富有政治家的品格。魏源雖然也主張經世致用，他曾說：「文之
用，源於道德而委於政事」。（《默觚上·學篇二》）又說：
「民之制於上，猶草木之制四時也，在所以煦之，煦之道莫尚乎
崇詩書，與文學」。（《默觚下·治篇十四》）但是比較而言，
魏源的重心在於從正面「宣上德而達下情，導其鬱懣，作其忠孝」，
以達到「感人心而天下和平」（《御書印心石屋詩文錄紋》）的
政治目的，與宋大樽、潘德輿等人所持的正統詩教並無二致，因
此與龔自珍的社會批判並不相同，而對於後世的感召力、刺激力
也遠遜於龔自珍。龔自珍的詩文有很強的情感煽動性，容易使人
激奮，所以梁啓超說：「初讀《定庵文集》，若受電然，稍進乃

厭其淺薄」。因其「病在不深入，所有思想，僅引其緒而止」。
（《清代學術概論》）魏源的詩文作品也反映時政之衰敝，如
《默觚·治篇》、《雜詩》、《行路難》、《江南吟》、《都中
吟》、《君不見》、《北上雜詩七首》、《秦淮燈船行》、《金
焦行》、《寰海》、《寰海後》、《秋興》、《秋興後》等都不
同程度地表現了社會的陰暗面，但在集中所佔比重不多，魏源嘗
自稱「昔人所欠將餘俟，應笑十詩九山水」，（《戲自題詩集》）
魏源詩文大多不如龔自珍尖銳犀利，「多非常異義可怪之論」，
又痛快淋漓令人激憤。但魏源對海外情況了解較多，視野比龔自
珍為開闊，他在《偶然吟》中甚至幻想語言統一，世界大同，
「四遠所願觀，聖有乘桴想。所悲異語言，筆舌均恍惘……若能
決此藩，萬國同一吭。朝發暘谷舟，暮宿大秦港。學問同獻酬，
風俗同扺掌。一家兄弟春，九夷南陌黨。繞地一週還，談天八絃
放。東西海異同，南北極下上。直將周孔書，不囿禹州講」。已
具有初步的地球科學知識。當然，出於民族自尊心，魏源還只想
到文化的輸出。但他作《海國圖志》則要求「師夷長技以制夷」。
在實際鬥爭中，魏源已具有向西方先進學習的開放意識。然而魏
源身上對清王朝的離心傾向更弱，他不僅著《聖武記》頌揚清王
朝的赫赫武功，而且還創作了《皇朝武功樂府》為清王朝歌唱，
難怪章太炎要斥之為「媚虐」。

　　而姚燮、張際亮、張維屏、湯鵬、貝青喬等人也同樣重視文
學的社會功用，重視反映社會問題和重大的歷史事件。尤其是他
們的作品對鴉片戰爭作了較全面的、多角度、多層次的描述，觸
及到了清王朝內部的腐敗現象。著名的詩篇如姚燮的《誰家七歲

兒》、《北風吟》、《糧役凶如虎》、《迎大官》、《南轅雜詩》、
《客有述三總兵殉難事哀之以詩》、《速速去去五解》、《驚風
行五章》、《暗屋啼怪鴉行》、《太守門》、《兵巡街》、《山
陰兵》、《哀江南詩五疊秋興韻八章》、《諸將五首》、《雙鷦
篇》；張際亮的《閩中感興》、《南臺秋望》、《紀事八首》、
《糧船謠》、《浴日亭》、《行崇安建陽山中至邵武書所見》、
《十五夜宿弋陽篠右嶺述感》、《自韓莊閘登舟由中河至王家
營》、《諸將》、《須懷》、《定海哀》、《鎮海哀》、《寧波
哀》、《後寧波哀》、《奉化縣》、《雜感》；張維屏的《三元
里》、《三將軍歌》、《越臺》、《江海書憤》、《俠客行》、
《秋霖》；湯鵬的《東西鄰》、《蔡志行》、《資之水五章》、
《放歌行》；而貝青喬的一百二十首《咄咄吟》則對鴉片戰爭作
了最爲全面系統的報導，成爲鴉片戰爭時期難得的戰地報告文學。
這些詩篇與龔自珍、魏源的篇章一起呈現了清王朝必然地走向崩
潰的趨勢，也爲道光以後的詩歌交響曲定下了基調。但是參加這
部交響曲演奏的每一個人都有自己獨特的藝術發揮，或弦樂，或
管樂，或鼓點，或大提琴，或小提琴，或單簧管，或雙簧管。形
形式式，各不相同，即使同是小提琴也各有自己不同的位置和藝
術要求。因此，要深入地理解這部交響曲，就必須具體地分析每
一樂章，每一個演奏者的藝術內容以及在整體中的作用。

第三節　不拘一格，拔奇前古的龔自珍詩

　　龔自珍以其異常鮮明的藝術個性，特別引人矚目，因而在整

個交響曲中佔有十分重要的位置。

在同一個時代，龔自珍之所以與眾不同，主要因爲龔自珍的個性構成特別。我們在引論中已經介紹過我們關於個性構成的看法，這裏不再贅述。龔自珍的家庭教育、社會教育、生理氣質、社會階層、生活環境、生活際遇等等一切與社會（包括歷史內容）有關的因素都不可能與別人完全相同，因而龔自珍是唯一的。而龔自珍之所以顯得特別醒目，還因爲構成龔自珍個性的一些重要因素，缺乏普遍性，例如龔自珍騷動不安，敏銳易感，衝動情深的氣質；學術方面所接受的戴震學派、浙東史學、常州公羊學、佛學等方面的混合教學；文學方面所接受的吳偉業、方舟、宋大樽以及莊子、離騷、李白，下至舒位、王曇等方面的混合影響等，相對來說都並不多見，而這三方面的因素集中在一個人身上，更是罕見。加上龔自珍的藝術天才，那麼也許眞是絕無僅有的了。上述諸方面中對詩歌藝術形式影響最大的要算文學因素、藝術天才、氣質因素這幾方面了，但由於詩歌是一種語言藝術，而學術教育在語言積累過程起着十分重要的作用，因此學術因素也有相當的輔助作用。

爲了能比較深入地認識龔詩的藝術性，我們不妨首先概要地探討一下上述幾方面的個性因素。

龔自珍生於 1792 年，即乾隆五十七年七月初五，死於 1841 年，即道光二十一年，只活了四十九年。後人輯有《龔自珍全集》。龔自珍生長於封建官僚家庭，外祖父段玉裁是著名的樸學大師，母親的文學修養也很深，從小就受到很好的家庭教育。在童年時代，母親口授吳偉業詩，對龔自珍影響十分深刻，另外自珍還喜

歡閱讀方舟的《方百川遺文》和宋大樽的《學古集》。龔自珍三十二歲時作《三別好詩》而序之曰：

> 余于近賢文章有三別好焉，雖明知非文章之極，而自髫年好
> 之，至于冠益好之。茲得春三十有一，得秋三十有二，自揆
> 造述，絕不出三君，而心未能舍去，以三者，皆于慈母帳外
> 燈前誦之。吳詩出口授，故尤纏綿于心。吾方壯而獨游，每
> 一吟此，宛然幼小依膝下時。吾知異日空山，有過吾門而聞
> 且高歌，且悲啼，雜然交作如高宮大角之聲者，必是三物也。

影響是如此深刻，以致化作靈魂，仍能作此三聲。而對母親，對童年生活的懷念又是那樣的深沉纏綿。那麼詩人究竟從《梅村集》、《方百川遺文》、《學古集》中具體地接受了那些重要影響呢？這當然必須以詩人對它們的體會為準，龔自珍評《梅村集》云：

> 莫從文體問高卑，生就燈前兒女詩，
> 一種春聲忘不得，長安放學夜歸時。

首先龔自珍不以體格的高下論詩，這與他在《歌筵有乞書扇者》一詩所說的：「我論文章恕中晚，略工感慨是名家」的精神是一致的。吳詩藻采綺麗，情調纏綿，哀感頑艷，兒女情長。而龔自珍所強調的也正是兒女情長的一面。更概括一些，也就是一個「情」字。龔自珍論詩特別重「情」，他曾在《宥情》《長短

言自序》等篇章中強調天生一段情種，無法泯滅，所以不管「此
方聖人」、「西方聖人」怎麼看待，只能「始自宥也」，「宥之
不已而反尊之」。他既是一個重情的人，又是一個情濃的人。童
時母親吟誦梅村詩的「春聲」，伴隨着一盞熒然不滅的「紅燈」，
在龔自珍的心靈深處，打上了深深的烙印，使他沒齒難忘。他在成
年以後的詩文中時常出現的一個意象就是這盞熒熒然的「紅燈」。
他在《猛憶》詩中寫道「猛憶幾時心力異，一燈紅接混範前。」
又在《宥情》篇中寫道：「予童時逃塾就母時；一燈熒然，一研
一幾時；依一嫗，抱一貓時；一切境未起時；一切哀樂未中時，
一切語言未造時，當彼之時，亦嘗陰氣沈沈而來襲心。」這盞紅
燈已經與他童年靈性中的一段情根、一種「春聲」水乳交融在一
起，而同時那外在的「紅燈」和「春聲」，又正是開啓和照亮他內在
靈性世界的「第一推動力」，從而影響着他成年以後的文學創作乃
至整個人生。

　　龔自珍對第二「別好」《方百川遺文》的體會是這樣的：

　　狼籍丹黃竊自哀，高吟肺腑走風雷。

　　不容明月沈天去，卻有江濤動地來。

　　方舟為方苞之兄，少時曾與愛國遺民錢秉鐙交遊，深受其影
響，又與戴名世過從甚密，不甘於民族淪亡，性孤特。年三十七
焚稿而卒。龔自珍在《方百川遺文》中所感受到的正是那種「不
容明月沈天去」，欲挽民族危亡的江濤風雷之聲。而龔自珍少懷
經世大志，及長又深受常州公羊學的影響，面對「萬馬齊瘖」的
時政，他渴望着改革變法的「風雷」之聲。

少年哀艷雜雄奇。（《己亥雜詩》）

少年奇氣稱才華，登岱還浮八月槎。（《己亥雜詩》）

眼前二萬里風雷，飛出胸中不費才。（《己亥雜詩》）

東華飛辯少年時，伐鼓撞鐘海內知。（《己亥雜詩》）

挑燈人海外，拔劍夢魂中。（《辛巳除夕》）

少年萬恨填心胸，消災解難疇之功。（《能令公少年行》）

　　正是這種疏狂不羈，永不安分的雄才奇志，替代了「英雄氣短」「風雲氣少」的一面。因此，龔自珍不僅愛好《方百川遺文》，也十分推重清初愛國豪俠志士屈大均，其詩曰：「靈均出高陽，萬古兩苗裔。郁郁文詞宗，芳馨聞上帝」。（《夜讀番禺集，書其尾》）在西夷叩關，民族危機四伏的時代，屈大均的形象無疑顯得分外奪目。而且，即使對於隱逸田園的陶潛，龔自珍也能看到他具有豪俠的一面。自南宋朱熹、辛棄疾以來，陶潛那幾根被「採菊東籬下，悠然見南山」的閑適氣氛隱蔽起來的俠骨，已越來越為人注目，龔自珍所欽佩的屈大均也正是其中的一個，他曾說：「陶詩猶有《讀山海經諸篇》……感憤之深可為嗚咽流涕，論者致比於屈子之賦《遠遊》」（《寒香齋詩集序》）而龔自珍也同樣吟誦道：

陶潛詩喜說荊軻，想見停雲發浩歌。

吟到恩仇心事湧，江湖俠骨恐無多。

陶潛酷似臥龍豪，萬古潯陽松菊高。

莫信詩人竟平淡，二分梁甫一分騷。

正是這「二分梁甫一分騷」，盤踞在詩人胸中，使詩人終於未能歸於淡泊寧靜，超脫於塵埃之表。也正是這「二分梁甫一分騷」，使詩人對於《莊》、《騷》，對於李白，甚至對於舒位、王曇這樣一些富有浪漫色彩的人物和作品，都特別欽佩。

最後，龔自珍還讚賞《學古集》：

> 忽作泠然水瑟鳴，梅花四壁夢魂清。
> 杭州幾席鄉前輩，靈鬼靈山獨此聲。

在前面我們曾經介紹過，宋大樽因反對頹靡詩風而作《學古集》取法漢魏，以古淡清音為歸，其後陳沆繼之而開「清蒼幽峭一派」。（陳衍《石遺室詩話》）而他們矛頭所向一是袁枚的性靈派，同時也針對學吳偉業而以深澤為工的陳文述。龔自珍既嗜好梅村詩哀感頑艷，兒女情長，然而卻又讚賞《學古集》。且與陳沆交好，曾批點《簡學齋集》多有褒語。而陳沆也極好龔自珍古文，稱為「奇寶」（參見陸獻《簡學齋詩稿跋》）文人之好惡，的確令人費解。但是，正如我們在引論部分所反覆強調的那樣，個性是異常複雜的、矛盾的。龔自珍之好《學古集》一方面固然是由於母親所授。另一方面恐怕也是一種心理互補。個人所乏、個人所缺的東西，往往也是個人所好，個人所希望獲取的東西。這是現代心理學所證明的一種心理現象。所以藝術欣賞是一件非常複雜的事情，既有出於天性所近而有所好，又有出於天性所乏而有所好，這也是一種審美的辯證現象。當然，一般來說，只有當天性得到滿足以後，才會比較明顯地轉而去追求天性所乏的東西。

龔自珍在《梅村集》、《方百川遺文》這樣一些投合性情的作品中獲得了滿足,就有可能進一步去欣賞《學古集》、《簡學齋詩存》這樣一些與《梅村集》、《方百川遺文》對照鮮明,又爲自己性情所乏的作品。同時宋大樽詩歌所具有的那種彷彿來自「靈鬼靈山」的泠然作響的水瑟清音,以及在夢中拂動着的高潔拔俗的梅花古影,也與龔自珍不諧流俗,不爲鄉愿的精神相呼應,從而令其神往。「湖西一曲墮明璫,獵獵紗裙荷葉香。乞貌風鬟陪我坐,他身來作水仙王」。(《夢中述願作》)龔自珍在夢中所渴望的正是來世寧爲冰清玉潔,出污泥而不染,高出塵埃之上的荷花之神。

這就是龔自珍所接受的最深刻的文學影響。它們之間的差異很大,但龔自珍卻將它們融爲一體,統一起來轉化成爲自己獨特文學個性的有機因素。這種能力與他的氣質特點也是極有關係的。首先誠如前面提及的,龔自珍是一個感情特別濃郁的人,他曾在詩中反覆自訴:

之美一人,樂亦過人,哀亦過人。(《琴歌》)
哀樂恆過人。(《寒月吟》)
少年哀樂過于人。(《己亥雜詩》)
情多處處有悲歡,何必滄桑始浩嘆。(《雜詩己卯自春徂夏》)
………

由於感情濃郁,容易激動,所以也就不容易過平淡寧靜的生活。同時又由於自我控制能力不夠,所以情感波動,起伏也非常

大。他也曾在詩中反覆自訴：

　　曉枕心氣清，奇淚忽盈把。（《自春徂秋偶有所觸》）
　　百憂消中夜，何如坐經營。剪燭躍然起，婢笑妻復嗔。萬一
　　明朝死，墮地淚縱橫。（《鄰兒夜半哭》）
　　來何洶湧須揮劍，去尚纏綿可付簫。（《懺心》）
　　………

　　詩人忽喜忽悲，情感變幻莫測，跳躍動盪，難以一定。這樣
的情感特徵，結合着他對世俗的蔑視和憤懣，使得詩人在生活中
也常常「不檢細行」，不拘一格，疏狂不羈。詩人從童時起就是
一個「春聲滿秋空，不受秋束縛」（《丙戌秋日獨遊法源寺》）
富有「猿」性的人物。他不願受世俗之束縛，頑態非凡，敢「據佛
座嬉戲，揮之弗去」。及長立願「窮余生之光陰」，以療救被世
人束縛致殘的「病梅」，（《病梅館記》）。這樣的個性氣質，
自然也會影響到詩人好惡、選擇的多樣化。在動盪變幻的情感操
縱下，好惡、選擇的變幻不定，也就變得自然順當和可以理解的
了。

　　除此以外，詩人還有着非常豐富奇異的想像力。詩人也曾自
稱：

　　蚤年櫻心疾，詩境無人知，幽想雜奇語，
　　靈香何郁伊。忽然適康莊，吟此天日光。
　　五岳走驕鬼，萬馬朝龍王。（《戒詩五章》）

經濟文章磨白晝，幽光狂慧復中宵。（《又懺心一首》）

而他的整個詩文創作也非常清楚地說明了這一點。奇異獨特的想像力，與其不拘一格，疏狂不羈的個性氣質結合在一起，使詩人能夠接受並消化在常人看來難以兼取的許多相互對立矛盾的影響，並構建出常人無法意料的詩的意象世界。在這樣的情況下，龔自珍筆下展示出的一切超乎常態的意境，也就同樣變得自然順當和可以理解的了。

上面我們結合龔自珍所受的文學影響，分析了他的不同尋常的個性氣質特點。這種個性氣質特點深刻有力地影響了他的整個詩文創作，當然這種影響常常表現爲非理性的、潛意識的、情感的、本能的，而作爲主觀意識的、自覺理性狀態的作用力則是他的正面的詩學主張。在這方面，最突出的一點就是要求表現眞性情，表現不受俗塵沾污的「童心」。他曾稱自己的詩作「歌哭無端字字眞」（《己亥雜詩》）「直將閱歷寫成吟」（《題紅禪寶詩尾》）又說：「不似懷人不似禪，夢回清淚一潸然。瓶花帖妥爐香定，覓我童心廿六年」。（《午夢初覺悵然詩成》）「既壯周旋雜痴黠，童心來復夢中身」。（《己亥雜詩》）「黃金華髮兩飄蕭，六九童心尙未消」。（《夢中作四截句》）所以他時時不能忘懷童時的一盞燈火，「青燈同一哭，恍到我生初」，（《哭鄭八丈》）這熒熒然的燈火與其本初的赤子之心已經渾然一體。文學的生命在於眞誠，龔自珍對此十分強調。他說：「唐大家若李、杜、韓及昌谷、玉溪；及宋元、眉山、涪陵、遺山，當代吳婁東，皆詩與人爲一，人外無詩，詩外無人，其面目也完」。在

這裏龔自珍特別提及了李賀、李商隱，及蘇軾、黃庭堅。表明他並不存在「第一義」的偏見。而根本的準則在於詩與人一，能充分完滿地表現眞性情，「要不肯掃扯他人之言以爲己言」。這樣龔自珍又把表現眞性情與獨創新貌統一了起來。他在《文體箴》中說：「嗚呼！予欲慕古人之能創兮，予命弗丁其時。予欲因今人之所因兮，予茲然而恥之」。爲此他又打破雅俗之界，認爲：「雅俗同一源，盍向源頭討？汝自界限之，心光眼光小，萬事之波瀾，文章天然好。不見六經語，三代俗語多」。（《自春徂秋偶有所觸》）這種觀點已接近公安派和袁枚的性靈派。而且在創作上也偶有闌入公安、性靈者。李慈銘稱其詩「亦以霸才行之，而不能成家。又好爲釋家語，每似偈贊，其下者竟成公安派矣」。（《越縵堂日記》）而其名句「避席畏聞文字獄，著書都爲稻粱謀」。正本於趙翼「書生不過稻粱謀」句，名篇《人草稿》與趙翼《十不全歌》之間的啓承關係也依稀可見。當然，龔詩的風格大不同於公安、袁趙，雖格調不高，但並不浮滑，而且自珍畢竟澤古甚深，放筆而作，語言斑駁陸離，但俚俗之語卻少，相反倒是「三代」俗語多，古奧僻澀之語滿紙，如《佇泣亭文》中「佇泣」一語連王芑孫也不知所出，《行路易》、《僑鼎行》、《人草稿》等詩作中也多冷僻古奧語。又稱白居易詩爲「千古惡詩之祖」。（陳元祿《羽琌逸事》）自珍自作詩文也正不以平易近人爲指歸。故其所謂「雅俗同一源」，不過是爲其詩語駁雜張目而已。所突破的範圍，不過是桐城派「雅潔」二字。另一方面，我們還應該看到龔自珍主張獨創，並沒有要求徹底打破傳統的詩歌形式，而仍然認爲「文心古無，文體寄於古」。（《文體箴》）

後來梁啓超提出「舊風格寫新意境」，其所本不出此語。在精神上，與前人提出的創新主張，並無質的區別。我們不能因爲龔自珍的詩文多「傷時之語，罵坐之言」，敢於尖銳地揭露和抨擊清王朝內部的腐敗現實，而愛屋及烏，隨意誇大龔自珍的各種思想觀點的價值。龔自珍的創新仍然是在古典形態內的創新，當然這種創新已經突破「第一義」的格調，而爲追求高雅趣味的人視爲「野狐禪」，但龔詩的魅力也正在其爲「野狐禪」。

另外，作爲一個成功的詩人，還必須具有相當的學術素養，它將在創作中，深入地參與對語言、知識、意象的選擇和運用。所以要認識龔自珍的創作，還有必要了解他的學術素養。龔自珍是一個天性早慧的人，十二歲即從外祖父段玉裁學習《說文解字》，打下了深厚的語言文字基礎。十五歲開始存詩。由於家學淵源，而得以與許多著名的文人學士交遊切磋，學問日進。二十三時便寫了著名的《明良論》四篇，令其外祖興奮不已，而謂：「髦矣，猶見此才而死，吾不恨矣」。（《龔自珍全集》）而龔自珍自己也曾得意地吟誦道：「貂毫署年年甫中，著書先成不朽功。名驚四海如雲龍，攫拿不定光影同。徵文考獻陳禮容，飲酒結客橫才鋒」。（《能令公少年行》），由於龔自珍在經學、文字學、金石學、地理學、佛學等方面有着相當廣博的知識，因此他在詩文創作中能驅駕自如，游刃有餘。他在《送徐鐵孫序》中曾認爲作詩當「放之乎三千年古史氏之言，放之乎八儒、三墨、兵、刑、星、氣、五行，以及古人不欲明言，不忍卒言，而姑猖狂恢詭以言之之言，乃亦擴證之以並世見聞，當代故實，官牘地志，計薄客籍之言，合而以昌其詩，而詩之境乃極。則如嶺之表、海之潯，

磅礴浩洶，以受天下之瑰麗而洩天下之拗怒也亦自然」。要求廣泛吸取文化養料，並結合對現實生活的體驗而發爲詩歌。龔自珍廣博的文化知識，正爲實現他自己提出的創作要求提供了條件。

在瞭解了龔自珍的有關個性特徵以後，再來看他詩歌的藝術個性，也就有了依憑。

龔自珍的詩歌有着強烈的主觀抒情色彩，由於詩人情緒波動起伏很大，所以爲主觀情意所融化了的各種形象對比十分鮮明，意象的質地差異很大，而且變幻莫測，其詩如：

一簫一劍平生意，負盡狂名十五年。（《漫感》）
氣寒西北何人劍，聲滿東南幾處簫。（《秋心》）
按劍因誰怒？尋簫思不堪。（《紀夢》）

這「劍」爲陽剛之物，這「簫」爲陰柔之器，兩者「不可以合，合之以爲氣」自龔自珍始。洪子駿有《金縷曲》讚之：「俠骨幽情簫與劍，問簫心劍態誰能畫？且付與，山靈詫」。（龔自珍《懷人館詞選·湘月》自注）這一簫一劍在龔詩中含意極廣泛，它們比較典型地體現了龔詩中兩類矛盾意象的特徵。分別象徵着意氣風發與沉鬱下僚；匡世濟時與憂國傷民；不屈不撓與消沉頹唐；奮發昂揚與低廻哀怨；豪邁剛健與纏綿悱惻；激憤慷慨與廻腸盪氣；英雄氣盛與兒女情長；汪洋奇恣與幽遠曲折等等互相對峙的意志、情緒和境界。而這劍與簫的鮮明對比也正體現了龔詩在藝術構思方面的一大特長。郁達夫曾說：「做詩的秘訣……我覺得有一種法子，最爲巧妙。其一，是辭斷意連，其二是粗細對

稱。近代詩人中，唯龔定庵最擅於用這秘法」。（《談詩》）無論是「辭斷意連」，還是「粗細對稱」，都要求在結構上有大幅度的跳躍和變化。其詩如：

風雲材略已消磨，甘隸妝臺伺眼波。

為恐劉郎英氣盡，捲簾梳洗望黃河。（《己亥雜詩》）

一二句為作者自嘲，由「風雲材略」，跌入「甘隸妝臺」，兩種意象相去甚遠，對比十分鮮明，比較強烈地用反語抒發了詩人內心深沉的痛苦。三四句寫妝臺主人，尤其是第四句意象質地的差異就更大了。一邊是梳妝打扮的窈窕淑女，嬌小柔美，一邊是濁浪滔天的大河奔流，粗獷遼闊，但是因為有第三句，這兩個完全不同的意象卻十分自然和諧地融為一體，語言雖詼諧，但在詼諧中卻幽幽地襲來一陣心酸。

再如：

春夜傷心坐畫屏，不如放眼入青冥。

一山突起丘陵妒，萬籟無言帝座靈。

塞上似騰奇女氣，江東久隕少微星。

平生不蓄湘累問，喚出姮娥詩與聽。（《夜坐》）

首聯的「春夜傷心」與「放眼青冥」，也是一組對照鮮明的意象，但因有「不如」兩字所以辭尚未斷，第二聯兩句詩意就相去甚遠，中間的轉折是在空中實現的（因為人才受抑，所以天下

無言，而帝王就可獨享其尊。）第三聯用「奇女氣」，對「少微星」，意象質地也迥然相異。而詩意本於《尊隱》篇，所謂「山林實而京師空」。當然，因爲詩人強調了「塞上」，所以也不妨可以理解爲邊陲不寧，在精神上與《西域置行省議》相通。最後一聯也同樣是語斷意聯（儘管平時尚未呵壁問天，但是面對眼前的危難，就不能不傾訴滿腔的激情和憂慮了）全詩完全採用象徵手法，切住「夜」字，每一聯都作轉折，每一句也都作轉折。欲解傷心而放眼青冥，卻反增傷心，由傷心而更傷心，就不能不悲吟於長夜。

再如：

> 文章合有老波瀾，莫作鄱陽夾漈看。
> 五十年中言定驗，蒼茫六合此微官。（《己亥雜詩》）

一二句與三四句之間遞進一層，跳躍性較強。由文章波瀾而過渡到歷史預言，而這一關於到民族國家存亡的卓越遠見，卻發自一個草芥之官。由此而從側面控訴了衰世對人才的扼殺，強調了救亡圖存必須「不拘一格降人才」的精神，抒發了詩人鬱結在心中的激憤沉痛之情，言雖斷而意深遠，而末句用蒼茫六合之巨大的背景來對照一個小小的微官，則在藝術上進一步強化了詩人的立意。

龔自珍在這裏比較明顯地繼承和發揮了杜甫、黃庭堅的結構手段。如「捲簾梳洗對黃河」句在手法上分明是黃庭堅「坐對眞成被花惱，出門一笑大江橫」，一聯的推廣運用，而「蒼茫六合

此微官」也是對杜甫「乾坤一腐儒」的發揮。但是在神采情調方面卻又與杜甫、黃庭堅迥異。因爲龔自珍畢竟還深受吳偉業的影響。劍氣蕭心，疏狂風流並於一氣的龔詩，不可能同於李白的豪俠俊逸；也不會有杜甫的沉鬱頓挫，更不會與黃庭堅的瘦硬老健相似。

同時，由於劍氣和蕭心都淵源於詩人內心極其濃郁而變幻動盪的情感，所以詩人筆下的對象不管是有生命的，還是無生命的，一般都是生氣勃勃，飛動奔騰，而且還有着強烈的情緒特徵，其詩如：

西池宴罷龍嬌語，東海潮來月怒明。（《夢得「東海 潮來 月怒明」之句醒足 成一詩》）
叱起海紅簾底月，四廂花影怒于潮。（《夢中作四截句》）
畿輔千山互長雄，太行一臂怒趨東。（《張詩舲前輩遊西山歸索贈》）
疏梅最淡冶，今朝似愁絕。尋常苔蘚痕，步步生悱惻。
（《後遊》）
收魂天未許，靈夢夜仍飛。（《燼 餘破 簏中 獲書 數十 冊皆慈澤 也書其尾》）
湖光飛闕外，宮月淡林梢。（《晚退直詩六首》）
少慕顏曾管樂非，胸中海岳夢中飛。（《己亥雜詩》）
枉破期門伏飛膽，至今駭道遇仙回。（《己亥雜詩》）
東華飛辮少年時，伐鼓撞鐘海內知。（《己亥雜詩》）
古愁莽莽不可說，化作飛仙忽奇闊。

　　江天如墨我飛還，折梅不畏蛟龍奪。（《己亥雜詩》）
　　罡風力大簸春魂，虎豹沈沈臥九閽。（《己亥雜詩》）

　　如此奇語，集中比比皆是，寧靜的月，嬌美的花，沉寂的山，淡冶的梅，迷離的夢，浩渺的水，腹中的膽，口中的語，地上的人，無情的風，自然的春……一切都變得異乎尋常，充滿活力，有着強烈的感覺效應和濃郁的主觀色彩，造語之新奇大膽，百無禁忌，直開曠古之未有。

　　而詩人之構想也常常發自前人意想不到處，或不敢設想處，或逆人之意處，或不同常理處。前人爲突出某一對象，或採用抑揚法，或採用襯托對比法，或採用正面誇飾法，而龔自珍則能另出手眼。例如：

　　少慕顏曾管樂非，胸中海岳夢中飛。
　　近來不信長安隘，城曲深藏此布衣。（《己亥雜詩》）

　　此詩最後兩句，爲突出布衣潘諮之不同尋常，卻並不極言「長安」之隘以反襯其人之不凡，相反，則是通過對潛臺詞：「往昔只道長安隘」的否定，以虛揚「長安」之廣，而實誇其人形象之高大。「城曲深藏」既是對布衣現實生活的寫照，又是「不信長安隘」的具體化。如果將潛臺詞補充完整，再把這兩句詩翻譯成白話，其意也就是：想不到在城曲之中還深藏着這麼一個了不起的偉大人物，這不得不使我改變以前認爲長安太狹小的看法，是啊，小部分城曲竟能容得下如此巨材，還能說「長安城」不大嗎！顯

然「長安城」已不再是一個純客觀的對象，在詩人的情和意的導演之下，「長安城」忽小忽大，變化無常。這小和大已不再是一個客觀的數學量，而已經轉化爲隨意變化，極不穩定的心理量，「長安城」也已經成爲一座心理城。文學作品純客觀的描寫也許是沒有的，但是相對客觀貼切的描寫在古典詩文中比比皆是。因此對於客體的描寫顯然有兩種傾向，一是以傳眞爲指歸，力求漸近於客體；一是以特殊的心理感受爲指歸，力求強化主觀的情意特徵。龔詩顯然屬於後一種，詩中的許多物象都是心理的產物。這種心理化表現手法，不僅有利於開拓想像空間，而且也有助於增強語言的表達效果。上例詩意原是那樣曲折，然而，詩筆卻是如此簡練。但是這簡練並不來自對語詞的錘煉，而是來自心理構想的巧妙。一般來說，龔自珍並不十分講究語詞的推敲。這方面他與胡天游、黎簡不同，龔詩語言往往不擇地而發，雖駁雜不以爲病，當然，由前面的一些示例可以看出，詩人也注重形容詞和動詞的感性刺激效果，但與其說這是對物象的準確貼切的雕刻，還不如說是在強烈的情緒作用下和豐富的想像力的參與下，對物象主觀變形的自然傳達。

由於詩人筆下的許多物象不僅是「情」的外化，而且還是「意」的外化，因此，往往富有濃郁的象徵色彩。諸如劍、簫、落花、春魂、風雷、罡風等等，都是意蘊較豐富的象徵體。龔自珍論詞曾說：「情孰爲尊？無住爲尊，無寄爲尊，無境而有境爲尊，無指而有指爲尊，無哀樂而有哀樂爲尊」。（《長短言自敍》）發揮了常州詞派周濟的「非寄托不入，專寄托不出」的主張，要求詞作既要抒情寫意，有所寄托，但又不能粘實限於具體的某一

點，所謂「無寄托則指事類情，仁者見仁，知者見知」。（周濟
《介存齋論詞雜著》）也就是要求形象具有比較廣泛的啓悟力。
其實，龔自珍不僅在詞學理論方面有此見解，而且在詩文創作中
也能加以推廣，付諸實踐。梁啓超稱龔自珍「喜爲要眇之思，其
文辭傲詭連犿」。（《清代學術概論》）實際上正是看到了龔自
珍的許多詩文作品並不過於坐實的藝術特徵。這種藝術特徵其實
也正是象徵手法的體現，象徵與喻擬的最大區別就在於是否實指
某一具體對象的某一特徵。前者是虛的，似有似無的，後者則是
非常具體和確定的；前者側重於精神情意，後者側重於具體事物。
龔自珍的一些藝術散文如《病梅館記》、《尊隱》等就富有比較
濃郁的象徵色彩，而他的詩歌，除了前面羅列的一些單個意象具
有象徵意味外，通篇採用象徵手法的作品也不少，如著名的《僞
鼎行》、《人草稿》、《夜坐》等都是，再如：

　　卿籌爛熟我籌之，我有忠言質幻師。
　　觀理自難觀勢易，彈丸累到十枚時。（《己亥雜詩》）

也很有象徵意味，由此，我們可以聯想到清王朝岌岌可危的形
勢。

　　當然龔自珍的象徵作品，還有着較多的寓言色彩，但與前人
相比，其數量和質量都是較突出的。而且象徵的範圍已超出了遊
仙和香草美人的局限，開始較多地進入其它廣泛的領域，如社會
生活中魔術師的表演也被吸收改造成爲象徵體。這在以前是比較
罕見的。

　　而上述的一切主觀表現，如果沒有詩人瑰奇廣闊的想像力的牽引，就會變得平庸無光，黯然失色，爲了強調這一點，我們不妨再引數例以作欣賞，如他對落花的描寫：

如錢塘潮夜澎湃，如昆陽戰晨披靡，如八萬四千天女洗臉罷，齊向此地傾胭脂，奇龍怪鳳愛漂泊，琴高之鯉何反欲上天爲？玉皇宮中空若洗，三十六界無一青娥眉，又如先生平生之憂患，恍惚怪誕百出難窮期，先生讀書盡三藏，最喜維摩卷裏多清詞。又聞淨土落花深四寸，冥目觀想尤神馳………

（《西郊落花歌》）

博喻連譬，是那樣的瑰麗，而以情緒變幻狀落花，以佛典寫落花，尤爲詩人所獨造。

　　再如他對自己神思遐想的展示：

逃禪一意皈宗風，惜哉幽情麗想銷難空！拂衣行矣如奔虹，太湖西去青青峰，一樓初上一閣逢，玉簫金館東山東。美人十五如花穠，湖波如鏡能照容，山痕宛宛能助長眉豐……有時言尋縹緲之孤踪，春山不妒春裙紅，笛聲叫起春波龍，湖波湖雨來空濛，桃花亂打蘭舟篷，烟新月舊長相從……賣劍買琴，斗瓦輸銅。銀針玉薤芝泥封，秦疏漢密齊梁工，佉經梵刻著錄重，千番百軸光熊熊，奇許相借錯許攻……天涼忽報蘆花濃，七十二峰峰峰生丹楓，紫蟹熟矣胡麻鬆，門前釣榜催詞筒。余方左抽豪，右按譜，高吟角與宮，三聲兩聲桴唱終，

吹入浩浩蘆花風，仰視一白雲捲空⋯⋯

恍惚變幻，莫測其踪，深刻地傳達了詩人入世和出世的矛盾心情。

詩人的想像有時上天入地，神靈雜沓。如《桐君仙人招隱歌》、《太常仙蝶歌》、《小游仙詞十五首》以及《己亥雜詩》中寫戀情的篇章等，都具有靈異色彩，繼承了李白、李賀、李商隱一路的傳統，而作了詩人個性的發揮，佚宕曠邈、斑斕恢詭、俠骨幽情、靈幻迷離融而爲一，在三李之後又開出了一個嶄新的境界。

當然，詩人豐富的想像力還不僅體現於瑰奇的意象紛至沓來，諸如「猛憶兒時心力異，一燈紅接混茫前」，這樣的詩句，也同樣體現了詩人鑿破洪荒的深遠思力。

最後還要強調的是，龔詩在格律方面限制不嚴，他的古體章句受韓愈、舒位、王曇的影響較多，好用長短參差，詩文互用的手法。而七絕也往往不受近體格律的束縛，聲律拗折之處比比皆是，而且語言斑駁，剛柔並用，手法多樣，變化莫測，尤其是《己亥雜詩》三百十五首，貫穿詩人的生平交游，抒發心中的種種感慨，更是直開前古之未有。當然，古典詩歌的基本形態並沒有變，因此，龔自珍的創新仍然是在古典形態內部的創新，是新的風格，新的境界的開闢，何紹基稱其詩「爲近代別開生面」。（林昌彝《謝鷹樓詩話》卷十引）並非溢美之辭。

龔詩以其異常鮮明的個性，在當時和後世都發生過相當廣泛的影響，程金鳳評《己亥雜詩》便有「天下震矜定庵之詩」語

（《己亥雜詩書後》）其時，力學龔詩的就有蔣湘南和蔣敦復，
至清末取法者尤衆。梁啓超曾說：「光緒間所謂新學家者，大率
人人皆經過崇拜龔氏之一時期」。（《清代學術概論》）《晚晴
簃詩彙》亦稱：「光緒甲午以後，其詩盛行，家置一編，競事摹
擬」。而惡之者則斥之爲「僞體」、「文詞側媚」、「佻達無骨體」，
甚至認爲「自珍之文貴於世，而文學塗地垂盡，將漢種滅亡之妖
耶？」（章太炎《校文士》）持此看法的章太炎是一個堅定的革
命者，而反對變法的葉德輝卻對龔自珍頗有褒譽之詞，他曾說：
「先生雖不幸以文儒終，身後復爲世詬病，文人命厄，奚至於斯！
然至今讀先生所著書，未嘗不想見懷抱之雄奇，於百千年世界之
變遷，若燭照計數，瞭如指掌，豈非浙西山川鍾毓之靈，累葉械
樸作人之化，郁而未發，特藉先生一洩其奇耶？」（《龔定庵年譜
外紀序》），由此而益信不能以政治立場代替文學觀點。但不管
褒貶如何，龔自珍受到普遍的注目卻是事實。龔自珍要不失爲一
代奇才怪傑，錢仲聯師評其詩曰：「其詩筆乃橫掃一世之慧星，
光芒輻射，拔奇於古人之外，境界獨闢。其瑰瑋之形象，如天馬
籋雲，不同凡驥；如天魔獻舞，花雨瀰空。然今人推崇，亦已過當」。
（《論近代詩四十家》）可謂持平之論。

第四節　修辭新奇，不失古格的魏源、姚燮詩

　　與龔自珍齊名的魏源，詩風卻與自珍大異。源生於 1794 年
即乾隆五十九年，死於 1857 年，即咸豐七年，比龔自珍晚生二
年，晚逝十六年。魏源在學術方面也深受公羊學的影響，同出於

劉逢祿之門。對漢學、宋學和佛學也都有研究。後人輯有《魏源集》。除此外，尚有《海國圖志》、《聖武記》、《聖朝經世文編》等重要著作。其人性格與龔自珍差異較大，文學方面的影響和詩學觀點也與龔自珍有區別。

　　魏源的品性比較樸實，好學深思。其《寄董小槎編修》詩曰：「默好深思還自守」，又刻印一方，文爲「默好深湛之思」，故其字曰「默深」。較持重冷靜，善於控制感情，不像龔自珍那樣容易衝動。在詩學主張方面，魏源有許多觀點比較接近宋大樽，如其曾說：「論詩必三百篇，聞者罕不大噱，而不知自從刪後更無詩，非其體制格律之不同，乃其本末眞諦之迴絕也。……使無一字非眞誠流出，而必三百篇焉，則讀者亦皆動其眞誠而竟如三百篇矣！」（《跋陳沆簡學齋詩》）其推重三百篇與宋大樽如同一轍。當然，魏源之所以推重三百篇，乃是由於「眞誠」二字，並不強調體制格調方面的復古，因此仍與宋大樽有區別。他的正面主張是「三要」：「一曰厚，肆其力於學問性情之際，博觀約取，厚積薄發，所謂萬斛泉源也。一曰眞，凡詩之作，必其情迫於不得已，景觸於無心，而詩乃隨之，則其機皆天也，非人也。一曰重，重者難也。蓄之厚矣，而又不以輕洩之焉；感之眞矣，而天機極以人力，於是而人之知不知，後世之傳不傳，聽之耳」，（《跋陳沆簡學齋詩》）其中一二兩點與清初錢謙益的詩學主張基本相似，也就是「有本」，本於眞情實感，本於學問修養。而第三點，乃是針對「滑處」而發，這與矯正性靈派的浮滑之弊有關，在這方面，魏源與潘德輿也是一致的，所謂「華者暫榮而易萎，實者堅樸可久而又含生機於無窮」。（同上）這與潘德輿的

「質實」兩字是相通的。情感必須厚重，態度必須持重，創作必須愼重，不爲人，不輕發，旣需「天機」，又重「人力」，這樣也就可藥性靈之弊，正趨炎附勢之心。

由此而進一步，魏源也主張獨創，反對擬古不化，「蹈明七子習氣」。（《致陳松心書》）他說：「古人如陶、阮、杜皆抒胸臆，獨有千古。太白、青田樂府，一時借古題以述時事；東坡和陶，借古韻以寄性情，字字皆自己之詩，與明七子優孟學語，有天淵之別」。（同上）然猶恐古題古韻有損眞情，因此他規勸陳松心將集中「擬古、次古韻諸題」刪去。在《定庵文錄敍》中又拈出一個「逆」字，說：「其道常主於逆，小者逆謠俗，逆風土，大者逆運會，所逆愈甚，則所復愈大，大則復於古，古則復於本」。反對隨波逐流，亦步亦趨，人云亦云。其精神實質也就是以獨創爲面目，以性情爲根本。結合魏源對於三百篇的看法，可知魏源之所謂「古」，也就是最原初不重「藻翰」「風調音節」，不知悅人，而唯以直抒胸臆爲指歸的狀態。所以由古而可復於「本」。「本」也就是詩人之「志」，詩人之性情。他曾在《詩比興箋序》中說：「自《昭明文選》專取藻翰，李善《選注》專詁名象，不問詩人所言何志，而詩教一敝。自鍾嶸、司空圖、嚴滄浪有《詩品》《詩話》之學，專揣於音節風調，不問詩人所言何志，而詩教再敝」，可見魏源的「獨創」，所着重強調的是言志問題、性情問題，而忽視了藝術形式問題，這對當時趨鶩時尚者，無疑是有力的當頭棒喝。同時，國難當頭，要求文學有補於時世，希望作家能跳出「音節風調」的圈子，也是完全可以理解的。而且，從根本上講，強調表現作家特有的感悟，也

有助於藝術形式的獨創。但是，由於「志」和「性情」，並不等於藝術的感悟，它們既可能是文學表現的對象，又可能是非文學的表現對象，因此，如果片面地強調言志，又可能造成忽視藝術形式的流弊，歷史上公安派的教訓之一就是創作上的草率俚鄙。幸好魏源古代文學的修養較深，曾著《詩古微》二十二卷，又時與學古詩人陳沆等切磋，並爲陳沆《詩比興箋》作序，對漢魏詩歌也有相當造詣。而由其《祝英臺近山房詩鈔序》也可略見其對唐詩亦有所得。由其對蘇軾之讚美，又可知其並不排斥宋人。再由前人對魏詩的不同評論，又可知其創作之取徑。以學漢魏六朝而聞名於世的王闓運曾說：「不失古格，而出新意，其魏源、鄧輔綸乎！兩君並出邵陽，殆地靈也。零陵作者，三百年來，前有船山，後有魏鄧，鄙人資之，殆兼其長」。（《湘綺樓說詩》）王夫之、鄧輔綸都推重漢魏六朝，取法漢魏六朝，王闓運將魏源與他們並而同論，可知王氏心目中的魏源，正是他們的同志。而林昌彝則認爲魏詩「雄豪奔軼而復堅蒼遒勁，直入唐賢之室。近代與顧亭林爲近」，（《射鷹樓詩話》卷二）卻把魏源看作爲學唐詩人。然陳衍論道咸詩壇，又認爲自「何子貞、祁春圃、魏默深、曾滌生、歐陽磵東、鄭子尹、莫子偲諸老，始喜言宋詩」。（《石遺室詩話》）則把魏源列入學宋詩派。其實他們都只看到了魏詩的一個側面，魏源詩學本不以朝代論詩，取徑廣泛，並不囿於某一朝代。但也說明了魏源「澤古功深」，（錢仲聯《論近代詩四十家》）並不是游騎無歸的浪子。而且魏源也重視人工，又頗有詩才，九歲應童子試，縣令出對「杯中含太極」，源即應對道「腹內孕乾坤」，語驚四座，所以魏源在理論上

雖側重強調言志一面，而在創作實踐上卻無公安、性靈之流
弊。

在創作風格上，魏源欲參之於奇崛奧險與平淡之間，曾說：
「平生慕奇崛，及茲羡平易」，又說：「奧險半平淡，文章悟境
界」。（《棧道雜詩》）又推重：「放其才情之所至，而馴造於
神韻之自然」（《祝英臺近山房詩鈔》）的藝術造詣，這些都間
接地表明，在創作傾向方面，魏源欲調劑「變本加厲」和「返樸
歸眞」這兩種趨向。

就具體的創作實踐而言，魏詩與龔詩相比，側重於對傳統的
繼承，獨創性遠沒有龔詩那樣鮮明，在格律體裁方面沒有什麼新
的突破。魏詩的藝術造詣以山水詩最爲突出，所以我們對魏詩藝
術風格的分析將以山水詩爲重點。

魏詩在章句方面比較穩健，往往以寫景起句，然後由景生情，
由情而觸發議論，如《村居雜興十四首》、《偶然吟十八首》、《次
韻前出塞》等即是代表，在這方面較多地受到了漢魏古詩的影響。
純粹的山水寫景詩，往往由概括而至具體，由總寫而至分寫。如
《華山詩》、《華山西谷》、《嵩麓諸谷詩》等。其詩起首，有時採
用抑揚層遞手法，強調對象的精神，中篇則往往以排比鋪陳手法
展開筆墨，如《岱麓諸谷詩》其一起句：「山大水聲小，水與山
不敵，誰知看春響，能靜岩岩魄」。接着便並列分寫石壁、山泉、
澗水等各種山中姿態。七古中幅採用並列鋪陳手法者尤普遍，如
《游山吟》、《岱岳吟》、《華岳吟》、《北岳五臺看雪行》等
皆是。與龔自珍變化莫測不同。

在詩語運用方面，也不似龔自珍駁雜陸離，魏詩雖偶爾也採

用俚語，如「會者不難，難者不之會」之類，卻很少採用冷闢古奧的辭彙。一洗小學家之習氣，造語比較自然，不以生硬爲能事。但魏源善於調動多種修辭手法突出對象。如：

夢覺小生死，死生大夢覺。……
晝夜小古今，古今大晝夜。……
天地大人身，人身小天地。（《偶然吟》）
一石三芙蓉，三峰只一石。（《華山詩》）

通過概念的變換，移用，突現對象之神，生發哲理，啓人深思。

一石一草木，尚壓千萬峰。……
臺殿青雲端，勢欲壓山側。
森然一簾下，獻此萬丈碧。（《華山詩》）
誰知萬壑響，出自微泉淙。（《華山西谷》）
千山去未已，一江勒之還。（《粵江舟行》）

以小大之對照，力量之變換，產生出乎意料的藝術效果，顯示辯證之理。

身似魚游空，何待生羽翼。
仰視峽中天，古井瀾不沸。（《華山西谷》）
凜然火雲中，雪冰雷雨射。

聲閱百代速，影倒萬峰碧。（《岱谷陪尾山源》）
白雲不在天，明月不在水，
落此亂石垃，鐘聲催不起。（《太室東溪崖岩澗》）
雷奔海立雄，盡化清暉瀏。（《太室北溪石淙谷》）
壓頭萬丈翠，倒作碕潭影。（《太室北溪箕 潁谷 》）

運用相對位置的主觀顛倒，以及對立的一面生出另一面的主
觀異化手法，傳達特殊的山川景色和主觀感受。

似縮秦川圖，鋪之馬足底。（《關中覽古》）
登高復何畏，一呼萬山唯。（《棧道雜詩》）
石石欲刺天，石石怒爭壁。
不見一鳥飛，但聞萬馬栗。……
世界縮地入，萬鬼拔山出。（《劍閣》）
骨化石搓牙，心化冰蕭爽。
夢中天漢聲，崩倒九千丈。（《廬山和東坡詩》）
人行水月中，彼我皆冰雪。
直疑南北峰，皆我蒼蒼骨。（《武夷九曲詩》）
蛟龍欲起時，全潭綠俱舞。……
全身浸綠雲，清峰慰吾渴。……
兩堰如疊梯，百丈千艘掛。
水一有不勝，舟乃得寸邁。（《湘江舟行 》）

採用比擬幻化和誇張相融合的手法，強化對象的特徵和特殊

的主觀體驗。除此以外，魏源也較善用比喻手法，如：

> 蒼寒侵金碧，乾坤鏡一片。（《下盤泉》）
> 松泉億萬濤，盡作雲霄樂。（《上盤石》）
> 瑩然一寸心，蒼蒼照天地。（《華山西谷》）
> 空碧動檻櫺，玻璃作天地。（《粵江舟行》）

　　境界開闊，奇麗。有時設想也充滿豪氣，如「運斧斫秋雲，和雲擔過嶺」，（《西洞庭包山寺留題》）「願借玉女盆，酌此玉井杯；更借巨靈掌，劈馱片瓊魂。携歸傲嵩岱，何獨小黟臺」。（《華山西谷》）不少七古還好用排句來增強氣勢，如《廬山紀遊》：「問廬山，廬山瀑源何所通？胡爲滙彼萬仞之高峰？胡爲今古噴薄無終窮？……不然安得空山掛銀漢，安得晴晝飛白龍，安得平地咫尺間，忽霜忽雪忽雷風」。磅礴浩蕩，令人昂奮。

　　由於大量地成功運用了許多前人不常使用的表現手法，從而又爲中國山水詩開闢了許多新鮮獨特的境界。在這裏魏源的創作智慧和獨創精神得到了相當充分的發揮，他的詩歌既不同於謝靈運一路專憑語言雕煉手段來直接傳達對象的形與神，又不同於李白、韓愈一路，通過馳騁神奇的幻想來渲染氣氛，展示超離凡塵的奇特世界。魏詩對山水的刻劃，雖然以傳眞爲歸，但也相當重視主觀感覺的改造作用，而這種改造又始終不脫離客體，客體雖然在魏源的筆下變得生氣勃勃，盡情地展示着各種姿態，但是它們並沒有被徹底神幻化，而依然保持着固有的神態和品格，當然，它們的許多特徵和經常隱秘不露的側面得到了凸現和強化。它們

與主體感覺之間的聯繫也被明顯地公諸於世，又經常在主體的指揮之下，不斷變幻。而在客體和主體交流過程中形成的藝術境界，給人的感受體驗則是雄奇壯美，氣勢奔放的，顯然不同於屬鶴山水詩的幽邃清秀。

郭嵩燾評魏詩而謂：「山水草木之奇麗，雲烟之變幻，滃然噴起於紙上，奇情詭趣，奔赴交會。蓋先生之心，平視唐宋以來作者，負才以與之角，將以極古今文學之變，自發其欹崎歷落之氣。每有所作，奇古峭厲，倏忽變化，不可端倪……其於古詩人，冲夷秀曠，宕逸入神，誠有不足，然豈先生之所屑意哉！」(《魏默深先生古微堂詩集序)》而王闓運自浸潤漢魏日深，又一變舊見，認爲魏詩：「今看殊未成格」。(《湘綺樓說詩》)也從反面說明，魏詩並不恪守漢魏六朝詩法，而有所新創，但與龔自珍相比，魏詩的獨創性並不醒目，這主要在於魏詩的格律體制，語辭選用比較穩重，與傳統差異不大，在詩界的影響也遠沒有龔自珍廣泛深遠。

而其時聲名在魏源之下，詩歌創作成就卻在魏源之上的則有姚燮。李伯元說：「四明姚梅伯孝廉燮，與魏默深、龔定庵、蔣劍人同時，才氣學術，足以凌轢魏、龔，蔣劍人非其敵也。著書數十萬言，尤推《復莊詩問》及《復莊駢儷文榷》爲最高，死後名不甚彰。當世崇拜龔魏，而無一人知有姚氏者，殆文運未昌之故歟？」(《南亭四話，莊諧詩話》)姚燮之不遇誠爲可惜可嘆，然恐不只是文運未昌之故。

姚燮生於 1805 年，比魏源少十一歲，卒於1864年，比魏源晚七年。字梅伯，號復莊，又號大梅山民等。祖籍浙江諸暨，後

遷鎮海。

　　姚燮生具異稟，聰明過人，「生周歲未能言，而識字二百餘」，五歲即能賦燈花詩五言二韻。「讀書恒十行下，自經、傳、子、史至傳奇小說，以旁逮乎道藏空門者，靡不覽觀」。（余時棟《姚梅伯傳》）既博學，復又多才多藝。於文學兼擅詩、詞、駢文，有《大梅山館集》行世。又能作傳奇戲曲，有《褪紅衫》、《梅沁春》、《苦梅航》等戲曲，又有戲曲研究著作《今樂考證》十二卷，戲曲選集《今樂府選》一百九十二冊。而且還擅長繪畫，尤長於梅花，稱得上是一個全能的藝術家。但與龔魏相比，姚燮算不上是一個思想家，他的經世著作和學術著作都無法與龔魏比肩。在救亡圖存的時代，姚燮在這方面的欠缺，顯然會極大地減弱他的社會影響，而且姚燮的人生經歷頗為坎坷，三十歲中舉，其後屢屢應試，都名落孫山，後又身罹鴉片戰爭之禍，晚年唯以文畫潤筆自給，窮困潦倒，這也同樣會影響其知名度。

　　在詩學方面，姚燮早年曾受到袁枚性靈派的影響，其序張培基《問己齋詩集》說：「曩予為詩取法袁簡齋，下筆立成，覺抒寫性靈，具有機趣。中歲晤定海厲君駿谷，慈北葉君心水，規予返本還原，究心漢魏，擬古以作課程。如是數月，覺詩較進。閱前所為詩，雖若可驚可喜，勿取也。始悟所以為學者，必剝煉精醇而後才質有所附，非徒恃才質所能有成，文藝無不如是」。又說：「詩必法古，風騷以降，漢魏六朝其選也。唐宋詩格遞變，要皆各有其長」。姚燮的轉變，正體現了嘉道以後的一種普遍趨勢。為糾正性靈派在實際創作中忽視傳統的流弊，要求學古，掌握詩歌藝術的基本功，這是正確的。天才必須以後天的學力為土

壞，才能茁壯成長，有所成就。厲志曾引姚燮語說：「只如作書畫，似與讀書不相干。然亦要書味深醇者爲之，猶之糞雍在田土上，而種植之物自然穮嫩」。（《白華山人詩說》卷二）經過學問的滋潤，詩人的審美眼光和趣味就會變得高雅，詩材就會充實富有，因此詩雖然並非學問，卻與學問有着曲折的聯繫。姚燮重視學問，雖然並不是什麼新見解，但對於姚燮的創作實踐卻是有利的。而姚燮對於詩歌傳統所採取的全面繼承的態度，也是正確的。在唐宋之後要想有新的開拓，需要明辯詩歌發展的源流，認識詩歌發展的必然性，吸取各個階段的合理內核，這樣才有可能避免創造的盲目性。但重視學古，如果走向極端，就有可能轉變爲擬古，失去自我，所以姚燮始終沒有放棄抒發性情的觀點。在強調學古的同時，他又認爲「顧法古人而但蒙其面目，則性情亡矣」，（同上）又自定詩集說：「吾之詩吾自寄其性情耳」，甚至還強調說：「本原苟不亡，蚯竅亦鐘虞。哀樂流至聲，足爲元籟輔。夜中嫠婦啼，能令盜心憮」。（《論詩四章與張培基》）這種主張仍然保持了性靈派的精神。因此，姚燮雖然重視學古，但對古代作品的揣摩學習，只是作爲訓練創作基本功的「課程」，而並不作爲真正的創作活動。然而又正因爲姚燮曾究心於漢魏，唐宋元明諸大家，有較深厚的詩學修養，所以其詩才能「格律精細，氣味深醇」，（參見湯准《復莊詩問題識》）沒有性靈的流弊。

姚燮的詩歌體裁多樣，尤以樂府和古體最爲傑出。姚燮還創作了許多組詩，其中最著名的是五古《南轅雜詩》一百零八首，歷來組詩以絕句和律詩爲多，用五古體裁寫出這樣的大型組詩，

為古來罕有。它標誌着我國大型組詩的一個新發展。

　　在藝術方法上，姚燮的長篇古詩和樂府，尤長於敍事。姚燮有較深厚的戲曲小說修養，故在敍事中，能運戲曲、小說之神理入詩，宛轉曲折，具體細膩，人物形象鮮明，而且具有相當的故事情節性。有懸念，有特寫，跌宕起伏，扣人心弦。不少作品，如翻譯成散文體文字，完全可作短篇的傳奇小說，或縮寫、特寫來看。

　　許多作品為了使結構緊湊，敍事洗煉，情節鮮明，捨棄了反覆咏嘆手法，以及裝飾性的比興鋪張、誇飾渲染等貫用的方式，而往往採用一氣盤旋，縱向承接展開的方式來呈現事件的過程。與古樂府《陌上桑》、《孔雀東南飛》、《木蘭辭》等很不相同。當然諸如《東門行》、《婦病行》、《孤兒行》敍事比較樸素真切，如《雁門太守行》等更趨向於散文化。但事件的情節脈落大多相當簡單。杜甫、白居易的新樂府，如三吏三別，《賣炭翁》等雖然發展了《東門行》、《婦病行》、《孤兒行》這一類古樂府，但一般篇幅較短。姚燮的《賣菜婦》、《巡江卒》、《迎大官》、《北村婦》、《山陰兵》等短篇樂府，「融古樂府與新樂府於一爐，而無元白率易之病」。（錢仲聯《論近代詩四十家》）但如《賣菜婦》中點綴以「賣菜、賣菜」的叫賣之聲，卻是前代比較少見的，它使作品的生活氣息更加濃郁。《山陰兵》一詩，起首以一藉草而臥的士兵引起懸念，接着通過士兵之口追敍戰鬥負傷經過，亦近於小說家筆墨。其它長篇，更非古人所能限止。如《雙鴆篇》，洋洋一千七百九十五言，雖然在體制上脫胎於《孔雀東南飛》，但又吸取民間文藝鼓詞和子弟書敍事曉暢曲折

的特長，形成了嶄新的面貌。雖然詩中爲渲染氣氛，也採用俳儷句式，卻不再是一種外在的修飾，而更加貼近人物具體的生活眞實。比興、誇飾手法在詩中雖然也偶有運用，但往往與人物事件的關係相當密切，是對人物所處環境的眞切再現，而不再具有裝飾性。而且從篇章結構到敍述語調，在整體上已呈現出一種散體化的傾向。長篇《椎埋篇》敍述了一位奇俠馬僧行俠的故事，情節波瀾起伏，曲折生動，稱得上是一部詩體的武俠傳奇。它如《暗屋啼怪鴉行》、《雪夜飲酒聽趙二說庚子歲定海縣知縣姚公懷祥總兵張公朝發殉難拒夷事紀以長歌》、《金八姑鶴骨蕭詩爲沈琛其賦》等敍事長篇也富有相當的小說傳奇意味。在清代繼吳偉業以後，姚燮的敍事詩在融合「俗文學」的特長方面又向前邁進了一步，開拓了新的境界。

除敍事詩以外，姚燮的山水詩也是相當傑出的。與魏源相比，姚燮不僅擅長於傳神，擅長表現主觀體驗，而且還能用雕煉鑱刻的手段抉天心、探地肺，力擒山水魂魄。其詩如：

> 朝海群岫巖，纏天萬鬆緊。……
> 鐘梵出峽遲，星斗落簷亮。（《由妙嚴路至普濟寺》）
> 澗流夜細調岩語，苔氣酥膩石鬢澄。（《白蓮庵》）
> 藻縫皆山影，澐澐動日光。（《青玉澗》）

觀察精細，下語精貼，但尙不能盡姚燮之長。再如：

> 且抱青蓮眼，蓮浮大海上。（《由妙嚴路至普濟寺》）
> 俯吸落日氣，仰吐初月華，容腹未及斛，作意偏谽谺。

林陰石垂掌，與雲相攫拏。揉之極粉碎，散如楊柳花。
(《喇叭嘴》)

吾衣挖碧如遠山，卻化雲痕落千頃。(《月夜坐海印池》)

鑿空生綠霞，撲地有餘茜。擅欒開畫屏，潮音打成片。
(《紫竹洞》)

倏有萬片花，片片拍風起。上袂不可樸，透濕已及里。
(《潮音洞》)

腕底華鬘雲，盡作樓臺懸。樓臺百二門，面面皆有天。
一天一世界，隨界開白蓮。此蓮非佛種，亦非凡世妍。
跨鳳掇其英，觸手成古烟。不知此身輕，已置蓮葉顛。
(《法華洞》)

化喻爲本，疑幻成眞，通過物物的變換以傳達特殊的感覺效果。有時爲強化山川的氣勢和神奇怪誕的神態，還運用比擬與神幻化的想象相結合的手法以虛寫實。如：

海氛東出關，遠避不敢寇。(《笑天獅子嶺》)
蟄龍破霧游，天崖斷中硤，亂石青芙蓉，重瓣皆倒插。……
大魚豎長鬐，逆風與潮狎。(《自飛沙岙至梵音洞》)
駴景動怖人，先令耳目死。巨犾天關蹲，不肯掉迴尾，
鑿隙如兩眸，其神注千里。(《潮音洞》)
中有元珠潭，孛星掛裙浴。鬢帶飄晚紅，蠶眉展秋綠。
倒吸地髓幹，吐之化青玉，玉軟成雲痕，澤使萬花縟。
石花愁骨枯，芝菌漸相肉。(《龜潭嶺》)

岩勢方急奔，忽踏一屐住，仰失頭上鴻，已過溟渤去。

（《下廠寶松庵》）

玉女搴水簾，睨我過雲嶠，瘦石隨吟肩，撐空竟蒼峭。

（《自仙人岩至梓樹坑》）

置席雲濤中，有如潮碇舟。弱夢不守魂，沈沒誰能求。
雷霆夾壁生，驅龍過吾頭。木客騎老羆，環屋聲啾啾……
漸從吾枕根，倒拔千丈湫。（《沈家莊夜大雨》）

黑風澗底盤，似有哭聲過。又似人語聲，郁在千仞下，
高星搖慘芒，未肯到地射。鬼車飛過頭，碧血上矜涴。

（《由梅樹孔星夜趨鬼叫坑三更抵化龍莊》）

蜀關峨眉雲，蒼蒼割一股。巨靈矜力強，移來掌心舞。
下聽蛟峽崩，瘦日壓淒苦。疑突陰洞兵，驚魂慑鼙鼓。

（《自大岩坑踰懊崎嶺出鰲翁峽》）

　　這種描寫與魏源相比，更接近於李白、韓愈一路馳騁神幻想
像的浪漫境界。比較而言，姚燮筆下的山水比魏源所表現的更生
動，但缺乏魏詩的理趣。

　　而在詩歌語言方面，姚詩總的傾向比較典雅、精煉。有些樂
府詩雖也點綴以口語，而總體上距口語有相當距離。姚燮對漢魏
古詩用功甚深，也受到《鐃歌》的影響，《復莊詩問》卷四有擬
《鐃歌》之作，其詩如《南轅雜詩》、《哀鴻篇》、《驚風行》、
《椎埋篇》、《獨行過夾田橋過郡中逃兵自橫山來》、《聞皋兒
在城中阻夷軍不得出同弟向長春門冒双入城至寓館覓得之薄暮始
乘間出城》、《段塘火》、《後冒雨行》、《暗屋啼怪鴉行》等

詩以及大量的山水詩，語言都比較古雅，即使如《誰家七歲兒》、
《速速去五解》、《山陰兵》、《北村婦》這類樂府詩，語言也
較文雅。詩中如「收矕」、「不遑」、「良詐」、「咎祥」、「四角碇鐵」
「覥面錯愕」、「倏忽輕趨」、「鏃聲看騎千百婆」「奇氣芬盈盍春
液」等辭句，對於樂府詩來說都是不能目爲通俗平易的。當然，
姚燮也不同於龔自珍時以小學習氣作詩，姚集中特別怪僻的語辭
也不多，詩句也較流暢。

　　當然，姚燮的詩歌風格是比較豐富的，陳文述譽其詩曰：
「其博大昌明，如摩詰之王；其出神入化，如少陵之聖，其枯寂
空靈，如閬仙之佛；其飄忽綿邈，如太白之仙；其幽艷崛奇，如
昌谷之鬼」。（《復莊詩問題識》）雖用了誇飾的文學語言，但
也指出了姚詩風格的多樣性。除此而外，姚燮的《紅橋舫歌四十
六首》、《西湖棹歌一百二十首》或綺靡輕艷；或風調流轉，平
易通俗，顯示了姚燮受性靈派影響的一面。但最能體現姚詩藝術
造詣的還是他的山水詩和敍事抒懷的古體和樂府，這些詩作或幽
異奇秀，氣象萬千；或蒼涼抑塞，眞摯飛動；或波瀾起伏，扣人
心弦，其總的創作傾向趨於尙奇生新一路。

　　姚燮和魏源一樣，都是學古而能創新的詩人。他們與龔自珍
相比，對傳統精神的繼承要多一些，尤其是在語言方面，相對來
說，比較古雅，不像龔自珍那樣比較駁雜，造語不拘一格，時時
突破常規，然而，他們也同樣創造出了深刻新奇、動人心弦的詩
境，「聖洞海潮音，百靈起狂沸」（錢仲聯《論近代詩四十家》）
姚燮和魏源的詩歌正是古典詩歌波瀾翻騰中激起的又一股潮音。

第五節　廻旋於正變之間的詩人

　　與魏源和姚燮一樣，張維屏、張際亮、湯鵬等詩人，也同樣是要求學古而能創新的詩人。

　　張維屏生於 1780 年，比魏源長十四歲，比龔自珍長十二歲，1859 年去世，比魏源晚二年。廣東番禺人，道光二年成進士，科名早於龔魏。有《張南山全集》、《國朝詩人徵略》等著述。

　　張維屏論詩，頗不滿於袁枚的性靈派，曾說：「隨園一叟氣難降，力奮船山鼎欲扛。頗怪兩雄兼悍潑，古詩不免雜油腔」。（《論詩絕句二十四首》）又說袁枚：「名盛而心放，才多而手滑，諸體皆有遊戲，而七古尤縱姿」。（《聽松廬詩話》）重視學古，推尊《詩》《騷》漢魏，於兩晉南北朝取陶潛、左思、鮑照、謝靈運、謝朓，於唐、宋、元取李白、杜甫、韓愈、白居易、蘇軾、陸游、元好問，稱他們為「萬古騷壇七大家」，（《論詩絕句》）而不取李賀、李商隱、黃庭堅諸家，在明代既反對七子，又不滿公安，認為「大言二李自稱尊，真意無多格調存。我論明詩三巨手，青邱懷麓到梅村」。（同上）比較推重高啟、李東陽、吳偉業。學古面比較廣泛，但與學宋詩派顯然有區別。又與姚燮一樣，學古而不忘「性情」，認為「詩之根本，莫要於性情」（《梁藹孝廉桐花館詩集序》）要求創作有我性情的真詩，他與翁方綱論詩而謂：「萬頃茫然問去津，探源星宿渺難論。水當入海千條合，詩可呈天一字真，便到古賢須有我，獨開生面肯依人？卓錐立壁貧非病，但乞奇方療腹貧」。（《覃溪先生有詩見懷次

韻奉報》）。要獨開生面，缺乏相當的藝術修養和廣博的學識，也是不能成功的，因此，張維屏要「療貧」。經過乾嘉詩壇格調派和性靈派的反復，鑒於雙方的流弊，嘉道以來的詩學觀點，在原則上又重新向清初詩人靠攏。

然而，在創作實踐上，張維屏的創作成就並不很高，獨創性也並不明顯。林昌彝評其詩說：「嶺南群雅稱太守詩出入漢魏唐宋諸大家，取材富而醞釀深，氣體則伉爽高華，味致則沈鬱頓挫。余謂太守詩清新婉麗，體物瀏亮，如海底木難，斑駁眩目」。（《射鷹樓詩話》卷二）其實，「清新婉麗，體物瀏亮」八字雖能傳張維屏詩之神態，但張維屏詩的藝術境界並無多少新生面。

其詩語言比較文雅，色彩自然，與李商隱不同；句式流暢平穩，與江西派不同。他認為行文當「隨感而通，因物以付，如風行水，如水行地」，（《復龔定庵書》）這項主張與蘇軾比較接近。所以他在創作上也以行文自然為主，但筆墨卻不如蘇軾舒卷翻動，氣勢縱橫。張詩在章法上有時也常運之以散文之氣體，以單筆行文。其近體如：

兵甲氣銷餘鶴唳，波濤聲定有漁竿，

金山便是中流柱，鐵甕曾開上將壇。（《由金山放船至揚州遂覽平山康山諸勝得詩四首》）

戰勝至今傳皂角，才難從古似瓊花。

興來狂空思騎鶴，運去通侯愛種瓜。（《維揚懷古》）

二陵毅北迷風雨，一炬咸陽冷劫灰。

閱世銅人應有淚，當時金馬不凡才。（《秦中懷古》）

在偶句中以一氣貫注，這是宋詩的常用手段。張維屏的古體有時也採用古文的章法。有時爲了着意描繪山川景物，還學習韓愈和蘇軾採用鋪敍和排比博喻的手法，如其描寫華林寺五百羅漢渡海長卷：

> 短長肥瘦貌各別，老少寬猛神不同；
> 或似歡喜有笑容，或若赫怒須眉雄；
> 或則群聚雲重重，或則獨立心忡忡；
> 或則舍利騰長虹，或則瓔珞垂豐茸；
> 或跨鸞鶴翔虛空，或踏鯨魚朝祝融。（《華林寺觀五百羅漢渡
> 海卷作歌》）

羅漢形象神態各異，氣勢奔放，這是詩人所採用的藝術手法所產生的良好效果。

而詩人在描寫和抒懷的時候，也好用主**觀誇張手法**，其詩如：

> 誰能直跨洞庭脊，喚起老龍耕玉田，
> 蒙蒙三萬六千頃，紅鏡徘徊素波冷，
> 翩然七十二芙蓉，齊整鴉鬟照嬌影。

爾後詩人又馳騁於想像世界，抒發豪情逸興：

> 呼嗟乎！人生當學鴟夷子，報國功成樂忘死。五湖浩蕩一扁
> 舟，載得美人泛烟水。不然大呼道人携笛來，鐵虬一吼青冥
> 開。便騎赤鯉踏波去，御風遊戲金銀臺。（《曉望太湖》）

在主觀的誇張描繪中，也揉合着生動的喻擬手法，而被描寫的對象也由客觀的太湖景色轉變爲主觀的想像世界。再如：

蜚廉赫怒鞭五丁，排山倒海聲砰鏗。

巨靈空際一鼓掌，忽從玉京來洞庭……

金湖頃刻堆琉璃，千里空明同一色。

我疑洞庭君，龍戰東海涯。赤龍長驅白龍北，鱗甲萬片隨風飛；又疑湘夫人，雲中正沈醉。並刀亂剪英瓊瑤，幻作天花散平地。（《洞庭湖大風雪放歌》）

詩人展開了一個神話的世界，令人驚心動魄。而諸如：

日斜樓觀明，水際金碧鋪。峰頭飛雨來，衆籟交笙竽。

灑然萬斛珠，散入白玉壺。開襟吸湖綠，倦客筋骨蘇。

（《湖中望孤山遇雨》）

雖然採用一般的形容手法，卻也生動可喜。但相比而言，張詩展示出的藝術境界，雖然闊大壯美，卻並不新奇深刻。如果把張詩前置千餘年，那麼，也許會受到文學史家的高度重視，但出現在唐宋元明以後，張維屏所描寫的這些境界就不足爲奇了，這就是清人的難處。

而比張維屏小十九歲，卻早逝十六年的張際亮，詩歌成就要略高於張維屏。

張際亮，字亨甫，號松寥山人，華胥大夫。福建建寧人，以舉人終。有《張亨甫全集》、《金臺殘淚記》等著述。一生塞

嶒困頓，卻頗重友朋氣誼，與桐城派詩人姚瑩最善。朱琦《校正亨甫遺集作詩志哀》一詩生動地概括了他的生平：

> 長安逢君少壯時，怒馬獨出黃金羈。
> 紅燈綠酒相娛嬉，墨瀋一斗翻淋漓。
> 朝吞千龍暮千黽，忽然拂袖游雲溪。
> 遠探禹穴尋會稽，遂登黃樓望九疑。
> 猩猩叫烟鶬鵨啼，造化鑱削愁肝脾。
> 南來跌蕩詩愈奇，公卿名滿紛走趨。
> 氣高寋嶒頭不低，欲止莫尼行莫追。
> 獨憶故人東海陲，澎湖高建十丈旗……
> 傳聞和戎餌島夷，群飛剌天毀功碑，
> 君方抱病呼且唏，故人檻車奮相隨……

時姚瑩守臺灣，爲奸人所訐，被逮入京，張際亮憤憤不平，抱病隨姚瑩入京，不久病重而逝，而其正直重義的品質卻被人廣爲頌揚。

張際亮的詩學觀點也受到桐城派的影響，他既反對沈德潛，又反對袁枚，曾說：「沈歸愚輩乃禪家所謂墮於理障，如袁子才輩則又所謂野狐外道也」。（《答朱秦洲書》）這種觀點與桐城派是完全一致的。姚瑩繼承家法，在《孔薈浦詩序》、《張南山詩序》中都嚴厲地抨擊了沈德潛的格調派和袁枚的性靈派，同時又不滿於翁方綱之流以考據爲詩。而張際亮對翁氏也同樣有微辭，（參見《與徐廉峰太史書》）在《石甫明府出示方植之東樹先生

詩因題》詩中對桐城派詩人姚鼐四大弟子中的方東樹和劉開頗有溢美之辭，而在詩中提出的「積理養氣」，自創新意的正面主張與方東樹《昭昧詹言》中的觀點也基本一致。同時又推重宋大樽，稱其詩爲「絕調」。（《塘西》）張際亮與魏源、姚燮、張維屛等一樣都是希望學古而能創新的詩人。

　　張際亮與姚燮一樣，是一個高產的詩人，平生作詩一萬餘首，而《松寥山人詩集》中，在藝術方面比較有特色的作品，也以山水爲主。他的詩歌在章句方面受到韓愈的影響，明顯的例子如《游玉華洞》一詩，仿《南山》鋪敍手法，連用「或」字，並列形容洞府各種姿態。多數詩作，筆調健舉奔放，色澤蒼茫。其詩如《亡名氏山水畫障》、《過廢關》、《閩中感興》、《過釣臺》、《南臺秋望》、《能仁寺宋元祐鐵鑊歌》、《八龍鼻洞》、《觀音洞》、《憶大龍湫作歌》、《游玉華洞》、《浴日亭》等，行文之中風雷鼓角、黃雲白浪、蛟鼉鯨鯢、蒼龍鷹隼、荒崖峭壁之類的辭彙和意象不時出現，而日麗風和、明媚柔婉的辭彙和意象則並不多見。但詩人也較少使用幽險怪僻的語辭，句式大多整齊流暢，而在章法上卻能注意出奇制勝，其詩如：

　　颶風夜卷崖山波，西臺遺老徒悲歌。

　　竹如意碎白雁啄，六陵石馬寒嵯峨。（《能仁寺宋元祐鐵鑊歌》）

　　一開始便出人意外地宕開一筆，從宋代亡國的悲涼景象落墨，接着又用一詰問句從題外收回：

此鑊胡不鑄干戈，膏敵血使邦無他。

為開掘題旨，引起人們對歷史的沉重思考，開闢通道。真可
謂筆力千鈞。再如：

驚風吹水水漫漫，白日入海蒼天寒。
空青千里氣不盡，黑鴉影沒三神山。
水夷嘯浪老龍出，大蛟小鱷啼秋湍。（《水仙引月夜聽高二任卿
彈琴作》）

一開始便用視覺形象來呈現琴曲的境界，卻不着一字，如海
市蜃樓，憑空即現，至中幅方才點題，類似於韓愈的《聽穎師彈
琴》，但前段筆墨似更不着痕跡。再如：

千年一片揚州月，照盡紅顏照白骨。
河水吞淮水橫流，父老露栖若霜鶚。
民困何關商富貧，商貧更有溺飢人。
大臣變法小臣急，太息俞劉敢顧身？（《譚藝圖為石甫廉訪題
即送之官臺灣》）

通過對水荒難救的強調，為姚瑩的經世之才的施展作了有力
的襯托，接着一筆收到姚瑩身上：

姚侯奇才實無縱，片言已使人心動，

數日呼來百萬金，可知官要詩書用。

　　鮮明地突出了姚瑩的才幹，主人公一出場便光彩奪目，身手不凡，給人以強烈的印象，然後才正面展開對姚瑩文章政事成就的敍寫。

　　這些都說明張際亮，善於運用開闔延宕之法，使篇章飛動變幻，富有生氣。

　　而詩人對客觀對象的描寫，也善於展開聯想和想像的翅膀，比較誇張地傳達對象的神態，其詩如：

老龍夜宿溟渤螫，僵臥空岩鼻涕作。

日月無光風雨寒，洞陰鐘乳時時落。

攀援百級如入甕，回望蒼茫雲海凍。

飛峰峭壁各奔投，頭上青天隨手動。（《入龍鼻洞》）

常疑日月雲中盡，忽放峰巒壁上來。

松翠暗重交竹路，石龕高置像蓮臺。（《觀音洞》）

入洞若甕若黑烟，洞內萬石各倒懸。

雙持炬火燭怪異，但見鬼佛參神仙。

或現牟尼髻，或擎羅漢拳；或類枯僧定，

或貌少女妍；或突像奮怒，或蟠龍蜿蜒；

或側虎踞地，或垂牛飲川；或鳥上掛木，

或魚下戲蓮；或楓之瘦醜，或桐之蒼堅。

窪之為井竈，凹之為地田；露之為浮棋，

廣之為長筵；張為簾幌大，散為金珠圓；

艷為丹沙吐，輝為碧玉鮮。就中奇狀不可一一寫，

直疑山鬼煉出媧皇先。(《遊玉華洞》)

樓開瀑布內，星在客衣邊。(《宿飛泉巖》)

烟崖懸屋峭，春雨到門深。(《潮音洞》)

當時快意縱高歌，不竟聲出驚銀河，

空中蜿蟺一百丈，飛騰千步如太阿。(《憶大龍湫作歌》)

通過聯想喻擬手法或者疑幻手法，使對象儘情地展現其各種獨特的姿態。有些是喻擬物象的再現，有些卻是反常離奇的：雲海凍結，飛峰奔投，壁上峰巒……但如果聯繫具體的表現對象，那麼這些反常離奇的形態又是完全可以理解，合乎情理的。當然與魏源和姚燮相比，張詩一方面在豐富性和深刻性上尚遜一籌，同時，對於主觀感受本身的微妙處也表現不夠。

張際亮在當時詩名甚大，湯鵬稱其「詩名滿天地」，(《送張亨甫明經》)姚瑩又讚其詩「沉雄悲壯」，(《張亨甫傳》)「幾追作者」，(《湯海秋傳》)而陳衍則以為張際亮「老守古法」，(《陳石遺先生談藝錄》)的確，張際亮詩雖然雄奇悲壯，但在藝術方面創新不多。

而湯鵬在當時也曾凌轢一時，姚瑩曾將他與龔自珍、魏源、張際亮並稱。

湯鵬生於 1801 年，比張際亮小二歲，早逝一年，兩人年壽相當。但湯鵬科場較順利，二十多歲即成進士。三十歲補御史，因敢於言事，旋即罷回戶部主事。刊有《海秋詩集》、《浮邱子》等。湯鵬自視甚高，其自嘲云：「海水雖東翁不東，心吞風雲氣吐虹，下凌滄洲上華崇，倚天撥地太狂縱，不肯軒輊萬古之心胸」。(《嘲海翁》)睥睨一世，豪氣拏雲，兀傲磊落。在詩學方面，

雖好學古人，卻不願屈於古人。他曾在《此日足可惜一首答梅生並效昌黎雜用陽庚東江韻》詩中借梅生之譽，表明了自己的學古旨趣：

> 子謂我《古意》，吞彼文通江；子謂我《秋懷》，嗣宗不能雙；子謂我《九懷》，左思走且僵；子謂我《放歌》，屈宋之古香；謂我《孤鳳篇》，《天問》高頡頏；謂我《慷慨篇》，哀艷逼初唐；謂我《古歌謠》，導源擊壤翁；謂我《和琴操》，退之宜望洋；謂我四言詩，出入雅頌風。

湯鵬與許多湖南人一樣，也同樣愛好漢魏初盛，但湯鵬並不願奴於漢魏、初盛，志在「變化漢魏驅齊梁」，(《山陽詩叟行》)「指揮徐庚沈宋如兒童」。(《嘲海翁》)他要獨樹一幟，將自己「歷落嶔奇」之概，「盡入慘淡經營中」。(《嘲海翁》)但詩人愛打抱不平，明代後七子首領王世貞，清初以來受到普遍排擊，彼訾此訛，幾無完膚，湯鵬卻作《弇州山人入夢行》爲死人大翻其案，但他是從學古而能自出變化的角度來肯定王氏之才學，在並不一筆抹殺明七子一點上，他與桐城派和潘德輿的觀點是基本一致的。

湯鵬在創作上也不願受到太多的約束，因此他喜歡採用比較自由舒展的古體來抒發性情。《海秋詩集》中長篇巨製連篇疊出。如《東西鄰》、《夢游浮邱行》、《蔡志行》、《五源行》、《山陽詩叟行》等俯拾皆是，《孤鳳篇》長達一千一百餘字，大型組詩如五古《秋懷九十一首》略少於姚瑩的《南轅雜詩》。

　　湯詩的語言恢宏奇肆，接近於韓愈一路。又好用迭辭，最突出的要數《孤鳳篇》，詩中分別用「吚吚嚘嚘」，「諜諜呲呲」，「仡仡坯坯」，「踆踆蹻蹻」，「燕燕夢夢」，「徊徊徨徨」，「姝姝嫀嫀」，「濴濴濟濟」，「婪婪臉臉」來形容衆鳥之噪及種種醜態，爲古來罕見。又好以駢散夾雜，長短參差的句式造成奔騰咆哮的語勢，其詩如：

　　鳳曰：嗟余旣祇承帝命，爲羽蟲三百六十之長，曾不可與三百六十生齟齬。大願天下四千五百種類，各各纓義戴仁、員禮蹈信，巢榮阿而集彤除。榮阿寄案，彤除煌煌；乃儀乃庭，乃舞乃慶；司晨于宮，扈軨于旁。信時良而意美，契儔侶以騰驤。悲哉鳳兮上天下地求之遍，了無同志延頸奮翼來扶將。（《孤鳳篇》）

　　遙遙相峙數百里，乃有浮邱礉硞崒崒不可以拔援，左踏龜臺之脊背，右拔熊耳之頂巓。（《夢游浮邱行》）

　　詩人完全隨意而發，將詩文融於一體，在這方面他繼承了韓愈雜言體的傳統，在清代又與錢載、舒位、王曇、龔自珍的雜言體表現出了共同的傾向。

　　湯詩又以主觀抒懷爲主，善於吸取神話幻想的精髓，上天入地，靡所不至。如《夢游浮邱行》、《孤鳳篇》、《弇州山人入夢行》以及《放歌行》、《秋懷》等皆是對主觀幻想和情懷的抒寫，即使如《蔡志行》這樣一首本來純是紀事的詩篇，也被詩人主觀情感的光和熱所融化，疏於敍事，而詳於幻想。詩人由縣令

因瞻怯心虛而變態致死作爲觸發點，着意渲染神鬼主持正義的場面。

　　元霧搏空，昏彼白晝，人不恆，天所祿。
　　蔡志爲人孝且勇，爲鬼乃與天神地元訴
　　幽獨。厥惟五行之精，五岳之長，各各
　　爲蔡志菇酸吐辛鳴厥寃；雨師風伯雷公
　　電母各各爲蔡志撫膺刺骨憤怒不可言。
　　昊天上帝天九門，虎豹猰狺守其闥，合
　　詞跪奏帝納焉，此情此憾弗湔洗，下界
　　紛紛顛黑倒白尸其權。檄召閻羅司汝事，
　　立遣夜叉翩以翻，提挈蔡志詗踪跡，不
　　令逃逸縣官魂。

　　在這方面湯鵬明顯地借用了戲曲傳奇中常用的神鬼報應的構思方法，爲蒙寃的弱小者伸張正義，帶有相當的浪漫色彩。

　　另外，湯鵬還善於通過對客觀現象的發掘、析議，突現隱藏在現象中的理趣。其詩如：

　　讀書不必貴，吹竽不必奴；讀書不必智，
　　吹竽不必愚。孰黑而孰白，一苦而一娛。（《東西西鄰》）
　　鮮鮮籬下菊，濯濯畹中蘭，蘭菊豈不好，
　　持贈反成患，托身一失所，爲鶯寧爲鸞。
　　不見秋風吹，群物已枯槁。萬變亦尋常，

消弭苦不早。

吾聞彭祖言，神仙亦懊惱。天上多尊官，

旌旆森前導。驅策難可窮，倔強欲何道？（《秋懷》）

人心比明月，孰智而孰愚。人心或榛梗，

明月長空虛。（《再答潤臣》）

雖然理趣未必深刻，但也耐人尋味。所不足的是，這類詩尚落言筌。

總的來說，湯鵬的詩離漢魏清醇古樸的境界尚遠，比較駁雜。雄豪有餘而精深不足。雖然神幻迷離，氣勢磅礴，但缺乏樸實摯厚、至情至性的抒發，有時不免失之於浮泛。滿腔的豪情，睥睨一世的氣概，把詩人的目光托得很高，放得很遠，雖能抓住宏大的整體，把握奔騰咆哮的氣勢，但卻不善於對局部的微妙處作精深的觀察，細緻的刻劃。湯鵬的詩顯示了一種粗屬的美。他缺乏龔自珍那種把劍氣與蕭心，豪放與婉約，闊大與幽深，激越與纏綿，陽剛與陰柔完全融為一體的個性力量和藝術才華。

與魏源和姚燮相比，張維屏、張際亮、湯鵬三人雖然都氣象不凡，但在獨創性和深刻性方面都要差一些。但是，他們與魏源和姚燮一樣，都要求矯正性靈派的流弊，而且，為此他們在實踐上也作出了相當的努力。

第六節　對諷諭詩的新拓展：貝青喬詩

在張維屏、張際亮、湯鵬之後，貝青喬也是一個值得注意的

詩人，他生於 1810 年，比湯鵬小九歲，晚逝十九年。字子木，
號無咎，又號木居士。江蘇吳縣人。諸生。長期爲人幕僚，一生
未能有大的作爲。但他創作的大型組詩一百二十首《咄咄吟》却
使他蜚聲海內，名重詩史。入清以來，大型組詩並不鮮見。較著
名的就有錢謙益的《金陵秋興八首次草堂韻》十三迭一百零四首，
屈大均的《哭華姜》一百首，朱彝尊的《鴛鴦湖櫂歌》一百首。
錢載《讀五代史記賦十國詞》一百首，姚燮《南轅雜詩》一百零
八首，龔自珍《已亥雜詩》更多達三百十五首。但以親歷目睹的
事關家國淪亡的空前戰爭事件作爲題材，又有統一主題的大型組
詩尙不多見。中國古代雖然並無報告文學之名，但如《咄咄吟》，
其實就是相當成功的戰地報告文學。它的客觀紀實性，使作品具
有重要的歷史價值，它的沉雄悲壯的主觀情意抒發，又使作品具
有濃郁的文學色彩。當然，貝青喬並不只是創作了《咄咄吟》，他
還有《半行庵詩存稿》，若要完整地認識貝青喬詩歌的藝術成就，
我們就必須結合貝青喬的全部詩歌創作進行研究。

　　貝青喬的詩學取徑也比較廣泛，但他與魏源、姚燮、張維屏
等不同，不僅有取於宋人，而且對黃庭堅本人也持肯定態度，他
曾在《涪江懷黃文節公》詩中說：

　　詩到涪翁闢一塗，尋源幾筆溯羲亞。
　　拗灘澀澗支流雜，萬古西江派有圖。

　　肯定了黃庭堅的開闢之功，但對於後學專取拗澀之態，卻頗
有微辭。貝青喬自己在創作實踐上也以流轉自如爲歸。他的作品

如《雜歌九章》、《將從軍之甬東紀別》等，詩語尤爲質樸，以洗煉的白描筆墨，傳達眞摯的詩情。而《咄咄吟》，則以文雅的書面語爲主幹，但句式還是流暢的。在章法方面，《咄咄吟》中的詩，往往具有較大的跳躍性。這不僅是因爲受到黃庭堅詩歌的影響，而且，還主要與《咄咄吟》的體裁形式有關。

《咄咄吟》採用一詩一注的方式來展開內容。詩側重於表現個人的主觀感受，突出印象最深，最有意味的某一片斷，而注則詳詩所略，以敍述某一事件的過程爲主。光讀詩而不明事件的全部眞相，就會覺得突兀費解，光讀注也會覺得缺乏神彩，嚼蠟無味。所以《咄咄吟》中的詩和注是一個不可分割的有機整體。如果把《咄咄吟》比作是一雙正視嚴酷現實的眼睛，那麼，其中的詩就是雙目之睛，沒有這雙目之睛，就會暗然無光，僅有這雙目之睛，也同樣無法流轉秋波，展示其動力的魅力。其詩如：

> 帳外交綏半死生，帳中早賀大功成。
> 嚇啼小紙尖如匕，疑是靴刀出鞘明。（其四十六）

如果僅就詩解詩，也許會墮入霧中，但讀了詩後的小注就會豁然開朗，體會到詩意之妙。注曰：

> 駐駝橋之望信也，忽一人手小紅旗，報前隊大勝，夷船已燒盡，請速拔營入城。言畢即去。應雲大喜，急欲帶衆前往。余言來者不知誰何，宜姑俟之。而文武隨員，已爭入拜賀，並紛紛於靴筒中出小紙條，謂有私親一二人乞附名捷稟中。

應雲許之，令從九品蕭貢琅填入稟稿。余時在側，始悟軍功保舉之人，不必親在軍中也。無何敗信至。眾乃爽然。

　　將詩與注兩相參照，就會感到通篇神彩流溢，注敍明了始末，詩傳出了精神。這如匕小紙實在不遜於寒光閃忽的鋼匕，不過鋒双所向不是敵人，而是清軍自己的咽喉，有如此將帥參謀，不敗豈非咄咄怪事。詩人辛辣的諷刺，塡膺的哀憤，通過詩之睛全部傳達了出來。

　　由於有注相輔，所以詩作可以省去許多過渡性的表述，進行高度的濃縮，從而可集中筆墨，突出重點。而詩句因此也就有了相當的跳躍性。由上例已可見一斑。再如：

　　亂次三更走石矼，霜鋋無復響錚鏦。
　　艤舟亭長勞相待，誰保殘師濟甬江。（其四十四）

　　由於詩人在後面的自注裏敍明了守衞渡口以備接應的庸吏濮貽孫逃腿奇快，以致前線潰退之兵無舟可渡的事件，所以三四句就作了相當大的跳躍，從而突出了全詩的諷刺意。

　　這種濃縮和跳躍，主要是《咄咄吟》採用的手法。詩人的其他作品，一般前後承轉比較明顯，詩思並不以泠然空中見長。同是七絕如《和銀沆幕夜四絕》：

　　列帳濃堆寸厚霜，殘兵幾隊哭金瘡。
　　最憐匝地寃雲結，斗大青燐走國殤。（其二）

　　狼烽吹焰落江寒，檢點征衣血未乾。

　　警枕頻番常躍起，夢提長劍斬樓蘭。（其三）

　　詩情悲壯深沉，意到吾到，流轉自然，並不突兀斷截。至如
《雜歌九章》等更是明白如話。而如《蕪湖夜泊》、《武昌曉發》、
《岳陽樓》、《夜抵狼洞》等五言近體則凝重沉鬱，也並不以跳
躍見長。

　　在表現手法上，貝詩也不以精雕細刻為能事。如《呐呐吟》
中的詩，就重在表現主觀對客觀的感受、理解與評判，重在表現
事件的氛圍和氣象，而不以形跡的刻劃為指歸。其詩如：

　　擊破重溟萬斛艫，炮雲卷血洒平蕪。

　　誰將戰跡徵新誄，一幅吳淞殉節圖。（其八十一）

　　天魔群舞駭驚魂，兒戲從來笑棘門。

　　漫說狄家銅面具，元宵飛騎奪昆侖。（其七十六）

　　都並沒有對具體的事件作細膩的描述。但事件的精神氣象和
作者的評價都已躍然紙上。

　　即使是山水之章，也能注意描寫對象的氣分和勢態，傳達主
觀的體驗，其詩如：

　　朝臥浪打篷，驚起夢猶顫。……

　　篙師引之上，曲折隨匹練。逾時入漿飛，泅出浪花面。

　　卻恃亂峰腰，百夫走一纖。餘聲耳尚聾，來境目皆眩。

回看放溜船，去若脫弦箭。（《清浪灘》）

奔瀑壓輿落，蒸雲擁輿上。三降復三升，忽宵亦忽壤。

前坡招手呼，後坡應聲響。相距三十里，攬之在尋丈。

（《相見坡》）

陡絕隴聳塘，俯瞰四無地。下馬階而升，踽步心惴惴。

一馬偶脫繮，風鬃卷雲墮。（《隴聳塘記事》）

怪鶹隱霧啼，寒螢咽烟吊。有燈閃遠叢，喜彼或來照。

乞火奔就之，鬼磷驚一爝。（《夜行失道不及投旅店逐露宿》）

　　諸如此類，都並不只是採用正面直接刻劃的手法，而比較注意在對比映襯中傳達對象之神。這種手法為貝青喬所貫用，不僅在描寫山水的時候採用，而且在表現社會事件的時候也經常採用。如《咄咄吟》：

　　皮牌張出屏風樣，倚作長城萬里牆。（其三十二）

　　鉛丸如雨烟如墨，尸臥穹廬吸一燈。（其四十五）

　　漢相街亭振旅還，貶階三等令如山。

　　而今別有行軍法，問罪聾丞醉尉間。（其五十七）

　　結好氂漿酪酒間，還勞歌送到舟山。

　　海王當日留餘孽，尚有聲威懾百蠻。（其九十三）

　　通過對比反襯，強調怪事之怪，生發出濃烈的諷刺意味。除《咄咄吟》外，其它詩作裏也多用此法。其詩如：

十室僅有存，多半向城走，泪泪鳴嘶中，觳觫對鷄狗。

畫船爾何人，看水到村口。坐賞天上雨，滿引杯中酒。

（《雨中作》）

羌酋唾手成三窟，壯士彎弓望四明。

獨有籌邊樓上客，偏教萬里壞長城。（《辛丑正月感事》）

又驚閩浙軍書來，廈門甬江兩不守。

是時吾蘇樂有餘，彼憂天者人謂愚。（《雜歌九章》）

漫言連歲收無粒，猶見糧艘擠滿洲。（《丹陽道中》）

飢戶一簞粥，蠲戶百石穀……

城中派蠲何擾擾，城外發賑何草草。

蠲戶含咽賣田產，飢戶縻骨填溝塍。

明年荒政敍勞績，拜章入奏官高升。（《蠲賑謠》）

耕男餽婦猛一省，髑髏飲寃死猶警。

往時催科笞在臂，今時催科刄在頭。

嗟爾不許官取盈，堂堂師出誠有名。

島夷旁睨大驚詫，此軍獨敢鋒鏑攖。（《哀甬東》）

在強烈的對比之中，清王朝內部的腐敗得到了**淋漓**盡致的展現。詩人的激情之憤，諷刺之意也得到了深刻的表現。

除此以外，詩人有時也善於細膩地刻劃事件的細節。其詩如：

酒罷還入內，擁髻視吾婦。昵昵閨房中，壯夫得無醜。

十年結髮情，忍遽棄之走？吾婦頗會意，笑顏承吾後。

叮嚀數寄書，用慰姑與舅。鍵戶相對貧，菽水尚多負。

況今赴行間，擔承在汝手。生還定何日，中腸欲盡剖。

恐吾語不詳，急起掩吾口。但云好自愛，去去莫回首。
君當慎戈鋌，妾當慎井臼。……
膝前兩嬌女，輾轉為父愁。孩心發危語，刺刺不能休。
長女膽尤怯，急淚承雙眸。牽衣門前路，怨父何寡謀。
傳聞鄞山下，炮雲若火流。迅雷一聲落，轟散千兜鍪。……
少女強解事，謂姐無煩憂，明年破敵返，看父當封侯。

（《將從軍之甬東紀別》）

　　絞述自己告別妻女投筆從戎的場面，是那樣的樸素真切，絮言細語，剝落浮華，是那樣的實在具體。寄托了詩人多少誠摯的情愛，同時也體現了普通的下層百姓深明大義、勇於犧牲的民族精神。它如《入寧波城》、《慈溪大寶山過金華協鎮朱貴及其子昭南陣亡處》、《歸家作》等相對來說也比較樸素具體，細節刻劃也較真切生動。

　　然而，與前人相比，貝青喬最為擅長的還是運用鮮明的對比映襯手法對清王朝內部的腐敗現象進行辛辣的諷刺。在貝青喬之前，還很少有人像貝青喬這樣集中筆墨，大量地創作諷刺詩。白居易新樂府一類的詩歌，一般都採用正面揭露的方法來反映社會問題。諷刺效果並不明顯。而貝青喬顯然是有意識地廣泛運用諷刺手法，強化諷刺效果。這雖然有違於溫柔敦厚的詩教，但卻是對詩歌藝術的一次新的豐富和發展。嚴酷的現實，使激憤的詩人拿起了諷刺的匕首去剜割社會的毒瘤。「倘教詩獄烏臺起，臣軾何妨竄嶺南」。（貝青喬《自編軍中記事詩二卷為咄咄吟朋舊多題贈之作賦此為答》）幸好清王朝已經千瘡百孔，統治者已無

暇顧及詩人們的不滿，否則像貝青喬這樣無所禁忌地去諷刺他們的統治，又豈止是放逐嶺南呢？

第七節　突破傳統的又一次俗變：金和詩

稍晚於貝青喬的金和，也是一位擅長於諷刺的詩人。金和生於 1818 年，比貝青喬小八歲，晚逝二十二年。字弓叔，一字亞匏。江蘇上元人。貢生。身經鴉片戰爭和太平天國的社會動亂。「則夫悲歌慷慨，至於窮蹙酸嘶，有列國變風所未能盡者，亞匏之詩云爾」。(譚獻《秋蟪吟館詩鈔序》)。刊有《秋蟪吟館詩鈔》。

金和論詩不計工拙，不以溫柔敦厚爲宗旨，曾在《椒雨集》自跋中說：「是卷半同日記，不足言詩。如以詩論之，則軍中諸作語宗痛快，已失古人敦厚之風，猶非近賢排調之旨。其在今日諸公有是韜鈐，斯吾輩有此翰墨，塵穢略相等，殆亦氣數使然邪。若傳之後人，其疑爲者將謂醜詆不堪，殆難傳信，即或總其前後讀而諒之，亦覺申申詈人大傷雅道。」既自知，復又蹈之，可見金和內心並不以大傷雅道爲非。故其詩一反嘉道以來矯俗求雅，正變結合的趨向，而又啓俗變之機。然其詩有一種「沉痛慘澹陰黑氣象」。（陳衍《近代詩鈔》）自非袁枚性靈派所有。而後人卻正有以「至誠惻怛」衡其詩者，殊不知詩人早有預料，所以並不能使作者折服。

《秋蟪吟館詩鈔》中最有價值的作品，主要還是樂府和古體。「近體之凡猥纖細，直元明人之陋習，當與王次回《疑雨集》相伯仲」，「以視李商隱，杜牧猶且望塵莫及」。（胡光鱐《評金

亞匏秋蟲吟館詩》）。金和的長篇敍事樂府和古體，受到說部、
筆記的影響，往往以散體章法行文，前起後承，一線貫穿。如
《痛定篇十三日》相當仔細地敍述了南京城爲太平軍占領後，自
己在城中的所經所歷，所作所爲，所見所聞。正如作者自己所說
「牛同日記，不足言詩」。但這首「不足言詩」之詩卻是中國詩
史上空前的日記體長篇敍事詩，爲中國的敍事詩開拓了新的疆域，
下面摘錄其中一段，以窺一斑：

> 賊旣全入城，我門更深閉。不知門中人，
> 今所處何世。遑問他人家，朝夕底作計。
> 中夜猛有聲，火光極天際。俄頃數十處，
> 處處借風勢。屋瓦一時紅，四方赤熛帝。
> 心揣賊所爲，殘命萬難貰。母呼坐近床，
> 兒女各牽袂。阿嫂將一繩，繫婢還自繫。
> 謂死亦同歸，神定都不涕。門外賊鳴鉦，
> 梟語音萬厲。驅人往救火，不許道旁憩。
> 相顧愈狐疑，將無賊夢囈。忽聞叩門來，
> 乃是西鄰婿。一一爲我言，始知火根柢。
> 日來賊科財，按戶如責稅。賊黨復私仇，
> 先據最高第。囊篋罄所有，褫及婦衣襹。
> 錢盡更捉人，隨意犬羊曳。苟有稍忤者，
> 一刀以爲例。故爾素封家，或則縉紳裔，
> 與其遭僇辱，束手以貸斃，不如早焚身，
> 自甘灰盡瘞。其餘鵁溢溺，往往轂魄逝。

　　裹屍鮮柳棺，舁者血盈背。汝居幸獨陋，

　賊過不屑睨。

　　詩中雖然對太平軍有詆毀之辭，但為詩人之親身見聞，恐亦
未必盡誣。而究竟是否屬實，可由歷史研究者去回答。在這裏，
我們所感興趣的是作品的形式特徵。詩人在詩中相當詳細地敍寫
了事件的前後過程，並不展開想像的翅膀，完全以事件本身為對
象，句句落於實處，其紀實性與筆記相彷彿。另一方面詩意環環
緊扣，一氣直下，缺乏延宕倒順之變化，也沒有對重要場景和氛圍
的極意渲染和凸現。詩語曉暢如話，其長在對事件的始末有細緻
的展示，而短在冗沓絮叨，缺乏生動鮮明的形象創造。金和的
《痛定篇》稱得上是押了韻的歷史筆記，它雖然在體制方面為敍
事詩開闢了新的途徑，但仍然是粗糙的，需要後來者不斷加工完
善。

　　然而，除了《痛定篇》以外，詩人的其它敍事詩卻並無《痛
定篇》之短。如《蘭陵女兒行》、《烈女行紀黃婉梨事》、《棄
婦篇》、《苜蓿頭》、《斷指生歌》等詩，都相當注意剪裁，敍
述描寫穿插有度，事件過程波瀾曲折，場景氛圍有聲有色，人物
形象栩栩如生。與姚燮相比，金和的敍事詩更小說化了。如果說
《棄婦篇》尚接近於傳統樂府體，那麼，《蘭陵女兒行》等小說
化的傾向就比較明顯。先看《苜蓿頭》，一開始交代時間背景，
並對賣苜蓿的小姑娘作概要的形態描繪：

　　我呼首蓿來，其人面目如黑煤，

身有敝袖腳無鞋，是男是女相疑猜。

接着通過詢問和賣苦蒨姑娘的自訴，敍寫了這位父母雙亡，小小年紀就被賣作童養婦的少女的痛苦遭遇。然後又具體描寫了眼前的情景：

我呼家人急賜飯，叩首當階呼不願。「願人盡賣菜青青，但不受鞭餓。」「何怨餓，何怨鞭，不支且進飯。休涕洟，汝言未終我心碎。」復與百錢喟而退。

人物形象宛然在目。最後又因此而感嘆天下童養婦的不幸，深化了主題。通篇緊扣賣苦蒨這一場面。並以此作爲觸發點，引出少女的身世，有很強的現實感，如翻譯成白話，恰是一篇精緻的小小說。再如《斷指生歌》採用倒敍手法，先寫所見某生斷指猶能揮毫疾書，然而交代其人身世及斷指經過：

一騎飛來花底宅，非分誅求到烟墨。
倪迂之畫戴逵琴，誓不媚人請謝客。
彼哉聞之勃然怒，大索捉生官裏去。
門外駗駗牛馬走，堂上吽吽虎狼吼：
「金在前，刀在後，書者得吾金，不書戳汝手！」
生上堂叱叱且詈！「盜泉之酒我寧醉，汝今殺我意中事。」
語未及罷指墮地，左右百輩戰色酡，生出門笑笑且呵。
筆鋒不畏刀鋒多，刀乎刀乎奈筆何！

　　抓住中心事件，突現了主人公不畏強暴，不受利誘，寧死不屈的氣節和品質。場面具體，對話生動，有較強的小說意味。

　　特別是長篇《蘭陵女兒行》更富有傳奇色彩，故事情節曲折完整，人物性格鮮明生動，還較多地採用了對話方式，來增強眞實感和立體感。全詩從將軍迎娶開始，進行環境描寫和氛圍渲染，經過鋪墊，蘭陵女兒躍然登場：

　　　彩船剛艤將軍門，船中之女隼入而猱奔。
　　　結束雅素謝雕飾，神光綽約天人尊。
　　　若非瑤池陪輦之貴主，定是璇宵織女之帝孫。
　　　欣身屹以立，玉貌慘不溫。

　　恰似天人自天而降，在突兀之中，強化女王人公給人的第一印象，也爲全詩奏出了不平常的基調。然後通過女主人公之口，補敍了這次婚姻的經過，揭露了將軍好色逼婚的行徑。緊接着蘭陵女兒「突前一手攝將軍」，一下激化了女主人公與將軍的矛盾，把情節推向高潮。倏忽之間，蘭陵女兒一手持劍，一手劫持將軍，反客爲主，斥責將軍。至此，女俠英姿躍然紙上，呼之欲出。在劍叹之下，平日驕橫跋扈的將軍：

　　　此時面目灰死紋，赧如中酒顏熏熏。
　　　帳下健兒騰惡氣，握拳透爪齒咬齦。
　　　將軍在人手，倉猝不得分，投鼠斯忌器，
　　　無計施戈矜。將軍左右搖手揮其群，

目視眾客似乞片語通殷勤。

這段描寫既增添了故事色彩，又反襯出蘭陵女兒的勃勃英姿。隨後，蘭陵女兒以自己的利劍作為後盾，與平日橫行霸道的爪牙們進行了勇敢機智的談判，迫使將軍解除婚約。最後騰身飛上將軍坐騎：

一身長謝破空行，電摯星流不知處。
女行數日軍無騷，將軍振旅膽氣豪。

幾天以後，將軍坐騎馱着聘禮回到營地：

聘禮脫盡處，薤葉多一刀，刀光搖搖其鋒能吹毛，
將軍坐此幾日夜夜睡不牢。

故事以此作為結局，意味深長，全詩不僅注意情節的起伏發展，而且更注意刻劃人物形象，突出人物性格。而行文變化自如，描寫細緻生動，尤其善於刻劃人物的行為動態，所有這些都打破古代敘事詩的局限，更多地吸收融化了小說的特色。胡先驌認為「細察其辭句，恰似滬上賣文之小說家所誇張之女劍俠。」（《評金亞匏秋蟪吟館詩》）雖是貶辭，卻指出了金和的敘事詩與小說的聯繫。另一方面從思想意義來看，《蘭陵女兒行》的結局也是值得注意的。在金和以前的長篇敘事詩中的女主人公大多是悲劇人物。《陌上桑》中的秦羅敷雖然是個勝利者，但卻並非完全依

靠自己的力量，而是借助「夫婿」的地位來鎮住侵犯者，仍然是以官壓官。《木蘭辭》中的木蘭不失爲一位英氣竦爽的巾幗豪傑，但木蘭是民族戰爭中的英雄，她的背後有堅強的民族作依靠。而蘭陵女兒孤身一人，面對的卻是有軍隊保護着的兇惡統治者，但蘭陵女兒卻以她的劍刄和智慧終於戰勝了邪惡，取得了勝利。雖然這樣的結局帶有浪漫的色彩，使人覺得有「過情之譽」。然而，耐人尋味的是，詩人在詩中強調了武器和智慧的力量，因此蘭陵女兒的勝利不只是一個孤身女子的勝利，而是武器和智慧的勝利，是勇敢鬥爭精神的勝利。這就有了相當巨大的啓發意義。在另一首長篇敍事詩《烈女行紀黃婉梨事》中，詩人又一次歌頌了勇於抗爭的精神，黃婉梨以一弱女子爲官軍所刼，爲報兄弟、母嫂之仇，毅然鴆死、手刄兩凶，最後自盡，雖死猶生，也同樣是個勝利者。金和雖然反對太平天國，但對於官軍，對於清王朝的腐朽統治同樣憤恨不已。因此，他能夠寫出《蘭陵女兒行》、《烈女行》這樣的詩來，詩中對於武器的肯定，很難說沒有受到太平軍的啓發，在這樣一個昏亂的時世，金和不再把解民倒懸的希望寄托於清官，也並不祈求神鬼的幫助，而把希望寄托於受害者手中的利劍，這無疑是值得肯定的。

在着意刻劃正面的復仇者同時，詩人還善於暴露黑暗勢力的腐敗、愚頑和凶惡，在這裏他與貝青喬一樣，廣泛地運用了諷刺手法。其詩如《名醫生》、《眞仙人》、《大君子》、《十四絹》、《印子錢》、《圍城紀事六咏》、《軍前新樂府四首》、《雙拜岡紀戰》、《將問》、《兵問》等皆痛快犀利，擊中要害。如：

債帥勃然怒：「我與汝錢憐汝苦，昔我憐汝今恨汝。重則告官府，輕亦毀門戶」。借者叩頭聲隆隆：「非我負公我實窮，請公更借八千九，立券願與前時同」。此時債帥乃大樂：「今後勿煩我再索，汝宜感我我非虐」。（《印子錢》）

絹兮絹兮顏色好，十匹賜臣何太少，

臣受絹歸臣罪深。堂前有客至，

十萬斤黃金。（《十四絹》）

通過前後對比，暴露其人厚顏無恥、自欺欺人的偽善面目。從而產生諷刺效果。再如：

自從二月官軍來，胥戰未暇先理財。

所縫黃金囊，可築黃金臺……書生聞之笑口瘖，

昨來悔不談黃金，一言或動將軍心。將軍努力入城去，

賊是黃金如土處。（《軍前新樂府‧黃金貴》）

太守計日費恐濫，百二十錢一人贍；

太守計日難民多，一人數請當奈何？

我聞古有察眉律，呼僕持刀對人立。

一刀留下半邊眉，再來除是眉長時……

豈但無眉人不來，有眉人亦來都少。

惟有一二市井奸，賂太守僕二十錢。

奏刀不猛眉猶全，半邊眉可三刀焉……

太守此日長街行，見有眉者皆愁城。

太守何不計之毒，千錢封人耳與目，

萬錢截人手與足。終古無人請錢至，

太守豈非大快事。（《軍前新樂府・牛邊眉》）

用假設誇張的手法，強化荒謬中的眞實，增加諷刺力量。

金和的這種諷刺手法與貝青喬相比，更帶有主觀誇張色彩。
貝青喬的詩歌往往是通過實在怪事的對比映襯，生發出諷刺效果，
辛辣之中帶有一股苦澀味，而金和的諷刺具有強烈的情緒力量，
灼人心肺，火辣辣地令人騷動激憤。另外，金和曾經熟讀《儒林
外史》，並爲之作序。而吳敬梓也是金和外祖父之堂弟，因此受
到《儒林外史》的影響並不足爲怪。但金和的諷刺與吳敬梓冷雋
平靜、意味深長的諷刺風格迴異。前者是烈酒，後者是澀果，效
果不同，不能一概而論。

而且在體裁上，貝青喬的諷刺詩側重於七絕和古體，金和的
諷刺詩側重於樂府；在語言風格上，貝詩趨於雅，金詩趨於俗。
金和選語造言，往往不加鍛煉，脫口而出，句調滑易軟弱，即使
是古體，也多俚俗之篇，結句成章近於樂府。

從總體上來看，金詩對人物事件的敍寫，可用露、盡、透、
刻四字加以概括。「露」者，即是語言明白直露，不加諱飾，敢
於暴露黑暗面。如《將問》敍寫官軍之「戰績」：「軍興於今四
年矣，神州之兵死億萬，以罪以病不以戰。大官之錢費無算，公
半私半賊得半。奏捷難爲睡後心，籌糧幾奪民家爨」，直言無忌。
「盡」者，即是窮形盡相，不吞吞吐吐。如《警奸》寫官軍濫捕，
草菅人命：「何人野宿蹲如蛙，搜身偏落鐵藥沙……。縣令大怒
棒亂摳，根追欲泛河源槎。叩頭妄指仇人家，一時寃獄延蔓瓜」。

至此本可完篇，然作者唯恐不盡又進一步寫道：「從此里巷紛如麻，人人切齒瞋朝鴉。平日但有微疵瑕，比來盡作虺與蛇……昨日亦獲瘦男子，大抵竊鷄者賊是」。長在痛快淋漓，短在絮叨，了無餘味。金詩有許多篇章，因此而冗沓枝蔓，令人生厭。「透」者，即是透闢入骨，切中要害。如《接難民》敍寫官軍「喜」接難民：「將軍諾，諸軍樂。善橋東，喧鼓角……軍士提刀紛走開，或隱山之阿，或伺水之涯，束縛難民橫索財。殘魂驚落面死灰，豈無碎金與珠玉，搜身通脫襪褲鞋。亦有純物稍倔強，即謂賊諜城中來，殺之寃骨無人埋……有時眞有賊追至，諸君按甲似無事」。官軍有害民之喜，又豈能救民於水火之中。「刻」者，即是尖刻犀利。如《半邊眉》之譏太守放賑，《原盜》之形容朝廷上下酣嬉，武備廢馳，大臣昏庸，屈膝媚外，以致外召夷禍，內啓「盜心」的現實，如此等等，皆憤激無情，了無溫諒之心，令人解恨。金和之詩長亦在此，短亦在此，褒亦在此，貶亦在此。

然而，必須指出，金和集中還有不少無聊之作，諸如《病瘡》、《足瘃》、《苦蚤》以及《鬢影》、《唾香》、《爪痕》、《襪塵》等，皆令人作嘔，唯獨作者有滋有味。由此也可見金和創作之冗濫，這些都必須嚴加汰刪。詩歌的題材範圍自然應該擴大，但文學創作畢竟是一件高尚的事業，任何低級趣味都會腐蝕文學純潔的品質。

當然，從發展的角度來看金和的創作，那麼在總體上金詩對於傳統的背離和突破是相當明顯的，但與袁枚相仿，同樣缺乏高雅的品格。而譽之者如梁啓超，則把金和視爲「中國文學革命的先驅」。（《晚清兩大家詩鈔題辭》）不過金詩與龔自珍、袁枚

等一樣，在根本上都沒有跳出古典詩歌的基本規範，他們的語言，基本的體裁格律形式都是古典的，因此，他們的創新仍然是古典詩歌內部的創新。梁啓超雖然把金和看作是文學革命的先驅，但是他又認爲金詩「格律無一不軌於古，而意境氣象魄力，求諸有清一代未睹其偶，比諸遠古，不名一家，而亦非一家之境界所能域也」。（《秋蟪吟館詩鈔序》）這種評論，在原則上是正確的。

第四章　封閉世界裏的拓荒者之路
──道咸時期的學宋詩派

第一節　桐城派與宋詩派述要

　　在上述詩人之外，道咸詩壇最值得注意的還有桐城派和宋詩派。陳衍論道咸詩風之變而謂：「文端（祁寯藻）學有根柢，與程春海侍郎爲杜爲韓爲蘇黃，輔以曾文正、何子貞、鄭子尹、莫子偲之倫，而後學人之言與詩人之言合，而恣其所詣，於是貌爲漢魏六朝盛唐者，夫人而覺其面目性情之過於相類，無以別其爲若人之言也」。（《近代詩鈔序》）於是「遂開有清詩體之變局」。（王揖唐《今傳是樓詩話》）這固然可以看作是學宋詩人的觀點，但如不以宋詩爲尚的李慈銘亦謂「道光以後名士，動擬杜韓。」（《越縵堂詩話》卷上）而桐城派和宋詩派正以杜韓蘇黃爲取法重點。由此可見，桐城派和宋詩派在道咸詩壇影響之大。

　　姚瑩序徐璈所編《桐舊集》曾說：「竊嘗論之，自齊蓉川給諫以詩著有明中葉，錢田間振於晚季，自是作者如林。康熙中，潘木崖先生是以有《龍眠風雅》之選，猶未極其盛也。海峰出而大振，惜抱起而繼之，然後詩道大昌，蓋漢魏六朝三唐兩宋以及元明諸大家之美無不一備。海內諸賢謂古文之道在桐城，豈知詩

亦然哉！」認為桐城亦有詩派。其後吳汝綸又說：「方侍郎顧不為詩，至姚郎中乃以詩法教人。其徒方植之東樹益推演姚氏緒論，自是桐城學詩者，一以姚氏為歸，視世所稱詩家若斷潢野潦不足當正流也」。（《姚慕庭墓志銘》）更把姚鼐奉為桐城詩派之祖師。姚鼐之詩學主張，前已有論述。其實姚鼐在當時文名聾耳，而詩名反為所掩，舒位《乾嘉詩壇點將錄》只以水軍頭領混江龍屬之。而范當世亦謂：「泥蛙鼓吹喧家弄，蠟鳳聲華滿帝京。太息風塵姚惜抱，馴虬乘鶩獨孤征」。（《既讀外舅一年所為詩，因論外間詩派》）當時袁枚性靈派風靡於世，姚鼐只身力矯頹風，自然不易大行於天下。姚鼐在當時的主要影響在於他的詩學主張薰陶了他的許多學生，其中有方東樹、梅曾亮、姚瑩、陳用光等。

方東樹在詩學方面的主要貢獻是他寫了《昭昧詹言》，吳汝綸稱「此書啓發後學不在歸評史記下」。（《答方存之》）其論詩主張本於姚範、姚鼐，又加以闡揚。強調厚積而發，認為「思積而滿，乃有異觀，溢出為奇。若第強索為之，終不得滿量。所謂滿者，非意滿、情滿即景滿，否則有得於古作家，文法變化滿」。（《昭昧詹言》卷一），並要求詩人「修辭立誠」，重視「才學識」方面的修煉。這種觀點與清初葉燮的觀點是一致的。又十分重視獨創，高度肯定了韓愈、蘇黃的開闢之功，《昭昧詹言》中這方面的見解比比皆是。同時，也要求學古，重視詩學修養。而學古的對象以李、杜、韓、蘇、黃、陸為主，並上溯元嘉之謝靈運、鮑照。而在當時，最見特色的是他對以生造為功的韓、蘇、黃以及謝、鮑的高度推崇。這對後來同光體詩人有着明顯的啓示作用。而作為古文家，他又本於「義法」說，認為詩歌作品必須

是「文（辭）、理（事理、物理、義理）、義（法）」三者的完美統一。但他本人的創作成就並不高，辭句過於生造，凝而不化，詩歌意象並不鮮明，有槎枒之態，而乏詩情畫意。

　　姚鼐的學生中以姚瑩最爲「洞達世務，長於經濟」。（方宗誠《桐城文錄序》）非一般舞弄筆墨的書生可比。道光二十年後，英夷入侵，「南絓廣閩，北連江浙，失地喪師者並肩望於道」，而姚瑩堅守臺灣，屢敗來犯之敵。朱琦有《紀聞八首》書其事，稱讚姚瑩「用能制鯨鯢，溟渤偃洶濤」。姚瑩論詩強調表現眞性情，再次重申了葉燮「詩爲心聲」的觀點，面對騖趨時風、喪失本性的詩壇頹風，何紹基、朱琦等也持同樣的看法。「詩爲心聲」的命題，把詩與心靈世界直接溝通了起來，從而更爲鮮明地強調了詩歌表現的眞實性。對於爲悅人而作僞詩者有療救作用。與此同時，姚瑩還強調個性修養。認爲欲善詩之事「要必有囊括古今之識，胞與民物之量，博通乎經史子集以深其理，遍覽乎名山大川以盡其狀，而一以浩然之氣行之。然後可傳於天下後世」。（《覆楊君論詩文書》）在學古宗旨方面，姚瑩早年比較重視「漢魏盛唐」，（《吳子山遺詩紋》）姚鼐曾告誡他說：「守正不知變者，則不免於隘」。後姚瑩在《復吳子方書》中說：「三百篇而下，無悖於興觀群怨之旨，而足以千古者，漢之蘇、李、魏之子建，晉之淵明，唐之李、杜、韓、白，宋之歐、蘇、黃、陸止矣」。對宋詩也持肯定態度。在《康輶紀行》中又認爲楊愼不知宋詩妙處。姚瑩的基本觀點與姚鼐、方東樹是一致的。然而他和方東樹一樣，創作成就並不高。風格則與方東樹不同，以寫意爲主，暢達流轉，一氣盤旋。其詩誠如姚鼐所評「盤鬱沉厚之力，淡遠高

妙之韻，環麗奇偉之觀，則皆所不能」。（《與石甫姪孫瑩》）

陳用光也不以詩見稱，然姚鼐給他的許多書信中頗多論詩語。《惜抱軒尺牘》即爲陳用光整理而成，又自稱「祈向所專則惟桐城姚先生是法」。（祁寯藻《太乙舟文集序》引）而爲陳衍視爲主持道咸詩教的巨子祁寯藻即是陳用光的學生和女婿，祁寯藻完全有可能因陳用光而獲姚鼐論詩之旨。

而姚門弟子中不是桐城邑人，卻對桐城派有宣揚倡導之功的是梅曾亮。

梅曾亮爲江蘇上元人，年十八始識姚鼐，因交管同、方東樹等。曾謂「是時文派多，獨契桐城師」。（《書示張生端甫》）梅曾亮論詩強調「物」與「我」的統一，認爲「無我不足以見詩，無物亦不足以見詩。物與我相遭而詩出於其間也」。這個觀點其實就是對蘇軾「若言琴上有琴聲，放在匣中何不鳴？若言聲在指頭上，何不于君指上聽」（《琴詩》）的闡釋。強調的是主客觀的統一，這樣也就避免了重個性表現而以爲「心靈無涯，搜之愈出」的主觀偏面性，把姚鼐、方東樹等人強調的社會體驗，上升到了理論高度。由此進一步，梅曾亮還認爲：「知有物而不知有我，則前乎吾，後乎吾者皆可以爲我之詩，而我未嘗有一詩；知有我而不知有物，則道不肖乎形，機不應乎心，日與萬物游而未嘗識其情狀焉，謂千萬詩如一詩可也」。要求個性與眞實性相統一，也就是說，優秀的詩歌必須是表現對象的眞實性的個性化顯現。這是一個相當深刻的觀點，深得文學三昧。文學作品應該是眞實的，但同時又必須是作家個人特有的感悟。因此，在藝術風格上，梅曾亮相當重視個性色彩，並不提倡理想化的「中和」之

美。在這一點上，他與姚鼐有所區別。梅曾亮欣賞瑕瑜並存的帶有個性傾向特徵的美。認爲：「堯之眉、舜之目，仲尼邱山之首合以爲土偶，則不如邋𥫱戚施，僞與眞也」。（《雜說》）另一方面，梅曾亮也同樣重視學古，曾說：「袁、蔣、趙才力甚富，不屑煉以就法，故多淺直俚諢之病。獨姬傳姚氏確守矩矱，由摹擬以成眞詣，爲七子所未有」。（歐陽功甫《與羅秋浦書》引）批評性靈派脫離傳統，草率任意，不能近於雅，要求由學古而創新。對於古人，他也特別重視黃庭堅，曾說：「我亦低首涪翁詩，最憐作吏折腰時」。（《六月十二日山谷生日》）梅曾亮之推重黃山谷，主要着眼於兩點：其一，作詩當有兀傲磊落的丈夫氣概。他說：「我讀涪翁詩，明月青天行。憒憒兒女媚，藕絲揮利兵。丈夫貴如此，一笑大江橫。」（《讀山谷集》）其二，避熟就生，獨創新意。他說：「山谷嶔崎語好生，煎茶佳句繞車聲，若教成語消除盡，野馬塵埃任意行」。（《讀山谷詩作》）又說：「學詩從荆公、山谷入，則庸熟繁蔓無從擾其筆端」。（歐陽功甫《與羅秋浦書》引）在這裏健硬精煉的風骨與獨創新意的精神是統一的，其精神實質與姚鼐提倡黃山谷的宗旨一脈相承，都有助於挽救性靈派輕儇卑靡的詩風。在創作實踐上，以清健精燎爲歸，但並不生硬槎枒。他曾自言作詩經歷：「我初學此無檢束，虞初九百恣荒唐。稍參涪翁變詩派，意趣結約無飛揚」。又云：「古人精嚴有眞放，下手得快天機張。六朝文士不解此，散棄駿馬驅跛羊」。（《澄齋來訝余久不出因作此並呈石生明叔》）欲合精嚴和天機爲一體，袁昶稱其詩「筆隨意曲家人語，長慶涪皤成一身。」（《夜讀柏梘山房集》）獨具慧眼，梅詩雖自然流暢卻清

鍵精煉。至如《韓齋詩話》所說：「天機清妙，不多著墨而自然有餘意」。《寄心庵詩話》所說：「往來清氣，用事無痕」。《晚晴簃詩話》所說：「質直渾樸」云云，皆各得其一端。

然梅曾亮的主要貢獻，還在於他進一步擴大了桐城派的影響，姚瑩曾說：梅曾亮「植品甚高，詩古文功力無以抗衡者。以其所得爲好古文者倡導，和者益衆，於是先生（姚鼐）之說益大明」。（《惜抱先生與管異之書跋》）朱琦亦稱他「居京師二十餘年，篤老嗜學，名益重一時，朝彥歸之。曾滌生、邵位西、余小坡、劉椒雲、陳藝叔、龍翰臣、王少鶴之屬悉以所業來質，或從容譚宴竟日」。（《柏梘山房集書後》）可見，梅氏儼然爲中期桐城派的「大師」（參見梅曾亮《答邵位西讀惜抱軒集見贈》及劉成禺《世載堂雜憶》）。朱琦本人亦受到梅曾亮的啓發，他在《柏梘山房文集後》中自稱：「琦識先生差早，跡雖友而心師之。」琦早年詩學白居易，「酷嗜秦中吟」，（《咏古》）「及與伯言梅郎中游，始改師杜韓及北宋諸家」。（鍾秀《怡志堂詩集書後》引朱琦語）而朱琦友魯一同，早年受學於山陽潘德輿，潘氏爲姚瑩所敬重，曾請其爲西席，而潘氏的論詩主張與桐城派原亦有相通之處。魯一同本人也推重姚瑩。劉成禺在《世載堂雜憶》中曾說：「當時桐城師承籍甚……在外交通聲氣者」，有「魯通父（一同），吳子序等」。也把他看作爲桐城派中人，劉聲木作《桐城文學淵源考》則將魯一同列入私淑桐城一類。而且在當時，梅曾亮與程恩澤、何紹基等關係也相當密切，梅曾亮序程恩澤詩文集曾介紹了他與程恩澤的友誼。兩人嘉慶九年即結識，道光十一年程恩澤主講鐘山書院，乃「相見益親」。又爲何

紹基詩集作序，大加褒揚。

　　梅曾亮不僅與程恩澤、何紹基關係密切，而且還影響了曾國藩。曾國藩的文學，主要成於道光時期。當時，梅曾亮在京師享有盛譽，曾國藩曾時以所業相質，這由朱琦的記載可證。而《柏梘山房集》中亦有多篇與曾國藩等集會唱和的作品，曾國藩集中也同樣有多首讚譽梅曾亮的作品。如《贈梅伯言二首》之二曰：

　　單緒真傳自皖桐，不孤當代一文雄。
　　上池我亦源頭識，可奈頻過風日中。

又《丁未六月廿一歐公生日）曰：

　　梅叟名世姿，蕭然紅塵裏……
　　頗獎歐陽公，時時掛牙齒。
　　後者開曾王，前追韓與史。
　　自叟持此論，斯文有正軌。

又《送梅伯言歸金陵三首》之三曰：

　　文筆昌黎百世師，桐城諸老實宗之。
　　方姚以後無孤詣，嘉道之間又一奇。
　　碧海鰲咙鯨掣候，青山花放水流時。
　　兩般妙境知音寡，它日曹豀付與誰？

　　皆推重梅曾亮，視之爲方姚以後桐城派的正宗大師，並隱露傳鉢桐城之志。據姚永樸所載，戴鈞衡入都會試，「曾文正詢古文法，先生（戴鈞衡）以《惜抱軒尺牘》授之。文正由是精研文事，故文正嘗謂先生『自以爲本先進之法，禮之後進，義無所讓也』（按：語見曾國藩《歐陽生文集序》）」。曾國藩也自稱「國藩之粗解文章由姚先生啓之也」。（《聖哲畫像記》）曾氏正是由《惜抱軒尺牘》而識「上池源頭」，又與梅曾亮游「乃得益進」。（《參見吳常燾《梅郎中年譜》）

　　而曾國藩又賞識莫友芝，咸豐九年莫友芝入曾國藩幕，過從甚密，曾氏又服膺鄭珍學行，迫欲一見。嘗致書莫友芝有：「閣下與鄭先生游，六合之奇，攬之於匊；千秋之業，信之於寸心」語，推重備至，因屬莫友芝「致聲相促」。後雖因故未能相見，而心跡甚明。（參見凌惕安《鄭子尹年譜》）鄭珍、莫友芝以及何紹基，又皆是程恩澤的門生，志同而道合。

　　由此可見，陳衍所推舉的開道咸詩風的學宋詩人皆與桐城派有直接或間接的聯繫，桐城派之啓導之跡約略可辨。故錢基博爲陳衍八十大壽作序，曾說：「桐城自海峰以詩學開宗，錯綜震蕩，其原出李太白。惜抱承之，參以黃涪翁之生嶄，開闔動蕩，尚風力而杜姸靡，遂開曾湘鄉以來詩派，而所謂同光體者之自出也」。

　　桐城派與道咸學宋諸家的共同傾向，有以下幾點：一、重視文學的社會功用，如曾國藩曾在《黃仙嶠前輩詩序》中特別強調「器識」與「事業」，認爲：「古之君子所以自拔於人人者，豈有他哉，亦其器識有不可量度而已矣」。「今之君子……器識之不講，事業之不問，獨沾沾以從事於所謂詩者……以咿嚘軃淺之

語而視爲鐘彝不朽之盛業，亦見其惑已」。因此，其論文特別在姚鼐「義理、考據、文章」三者之外增入「經濟」一項，並補姚鼐《古文辭類纂》之不足，又選《經史百家雜鈔》。在詩學方面，也強調對時世的諷喻，他的《十八家詩鈔》突出地選了白居易的五十首《新樂府》，對李商隱的《無題》詩也多取有寄託之說。二、重視學問積累，程恩澤曾說：「健筆入無間，萬卷成厥大，才識生於學，學生於不懈」。(《贈王大令香杜兼呈鄧湘皋學博》)。三、要求學古而能創新。何紹基有言：「試看聖人學古是怎樣學的，學一個人罷了，乃合堯、舜、禹、文、周公、老彭、左邱明、剡子、師襄而無不學之，可見聖人學古，直以自己本事貫通三古，看是因，全是創也……學詩要學古大家，止是借爲入手，到得獨出手眼時，須當與古人並驅，若生在老杜前，老杜還當學我」。(《與江菊士論詩》)四、避俗就雅，反對袁枚性靈派輕儇軟俗之弊。莫友芝曾譏之曰：「有輕清派興，挹誠齋之餘波，冒廣大爲教主。無學人一哄仿效，海內風靡，計能皭然不染，不過十數公。鄙性迂拙，不諧世，又無學仙才。何如降格焉守孫卿、子雲、義山、黃、陳之大醇，略其小疵，蘄有見於杜孔韓孟，未可知也」。(陳融《顒園詩話》引)上述這些方面，在原則上與魏源、姚燮、張維屛、張際亮等也並無區別，眞正能顯示桐城派與宋詩派之特徵的，是這批詩人特別重視韓愈、蘇軾和黃庭堅，把他們作爲學古的重點，當然他們的學古範圍未必僅限於此，但核心正是上述數家。祁寯藻有詩云：「胎骨能追李杜豪，肯從蘇海乞餘濤。但論宗派開雙井，已是綏山得一桃。人說仲連如鷃子，我憐東野作蟲號。蝤蛑瑤柱都嘗遍，且酌清尊試茗醪」。(《春海以山谷集

見示再叠前韻》）而程恩澤亦有句云：「獨於西江社，旆以杜韓幟」。（《贈譚鐵簫太守》）這些都明白地表明了他們共同的學古趨向。

對於宋詩的提倡，尤其是對黃庭堅的提倡，雖然在清初已有先聲，但是未能深入，後又經姚鼐、翁方綱等的再次倡導，仍未形成巨大聲勢，至此，經過清初以來漫長的蘊釀期，終於有了新的起色，特別是得到了曾國藩這樣一個在當時享有極高威望和政治地位的風雲人物的大力提倡，更是盛況空前。曾國藩曾聲稱：「自僕宗涪翁，時流頗忻向」。（《題彭旭集》）施山亦謂：「今曾相國酷嗜黃詩，詩亦類黃，風尙一變。大江南北，黃詩價重，部值千金」。（《望雲樓詩話》）而《晚晴簃詩話》也同樣認爲，曾國藩「勛業文章皆開數十年風氣，餘事爲詩，承袁趙蔣之頹波，力矯性靈空滑之病，務爲雄峻排奡，獨宗西江，積衰一振」。

曾國藩在政治上是一個由鎮壓太平天國起家的反動人物，爲延長清王朝的統治立下了汗馬功勞。但他與極端的頑固派也有區別，譬如早年他也主張抗擊英國殖民主義者的侵略，在給父母的家信中對於鴉片戰爭的勝敗表示了明確的愛憎態度，例如他曾寫道：「英夷之事，九月十七日大勝，在福建、臺灣，生擒夷人一百三十三名，斬首三十二名，大快人心」。（《曾文正公家書》）又曾告訴祖父母：「英夷去年攻佔浙江寧波府及定海、鎮海兩縣，今年退出寧波，攻佔乍浦，極可痛恨。」（同上）對於清朝吏治的腐敗也深表憂慮，他曾上疏說：「京官之辦事通病有二：曰退縮，曰瑣屑。外官之辦事通病有二：曰敷衍，曰顢頇。……有此

四者習俗相紹，但求苟安無過，不求振作有爲。將來一有艱巨，
國家必有乏才之患」。(《曾文正公全集，應詔陳言疏》)在
《議汰兵疏》中又極陳兵伍腐敗情狀。在《備陳民間疾苦疏》中
又明言百姓之疾苦寃屈，指出了民心渙散的原因，希望最高統治
者能「嚴飭督撫，務思所以更張之」，以緩和與農民的矛盾。這些
意見雖然在根本上是爲了鞏固清王朝的統治，但說明曾國藩也並
非昏憒阿諛之徒，與魏源等也有共同之處。至於鎮壓農民起義，
這是由他的基本階級立場所決定。即使魏源也同樣如此。雖然據
容閎、章太炎所知，如梅曾亮、包世臣等爲太平軍所執後，曾被
拜爲「三老五更」(參見劉成禺《世載堂雜憶》，章太炎《書梅
伯言事》)但即使屬實，也是被迫無奈，因爲從他們詩文中表現
出的基本傾向來看，都沒有突破封建正統士大夫的局限，而且不
久梅曾亮等即逃離金陵。另一方面，曾國藩也並不盲目排外，爲
了強兵，他也主張利用西方科學技術。同治二年，在安慶創設軍
械所，同治四年，開辦江南製造局，附設譯書局，收羅各種了解
西方技術和情況的人才。同治十一年又與李鴻章合奏，要求派遣
留學生。這些措施都使向西方學習變得具體化了，應該說比魏源
等前進了一步。當然，這些措施在根本上是否有益於中國社會的
發展可以討論。但有一點可以肯定，曾國藩與那些夜郎自大，閉
關自守，顢頇無能的極端頑固派不同。曾國藩的根本局限，在於
他面對清王朝日趨沒落的大勢，卻仍然欲揮魯陽之戈，然而，又
不明白如不改革現有的封建政治體制，國家體制，中國便毫無出
路，卻仍然頑固地堅持着正統的封建觀念。但是，政治上的反動
性，與他提倡宋詩並沒有必然的聯繫。儘管曾國藩重視經世致用，

甚至相當重視文學的諷喻作用，但這並不能說就是政治反動的結
果。更何況，重點學習宋詩，乃是對一種被忽視的藝術傳統和創
作風格作新的探索，以增加歷史的營養，促進詩歌藝術的創新。
而且，像黃庭堅這樣一個宋代的大詩人，乃是一個品格高尚的人，
他的詩歌、書法都有着很高的藝術價值，硬要把這份值得珍惜的
歷史遺產隨便拋棄，並不意味着政治上的進步，相反卻意味着藝
術上的無知，或者是失誤和疏忽。如果說龔自珍有「變法」的要
求，因此，他嗜好吳偉業的詩歌，也成了思想先進的標誌；而乾
隆皇帝是一個封建君主，因此他推重唐詩（參見乾隆《唐宋詩醇
序》）也就成了政治反動的標誌，那麼革命領袖之愛好唐詩，又
作何解釋呢？牽強附會地把政治觀念與藝術愛好混爲一談，只能
得出一些貽笑千古的荒謬結論。歷史上如毛奇齡等曾把學宋視爲
影響「昌明張大之業行於開闢」的詩學運動，而今曾國藩卻又高
張學宋大旗，豈不是有意破壞清王朝的中興大業？如果毛奇齡輩
的奇妙邏輯能夠成立，曾國藩豈不要成爲刀下之寃鬼！如果曾國
藩提倡學宋是爲了中興大業，那麼，學宋又豈不是成了可以隨意
變幻的政治兒戲。學宋既無其實，那麼學唐、學漢魏又豈不都可
以中興大業？如此，學宋與中興大業之間又有什麼必然聯繫？荒
謬的理論，其結果總是難於自圓其說的。事實上，像曾國藩這樣
一個精明的人物，是不可能把他的政治希望，寄托於對某一種詩
學傳統的提倡之上的。曾國藩在詩歌和書法方面，都嗜好黃庭堅，
但沒有證據可以說明他於此懷有什麼政治目的。當然，他之所以
愛好黃庭堅也是有原因的，但這種原因主要是藝術風格方面的。
曾國藩推重陽剛之美，他曾說：「若姚惜抱先生論古文之途，有

得於陽與剛之美者，有得於陰與柔之美者……**然柔和淵懿之中必有堅勁之質，雄直之氣，運乎其中乃以自立」。（《與廉卿》）又認爲姚文「不厭人意者惜少雄直之氣，驅邁之勢」。（《復吳南屛》）又告訴諸弟：「予論古文，總須有倔強不馴之氣，愈拗愈深之意，故於太史公外，獨取昌黎、半山兩家。論詩亦取傲兀不群者」。（《致諸弟書》）又勸胡省三作詩「當參以山谷之倔強而去其生澀」。（《大潛山房詩題語》）可見曾國藩在藝術風格方面嗜好雄直倔強兀傲之美，而黃庭堅詩正有斯美。當然，事實上，曾國藩也不只是嗜好黃庭堅，他曾說：「吾之嗜好，於五古則喜讀《文選》，於七古則喜讀《昌黎集》，於律則喜讀杜集，七律亦最喜杜詩……」。（《致澄甫六弟書》）也不專學黃庭堅，他曾說：「吾於五七古學杜韓，五七律學杜，此二家無一字不細看，外此則古詩學蘇黃，律詩學義山，此三家亦無一字不看。五家之外，則用功淺矣」。（《致諸弟書》）在這些關於詩學的見解中，實在看不出他有什麼政治圖謀。而且，他在藝術上嗜好雄直倔強兀傲之美，在政治上，卻時時注意一個「忍」字。所以，任何隨意的引伸，簡單的附會，都不是實事求是的態度，無助於科學的研究。我們之所以反復強調這一點，是因爲過去對學宋詩派的評價，總是不適當地與曾國藩的政治立場糾纏在一起，似乎如此便可以將學宋詩派一棍子打死。對於學宋詩派以外的詩人，又往往因爲某些人創作了一些表現反侵略內容的詩篇，便隨意拔高，而可以不管他們在詩學上的學古主張。龔自珍之嗜好吳偉業、宋大樽便可以諒解，爲什麼曾國藩之嗜好黃庭堅以及杜甫就是「逆流」，就是應該批判的呢？這種以政治立場和思想傾向來爲

文學主張定性的方法不拋棄，就不可能有眞正的科學研究。

我們在第二章曾經闡述過，對宋詩傳統的再認識，對宋詩之成就的重新評價，對宋之爲宋之必然性的確認，對於古典詩歌藝術的發展有着很大的積極意義。道咸時期對於宋詩學習的深化，是應該基本肯定的。在當時，文學領域依然是一個與海外文學相隔絕的獨立自在的封閉王國，西方文化的輸入仍然以宗教爲主，科技知識的引進還處在相當幼稚的階段，而政治、哲學以及其它社會科學的大量輸入還是本世紀的事情，中國的傳統文化不僅佔着絕對的統治地位，而且幾乎是涵蓋了整個中國社會。在這樣的文化背景和文學背景之中，中國詩歌不可能有完全嶄新的啓示，而只能在對傳統的反省過程中尋找出路。現實詩歌的每一個細胞都將與傳統保持着千絲萬縷的密切聯繫。假如現實並不能提供大量嶄新的意象，中國詩歌就不可能有突變。當然隨着生產力和經濟基礎的巨大發展和變化，會逐步產生新的生活觀念，新的思想意識，新的想象世界。語言概念、語言結構以及詩歌要素的其它文化內容會有重大的豐富和更新，在這樣的情況下才可能湧現大量嶄新的意象。文學也才能出現重大的更新。然而，道光以後，中國社會雖然逐步淪爲半封建半殖民地社會。但是，中國社會的生產力和經濟基礎並沒有出現巨大的發展和變化，傳統文化仍然佔有絕對的統治地位，新的觀念，新的思想意識雖然已有萌芽（相當程度上還是從海外移植的）但還沒有成爲普遍的思想基礎。語言概念，語言結構，文化內容也並無巨大變化，尤其是在道咸時期，更是相當微弱。我們分析一下當時的詩文作品，即使是龔自珍的作品，它的基本語言概念，基本的意象成分，都是傳統的。

神仙儒道，山水草木，亭臺樓閣，衣冠綿綉，日月風雲，文物珍奇，等等，絕大多數的意象質地都與傳統並無二致，因此只能是古典作品。在這樣的情況下，要求詩歌發生質變是天眞的，不現實的。歷史的局限，使道咸詩人只能主要通過對傳統的反省，尋找出路。當然，這種傳統，對詩歌來說，以詩學傳統爲主，但是，也包括文學的其它類型。詩人也可以借用其它類型的某些形式和手法，擴大詩歌的表現功能，然而這種借鑒是以不失本體爲前提的。如果失去了本體，那麼也就不成其爲詩了。

正是鑒於上述這些客觀條件，我們認爲道咸時期，許多詩人希望通過學宋有所創新，無可厚非，而且不失爲一種明智的選擇。下面，我將分別對其中一些創作成就較高的詩人的作品進行分析。

第二節　變雅之聲：朱琦、魯一同詩

桐城派詩人中以朱琦、魯一同以及曾國藩的創作成就爲較突出。

朱琦生於 1803 年，比魏源小九歲，死於 1861 年，比魏源晚四年。字濂甫，一字敬庵，號伯韓。廣西臨桂人。道光十五年進士，歷官御史。有直聲，「與晉江陳慶鏞頌南，高要蘇廷魁賡堂兩諫，慷慨言事，時人謂之『三直』」。（楊傳第《怡志堂詩集序》）在鴉片戰爭中創作了不少以戰爭爲題材的詩篇，「無愧一代詩史」（錢仲聯《夢苕庵詩話》）著有《怡志堂詩文集》。

朱琦學詩主要以杜韓及北宋諸家爲門徑，論詩也推重黃庭堅。其詩云：「涪翁內外編，銳意藥甜熟。明月作寒鑒，高咏齊玉局。

江梅證氣味，演雅寓感觸」。(《咏古》) 認為山谷詩的清健高雅可藥世間凡俗之弊，實際上矛頭所向也是袁枚性靈派的流弊，所以又說：

> 後生晚出悅袁趙，狂流東下奔百川。
> 競摘茗翠媚俗眼，難追汗浸遺義鞭。(《答友人論詩》)

在創作實踐上，朱詩於韓愈所得爲多，能取桐城古文之精髓入詩。詩語雅潔而暢達，章法自然逶迤，起結沉穩，承轉謹嚴，結構密致，剪裁洗煉，其詩短篇如《溧安河》：

> 我行至溧安，夾道聞傳呼。云是奉使官，
> 馳驛旋京都。寒風捲飛旗，獸炭燃香爐。
> 執戟為前導，輜重載後車。中有朝貴人，
> 蜂擁而雲趨。縣官接道左，觀者填路衢。
> 行館供帳盛，肴錯盈庖廚。僕從恣飲啖，
> 食飽棄其餘。使者一日費，閭閻十戶租。
> 庶幾勤軫恤，采輯風俗書。疾苦達天聰，
> 此行將不虛。

揭露使官靡費，反映官場之腐敗。全詩環環緊扣，銜接緊密，彈無虛發。由所行而有所聞有所見。因爲是朝中之貴，故衛護嚴密，難睹聲容，所以只寫其儀仗聲勢。縣官獻媚，珍羞宴請，路人自然難近朝貴之席，故只寫僕從恣飲浪棄，由此而自然可想見

朝貴一席之廢，故有「閭閻十戶租」的結論。筆墨省淨老練，顯示了極深的古文功夫。其餘如《答蔣元峰比部兼懷彭君子穆》、《老兵嘆》、《定海紀哀》、《吳淞老將歌》、《鎮江小吏》等，無不如此。長篇如《感事》、《王剛節公家傳書後》、《校正亨甫集作詩志哀》則皆似史傳一般，極爲嚴謹。這些詩基本上都採用總起細述之法，或順敍，或追敍，或補敍，善用倒順逆挽之法。而幾乎筆筆坐實，並無閑宕虛飾之處。如《王剛節公家傳書後》一詩，一開首即仿杜甫《北征》，敍明時間，概括事件始末，有史筆之信，史筆之精：

> 皇帝廿一載，逆夷寇邊陲。定海城再陷，三總兵死之。

極爲簡約，不可增減一字。然後再具體敍寫事件過程，由當時戰爭形勢，寫到戰爭的進展，並描寫了鄭國鴻、葛雲飛、王錫朋三總兵英勇殉難的悲壯場面：

> 鄭帥斷右臂，裹創強撐搘，張目猶呼公，
> 陽陽如平時。葛陷賊陣間，血肉膏塗泥。
> 或雲沒入海，舉火欲設奇，一酋自後至，
> 刺刄裂其臍。惟時海色昏，頹雲壓荒陂。
> 公棄所乘馬，短兵奮奪圍。前隊既淪亡，
> 後隊勢漸危，相持已七日，援兵無一來。
> 公死復何慨，公名日星垂。

　　雖然並未採用誇飾手法，但簡煉生動，筆墨深沉眞摯，頗耐
咀嚼。體現了詩人高度的概括能力。接着又追敍主人公王錫朋以
往的戰績，並補寫主人公戰前以死殉國的決心，而以大帥倉遑潰
逃的可恥行徑作對比。最後又從「書後」處着眼，敍寫了戰後的
形勢，並激憤地慨嘆朝廷不能用人，以致喪師辱國，從而深化了
主題。這種敍述密致，沉穩而富有變化的章法，正是史漢以來古
文傳記的獨擅之長，朱琦能運以入詩，可避免許多詩人常有的浮
囂冗沓之弊。

　　而與紀實的章法相呼應，朱琦在修辭方面也較少使用誇飾手
法，也很少由實體的某一方面發揮開去，遨遊在主觀幻想的天國。
他往往以直現令其激動的實在場面爲指歸，這就需要有很強的語
言概括能力，否則很可能流於瑣碎蕪雜，神塞氣塞。例如像《狼
兵收寧波失利書憤》這樣的題目，在舒位、王曇、湯鵬這類詩人
的筆下，也許會被寫得雷鳴電閃、蛟龍翻騰，而在朱琦的筆下就
比較實在：

　　　回軍與角者爲誰，巴州都士幽並兒。
　　　手中剩有槍半段，大呼斫陣山爲摧。
　　　危哉銜枚誤深入，一賊橫刀勢將及。
　　　抽刀斷賊摑其馬，揮鞭疾渡水沒踝。
　　　背後但聞號呼聲，狼兵三五奔出城。

　　全憑實在的語言功力，白描戰爭場面。雖然沒有奇幻的想像
作渲染，然而因爲能抓住最精彩的細節，以雄健的筆墨作特寫，

所以能給人以悲壯激烈的美感。當然這種悲壯激烈之美，來源於客觀對象本身，但發育於詩人的白描之中，是詩人善於發現，善於捕捉，善於概括的結晶。總的來說，朱琦擅長於表現雄渾深沉之美。詩章密致洗煉，詩筆駿邁老練，在以文爲詩方面，達到了很高的造詣。張際亮極推重其詩，有詩讚曰：「巨手開西粵，洪波漲北溟。力雄出激宕，思遠入沉冥。」（林昌彝《射鷹樓詩話》卷一引）。

　　朱琦友魯一同，生於 1804 年，比朱琦小一歲，晚逝四年。字通甫，一字蘭岑。江蘇山陽人，道光舉人。雖有經世之志，而終不得用。曾說：「今天下多不激之氣，積而不化之習。在位者貪不去之身，陳說者務不駭之論，風烈不繼，一旦有緩急，莫可倚仗。」《（《清史稿·文苑傳》引）。「既再試不第，益研精於學，凡田賦、兵戎諸大政及河道遷變，地形險要，悉得其機牙，爲文務切世情，古茂峻厲有杜牧、尹誅之風」。（《清史稿·文苑傳》）林則徐、曾國藩皆欣賞其才。李慈銘亦謂：「如通甫者，其志豈願以文自見者哉？」（《越縵堂日記》）然而，魯一同卻終以詩文名世。刊有《通甫類稿》等。

　　魯一同學於潘德輿，受潘氏影響較大，亦以質實爲本，嘗謂：「凡文章之道，貴於外宏而中實」。「文無實事，斯爲徒作，窮工極麗，猶虛車也。」（周韶音《通父詩存跋》引）詩學杜韓而兼取宋人，集中《雪齋效宋人體六首》，筆致近於黃庭堅《戲答俞清老道人寒夜三首》。

　　與朱琦相比，魯一同詩歌的語言同樣雅潔凝重，而且韻脚響亮，聲調朗暢，有唐人之長。但詩章並不以嚴密謹嚴取勝，而往

往以飄忽動蕩見長。其詩如《河決後塡淤肥美友人籍資爲買田宅夏日遣奴子往視黍豆歸報有作》一首，一開始便破空而下，從題外落筆：

> 寶劍不下壁，妻孥使人愁。
> 中歲忽無家，出處長悠悠。

抒發鬱積在心中的寄泊他鄉、抱負難酬的感慨，然後才寫到買田營宅。可是接着詩人並不是順理成章去紋寫如何耕種，而是一筆宕開，追紋去年的災荒，進而寫到災象給今天帶來的後果：

> 春風裂厚土，吹椒空髑髏。
> 久行無人烟，林燕聲嘔咽。

雖然眼下「不耕亦已種，黍菽何油油」，但是去年的災象使農人「常恐秋水溢，覆轍追前輈」。因此「蕭條江南東，戰地無人收」。然而，比災荒之魔影更可怕，以致造成上述情況的原因還在於「夷虜尙翻覆，兵食勞前籌」由此，詩人不得不要興發感嘆：「艱難愧一飽，鬱結懷九州。大哉生民初，粒食誰與謀」。憂心是那樣的沉重，又是那樣發人深省。全詩轉折硬截突兀，富有跳躍性，吸取了宋詩之長，增加了詩作的容量。它如《黃通守席上喜晤蔡少府即事有作》、《崖州司戶行》、《吳子野畫東海營圖》等，章法結構皆變幻莫測。

在修辭方面，魯一同與朱琦相比，更長於描述形容之法。如

果說朱詩在敍述中寓描寫，那麼魯詩則是在描寫中寓敍述，如《黃通守席上喜晤蔡少府即事有作》本可寫成一首敍事詩，但詩人卻詳於繪聲繪色，其詩起句云：

> 驚飆駕長淮，五月氣淒厲。
> 時艱惜歡娛，主客千里至。

慷慨悲壯的氛圍撲面而來，接着詩人又描繪了蔡少府的精神氣概，縱橫才華。有句云：

> 橫腰三尺鐵，中宵自磨礪。
> 寰海滿謳歌，壯士默歔欷。

壯士形象躍然紙上。再如描寫談興之酣：

> 談深酒杯闊，座促爐鼎沸。
> 放浪客途狂，嗚咽歌喉細。

悲歌慷慨，令人遙想當年。魯一同的多數詩篇都善於渲染氛圍，運用誇飾之筆突現對象，其詩如：

> 黑風捲海倭船來，銀濤雪浪如山穨。
> 洋山高島不復見，鷹游之門安在哉？（《吳子野畫東海營圖》）
> 緣岩不數轉，已陟浮雲巔。白日動大江，怒龍回其瀾。（《北固

山》）

中峰萬丈石，奮落如下天，立神盡摧麿，欄楯森鉤連。……

東南正格鬥，流血海水邊，魍魎纏清秋，義和不可鞭。……

連峰犯驚濤，勢與蛟龍翔。茲山氣鴻濛，松栝摻虯蒼，

深根穴地極，幽阻窺天光。（《遊焦山作》）

君能斷鰲續柱正四極，不能使馬頭生角鳥頭白；又能驅山走海障

狂瀾，不能使長虹貫日霜降天。（《崖州司戶行》）

炮火洒空來，晴天黯飛血。……

氣阻昌國濤，令肅錢塘月。（《浙江巡撫劉公韵珂》）

群鬼哭徹天，海水為沸湯。（《兩江總督裕靖節公謙》）

諸如此類，在朱琦的《怡志堂詩集》中就比較少見。再如樂
府詩，朱琦的《定海紀哀》、《老兵嘆》、《鎮江小吏》諸篇皆
長於敍述事件過程始末，而魯一同的《拾遺骸》等都善於特寫某
一場景，着意渲染，其詩如：

犬饕烏啄皮肉碎，血染草赤天雨霜。

北風吹走僵屍僵，欲行不行醜且尪。

今日殘魂身上布，明日誰家衣上絮。（《拾遺骸》）

阿母重涕洟，已經三日不得食，安用以子殉母為？不如棄兒

去，或有人憐取。主人聞言淚如雨，家中亦有三齡女，前日

棄去無處所。（《縛孤兒》）

朝撤暮撤屋盡破，灶下濕烟寒不溫。

大兒袒，小兒羸，餘草布地與包裹。

明日思量無一可，尚有門扉堪舉火。(《撤屋作薪》)

此情此景，爲杜甫筆下所未曾有，令人慘不忍睹。如此淋漓盡致不加諱飾地暴露災象，不僅需要有正視現實的勇氣，而且還需要有衝破溫柔敦厚詩教的藝術膽識。

沉重的意緒，鬱勃的情懷，凝練動蕩的筆墨，雄奇浩蕩的意象，構成了一種沉鬱雄渾的藝術境界。與湯鵬相比，魯詩較能斂才於法，善於錘煉，而較少神幻的想像，特別是他敍寫鴉片戰爭重大事件的《讀史雜感》、《辛丑重有感》、《三公篇》等都能本於史實，更是凝重堅蒼，不落空腔，能得杜詩之神理，「無愧詩史」。（王遽常《國恥詩話》卷一）與朱琦相比，雄渾是他們所同，然朱詩雄而健邁，魯詩則雄而浩蕩，各有所詣。其成就高於張維屏、張際亮、湯鵬。他們的詩歌並無粗豪之弊。

第三節　登高一呼，道振宋風：曾國藩詩

朱琦和魯一同的詩歌造詣雖然較高，但詩名尙不足與曾國藩抗衡，道咸以來的學宋之風，經曾國藩登高一呼，才眞正形成了相當的聲勢。

曾國藩生於 1811 年，比朱琦小八歲，死於 1872 年，比朱琦晚十一年。字伯涵，號滌生。湖南湘鄉人。道光十八年進士，科名晚於朱琦三年。後人輯有《曾文正公全集》，此外尙有《十八家詩鈔》、《經世百家雜鈔》等著作。

曾國藩的論詩大旨已見前述，若具體到藝術形式方面，尙有

二點值得注意。一是欲調適黃庭堅和李商隱，這是姚範和姚鼐的秘傳。曾國藩論黃庭堅詩曾說：「造意追無垠，琢辭辨倔強。伸文揉作縮，直氣摧爲枉」。（《題彭旭詩集後》）其意正是欲運陰柔於陽剛之中，將百煉之鋼，化爲繞指之柔，所以他評論李商隱詩云：「渺綿出聲響，奧緻生光瑩。太息涪翁去，無人會此情。」（《讀李義山集》）認爲山谷深會義山「渺綿」、「奧緻」的陰柔之理。如果說姚鼐之學李商隱乃是側重於他的「深雅」之長和造語工夫，那麼，曾國藩似乎更側重於從剛柔相濟的角度兼採義山。曾國藩所提倡的是一種雄健而有韌性的陽剛之美。二是欲運古文之法入近體。他曾說：「山谷學杜公七律，專以單行之氣，運於偶句之中；東坡學太白則以長古之氣運於律句之中；樊川七律亦有一種單行票姚之氣。」（《大潛山房詩題語》）在清代，錢載和宋湘在這方面也都有成功的嘗試，後來黃遵憲也有類似的想法，這種手法運用得當可避免近體容易產生的俳弱之弊。

在創作實踐中，曾國藩亦能注意到上述兩個方面，在總體上，曾國藩愛好陽剛之美。詩作也具有尙奇的傾向，常選用生僻、險怪的辭彙，如「傲傲」、「艱阨」、「嘽嘽」、「作闖」、「作騞」、「嵯峨」、「崢嶸」、「嶙嶸」、「嶙峋」、「轟豗」、「巴樊」、「貔虎」、「蛇豕」、「鴟夷」、「梟噪」、「磨蝎」、「魖」之類的辭彙時時出現在作者筆底，在這方面，比較明顯地受到了韓愈的影響，旨在開闢奇險的境界，以醜爲美。在章句方面也是縱橫振盪，奇崛兀傲。其詩如《傲奴》採用長短句式，硬語盤空：

君不見蕭郎老僕如家鷄，十年答楚心不攜。君不見卓氏雄資
冠西蜀，頤使千人百人伏……平生意氣自許頗，誰知傲奴乃
過我。昨者一語天地睽，公然對面相勃谿。傲奴誹我未賢聖，
我坐傲奴小不敬，拂衣一去何翩翩，可憐傲骨撐青天。噫嘻
乎！安得好風吹汝朱門權要地，看汝倉皇換骨生百媚。

詼詭中存兀傲之態。再如：

君獨仁之相披携，心獻厥誠匪貌貢。……
昔我特此語鴻生，沈飲深酖豈辭痛。……
頃來貺我珍瓊瑤，韜以錦囊無殺縫。（《酬崏樵》）
何吳朱邵不知羞，排日肝腎困鎚鑿。河西別駕酸到骨，
昨者立談三距躍。老湯語言更支離，萬兀千搖仍述作。
（《感春六首》）

這些拗硬奇特的造語，頗有黃庭堅詩歌的風味，但是作者又
並非一味拗折獷放，而能以陰柔之理相濟，結句成章往往能盤鬱
而出，其詩如：

日日送歸客，情抱難為佳。老彭復去我，
內撫馬所偕。往予初遇子，睚眥無等儕。
鷹眼回高秋，勢不甘塵埃。自言困鄉國，
橫被口語猜。絳侯畏牘背，田甲欺死灰。
脫身來洛下，稍攝驚魄回。風波一震薄，

萬事何有哉！雄篇忽枉我，峻句何崔嵬。

險拔肝膽露，憂患才地開。終然達紫氣，

幽獄難可埋。男兒要身在，百忤何足摧。

臨歧不知報，努力乾深杯。(《題彭旭詩後即送其南歸》)

首寫日日送客，離情別緒已自難禁。而今又送客，其心中之惆悵自然更難自理。然作者接下去卻並沒有順勢去傾吐心中之離情，而是將筆捺下，抑住噴薄欲出的情流，讓它在心裏回旋成對往事的追憶。進而又轉成對詩集的評贊，扣住題目。最後又變爲對離別而去的朋友的鼓勵和安慰，補足題意。而在結句之中，作者方始在消愁之懷中重寓別緒，然而感情經過前面的起伏回旋，至此變得益發深沉。這種綿緩曲折的表達方式正是黃庭堅、李商隱詩作之長。另一方面曾國藩的近體喜歡用典，又頗有藻采，這些都是他有意調適李商隱和黃庭堅的表徵。

而他的近體詩，有時也能以「單行之氣，運於遇句之中。」如《初入四川境喜晴》：

萬里關山睡夢中，今朝始洗眼朦朧。

雲頭齊在劍門上，峰勢欲隨江水東。

楚客初來詢物俗，蜀人從古是英雄。

臥龍躍馬今安在，極目天邊意未窮。

全詩由連日陰霾如夢的氣候，寫到眼前天晴如洗的景象，進而轉入對碧空之下雄奇的蜀地山川的描繪，並由此而聯想到這雄

偉的山川所孕育出來的英傑，抒發胸中的懷抱。通篇詩意前起後
承，一氣呵成，在雄直暢快的筆勢之中，顯露心中喜晴之意。而
且還善用虛辭以疏通神氣。他如《次韻何廉昉太守感懷述事》、
《送梅伯言歸金陵》、《酬九弟》等也都能善用虛辭來調轉激逗
氣勢。而如杜甫《秋興》、《登高》這類凝重、沉鬱、潛氣內轉
的詩作則較少見。

　　在修辭方面，曾國藩也喜歡採用誇張的筆墨來表現雄勁的詩
情和雄奇的物象，其詩如：

萬里共日月，肝膽各光芒。(《送莫友芝》)

行人一長嘆，萬壑悲風回。(《廢邱關》)

請君雪夜倚闌看，金精上爥撼星辰。(《爲何大令題明趙忠毅
公鐵如意》)

無端繞室思茫茫，明月當天萬瓦霜。(《憶弟二首》)

歸來瞻廟庭，萬里雪皚皚。

赤日岩中生，照耀金銀彩。(《留侯廟》)

黑雲壓城真欲摧，銀河倒瀉天如篷。(《六月二十八日大雨》)

密雪方未闌，飛花浩如瀉。

萬嶺堆水銀，乾坤一大冶。

揮手舞岩嶺，吾生此瀟灑。(《紫關嶺雪》)

丈夫舉步驟兩龍，豈有趙趄驪人腳。(《喜筠仙至即題其詩集
後》)

皆不同凡常，但被表現的對象尚未完全與主體融而爲一，顯

示出活生生的生命力。

作者還善於運用新奇的比喻形容之法，其詩如：

道人龍踵五十七，黝深碧眼珍珠圓。（《丙午初冬寓居報國寺賦
詩五首》）

明朝一別各東西，愁緒多于甕大醢。（《送周文泉大令之官城
武》）

我聞比言神一快，有如枯柳揩馬疥。（《題唐本說文木部應莫
郘亭孝廉》）

夜半飢腸鳴，大聲震江水。

腐公不知羞，恬然矜爪嘴。（《會合詩一首贈劉孟容郭伯琛》）

側重於對人事的狀寫，頗有詼諧之趣。

而且作者有時還能採用象徵手法，寄寓深意，其詩如：

聞道海外雙龍劍，神光夜夜燭九天。

沴氣妖星不敢遭，橫斬蛟鰐血流川。……

元臣故老重文學，吐棄劍術如腥膻。

如今君王亦薄恩，缺折委棄當何言。（《感春六首》）

該詩作於林則徐被遣伊犁後一年，聯繫作者在《咏史五首》
中「功高而不賞，謠諑來青蠅。吳起泣西河，伏波觸炎蒸。長城
訖自壞，使我涕沾膺」的慨嘆，詩中之微意頗耐尋味。

再如前詩後一首：

蕩蕩青天不可上，天門雙螭勢吞象。

豺狼虎豹守九關，厲齒磨牙誰敢仰？

如聯繫屈原的《離騷》和龔自珍「虎豹沉沉臥九閽」詩句之意，作者在詩中的寄托自可明白。而曾氏早已自命不凡，故詩中又有：「一朝孤鳳鳴雲中，震斷九州無凡響。」之句。曾氏在家書中也自稱「《感春詩》七古五章慷慨悲歌（按今《曾文正公詩集》卷二《感春》有六首），自謂不讓陳臥子，而語太激烈，不敢示人。」（《致溫甫六弟》）由此可見曾氏早年的胸懷。

然而，詩歌創作對於曾國藩來說，畢竟是其餘事，他雖然曾取法李商隱，但未能得其細密，學黃庭堅也未能得其神思跳躍。如其《送梅伯言歸金陵》之一，前三聯反來覆去只寫「歸隱」二字，詩意粘結。再如《懷劉蓉》云：「他日余能訪，千山捉臥龍。」構想魄力皆可謂雄奇，然用劉備訪諸葛故事，若無臥蟒之心，則亦似不切，可見其詩律尚未至一「細」字。所謂「手似五丁開石壁」信其有之，而若「心如六合一游絲」（《酬九弟》）則似未至。儘管如此，曾國藩在詩學方面的影響，卻是相當大的，不能不予以足夠的注意。

第四節　不失高雅的新變：　鄭珍詩

桐城派詩人以外的學宋詩人，如程恩澤、祁寯藻、何紹基、鄭珍、莫友芝、江湜等造詣不同，其中以何、鄭、莫、江諸家成就較高，尤以鄭珍最為傑出。

　　程恩澤輩份最高，生於 1785 年， 比龔自珍長七歲， 死於 1837 年，比龔自珍早逝四年。字雲芬，號春海。安徽歙縣人。 嘉慶十六年即成進士，有《程侍郎選集》。從成名的時間來看，程恩 澤當屬於乾嘉詩人，然而，在嘉道之際，比較明確地以杜韓黃爲 標幟，學問廣博，地位較高的詩人當首推程恩澤，故陳衍將他視 爲開一代風氣的作家，其實詩歌成就未必很高，程恩澤是個學者， 經史天文輿地，金石書畫，醫術算學，無所不曉。論詩亦重學問。 尤重許鄭之學，嘗教導鄭珍從許鄭入手，打好治學基礎。

　　程恩澤自己作詩：「初好溫李，年長學厚，則昌黎山谷兼有 其勝」。（張穆《程侍郎遺集初編序》）而自覺其詩「險而未夷， 能飛揚而不能黯淡，思力所及者，腕每苦其不隨。」（同上）其 詩多於「句調上見變化。」（陳衍《石遺室詩話》）與錢載有共 同的趨向，但變化沒有錢載豐富，其詩好以文句入詩。如：「公 之大節不難殉潭州，而難於殉大江之中流。其時左兵清君側，逆 跡未全露，公穩知之不可奪，投江幸不死，乃開府伏鉞，招降十 萬兵，天乎人事一朝盡，只留一劍成其名。」（《神魚井懷古》） 「但能飲墨便嫵媚，況乃苔青蘚赤風駮雨蝕朽，可憐嘉祐迄今日， 蕪絕前賢在深黝，或者沒字碑中雜元柳，後檢不得遂詣兩先生文 未曾有。」（《澹岩》）等，皆近於錢載，而且在近體中也運用 文句如「遂磨洪澤而東鏡，似築深江以外牆。」（《渡淮即事》） 「鄭鄉以外無餘學，守敬而還此後身。」（《感舊三首》）等。 還採用當句疊對。如「霧淞復霧淞，農人覆酴甕，木稼復木稼， 達官聞之怕。」（《古意》）「禮經難讀偏能讀，古樂誰尋愧獨 尋。」（《感舊三首》）等，也是錢載之嗜好，而詩境之新奇則

尚嫌不足。

祁寯藻生於 1793 年，比程恩澤小八歲，死於 1866年，比程晚二十九年。字叔穎，一字淳甫，號春圃。山西壽陽人。嘉慶十九年進士，略晚於程恩澤。然官至體仁閣大學士，太子太保，政治地位極高。又喜言詩，提倡杜韓蘇黃，與程恩澤相呼應，有開啓之功。故陳衍以其詩冠《近代詩鈔》之首，但實際創作成就卻不高：「全集中佳構，敍事如《紀事》，反映人民疾苦如《感河南直隸二案時久不雨》、《肩輿道覆夷於右臂作此自遣》，讚頌爲民興利的官吏如《藍公教織歌》之類並不多，較多的是咏物、寫景、感恩、扈從、官場應酬等作品。」（錢仲聯《中國大百科全書·中國文學分卷》條目）。有《𩜿飣亭集》行世。

而眞正能青出於藍、後來居上的是鄭珍。鄭珍生於 1806年，比程恩澤小二十一歲，死於 1864年，比程晚二十七年。字子尹，晚號柴翁，貴州遵義人，道光十七年舉人。後人輯有《巢經巢全集》。

鄭珍早年學於黎恂及莫與儔，後出於程恩澤門下，治學刻苦，精通許鄭之學，著有《說文逸字》、《說文新附考》等小學力著，又殫心四部，精研三禮，學問極淵博。莫友芝論鄭珍平生著述，以爲「經訓第一，文筆第二，歌詩第三，而惟詩爲易見才，將恐他日流傳轉壓兩端耳。」（《巢經巢詩鈔》）莫氏之預言果然應驗。鄭珍正以其詩傳諸後世。

鄭珍論詩之言並不多。主要見於《論詩示諸生時代者將至》、《留別程春海先生》諸詩。《論詩》一首比較全面地確立了他的詩學原則，詩云：

言必是我言，字是古人字。固宜多讀書，

尤貴養其氣。氣正斯有我，學贍乃相濟。

李杜與王孟，才分各有似。羊質而虎皮，

雖巧肖仍偽。從來立言人，絕非隨俗土。

君看入品花，枝幹必先異。又看蜂釀蜜，

萬蕊同一味。文質誠彬彬，作詩固餘事。

概括起來，主要有以下幾點：一是讀書養氣，加強自身的修養；二是作詩要有個性；三是要求獨抒己意，不能隨影附響，人云亦云，但必須一歸於「文質彬彬」；四是不能以詩人爲終，也就是當立足於學術經濟，因此，儘管鄭珍詩學成就很高，卻「不肯以詩人自居。」（參見莫友芝《巢經巢詩鈔序》）然而，要達到「文質彬彬」的標準。就必須把學古與創新結合起來。所以，他在《留別程春海先生》一詩中又讚美程恩澤的詩文創作能夠：

搗爛經子作醯醬，一串貫自軒與羲，

下訖宋元靡參差……不襲舊壘殘旄麾，

中軍特創爲魚麗。

既廣泛繼承前人的文學遺產，又能自創新貌。當然，在詩學方面，當以杜韓蘇黃爲取法重點。這些主張與程恩澤、曾國藩等並無多少區別，然而由鄭珍對本根修養的強調，以及以詩爲餘事的志趣，可以看出，鄭珍並非是只講詩歌形式，或把詩歌形式放在首位的所謂「形式主義」者，相反，在原則上，他對形式的強

調並不充分。但是，沒有詩歌的藝術形式，也就沒有詩歌，因此既要作詩，就多少要涉及到具體的藝術形式問題，鄭珍同樣不能免此。他的具體的談藝主張，有以下幾點值得注意：一是避免直露，能出人意外。他曾說：「文章之妙避直露」（《白水瀑布》）又說：「此道如讀昌黎之文少陵詩，眼著一句見一句，未來都非夷所思。」（《自毛口宿花塢》）二是靜悟與苦吟相參，他跋黎庶燾詩云：「吾弟學勝於才，不得之靜悟，即得之苦吟。故能刊落浮辭，吐屬沈摯。祇靜悟則易增魔障，苦吟則易傷氣格。」實際上是要求把興會與錘煉結合起來，將天機與人工結合起來。三是重視句法。題黎庶燾《慕耕草堂詩鈔》云：「初盛唐元氣渾淪，不可以句法求。韓孟以後，則可以句法求。以故此事在我看來，惟吃緊第一微妙法。宋以後無論黃陳，全是靠此擅長，即歐蘇荊公聖俞亦力爭在此。」（引自凌惕安《鄭子尹年譜》）

　　在創作實踐中，鄭珍能沿着杜韓蘇黃開闢的途徑繼續前進，獨創新貌。

　　鄭珍有着極深厚的語言文字功夫，所以他能根據不同的對象，運用不同的語言。有生澀奧衍，亦有平易近人；有拗硬佶倔，亦有清新嫵媚。風格多樣，隨物賦形，一歸於貼切雅健。其詩如《游諜溪》、《正月陪黎雪樓恂舅遊碧霄洞》、《留別程春海》、《玉蜀黍歌》等，皆屬於生澀奧衍一路，試舉《碧霄洞》爲例：

　　嵖岈見巨口，俯瞵嚇馬退。定魂下窅覆，
　　窞窔半明晦。一聲欸嘯呼，響砰磅礚礚。
　　非雷而非霆，隱隱谼谼會。舉蘊照嶺峒，

> 廣容數萬竿。耽耽深廡中，具千百狀態：
> 大孔雀迎陵，寶瓔珞幢蓋；鐘鼓千羽帳，
> 又忾臼磨磑；虎獅並犀象，舞盾劍旌旆；
> 碪櫨芬藻荓，釜登豆黍鼎；更龜鱉蛙蟾，
> 及擂破鼇鎧；厥仙佛菩薩，拱立坐跪拜；
> 攜謱篠戚施，與瘥瘖尫癩；倒茄重瓜蘆，
> 懸人頭肝肺；盤杆開橙橘，可以臥與磧；
> 人世盡纖末，悉備谾豄內。

奧僻險怪之語滿紙，荒古幽奇的洞穴氣息迎面撲來。像這樣崢嶸怪異的洞府，如採用白居易或者陶淵明的筆墨是很難傳達其精神形態的，藝術效果顯然要遜色許多。

而如敍寫家人骨肉至情至性，勞人飢民遭災罹難之疾苦，以及鄉土民俗之風，寧靜熙和之景的作品，則多採用平易近人之語。其詩如《度歲澧州寄山中四首》、《繫哀四首》、《三女豬於以端午翌日夭葬先妣兆下哭之五首》、《重經永安莊至石埭》、《病中絕句》、《南鄉哀》、《經死哀》、《抽釐哀》、《荔農嘆》、《追和程春海先生橡繭十咏原韻》、《播州秧馬歌》、《送瓜詞》、《晚望》、《夏山飲酒雜詩十二首》等，無不文從字順，親切動人。而且還能化俗爲雅，點綴俗語民諺入詩。其詩如：

> 安排六個月，償足二萬里。已過春中間，看看到粽子。
> （《病中絕句》）

辛勤我母力，十年擁糞渣。（《繫哀四首》）

女大不畏爹，兒大不畏娘，小時如牧豬，大來如牧羊。

（《題新昌俞農汝先生書聲刀尺圖》）

年年立夏方下種，今年小滿未落泥……

家家欄中飼烏飯，不許牧豎加鞭笞。（《荔農嘆》）

要知根種生來好，只到投胎咒罵多？（《送瓜詞六首》）

如此等等，與《碧霄洞》的古奧絕然不同，始信大家胸中無所不有。

與語言辭彙之豐富相呼應，鄭詩的句式也變化多端，其詩如：

更龜鱉蛙蟾，及攎破鱉鎧……

携蘧篨戚施，與尫瘠尤癩。（《遊碧霄洞》）

余豈好多事，在昔多所艱？（《溪上水碓成》）

有巨鐵鐘懸屋隅。（《安貴榮鐵鐘行》）

譬鐵勃盧鐵蒺藜，以鄉先哲尹公期。（《留別程春海先生》）

採用「一四」、「一六」句式，以造成拗硬頓挫，兀傲挺健的語調。再如：

瀕湖能知蜀黍即木稷，不識玉黍乃是古來之木禾。　（《玉蜀黍歌》）

洪妻著錄漢碑二百七十六，至今三十九在餘俱亡。其中陰側匪別刻，實止廿八之後留滄桑。後雖新增三十種，已少妻錄四倍

強。

又思于宋是為南平軍，南平吹角兩刻紀自王東陽……

題即所稱古摩崖，聞其在穴又疑更是伯約姜。（《臘月廿二日遣子俞季弟之纂江吹角塓取漢盧豐碑石歌以送之》）

採用長短參差的散文句式，以增矯健驅邁之勢，防止紋議容易產生的神壅氣板之弊。而如：

穀雨方來雨如絲，春聲布谷還駕犁。

斬青殺綠糞袂畦，荒菁荏菽鋪高低，

層層密密若臥梯。（《播州秧馬歌》）

公安民田入水底，不生五穀生魚子。

居人結網作耒耜，耕水得魚如得米。（《網罾行》）

又極其流暢，近於白話，有民歌風味。另外也常運用當句疊對手法。如：

入室出室踏灰路，戴笠戴盆穿水簾。（《屋漏詩》）

眼著一句見一句，未來都非夷所思。（《自毛口宿花圖》）

出衙更似居衙苦，愁事堪當異事征。

逢樹便停村便宿，與牛同寢豕同興。

昨宵蚤會今宵蚤，前路蠅迎後路蠅。　（《自沾益出宣威入東川》）

孰若孟為孟，尚抗韓之韓。（《鈔東野詩畢書後二首》）

以我三句兩句書，累母四更五更守。(《題黔西孝廉史藹洲勝書
六弟秋鐙畫荻圖》)

一回別母一回送，桂之樹下坐石弦。(《繫哀·桂之樹》)

有時阿母來小憩，有時阿母還留連。

挐挐挽挽捻管線，續續抽抽紡木棉。(《繫哀·雙棗樹》)

與錢載相比，更為自然貼切，在反覆之中產生一種特有的意
味，或綿延往復，或對照生發，或意遠情長，或強化凸現。

與這種豐富多變的句法相協調，鄭詩的章法也變幻莫測。或
綿密細緻，承轉自如，如《玉蜀黍歌》、《繫哀四首》、《江邊
老叟詩》《荔農嘆》之類；或出人意表，奇兵突出，如《清浪灘》、
《望鄉吟》《晨出樂蒙冒雪至郡》、《自毛口宿花堝》、《春盡
日》、《贈趙曉峰》、《同陶子俊廷傑方伯往觀小井李花井在東
山下》、《題沈石田畫怪松》、《題仇實父清明上河圖》等詩；
或縱橫跌宕，融會古今，如《遊碧霄洞》、《神魚井》、《兩洞
詩》、《白崖洞》等詩。總之，皆能不落俗套，力出新意。

在修辭方面，鄭珍既擅長描繪客觀現象，又擅長抒發主觀情
懷；既善於馳騁幻想，進行主觀創造，又善於客觀摹狀，曲盡其
妙，而且往往意象新奇，境界獨闢，具有很高的藝術質量。他的
《碧霄洞》等描寫岩洞的詩篇，鑱刻洞府，博喻連比，融昌黎東
坡之長於一爐，聯想豐富新奇。再如《白水瀑布》運用比擬手法
描寫瀑布：

斷岩千尺無去處，銀河欲轉上天去。

水仙大笑且莫莫，恰好借渠寫吾樂。

主觀臆想，詼諧幽默，生動異常。

《春盡日》感慨光陰無情，歲月如霜，新生轉瞬衰老：

綠荷扶夏出，嫩立如嬰兒。春風欲舍去，
盡日抱之吹……欄邊禿尾雀，摧老看衆嬉。

採用擬人手法，開古來未有之境，又極富有象徵色彩，令人
驚心，催人淚下。再如：

眉水若處女，春風吹綠裙。迎門卻挽去，碧入千花村。
（《雲門燈》）

同樣採用喻擬手法，而意境卻是那樣的美妙。再如：

馬過一風擡路去，春歸七日辦花齊。（《次揚村晚望》）

設想之深刻，比擬之新奇，令人叫絕。而如：

前灘風雨來，後灘風雨過，灘灘若長舌，
我身為之瘂……半語落上岩，已向灘脚坐。
榜師打懶槳，篙律遵定課，卻見上水船，
去速勝于我。（《下灘》）

前灘風雨刹那間已成後灘風雨，倏忽即逝的聲音尚回盪於上岩，而輕舟卻早已遠去，這種相對運動的長距離與短時間，短時間與長距離之比，相當有效地突出了舟速，而利用相對位置變化，反寫對方以暗示自己的手法，又別有生趣，有效地傳達了下灘之快意，比喻之奇特又是發蘇黃之未發。再如：

> 烘書之情何所以，有如老翁撫病子，
> 心知元氣不可復，但求無死斯足矣。
> 燒書之時又何其，有如慈父怒啼兒，
> 恨死擲去不回顧，徐徐復自摩撫之。(《武陵燒書嘆》)

喻狀讀書人惜書之情懷又是何等生動眞切，眞可謂是狀難寫之情如在目前。而如：

> 黃山絕頂堯時松，死在文沈兩禿翁，
> 石田一掃根拔地，六十年始回生意。
> 衡山再寫樹遂枯，以後神入兩紙山中無。(《沈石田于明成化庚子畫松》)

由奪神着想，以假爲眞，又以眞爲假，憑空將眞假融會溝通，遂闢古來題畫詩未有之境。再如：

> 我行長嘯入其中，員壁肅立偉丈夫。
> 孔雀驚人竦翎翼，白虎倒噴蒼龍通。

海山真官四五下，踏雲沒足端以舒。

不知何者報我至，嚴飾萬象先顛吾。（《懷陽洞》）

採用疑幻手法，並且更進一步使疑幻中的生命世界不僅活生生地活動着，而且還與詩人自己進行交流，詩人彷彿是這個神奇世界中的一位貴賓。從而在姚燮、魏源以外又開出了一個新的境界。與姚、魏的山水詩相比，鄭珍的山水詩，更生命化，而且山水對象更自由自在，然而又不是天國神話的重構。

另一方面，鄭珍同樣善長於用白描的筆墨來表現生活中的喜怒哀樂，其詩如：

上瓦或破或脫落，大縫小隙天可瞻。

朝光籤榻金瑣碎，月色點灶珠圓纖……

伊威登礎避昏墊，濕鼠出窟摩鬚鬢。

塵按垢濁謝人洗，未釜羹湯行自添。（《屋漏詩》）

窘困之狀，宛然在目。再如：

竹筒吹濕鼓臉痛，烟氣塞眶含淚辛。

小兒不耐起却去，山妻屢拔瞋且住。

老夫坐對一囅然，擲椽投鉗與誰怒？

緩蒸徐引光忽亨，木火相樂笑有聲。（《濕薪竹》）

日常瑣碎的家庭生活，經作者這番描寫，又平添許多情趣。

再如：

> 有時阿母來小憩，有時阿母還留連。
> 掙掙挽挽捻管線，續續抽抽紡木棉。
> 紫薤堆袍幫婦脱，黃瓜作犢與孫牽。
> 一窠雞乳呼齊至，五色狸奴泥可憐。　　（《繫哀·雙棗樹》）
> 籃輿送婬我後從，一步低回一腸斷。
> 秋雨爛塗度阡陌，婿鄉未到天暮色。
> 每逢曲處便看我，遠聽慈聲喚窗楅。
> 當時歸去自洗泥，女嬰詈我冠猶兒：
> 抛書過步不離母，隨母應到須掃臍。　　（《重經 永安 莊至石
> 堆》）

回憶當年先輩的厚愛，神情依依，真切細膩。再如：

> 指揮才念身先到，緩急常貲債易通。
> 細數勞生寧早晚，時忘已死尚頻呼。
> 雛孫不解酸懷劇，啼繞床前索阿姑。　　（《三女蕡于以端午翼日
> 天》）
> 強歌不成歡，假臥不安席。夢醒覓嬌兒，
> 觸手乃船壁。我本窗下人，胡為異方客。（《出門十五日初作
> 詩黔陽郭外三首》）
> 今宵此一身，計集幾雙淚。爐邊有耶娘，
> 鐙畔多姊妹。心心有遠人，強歡總無味。（《度歲澧州寄山中

四首》）

　　骨肉親人間的摯愛至情，愈樸愈眞，將歸有光的散文筆墨融
化入詩，又爲詩界別開生面。再如：

　　　最有移民可憐憫，十十五五相攜持。
　　　涕垂入口不得拭，齒牙瘵瘵風戰肌。
　　　壯男忍負頭上女，少婦就乳擔中兒。
　　　老翁病嫗呻且走，欲至他國知何時。
　　　爾守爾令寧見此，深堂密室方重幃。
　　　羊羔酒香紫駝熟，房中美人爭獻姿。（《晨出樂蒙冒雪至郡次東

坡江上值雪詩韵寄唐生》）

　　百姓流離失所飢寒交迫之情狀，慘不忍睹，而朝廷命官之生
活又是何等糜爛，鮮明的對比之中，難道沒有詩人對時世的激憤
和批判。它如《避亂紀事八十韻》、《南鄉哀》、《經死哀》、
《抽釐哀》、《吳軍行》、《捕豺行》、《江邊老叟詩》等無不
以洗煉生動，鮮明具體的筆墨揭露了統治者對百姓的殘酷掠奪，
以及內部的昏亂腐敗：

　　　武臣更愛錢，文臣尤惜死……
　　　官軍在西岸，坐甲遙相望，相望厭相礙，上策焚民房。
　　　闔闔四五里，蕩爲灰燼場……
　　　其渠名將軍，所率號皇卒，操刀入弱里，鷄彘任搜括。

奸兒假其威，籧火夜馳劫。（《避亂紀事》）

汝敢我違發爾屋，汝敢我叛滅爾族。

旬日坐致銀五萬，秤計釵鐶斗量釧。（《南鄉哀》）

雷聲不住哭聲起，走報其翁已經死。

長官切齒目怒瞋，吾不要命只要銀。

若圖作鬼卽寬減，恐此一縣無生人。（《經死哀》）

⋯⋯

諸如此類，在龔自珍的筆下卻很少見。人稱龔自珍有民胞物與之胸懷，固然屬實，但他生活於社會上層，更多地看到的是上層的腐敗，而鄭珍生活於社會下層，則深刻地體會到了百姓在壓榨之下的呻吟之苦。他們各有側重，不能以擡高龔自珍來貶低鄭珍，貶低其他的學宋詩人。

在藝術上，鄭珍這些樸實眞切的詩篇，通過對生活眞實細緻而又概括的描寫，再現了感人的情景。它們主要依靠生活本身來打動人心，但是與作者的概括提煉也無法分開。由於詩人對宋詩用功很深，所以，他的這些詩歌雖然相當樸實具體，語言平易近人，然而却又異常洗煉，「絕非元白率易之可比。」（胡先驌《讀鄭珍巢經巢詩集》）呂廷輝評其詩曰：「奇者境獨闢，杜韓不能羈。亦有平易者，非徒白傅師。（《巢經巢詩鈔後集》卷二附錄）雖有新變，卻不失爲雅音。在鄭珍以前的詩史上，似乎還沒有人像鄭珍這樣大量地、充分地運用平易暢達，而又雅健洗煉的詩筆樸實細膩地表現家人骨肉間的摯情至性，當然古代不乏描述夫妻之情的優秀詩篇，但鄭珍的筆墨滲透到了家庭生活和骨肉

親人的許多方面，在整體上，他超越了前人，這是鄭珍對中國詩歌作出的最重要的貢獻。當然，他對黔地山水的鎪幽鑿險，發奇探異之功也是相當傑出的。開出了謝靈運以來，中國山水詩的新境界。

在藝術手法方面，鄭詩又是異常豐富多樣的，「盤盤之氣，熊熊之光，流漓頓挫，不主故常。」（莫友芝《巢經巢詩集序》）且都有着極高的藝術質量。其共同特長是，精妙新奇，意象深刻，刻劃入神，力避庸軟，要能「削凡刷猥，探詣奧頤。淪靈思於赤水之淵，拔隽骨於塵埃之表。」（《晚晴簃詩彙》卷一百三十九引王柏心語）。

當然，在整體上，鄭詩同樣未能超越古典的規範，鄭詩的創新仍然是對古典詩歌的充實和豐富，遠非革命性的突破。但是唐宋元明以後，鄭珍能取得如此卓越的成就，應該說是非常了不起的，值得肯定。夏敬觀甚至認爲：「清代二百數十年承明之弊，談詩者爲竹垞，漁洋所誤不出堆砌典實，搔首弄姿兩途，其號稱學杜韓者又皆贗鼎，直至鄭子尹出始有詩。」（《不匱室詩鈔題詞》）雖然對前代抹殺過甚，但鄭珍無疑是清代最傑出的詩人之一。胡先驌至稱：「縱觀歷代詩人，除李杜蘇黃外，鮮有能遠駕乎其上者。」（《讀鄭子尹巢經巢詩集》）連懷有「詩界革命」之願的梁啓超，也不敢無視鄭珍的成就。今人又何必以宗派抹殺之哉！

第五節　宋派羽翼：莫友芝、何紹基詩

鄭珍的同鄉好友莫友芝，生於 1811 年，比鄭珍小五歲，死

於 1871 年，比鄭晚逝七年。兩人同出程恩澤之門。於文學訓詁、名物制度、版本目錄無不探討，又工眞行篆隸書。刊有《邵亭詩鈔》等。道光十一年舉於鄉，連歲走京師，試禮部，不得志，在京偶游琉璃廠書肆，遂與曾國藩邂逅論交。

莫友芝詩學主張與鄭珍相仿，亦重視學問和生活積累，曾序陳息凡《依隱齋詩集》云：「然使息凡早稱意於有司，縱習木天，養優中秘，日逐應官文字，季有遷，歲有調，不旋踵至公卿，然而西海之奇僻，東瀛之巨觀，戎馬之倥傯，黎庶之災傷，其足以發吾哀樂，攄吾懷抱以昌吾詩者，必不能泰然安坐而得。」把豐富的生活積累，視爲創作之必需。又《書龍壁山房集後》云：

> 昌黎聖於文，風雅亦天放。古人未開徑，
> 一一剔榛莽，自從汴京來，壇坫幾雄長。
> 一源所輸灌，派別成瀁瀞。推原道之昌，
> 萬卷特其祇……先生提文律，永固有嗣響。
> 詩又坡谷間，駸駸揮輪軼。自緣所蘊同，
> 神契乃不兩。隱然見韓薪，傳火授諸掌。
> 愁來幾回讀，頓息心縫瘍。

王拯是中期桐城派的著名作家，曾國藩《歐陽生文集序》中列其名。莫友芝與這位桐城派作手氣味投合，學古趨向也在韓愈、蘇黃一路。不匱主人以爲莫詩「徑山谷、後山、簡齋以規少陵。」（陳融《顒園詩話》引）而翁同書也稱其詩「不尙流美」，能「遠去塵俗，不失涪翁質厚爲本家法。」（《邵亭詩鈔序》）。

　　莫詩在章句方面，筆致健硬，力透紙背，其詩如：

無錢鬼不要，仍爾活世宙。猶勝當年健，眠食抵童幼。
（《甲辰生日伯芝兄來遵義省先墓呈兼示諸弟姪六首》）
懸囤塞東崦，出若自天下。（《青蛇囤》）
意中寧許過黃花，到巳丹楓寂如掃……
似今良並算有幾，眼前聚散刬難保。　（《自青田沿溪過垚灣櫺
村》）
但我一日住，完繕可旁聽。（《補屋咏》）
君家廣文賤，當亦餓死怕。馬復論吾曹，眉摧氣逾下。
（《和答子尹古州見寄》）
瞑觸怪石倒，白踏蹄潾翻。（《霸王坡》）
未晡得常程，命宿訝巳早。（《熄烽至日》）

　　諸如此類，通過顛倒語辭，語法倒置，或生造新語，採用文
句，或強化動詞，重用虛詞，造成一種硬重峭健，如同生鐵刻石
段的藝術效果。
　　近體章法也常用單筆古文之法，其詩如：

便買溪山終作寄，得將妻子巳稱尊。（《草堂雜詩三首》）
家常立壁看差勝，別裏華顛訝漸侵。（《巢經巢夜話呈主人》）
連朝知貫幾山好，長夜更禁疏雨寒。
小驛孤蓬愁自倚，空尊獨客悵誰寬。（《銅灣雨泊》）
雜種古來憂社稷，深仁今日太包荒，

羽林說衛存文物，車駕巡秋冒雪霜。（《有感二首》其一）

精衛有心銜木石，爰居何事避風波。

籌邊上相朝辭闕，橫海將軍夜渡河。（《有感二首》其二）

中間對聯，皆一氣盤旋，矯挺縱橫。句句都能推進和拓展詩意，儘量擴大了近體的容量。而詩人在描寫刻劃對象的時候，也注意發掘雄奇險異、狠重跳蕩的境界。其詩如：

洪江走其跟，峽石亂鋒射。（《青蛇囤》）

鳥道各千里，巑翠屹相向。晴雷翻九地，草木皆震蕩……

渡師爭逆流，百沂待一放，亂雨浪花飛，垂雲石根亮。

（《烏江渡》）

夾路叢小樹，望如萬軍屯。急行益窘步，

結氣生煩冤。魑魅含睊窺，虎豹磨牙蹲。（《霸王坡》）

氣吞黔楚外，勢逼鳥盤窄。陰藏太古雪，腹斷摩霄翻。

（《南望山》）

後徑落雲根，前徑重木杪，狠石接輿生，勁風逼人倒。

（《熄烽至日》）

斗落長洪里，方愁雪浪埋，片言留上洞，孤艇過千崖。

（《諸葛洞》）

皆刻骨露筋，窮極形相。當然，詩集中除此而外，也有一些描寫平靜景象的詩篇。如：

桐枝玉蘭白杲杲，忽下平沙化漚鳥。(《自青田沿溪過垚灣欓
村》)

媚媚松際月，白入松下路。(《青田山中》)

月上衣如濕，風前酒未消。(《社日值雲鉬經拉野歌》)

五分明月千絲雨，並作中庭一夜涼。(《月下雨》)

忽見望嵩樓上月，占無鐙處立多時。(《襄城鐙詞》)

這些詩句，雖然與前面示例意境迥異，但同樣刻抉入裏，盡
發纖微之妙。在修辭手法上大多採用正面誇張，喻擬之法，而很
少以對象爲觸機，調動幻想，重創一個神異的世界。莫詩仍具有
相當的客觀性。然而在對客體的再現之中，莫友芝的不少詩篇都
寓有理趣。如：

吳宮魏灶已成塵，爭似黃花歲歲新。

老兵失却老兵在，可惜昨日茅苔春。(《張恒侯廟訪舊不值遂看
菊于孫臍洞》)

把毀滅與新生聯繫起來，在歲月的更迭之中表現出一種深沉
的歷史思索。

君不見，椰洲突出盤螺小，牛山屈曲清波繞。稍添樓觀襯烟
花，何異雙尖插蓬島。可憐無幸落窮荒，指似漁樵頭不掉。

(《自青田沿溪過垚灣欓村》)

在大自然的落泊不遇之中，寄寓着詩人自己對生活命運的慨
嘆。

> 徑竹弄微響，一犬驚猖狂。千犬竟相答，
> 呼警徹四鄰。風吹度前溪，連村吠相因。
> 但覺聲漲天，起處乃無人。昔賢昧俗檢，
> 憎口誰識真。更師誠乃巧，翻得緣料甄。（《過張霽嵐雲藻白
> 高雲標昆季鹿鳴村》）

詩人在綿延不絕的犬聲之中，又發掘出了一種人云亦云，真
假混淆的怪謬。

然而與鄭珍相比，莫友芝的感悟力和表現力尚要遜色許多。
《邵亭詩鈔》中還缺乏鄭詩常有的精妙新奇的境界。他的那些直
接的正面描寫有時還較多憑藉某些雄奇狠重的字面來實現藝術目
的。詩人較少在整體上對表現對象作全新角度的揭示和大膽新穎
的構想。其藝術成就顯然要低於鄭珍。

程恩澤的另一位門生何紹基生於 1799 年，比鄭珍長七歲，
與張際亮同齡，死於 1873 年，比鄭珍晚九年。字子貞，號東州，
晚號猿叟。湖南道州人。道光十六年進士，科名早於曾國藩。精
通經史小學，旁及金石碑版文字，曾校刊《十三經注疏》。尤擅
長書法，自成一家。官四川學政時，因陳時務十二事，被清廷斥
爲「肆意妄言」。降官調職，從此遂棄仕途。曾主講山東、湖南
書院，晚年主持蘇州、揚州書局。刊有《東洲草堂詩集》、《東
洲草堂文鈔》等。

　　何紹基雖出於程恩澤之門，但學詩主要取經於蘇軾。詩學主張也近於蘇軾，重視心靈天機，他在《祭詩辭》中曾說：

　　　心者詩神，筆者其役，從天外歸，
　　　自肺腑出。是詩是我，為二為一。

　　又說：

　　　雕鑱造化，摧擢天全。非詩非我，惟神實專。

　　強調主觀心靈創造的重要作用，認為「詩為心聲。」（《題馮魯川小像冊論詩》）所以他反對「以文害意」，堆砌華艷辭藻，或奇字僻語，來掩飾心靈的貧乏。表示「願剔凡英，更刊奇語，摘奧反真，探微出腐。」（《祭詩辭》）讓一團真氣氤蘊詩間。然而詩人的心靈也並非是取之不盡、用之不竭的天然源泉，所以他認為：「萬物是薪心是火。」（《戲題八大山人清湘子花果合冊》）其意正與梅曾亮「物我相遭」的觀點相通。為此，他又十分重視主體的修養，認為作詩，當「從做人起。」（《題馮魯川小像冊論詩》），所以他也重視讀書積學，他說：「作詩文必須胸有積軸，氣味始能深厚，然亦須讀書。看書時從性情上體會，從古今事理上打量……故詩文中不可無考據，卻要從源頭上悟會。」（同上）另一方面，自然還要有生活體驗，他曾說：「詩人腹底本無詩，日把青山當書讀。」（《愛山》），這樣也就可避免膚淺空泛之弊。同時，他雖然強調「心聲」，但也並不無視藝術形

式,所以他又說:「作詩文自有多少法度,多少工夫,方能將眞性情搬運到筆墨上。又性情是渾然之物,若到文與詩上頭,便要有聲情氣韻,波瀾推蕩,方得眞性情發見充滿。」(《與汪菊士論詩》)這樣也就可防止荒率俚鄙。可見何紹基的詩論也是比較圓通的。

在創作實踐中,何紹基取徑於蘇軾,力求「以神行之」。以「自適」、「達意」爲指歸。梅曾亮序其詩集《使黔草》而謂:「子貞嘗爲余言,吾之爲詩以達吾意而已,吾有所欲言,而吾縱筆追之而即得焉。……故不知其爲漢魏,爲六朝,爲唐宋,自成爲吾之詩而已,不必其詩之古宜似某,詩之律宜似某,自適其適而已。」這種觀點很接近於公安派和袁枚性靈派。而在創作實踐中何紹基的「自適」在風格上卻正與蘇軾之「不擇地而出」相近。

何詩章句流暢舒展,揮洒自如。如:

> 山外忽見天,天外復見山,山天不相讓,
> 矗作辰龍關。北不見秦洞,南不見溪蠻,
> 管以數尺地,儼若內外閑。(《辰龍關遇雨》)
> 亂水無正流,亂山無正峰。直立側立石,
> 橫生側生松。清風颯然至,洞壑千琴鏞,
> 群喧有至靜,令我竦聽恭。(《亂水》)

句式通順,合乎節奏,章法前起後承,呼應緊密,甚至採用複沓、連瑣手法,以造成綿延舒展的氣勢。近體也常採用單筆盤旋之法。如:

千林暮色生涼思，一發中原感客游。　（《九月二十日潘德輿招
飲海山仙館即事有作》）

漾水兩源偏共嶺，蜀山萬點此分疆。（《寧羌州》）

玉毫靜放千峰采，金德真先萬國秋。（《七日宿金頂寺》）

有緣證佛誰應羨，滿指星辰不可名。

西極崑崙方右顧，中原郡縣盡東傾。（《李雲生詩來招我再往嘉
州余方由峨嵋下山》）

雖對偶而詩意卻一氣而下，本於自然，沒有對偶句容易產生
的矯揉造作的裝飾味。然而詩人偶爾在用韻方面，也要爭奇鬥巧，
如《戲題八大山人清湘子花果合冊》一詩押二十筲韻。韻窄篇長，
卻能一韻到底，而又舉重若輕，貼切自如。短章如《到常德得楊
性農親家信喜晤阿兄荔農》，僅八句卻用二寬韻，不失韓蘇習氣，
但也顯示了詩人的語言功夫和善變的才能。

由於詩人堅持以心神爲本，因此在修辭方面，也重於表現主
觀心靈感受。但這種感受，一般並不帶有神怪味。其詩如：

疏烟淡雨玲瓏月，透盡秋光是玉屏。（《玉屏山》）

柔櫓無聲灘疾下，亂山如鳥背人飛。（《過全州》）

微月帶雲棲獸棟，繁星如雨濕羊裘。（《七日宿金頂寺》）

通過精巧新奇的比喻，傳達了獨特的主觀感受。再如：

畢具鼻口耳目竅，贔眉瓔珞見我笑。

老樹見客形態殊，如跪如拜如奔趨。

相逐相攫相抑揄，大風掀搖舞盤紆。

作氣齊力來戰吾，彼勢則眾吾力孤，

此身疑立化樹株。(《荒山古木形貌奇詭瓦屋頂乃有之聊寫其似》)

　　無情的老樹，化作了猛士，而有情的詩人反化作了樹株，詩人通過相對移化的疑幻手法，強調了主觀感受，也突出了老樹奇異的精神。再如：

垂天之雲向空布，來為人間沛甘澍……

幻為百千萬億雲，雲雲一氣相合分。

一雲乍起一雲落，一雲向前一雲却。

一雲奮舞一雲懶，一雲歡喜一雲愕。

大雲睢盱母覆子，小雲唼戰魚吹水。

醜雲惡縮妍雲笑，痴雲疑立靈雲詭。

睡雲穨散欲着床，淡雲散渙偏成綺。

三雲四雲相頡頑，十雲百雲不亂行。

如神如鬼如將相，如屋如塔如橋梁。

如龜蛇螯虎兕吼，鸞鳳猻猱虬龍糾……

涎重汗注霈珠玉，人來雲下人雲觸。

橫奔疾走雲尚在，仰自摩天俯捫足。

人共雲行兩不知，千百人戴雲半腹。

叢叢萬松插雲巔，如鼇贔屓負戴堅。

天風來時松亂颭，雲凝不動松影圓……（《飛雲岩》）

飛雲岩非尋常之岩，故詩人以千變萬化之雲作比喻，通篇完全由雲設想，至篇末方才點題，而雲又非尋常之雲，乃是岩化之雲，故詩人百狀千喻，並不爲過。岩奇若雲，雲奇因岩，詩人通過本體與喻體間的精神溝通，相互生發，加倍地突出了飛雲岩之奇觀，同時也展現了詩人的主觀構想能力。而《畫山》一詩則反過來以山作畫，以高於現實之畫喻山，山自然奇異不凡，而畫因山亦奇，奇山奇畫，以奇倍奇，其手法與《飛雲岩》相仿：

風沈雨晦鐙不明，萬影圍船森可怕。
清晨雨止風亦靜，日光萬道箭鋒射。
石壁百丈高入雲，果似天然畫圖向空掛。
渾含光彩金碧現，透露形神虹月跨。
烏乎此畫我曾見，武梁石室朱鮪舍。
又思上溯三千載，禹鼎圖形或其亞。
仰觀久之目爲眩，陰晴倏詭變更乍。
止愁世有愚公山可移，謬雲畫妙通神任嘲罵。
何如縮作小硯屏，傍我幽齋琴几墨床與花架。

神思遐想，生趣無窮，當然，這類詩篇並不很多。但手法新穎，能闢前人未有之境。他如：

詩人之腹飢生芒，作氣恣躍為文章。

天公吞我以稻粱，要以萬象塞我腸……

東洲回首雲荒荒，員郭曾無半畝糧。

計惟狂歌與慷慨，咀嚼道妙捐飢糠。（《十一月初八日舟中夜坐飢甚》）

發語詼諧，言此意彼，在幽默中抒發心中的感慨。

苦瓜雪個兩和尚，目視天下其猶裸。

偶然動筆鉤物情，肖生各與還胎卵。（《戲題八大山人清湘子花果合冊》）

　　雖然並未展開大段的喻擬形容之筆，但詩人卻將大段的形容筆墨濃縮成「裸」和「還胎卵」數言，深刻透闢地傳達了苦瓜、雪個和尚的觀察能力和表現能力，顯示了詩人高度的語言功力。而且，詩人以蘇軾為師，所以也有「化俗為雅」的愛好。陳衍曾舉「湘省釐捐薪水寬，坐卡如斯況做官」。「鄂州試上火輪船」、「北看郡臬兩衙門。」、「昨日開場大雅班」、「花翎兵備羞揚譽」、「自鳴洋鐘將報十」等句，以為「不可謂非本色之過也」（《近代詩鈔》）但運用口語和新名詞，卻是後來梁啟超等所大力提倡的。由此也可見，學宋詩人也並非只知古人，冥頑不化之輩。

　　當然，何紹基總的詩歌成就尚遜鄭珍一籌，但顯然要勝於張維屏、張際亮、湯鵬。而何詩的題材範圍比較狹窄，尤少對社會

生活中重大事件的表現，這不能不說是一個缺憾。

第六節　易中求深，平中出奇：
踵事增華的藝術開拓中免趨險怪奧澀的江湜詩

　　鄭珍、莫友芝、何紹基以後，成就卓越的學宋詩人，當推江湜。清末倡「詩界革命」之說的金天羽，論嘉道以後之詩運而謂：「蓋詩至嘉、道間，漁洋、歸愚、倉山三大支，皆至極敝。文敝而返于質，曾文正以回天之手，未試諸功業，而先以詩歌振一朝之墜緒，毅然宗師昌黎、山谷，天下響風。弢叔其時一窮薄儒素耳，與文正無聲氣之接納，創壇站於江海之上，獨吟無和。吳中文字綺靡，弢叔獨以清剛矯濃婷。文正於澀鷔中猶函選擇，微爲氣累。弢叔曲折洞達，寫難狀之隱，如聽話言。」（《答蘇戡先生書》）高度評價了江湜的詩歌成就，視之爲在下呼應曾國藩，力矯乾嘉之敝的巨手。

　　江湜生於 1818 年，比鄭珍小十二歲，死於 1866年，比鄭晚二年。字弢叔，江蘇長州人。「自爲諸生後，三踏槐黃，而三見斥，遂絕意進取。飢驅謀食，之燕之齊之閩之浙，北轍南轅，傍徨道路。」（ 王韜《瀛壖雜志》卷四）晚爲浙江候補縣丞，而亂世俗吏，腳鞋手版，聽鼓應官，也未曾得展其眉。一生困頓，終以憂憤殞其生。故其詩雖不欲作孟郊之淒苦語而不能。林紓讀其集嘆曰：「行藏略似杜陵翁，一片哀音發集中。最足動人悲骨肉，不堪回首逝咸同。名流無計才從宦，亂世何方足御窮？」（《舟中讀江弢叔集即題其上》）。集名《伏敵堂詩錄》、《續錄》。

　　江湜論詩最反對格調派，他在《校讀毛生甫岳生休復居詩題二詩見意》詩中說：

特走一路如此僻，力掃肥皮厚肉流。
犖確崎嶇有佳處，空群正待拔其尤。

　　肯定了韓愈以來拗硬險僻一路的詩風。他早年學詩也從鍛煉入手。彭蘊章稱其詩：「盤硬昌黎句，翻新山谷詩。兩賢生異代，只手在今茲。」（《題弢叔詩稿》）而江湜也自稱：「旅懷伊郁孟東野，句律清奇陳後山。」他早年詩作亦講究詩句錘煉，諸如「出村犬吠客尋寺，倒影人窺魚在罾。」（《呂城》）「乃長者寓書，非公府移牒。省覽詞紛綸，真傾筐倒篋。」（《除夕得月生先生見和拙詩次原韻》）「家入燈前夢，塵生鏡裏顏。」（《出郡》）「薄雪猶看點翠微，輕寒惻惻落花飛。」（《蘭山道中二首》）「冷臥秋聲中，漸能秋蟲吟。」（《離思二首》）雖然大多未至化境，但可見其蹊徑所在。當然，這類詩也並無奧澀之語。三十四歲時自稱：「近年手創一編詩，脫略前人某在斯。意匠已成新架屋，心花那旁舊開枝。」（《近年》）有捨筏登岸之意。其時論詩已漸重心靈造化，三十七歲時與顧潔論詩而謂：「願生契造化，勿以我作師。妙悟而實證，自心生好詩。」（《顧潔見寄近詩皆效拙體漫寫一首卻寄》）明年與李小湖論詩又謂：

詞曰詩者情而已，情不足者乃說理。
理又不足徵典故，雖得佳篇非正體。

> 一切文字皆貴真，真情作詩感得人。
>
> 後人有情亦被感，我情那不傳千春。
>
> 君詩恐是情不深，真氣隔塞勞苦吟。
>
> 何如學我作淺話，一使老嫗皆知音。
>
> 讀上句時下句曉，讀到全篇全了了。
>
> 却仍百讀不生厭，使人難學方見寶。
>
> 此種詩以人合天，天機到得寫一篇。
>
> 寫時却憶學時苦，寒窗燈火二十年。
>
> 二十年學一日悟，乃得真境忘蹄筌。(《小湖以詩見問戲答一首》)

在這裏，江湜比較系統地闡述了他的成熟的詩學主張，要點如下：一，強調真情真性的自然發露，反對無病呻吟，以議論、典實掩蓋情感的貧乏。二，直抒性情，不避通俗平易，以「不隔」為上，其實也就是以白描為工，然而又必須耐人諷咏。三，重視天機靈感，他曾說：「我要尋詩定是痴，詩來尋我卻難辭。」(《由常山至開化折回江山》)四，由苦學而至悟境，得魚忘筌。前面三點，很接近袁枚的詩學主張，最後一點很重要，其意在防止淺學之輩，妄自為創，以致荒率俚鄙。其實袁枚也未必沒有注意到這一點，只是為其對「性靈」的強調所掩。而且袁枚自己的創作又未經苦煉之途，故骨骼凡穢。而江湜曾浸潤於韓孟黃陳鐫刻之境，由鍛煉而健其詩骨，又感於困頓的生活遭遇，發其至情至性，故雖歸於平易之途，而無輕儇油滑之面目，其實際的創作實踐，在藝術上較近於楊萬里。集中也有題明仿誠齋體的作品。

儘管江湜採用了文從字順的語言，很少有險僻生辭，用典也

不多。（而且也不精於用典，夏敬觀曾舉其疵）但多數詩篇以潔淨的文言爲骨幹。與鄭珍相比，江詩比較單純，格局也小。當然江詩也比較洗煉清新，故與白居易不同。而江湜尤爲擅長的是造語曲折蘊藉，耐人尋味能得楊萬里之長。如《旅情二首》其一：

家書久不至，孤館心徘徊。今晨寄書去，便將回信催。

因家書不至而去書相催，但詩人仍然放心不下：

回書待去書，到否先難猜。卽便去書到，
到日回書回。往返涉三月，客念灰復灰。

以設想家人有同樣的心情來烘托詩人的掛念。於是：

恨身非黃鵠，不得遂飛歸。

但退一步設想：

歸亦奚不可，但非來時懷。來時不計遠，悔遠今莫追。

再退一步：

且恐悔而歸，歸後重思來。

而且：

> 思來又成悔，不若無歸為

於是只得無可奈何地慨嘆：

> 嗟嗟遠游子，有恨常難裁。

一句一轉，將遠遊他鄉和追悔掛念、猶豫矛盾的心曲淋漓盡
致地傳達了出來。再如：

> 卽生太平時，局促殊可憐。況兹遭亂離，
> 願死恐不先。如人作惡夢，以醒為樂焉。
> 所嗟為人子，臨難違親前。何緣獨惜死，
> 將期祖脈延，祖脈固當延，父母須安全。
> 累我兩仲氏，侍奉江村邊。
> 是時我有語，未吐氣先咽。欲留非親心，
> 欲去是永訣……有女尚牽衣，叱之付遑恤……
> 澄弟從我來，步步同苦辛。對泣互相吊，
> 兩身如一身……見汝思汝兄，思弟因思親。
> 思親之思我，猶我思家人。家人共我思，
> 心與心相因。（《感憶詩四首》）

亂離之世，生離死別，沉痛入骨，而筆墨之曲折細膩，至誠

惻坦，又更勝前例。這些，都是由傳達曲折的心緒，而使詩筆曲
折低回。再如：

> 石壁驚倒垂，下有寒流承。挽夫走其上，
> 短縴琴弦絚。尤愛船上水，平若斗熨繒。
> 水為石所激，逆流拒人溯。作險非有心，
> 人亦不汝怒。白雲何悠然，飛出山頂露。
> 行人逐雲飛，山遠獨一顧。(《歸里數月復作閩遊》)

則在反襯中見出筆墨的曲折，再如：

> 浮生已是一孤舟，更被孤舟載出游。
> 却羨舟人扶妻子，家於舟上去無愁。(《舟中二絕》)

一二句採用層遞手法，而三四句卻反從無愁處着墨，在對比
中顯出曲折。該題之二：

> 我向西行風向東，心隨風去到家中。
> 憑風莫撼庭前樹，恐被家人知阻風。

一二句尚不為奇，因為李白早有「我寄愁心與明月，因風直
到夜郎西。」之句，而三四句一轉卻出人意表，一反李白詩意，
希望免去家人掛念。但是無情的逆風怎得不撼庭前之樹，家人又
怎得不為自己的阻風而擔憂呢？真是「抽刀斷水水更流，舉杯消

愁愁更愁。」全詩又在言外虛處見出曲折。如果說這種曲折法，還主
要是通過揭示主客觀對象本身所具有的曲折性而實現自己，那麼
下面的例子則側重於主觀心靈的創造，以曲盡對象之妙。其詩如：

> 一鷗鑒影田水活，萬竹梢雲澗戶深。(《由福寧歸至福州道中雜
> 題五詩》)
> 溪水到門鳧泛泛，晴波影動搗衣人。(《道中雜題絕句共錄十一首》)

田水其實並不「活」，鷗鳥也不會一動不動地「鑒影」，但
詩人卻採用相對互換手法，以田水之「活」，見鷗鳥之動，又以
鷗鳥之「鑒影」以顯示田水之平靜，這種曲折的藝術處理，使鷗
鳥和田水相得益彰，相映成趣，後一首手法相同，使本來非常平
凡的畫面，充滿了生趣。這是在一字一句中見出曲折。再如：

> 何人踏雪留去踪，我弗問道知所從。
> 去人已杳白雪隔，却有來人與我逢。 (《由江山至浦城雪後度
> 越諸嶺興中得絕句九首》)

東坡云：「泥上偶然留指爪，鴻飛那復計東西。」去人自然
早已為白雲所隔，然而詩人又正踏着雪上「鴻爪」前行。人生旅
途，來去匆匆。由「我」之去，自有人來，於是詩人又與來自白
雲那邊的人邂逅相遇。由來人和去踪，「我」也就有了認識自己
的參照，而來人看「我」又何嘗不有了自己的參照呢？詩人正是
通過這來去相逢，曲折地傳達了一種耐人尋味的人生哲理。再如

該題之六。

> 一隊行人裁下嶺，有翁迎門買參餅。
> 此翁作計倘如吾，早去踏山看雪景。

　　不寫雪景之美，卻通過對老翁心理的主觀移換，曲折地表現了老翁與「我」的不同情趣，同時也無損雪景之美，而在老翁與我的對照之中，又同樣能生發出耐人咀嚼的理趣。而如：

> 嶺路如弓彎復彎，一彎轉過一重山。
> 如何天路猶山路，鳥在空中也自環。（《道中絕句共錄十三首》）

　　蒼天空闊無際，原無所謂路直路彎。但若反過來以嶺路和行人作穩定的參照，那麼，嶺路的彎曲，行人的盤旋，也就轉化為天路的彎曲，飛鳥的盤旋。正是通過這種相對的空間關係，進一步強化了行程的坎坷，心情的鬱悶。而天上地下無不崎嶇艱難的情景，又能發人深省。

　　這樣，詩人所創造的情景中的雙方，已不再是一個各自滿足的封閉體，也不再是一幅靜態的畫面。情景中的雙方只能相對而存在，都只能以對方作為存在的條件，只有對方才能激活自己。雙方已經成為一個無可分割的有機整體，它們的意義也只能誕生於雙方的生命交流之中。

　　除擅用曲筆法以外，詩人還善於用樸實無華的語言細膩地紋寫人與人之間的真情實感，以及個人內心的感觸。如《病中三詩·

圹者范福保》、《燈前一首》、《龍岩州除夕醉後賦長句》其二、
《寓齋雜詩五首》其一、《道中憶舊僕沈用作四詩》、《觀兒戲》、
《靜修詩》等，筆墨之質樸眞摯，可與鄭珍相媲美，然情調比鄭
珍更爲愁苦。再如其《五月二十日生一女》：

> 中年心跡兩沉淪，只望生兒救晚貧。
> 得女他時翻是累，今生何事更如人。
> 直愁詩卷無藏處，莫論飢驅不貸身。
> 一段淒涼客中意，封書還去惱衰親。

萬千失望的愁緒平平道出，令人酸鼻。再如：

> 寒鶏三號催去館，天如穹廬殊未明。
> 車中欲夢昔年事，亂石磨輪時一驚。（《晨發鼇陽車中得絕句三首》）

能用極簡練的筆墨，概括出早行途中欲醒未醒，懵懵懂懂的
獨特感受。而寫景之篇也有極樸實洗煉的筆墨：

> 西湖樓好納朝光，夜夢分明起輒忘。
> 但記曉鐘來兩寺，一鐘聲短一聲長。（《湖樓早起二首》其一）
> 湖上朝來水氣升，南高峰色自崚嶒，
> 小船看爾投西岸，載得三人兩是僧。（《湖樓早起二首》其二）

與蘇軾和厲鶚描寫西湖的詩篇，明顯不同，彼或巧喻，或雕

煉，此則平易而貼切，能把作者感受到的典型特徵鮮明地傳達出來，且餘味深長。

當然，江湜不僅能用摯樸的筆墨直接再現對象，而且還能展開聯想和想像的翅膀，用新奇的喻擬，或者假設和幻覺創造性地再現對象，其詩如：

> 車如箕舌人如米，欲謝簸揚知未能。　（《晨發整陽車中得絕句三首》）
>
> 年光易似熟羊胛，世路難於料虎頭。（《短日二首》）
>
> 使舟如劍石如硎，往來磨切聲鏗鏗。（《黯淡灘》）
>
> 百愁如百矢，無弦以心控。一發還射心，
> 愁矢妙百中。（《旅夜不慘用孟郊體四首》）
>
> 有鼠有鼠奏口技，聲如河間姹女之數錢……
> 清音歷歷來榻前，語鼠莫數錢，吾家積貧垂百年，灶神見慣廚無烟。（《病中三詩》）
>
> 我昔嘗以午晷至，赤日正射山嵯峨。此時看此瀑，
> 如傾八萬四千佛舍利，雜以牟尼之珠萬串多，
> 琉璃瓔珞亦糅入，爭飛竟瀉交相磋。（《大龍湫》）

通過新奇的比喻，產生出直接描寫所不能達到的藝術效果。再如：

> 美人弄姿首，窺鏡始自矜。青山照江水，亦覺美不勝。（《歸里數月復作閩遊》）

一望兮萬峰起立入胸次，化爲突兀磊塊之羈愁。 （《龍岩州
除夕醉後賦長句》）

有輪轉離腸，無膠續斷夢。（《旅夜不慘用孟郊體四首》）

採用比擬手法，使對象更加生動，富有生趣。再如：

有人來算屋租錢，小住三間月三千。

使屋如船撐得動，避喧應到太湖邊。（《歲除日戲作二詩》）

可惜遠峰無限樹，被余看作畫中苔。（《道中絕句共錄十三首》）

通過假設和疑幻手法，使對象更富有主觀色彩。而如：

瓊宮玉闕無所有，帝勅九關虎豹守。

天惟積氣基不牢，一朝倒下虎驚走⋯⋯

六丁下取重復勝，帝默無言但頻首。

有一仙人來此游，摩挲積石嗟嘆久⋯⋯

盡將僕者扶使立，本自立者十八九。

從天下落必倒植，驗以石勢誰曰否⋯⋯ （《靈岩》）

完全馳騁於幻想的王國。當然，對於江湜而言，這種手法只
是偶一爲之，並非他的總體特徵。除此外，江湜還有一些富有象
徵色彩的詩篇，如：

萬梢拜地雪欺竹，不見猗猗散青玉。

一枝斷為無韻簫，猶立風前伴枯木。（《由江山至浦城雪後度越
諸嶺輿中得絕句九首》）

蟬能蛻骨也如仙，蠶解爬沙亦上天。
獨有樊籠摧瘦鶴，長脛三尺跂芝田。（《縱筆三首》）

　　這些作品一般來說，意象還比較單調，寓意也比較單一，畫面
效果也較鮮明，其局限是啓示力並不豐富和深刻。顯然象徵手法
也並非江湜所長。

　　由此可見，江詩的藝術手法雖然比較多樣，但尤以曲達和白
描二法最為擅長，能於易中求深，平中出奇，熟中見生。而詩情
抑塞淒苦，感人至深。與朱琦、魯一同、貝青喬等詩人相比，江
湜尤善於通過對個人親身經歷的表現，來反映時代的動亂，民生
的艱危，從側面體現出清王朝的衰落氣象。其藝術力量不亞於對
重大題材的表現，因此毋須薄此厚彼。而且江湜在踵事增華的藝
術開拓中，最後並沒有沿着韓、孟、黃的道路趨於險怪奧澀之境，
因為險怪奧澀之境常是知難而進，求新立奇的開拓者極容易達到
的一種歸宿，這是葉燮曾指出過的清初詩人已發生過的一種創作
現象，相對而言，江湜的藝術開拓比較容易為人接受，因而對於
創建未來新詩界也就特別富有啓發性。清末民初企圖從舊詩營壘
裏殺出來的革命志士林庚白曾高度推重江湜的詩歌成就，認為
「清代之江湜，直與李、杜埒。」（《麗白樓詩話》上編），雖
然，此語不免誇張，但又豈可以其學宋而妄加菲薄。

第七節　道咸各家概要比較

　　綜觀道咸之際的學宋詩人，其創作成就並不低於不立門戶的
一批詩人。如鄭珍、朱琦、魯一同、江湜等其藝術造詣遠在張維屏、
張際亮、湯鵬之上，其中如鄭珍，譽爲「近代」之冠，洵無愧色。
而且，這批詩人的政治立場也並無本質區別。當然，在思想史上，
龔魏的成就和地位，在道咸之際可謂無與倫比。但如果以此作爲
衡量詩歌成就的標準，那麼李白、杜甫都不足掛齒，更何談其餘。
因此還是實事求是爲好。若以關心國計民生的態度來論定道咸詩
人，那麼，我們在前面涉及到的大多數詩人都基本相同，憂國憂
民，痛恨時政的黑暗和腐敗是他們的共同特徵。即使像曾國藩這
樣的人，我們也應該作具體的歷史分析，對於他效忠清王朝，殘
酷鎭壓農民起義，無疑應該否定，但對於他早期表現出的愛國思
想和對時政腐敗的揭露，以及利用西方先進科技的做法，也不能
一概抹殺。而況，像龔自珍、魏源這樣的人物，也不能只看到他
們對時政的批判，而掩飾他們的歷史局限，由龔自珍反對農民起
義的言論作推測，如果清王朝委之以重任，讓他去鎭壓起義軍，
也很難說他不會操起屠刀。事實上，比龔自珍晚逝的魏源，在太
平軍興起以後，「擾江南，陷省城」的危急關頭，不是也忠於職
守，「首倡團練，親督巡防，設卡以稽來往，守隘以遏竄突，添
驛以通聲氣，偵探以窺賊情，重賞以作士氣，峻刑以靖內奸。」
（魏耆《邵陽魏府君事略》）積極備戰，負隅頑抗嗎？又「奉檄
擊宿州匪，斬馘六百餘人。」（同上）手中之屠刀，不也染有農

民起義軍的鮮血嗎？故擅長考據求證的章太炎不僅認爲龔自珍「與國家同休戚，不敢有二。」（《章氏叢書·別錄·箴黨新論》）又斥魏源等「妖以誣民，誇以媚虜，大者爲漢奸劇盜，小者以食客容於私門。」（《撿論》四《學隱》）言詞如此激烈，不謂無故。然而，又是這個章太炎卻爲錢謙益、梅曾亮等作翻案文章，因爲他隱約看到了他們有反清行爲，當然錢謙益晚年的復明活動完全屬實，而梅曾亮之參加太平天國，尚缺乏強有力的證據，很難證明梅曾亮是清王朝的叛逆者和造反派。而且即使證明了，也很難就此可以擡高他的詩歌成就。皮日休參加了黃巢起義軍，也是新樂府的著名作手，但就能認爲他的詩歌成就高於忠君不二的杜甫嗎？所以不能以政治立場和政治功績來論定文學成就。

再如何紹基，他晚年雖有避世的傾向，但早年同樣關心時政，憂國憂民。曾與包世臣、龔自珍一起爲「五簠會」常客，一起慷慨言天下事，「論議幾千載，酣嬉無算杯。」（何紹基《陳秋舫屬題秋齋餞別圖》）也正是由於上書言事激烈而遭貶，因此，在何紹基與龔自珍之間也並沒有一條不可逾越的鴻溝。

再從私人交游來看，張維屏、張際亮、湯鵬，與朱琦、魯一同、曾國藩等都是較好的朋友，集中交往題贈之作俱在，可以爲證，而梅曾亮、何紹基、朱琦與龔自珍、魏源等關係也很好，如朱琦在《孔憲彝母碣書後》曾說：「卷中題跋（按：包括龔自珍文在內）多餘舊游，海內賢豪長者，豐才博聞之士。嗚呼！梅、龔二先生死矣，覽茲遺刻，不獨賢母遺徽，邈不可及，而於友朋離合死生之感，亦不能無慨於中已。」而魏源也曾爲梅曾亮作墓誌銘。何紹基不僅讚賞龔詩，也欽佩魏源。何紹基有詩云：「著述

鮑鮑吾老默，今日潔園眞清客。」又：「今古微言恣探討，又聞精猛課宗門。」（《揚州魏默深留飲潔園》）而梅曾亮《題龔璱人文集》則云：「胸中結構贊普帳，眼底波浪皮宗船。紅袖烏絲醉年少，只今誰識杜樊川？」也極欣賞龔自珍的才華。他如年輩較高的程恩澤也同樣是龔自珍的知交，梁章鉅在《師友集》中記載云：「（龔自珍）初入京師，即與程春廬先生及余訂交，皆素不相識也。丙申余由甘藩入覲，君約程春海侍郎、徐星伯、吳紅生二中書，飲余於紅生寓齋，爲文餞之，春海賞其工，特用精楷書贈，余嘗刻入《宣南贈言》中，而讀者嫌其語多觸忌，此井蛙之見耳。」又在《楹聯叢話》中記載道：「龔闇齋觀察麗正，七十生辰，其子定庵儀部，求壽聯於春海。春海信筆書與之云：『使君政比龔渤海，有子才如班孟堅。』」推重之意可謂至矣。這些可靠的史料都證明，學宋詩人，與龔自珍、魏源等並不是勢不兩立的兩大陣營，相反，卻是互相尊重、關係融洽的朋友。

　　而學宋詩人的詩學觀點，與龔自珍、魏源等在許多重大原則問題上的看法都是基本一致的，我們在前面而已多次指出過這一點。這裏不再贅述。他們之間的主要區別是學古重點不同，創作趨向不同。學宋詩人雖然並不排斥漢魏盛唐，但學古的重點是宋詩，並上溯開宋詩之風的韓愈以及杜甫；而龔魏他們的取徑比較複雜，龔自珍較多地取法近人，而魏源的重點則在唐以前，二張、湯鵬、貝青喬也基本相同，金和則受袁枚和俗文學影響較大。在創作趨向上，學宋詩人雖然各有自己的風格，但都講究錘煉、生新、不落凡近。何紹基與江湜，雖然面目平易流暢，但皆非粗俗之輩，而且在藝術趣味方面，都趨於「雅」；而不立門戶的一批

詩人則較複雜，龔自珍雖然不喜平易俚俗的筆墨，但詩語駁雜，不求醇雅，不拘法度，逞心適意，頗乏鍛煉，惟其才高學博，能調適陽剛與陰柔爲一體，故尚不致失於粗疏，但龔詩之變並非雅變，可以說是一種瑰奇的俗變；姚燮和魏源比較注意錘煉，能趨於雅，其中尤以姚燮成就最爲傑出；而二張、湯鵬則不免失之於粗豪，而且境界也並不十分新奇和深刻，此正是於漢魏、宋人用功不深之故；貝青喬之諷諭詩在新創中，能注意錘煉和剪裁，故尚能趨於雅；而金和之詩，不僅語言不以平易俚俗爲病，且有不少作品尚嫌枝蔓冗沓，不夠洗煉，然能不拘一格，自創新聲，堪稱俗變之雄。而鄭珍則堪稱雅變之傑，兩人恰成鮮明對照，就詩歌的藝術質量而言，在整體上鄭珍無疑要勝於金和。當然，雅和俗是兩個相對的概念，發展的概念，就像美和醜一樣，儘管人們經常在使用這兩個概念，但卻迄今爲止尚無統一的定義，而且以後也不可能有絕對的定義。因爲，它們是發展的、活躍的，帶有強烈的感覺色彩，而感覺乃是最生動、最不穩定的，因此，我們雖然經常使用雅和俗這兩個概念，但卻不準備，也不可能給雅和俗下精確的絕對的定義，而什麼是雅和俗的大致標準，已經寓於我們的具體分析之中，當然帶有一定的模糊性。因爲雅和俗本身就是模糊的概念。同時，我們也應該承認，由於審美的傳統繼承性，以及相對的不穩定性，同一時期內，先鋒的審美趣味，與保守的審美趣味之間會有矛盾，他們會有不同的雅俗觀念。梁啓超就認爲金詩元氣淋漓，勝過鄭珍。然認爲金詩俗不可耐的，也大有人在。他們都有偏執之處。另一方面，在創新過程中，如果在形式上有很大的突破，也會與既定的雅的觀念相悖，而淪爲俗詩。如

白話詩形成之初，就曾被視爲俗詩。但只要這種突破，給詩歌發展開闢了新的廣闊前景，那麼雖俗猶榮，不足爲非。因此，雅和俗並非絕對的價值尺度，金和的創作雖然在一定程度上衝擊了傳統的詩歌形式（其新變的意義主要在這裏），但並未能爲詩歌發展開闢全新的前景，金詩在根本上並未超越古典的規範，但他在古典規範內部擾亂了秩序，是「胡作非爲」的醉漢，「斗膽包天」的夢游者。

　　總之，道咸時期不立門戶的一批詩人與學宋詩人之間雖有異同，但在總體上都未能超越古典詩歌的基本規範，當然，他們在努力扭轉乾嘉性靈詩風的過程中，在詩歌藝術上又取得了可喜的新成就，爲豐富我國古典詩歌的藝術寶庫又作出了卓越的貢獻。

第五章
全面的歷史反省中對古雅的迷戀
——同光時期的漢魏六朝派

第一節　同光詩壇概説

　　道咸詩歌開了近代詩歌的先聲。到了同光時期，道咸詩歌在藝術上已經初步呈現出的全面反省精神和對未來新詩界的期待和渴望，變得更加明顯和強烈。古典詩歌「踵事增華」與「返樸歸眞」的辯證運動在其最後階段，似乎又重演了它所走過的整個歷程。對漢魏到唐宋，乃至元明的詩歌歷程，詩人們又重新細細地咀嚼了一遍。人們似乎既要進一步從新的高度上揚棄宋詩，又要從盛唐、晚唐，從漢魏六朝那裏尋求藝術之神的啓示，而且當人們沉溺於反省的思緒之中的時候，有一個屬於未來世界的精靈已經徘徊在封閉的詩國上空，它俯視着舊殼裏掙扎着的中國詩歌大聲呼喊着，不安地騷動着，似乎在告訴人們：看着我，快從舊軀殼裏跳出來迎接我吧！

　　同光詩壇出現的這種局面是前所未有的，詩歌運動內在的種種需求和願望，最後現實地表現爲各種藝術追求不同的流派。這個時期基本上有五種不同的流派並存於世。

　　錢仲聯師在《近代詩評》中曾說：「詩學之盛，極於晚清。

跨元越明，厥途有四。瓣香北宋，私淑西江，法梅王以煉思，本
蘇黃以植幹，經巢、伏敔、蝯叟，振之於先，散原、海藏、蒼虬，
大之於後，此一派也。遠規兩漢，旁紹六朝，振采蚌英，騷心選
理，白香、湘綺，鳳鳴於湖衡，百足、裴村，鷹揚於楚蜀，此一
派也。無分唐宋，並咀英華。要以敷腴爲宗，不以苦僻爲尚。抱
冰一老，領袖群賢。樊易承之，拓爲宏麗，此一派也。驅役新意，
供我篇章，越世高談，自闢戶牖，公度、南海蔚爲大國，復生、
觀雲，並足附庸，此一派也。」後來又在《夢苕庵詩話》中補充
說：「實則近代詩派，此四者外尚有西昆一派。此派極盛於光緒
季年」。這些概括是相當精闢的。上述五大流派同時活躍於同光
時期，形成多姿多彩，錯綜複雜的詩壇現實，他們豐富和發展了
道咸詩壇開出的各種途徑，因此可以看作是道咸時期詩歌運動的
延續分化和深化，體現了古典詩歌在其最後階段的徘徊與動蕩。

「瓣香北宋，私淑西江」一派，習稱爲同光體。這一派「蓋
衍桐城姚氏，湘鄉曾氏之詩派，而不屑寄人籬下，欲以自開宗者
也」。（錢基博《現代中國文學史》）他們是道咸學宋詩派的直
接繼承者。陳衍論道咸詩派，雖未涉及桐城派詩，但同光體詩人
之推重姚鼐却是事實。同光體魁杰沈曾植曾在《惜抱軒詩集跋》
中說：「愚嘗合先生（姚鼐）詩與《撑石齋集》參互證成。私以
爲經緯唐宋，調適蘇杜正法眼藏，甚深妙諦實參實悟，庶其在此。
世方以桐城爲詬病，蓋聞而掩耳者皆是也。抱冰翁不喜惜抱文而服
其詩，此深於詩理，甘苦親喻者。太夷絕不言惜抱，吾以爲知惜
抱者，莫此君若矣」。不僅表明他自己對姚鼐詩有深會，而且還
指出了另一位同光體詩人鄭孝胥也同樣心服姚鼐。其實鄭孝胥也

曾間接地論及姚鼐。其評惲瑾叔長律而謂：「一讀君詩還失色，誰從地上見麒麟」。又云：「長律縱橫豈易言，義山學杜有根源。看君凌厲嫖姚處，錯認來從惜抱軒」。（《惲瑾叔見贈長律四十韵》）從側面體現了他對姚鼐詩的體會以及推重之意。而同光體的「都頭領」陳三立也同樣對姚鼐懷有深深的敬慕之意。其《蔇庵訪我匡廬山居，得觀所携桐城姚先生日記》詩云：「蔇庵獲殘卷，曠代所私淑。橐携訪窮山，細字戀一讀。鐙孤接馨欬，松風嘘石屋」。另一位同光體重要詩人陳寶琛也有詩云：「百年義法重師承，文字能關國廢興」。又云：「傳寫德容寶心畫，祖燈無盡照榛蕪」。（《姚惜抱先生使程日記爲袁伯夔題》）心儀私淑之意舉舉可辨。至如同光體「五虎將」范當世，本身就是桐城派作家。他曾自述文學所出，而謂：「初聞《藝概》於興化劉融齋先生。既受詩古文法於武昌張廉卿先生，而北遊冀州則桐城吳摯父先生實爲之主」。（《通州范氏詩鈔序》）張、吳兩人爲曾國藩門下的著名弟子。中期桐城派的重要古文家張裕釗曾本於曾國藩之旨選《國朝三家詩鈔》，認爲「國朝詩集行世無慮數百家，然卓然自立，不愧古人」，唯施閏章五律，姚鼐七律，鄭珍七古三家。（《國朝三家詩鈔序》）而曾國藩也認爲姚鼐七律爲「國朝第一家」（吳汝綸《與肖敬甫》引）師弟相紹，崇奉姚鼐。吳汝綸論詩也本於「家法」，以杜韓蘇黃爲宗。曾與日本人論詩說：「吾國論詩學者，皆以袁子才、趙甌北、蔣心餘、張船山爲戒。君若得施、姚、鄭三家詩讀之，知與此四者相懸不止三十里矣。詩學戒輕薄……欲矯輕俗之弊宜從山谷入手」。（《答客論詩》）范當世既與張裕釗、吳汝綸遊，已自熏染不淺，後又婿於姚瑩子

姚濬昌，與姚家父子時常切磋，因而益得桐城遺緒。故其贈陽湖張仲遠婿莊心嘉詩云：「桐城派與陽湖派，來見姚張有異同。我與心嘉成一笑，各從婦氏效門風」。明言自己屬於桐城派。這些都表明，桐城派與同光體之間有着明確的啓承關係。至於，同光體與之前的學宋詩派的關係，陳衍的議論已比較明確。而且陳衍所列「同光體」的巨帥，主要創作活動是在光緒以後，之所以標出同治，「顯然出於標榜，以上承道咸以來何、鄭、莫的宋詩傳統自居」。（參見錢仲聯《論「同光體」》）

「遠規兩漢，旁紹六朝」一派，也卽是「漢魏六朝派」。與汪國垣先生所稱「湖湘派」相近似。嘉道之際，宋大樽、陳沆先後標舉漢魏，對齊梁陳隋則不取。道咸之際，湖南人魏源、湯鵬也遠紹風騷，推重漢魏，但兼取唐宋，而其重心則在唐以前。王闓運曾認爲零陵作者，三百年來，在他之前唯王夫子、魏源二家。然而，王闓運則專宗漢魏六朝，而不及宋人，取徑趨於單純。然「當湘綺昌言復古之時，湘楚詩人，聞風興起」。（汪辟疆《近代詩人述評》）影響不小。李慈銘竟謂「咸豐以後名士，動擬漢魏」。（《越縵堂詩話》卷上）盡管與事實有出入，但看來聲勢還是不小的。這一派取徑相對來說比明七子及沈德潛格調派還要單一狹窄。深一層來看，他們突出地體現了創作上「返樸歸眞」的藝術趣味與詩歌發展的歷史惰性之間的結合，難以使詩歌藝術有新的發展，只是他們與明七子相比藝術功力要勝出一籌，他們似乎是在藝術上重演了古典詩歌在其最初階段的歷史。

「無分唐宋，並咀英華」一派，也有稱爲「中晚唐派」，或「唐詩派」者。他們實際上對唐宋取調和折衷的態度，故不妨稱

之爲「唐宋調和派」。以張之洞爲代表。這一派與同光體的最大區別是不取黃庭堅和江西詩派，但不廢蘇軾。沈曾植以爲姚鼐能「調適蘇杜」，故張之洞對姚鼐亦有心會。而在道咸之際，如張維屏亦是學唐而兼重蘇軾的詩人。其實這一路淵源久遠，自金元以來，揚蘇抑黃者大有人在。當然，他們於唐宋所取，自有深淺程度不同，但也有基本一致的傾向，即不以拗硬生澀爲尚。而其時，張之洞負盛名，領重鎮，出將入相，又「以詩領袖群英，頡頏湖湘、西江兩派之首領王壬秋，陳伯嚴，而別開雍容雅緩之格局」。（胡先驌《讀張文襄廣雅堂詩》）儼然爲詩界又一支勁旅。這派取徑比明七子及沈德潛格調派要寬，創作上要活，但是在藝術形式的創新上爲「中和」之審美觀所限，常常不能勇往直前，迎着險道向前攀登，而具有明顯的折衷調和傾向。它比較明顯地展示了古典模式的容量以及與這種容量相適應的藝術度域與「隨事增華」不斷增新的創作精神之間的嚴重對立，而這一派突出地表現了向傳統藝術度域的妥協。而西崑一派，其實只是唐宋調和派的一個分支，他們專宗李商隱。在清初，錢謙益、馮班等已嗜好李商隱，姚範、姚鼐、程恩澤、曾國藩這批宋詩的倡導者，也兼學李商隱。但這些詩人趣味比較廣泛，學古面也較寬闊。而西崑一派則集中力量，專宗李商隱，其創作傾向與宋初西崑派基本相同。經過他們再度榨取，李詩之精英，可謂發掘無餘。這一派突出地體現了某一傳統審美趣味、藝術嗜好對於創作的影響，在詩歌發展史上，他們代表了保守力量。

　　「驅役新意，供我篇章」一派，亦即是所謂「詩界革命派」。這一派有重創詩界之願望，但其實也有取於古人，只是比較博雜。

在道咸詩壇，他們推重龔自珍及金和，尤以龔自珍爲不祧之祖。
至有以批扯龔詩爲能事者。又喜以新名詞入詩，「掎摭聲光電化
諸學，以爲點綴，而於西人風雅之妙，性理之微，實少解會。故
其詩有新事物，而無新理致」。故錢鍾書認爲「若輩之言詩界維
新，僅指驅使西故，亦猶參軍蠻語作詩，仍是用佛典梵語之結習
耳」。（《談藝錄》）這批詩人在未來詩界的精靈呼喚下，雖然
又一次衝擊了古典詩歌的藝術規範，但最終也未能衝出傳統壁壘。
他們中的許多人，猶如山間鷙鷹，飛騰了一圈，最後又回到了學
古的舊窠。如梁啓超最後也成了同光體的俘虜。他們在傳統的籠
子裏關了太久，雖然有衝出籠子的願望，但雙翅卻缺乏搏擊長空
的力量。在籠門口折騰了一陣，最終未能飛出籠去。然而，從他
們身上已可見詩界大變的徵兆。隨着西方新文化的洶湧而入，終
於在本世紀初誕生了胡適和郭沫若這樣的新詩界開創者。總的來
說，這一派在詩歌發展史上，代表着革新的力量，或者要求「以
我爲變」；或者能夠「踵事增華」，其目的都是要衝破舊形式的限
制，創出自己的新面貌，只是由於當時歷史條件的限制，無奈傳
統文化的勢力太頑固，影響太深，所以他們的革新破產了，他們
的貢獻在於對後來年輕的詩歌革命者進行了啓蒙，對於現代白話
新詩的最後形成作了歷史的鋪墊。

由上述五大流派的不同藝術追求，我們可以看出，在繼承和
創新這個問題上，同光時期的詩人又一變轉學多師，不拘門戶的
融合趨向，而出現了明顯的全面分化，它體現了中國詩歌動蕩不
寧不甘僵化的頑強生命力。「路漫漫其修遠兮，吾將上下而求
索」。嶄新的詩界究竟在哪裏？不安於現狀的人們在思考着，從

各個方面，各個角度努力地探尋着。按照自己的理解，來選擇自己的創作道路，然而在傳統文化氛圍的重重包裹之下，人們仍然徘徊於新世界的大門。

　　另一方面，社會生活愈趨複雜，太平軍雖然被剛剛鎮壓，但清廷已經元氣大傷，而捻軍又起。外國帝國主義的侵略更是方興未艾。清王朝的統治已經危在旦夕。面對這樣的形勢，人們的政治立場，生活態度也愈趨複雜。詩人們有感於時世的艱難，社會的動亂，播諸聲詩尤比道咸激切危苦，「往往以突兀淩厲之筆，抒哀痛迫切之辭，甚且喜笑怒罵無所於恤」。（陳衍《小草堂詩集序》[1]）。不管是哪一流派，都沒有躲進象牙之塔。在詩學理論上也沒有人要求超離現實生活。總之，這一時期的詩歌感悟是豐富的，複雜的，同時也是充實的。我們沒有理由爲了抬高詩界革命派而隨意貶低其餘的學古流派。只有實事求是，才能持論公允。

第二節　漢魏六朝派述要

　　在時間順序上，以王闓運爲代表的漢魏六朝派，其主帥的創作活動要略早於同光體。因此我們先論漢魏六朝派。

　　郭嵩燾序龍汝霖《堅白齋遺集》而謂：「吾友龍君皞臣，少與湘潭王壬秋，武岡鄧彌之、葆之倡爲古學，擯棄今世爲詩文者，推源漢魏，以上溯周秦」，文序《天影庵詩存》說：「篔仙與湘潭王氏壬秋，武岡鄧氏彌之、葆之，攸縣龍氏皞臣，結社長沙，追踪曹、阮、二謝，以蘄復古……湖口高氏碧湄，亦俊才年少，數君相與爲石交，志節忼慨，敦友朋之誼」。可見漢魏六朝派，

首先形成於湖湘之間。其主要作家，除前面提及的王闓運、鄧輔綸、龍汝霖、鄧繹、李壽蓉以及湖口 高心夔以外，郭嵩燾還在《譚荔仙四照堂詩集序》中提及蔡與循。此外武陵陳銳也學於王闓運，早年作詩也屬於王闓運一派，但後來與陳三立遊，詩風也為之一變，兼取法於宋詩。夏敬觀與之論詩云：「文襄不喜人言漢魏，王先生（闓運）不許人有宋，皆甚隘也」。君「諾諾饜吾言」。（《抱碧齋集序》）而陳銳《題伯嚴近集》亦有句云：「踢翻高鄧眞男子，不與壬翁更作奴」。可從側面見其志。漢魏六朝派中成就較高的為王闓運、鄧輔綸、高心夔三家。稍後，四川劉光第亦上溯漢魏六朝，而清季心摹手追於漢魏六朝之間者，還有浙江章炳麟、江蘇劉師培諸家。

這一派旣以宗法漢魏六朝為學古特徵，而其根據乃出於比興之義。王闓運曾說：「詩有六義，其四為興。興者因事發端，托物寓意，隨時成詠，始於虞廷。《喜起》及《琴操》諸篇，四五七言無定。而不分篇章，異於風雅。亦以自發性情，與人無干。雖足以諷上化下，而非為人作或亦寫情賦景，要取自適。與風雅絕異，與騷賦同名。明以來論詩者，動稱三百篇非其類也。……不知五言出於唐虞，在《三百篇》千年前乎！……今欲作詩，但有兩派一五言，一七言……旣成五言一體，法門乃出。要之蘇李兩派。蘇詩寬和，枚乘、曹植、陸機宗之；李詩清勁，劉楨、左思、阮籍宗之。曹操、蔡琰則李之別派；潘岳、顏延之蘇之支流，陶謝均出自阮。陶詩眞率，謝詩超艷。自是以外皆小名家矣。山水雕繪，未若宮體，故自宋以後散為有句無章之作，雖似極靡，而實興體，是古之式也」。（《論作詩法答蕭玉衡》）這番議論與

宋大樽頗有異同，雖同以比興爲宗旨。然宋氏上尊《三百篇》，
而貶齊梁陳隋；王則上始虞廷，推重騷賦，而下攬六朝。又說：
「詩，承也，持也。承人心性而持之，以風上化下，使感於無形，
動於自然。故貴以詞掩意，托物寄興，使吾志曲隱而自達，聞者
激昂而欲赴。其所不及設施，而可見施行，幽曠窈眇，朗抗猶心，
遠俗之致，亦於是達焉。非可快意聘詞，自伏其偏頗，以供世人
之喜怒也。自周以降，分爲五七言，皆賢人君子不得志之所作。
晉人浮靡，因爲談資，故入以玄理；宋、齊遊宴，藻繪山川；梁
陳巧思，寓言閨闥，皆知情不可放，言不可肆，婉而多思，寓情
於文，雖理不充周，猶可諷誦。唐人好變，以《騷》爲《雅》，
直指時事，多在歌行。覽之無餘，文猶足艷。韓、白不達，放弛
其詞，下逮宋人，遂成俳曲。近代儒生，深諱綺靡，輕詆六朝，
不解緣情之言，疑爲淫哇之語，其原出於毛、鄭，其後成於里巷，
故風雅之道息焉」。（《湘綺樓論詩文體法》）王闓運正是這樣，
由強調托物寄興，而要求以漢魏六朝作典範。究其本心，原非大
謬。然只見漢魏六朝之能托物寄興，而不知唐宋亦能托物寄興，
又只見漢魏六朝之托物寄興，而不見唐宋之托物寄興，因此，他
的批評眼光是凝固的、狹隘的。當然確切地說，王闓運也有取於
初盛唐。故其《論作詩法答蕭玉衡》一文尚未一筆抹倒有唐之
詩。而謂：「李唐既興，陳張復起，融合蘇李以爲五言，李杜繼
之，與王孟竟爽。有唐名家乃有儲高岑韋孟郊諸作，皆不失古法，
自寫性情。才氣所溢多在七言，歌行突過六朝，直接二曹，則宋
之問、劉希夷道其法門，王維、王昌齡、高岑開其堂奧。李欣兼
乎衆妙，李杜極其變態」。以下則頗有微詞。而王之肯定初盛，

乃是着眼於「不失古法」四字，所本仍是漢魏六朝。他雖有「返樸歸眞」的願望，却以「古格」爲我格，結果反爲古格束縛，不能達到消除異化的目的。王氏以外湖湘詩人，則大多不喜論詩。

其後，浙江餘杭章炳麟（ 1867～1936 ）復又大放其詞，章氏字枚叔，別號太炎。早年受學於德清兪樾。後因與康梁鼓吹變法，爲師所斥，遂謝本師。庚子以後，東渡日本。遂與孫中山、黃興等一起倡言革命，建立同盟會。並主持《民報》筆政。袁世凱篡權，章太炎痛斥其「包藏禍心」，結果爲袁拘捕，直至袁世凱垮臺，方才獲釋。晚年定居蘇州，創立「章氏國學講習所」，「身衣學術的華袞，粹然成爲儒宗」。（魯迅《關於太炎先生二三事》）章氏既是早期革命家，又爲一代國學大師。其論文學，取最廣義之說，認爲「有文字著於竹帛」者，皆可謂文。（參見《文學總略》）論散文而有雅俗之辨，重雅而輕俗。認爲作文當「先求訓詁，句分字析，而後敢造詞也。先辨體裁，引繩切墨而後敢放言也」。（同上）以語言的古雅切實，文體的妥貼合格爲指歸。論詩亦主比興之義。曾說「蓋詩賦者所以頌善醜之德，泄哀樂之情。故溫雅以廣文，興諭以盡意」。（《辨詩》）爲此，他推崇漢魏六朝。曾說：「物極則變，今宜取近體一切斷之。古詩斷自簡文以上，唐有陳、張、李、杜之徒，稍稍刪取其要，足以繼風雅，盡正變。夫觀王粲之《從軍》，而後知杜甫卑闕也；觀潘岳之《悼亡》，而後知元稹凡俗也；觀郭璞之遊仙，而後知李賀詭誕也；觀《廬江府吏》《雁門太守》敍事諸篇，而後知白居易鄙倍也。淡而不厭者陶潛，則王維可廢也；矜而不寔者謝靈運，則韓愈可絕也。要之，本情性，限辭語，則詩盛；遠情性，

熹雜書，則詩衰。」（同上）其精神與王闓運基本一致。而刪創
尤嚴，語辭尤厲。其復古之志，比於王闓運，有過之而無不及。
皆誤在不能以徹底的發展通變眼光來論詩。章太炎所作之詩其成
就遠不逮其學術。而集中亦有佳篇，如《東夷詩》三、四首，胡
適認爲其「剪裁確是比黃遵憲的《番客篇》等詩高的多，又加上
一種刻畫的嘲諷意味，故創造的部分還可以勉強抵銷那模仿的部
分」。（《五十年來之中國文學》）他如《艾如張》《董逃歌》
之譏諷張之洞，《梁園客》之譏諷梁鼎芬等，托物寄興，若無
自序，的確難以理解。唯「其自書丙辰出都以後詩，高古而彌近
自然」。（《錢仲聯《近百年詩壇點將錄》）。

　　而江蘇儀征之劉師培（ 1884～1919 ），則較爲複雜，劉氏
字申叔，後改名光漢，號左庵。早年亦倡言革命，是同盟會早期
成員之一。後失節投敵，成爲端方手下的特務，端方被鎮壓後，
章太炎憐其學問淵懿，不念舊惡，遂免於一死，劉氏短短一生，
著述等身。經其弟子陳鐘凡，友人錢玄同的搜輯整理。有《劉申
叔先生遺書》共七十四種刊行於世。劉氏早年的文學觀比較激進，
肯定文學之發展進化，並且認爲：「就文字之進化公理言之，則
中國自近代以來，必經俗語入文之一級」。（《論文雜記》）但後
期漸趨復古。劉氏的詩歌創作，汪辟疆先生認爲與章太炎一樣
「心儀晉宋，樸茂淵懿，足稱雅音」。（《近代詩人述評》）其
詩如《雜詠》、《詠史二首》、《書顧亭林先生墨迹後》、《孤
鴻》、《詠懷》等皆取徑漢魏六朝。而其後期所作《癸丑記行六
百八十八韵》，則是古典詩歌史上空前絕後的長篇巨製，顯示了深
厚的詩學功力。章、劉兩人的詩歌創作可視爲漢魏六朝派的餘響。

第三節 力親古雅的王闓運、鄧輔綸詩

漢魏六朝派的首領是王闓運。在同光詩壇他的年輩較高。生於 1833 年。比曾國藩小二十二歲，死於 1916 年，已是民國初期。一生歷道、咸、同、光、宣五朝，可謂閱盡晚清春秋。字壬秋，又字壬父。室名湘綺樓，人稱湘綺先生。湖南湘潭人。咸豐三年舉人。幼愚魯，因發憤苦讀，昕所習者，不成誦不食；夕所誦者，不得解不寢。終於由苦讀而成才。明訓詁，通章句，張公羊，申何學，遂通諸經，而終以文人鳴世。刊有《湘綺樓全書》。王氏早年曾爲肅順座上賓客。肅順被誅，乃踉蹌而歸。後又參曾國藩幕。據說「嘗勸曾文正革清命，兩人促膝密談，及王去，曾之材官入視，滿案皆以指蘸茶書一『妄』字，蓋文正畏禍不敢也」。（黃濬《花隨人聖庵摭憶》）而《湘綺樓日記》中也有「萬方有罪，罪在朕躬，日旰君勤，君無戲言」等語，又曾謂「國藩之文，欲從韓愈以追西漢，逆而難。若自諸葛忠武，曹武王以入東漢，則順而易」。言外有意。然王氏自負奇才，與曾氏所論多有不合，乃去。後撰《湘軍志》，對曾氏頗有微辭。王闓運雖有經世之志，而終不得一展其才。又恃才傲物，一生不受人慢。「貌似逍遙，意實矜持。牢落不偶意，一以諧謔出之」。（錢基博《現代中國文學史》）對當時大臣權貴，多有譏諷。晚任民國國史館長。入京過「新華門」，而謂：「吾老眼花，額上所題，得非『新莽門』三字乎？」對袁世凱頗爲不敬，不久即歸。臨終自挽曰：「《春秋》表未成，幸有佳兒傳《詩》、《禮》；縱橫計不就，空餘高

詠滿江山」。可謂一生實錄。

王闓運一生主要成就是他的詩文創作。《湘綺詩集》以能學漢魏六朝而得名。集中擬題頗多。此爲六朝詩人習氣。擬古佳作，可謂維妙維肖，足以亂眞。如《擬焦仲卿妻詩一首李青照妻墓下作》一首，從選辭設色，風調音節，到對舉鋪敍，渲染修飾，一一對原作細加揣摹，又適當吸取了《陌上桑》《木蘭辭》的敍述法、對舉法，加以融會貫通，化作一種內在的「語感」，深得諸詩神理，爲漢魏六朝樂府增添了一個新的篇章。由此可見其創作傾向的一斑。

王闓運論鄧輔綸詩曰：「太阿青湛比芙蓉，銷盡鋒芒百煉中。顏謝風華少陵骨，始知韓愈是村翁」。又論鄧辛眉詩曰：「逸氣高華格韵超，絳雲舒捲在重霄。當時何李無才思，強學鸚歌集鳳條」。這是王闓運《論詩絕句》中對人最完美的讚譽。同時也體現了他本人所追求的藝術趣味和境界。具體地說，也就是要在鍛煉中出清淳，在古雅中顯風采。達到含而不露，風骨在裏，才氣內斂，光潤自發的境界。要達到這樣的境界，就需要浸潤於漢魏六朝，從字辭句開始細心揣摹。由格律聲色，而致其神理氣味。他曾說：「陳伯弢詩學我已似矣，但詞未姸麗耳」。又說：「昔與哲子談詩，論學曹陸當用實字成句，不可露意。哲子以章法、意匠求陸，故不似也」。（《湘綺樓說詩》）可見他對字辭句的重視。而且還講究詞采的華姸，故不廢梁陳宮體。曾說：「當其下筆，先在選詞，斐然成章，然後可裁」。（《論作詩法答蕭玉衡》）又自稱「湘綺」。取「高文一何綺，小儒安足爲」意，自以爲「好爲文而不喜儒生，綺雖未能，是吾志也！」

他的詩歌，如《重悼師芳》、《秦安岱祠》、《斗姥宮尼院》、《圓明園詞》等無不綺麗華美。詩如：

> 初月無端入玉欞，露痕如白又如青。
> 不成眉樣依明鏡，遙望啼痕染素馨。
> 自是長愁甘解脫，未應多慧語娉婷。
> 文姬死後知音少，吟盡傷心只自聽。（《重悼師芳》）

這是詩人對已故女兒的悼念。寫得風姿綽約、神情依依。能得六朝之精英。再如《秦安岱祠》這樣的題目，也許應該由關西大漢去放聲高吟，然而在王闓運的筆下則是：

> 三重門閣敞清輝，碧殿丹墀對翠微。
> 路入仙壇孤影靜，氣通天座百靈歸。
> 秦碑古蘚青成字，漢柏神風綠暈衣。
> 祠令奉高嚴祀久，不同諸岳倚岩扉。

又寫得何等華妙。通體神氣拂拂，古貌莊嚴。而《圓明園詞》一詩藻采更是華美。篇長不錄。當然，王詩也未必篇篇縷金錯采。如《湘上》、《述懷》、《與龍鄧同遊衡山舟中作》等詩，就比較清雅。

王詩在章句方面，也常採用疊辭、勾連、並列對舉等漢魏六朝詩人貫用的手法，只是在鋪敘渲染方面要簡約一些。如《擬焦仲卿妻》一詩，就省去了「十三能織素，十四學裁衣」之類平鋪直

紋。《王氏詩》對於女主人公形態的渲染也較爲概括凝煉,身份介紹也極爲簡明。比之以《陌上桑》顯然更具匠心,而巧於剪裁。該詩前篇寫女主人公登場,詩人只是以一個旁觀者的角度順手描繪其形態風度,非常自然:

　　芳草緣標山,葉葉隨風舒。窈窕誰家女,行汲出山隅。
　　素手引纖繘,輕腰約羅襦。行止自媿媿,照影爲雙姝。

　　是一幅古色古香的仕女畫。接着是男主人公出場,與該女邂逅相遇。然後通過對答,交代女主人公姓氏:

　　齊王恃驕貴,駅駅出田遊。萬騎俱襄回,襄回南陌頭。
　　朱輪兩躑躅,繡斾交舉行。借問彼姝子,恐是秦羅敷。
　　佇停垂手前,應對自紓徐。答言是王氏,一言已婀娜,
　　二字無多餘。

　　至此,該詩與《陌上桑》出現分歧。《陌上桑》通過秦羅敷對夫婿滔滔不絕的誇耀,令「使君」自愧不如。而《王氏詩》則反其意,閉口不言夫君身份,以保護夫君。顯示王氏的堅貞,從而引出悲劇的結局:

　　齊王再三問,誰何是卿夫?夫名在妾口,王今問何如?
　　韓憑因婦死,微賤易崎嶇。王能制生死,妾能守區區……
　　別我寒泉水,盈盈照明珠;辭我雙汲瓶,瑩瑩比玉壺。

當令便破碎，誰復計�？人生富貴易，妾願不相踰。

　　作者雖然沒有具體寫王氏被害的場面，然一切都已明白。《陌上桑》的結局無疑富有濃鬱的民歌理想色彩，而《王氏詩》則更具有現實性。兩詩雖然有此區別，但風調音節又非常相似。由此可見王闓運之擬古，也並非盲目複製，而同樣要運用匠心，以求別出新意。

　　漢魏六朝詩歌的藝術特色，我們在第一章已有分析，在總體上，其藝術表現的最主要特長是依靠語言概念本身的表現力來直現對象，而不是通過各種修辭技巧間接地來突現對象。就像一幅水墨山水，它不是依靠各種色彩來描繪對象，而是依靠水墨自身去表現色彩斑爛的世界。又如秦漢石刻，只是通過近乎於無技巧的樸拙線條來表現內在的渾厚氣韵。王闓運之學習漢魏六朝，正是要從這根本上去獲得過硬的語言表達能力。他的敘事之章，往往以樂府古辭為宗；抒情詠懷之作，又往往以漢魏文人詩為尚；山水寫景之篇，則往往以宋齊為典範。敘事必委婉從容，抒情詠懷必深沉蘊藉，山水寫景必形神畢現，而所有這一切都要通過古雅凝煉的語辭來直現。

　　他的敘事之章前已論及，再看他的抒情詠懷之作，其詩如：

初夏猶深秋，微雨颯然至。清風吹明燭，短夜不能寐。
裵回起行遊，誰能導余意。憂思從中來，驟若奔萬騎。
我心信慷慨，萬籟轉相慰。（《述懷》）

前四句寫景是虛，而寄情是實。後六句直抒情懷，而不明言情由，蘊藉味永，哀婉深沉，再如：

> 勁羽鳴北風，鐵騎出西邊。王恢既失律，李陵更不還。
> 元戎降貴戚，旗旄眾翩翩。叱咤動萬人，見敵乃遷延。
> 曾聞聖武略，廟算期十全。雖非介胄士，按劍望三邊。
> 魯連徒硜硜，蹈海託空言。（《述懷》）

通過詠史而抒發感慨，借古諷今。二詩都深得漢魏詩歌的神理。而如《秋霖六章》則能融《悲憤詩》、《七哀詩》、《飲馬長城窟行》於一手，在敘事寫景中抒發情懷。《壬子七月樂平縣作》之類則是鮑照《行路難》之流亞。寫景之篇如：

> 客意已在水，遙舟送清暉。殘雲藉落日，隔岸明我衣。
> 平疇上餘青，暝色合眾微。烟態如悅人，藹藹還自歸。
> 長謠愁所歡，涉江當為誰？（《湘上》）

實筆寫景，明朗清新，頗具小謝風致。再如：

> 眾青不斷色，遠響驚清秋。朱陵竦孤屵，飛象束崩流。
> 緊湍照白日，玄洞映愈幽。青山靜無聲，翠壁俯寒秋。
> 空雨忽破碎，高雲偶遲留。婉婉雌蜺蜷，荒荒烈颷休。（《朱
> 陵洞瀑》）

　　取大謝雕煉之筆，而捨其理性議論。意境幽邃，筆墨清秀高
古。再如：

　　天根蟠軫虛，坤紀壯炎服。鴻濛融朱光，高深閟神屋。
　　雲觀在冥杳，下視但蒼綠。渾淪自太古，厓巒盡奔伏。
　　風危人益高，日夕氣相逐。儻爲蘇門嘯，恐驚龍湫谷。(《從
　　南岳祠登吸雲嶺》)
　　清肅閟幽厓，噴薄漱泉視。沈沈積石寒，暖暖殘陽昏。
　　下方涼雨積，上界晴雲奔。高天覆圓蓋，黛色盡烟痕。
　　飛鳥隨我前，相與叩石門。置身六合外，息影南斗垣。(《登
　　南天門宿上封寺》)

　　以及《與龍鄧同遊衡山舟中》等作品，都能融謝鮑於一爐。
這些作品與姚燮、魏源的作品相比，就可以顯出恪守古範者，與
能創者之間的區別。王詩如臨漢碑魏帖，能亂其眞，然少變化。
而姚、魏則能得漢魏高古的神彩，自出變化，筆墨已不同於漢魏，
而尙有漢魏之風味者。然與明七子相比，王詩的藝術功力無疑要
高出一籌。因此雖同爲擬古，王闓運却頗小視明七子。曾說：「明
人擬古，但律詩或可亂眞，古體則開口便能覺」。(《論詩示蕭
幹》)又有「強學鸚歌集風條」之譏。
　　當然王闓運之學古，也並不完全局限於漢魏六朝。還有取於
初盛唐。七律甚至取法李商隱。如前例《重悼師芳》便是。譚嗣
同也有「邇者瓣蘺先生嗣阮、左之響；白香、湘綺時振王、揚之
唱。湖山輝耀，文苑有屬」。(《致劉淞芙》)之語。汪辟疆先

生亦謂闓運「歌行雍容包舉，跌宕生姿，則李東川之遺音也。實則闓運五言詩，遊山之作，無慚謝客。其寄與酬唱，明艷響亮，出入初唐，與劉希夷爲近……『暮宿南州草，晨行北岸村』與『艷唱溯初落，江花露未晞』諸篇，及『雪緒雁鳴鳳，夜江雞鳴寒』……等句，尤其神似者也」(《王闓運傳》) 陳衍亦稱其五律「必杜陵秦州諸作」(《近代詩鈔》第五冊》)，此即「指《發祁門雜詩二十首》也」。(錢仲聯《論近代詩四十家》) 而如《圓明園詞》則是「長慶體名作」。再如《獨行謠》則已非漢魏六朝和唐詩所能限止，詩中甚至還採用了「北極球」之類的新名詞。而如《黃學正遊印度還言黑水入南海狀彙言俄德形勢感賦長句時黃居趙侯洗馬池故並及魏蜀往事》:「三危黑水禹甸裏，越國反被倫敦收」。「北師南鹿等俥雞，反手旋傾英吉黎」之類，也竟是用新名詞，寫新事物。而五律學杜陵，「亦不僅貌似」。(錢仲聯《近百年詩壇將錄》) 又自稱其寄贈金殿臣五古「不古、不唐、不清，適成自由詩耳」。(《湘綺樓說詩》)。更何況王闓運論詩亦有言:「詩則有家數，易模擬，其難亦在於變化。於全篇模擬中，能自運一兩句，久之可一兩聯，久之可一兩行，則自成家數矣」。(《湘綺樓論文》) 亦有創新之意。只是過分強調了創新之不易。

　　當然從總的創作傾向而言，王闓運由追求藝術形式的「古雅」，而把漢魏六朝作爲範式加以模擬，與明七子在本質上是一致的，都不可能引導詩歌走向未來。雖然漢魏六朝詩歌有獨特的不可替代的藝術效果，但它只屬於漢魏六朝，非王闓運的時代所有，並不能成爲新時代的審美理想。假如不是在整體上，而只是在某一

方面吸取漢魏六朝詩歌的特色，用新的創作意識加以改造，也許會有新的收穫。可惜的是，自命不凡的王闓運並未能這樣去做。然而，王闓運畢竟還是以漢魏六朝以及初盛唐的「古格」，表現了詩人對現實時世的感悟。《圓明園詞》、《發祁門雜詩二十首》、《秋霖六章》、《壬子七月樂平縣作》、《石泥塘是高曾舊居道光卅季闓運入縣學始詣宅訪諸父兄弟宗門衰弱多不能自存者耳目聞見爲此篇》、《雜詩‧有道固不議》、《遊仙詩》、《感時和百合花韵二首》、《不用金牌便捲旗》、《感事詩》以及《獨行謠》等皆是感時紀事之篇，非無病呻吟的擬古之作可比。故陳衍雖讚其詩「雜之古人集中，直莫能辨，正惟莫能辨，不必其爲湘綺之詩矣」。但也肯定其詩「於時事有關係者甚多」。（《近代詩鈔》第四冊）錢仲聯師也認爲「劉詒愼《讀湘綺樓詩集》云：『白首支離將相中，酒杯袖手看成功。草堂花木存孤喻，芒屣山川送老窮。擬古稍嫌多氣力，一時從學在牢籠。蒼茫自寫平生意，唐宋溝分未敢同』。褒貶差得其平」。（《近百年詩壇點將錄》）

　　王闓運友鄧輔綸是漢魏六朝派中另一位開派詩人。他生於1828年，比王闓運長五歲，死於1893年，比王早逝二十三年。字彌之。湖南武岡人。副貢。早年曾投筆從戎，助父江西按察史鄧仁堃守城。後爲浙江侯補道員，不久因事被免，遂不復出。晚年應邀主講文正書院，終於講席。有《白香亭詩集》行世。

　　鄧輔綸少年時與王闓運同學於長沙城南書院。王家寒，鄧氏兄弟多有資助，且訂交。王闓運在耆耋之年爲李壽蓉遺詩作序，回憶當年而謂：「余與其（龍友變）長子皥臣交，及武岡二鄧子，皆在城南講舍，李君簹仙亦從其外兄丁果臣居院齋……鄧彌之尤

工五言，每有作皆五言，不取唐宋歌行舊體，故號爲學古。其時人不知古詩派別，見五言則號爲漢魏，故簹仙以當時酬唱多者自稱爲『湘中五子』」。可見師宗漢魏六朝詩風之起，與鄧輔綸有很大的關係。但鄧輔綸不喜談詩，交遊又無王闓運廣泛。因此後來詩名遠在王闓運之下。但其實際創作成就在許多方面都超過王闓運。譚嗣同稱鄧輔綸「本原深厚，虎視湘中，當代作者，殆難相左」。（《致劉淞英書》）卽使睥睨一世的王闓運自己，對鄧詩也十分傾倒，有時甚至還自嘆弗如。

在創作上，鄧輔綸也是由擬古入手，集中擬題極多。擬古詩，擬曹氏兄弟，擬阮籍，擬張華，陸機，擬陶潛，擬大小謝，擬鮑照。而且還有《和陶詩》一卷，尤得力於陶、謝、鮑諸家。譚獻曾說：「使生晉宋間，不爲鮑則爲謝矣」。（《復堂日記》卷一）也許是由於另外還深受陶詩的影響，鄧詩與王詩相比，語言比較樸實，讀他的《逑哀詩》、《鴻雁篇》之類的作品，不難獲得這樣的印象。但他的山水詩却要比陶詩華美。如：

> 修棧竹氣古，頹照垣粉赤。長陰帶城隱，秋心落江碧。（《登小孤》）
> 金光一吐耀，大壑無靈踪……
> 青紅錯靈氣，升降如虛空。（《雨霽登祝融峰》）
> 散纈日浮動，渴壁虹睥睨。（《朱陵洞觀瀑》）

等等，皆色彩絢麗，能在淳雅中見高華。然而，相對來說，他的山水之篇也並不深奧艱澀。如：

陰連荷氣潤，夢墜葉聲驚。晚照多為影，閒夜過一香。(《聽
雨軒坐秋》)

既窮陵阜勢，始盡空水碧。輕輕積舸下，淡淡遠山收。(《入
左蠡登龍頭山》)

烟鬱雨氣深，燈過露光的。元谷生虛籟，叢篠聞疎滴。(《夜
宿上封寺》)

霧深時斷徑，雲倦欲栖楹。冷雨濕燈色，寒烟聞語聲。(《岳
寺》)

這些詩句的語辭雖然經過精心選擇，但並不冷僻生澀，而且
細加辨味，就可發現，鄧輔綸對於形容詞尤其是動詞謂語的錘
煉，並不像謝靈運那樣好用重力雕琢。謝詩有時還借用其它辭性
作動詞謂語。如「原隰荑綠柳」、「荒林紛沃若」、「青翠杳深
沈」之類，在生造中出新意，而鄧輔綸比較重視整章整句的整體
表現力，重視從總體上捕捉生動的物象。在這方面，鄧輔綸與謝
朓比較接近。究其原因，一方面固然是取法小謝頗有心得；另一
方面恐怕還與學陶有關。陶詩一般並不講究個別的動詞，形容詞
的雕煉。「採菊東籬下，悠然見南山」。胸臆已出，不在於一字
一辭的精雕細琢。然而，陶淵明畢竟不以雕刻山水見長，鄧輔綸
却喜繪山畫水，而且他到底還是學謝能手，總的趨向還是鑱刻雕
煉一路。

在表現方法上，鄧輔綸也深得漢魏六朝之精神。鄧詩一般並
不馳騁幻想，也較少採用喻擬手法，尤其是明喻手法運用得更
少，主要是從正面直現對象，在這方面，他與王闓運是基本一致

的。其詩如：

> 天地中恍惚，川陸接靈氣。烟中物象遠，樹杪白光衣。
> 古冥淡一影，窈黝幻深蔚。重陰儲蓄淺，靈景錯經緯。
> 懸帆帶雲隱，連江盡天衛。逼視始微辨，遙立若無際。
> 客心盈太虛，山貌霭朝霽。叩舷時一歌，鼓枻從此逝。（《早
> 發新市入支江二十里作》）

　　首兩句從虛處傳神，下四句實寫晨中景色，有全景，有特寫，有遠景，不斷變換角度和焦距「樹杪白光衣」一句似採用比擬手法，其實也可作為動詞的活用。「衣」字作動詞用，其基本義雖然限於「穿着」，但也可引伸為「遮蓋」。說「樹杪上籠蓋着白光」，就很難認為採用了比擬手法。謝鮑也常借用動詞和形容詞，或者變換詞性來突出某一種狀態。但一般並不是為了引起對它物的聯想。讓人們間接地感受到本體的性狀。而仍然是為了直接表現對象的性狀。因此，不能作為喻擬手法來看。鄧輔綸也與謝鮑一樣較少使用喻擬手法。但在章法上，較注意顯示變化。該詩的七八句與首兩句一樣重在傳達曉色之神理，下四句實寫江中所見，兩句寫景，兩句寫主觀體驗，最後四句抒懷。全詩不斷變換描寫重心。或近或遠，或整或散，或全景或特寫，或形態或神理，或具體或抽象，或景色或情懷，力求避免板滯冗沓。

　　鄧輔綸的敘事詩雖然語言質樸如陶潛，但敘寫手段卻非陶潛可圍。其詩如：

況當子出腹，調護違所宜。謦嘶顏慘戚，氣血亦俱衰。

入室別阿母，長跪牽母衣。媊妾相寬大，母病良易差。

兒生十五年，今始與母辭。拭眼淚已枯，不語中腸悲。

母送不逾戶，回首迷瞻依。寧知母子恩，割絕當斯須。

兒時滯長沙，母死魂來窺。燈焰忽微明，中見母淚垂。

瞑目即見母，心魄成驚疑。數日凶耗至，號痛發狂癡。

奔還三繞棺，長為無母兒。（《述哀詩》）

描寫具體細緻，情感沉痛哀至，非陶詩所有，也非漢魏所有。再如：

兒繞空筐啼，飯兒以黃埃。生短飢正長，鬼路難遲回。

一朝棄兒去，委質沈蒿萊。容請聽兒述，母死身無緣。

死母懷中兒，抱母啼愈哀。生兒吮死乳，見者心為摧。

（《鴻雁篇》其一）

問婦何為然，別兒臨荒衢。阿耶嗔兒號，鞭撻兒為奴。

鬻兒易炊爨，莫塞中腸枯。婦死方旦夕，寧不少躊躇！

夜中寒飆穿，兩耳疑啼呼。亦憂難汝活，但冀聚黃壚。

骷髏得因依，猶勝生羈孤。（《鴻雁篇》其二）

人間慘象，慘不忍睹。如此細緻深刻的敍寫，《悲憤詩》中沒有，《七哀詩》中也沒有　無怪乎王闓運嘆曰：「古人無此制也」。（《湘綺樓說詩》）其實這種描寫方法與它對山水的刻劃是一致的。鄧輔綸正是用那鑱刻山水的筆墨來表現人事，從而別開生面。

　　而鄧輔綸的山水詩開出的意境大多秀奇高古，其詩如：

崖門壯天險，奔湍臨削壁。磴危百丈盤，徑裊一線窄。（《登
小孤》）

嶺攢天四阻，石臨水爭趨。古脉連千嶂，奇峰貢一隅。（《岳
杪》）

群岫盡奔朝，却視皆首俯。峭勢奮千仞，危磴懸一縷。（《獨
秀峰懷古》）

　　尤其是他的《登衡山南天門》：

出沒蒼烟根，端倪太古脉。樞維洞穴牖，虛無削高壁。
繁采重五光，遠影帶一碧。芝菌蔚霞氣，土石為天色。
元霧共昏曉，幽苔無今昔。鳴壑響易秋，絕岩氣先夕。
險通崩剝痕，冥會神鬼迹。寧知下界雨，但睹上方黑。
盤渦繞一線，潁洞塞四極。寥虛冥我心，元化培我翼。
二氣發相纏，萬象陡然立。倒覺鴻濛合，俛愁象緯側。
驂駕九神君，龍虎來迎接。

　　可謂融二謝顏鮑於一手，遂令王闓運縮手三十年。而徐世昌
則以為「沈鬱幽憤，直逼杜陵。」（《晚晴簃詩話》）

　　毫無疑問，鄧輔綸之師法漢魏六朝已取得了極高的造詣，若
早生千餘年，鄧輔綸無疑是中國文學史上的傑出作家之一，其地
位也許不在謝鮑之下。另一方面，《白香亭詩集》變化不多。

「終編只是此副面目」。（錢仲聯《夢苕庵詩話》）同樣使
人惋惜不已。

相對來說，在漢魏六朝派詩人中，當以王、鄧兩人爲最能
嚴守古法，擬古功力深湛，在追求古雅的道路上走得最遠。
好古者愛其格高，求新者厭其過似。然而，由於同光詩壇是一
個允許各種流派爭奇鬥妍的「大世界」。並沒有那一派能夠獨領
風騷，因此，不會出現明七子壟斷詩壇的單調局面。在這樣的背
景下，王鄧的創作雖然有擬古之嫌，但却有自己的特色。就像在
一個富有的別墅裏，擺設了幾只秦漢古鼎，反能增添幾分文雅的
氣息，所以作爲點綴，也無須一概廢棄。

第四節　在追求古雅中立異：高心夔、劉光第詩

不產於湖湘，而詩學漢魏六朝，下及三唐，又稍加變化的詩
人，則有高心夔和劉光第。

高心夔生於 1835 年，比王闓運小二歲，死於 1883 年，比鄧輔
綸還早逝十年。字伯足，又字碧湄，號陶堂。江西湖口人。咸豐
進士。早年客於肅順幕，後曾舉兵鎮壓太平軍。成進士後，曾二
權吳縣，因強項罷去。刊有《陶堂志微錄》。

高心夔雖曾與王闓運同爲肅順門客，且同宗漢魏六朝，但高
有意自創。王對高的詩風也不甚欣賞。高心夔自序《陶堂志微錄》
而謂：「心夔弱而好詩，尤好淵明。溯焉而上，遊焉而下，不恥
其不似也」。他雖然和鄧輔綸一樣愛好陶詩，甚至以「陶堂」顏
其室，但其詩貌却與陶潛大不相同，所謂「不恥其不似也」。而

王闓運的學古趣向卻是「求似」。這是高王的分歧所在。王闓運曾說：「高伯足詩少擬陸、謝，長句在王、杜之間。中乃思樹幟，自異湘吟。尤忌余講論，矜求新古」。（《湘綺樓說詩》）而高心夔《陶堂志微錄》與王、鄧詩集的一個最明顯的區別就是極少擬題之作。正因為高心夔「不耻其不似」，故王闓運論高詩頗有微辭：「饒思秀澀開新派，終作楞嚴十種仙」。（《論詩絕句》）認為高詩尚未證道。然而若以發展的觀點來衡量高詩，那麼「不耻其不似」卻正是他的佳處。

　　高心夔作詩相當嚴謹，李鴻裔稱其作詩：「一字未愜，或至十易。及其辭與意適，天然奧美。熔煉之極，造於幽微」。（《陶堂志微錄序》）高心夔也是一個苦吟詩人，但高詩「奧美」有餘，而「天然」不足。「志既多困，其言日微」。（高心夔《陶堂志微錄述目》）為了追求含蓄隱微之境，高心夔也同樣遵循着「以辭掩意」的原則。高集頗多關涉時事之作，如《漢家四首》「感英法聯軍入寇，文宗出奔熱河而作也」。（錢仲聯《夢苕庵詩話》）起二句「漢家新樂舞雲翹，酒醒丁沽萬里潮」，「諷刺義深」、「四詩合杜陵《秋興》、《諸將》，義山《隨師東》、《重有感》、《詠史》、《茂陵》於一手，沈鬱蒼涼，兼藻彩麗澤而有之，詩史為之生色矣」。（同上）然而「驟而陳之，淵冥靡涯」。（傅懷祖《陶堂志微錄序》）非一目了然之作。他如《城西》二首寫肅順事亦同樣「托旨遙深」。而如《觀生二十首》之類就更令人費解。然而如《漢家》、《城西》等還主要是通過運用典實曲折地來表現時事，雖思深意微，而詩句語辭尚並不生僻奧澀。至如他的山水篇章就大多棘澀生牭不僅是意深，而且辭亦深，讀者

以爲「五字相連，皆不能解；一二切之，固有可識」。（王闓運
《湘綺樓說詩》）甚者更以爲「無二字相連者」（夏敬觀《學山
詩話》引張之洞語）當然這些評論都使用了誇張手法。不可盡信，
然而，高詩却正以其字字雕煉達到了一個不易造就的險境。

　　高詩與王詩、鄧詩相比，不僅注意動、形、副的鍛煉，而且
還相當注意名詞，尤其是名詞性詞組的雕煉，高心夔似乎不太喜
歡運用現存的雙音節名詞，而常常重新構造雙音節詞組作爲主賓
成分。由於較多使用單音節詞，所以張之洞要譏之爲「無二字相
連者」。的確閱讀高詩，有時需要一字一字讀，而不能一句一句
讀，這是造成高詩棘澀生叛的一個重要原因。然而，由於高心夔
不放過對每一個字的推敲，因此他的詩歌常常能透進數層，深入
骨髓，其詩如：

　　佚靈牖冥宇，丹署契天巧。石霞映余致，文著心窈窕。（《清
　虛洞》）

　　「佚靈」雖然比較抽象，「牖」字作動詞用也顯得生硬，然
而若把「佚靈」換成某一實在具體的動物，把「牖」換成「窺」
字，也許未嘗不可，但如此一來，既不足以概括整個山脈洞府的
幽古神秘，又不能將洞府與山脈的關係傳達出來。清虛洞乃是廬
山之精靈窺視冥宇的窗戶，改換其它辭語就很難簡括凝煉地用五
個字把這層意思表達出來。再如：

　　騦突洞無抵，倏忽升輪光。初綴露縰飛，稍隨松蓋張。（《天

池》）

「黰」爲釜底之黑。如把「黰」改爲「黑」，就不足以顯示
黑之程度。「綖」爲冕之前後垂覆，如將「露綖」改成「露珠」
之類，也同樣不足以狀「聖燈」初起之貌。再如：

> 奇心撰葱峭，疊閣冷風盤。龍蛇改清化，攘谷儼窪尊。（《棲
> 賢谷》）

「奇心」語出鮑照《登香爐峰詩》：「殊物藏珍怪，奇心隱
仙籍」。雖然比較抽象，但聯繫鮑詩却頗能傳達棲賢谷之精神氛
圍：葱籠的山峰似乎正是所棲之賢的「奇心」所撰之文章。再如：

> 纖葛寒蒙青，雪沫四飛揚。盈孚萬寶迸，潨利兩渠壯。
> 交陜輦奔霆，百控爭一放。（《谷簾泉》）

「孚」字《集韻》釋爲玉朵，「玉之爲物孚尹於中，而旁達
於外」，如將「盈孚」改成「盈滿」之類，就不能顯示泉之色澤、
泉之氣韵，泉之充厚。「輦」《說文》釋爲「卻車抵堂」。這個
字雖然生僻，但也有一定的形象性，能觸發聯想，試想在一個狹
隘的口子，像趕車進堂一樣驅趕着「雷霆」奔跑，又將是怎樣一
種場面！由此可見，高詩雖有棘澀之嫌，但下語雕煉而精切，能
產生特有的藝術效果。

高詩不僅辭語生叛，而且造句曲折，其詩如：

裂壁沈中陰，孤花靜旁裊。（《清虛洞》）

鴻飛半湖盡，海月吐其腹。三坦濕蒸嵐，冷結採珠縮。（《五老峰》）

一壑湊千曲，淺之萬餘尺。轣轆十道車，礐此怒淙赫。（《黃崖》）

飛衢際屯雲，宅土周震電。（《陶然亭集詩》）

諸如此類，通過曲折倒置，使對象的某些特徵得以強調，而變得更加深刻，但同時也增添了奧澀的色彩。下面再錄《金竹坪》一首，以見其選辭造句的整體風貌。

連峰距劍棘，及巔失諸巇。烈風非時集，芥垢不足沾。
岩岩無垠天，側映篇谷谽。石竹皴鐵畫，和煦絕律漸。
桀哉雙鬥它，湧奮靁我阽。縱橫僵權踣，踳霓絚紅藍。
并生一氣中，猛噬沸相纖。荒陋苦異性，六珍鍾貪琳。
坤德旣藏疾，察淵智者慚。願續九牧貢，鑄作明堂鑒。

雕煉如此，令謝鮑縮手。當然高詩也並非每首如此。《陶堂志微錄》中也有一些詩比較清新明朗，如：

陰壑上千蹬，疏雨生空烟。樵擔鳥外歸，稚子樹下餐。
鐘魚四山響，不離翠微間。（《冷泉亭》）
片帆拂鏡潭，山雪若明爐。烟浦飛輕縞，松葉疏更碧。（《黃石港暮思》）

遙山青半笠，練素橫如帶。池水波清秋，空香駐雲桂。(《妙相庵坐雨同張征君黎知州》)

　　比較接近於小謝，但最能見創作個性的還是他的《匡廬山詩七首》在描寫手法上，高詩也較多地使用了喻擬手法。其詩如：

飛蓋杏花林，林花笑行子。霞雪光參差，出入香腹裏。(《春日游京西山寺》)

偶然似出世，指就青霞棲。鶴夢不到境，薜蘿吟興微。(《孤山》)

峰峰立筍森森來，帆帆側翼鳥趨谷。

春舟箭過今溯回，騰碧親人遲勝速。 (《峽山寺寄郭中丞》)

　　再如前例《天池》「初綴露綖飛，稍隨松蓋張。翻傾百冶液，耀射星楡鄉。陰礁然海火，爍河恢景陽」之類，皆非謝鮑之慣用手法。而且詩人有時還要飛騰幻想。如：

譎龍息影生，天蟜縈水脉……鮫綃攝潭底，綷縩曳天脊。

仰頭逝仙群，鈴佩吟霧帝。 朗悟源上源，鶩漿罇今夕。

(《黃崖》)

百丈老平仲，磊落捭天閽。獨云帝者徵，恍曶難爾詳。

北斗羃上枝，珠緯貫四傍。 (《春日游京西山寺》)

　　當然，這些幻想還是相當有節制的，畢竟不同於李白、韓愈、

李賀、盧仝、馬異一路。

顯然，高心夔的創作與王闓運、鄧輔綸已有所區別，有「自尋蹊徑」（徐景福《陶堂志微錄題跋》引高心夔語）之意。李慈銘甚至說：「自謂最喜淵明詩，故號陶堂，然其詩絕不相似，大抵詩文皆取法於近人劉申甫、魏默深、龔定庵諸家。」（《越縵堂讀書記》卷八）竟認為高心夔實際上並不以漢魏六朝為宗，乃是師法龔魏，這個評價顯然是不確切的，但也間接地反映出，高詩已經非漢魏六朝詩所能限止。然而，高心夔所取之途，過於崎嶇陡險，缺乏不斷展開的光明前途。過分的雕琢也有損於自然生趣和行文氣勢，而且整個詩集與鄧輔綸一樣，比較單調，缺少變化。

而其後，劉光第的創作風格却與高心夔形成了比較鮮明的對照，如果說，高心夔是沿着謝鮑鑱刻雕煉的途徑，變本加厲地加以發展，那麼，劉光第則由鑱刻雕煉而漸趨於自然流暢。但他們在創作精神上都「不恥其不似」。

劉光第生於 1858 年，比鄧輔綸小整整三十歲。字裴村。四川富順人。光緒九年進士。光緒二十四年由陳寶箴引薦，與譚嗣同等同授四品軍機章京，參與變法。變法失敗，被害。是著名的戊戌六君子之一。有《衷聖齋詩文集》遺世。

劉光第不僅在行動上參與變法，是維新派的重要人物，而且還以他的詩歌「大聲疾呼」，揭露時政的腐敗，抨擊權貴之橫恣。甚至把矛頭直指西太后。其詩如《城南行》暴露上層社會的橫行不法：「髻上綰瑤簪，腰中佩金印。綵轡飛飆連，香輪流波迅。火雷助聲焰，沙塵動紛衅。路有毆死人，可抵蟻螻命。將相勒馬

過，臺諫盡阿順。余曰輦轂下，乃有此暴橫。」《雜詩二十首》
其一，托物寄興，嘲諷慈禧：「玉女妙成雙，變爲梟與蛇。陰精
雖不老，已蝕衆蝦蟆。姮娥擊白兔，正氣爲呑嗟」。其五又曰：
「陽剛抱龍德，陰氣散乾坤。主山遭厄圮，五岳噤不言」。其十
又曰：「妲己傾有商，褒姒滅宗周。天意信遐邈，女禍亦因由。
慨當伐國日，獻此美無儔。山水享精氣，民物含怨愁。並泄於一
身，鍾物豈非尤。方寸之禍水，胥溺及九州」。再如《萬壽山》：
「每蒙王母笑，更携上元祝。天上多樂方，奇怪盈萬族。維昔經
營日，淫潦迷川陸。海雨吸垂龍，村氓亂浮鶩。黿頭大如人，出
入聽衆哭……膏血爲塗丹，皮骨爲版築。請分將作金，用振哭黎
谷。天容慘不歡，降調未忍逐。海軍且揚威，嬉此明湖曲。仙人
且弄姿，媚此西山綠」。矛頭皆直指獨攬大權、頑固腐朽的慈禧
太后。諷刺尖刻，令人心驚骨折。他如《美酒行》、《送張安圃
帥出任桂平梧道》、《送雲拗出守梧州》等也皆是感慨生民，憤
世疾俗的力作。

　　然而，最能體現劉詩藝術造詣和特色的還是他的山水作品，
尤以峨眉紀遊詩爲最工。劉光第的學古範圍廣於王、鄧，學漢魏六朝
而下及三唐，甚至還闌入宋詩。筆墨研煉而自然，設色高華明朗。
其詩如：

香象河流騰白足，滄峨江影照青衣。
寸心塵外尋烟客，一笑雲端見玉妃。（《望峨眉山》）
下界雲霞招杖屨，夕陽紅翠動杉松。（《華嚴頂》）
澗草碧如烟，僧樓紅在樹。（《溪橋》）

缺月共青嶂，掛虹搖紫烟。（《雙飛橋》）

九疊屏風回日月，一螺著翠見東南。

下方鳥泛紅雲海，上界龍分白石潭。（《金剛臺》）

碧波瑟瑟情無限，玉佩珊珊望不來。（《白蓮》）

色彩鮮明，句調流暢，與高心夔的作品迥然相異。劉詩以選用粹美雅潔而又平易的雙音節詞爲主，並不以生造爲工。其詩如：

道旁有遺衣，疑是虎跡過。風林響暗葉，切切如牙磨。

脫險力已疲，賞勝氣翻和。山谷蒼雪鑄，松頂翠雨摩。（《大坪》）

客冲冷磬步，雄帶法露飛。俯石交流亂，追溪抱烟微。

岩草戀宿霧，林花媚晨暉。（《洪椿坪》）

雲雷一以合，天笑與相聲。絕壁音空圓，亂山響縱橫。

裂岩散冷電，懸空划陰晴。（《雷洞坪》）

不僅語言曉暢，而且句律整齊對偶，有齊梁詩體的特色。而且詩人所關境界也豐富多彩，或靈秀高古。如：

泉分太始雪，人立過來身。（《雙飛橋》）

我心歡素閒，山靈助孤賞。鳥貢溪日飛，魚吞浸霞響。

岩語落猱獲，潭氣發蛟象。藏天水心寬，胎雲石神長。（《獨臨寶貝溪危石上小坐》）

絕壑驕陽亦凍姿，雲如潮白派無時。

倒嘘人形龍初過，半沒松身鶴不知。(《大小雲壑》)

不知松柏雲中綠，疑是蓬萊海上青。

客子瘦筇陰磴雪，仙娥寶瑟夜池星。(《大坪》)

冰蠶抱倒景，雪虹飛岩阪。寒暈一何闊，玉海皓以幽。

吹冰風無春，化石木萬秋。(《接引殿》)

或荒怪神異，其詩如：

丹黃粉碧青千狀，龍虎龜蛇鳥一家。

鮌甕落穿嬉鬼國，箭船飛過簸雷車。(《峽江巨石奇惡賦詩紀之》)

雕眼射人風力勁，木皮衣屋電聲微。(《古化成寺》)

鬅鬙似鬼陰崖樹，拗怒衝人大壑鷹。(《羅漢三坡》)

豈拔琉璃弦，聖凡為舞偏。豈奏隱形鐘，聲聞不可見。

黑蛇出陰火，黃蠱竄僧院。荒塗邁新駿，元響遺舊戀。(《仙姑彈琴歌》)

怪石天門排虎豹，大雲香塔護龍蛇。(《由八十四盤閱沉香塔石門石諸勝漸達山頂》)

日光射井生虹氣，風力飛人帶虎腥。(《寶雲庵》)

或淡遠寧靜，其詩如：

野水照天浮塔去，江雲留雨入城飛。

客心清鏡開塵沼，人語疎鐘共翠微。(《偕放廷游東山寺山下人

家有花不入》）

壁雨長垂畫，溪雲不掩鐘。石橋漁唱遠，相送過西峰。（《福田寺》）

老猿抱子求僧飯，閑客看人打佛鐘。（《華嚴頂》）

曲罷暮烟岩壑滿，樵歌踏葉出西林。（《羅浮山中聽客彈琴》）

　　雖然境界各異，但無不具體鮮明，宛然在目。與高詩相比，較容易喚起再造想像。在表現手法上，也更多地採用了喩擬等修辭技巧。而且也較多馳騁幻想，故非漢魏六朝詩所能限止。然而，最能體現詩人高超藝術造詣的還是運思構想的新穎深刻，其詩如前引「鳥負溪日飛，魚吞浸霞響」。通過水空相映成趣的曲折手法，勾通天地之物，可與江湜媲美。再如：「倒噓人影龍初過，半沒松身鶴不知。」描寫人影投射在從脚下飛過的白雲之上的景觀，設想新奇，恍惚如臨神仙之境。所處之高，雲之動蕩而無聲無息，松之挺拔，鶴之超然，皆被輕鬆而充分地表現了出來。再如：「如絲龍氣南天雨，小咳兒聲下界雷。」（《雷洞坪》）通過上下之間同一事物的轉化對比，強烈地突出了雷洞坪的形勢和氣象，同時又頗具人世哲理，耐人尋味。而如《白蓮》：「野風香遠忽吹回，一片明湖淨少苔。殘月自和烟際墮，此花方稱水中開。碧波瑟瑟情無恨，玉佩珊珊望不來。姑射神人藐天末，乾坤可愛是清才。」花耶？月耶？人耶？一片渾然，神韵悠揚。詩思之高，意境之超，可謂消盡塵埃，不在王士禎《再過露筋祠》之下。再如《遊方山題名慶雲岩下覽新舊雲峰二寺》：「紫天高懸墨屏風，卷收老日青冥中，四角塞天天欲窮。嚼雲入毫寫龍背，

萬田剪碧玻璃碎，亂磬浮空戛瑤佩。」描寫岩高遮日，設想神奇。
山如垂天之「墨屏風」，已自不凡，又四角塞天，吞捲老日，更
是奇特。而詩人嚼雲揮毫在「蒼龍」背上作書，又是何等豪邁。
俯視下界，萬田之水如剪碎之玻璃，閃閃發光；空中又飄來仙人
瑤佩晃動般的磬音，又怎不令人心馳神往。諸如此類，從多方面
體現了詩人鐫刓造化，不落凡近，却又駘蕩自然的藝術表現力。
與魏源相比，劉詩的表現手法雖然還並不十分豐富，雄健奇崛處
也非其所長，但語言意境的精嚴粹美，靈秀雋妙則要高出一頭。

劉詩以漢魏六朝植其氣骨，而出之於唐詩之貌，又下涉東坡
以博其趣。其詩如：「雪龕好供低眉佛，池鏡曾窺大膽人。待道
天懷忘白水，出山雲氣雜紅塵。」（《白水寺》）「長螺泛清涎，
曲蚌浮半殼。片秀吐波心，白雲隨漲落。群山若渴龍，一一俯頭
角。」（《瀘州忠山訪來青園過江山行泛龍馬潭遊古冲虛宮》）
等，頗有蘇詩神采。可以說，劉光第是漢魏六朝派中的改良人
物，比高心夔具有更大的離心傾向。然而這種離心的結果，是趨
向於唐詩。

漢魏六朝詩作為一種藝術傳統，曾經是唐人最直接的通變對
象，後來又為明七子所重視，但明七子的學古成就並不高，並未
能得到漢魏六朝詩的精神。現在，又一次成為王闓運他們的典範，
雖然他們的學古造詣已經達到了維妙維肖、出神入化的地步，但
他們並未能因此而開闢一條新路。即使是高心夔和劉光第也同樣
不足以成為披荊斬棘的先導。漢魏六朝詩雖然與唐宋詩相比，在
藝術形式上顯得樸素簡單，似乎不以法勝，但是，對於後人來說，
這樸素簡單，無法之法，却同樣是一種有力的束縛，稍一施展手

脚,也許就會越出其範圍。而宋詩相對來說雖以技巧細密見稱,但宋詩的趨向是打破唐詩的藝術度域,予人心智才力以更多的自由,因此反而是開放的。從學古的角度而言,學漢魏易入而難精,學宋難入而易化。學漢魏格調易高,學宋則便於變化。這就是在藝術形式上學漢魏和學宋的重要區別。

第六章
全面的歷史反省中對新雅的追尋
——同光時期的同光體

第一節　同光體述要

「同光體」之名稱，始於陳衍與鄭孝胥的戲言。陳衍在《沈乙庵詩序》中曾說：「『同光體』者，蘇堪與余戲稱同、光以來詩人不墨守盛唐者」。所謂「不墨守盛唐」是相對於「恪守盛唐」而言，其實也就是相對於明七子以來學唐流派而言。具體地說也就是「以宗宋爲主而溯源於韓、杜」（錢仲聯《論「同光體」》）的流派。陳衍曾與沈曾植論詩而謂：「蓋余謂詩莫盛於三元：上元開元，中元元和，下元元祐也。」（陳衍《石遺室詩話》卷一）這就是所謂「三元說」，其重心是在中、下二元，上元乃各派所共尊。陳衍曾在《害堂詩鈔序》中說：「顧道咸以來，程春海、何子貞、曾滌生、鄭子尹諸先生之爲詩，欲取道元和和北宋，進規開、天以得其精神結構之所在，不屑貌爲盛唐以稱雄」。這番議論正是對「不墨守盛唐」和「三元說」的極清楚的注釋。同光以來不墨守盛唐一派其實正是道咸詩壇學宋詩派的延續和發展。這一派論詩一般都取發展的觀點。陳衍也不例外，他正是以發展的觀點來肯定宋詩之變。他曾說：「詩至唐而極盛，至宋而益

盛。」(《自鏡齋詩集序》)又以子孫之變祖父爲喻,認爲宋之變唐乃出於必然。而「天地英靈之氣,古之人蓋先得取精而用宏矣,取之而不能盡。故《三百篇》、漢魏六朝而有開、天、元和、元祐以至於無窮,在爲之至與不至耳。」(《劍懷堂詩草序》)另一位同光體詩人沈曾植也認爲「三元皆外國探險家覓新世界、殖民政策、開埠頭領。」(《石遺室詩話》引),由肯定宋之發展變化,又進而反對厚古薄今,陳衍說:

> 漢魏至唐宋,大家詩巳多。李杜韓白蘇,不廢皆江河。
> 而必鈔近人,將毋好所阿。陵谷且變遷,萬態若層波。
> 情志生景物,今昔紛殊科。染采出閒色,淺深千綺羅。
> 接木而移花,種樣變刹那。愛古必薄今,吾意之所訶。
>
> (《近代詩鈔刊成雜題六首》)

這是一種比較徹底的發展觀點。從總的創作方向上,要求不斷突破,有新的藝術創造,與道咸時期桐城派和宋詩派一脈相承,都體現了詩歌發展「踵事增華」的趨向。葉燮論詩曾說:「譬諸地之生木然。《三百篇》則其根,蘇、李則其萌芽由蘖,建安詩則生長至於拱把,六朝詩則有枝葉、垂陰,宋詩則能開花,而木之能事方畢。自宋以後之時,不過花開而謝,花謝而復開。」(《原詩·內篇下》)對宋以後詩尚不能一意肯定。而陳衍則認爲變化不盡,發展無窮,「近代」仍能出新樣。因此說,他的發展觀是比較徹底的。葉燮所處之時,詩歌剛剛走完一段曲折的彎路,鑒於明詩成就不高的具體情況,所以只能有所保留,體現了

時代的局限。

在強調發展變化的同時，陳衍等也同樣以性情爲本。陳衍曾說：「作詩文要有眞實懷抱，眞實道理，眞實本領，非靠着一、二靈活虛實字，可此可彼者，斡旋其間，便自詑能事也。」（《石遺室詩話》卷八）又曾批評以學宋爲高的趨附者而謂：「咸同以來，古體詩不轉韵。近體詩不尙聲，貌之雄渾焉爾！其敝也，蓄積貧薄，翻覆只此數意數言；或作色張之，非其人而爲是言，非其時而爲是言，視貌爲六朝盛唐之言者，無以勝之也！余於詩文，無所偏好，以爲惟其能稱耳！淺嘗薄植，勉爲清雋一二語，自附於宋人之爲，江湖末派之詩耳！」。（《文莫室詩續集敍》）顯然，陳衍論詩也並非唯宋、唯學宋是好。陳衍在這裏着重強調的是「有感而發」，「言必己出」，「言之有物」。而鄭孝胥則強調了作詩必須有個性。他說：「爲己爲人之歧趣，其徵蓋本於性情矣！性情之不似，雖貌合，神猶離也！夫性情受之於天，胡可強爲似者！苟能自得其性情，則吾貌吾神，未嘗不可以不似似，則爲己之學也。世之學者，慕之斯貌之。貌似矣，曰異在神；神似矣，曰異在性情。嗟乎！雖性情畢似，其失已不盆大歟！」（《書韋詩後》）這些都表明同光體開派者之學宋並不是以擬宋爲能，相反却是以性情個性爲本。因此，他們反對趨鶩時尙。陳衍曾提倡「寂者之詩」，他認爲詩之於世，「其爲之也惟恐不悅於人，其悅之也惟恐不竟於人，其需人也衆矣」故易流同爲「利祿」之途。此實爲詩之大害。早時，潘德輿曾指出過爲「悅人」而作詩之病。因此，陳衍強調自得。「一景一情也，人不及覺者，已獨覺之；人如是觀，彼不如是觀也；人猶是言，彼不猶是也，則喧

寂之故也」。因獨自有得而「寂」；又因內中有我，不隨影附響，故「困」。然而，「有詩焉，固已不寂；有爲詩之我焉，固已不困」。（《何心輿詩序》）因爲是眞我自立的眞詩，因此，即使於世獨立，不爲世誅，也是眞正的「不寂」、「不困」。陳衍發揮了清初葉燮和嘉道之際潘德輿的「爲己」之說，這是有積極意義的。但必須指出，陳衍之強調自得，「爲己」，並不意味着要求詩人脫離社會，回避現實。相反，陳衍十分重視生活體驗和表現現實問題。他認爲「唐詩極盛」、「宋詩益盛」的重要根據就是「蓋自次山、少陵、元、白、蘇、黃、陸、楊之倫號大家者類，無不感諷引諭，長言嗟嘆」。（《自鏡齋詩集序》）又認爲鄭珍詩之所以不同尋常，乃是因爲鄭珍「頗經喪亂，其托意命詞又合少陵、次山、昌黎而熔鑄之」。又稱讚金和之詩，其原因也是由於金和「所歷危苦，視古之杜少陵，近之鄭子尹，蓋又過之。」「而一種沉痛慘淡陰黑氣象又過乎少陵、子尹」。（參見《秋蟪吟館詩跋》及《近代詩鈔》）而他之所以並不一筆抹殺王闓運，也是因爲王氏所作「於時事有關係者甚多。」（《近代詩鈔》）陳衍的著作中類似的意見比比皆是，無須一一拈出。而強調個性之鄭孝胥也同樣重視詩人對現實生活的感發。他曾駁斥張之洞論詩「務以清切爲主」的觀點，認爲：「余竊疑詩之爲道，殆有未能以清切限之者。世事萬變，紛擾於外，心緒百態，騰沸於內，宮商不調而不能已於聲，吐屬不巧而不能已於辭，若是者，吾固知其有乖於清也！思之來也無端，則斷如復斷，亂如復亂者，惡能使之盡合；興之發也匪定，則儵忽無見，惝怳無聞者，惡能責以有說。若是者，吾固知其不期於切也！並世而有此作，吾安得

謂之非眞詩也哉！噫嘻！微伯嚴，孰足以語此。」（《散原精舍詩序》）不僅表明了他自己的觀點，同時也說明了陳三立的觀點。儘管這些主張都並不新鮮，但足以表明，同光體詩人並不是可以用「形式主義」四字簡單地加以抹殺的。

　　同時，在強調藝術個性追求新變的時候爲了保持高雅的品格，同光體詩人還相當重視學問。因爲只有在廣博的學識的滋養之下，才能形成「支援意識」，以支持有價値的高雅的藝術創造活動。陳衍曾標榜「學人之詩」與「詩人之詩」合一的觀點（參見《近代詩鈔序》）又曾說：「余平生論詩以爲必具學人之根柢，詩人之性情。而後才力與懷抱相發。」（《聆風簃詩敍》）在《瘦唵詩序》中又駁斥嚴羽「詩有別才，非關學也」之說。認爲「詩也者，有別才而又關學者也」。這同樣不是一個新鮮的觀點。清初自錢謙益、吳偉業、黃宗羲、朱彝尊起，到乾嘉時期的姚鼐、翁方綱，下及道咸詩人，絕大多數詩人都重視學問，要求性情與學問相結合。清初錢謙益有「詩人之詩」與「儒者之詩」的提法，黃宗羲又有「詩人之詩」與「文人之詩」的提法，在實質上都類似於陳衍所說的「詩人之詩」與「學人之詩」。而乾隆初方世泰在《輟鍛錄》中則更明確地提出了「詩人之詩」、「學人之詩」和「才人之詩」這三種類型，而方氏認爲只有「詩人之詩」才是「風雅之正傳」。其實不管是「儒者」「文人」，還是「學人」、「才人」，都必須有詩人之「性情」，詩人之「別才」，方能成爲眞正的詩人。而「詩人」自然也需要有「儒者」、「文人」、「學人」、「才人」的學問和才識，才能創作出有價値的傑作。陳衍的「詩人學人合一」之說，雖有高自位置之嫌，

但在實質上還是有價值的。

上述這些主張往往是許多流派所共有的，尚不能見出同光體的特徵，因此我們必須回到陳衍對同光體所作的解釋。比較能顯示出同光體特徵的是他們的學古趨向。當然，學古並不是同光體的最終目的，而只是明辨詩歌正變發展，把握藝術傳統和藝術規律以臻新雅之境的一種手段。相對來說，同光體的學古面比較廣泛。而具體到不同的作家，又各有自己的側重點。陳衍曾說：「古之詩人，一人各具一筆意，謝之筆意絕不似陶，顏之筆意絕不似謝，小謝之筆意絕不似大謝。初唐猶然，至王右丞而兼有華麗、雄壯、清適三種筆意。至老杜而各種筆意無不具備。大曆十子筆意略同，元和以降，又各人各具一種筆意，而昌黎則兼清妙、雄偉、磊砢三種筆意。」（《石遺室詩話》卷十八）一個作家既有幾種「筆意」，而況作家之多，因此學古是一件十分複雜的事情，後人往往以自己的愛好或者所缺，加以選擇。同光體詩人同樣有不同的選擇。按選擇的重點及地域，習慣上大致分成三派。一是閩派，「這一派以陳衍、鄭孝胥、沈瑜慶、陳寶琛、林旭爲首，最後有李宣龔諸人爲殿。這一派的學古方向，溯源韓、孟，於宋人偏重於梅堯臣、王安石、陳師道、陳與義、姜夔，沈瑜慶則偏宗蘇軾，陳衍又接近楊萬里。」（錢仲聯《論「同光體」》）一是江西派，「這一派大都是江西人，遠承宋代的江西派而來，以黃庭堅爲宗祖。其首領爲陳三立，稍後一些有夏敬觀，却不學黃庭堅而學梅堯臣。華焯、胡朝梁、王易、王浩諸人，都屬三立一派。三立的兒子衡恪兄弟都能詩，但不是江西派詩。」（同上）一是浙派，以沈曾植爲代表，沈的同派是袁昶，繼承者是金蓉鏡，

都是浙西人，學謝靈運、韓愈、孟郊、黃庭堅。（參見《論「同光體」》及錢仲聯撰《大百科全書文學分卷》「同光體」一條）。這三派外，「一般也認爲是同光體的，有范當世學黃庭堅，陳曾壽學韓愈、李商隱、黃庭堅，俞明震學陳與義。」（同上）。

而在同光體以外，年輩較高的學宋詩人還有翁同和（1830～1904），字叔平，江蘇常熟人。咸豐六年狀元。曾是同治、光緒兩帝師傅。官至戶部尚書協辦大學士。維新變法中，站在光緒一邊。戊戌政變前夕，慈禧將其「開缺回籍」。政變後又下令「即行革職，永不敍用，交地方官嚴加管束。」有《瓶廬詩稿》。陳衍稱其詩「清雋無俗韵」。（《近代詩鈔》）其詩「以有關書畫金石之作爲最工，時抒悲憤」。（錢仲聯《論近代詩四十家》）「七絕最妙，多托興蕭寥之作」。「《出宿一舍回首黯然》云：『風帆一片傍山行，滾滾長江瀉不平。傳語蛟龍莫作怪，老天慣聽怒濤聲』。感群小之相厄，鬱怒之聲，如在紙上。《疊前韵題陳章侯博古碑刻本》云：『披髮行吟楚大夫，不堪羸病恕狂奴。篋中圖書捐都盡，賣到長江萬里圖。』《題載文節畫》云：『愈澀愈生筆愈靈，當年妙語我曾聆。可憐十月江南景，一角殘山分外青。』《題蔣文肅畫花卉卷》云『矮紙曾題字數行，旁人怪我語蒼涼。湖山自是幽人福，漫與前賢並較量。』（注略）《臨吳漁山眞迹》云：『二百年來有後生，廟堂拜疏乞歸耕。尖風涼雨秋如此，誰識挑燈作畫情？』《臨倪文正畫》二絕句云：『要典焚殘士路青，一篇黨論太分明。相公煞費推擠力，破帽騎驢了此生』。『逐客偏蒙詔語溫，論兵籌餉已無門。蕭寥數筆雲林畫，中有憂時血淚痕。』明擔當和尚句云：『不待西風搖落盡，筆尖

動處有秋聲』似爲松禪詠。淒楚之音，不堪卒讀。荆公玉局，共
懷抱於千載之上爾。』」（錢仲聯《夢苕庵詩話》）翁氏的作品，
顯示了道咸以來學宋詩人的又一種風格。

第二節 貫通三元求新雅：閩派詩人

　　閩派代表人物陳衍，生於 1856 年，比王闓運小二十三歲，死
於 1937 年，已是抗戰之初。字叔伊，號石遺，侯官人。光緒八年
舉人。戊戌變法時在京，作《戊戌變法榷議》十條，曰《議相
篇》、《議兵篇》、《議卒篇》、《議將篇》、《議械篇》、
《議稅篇》、《議農篇》、《議學篇》、《議譯篇》、《上書言
事篇》，相當詳細地闡述了自己的變法主張。變法失敗後，應湖
廣總督張之洞之邀，前往武昌，任官報局總編纂。曾爲張之洞財
政出謀劃策，有實效。後爲學部主事，京師大學堂教習。清亡後，
講授南北各大學。最後寓居蘇州，與章炳麟、金天翮共倡辦國學
會，任無錫國專教授。卒於鄉。刊有《石遺室詩集》、《文集》、
《詩話》及《近代詩鈔》等。

　　衍少時讀書極博雜。於文學，除唐宋詩文集外，還常「私看
小說傳奇」曾戲作《水晶宮》、《雁門關》兩傳奇（參見《石遺
先生年譜》）年長學富，除詩文集外，還著有《說文舉例》八卷，
《石遺室詩話》三十二卷，另有《續編》六卷，《遼詩紀事》十
二卷，《金詩紀事》十六卷，《元詩紀事》二十四卷，《石遺室
論文》五卷，《史漢文學研究法》一冊，及《近代詩鈔》二十四
冊等。尤喜說詩，上下古今，涉及極廣，尤其是對同時代詩人也

有相當廣泛的評述，爲後人研治清代詩歌提供了較豐富的資料。論詩大旨已見前述，具體的談藝見解也極爲豐富，對古今詩人的藝術分析有相當的啓發作用。

陳衍本人正面持論比較通達，對歷代著名詩人的褒貶相對來說並不偏執、谿刻。而他自己的愛好和師法當然並沒有那麼廣泛，他曾對人說：「江右詩家，五十年來，惟吾友陳散原稱雄海內，後生英俊，謬以余與海藏儕諸散原，方諸北宋蘇、王、黃三家。以爲海藏服膺在荊公，遂以自命；雙井爲散原鄉先哲，散原之兀傲僻澀似之，皆成確證；因以坡公屬余，余於詩不主張專學某家，於宋人固絕愛坡公七言各體，興趣音節，無首不佳，五言則具體而已，向所不喜。雙井、后山，尤所不喜。日本博士鈴木虎雄特撰《詩說》一卷，專論余詩，以爲專主張江西派，實大不然！余七古向鮮轉韵，七律向不作拗體，皆大異山谷者，故時論不盡可憑。」（錢基博《現代中國文學史》引）可見蘇軾、黃庭堅、陳師道諸家並非其刻意師法的對象。他雖未明言自己實際趨向何在，然就其詩歌風格而言，近於王安石、楊萬里。他曾說：「詩直不可爲，爲直不可工矣乎。」（《丁戊山館未定稿敍》）又說：「宋詩人工於七言絕，而能不襲用唐人舊調者，以放翁、誠齋、後村爲最大略。淺意深一層說，直意曲一層說，正意反一層說。誠齋又能俗語說得雅，粗語說得細，蓋從少陵、香山、玉川、皮、陸諸家中一部分脫化而出也。」（《石遺室詩話》卷十六）相當重視用筆的曲折，而陳衍從王安石、楊萬里那裏得到的也主要是用筆的曲折。

然而陳詩與江湜的詩歌並不一樣，江詩善於白描，而陳衍却

用典較多。有時還點綴以僻語，其詩如「名灘高下漸鈎輈」，（《將至水口山勢其峭》）「鈎輈」本指鷓鴣之聲，李群玉詩云：「行穿屈曲崎嶇路，又聽鈎輈格磔聲。」陳詩似檃括李詩，轉用「鈎輈」一辭來表現溪灘的曲折多變。而「骳骩村樓依樹杪，躴躿岸影壓孤舟。」（同上）中的「骳骩」、「躴躿」兩辭，一意曲折，一意身長，皆極罕用之辭彙。再如「登頓已百步，尚未艮其背」。（《同人泛湖之孤山》）中的「艮其背」語出《易經》，在詩中也鮮用。再如「風平帆張鶩」。（《吳山晚眺》）之「鶩」，「緪如偪陽布忽懸」、（《水帘洞歌》）之「偪陽布」等皆非習用之字面。然而陳衍也有以白話和新名詞入詩的例子。如《題為壬戌冬月與宗孟會於京師屬以白話詩成十八韻》、《畏廬同年書來勸省食報以長句》、《元旦見桃開效香山體》等皆是明白如口語的作品；而如《歲除詩》「懶把電光替燈火，照將鬚鬢白如銀。」《殘臘偕子培過江宿蘇龕鐵路局樓上相約暇時相督為律詩新正臥病連日讀荊公詩仿其體寄蘇龕》「與君隔水上高層，斜角相望認電燈」。《苦熱》「電扇終嫌風力微，未能勉強著單衣」。等又以新事物、新名詞入詩。由此亦可見同光體詩人亦非冥頑不化之輩。

陳詩的句式比較流暢，時常以虛辭疏通氣勢。其詩如：

如此弦歌堪坐嘯，翻然歸去不斯須。（《江上望彭澤縣》）

未知太華如何碧，想見洞庭無限秋。（《雨後同子培子封對月懷蘇龕兼寄琴南》）

未遭田父緣多病，屢簡吳郎益近題。（《再答子培》）

久狎風濤輕險阻，慣凌冰雪踏縱橫。（《夜過泰山下作》）

便教但作梅花看，破費天公已不貲。（《自浦江至京師三千里大雪一色》）

　　故有以東坡擬其詩者。其長在氣勢貫暢自如，其短在影響詩句容量。利弊互見。而其章法運思頗能洄灣曲折，故能避免坦直泄瀉之弊。其詩如《江上望彭澤縣》，前兩聯從正面渲染彭澤湖風光。頸聯出句承上，對句却猛然一轉「翻然歸去不斯須」，令人莫知思路所去。於是有尾聯：「南窗寄傲平生志，未有田園可暫蕪」。經過前面一跌，有力地強調了田園之志，與題意相呼應。這比從正面直敍題旨要巧妙得多。再如《夜過泰山下作》首聯「天寒歲暮復長征，朋好依依惜此行」。寫歲暮去家時的依依惜別之情。頷聯「久狎風濤輕險阻，慣凌冰雪踏縱橫」。戛然一折，斬斷情絲。頸聯敍寫自己的經歷，抒發遨遊四方的豪情。這豪情理應受到熟悉的山川盛情款待，然而，滄海桑田，眼前的一切却是那樣的陌生：「濟河淮海聯新軌，江漢縈波厭舊程。」高振的情緒與陌生的現實形成對照，詩思至此似乎是「旋旋回灣似盡頭」，然而，詩人又出乎意料地巧駕詩舟「更向青山裏處遊」：「惟有岱宗曾識我，炎涼不改送迎情」。經過頸聯一頓，尾聯顯得特別有力，突出了詩人見到泰山時的萬千感受，融進了詩人對世態炎涼苦澀的體味。

　　如果說上述兩個例子是通過比較明顯的章法轉折來開掘詩意，那麼下面的例子却是不露形迹地讓詩思盤旋於空中：

卅年不到國花堂，萬事人間未足傷。

閒說杜秋垂老日，掃眉重換內家妝。（《極樂寺是二十九年前舊游海棠數十株大皆合抱今十無一二矣國花堂區尚存》）

詩人完全是用反語寄托他的無限傷感。羅隱詩有「杜秋在時花解言，杜秋死後花更繁」句，即使是杜秋本人，於垂老之日尚換上了艷美的宮裝。可是而今又是怎樣的一種景象呢？詩人雖一字未言，但是強烈的情，深沉的意却在這空白之中蕩漾開來，引起無限的傷感。再如：

昔者杜少陵，萬卷讀巳破。所以浣花溪，並無樓一個。
（《萬卷書樓》）
閩有萬松關，浙有萬松嶺。嶺上無一松，禪關足清景。
（《萬松疊翠》）

兩詩皆詼諧幽默。前一詩由「破」字着眼，生發詩意：「萬卷書樓」何在？——在少陵詩筆裏。後一詩從「禪」字開掘：「萬松疊翠」何在？——在一片禪機裏。

陳衍雖然善用曲筆，造成詩意的回旋含蓄，但他對於表現對象的把握，則不以縋幽鑿險、雕肝鏤腎見長，而以中距離的整體概括爲主。其詩如：

晴湖青漾漾，澄江白晃晃。烟開塔旋螺，風平帆張鷁。
（《吳山晚眺》）

赭山不能雲，逭暑苦無計。夜謀月湖宿，晨鼓渡江枻。
有路入萬荷，有臺矗水際。稍覺窗櫺間，新翠欲染袂。
晚來隔江雨，欲至旋開霽。終分雨綠氣，烟水澹搖曳。
風螢升復沈，雲月出還閉。（《沈乙庵招游月湖夜話達曙》）
昨聞東山下，寒色足決溓。千松聚一罄，中有一泉響。
稍為群赭山，一洗貌粗獷。（《冬述四首視子培》）

詩境並不新穎奇特，但「興味高妙」。陳衍論詩曾有「四要
三弊」之說：「骨力堅蒼為一要，興味高妙為一要，才思橫溢，
句法超逸各為一要。然骨力堅蒼其弊也窘，才思橫溢其弊也濫，
句法超逸其弊也輕與纖，惟濟以興味高妙則無弊。」（《石遺室
詩話》卷二十三）可見「興味高妙」乃是他所追求的一個重要目
標。因追求「興味」，故造語也時有妙趣，即使如論詩之作，也
並不枯燥乏味。如《審言見示論詩之作次韵奉答》：

文章變化無定形，夜行冥索無不醒。可憐百眇引千瞽，
下箸莫辨熟與腥。載籍極博欠格致，空談腔子常悾悾。
何嘗昆侖遺星宿？未道岳瀆泛淪溟。散原蛟鼉跋巨浪，
海藏玄鶴梳修翎。聞風江表竟興起，滕薛爭長筍驚霆。
潯陽九派接江漢，注河八水首渭涇。嗟余疏鑿不自量。
欲追禹迹窮桑經。陶鎔萬卷入千首，寫定忽忽侵頹齡。
要從殘夜生海日，啓明以後稀晨星。多君謬瞻余馬首，
願出兵甲農抽丁。如荼如火赤白羽，勝看孔雀張圍屏。

議評陳三立、鄭孝胥及他本人在當日詩界的聲望,生動詼諧,得意之情溢於言表。

陳衍也有一些詩設想頗新奇。其詩如:

此雨宜封萬戶侯,能將全暑一時收。未知太華如何碧,
想見洞庭無限秋。(《冬日四首視子培》)
中峰劈成青玉峽,見說白龍出其內。我觀是龍還是劍,
雷煥張華昔所佩。延津飛躍去何之,還過豐城艮其背。
尚餘雙鞘化雙峰,夾峙香爐峭天外。(《雨後問子培子封對月懷
蘇龕兼寄琴南》)

前一首不傳雨之神形,卻寫雨之功,而想像超遠。後一首也不寫山水形態,而着眼於山水的精神氣勢:水如脫鞘之飛劍,峰猶出劍之神鞘,比喻獨特,神彩四溢。

然而在整體上,陳詩並不以新奇深刻取勝,也很少通過大膽奇幻的想像去開闢一個靈異縹緲、光怪陸離的世界,即使如較多採用喻擬手法的《水帘洞歌》,也並不神異。陳詩對客觀對象的變形幅度不大,然而也並不是純客觀的描寫。詩人對於客觀對象的描寫敘述,以及對於主觀情懷的抒發,或交替出現,或融為一體。詩思曲折含蓄,詩境超曠,頗乏激楚蒼涼,沉痛哀至之作。

在當時陳衍以說詩著稱,而得大名。汪國垣先生《光宣詩壇點將錄》目之為「廣大教主」,陳衍本人則隱然以陳三立、鄭孝胥和他本人為同光詩壇鼎足而三的巨子。其實,在閩派之中,陳衍的實際創作成就,尚不能居首,鄭孝胥和陳寶琛的成就,不在

陳衍之下。而陳寶琛的成就又不在鄭孝胥之下，錢仲聯師《近百年詩壇點將錄》認爲：「其詩在閩派中並不被推爲首領，實則太夷、石遺諸家，皆不能駕其上也」。劉成禺《洪憲紀事詩本簿注》至稱：「《光宣詩壇點將錄》上散原而次弢庵，似疑失置。」

　　陳寶琛生於 1848 年，比陳衍長八歲，死於 1935 年，比衍早逝二年。字伯潛，號弢庵，又號橘隱，福建閩縣人。同治七年進士，光緒元年大考二等，記名遇缺題奏，回翔翰詹，光緒八年以侍講學士簡江西正考官，轉讀學，就簡江西學政。陳三立即是其所得士。翌年擢內閣學士，光緒十年，中法釁起，與張佩綸、吳大澂同受命參軍務。陳寶琛在朝時，與張佩綸、張之洞等，以敢於言事著稱，號爲「清流」，陳與張佩綸尤爲風厲。光緒六年，慈禧侍庵李三順一案，陳寶琛於太后盛怒之下，抗疏力諍，稍殺奄豎之焰，尤爲士林稱譽。後因曾保薦唐炯、徐延旭而被貶，遂歸居二十餘年。宣統元年被徵再起，授讀毓慶宮，爲溥儀師傅，官至弼德院顧問大臣。辛亥革命後，成遺老。一說當溥儀被挾至天津，欲去東北時，陳寶琛伏地陳七不可，痛哭而返，僞滿洲國成立，屢徵不出，頗有風節，有《滄趣樓詩集》行世。

　　陳寶琛雖能詩，而不以詩相標榜。論詩之言極少。其詩，初學黃、陳，後喜王安石。陳衍曾說：「弢庵意在學韓，實似荆公，於韓專學清雋一路。」（《知稼軒詩敍》）陳寶琛學王安石，能得其「深婉不迫之趣」。陳三立稱寶琛詩「感物造端，蘊藉綿邈。」（《滄趣樓詩集序》）汪國垣亦謂「深醇簡遠，不務奇險而絕非庸音，不事生造而絕無淺語，至於撫時感物，比物達情，神理自超，趣味彌永。」（《光宣詩壇點將錄》）。

《滄趣樓詩集》造語自然雋永，屬對流暢精嚴。其詩如：

此別豈徒吾輩事，卽歸能復曩時歡。數聲去雁霜將降，
一片荒雞月易殘。(《七月廿五夜山中懷蕢齋》)
夢中相見猶疑瘦，別後何時已有髭。(《蕢齋以小像見貽題寄》)
斷鐘墜澗無尋處，佳月籠月悤賞難。(《十一月十四夜聽水齋同
蘇庵待月卽送北行》)
國門一出成今日，泉路相思到此山。月魄在天終不死，
澗流赴海料無還。(《鼓山覓寶竹坡題句不得愴然有賦》)
人世陰晴那可料，山門鐘梵故依然。(《石鼓山中送瑞裕如戶部
豐還京》)

諸如此類，皆一氣貫注，妙手偶得，非刻意造對者可比。情
景渾成一片，尤善於以景寫情，令人回味無窮。卽使如長篇七古，
也不好大段鋪張，而以夾景夾情，夾事夾意爲主，融情景、事意
爲一體。其詩如《次韵答做玉》、《次韵答幾道卽以贈別》、
《珍午和詩感及昔遊因疊前韵奉答》、《幼點風雨中挐舟枉存見
和前作並示去夏寄太夷詞再疊以答》等無不如此，而且用韵輕鬆
貼切，遊刃有餘，功力極深。寫景長篇如《遊方廣岩》也以洗煉
簡遠取勝。造語之精如「烟絲纍纍動丹碧，忽訝白點晴濺裙。穿
松踏苔飽古綠，入門繞殿相驚呼。」等皆深得王安石煉字之法。
而最能見陳詩之長的是寄思深遠。作於光緒二十一年的名篇
《感春四首》以春事寄興，寓喻時事。其一：

一春無日可開眉，未及飛紅已暗悲。雨甚猶思吹笛驗，
風來始悔樹幡遲。蜂衙擾亂聲無准，鳥使逡巡事可知。
輸却玉塵三萬斛，天公不語對枯棋。

春天本是萬物欣欣向榮之日，然而，在這艱難的時世，却無
一日可展其眉。暴風驟雨摧花掃葉，令人生悲。雖欲吹笛止雨，
然而事與願違，中日一戰，一敗塗地，最後被迫議和，受盡恥辱，
賠款二百兆以結。其二：

阿母歡娛眾女狂，十年養就滿庭芳。誰知綠怨紅啼景，
便在鶯歌燕舞場。處處鳳樓勞剪彩，聲聲羯鼓促傳觴。
可憐買盡西園醉，贏得嘉辰一斷腸。

甲午海戰之敗，與慈禧太后挪用海軍經費三千萬兩營造頤和
園，致使軍費欠缺，武備不振大有關係。該詩諷刺慈禧在頤和園
中揮霍無度，縱情娛樂的醜行。最後一聯以兵敗斷腸爲慈禧六十
嘉辰之祝，辛辣尖銳，毫無餘地。後兩首亦圍繞戰爭以後的時局
抒發感嘆，詩情沉痛哀傷，而詩意却蘊藉含蓄。再如《大悲寺秋
海棠》：

當年亦自惜秋光，今日來看信斷腸。澗谷一生稀見日，
初花偏又值將霜。

此詩作於宣統二年，此時詩人雖被重新起用，但清王朝已經

奄奄一息毫無希望。第一句明寫秋日海棠自惜無多之時光，而暗
寓詩人當年曾為已入殘秋的清王朝盡過心力。第二句明寫詩人重
遊故地，來賞又名「斷腸花」的海棠，而雙關朝政日非，真堪斷
腸。第三句明寫海棠生長環境，而暗喻自己二十多年鄉居鼓山聽
水齋，未得一睹天顏。最後一句又明寫海棠花發之時，而暗寄自
己雖被召用而已難補清室之衰運的感慨，無一句不扣題，又無一
句黏於題。詩思深曲，寄情邈遠。他如：

> 江心憶拜張都像，熱淚如潮雨萬絲。（《龔齋以小像見貽題寄》）
> 記取吳淞燈裏別，不須寒雨憶洪塘。（《滬上貽龔齋三宿留別》）
> 頗聞休暇中，詩卷自料理。思舊搜遺文，無人會微旨。
> （《寓齋雜述》）
> 書壁會當思魯直，裂麻竟不相延齡。陔餘未乏酬恩地。
> 勤與鄉鄰講《孝經》。（《送江杏村歸養》）
> 不是侍中歸五柞，柄臣學術有誰知。（《讀漢書》）
> 誰分梨園烟散後，白頭及見跳靈官。（《六月初一日漱芳齋聽戲
> 四首》）
> 委蛻大難求淨土，傷心最是近高樓。（《次韻遜敏齋主人落花四
> 首》）
> 平生相許後凋松，投老匡山第幾峰。見早至今思曲突，
> 夢清特地省聞鐘。（《散原少予五歲，今年八十突記其生日亦九月
> 賦寄廬山》）

這些詩句皆用典切當，詩意深微，而思緒委婉不迫，却又感

慨萬端。眞切地吐露了這位末代老臣複雜的心曲。在藝術上都有
很高的造詣。與陳衍相比，陳寶琛更長於抒情寄興、寓言時政，
詩情也更爲感傷沉鬱，造語也尤爲精嚴自然。

　　閩派的另一位巨子鄭孝胥，生於蘇州胥門，故以孝胥名。生
於 1865 年，比陳衍小九歲， 1938 年薨於僞滿洲國。字太夷，號蘇
戡。又號海藏。祖籍福建閩縣。鄭氏一生比較複雜，十八歲中解
元。馳譽京國，爲部郎。好新政，主立憲。嘗保薩鎮冰堪大用。
後赴湖北，從張之洞遊。曾渡日本，通立憲之政，歸國後，又赴
廣西爲邊防督辦。解職後，客於上海，與張謇等組建立憲公會。
旣而出任湖南布政使。辛亥革命後爲遺臣。然當馮國璋奉清室之
命攻打武漢三鎮時，又曾致電海軍將領薩鎮冰，勸其毋以政治種
族關係禍及人民，則有益於民國。後入商務印書館，先後十餘年。
袁世凱屢征不出。而晚年竟效忠溥儀，經營僞滿洲國，受庇於倭
寇，進退失據，大節有虧。程康先生有詩諷曰：「高名一代海藏
樓，晚節千秋質九幽。片語救亡臣有策，終身爲虜我何尤。寧將
國命酬孤注，未必行藏不贅疣。誰識南臺起長夜，陸沈久已志神
州。」（《哀鄭重九》）然「就詩論詩，自是光宣朝作手。」（ 汪
國垣《光宣詩壇點將錄》）。

　　錢基博先生論其詩學而謂「三十以前專攻五古，規撫謝靈運
而浸淫於柳宗元，又以孟郊琢洗之。沈摯之思，廉悍之筆，一時
殆無與抗手。三十以後，乃肆力於七言，自謂爲吳融、韓偓、唐
彥謙、梅堯臣、王安石，而最喜王安石。」（《現代中國文學史》）
而陳衍又比之以元好問，云：「昔趙甌北謂元遺山專以精思健
筆，橫絕一世，蘇戡之精思健筆，直逼遺山。黃仲則詩云：『自

嫌詩少幽並氣，故作冰天躍馬行』。蘇戡少長都門，自具幽并之氣。」(《近代詩鈔》)鄭詩與陳寶琛詩相比，思深是其所同，然筆墨尤洗煉入骨。其詩如：

> 天風海色颯成圍，獨倚三更萬籟稀。不覺肺肝生白露，
> 空悵河漢失流暉。東溟自竄誰還憶，北斗孤懸詎可依。
> 今夕太虛便相見，屋梁留照夢中歸。(《日本望月懷沈子培》)
> 幽人獨臥意殊適，江聲入夢含蒼茫。驚回雲氣忽逼帳，
> 雷奔電激還繞床。(《八月十一夜雷雨》)
> 平生縱眼殊有力，超海穿山隨所擊。目光注射遂無堅，
> 何物相遮笑牆壁。去年連城千萬峰，潰圍爲我皆辟易……
> 只今邊帥用詩人，端遣書生來岸幘。欲憑秀句洗癏癛，
> 復待豐年拋劍戟……沈吟遠意當語誰，的的飛鴻黯將夕。
> (《題西廳新作二窗》)
> 水痕漸落霜漁汀，禿柳枝疏也自青！喚起吳興張子野，
> 共看山影壓游萍。(《題吳氏草堂》)

思致深入物表，勾攝神魄，而鍛煉洗削之功極深，得力於謝靈運、孟郊、王安石三家。又善寫重九登高詩，故雅號鄭重九，其詩如：

> 新霽雲歸江浦暗，曉風浪入石頭腥。忍飢方朔非眞隱，
> 避地梁鴻自客星。(《己丑九日獨登清涼山》)
> 秋懷閉戶兀嵯峨，都付登臨眼底過……

樓西地盡鄰斜日，海上帆收展夕波。（《辛卯九日愛宕山登高同
秋樵柄海》）

端居秋氣最先感，起與蟲鳥爭號翔……

登高聊欲去濁世，頁手天際終旁望。空中鳥迹我今是，
底用著句留蒼蒼。（《癸巳九日大阪登高》）

此州乃井底，無處見天日。從躋萬山巔，猶在千丈窟。
三秋不易過，業滿當自脫。（《乙巳九日不出》）

國亡安用頻傷世，病起猶思一仰天。幾換園林吾亦老，
休談人物夢何年。（《癸丑九日病瘉出游》）

十年幾見海揚塵，猶是登高北望人。霜菊有情全性命，
夜樓何地數星辰。晚途莫問功名意，往事惟余夢寐親。
枉被人稱鄭重九，更無豪語壓悲辛。（《壬戌九日》）

登臨感慨，詩意蒼涼，眼底情景皆化作詩人主觀意緒盤鬱而
出。然而又並非虛構的神幻世界，一切都是實聞實見，卻又非塵
垢包裹着的凡目所見，而是脫去凡表的心靈所見。精思雋骨，體
會淵微，與明七子的「高調」迥然大異。又喜作夜起詩。詩人早
眠早起，寒暑無間。示石遺詩云：「寐叟深言夜坐非，石遺卻道
宵行奇。海藏夜夜樓頭坐，恰是晨鐘欲動時。」早歲讀書福州時
亦有詩云：「海日生未生，有人起長夜。」故又自題所居曰「夜
起庵」，其詩如：

望前及望後，未曉見月落。明鏡斜入窗，可愛伴寂寞。
連宵光漸縮，半規尚抱魄。一瘦成蛾眉，悄然傍簾幕。

　　吾齋不施燈，幽若在岩壑。夜起定何心，無心亦無着。

　　（《夜起庵雜詩》）

　　立於萬物先，向明我得天。衰殘何足嘆，皦日在窗前。

　　（《夜起絕句》）

　　沈吟送盡西窗月，回首東方白竟天。（《十六曉月》）

　　詩格亦如黎明前的清景一樣幽邃，後兩詩竟充滿了對黎明的
希望。當時的中國，正處在新時代黎明前最黑暗的時刻，鄭孝胥
自然不可能自覺意識到未來新中國的誕生，但他的夜起詩卻彷彿
是詩讖一般，隱含着一種預言未來的哲理。當然，這只能是後人
的體會和領悟，是詩本身的歷史效應。

　　比較而言，鄭詩雖然比陳寶琛詩更洗煉雋深，但却不如陳詩
眞摯質實。林庚白評鄭詩曾謂：「如鄭珍、江湜、范當世、鄭孝
胥、陳三立皆不盡雕琢，能屹然自成一家，固矣……而孝胥詩情
感多虛僞，一以矜才使氣震驚人。」（《麗白樓詩話》上編）當
然，我們並不能認爲鄭詩因此就眞全是虛僞的，我們應該看到詩
人的複雜性和矛盾性。《海藏樓詩集》中有一些詩的情意和他的
行爲有所不合。有許多詩眞摯感不強，但應該承認鄭詩基本上眞
實地表現了他的曲折矛盾的心情。從中我們可以看到封建末世士
大夫靈魂的一個側面。

第三節　　山谷神傳，西江傑異：陳三立詩

　　江西派以陳三立爲「都頭領」，其餘諸家皆非其敵手，故並

不能形成類似閩派群雄鼎峙的局面。

　　陳三立生於 1852 年，比陳衍長四歲，1937 年抗戰爆發，陳衍死於南，而陳三立則在淪陷的北平絕食而死，表現出了崇高的民族氣節。三立字伯嚴，號散原。江西義寧人。光緒十五年進士。官吏部主事。後以浮沉郎署，難有展布，邃翛然引去，侍父陳寶箴任所。光緒二十一年，康有爲等在上海籌立強學會，陳三立亦列名會籍。此年陳寶箴在湖南創辦新政，提倡新學。三立佐其父，奔走於幕後。黃遵憲擺脫江寧洋務局之事赴湘，卽應三立之約，梁啓超主持時務學堂亦爲三立所薦。諸君「皆以變法開新治爲己任」（《先府君行狀》）爲湖南新政的施行作出了重要貢獻。戊戌變法失敗，陳三立以「招引奸邪」罪，與其父同被革職。三立七十壽辰時，康有爲祝詩有「戊戌黨人存幾輩，月泉吟社祝良晨」的慨嘆。逝世後，胡先驌作挽詩三首，其一曰：「絕代賢公子，經天老客星。毀家緣變法，閱世夙遺型。滄海吞孤憤，謳歌役萬靈。纖兒那解事，唐宋榜零丁。」並不僅以詩論定陳三立，頗有具眼。革職後，陳三立飄遊南北。光緒三十年，詔戊戌以黨案獲咎者，除康梁外，悉予開復原銜。有薦起用陳三立者，堅謝之。其詩云「憑欄一片風雲氣，來作神州袖手人」。反語中隱藏着深沉的悲慨和失望。夏敬觀有詩云：「雨餘鐘鼓過秋波，袖手憑樓晚更悲。」（《懷陳伯嚴》）頗能體現陳三立被貶以後的情懷。清亡後三立以遺老自隱，然亦曾與革命黨人李烈鈞等往還，贈與詩篇。對西方新文化的輸入亦持讚賞態度。他曾在《讀侯官嚴復氏所譯英儒穆勒約翰群己權界論偶題》中說：「卓彼穆勒說，傾海挈衆派。砭懦而發蒙，爲我斧無柯。又無過物憂，繩矩極顯戒。

萌芽新道德，取足持善敗。」《題張季直荷鋤小照》一詩則表現了他對社會主義學說的理解：「許行學派開天下，振古無人識緒餘。獨契微言張季子，昇平持世一攖鋤。」嚴復逝世，陳三立作詩挽悼云：「埋憂分臥蛟蛇窟，移照曾開蟣蟻天。衆噪飛揚成自廢，後生沾被定誰賢？」高度評價了嚴復介紹西方新文化的啓蒙偉績。這些都表明陳三立與頑固不化的封建士大夫並不相同。陳三立以遺老終身，這是歷史的局限。中國士大夫自古以來就有不仕二朝的氣節觀念，這種觀念像一條無形的繩索束縛了多少士大夫的手脚。陳氏父子曾受清室之祿，雖遭嚴遣，但不足以改變其食祿清室的歷史。因此三立之以遺老終身是完全可以理解的。「父子俱逐臣，胸腹藏隱痛。懷忠默不褫，鬱鬱常內訟。」（夏敬觀《題陳散原遺墨後》）這就是陳三立這樣一個前清遺老痛苦矛盾的內心世界。有《散原精舍詩集》、《續集》、《別集》、《文集》遺世。

　　陳三立正面的論詩之語極少，沈曾植爲他七十壽辰賦詩有句云：「詩句流傳十洲遍，文心不立一言云。」然而可以從他間接的詩學批評中來了解他的基本觀點。

　　陳三立曾在《顧印伯詩集序》中稱讚顧詩「務約旨斂氣洗汰常語，一歸於新雋密栗，綜貫故實，色彩豐縟，中藏餘味孤韵，別成其體，誠有如退之所謂能自樹立不因循者也。」肯定了獨創的精神。又說：「自周漢以來，積數千餘歲之詩人，固應風尙有推移，門戶有同異，輕重愛憎互爲循環，莫可究極。然嘗以謂凡托命於文字，其中必有不死之處，則雖歷萬變、萬閱、萬刼，終亦莫得而死之，而有幸不幸之說不與焉。」也就是要有獨到的眞

詣，非剽竊附響者之能。正因此，他也高度讚賞黃遵憲的「新派詩」，而謂：「馳域外之觀，寫心上之語，才思橫軼，風格渾轉，出其餘技，乃近大家，此之謂天下健者」。（錢仲聯《黃公度先生年譜》引）並不以自己的藝術趣味作褒貶的準則。

同時，陳三立與陳衍等一樣，也肯定「憤悱」之音。他在「梁節庵詩序」中說：「天下之變蓋已紛然雜出矣！學術之升降，政法之隆污，君子小人之消長，人心風俗之否泰，夷狄寇盜之旁伺而竊發。梁子日積其所感所營未能忘於心，……所以發情思、蕩魂夢益與爲無窮。梁子之不能已於詩，儵以是與，儵以是與！雖然，梁子之詩既工矣，憤悱之情，噍殺之音亦頗時時呈露，而不復自遏，吾不敢謂梁子已能平其心，一比於純德。要梁子志極於天壤，誼關於國故，捫肝瀝血，抗言永嘆，不屑苟私其躬，用一己之得失進退爲忻慍，此則梁子昭昭之孤心，即以極詣天下後世而猶許者也。」且不管梁鼎芬是否能當得起這番評論，但從中却可見陳三立對感慨時世之作的態度，因此其詠陶淵明亦謂：「北士不在世，飲酒竟誰省。想見詠荆軻，了了漉巾影」。（《漫題豫章四賢像楊本·陶淵明》）與屈大均，龔自珍本於同一精神。陳三立雖然息影於政治舞臺，然而却並沒有忘懷時世，他的許多作品不只是表現了個人的痛苦，而且還反映了他對時世的憂傷。「百憂千哀在家國，激蕩騷雅思荒淫。」（《上元夜次申招坐小艇秦淮觀遊》）即是他的自喻。「如《書感》《孟樂大令出示紀憤舊句和答二首》、《人日》、《得鄒沅帆武昌書感賦》、《次韵答義門題近稿》、《次韵再答義門》、《次韵和義門感近聞》、《崝廬述哀十五首》之五、《由崝廬寄陳芰潭》、《實甫領行在

所轉運駐西安題寄二首》、《十月十四夜飲秦淮酒樓》、《江行雜感五首》之三、四，是庚子國難憂憤心情的抒發；《園館夜集聞俄羅斯日本戰事甚亟感賦用前韻》、《小除夕後二日聞俄日海戰已成作》、《短歌寄楊叔玖時楊爲江西巡撫令入紅十字會觀日俄戰局》，是關於日俄在我國國土上進行戰爭的憤怒的控訴，後一首更稱奇作；如《留別墅遣懷》則是反映了北洋軍閥軍隊攻入南京後人民遭殃的現實，其它如：『露筋祠畔千帆盡，稅到江頭鷗鷺無？』（《寄調伯弢高郵榷舍》）『更堪玉笛關山上，照盡飄零處處鴻』。（《十六夜水軒看月》）等關心人民苦難的詩句，在集中也常接觸到。」「如《挽周伯晉編修》、《曉抵九江作》、《黃公度京卿由海南人境廬寄書並附近詩感賦》、《由九江之武昌夜半艤郵亭待船不至》、《哭季廉》、《哭次申》、《病起玩月園亭感賦》、《遣懷》、《亞遽旋返京師有枉贈之作依韻奉和》、《傷鄒沅帆》等反映了舊時知識分子的坎坷不幸遭遇和作者沉鬱的詩情」。「《感春五》論學說政，《除夕被酒奮筆寫所感》揭清王朝『限權主憲』的欺騙性」。（錢仲聯《中國大百科全書‧文學分卷‧陳三立》）這些都表明陳詩具有充實的內容，並非只是玩弄文字技巧的「形式主義」作品。

在詩歌藝術上，陳三立主張以人工造天巧，其論山谷詩曰：「鐫刻造化手，初不用意爲」。（《漫題豫章四賢像楊本‧黃山谷》）又說：「我誦涪翁詩，奧瑩出嫵媚。冥搜貫萬象，往往天機備。世儒苦澀硬，了未省初意。粗迹撐毛皮，後生渺津逮。」（《爲濮青士觀察丈題山谷老人尺牘卷子》）能透過山谷詩澀硬的外表而看到它的自然嫵媚，同時還繼承了曾國藩的觀點，認爲

黃庭堅詩能學李商隱，「奧緻生光瑩」，他在《山谷生日》詩中也曾明確指出，黃庭堅「咀含玉溪蛻杜甫」。這是桐城派的基本看法，體現了陳三立與桐城派的相通之處。

陳三立作詩，借徑於魏晉六朝而至黃庭堅，致力於黃庭堅尤深。陳銳評其詩云：「氣骨本來參魏晉，靈魂時一造黃陳。」（《題伯嚴近集》）而陳衍亦謂其詩「與其鄉高伯足（心夔）極相似」，自稱「從翁學詩二十年」（夏敬觀《壽散原先生七十生日》）的夏敬觀則謂：「南皮昔論詩，譬君高陶堂。弢庵薦君者，或譬蘇門黃。二君皆學人，豈不諳文章。戲語誠可味，毀譽兩無傷。君詩正面兵，旗鼓誰相當？我善太夷言，直取甘苦嘗。」（《題陳散原遺墨後》）並不以比附為滿足。而以高心夔相比擬的則不僅是陳衍，還有張之洞。陳曾久居張幕，看來這是他們一致的意見。當然，陳三立的詩歌創作已自成一家，非黃庭堅所能限止，尤非高詩所能掩蓋。但他們在精神上有相通之處。

陳三立作詩善於雕煉辭語。儘量刊刪一切可有可無的浮言凡語，選用新鮮而富有概括力和表現力的辭語和典故。其詩如：

> 昨夜孤蓬微雨寒，窺人今肯近闌干？（《十六夜水軒看月》）
> 江湖意緒兼衰病，牆壁公卿問死生。（《人日》）
> 藏舟夜半負之去，搖兀江湖便可憐。
> 合眼風濤移枕上，撫膺家國逼燈前。（《曉抵九江作》）
> 窺裳了了半池水，掛鬢騰騰一角霞。
> 久客情懷依破甑，新年雲物入悲笳。（《正月十九日圓望》）
> 海涎千斛黿龍活，血浴日月迷處所。

吁嗟手執觀戰旗。紅十字會乃齏汝。（《短歌寄楊叔玫時楊爲江西巡撫令入紅十字會觀日俄戰局》）

盧峰長影插江流，濤白烟青咳唾秋。（《由九江至武昌夜半羈郵亭待船不至》）

誰聽馬肝終不食，尚餘鷄肋欲論功。（《雪夜感述》）

諸如此類，在《散原精舍詩集》中是比較普通的例子。詩中「窺人」、「牆壁公卿」、「藏舟」、「窺襟」、「掛鬖」、「依破甑」、「齏汝」、「咳唾」、「馬肝」、「鷄肋」等典故和辭彙的運用都富有新意，而且形象鮮明，富有概括力。

在造句方面，詩人常採用倒置手法來強調和突出重要的關鍵的句子成份，強化詩意。其詩如：

孤蓬寒上月，微浪穩移星。燈火喧漁港，滄桑換獨醒。
（《夜舟泊吳城》）

高枝喋鵲語，欹石活蝸涎。凍壓千街靜，愁明萬象前。
（《園居看微雪》）

支離皮骨殘宵見，生死親朋一念收。（《由九江至武昌夜半羈郵亭，待船不至》）

際天草樹飛光影，冲潦牛驪入畫圖。（《北極閣訪悟陽道長》）

萬里書疑隨雁鶩，幾年夢欲飽蛟鼉。（《黃公度京卿由海南入境廬寄書并附近詩感賦》）

皆通過程度不同的倒置，造成新穎的藝術效果。當然如不解

此妙，也會引起誤會。如陳三立從張之洞遊南京燕子磯，作
《九日從抱冰宮保至洪山寶通寺》詩，有句云：「飄鬈自冷山川
氣，傷足寧爲卻曲吟。作健逢辰領元老，下窺城郭萬鴉沉。」張
之洞哂曰：「元老那能見領於人。」可謂文壇佳話。高心夔詩也
好作倒置，成句拗折，陳三立亦有近似者，故有人相比附。不過
這些方面並非陳詩的主要特徵，而是較次要的方面。陳詩與高詩
相比，造句構章更富有跳躍性，意象與意象之間組接突兀，內在
聯繫深隱，非一目可以了然。其詩如：

> 寶書百國斠孤抱，冷月千江寄此身。
> 明滅鯨鯢橫馬尾，海濤點鬢漫沾巾。（《贈別梅庵經蘇浙入閩》）
> 卅年涕笑挑燈盡，百里風濤中酒初。（《喜芰老自豐城至次見贈韻》）
> 蟻穴河山他日淚，龍樓鐘鼓在天靈。（《孟樂大令出示紀憤舊句
> 答二首》）
> 吹葉可知風振海，醉花新有月生衣。（《東城馳道晚眺遣懷》）
> 一片匡廬揮不去，來扶殘夢臥雲烟。（《發九江車行望廬山》）
> 留詠荆軻一樓影，哀迎終古海濤聲。（《哭沈乙庵翁》）

　　詩情詩意皆不顯露於物象的表面。需要透進一層方能發掘出
內在的蘊藏，找到意象與意象之間的聯繫。而且在章法上也以冷
然空中，潛氣內轉見長。如《次韵答王義門內翰枉贈一首》，起
四句表明自己「已將世變付烟雲」，下接「後生學徒誰道之？古
有明訓論何讕。」從字面上看不出轉折痕跡，顯得突兀，其實詩
意貫通針對自己的退隱而發。下接「恐翻面牆墮塵垢，如鳥著籠

驥受軛。」又似自天而降，詩人反用《書·周官》之典，表明了
自己的擔憂，雖有明訓讜論在，然而，如若學不得宜，豈不要誤
入歧途，使自己的天機靈性受到束縛。因而下面又有「要知天機
燦宇宙，海底星辰搜一網。」的發揮。如此在空中轉來曲去，將
詩意不斷展開，而表面却不落痕迹，詩句簡約含蓄，開拓了廣闊
的再造空間。再如《得熊季廉海上寄書言俄約警報用前韵》：

> 滿紙如聞嗚咽辭，看看無語坐銜悲。黃雲大海初來夢，
> 白月高天自寫詩。已向萬萊成後死，拼供刀俎尚逃誰。
> 痴兒只有傷春淚，日瀝瀛寰十二時。

　　一、二聯看似並不相干，而其實不過是省去了一些過渡的詞
語。如電影蒙太奇中的「化」改成了「切」。也就是說，（讀了
熊季廉的信），我彷彿看到了戰雲翻騰的場面，（卽使無人作
詩），這戰亂的時代本身就是一首悲壯的詩。第三聯又從世亂轉
爲對滿腔激憤悲慨的抒發。再如《過黃州憶癸巳歲與楊叔喬屠敬
山汪穰卿社者同遊》：

> 提携數子經行處，絕好西山對雪堂。勝地空憐縱歌詠，
> 諸峰猶自作光芒。黿鼉夜立邀人語，城郭燈疏隔雨望。
> 頭白從來問興廢，江聲繞盡九回腸。

　　首聯倒敍當年之遊覽，第三句承上啓下，轉入眼前，詩意也
是憑空而渡。過去的一切已成爲美好的回憶。（然而這回憶又會

引起多少感慨和惆悵）但是，這眼前無情的山川却偏偏像往昔一樣光彩動人。（又怎能不勾起回憶和心酸呢！）第三聯又轉寫荒涼景象，烘托心緒。尾聯拓展到對時世蒼桑的感慨。最後一句情景融成一氣，人和物互相交流呼應，酸楚無窮。

　　陳詩不僅濃縮、凝煉，具有很強的空間跳躍性，而且觀察細緻入微，表現深刻入骨。其詩如「聊信風痕飄獨夢，不成雪意放微晴。」（《吳城作》）不是「勁風」，「疾風」，而是風之「痕」。可謂細微之極。再如「高枝噤鵲語，欹石活蝸涎。」（《園居看雪》）詩人不是一般地只感受到微雪輕盈飄落，而是深入地觀察到雪落石上倏忽卽化，旋積旋滅的變化狀態，獨特地聯想到蝸涎的流動，比喻新奇而深刻。再如「暗燈搖鼠鬣，疏雨合蟲聲。」（《枕上》）鼠本細物，而詩人之詩眼尤細，竟捕捉到昏黃飄忽的燈光之下鼠鬣的晃動，從而從側面有力地強化了環境的冷寂和詩人心境的孤獨淒涼。再如《十一月十四夜發南昌月江舟行》：

　　露氣如微蟲，波勢如臥牛。明月如繭素，裹我江上舟。

　　喻體如「微蟲」、「臥牛」、「繭素」，皆人所習見。但一旦與「露氣」、「波勢」、「明月」這些本體相聯繫便產生了前所未有的趣味盎然的詩境，月夜的寧靜和景色的微妙，纖毫畢現，如可俯掬。當然詩人創造的詩境總的來說是蒼涼排奡的，與竟陵派的深幽孤峭、淒聲寒魄不同。其詩如：

別來歲月風雲改，白日雷霆晦光彩。乖龍掉尾掃九州，
擲取桑田換滄海。崎嶇九死復相見，驚看各捫頭顱在。
旋出涕淚說家國，倔強世間欲何待？江南九月秋草枯，
飯了攜君莫愁湖。煙少漠漠城西隅，巨浸汗漫沒菰蘆。
頹牆壞屋掛朽株，飄然艇子浮銀盂，兀坐天地吟老夫。
（《與純常相見之明日遂偕尋莫愁湖至則樓館蕩沒巨浸中僅存敗屋數椽
而已悵然有作》）

濤瀾翻星芒，龍魚矗然警。峨艫掀天颲，萬怪伺俄頃。
中宵燈火輝，有涕如縻綆。膠漆平生心，撼碎那復整……
泛濫百郡國，黿鼉撞天浮。席捲其井閭，奇弱葬洪流。
牛犬枕籍下，骸骼撐不收。至今寒潦清，尪呻散汀洲。
司牧頻仰屋，四出煩追搜。取以實強鄰，金繒結綢繆。
天王狩安歸，誰復為汝憂！（《江行雜感》）

　　兵燹災荒，外族凌夷，民不聊生，而統治者却搜括民膏，賣
國求榮，怎不叫詩人悲憤塡膺！

呰嗟渤海戰，樓牆湧山岳。長鯨掉巨蛟，咋死落牙角。
騰挾三島銳，其勢疾飛電。立國何小大，呼吸見強弱。
稍震邦人魂，酣夢徐徐覺……奮起刀俎間，大勇藏民瘼。
茲事動鬼神，躍與淚血薄。一士滄瀛歸，蒼黃發裝橐。
攜取太和魂，佐以萬金藥。曰舉國皆兵，曰無人不學。
（《感春五首》）

甲午一敗，震醒國人，詩人志欲吸取日本變法維新的精神，振新民族。在當時稱得上是「先進的中國人」之一。這些詩作不僅有充實的思想內容，而且境界奇崛雄肆，繼承了杜韓蘇黃的精神。即使如山水之篇也非捫扯山谷皮毛者能有，如《江上望九華》：

掛眼九華峰，雲氣幻殊狀。朵朵金芙蓉，纓旒四飄颺。
傳有鐵色虯，月宵問引吭。沫吐霧雨昏，榜人迷所向。……
仙人鸞鶴背，下視費裁量。罪減食月蟇，繫取納甖盎。
然否姑置之，襟趣不相妨。吹晴落青蒼，天風為振蕩。
桃核恣戲擲，倒彩定織浪。手杯酹芳灑，臥遊已神王。
何當摩其顛，一播荊國唱。

神思飛越，豪情流溢，顯示了詩人風格的又一面，楊聲昭稱其古體「工組織，富詞采，似從漢賦得來，與世之以儉腹學西江者迥異」。（《讀散原詩漫記》）頗能說明陳詩藝術特徵的一個方面。

在總體上，陳詩偏重於主觀的抒情寫意，詩人的最終目標並不是為了創造一種渾然天成的「繪畫」境界。由於陳詩好用典故，又相當洗煉，所以意象與意象之間的聯繫往往並不露於字面，而且還具有相當的跳躍性，有時並不容易交織成一幅宛然目前的畫面。如《書感》，忽八駿西遊，忽關河中斷，忽晁錯，忽郭隗，忽芽蘗菁榮，忽飄零舊燕，諸多表面雜亂的意象，雖不能產生一種渾然一體的畫境，但卻曲折地傳達了作者希望執政改弦更張，

振興家國的思想和感慨。他如《次韵答王義門》、《江行雜感》、《園館夜集聞俄羅斯日本戰事甚亟》、《聞熊季廉於江西鄉試榜列第一因賦》、《感春》等都有類似的特點。當然這也並不意味着陳詩要全然擺脫畫境。事實上，《散原精舍詩集》中有一部分詩，還是有比較完整的畫境的。如《十六夜水軒看月》、《曉抵九江作》、《正月十九日園望》、《吳城作》、《江上雜詩》等，在景物描寫之中，飽含着詩人主觀的情意。

　　當然，這種借景抒情，移情入景的方法是我國古典詩歌的傳統方法，並非陳三立所獨擅。但陳三立在運用這種方法的時候，相當純熟，又洗煉入骨。詩人眞切而強烈的悲慨蒼涼的感受，並非噴薄而出，而往往是含而不露，引而不發，把高度聚積而強化的情勢凝結成相對間接的意象系列，由讀者的理解力，感悟力去穿透引爆。如《人日》：

　　　尋常節物巳心驚，漸亂春愁不可名。煮茗焚香數人日，
　　　斷笳哀角滿江城。江湖意緒兼衰病，牆壁公卿問死生。
　　　倦觸屏風夢鄉國，逢迎千里鷓鴣聲。

　　首聯用遞進法，強調了人日對人心特別強烈的觸動。第三句不寫今日人日的萬千愁緒，反以閒適的筆墨寫人日本應有的情景。第四句又猛然一轉，描寫如今人日的悲涼景象，與三句形成強烈對照，從而強化了首聯引發的愁緒。第三聯由外及內，敍寫自己的處境和內心的痛苦。尾聯又遞進一層，訴說自己衰病潦倒，失意落魄，甚至連思鄉之夢，也為「行不得也」的鷓鴣之聲所阻而

難返故鄉。詩人內心滿腔哀憤，經過曲折延宕，愈聚愈濃，到最後也並沒有直言抒發出來，而是化作尾聯意蘊充溢的形象，讓人在鷓鴣聲中去釋放聚積在詩中的全部情感，顯得特別深沉。

《散原精舍詩集》中也有白描客觀對象的詩篇。如：

鍾山覷我顏，鬱怒如不平。青溪繞我足，猶作嗚咽聲。
前年恣殺戮，屍橫山下城。婦孺蹈藉死，填委溪水盈。
誰云風景佳，慘澹弄陰晴。簷底半畝園，界畫同棋枰。
指點女牆角，鄰子戕驕兵。買菜忤一語，白刃耀柴荆。
側睨素髮母，挈嬰哀哭並。叱咤卒不顧，土赤血崩傾。
夜棲或來看，月黑燐熒熒。（《由滬還金陵散原別墅雜詩》）
麥屑香浮野菊根，分羹擘鉢倚籬門。為言亂後頭條巷。
淘米人家一二存。（《步門前菜圃看晚食於露地者》）
衰鬢迎殘照，聽蟲廢壘間。葦根埋碎彈，人氣冷秋山。
野哭孤雲駐，鐘聲一杖還。尋僧來往徑，誰及半山間。

（《步郊外山腳》）

詩人採用文從字順的筆墨，深刻地記錄了時代的浩劫，體現了詩人藝術風格的又一面。

寧鄉程頌萬有五言長古評讚陳三立，極工切，有句云：

萬物並爾假，惟詩造元真。當其渺而冥，倏忽淵且淪。
如電迸樹出，如雷隱山輴，如大呼陷陣，如狂嘯墮巾；
如雨三重花，如千億萬身。撼之為長城，攻之為奇軍。

天骨既老硬，無皮膚可皴。物情盡鉤剔，無幽怪可捫。

尺幅不裁縮，千里猶奔渾。人鑠古人舊，詩軼古人新。

散原胡構此，坐昔黨錮論。心靈日灌闢，包唐宋明元。

身命勇一擲，治詩專策勛。突出江右豪，荊浯抗其傳。

（《五言散文八十韵寄陳伯嚴》）

陳三立不愧是同光詩壇之傑出者。

第四節　衝破「三關」自有「解脫月」：浙派詩人

浙派首領沈曾植，曾被陳衍譽爲「同光體之魁傑」，但沈曾植的詩學主張和詩歌風格與陳衍頗有異同。陳融論沈詩曾謂:「可怪同光詩體稱，寶雖珍貴器難名。眼中屑構空中語，功力平參學力精。」（《讀晚清人詩集分賦》）沈詩風格獨特，爲前所未有，令人難以名狀，造「學人之詩」之極。

沈曾植生於 1850 年，比陳衍長六歲，死於 1922 年，已是辛亥革命後十一年。字子培，號乙庵，晚號寐叟。浙江嘉興人。光緒六年進士。官至安徽布政使，護理安徽巡撫。沈曾植八歲喪父，家境特艱。而刻苦好學，及長邃通漢、宋儒學，及文字音韵。後治刑律，遼金元史，西北南洋地理，對佛學也有精深的研究，於元史、蒙古史尤有創獲。著有《蒙古源流箋證》八卷，《元秘史箋注》十八卷，是晚清著名的學者。胡先驌尊之爲「同光朝第一大師」，而「章太炎、康長素、孫仲容、劉左庵先生，未之或先也。」（《海日樓集跋》）有《海日樓詩集》、《文集》行世。

沈曾植早年卽主張學習西歐，光緒十四年康有爲「上書請變

法，朝野大嘩，將逮捕，曾植力諍其括囊自晦得全。」（湯志鈞
《戊戌變法人物傳稿・沈曾植》）曾植逝，康有為曾有詩挽曰：
「戊子初上書，變法樹齒牙。先生助相之，舉國大驚嘩，恟傳下
刑部，紛來求霽暇。君力勸括囊，金石窮幽邃。」卽記當年之事。
甲午秋，又助康有為發起強學會於京師，「有正董之名」。然沈曾
植「實主和緩行之，不愜於康梁之激進。」（同上）光緒二十四
年春，應湖廣總督張之洞聘，主武昌兩湖書院史席。戊戌政變，
幸免於禍。宣統二年，辭官歸里。辛亥革命後成遺老，袁世凱每
欲羅致，皆辭卻之。然曾被迫參預張勳復辟之役。

　　沈曾植論詩提倡「三關」說。在《與金潛廬太守論詩書》中
曾說：「吾嘗謂詩有元祐、元和、元嘉三關，公於前二關，均已
通過，但蓄意通第三關，自有解脫月在。元嘉關如何通法？但將
右軍《蘭亭詩》與康樂山水詩打併一氣讀。劉彥和言『莊老告退
而山水方滋』。意存軒輊，此二語便墮齊梁人身份。須知以來書
『意、筆、色』三語判之，山水卽是色，莊老卽是意；色卽是境，
意卽是智；色卽是理，筆則空、假、中三諦之中，亦卽偏計、依
他、圓成三性之圓成實也。……記癸丑年同人修禊賦詩鄙出五古
一章，樊山五體投地，謂此眞晉、宋詩，湘綺畢生何曾夢見。雖
謬讚，却愜鄙懷。其實只用皇疏川上章義，引而申之。湘綺雖語
妙天下，湘中《選》體，鏤金錯采，玄理固無人能會得些子也……
在今日學人當尋杜韓，樹骨之本，當盡心於康樂、光祿二家
（自注：所謂字重光堅者）。康樂善用《易》，光祿長於《書》
（自注：兼經緯）。經訓菑畬，才大者盡容耦穫。韓子因文見道，
詩獨不可為見道因乎（自注：歐文公有得於詩）？鄙詩蚤涉義山、

介甫、山谷，以及韓門，終不免流連感悵」。這番議論比較集中地表現了沈氏的詩學主張，有以下幾點值得注意：一，要求上溯元嘉，不同於陳衍止於開元。而與方東樹及漢魏六朝派有共通之處。二，學習元嘉，不僅僅是要吸取語言表達方面的技巧，而且還要融玄學、經學、理學入詩，因詩見道。因此，沈曾植曾對學生蒯壽樞說：「俟蓋棺後，子爲我序之。吾詩卽語錄，序必記此言也。」（蒯壽樞《海日樓詩敍》引）可見沈氏自己所造，明顯與王闓運爲首的漢魏六朝派不同，故沈氏並不把究心於魏晉之表的王闓運放在眼裏。三，強調「境」、「事」與「智」、「理」的統一，強調理性的感性顯現。四，表明自己早年學詩取徑，曾致力於李商隱、王安石、黃庭堅、韓愈諸家，而最後又上溯謝靈運、顏延之。

在創作實踐中，沈氏以其淵博的學問爲基礎，磅礴而出，「凡稗編胘錄，書評畫鑒，下及四裔之書，三洞之笈，神經怪牒，紛綸在手，而一用以資爲詩……其蓄之也厚，故其出之也富。」（錢仲聯《清詩精華錄》引張爾田語）其詩艱深奇奧，力避平庸，「以意爲輗而以辭爲輨。」（張爾田《寐叟乙卯稿後序》）頗難理解。然於「聱牙鉤棘中，時復清言見骨，訴眞宰，泣精靈。」（陳衍《沈乙庵詩序》）。

沈氏造語不僅大量選用佛典、僻典，而且特別洗煉，單辭容量極大，往往具有獨立自足的概括力和表現力。其詩如：

> 日入燭代明，軒窗吠琉璃。（《日入》）
> 夜花收露靜，深樹閃星明。（《初十夜月》）

春遠浮花下，宵明照月孤。（《發漢口》）

波光潛內景，林氣蒸元霄。（《　石欽證剛詩詠斐亹讀之有見獵之
喜晨興忍寒復得古體五首》）

露砌清殘暑，盆池單細花。（《七月晦日俗稱地藏生日》）

聖因寺古佛無語，一杵殘鐘搖夕陽。（《乙卯五月重至西湖口號》）

　　詩中動詞謂語，或因用典，或因雕煉，而與慣常用法大異，
主謂、動賓之間的關係也顯得不同尋常。由於動詞謂語非主語，
或賓語固有的搭配，所以主謂、動賓關係往往不是直接的，需要
通過想象、聯想的轉換才能實現語法邏輯。這樣作為動詞謂語的
單辭，其實常常是需要想像、聯想去補充的詩意的濃縮，因而容
量很大。而詩句因此也高度洗煉，造語也生嶄新穎，然而有時也
會影響詩句的清晰度，造成理解的困難。

　　另一方面，沈曾植與陳三立一樣，也喜好採用倒裝句式，突
出和強調重要成份。其詩如：

稽山未許歸狂客，稷下新聞迓老師。（《問愛伯疾》）

虛室夜生白，千岩靜天光。（《題唐子畏雪景》）

風雲塞上遙相接，鼓角軍前惜未忘。（《入城》）

麻衣我斷蜉蝣世，醯瓮君為果臝師。（《長素海外寄詩次韵答之》）

浩劫微生聚散看，空江老眼對辛酸。（《石遺書來卻寄》）

瓶鉢老依僧計臘，軒窗晴喜日隨人。（《庭前碧桃花》）

　　句式的倒置錯位，不僅能使詩意拗曲，而且，由於結構的變

換，有時還能生發出一些新鮮的意味。

　　然而，這一切都必須本於詩人深刻的感悟才有價值。沈曾植對「色意」的表現，並不滿足於表面的「拍攝」，而常常能透進數層，深入到「色意」的精髓，其詩如：

心光脈脈穿千古，履迹冥冥混衆流。《（和爽秋將泛潞河留別詩》）

寧知天地閉，肝膈森清涼。（《題唐子畏雪景》）

海王村里楊風子，電眼人間三十年。（《書扇贈楊惺吾》）

秋心總在無人處，坐看鳧翁沒野塘……

至竟海門原咫尺，浪花何事白人頭。（《道中雜題》）

背舍有暗虛，衆芳歛瞑姿。微風定香過，未見心自知。

（《日入》）

清風北陸來，吹我梧上月。石臺倚倒影，零露在衣髮。

（《月中寄五弟》）

盡作朱看無碧處，偶然水靜見枝斜……

不從月地矜奇夜，自向霜餘得冶思……

餘妍竟作千紅秀，先醒難留一染身。（《紅梅》）

舶邸人喧倉楚語，水宿月上於湖山。（《發京口至蕪湖》）

江流不隔中原望，塔影難回萬刦春。（《湖樓公宴奉呈湘綺》）

雨後百科爭夏大，風前一葉警秋薀。

五更殘月難留影，起看蒼龍大角星。（《閣夜示證剛》）

楓林一葉吊霜艷，竹翠萬梢矜雪腴。（《西湖雜詩》）

秋潮異僧魂，秋樹猛士血……

湖山二定時，乾坤一發絕。（《和謝石卿紅葉詩》）

作作星芒動，諸天努眼睛。（《寒析》）

山貫四時青，月湧千泉珠。（《題倦知山廬圖》）

　　諸如此類，造語構想都十分新穎別緻，或突出某一側面，或強化某一特徵，或採用奇特比喻，或利用相對關係，或借用某一性狀特別鮮明的辭彙作新的組合，以期淋漓盡致地傳達詩人新奇獨特的深刻感悟。沈曾植的大量詩作都能給人以哲理的啓迪，上述這些例子也是耐人尋味的，所以詩人自稱己詩即「語錄」。然而，詩人畢竟尚未割斷塵根，依然「纏綿往事」，「情故難忘」。（沈曾植《與金潛廬太守論詩書》）所以他的詩作也時有濃鬱的抒情色彩，如「《東黃公度》、《遊仙詞用前韻和公度二首》，都是因英德二國無理阻撓黃遵憲出使而大發其憤慨，戊戌所作《野哭五首》是感傷變法失敗，六君子的被害。」（錢仲聯《論『同光體』》）而「絕筆之作」《病中奉和樊山老人寄贈詩韻五首》更是「幽奧淒苦。」（錢仲聯《夢苕庵詩話》）然而沈詩畢竟用典過多，欣賞時若無淵博的知識，就難免有隔一層之感。卽使是抒情之作也不夠親切，這是沈詩的局限，與陳三立相比，沈詩更加深奧晦澀，也更側重於言理，故「人亦不能好之」，「與散原齊名，而後輩宗散原者多，宗乙庵者絕無。有之，僅一金甸丞蓉鏡，亦不過得其一體，豈以其包涵深廣，不易搜窮故耶？」（錢仲聯《夢苕庵詩話》）。

　　同輩詩人中，與沈氏風格相近的則有袁昶。袁昶生於 1846 年，比沈曾植長四歲，死於 1900 年。字爽秋，號漸西村人，又號芳郭鈍叟。浙江桐廬人。光緒二年進士。由戶部主事轉總理衙

門章京，辦外交事務多年。光緒二十三年底，德國強占膠州灣，袁昶上疏二萬餘言。八國聯軍進攻大沽，朝議和戰，他與徐用儀等反對圍攻使館，被殺。有《漸西村人集》、《安般簃集》、《于湖小集》、《袁忠節公遺書》等。袁昶生前極推許黃遵憲，薛福成出使英、法、義、比，昶曾密薦黃於薛。對黃詩也評價很高，有「正音一洗嶺南詩」(《送公度再遊歐西》)句。

袁昶學詩取徑亦由晉宋而至北宋諸賢。曾自稱：「亦頗宗尚阮籍、孫綽、許詢帛、道猷、顏黃門、王無功、柳子厚之徒。於莊老靡謝，山水未滋，勃窣回穴，泫崝蕭瑟之際，致其醞理，發其興趣焉。」(《于湖水集題詞》)陳衍則以為：「爽秋詩，根柢鮑、謝，而用事遣詞，力求僻澀，則純於祧唐抱宋者。」(《近代詩鈔》)金天羽以為「能從山谷溯太白，而得蒙莊之神。」(《再答蘇堪先生書》)他們從不同的側面揭示了袁詩的特徵。

袁詩與沈詩一樣好用道藏佛典，但與沈詩相比，較重視整句的表現力，其詩如：

> 道旁花枝偶一笑，嫣如姑射衣裙單。
> 山椒何處動清磬，道人晚課經卷殘。(《正月十六日遊虎邱》)
> 黃柳搖星水凌亂，蒼鼯啼竹山冥濛。
> 空村寂寂稀人語，漁火星星入葦叢。(《泊陳家漩》)
> 却憶天寒採松子，忽看蒼鼠墮荒蹊。(《感舊絕句》)
> 時有鵲銜花一片，空庭飛墮野梅香。(《春風》)
> 滄江號秋蟲，輕陰籠淡日。秋花雖爛漫，
> 氣象亦蕭瑟。蕉林匝地暗，翠扇展橫逸。(《清晨偶書》)

微茫辨遠岫，薄烟霏冉冉。寧携清夜遊，
佳氣欲泛剡。潭馨荷蓋殘，村火松明閃。（《和友人夜出至湖
堤小橋上望月》）

　　諸如此類皆非憑藉單詞的雕煉、凝縮來達到藝術目的。造句
相對來說，還是比較自然的。然而，袞昶有時也採用長短參差的
排奡之筆。最突出的是他的《地震詩》：

　　黃后之府，亦有大臣，胡為戰戰兢兢如砅冰而臨淵，上不敢
眠天，俯不敢畫地，任汝怪物嚙地柱，排天根？重黎氏小臣
涕泣於庭而言曰：地行賤臣，再拜后皇武且神。……又聞歐
羅巴人，算天九，算地九，又測五緯之外新五大星。……管
仲能知地圖，不能知大地如球形。東有蒼色龍，福德為汝名。
何不以牙角觸五星，潴五宮毋使停？南有赤翅鳥，嘴赤翼紺
啄大魚，能食相柳肉，不能昧加五星使西驅。中央大黃精，
鎮壓嵩高山。下有尼土祠，汝行壟培九地之關。西有於菟㹟
㹟，肯員太陰，汝不能使五精賈如墜雨，踣於北而澈於南。
北有大玄龜，七十二鑽無遺謀。爾何不沈五精於大冰海？圖
爾於斻爾毋羞。鈎陳為羽林，作衛於王家。胡為地動不自覺，
食於虎賁自委蛇？房為天駟精，驂服天閒無震驚。胡為踣地
不自備，嚙於王當曳蹄行？此皆內外官，請皆鞭箠之，臣請
助殄除，毋令上天憂。

當然句式的排奡拗折只是最表面的特徵。詩人在詩中通過馳

騁神奇的幻想，來影射時政，這才是該詩採用的主要藝術手法。
「是時秉中樞者，李鴻章以直隸總督任大學士，滿人文祥爲協辦
大學士，軍機大臣爲恭親王奕訢、文祥、寶鋆、沈桂芬、李鴻藻
諸人，皆非棟梁之材也。」（錢仲聯《夢苕庵詩話》）這首詩正
是對這些當政者的「隱刺」。另一首《龍女圖爲黃仲弢題一首》
採用同樣的藝術手法，「借龍女行雨，寄托上年申申以來中法戰
爭臺灣、馬尾諸役之事，奇麗詭譎，爲詩史別開生面。」（同上）

袁詩思緒深入窈妙，精清曠朗，頗耐諷詠。其詩如：

竹閒殘雨猶滴瀝，竹下濕螢黏一點。
蕭然夜起無一事，河漢欹斜波潋潋。
槐中萬蟻戰方酣，井底四蛇眠未慵。
清露霑衣還入扉，曉風欲起城鴉颭。（《夜起》）

意味深遠，殷憂時局，孤懷悄然。再如：

奇情不在山，好景不在水。此寺獨於塵埃中，
辨作蕭然出塵理。夢回月淡樹陰移，微鐘忽度青松枝。
蒼茫危坐不肯曙，兔角焦芽何所思？（《鄰寺》）

境界超然，遣情於塵表之外，頗有哲理的啓迪。再如：

動搖海碧蕩微月，神女踏波煉金骨。
飄然自著六銖衣，升降長烟奏天闕。

夜分潭洞絕行人，呵壁荒唐事豈真？

問君海上濤何氣，並入朱絲一損神！（《聽同年生錢蔚也彈天問之操》）

神思破空，凌虛而行，而情意深沉，令人暗然神傷。再如：

長笛一聲出烟霧，穿我蘚階青竹叢。

渾疑夜舫泊浮玉，欹枕江濤浩渺中。（《臥聞吹笛》）

皆非句上求遠之作，以構思窈妙，意境深遠取勝。始信金評獨具只眼。

袁昶集中如《近事書憤和友人作》《哀旅順口》《哀威海衞》等皆是有慨於中日戰事而作，表現了詩人對時世的深切憂慮和對朝政腐敗的憤嘆。而如《火輪船行》一首則以極古雅的四言體來寫新事物、新文明，獨標一格，突出地體現了舊風格與新意境的交融。

第五節　開新境於放煉之間：范當世詩

　　上述三派之外的同光體作手當首推范當世。范當世生於 1854 年，比陳三立小二歲，死於 1904 年，在世五十年。字肯堂，初名鑄，字銅士，又字無錯。江蘇南通人。歲貢生。早歲與弟鐘、鎧齊名，號稱通州三范。曾九試秋闈不得一第，三十五歲後，遂絕意科舉。曾應吳汝綸之薦為李鴻章教子。陳三立序其文集而謂：「君雖若文士，好言經世，究中外之務。其後更甲午戊戌庚子之

變，益慕泰西學說，憤生平所習無實用昌言賤之。」然其一生雖獲文章大名，而碌碌無所用，飄泊南北，窮困貧病而終。後人輯有《范伯子全集》。

范當世在晚清詩壇有較高的地位，汪國垣《光宣詩壇點將錄》以馬軍五虎將之一「天猛星霹靂火秦明」屬之；錢仲聯《近百年詩壇點將錄》則以「天雄星豹子頭林冲」屬之，皆非凡比。范當世不僅是同光體詩人，而且還是桐城派詩人，具有雙重身份。范當世曾在《通州范氏詩鈔序》中說：「初聞《藝概》於興化劉融齋先生，既受古文法於武昌張廉卿先生，而北遊冀州則桐城吳摯父先生實為之主。」范當世既師張裕釗，又得吳汝綸「上下其議論」，「造詣由是大進。」（徐昂《范師伯子先生文集後序》）吳汝綸特別讚賞他的詩歌，認為「純乎大家」。（《答范肯堂》）後范當世又婿於姚浚昌。浚昌為桐城派中期著名作家姚瑩子。其詩亦為宋詩派著名詩人莫友芝及吳汝綸所重。而浚昌子永樸永概亦學於吳汝綸，時與當世切磋詩藝。范當世既與姚家父子時相唱和，因而益得桐城遺緒，故其贈陽湖張仲遠婿莊心嘉詩自稱：「桐城派與陽湖派，未見姚張有異同。我與心嘉成一笑，各從婦氏數門風。」以能承婦家文學而自鳴得意。後其學生徐昂序其集而謂：「夫異之，伯言而後，江蘇傳桐城學者，當巨擘先生焉。」洵為知師之言。范當世既為桐城派作家，而其詩又為同光體「都頭領」陳三立所大為推重。范、陳兩人既有親家之誼，而且藝術趣味相投，梁啓超就認為范、陳二家皆傳鄭珍衣鉢，將他們視為同道。陳三立《肯堂為我錄其甲午客天津中秋玩月之作，誦之嘆絕蘇黃而下無此奇矣，用前韻奉報》詩曰：「吾生恨晚生千歲，

不與蘇黃數子游。得有斯人力復古，公然高詠氣橫秋。」如此評讚當世，出自不喜阿好的三立之口，絕非偶然。

范當世論詩本於桐城派宗旨。曾說因與張裕釗、吳汝綸遊而「窺見李、杜、韓、蘇、黃之所以爲詩，非夫世之所能盡爲也。」（范當世《通州范氏詩鈔序》）並進一步闡揚姚鼐、梅曾亮、曾國藩等主張生造、獨創的緒論。他在《采南爲詩專贈我新奇無窮傾倒益甚再倒前韵奉酬以其愛好也》詩中說：「君知桐城否，所學一身創」。認爲桐城派的精神在於創造。又在《與采南和度論文章生造之法》詩中說「獨笑惟蜘蛛，容身必自創。蠶死囹圄中，愚知曷能兩。遂全古聖人，效法網公網。」再一次肯定了獨創的精神，以及「搓摩日月昭群動，折疊河山置太空。」（范當世《再與義門論文設譬一首》)的膽識與魄力。因此，當世於「李詩獨嘗三復」。（范當世《通州范氏詩鈔序》）試圖從上天入地、縱橫馳騁的李太白詩中去領悟獨創者的精神。

然而這種創造決非輕率任意，膚淺浮滑的，因此，范當世在藝術形式上又主張參之於「放煉」之間。其《除夕詩狂自遣》詩曰：「我與子瞻爲曠蕩，子瞻比我多一放。我學山谷作遒健，山谷比我多一煉。惟有參之放煉間，獨樹一幟非羞顏。」居然欲集東坡、山谷之長而自樹一幟，眞是膽識超群。過分「放」易成輕率，過分「煉」易致聱牙，兩者殊途同歸，皆失自然渾妙之度，故范當世在學東坡、山谷的同時，還曾究心於「海大山深」、（范當世《窮十宵之力讀竟義山詩》）「詩思綿邈」（范當世《次韵旭莊舟行苦雨四首》)的李商隱詩，濟之於含蓄柔婉，以免「放」、「煉」之弊。這些藝術見解與桐城家法及同光體的基

本觀點完全相契。

　　范當世在詩歌藝術上所努力追求的也正是上述這種奇創與渾妙相統一的境界。

　　這首先表現在范當世作詩，設想力求新奇。但范當世的設想一般並不像李白、李賀那樣往往帶有迷離惝恍的神話色彩。從這裏我們可以略窺以「驚創」爲奇的黃庭堅以及同代鄭珍對他的影響。

　　如其描寫泰山：

蜓蜿痾龍懷寶睡，蹣跚病馬踏沙行。
嗟余卽逝天高處，開闢雲雷儻未驚。（《過泰山下》）

　　無論是正面直筆描摹，還是側面曲筆形容，前人幾乎已寫盡了泰山雄奇的姿態。而沒有料到晚出之范當世會從天上激發雲雷，去撼動酣睡着的泰山。設想之奇可謂前所未有。

　　再如經過赤壁，大凡詩人總要高吟數首，但却幾乎無人像他這樣來抒懷：

江水湯湯五千里，蘇家發源我家收。
東坡下遊我上溯，慌忽遇之江中流。
不遇此公一長嘯，無人知我臨高秋。
公之精靈抱明月，照見我心無限愁。（《過赤壁》）

　　蘇軾有詩云：「我家江水初發源，宦遊直送江入海。」（《遊

金山寺》）范當世活用該句意，以兩家所處的獨特地理位置來總
括浩浩蕩蕩五千里江水，設想已是巧妙。又進而想像兩人下游上
溯以期會於赤壁，益見不凡。然這樣來寫猶有作手，不料詩人又
猛然一轉，從幻想的自由王國跌入到斯人已去、缺乏知音的使人
失望的現實世界。至此，似乎已是途窮，那知柳暗花明又一村，
誰能想到詩人將筆鋒一轉，讓坡翁飛到天上，抱起明月以照我愁，
眞是既新奇又含蓄，既流蕩而又凝煉。

　　再如其寫雷雨既不像東坡那樣說：「黑雲翻墨未遮山，白雨
跳珠亂入船。」又不似姚鼐所吟「海上晴天雷雨隤，驚濤奔入亂
山開。」（《河上雜詩》）而是如此詼諧地寫道：

　　雷公半夜張饞口，攫我當門二酒斗。
　　轟然一醉天河翻，驅走風雲更不還。
　　我往從之點滴盡，只令陷我淤泥間。（《二十三日卽事再次一首》）

　　從嘴饞的雷公醉酒落筆以顯示雷雨聲勢之猛，以及乍起驟止
的勢態，並又巧妙地以「點滴」雙關酒盡雨盡，形象極爲生動。
如此設想恐怕太白、山谷也要爲之傾倒。

　　而作者設想之奇，也並不僅僅只是一、二個意象之奇，倘若
只是如此，那麼卽使像劉大櫆《海峰集》中甚至也不乏其例。作
者設想之奇，更表現在他的整個詩境的意象組合往往出人意表。

　　如前所示，詩人縱身入天，開闔雲雷的意象固然奇，但這並
非詩人所欲表現的最終境界。詩人之奇更奇在從詩的整體上想通
過開闔雲雷來震驚泰山，而泰山卻不爲所驚，以此來顯示泰山之

沉穩氣象，同時生發出象徵意義。東坡抱月的意象固然奇，但更奇在作者從總體構思上通過心會東坡，讓這位曾作過超曠的《赤壁賦》的詩人體察他內心之愁，以見愁緒深廣。雷公醉酒之意象固然奇，但更奇妙的是詩人從眼前旗斗爲雷雨所折，而設想出雷公攪此酒斗，發酒瘋掀翻天河，驅走風雲，斷了人間詩人的濡唇之酒。在這些方面，范詩與蘇軾、黃庭堅、鄭珍等詩人之間有着一股相互貫通的精神氣韵。

詩人的想像構思不僅新奇深刻，脫去數層，並且在藝術表現的表層形式上還是比較自然的。

這種「自然」首先表現在他選辭造句準確貼切，不做作，不硬湊，正所謂能參之「放煉」間。這由前示數例已可見大略。再如其《南康城下作》：

> 日日登高望北風，北風夜至狂無主。
> 似挾全湖撲我舟，更吹山石當空舞。
> 微命區區在布衾，浮漂覆壓皆由汝。
> 連宵達晝無人聲，臥中已失南康城。
> 眯眼驚窺斷纜處，惟餘廢塔猶崢嶸。

詩人用「無主」喻北風失控而狂吹；用「挾」、「撲」狀風勢之猛；用「無人聲」言風威之怖；用「斷纜」示風力之巨；用「失」、「眯」現風沙之迷漫……遣辭造語一無雕琢之痕，極其輕鬆，而又生動凝煉。相比而言，曾國藩或有韓愈之峻嶒，范當世則能得太白、東坡之流暢自如。

這種「自然」，還表現在作者用典、對仗、押韵也能舉重若輕，貼切嚴謹。其詩如：

怕縈春草池塘夢，何止桃花潭水情。（《閑伯送余至盧陵途中作贈》）
一世閻人皆下拜，八方圓實竟前投。（《光緒三十年中秋月》）
一從白地騰枝出，日對青天倚樹吟。（《梔子花》）
字裏鯤鵬翻積水，眼中魚鱉撼驕陽。（《和兪恪士》）

諸如此類，皆可謂自然渾妙。再如作者好作次韵詩，如其次曾國藩前後《歲暮雜感》詩就有十五首之多。作次韵詩往往易流於生硬，或顧韵而失意，或顧意而失韵。然范當世的次韵詩則大多意韵切合。次《歲暮雜感詩》是這樣，再如他的二首次下平聲九青韵的作品，依次復用「丁」、「零」、「聽」、「馨」、「螢」數字，且作者已有數十，實難下筆，但作者寫來却同樣自如。其中之一曰：

向來花事付園丁，曾未看花雨旣零。
素壁並無天可問，空弦猶有客能聽。
生憐雲杳身無顏，剩恨霜凄德不馨。
萬事已同秋扇盡，暴風還復打流螢。（《丁字韵作者數十，搜索盡矣，林菽原復來征和，強試成吟，居然哀惻，所謂詩鍾派也》）

懷念戊戌變法中被害的林旭，感慨當時的政治風雲，情意貫

通，哀惻動人。而所次韵脚又毫不牽強，顯示了作者深厚的藝術功力。

這種自然，更表現在作者運思造境，謀篇布局渾然無痕。如前示《二十三日卽事再次一首》描寫雷公攫走酒斗，暗喩龍王廟前旗杆爲雷雨所折的實景，便堪稱渾妙。再如其《吾所植荷旣開盡而風雨頻至，坐見其萎謝，慰別以詩》一篇，由眼前荷爲風雨所凋，追憶其萌芽而至花發結實的一生，寫得靈氣洋溢，接着又化實爲虛，由深憐荷花而至夢幻：

> 瀟湘洞庭上，彌路花漫漫。傳聞有司命，乃是神仙官。
> 五更得目際，大士乘飛鸞。停雲拂素袖，灑露當花冠。

由此而生疑竇：

> 嗟爾一華植，豈有高靈看。

進而又省悟：

> 哀哀楚騷子，抱石沈急湍，奇軀不得腐，化作荷根蟠。
> 傳爲萬萬年，七竅心猶完。

把屈原與荷花揉合起來，從而突出地顯示和讚美了荷花高尙的精神品質，開拓並延伸了詩歌意境，豐富和深化了荷花這一藝術形象的象徵意義。而詩意的前後過渡，意象的不斷展現、變幻

又極自然。如天然麗姝，隨意顧盼，神韵流蕩，絕不如市姑塗脂抹粉，忸怩作態，令人作嘔，真所謂是「提挈靈象，養空而遊，仙乎仙乎之筆。」（錢仲聯《清詩三百首》油印本）

然而，范當世作詩也不僅僅是在藝術上追求一種自然奇妙的境界而已。

范當世雖爲一介寒士，却十分關心時政，同情維新志士，重視西學，反對投降賣國。雖曾是李鴻章的西席，但對李鴻章的和戎政策也有微言，他在甲午後所作《和顧歿谷六十述懷》詩中曾說：「自我言從李相公，短裘夜夜夢牛宮。進無捷足爭時彥，退有愚心愧野翁。涕淚乾坤焉置我，窮愁君父正和戎。時危復有忠奸論，俯仰寒蟬只自同。」表現涉足李慕的苦悶。他的詩歌所表現的不只是個人「身世逼塞」，曾克耑認爲他的詩：「憂傷憤嘆在邦國之興替，人才之消長。」（《范伯子詩集序》）金天羽亦認爲他的詩：「涕淚中皆天地民物。」（《答蘇戡先生書》）這些評論皆合乎實際。當世生當末世，雖有用世之心而終難見用。其時行將崩潰的清王朝由凶狠頑固、驕侈淫逸的慈禧柄國，多行不義，一些維新志士則企圖依靠光緒推行新政，挽救國運，難免處處碰壁。這樣的社會現實不能不使范當世痛心疾首。因此他詩歌的情感基調是激憤而悲傷的。

他激憤爲混濁的時世而激憤：

君不見，長安令，日日章臺醉不還，驄馬御史不敢彈。只用黃金作階級，朱門廉陛非難攀。看汝康衢老師老爲客，一日見逐飢甦無歸山。（《太息》）

何用千金買駿骨，真能一飯揚名聲。（《以保生釐東廎之伯謙》）

如今馬阮成芳姓，絕嘆滄浪孺子歌。（《資仲實以求通》）

怪怪奇奇盡偶然，昏庸柄國巳千年。（《元旦疊韵自占》）

這就是當時腐敗的官場，黑暗的統治，矛頭所向直指慈禧。
再如：

公乎來遊聽我告，安石正論經天垂……

天仙化人一方語，今來竟作奸邪資。（《東坡生日臨觴有感》）

百國皆是青春人，獨我殘年未敎送。

歲時月日誰爲之，積習如山推不動。（《消寒第七集》）

汝羿巳射九日落，那不釋此常區區。

縱滅其形難滅影，到今反笑奸雄愚。

貫通三才作王字，看渠能抹青天無，

看渠能抹青天無！不用軼軼持戈趨。（《三足鳥行》）

這就是當時烏雲密布的政治。作者站在光緒周圍的維新人物
一邊，反對慈禧，讚成變法，爲光緒被幽而憤嘆。

他悲傷也爲國事民瘼而悲傷：

商聲各自華天地，那更興亡到蝸蟲。（《吾欲日課一詩》）

閉門忍死誰能免，遍地荆榛何處遊。（《次歲暮雜感詩慨然畢》）

翁合文章真欲涕，迷離家國更何音。（《余以許仙屏中丞促赴廣
東》）

為愛遺書話揚幼，人間天地著哀傷。（《有感於時事》）

國事靡爛，新法難行，哀鴻遍野，民不聊生。詩人的熱血碰到這冰冷的現實化成了滿眶悲傷的淚。

人弱將天困，醫多奈病何。吾知百無用，經合死岩阿。
（《有所憤嘆》）
便將巢作姓，不問舜何年。忍死吟吾句，含悲入此筵。
（《正月四日雨稍止》）
若將淚與秋霖注，后土何時更得乾。（《苦雨牢愁》）

這是一個步步走向黑暗，無可挽救的時代，雖然光明就在黑暗的彼岸，但作者已經淚眼模糊，心力交瘁。他已無法感受那正在向人們招手的希望，甚至連自然界爛漫春光也不能使他振奮精神，相反只能增添他內心的傷感：「欲問山靈今何世？尚將晴翠撲江南！」（《過焦山內人扶病眺望》）美好的春色與這蕭瑟的世界是那樣的不協調。詩人終於在光緒三十年冬天唱完了他悲傷的歌，離開了這令人絕望的世界。

但范當世與孟郊、賈島的詩風不同。他的詩不僅為時代而激憤悲傷，而且其境界往往還是壯闊的。夏敬觀評其詩曰：「伯子丁世衰微，愁憤悲嘆，一寓於詩。其氣浩蕩，若江河趨海，群流奔湊，滋蔓曲折，納之而不繁；審而為淵，莫測其深。」（《范彥殊蝸牛舍詩集序》）范詩的氣勢及其境界之浩蕩壯闊由前面部分示例已約略可睹。再如：

有文支柱山與川，恍人有橑屋有橑。

我立此語非徒然，眼下現有三千年。（《用山谷武昌松風閣》）

世説小范十萬兵，不能戰勝徒其名。

空提兩拳向四壁，推排日月驅風霆。（《用山谷送范慶州韻》）

四海瘡痍今若何？九重雲物皆如夢。（《消寒第七集》）

峨峨兩鬢雪山白，飄泊一身江水寒。（《下關遲番船再作》）

　　如此之類顯然不同於荆天棘地、奇僻淒寂的孟郊、賈島詩的風格。

　　這種壯闊的境界，激憤而又悲傷的情感基調與其奇妙的藝術形式有機統一起來，就形成了他詩歌悲壯而奇妙渾成的風格。范當世正是以他獨特的成功創造確立了自己在當日詩壇上的實際地位。並以其雙重身份成爲同光體與桐城派聯繫的具體表徵。

　　從上面對同光體各種類型的代表作家的分析評述中，我們可以看到，他們分別不同程度地表現了時世的嚴重危機，揭露了清王朝統治的腐敗，同時也眞實地表現了他們自己心靈中的矛盾和痛苦，抒發了時世動亂激發起的滿腔悲傷。而且儘管各自的藝術風格並不相同，但他們都力求在繼承中創新，在求雅中創新。因此他們所創造的藝術境界大多深刻而新穎，具有很強的藝術魅力。這就是他們的藝術成就。

　　然而同光體詩人與漢魏六朝派詩人一樣，從小就深受傳統文化的薰陶，他們是吸收着傳統文化的營養成長起來的，以後又大多生活於國內，研究傳統文化。同光體詩人大多出生於十九世紀五十年代，在戊戌以前，他們的文化觀念、文學意識、創作趣味

早已定型，以後就很難有較大的改變。而西方文化的介紹引進，
在戊戌以前主要側重於宗教和自然科學知識方面，這由梁啓超編
的《西學書目表》可以爲證。眞正屬於文學的大規模翻譯開始於
本世紀初以後，以林紓的文言翻譯爲代表，而且林紓的主要貢獻
在於使中國人知道在海外原來還有那麼多動人的故事。從而有志
於進一步去探求研究海外的文學。而林譯本身，在藝術上是「雙
重歪曲」（茅盾《直譯、順譯、歪譯》）了的，已非廬山眞貌。
而詩歌的大規模翻譯當以蘇曼殊爲代表，在藝術上也同樣是被
古典詩歌的形式加工改造過了的。魯迅曾評論說：「但譯文古奧
得很，也許曾經太炎先生潤色的罷，所以眞像古詩。」（《墳·
雜憶》）。可舉一詩爲例：

> 孤鳥棲寒枝，悲鳴爲其曹。池水初結冰，
> 冷風何蕭蕭。荒林元宿葉，瘠土無卉苗。
> 萬籟盡寥寂，惟聞喧犟臯。（《譯師梨冬日》）

這樣的作品已完全失去了異國風味。由此也可見文學形式的
力量。這樣的譯作當然還不可能在藝術形式上對古典詩歌發生強
大的直接的穿透作用。所以，同光體詩人在當時主要通過對傳統
的反省來尋找出路是完全可理解的，我們沒有必要過分地求全責
備。

第七章
全面的歷史反省中對中和之境的嚮往
——同光時期的唐宋調和派

第一節　唐宋調和派暨西崑派述要

這一派錢基博《現代中國文學史》稱之爲中晚唐派，汪辟疆《近代詩人述評》則稱之爲河北派，因其首領張之洞爲河北南皮人。然名稱是虛，無須多辯，關鍵要看他們實在的宗旨是什麼。錢基博介紹說：「張之洞總督兩湖時嘗謂：『洞庭南北，有兩詩人。壬秋五言，樊山近體，皆名世之作。』樊山者，恩施樊增祥也。早歲崇淸詩人袁枚、趙翼，自識之洞，皆悉棄去。從會稽李慈銘游，頗究心於中晚唐。吐語新穎，則其獨擅。龍陽易順鼎，固能爲元白溫李者。於是流風所播，中晚唐詩極盛。」（《現代中國文學史》）認爲這一派主要究心於中晚唐。汪辟疆則認爲：「近代河北詩家，以南皮張之洞、豐潤張佩綸、膠州柯劭忞三家爲領袖，而張祖繼、紀巨維、王懿榮、李葆恂、李剛己、王樹枬、嚴修、王守恂羽翼之。……此派詩家，力崇雅正，瓣香浣花，時時出入於韓蘇，自謂得詩家正法眼藏，頗與閩贛派宗趣相近。惟一則直溯杜甫，一則借徑涪皤，斯其略異耳……然以力關險怪生澀之故，頗不滿意於同光派之詩。嘗云：『詩貴淸切，若專事鉤

棘，則非余所知矣。』又云：『詩家當崇老杜，何必山谷』。」
（《近代詩人述評》）又云：「若夫樊易二家，在湖湘爲別派⋯⋯
實甫才高而累變其體，初爲溫李，繼爲杜韓，爲皮陸，爲元白，
晚乃爲任華，橫放恣肆，至以詩爲戲。⋯⋯樊山胸有智珠，工於
隸事，巧於裁對，清新博麗，至老弗衰，迹其所詣，乃在香山、
義山、放翁、梅村之間。」（同上）因爲地域所囿，故未將樊、
易二家直接隸於張之洞名下，汪辟疆所論河北諸家，詩名唯二張
爲最。張佩綸，字幼樵，號蕢齋。早與陳寶琛等以敢於言事被目
爲清流，後因馬江之役獲罪譴戍。陳衍稱其詩「用事穩切，與張
文襄並驅中原，未知鹿死誰手。」遭譴後，「詩筆遒健，所謂精
悍之色，猶見眉間，與淒惋得江山助者，兼而有之」。（《近代
詩鈔》）張佩綸詩學李商隱、蘇軾，非恪守三唐者。可見汪辟疆
所論這一派，學詩宗旨，不限於中晚唐。而錢基博論及的李慈銘，
以好罵著稱，於前後、同時之詩人很少有首肯者，唯對弟子樊增
祥大加褒揚。李氏本人兼學漢魏以來各家，重點實在唐，而「不
能自創新面目。」（錢仲聯《近百年詩壇點將錄》）但一般並不
把李慈銘作爲這一派作家。

　　因爲這一派在實際的創作中，有意調和於唐宋之間，故本文
以爲將這一派稱之爲唐宋調和派較爲妥貼。該派創作成就最著者
爲張之洞、樊增祥、易順鼎三家。

　　這一派與同光體的最大區別，就是不喜歡黃庭堅及江西詩派。
張之洞論黃庭堅詩有句云：「黃詩多槎牙，吐語無平直。三反信
難曉，讀之鯁胸臆。如佩玉瓊琚，捨車行荊棘，又如佳茶荈，可
啜不可食。子瞻與齊名，坦蕩殊雕飾。」（《摩圍閣》）揚蘇抑

黃。他之所以如此，乃是不喜歡黃庭堅一派拗硬槎牙的詩風，而欣賞中和清切之美。陳衍論詩曾謂：「蘇長公之詩，自南宋風行，靡然於金，元明中熄，清而復燬，二百餘年中，大人先生殆無不濡染之者。大抵才富者喜其排奡；趣博者領其興會。即學焉不至，亦盤硬而不入於生澀，流宕而不落於淺俗，視從事香山、山谷、後山者受病較鮮，故學之者衆。張廣雅論詩，揚蘇斥黃……亦可見大人先生之性情，樂廣博而惡艱深。」（《知稼軒詩序》）。又說張之洞「見歌體稍近僻澀者，則歸諸西江派，實不十分當意者也。」（陳衍《石遺室詩話》）張之洞吊唁有取於黃庭堅的袁昶，不忍詆諆，故一方面斥「江西魔派不堪吟。」另一方面又說：「北宋清奇是雅音。」認為袁詩不失為「清奇雅音」。所肯定的是北宋的清奇之音。所以，鄭孝胥序陳三立《散原精舍詩》即稱張之洞論詩「務以『清切』為主」。具體地來說張之洞論作古今體詩有十二大忌：一，「忌無理無情無事」。二，「忌音調不諧（古詩尤忌多有律句）」。三，「忌體製雜糅」。四，「忌多用宋以後事宋以後語（此自修辭要訣，何大復諸人持此說，後人誚之非也。論史事者不與）」。五，「忌以俗語冒為眞率」。六，「忌以粗獷語貌為雄肆」。七，「忌陳熟落套」。八，「忌纖巧」。九，「忌險怪苦澀（李昌谷詩乃零句湊合者，見之《本傳》，賈長江詩乃散聯足成者，見之《唐詩紀事》。豈特去詩教太遠，古來大家直無此作法。其險怪不平易，苦澀不條達，正其才短非其格高也。）」。十，「忌虛造情事景物將無作有」。十一，「忌貌襲古而無意（體製必當學古，惟在有意耳，明鍾譚詆七子，近人主性靈，變本加厲，尤非。）」。十二，「忌大言不慚」。這些禁

忌，比較全面地反映了張之洞追求中和之度，反對偏鋒的創作主張和藝術趣味，其中有合理的一面，如禁忌之首條，但也有保守、狹隘的一面，如禁忌之四等。而總的傾向是保守的，限制過嚴，過死，不利於詩歌藝術的創新，這些禁忌可以看作是對他的「清切」之說的注釋和充實，而樊增祥論詩也有「清新」之見。其《余論詩專取清新，以爲古作者雖多於詩道，固未盡也，賦此示戢傳午詒》云：「句律原參造化工，兩間風景信無窮，若無鹽豉蘊何味，爲有梅花月不同。略取蜀薑生辣意，定須越紙熟槌功。今當萬事求新日，故紙陳言要掃空。」求新而要求趨於自然，與張之洞小有區別。

這一派與漢魏六朝派的主要區別在於，王闓運輩無取於宋，而張之洞輩並不一筆抹到宋詩。張之洞固然肯定北宋清音，而樊增祥也不願界劃唐宋，有詩云：「獨厭耳食界唐宋，唐固可貴宋亦尊。」（《冬夜過竹賈侍講論詩有述》）但這一派無取於漢魏。夏敬觀序陳銳《褒碧齋集》曾說陳銳謁張之洞，「座上論詩以王派見薄」，且謂「文襄不喜人言漢魏。」對此，夏氏頗有微詞，以爲「居顯達能文章如文襄者，物望所歸宜不偏於憎愛，然其操世藻鑒固猶是承乾嘉諸老餘習。」張之洞既不願返於漢魏，又不願像陳三立輩沿着黃庭堅一派的創作傾向前進，同時又不願趨於俚俗，在創作傾向上似調適於「由疏趨密」與「密後求疏」這兩種基本的創作傾向之間。不敢大胆地突破傳統的藝術原則和藝術度域，企圖保持不過不偏的中和之度。在中國古典詩歌步履維艱的時候，若無大胆的窮新極變的生造精神，很難在藝術上有較多的突破，恰如逆水行舟，不進則退。夏氏之譏，也並非捕風捉影。

而西崑派，其實可以看作是唐宋調和派中的一個支流，他們

專以晚唐李商隱爲宗。藝術趣味比較單純，學古面比較狹窄，風格也比較單調。在清代，最早提倡李商隱的是錢謙益。他曾在《注李義山詩集序》中說：「少陵當雜種作逆，藩鎭不庭，疾聲怒號，如人之疾病而呼天，呼父母也，其志直，其詞危。義山當南北水火，中外鉗結，若瘖而欲言也，若魘而求寤也，不得不紆曲其指，誕謾其辭，婉變托寄，隱迷連比，此亦風人之遐思，小雅之寄位也。」肯定了李詩的藝術風格。而其自作亦有取於李商隱。然牧齋以「轉學多師」爲原則，學古面較廣，並不囿於李商隱。其後馮班則發揮牧齋餘緒，側重於學習李商隱。錢謙益稱其詩：「沈酣六代，出入義山、牧之、庭筠之間。其情深，其調苦，樂而哀，怨而思，信所謂窮而能工者也。」（《馮定遠詩序》）影響所及，虞山詩人多受熏染者。楊際昌曾謂：「常熟多詩人，大抵師法中晚。馮定遠表彰《才調集》，寢食以之，尤工爲艷詞。」（《國朝詩話》卷二）而除錢、馮之外，桐城姚范也推重李商隱，其姪姚鼐繼承家法，亦兼取義山。曾國藩出，重揚桐城餘緒，在提倡黃山谷的同時，也意識到山谷原與義山有相通之處，李希聖有詩云：「一棹湘江去不還，杜陵高峻苦難攀。曾侯老眼分明在，解道涪翁學義山。」（《題山谷集》）其後同光體詩人亦不廢李商隱。而湘中詩派，本重綺采，王閻運標榜漢魏六朝，又下攈義山之英。而易順鼎亦較多取法義山。然這些詩人皆並不專學李商隱。至西崑派方專奉李商隱爲不桃之祖，庶幾爲宋初西崑體的翻版。西崑派詩人有湘鄉李希聖，曾廣鈞，常熟張鴻，徐兆瑋，吳縣曹元忠，汪榮寶等，諸人於光緒末同官京曹，結社於張鴻所居之西磚胡同，仿宋初《西昆酬唱集》而結集曰《西磚酬唱集》。而張

鴻弟子孫景賢亦尚西崑，所作青出於藍。該派詩學大旨略見於汪榮寶為《西磚酬唱集》所作序。曰：「賓既駿發，主亦淡雅。咸以詩歌之道，主呼微諷，比興之旨，不辭隱約。若其情隨詞暴，味共篇終，斯管孟之立言，非《三百》之為教也。歷觀漢晉作者，並會斯旨。迄於趙宋，頗或殊途。至乃飾席上之陳言，庶柱下之玄論，矜立名號，用相眙愕，則前世雅音幾於息乎。惟楊劉之作，是曰西崑。道玉溪之清波，服金荃之盛藻。雕鐵費日，雖詒壯夫之嘲；主文譎諫，庶存風人之義。……凡所造作，不涉異家，指事類情期於合轍。號曰《西磚酬唱》者，既義附窈比，兼地從主人，無所取之，取諸實也。……而今之所賦，有異前修，何則？高邱無女，放臣之所流涕，周道如砥，大夫故其潛焉。非曰情遷，良緣景改。故以流連既往，慷慨我辰；綜彼離憂，形諸咏嘆。雖復宮商繁會，文采相宣，主宛轉之吟客，計飄飄之氣。而桃華綠水，不出於告哀；雜佩明璫，寧關乎欲色。此則將墜之泣，無假雍門之彈，欲哭不忍，有同微開之志者也。嗟乎滄海橫流，怨航人之無楫，風雨如晦，懼膠嗜之寡儔。於是撰錄某篇，都為一集。側身天地，庶以寫其隱憂，萬古江河，非所希於矗軌。」意在本《詩三百》比興微諷之旨，取玉溪生華文譎喻之體，寄亂離衰世之悲憤憂傷。與錢謙益之論義山有同一精神。然而他們對詩歌形式的理解畢竟太偏執、狹隘了，李商隱的詩體只是千姿百態的詩歌形式中的一種。以為捨此就不能寄離亂衰世之悲憤憂傷，是不正確的。事實上，後來西崑派中的人也認識到了這一點，如就是作上面之序的汪榮寶，後來在復王揖唐的信札中曾反省說：「弟之好訓詁詞章，題不能為詩。及官京曹，與鄉人曹君直、張隱南、

徐少瑋諸君往還，始從事崑體，互相酬唱。爾時成見甚深，相戒不作西江語，稍有出入，輒用詬病，故少壯所作，專以隱約縟麗為工。久之，亦頗自厭。復取荊公、山谷、廣陵、後山諸人集讀之，乃深折其清超逸上。而才力所限，已不復一變面目。公試觀吾近詩，略可見其蛻化之迹。」（王揖唐《今傳是樓詩話》引）其餘諸家，如曾廣鈞、張鴻、孫景賢後亦時出入於西崑之外。當然這一派的基本傾向還是學李商隱。其中成就較特出的有李希聖、曾廣鈞、張鴻、孫景賢諸家。

第二節　寄宋意於唐格：張之洞詩

張之洞，生於 1837 年，比王闓運只小五歲，比陳三立長二十五歲，死於 1909 年，已是辛亥革命前夕。字孝達，號香濤，一號壺公，又稱廣雅。河北南皮人，同治二年進士。官湖南總督，兩江總督，體仁閣大學士，軍機大臣。後人輯有《張文襄公全集》張之洞是晚清洋務運動的重要代表之一。光緒初年，與陳寶琛等同為清班中最敢言事者，時稱清流。而張之洞言事以時務為主，較少糾彈抨擊。甲午以後亦主變法維新，曾上疏阻和議。且謂：「凡我普天臣庶，遭此非常變局，憂憤同心，正可變通陳法，以圖久大，不泥古而薄今，力變從前積弊，其興勃焉。又何難雪此大恥。」（《普天忠憤錄序》）又「助貲強學，條陳『新疏』，舉辦『新政』，儼然『維新』大員。」（湯志鈞《戊戌變法人物傳稿》）政變後，以先著《勸學篇》，得免議。後站在慈禧一邊。唐才常領導自立軍起義於武漢，即被身為湖廣總督的張之洞扼殺。

但戊戌以後,維新之政能有復燃之望,廢科舉,興學校,辦工廠之各項新政,得以實施。推行,又多賴張氏之力。如果說辛亥革命的成功需要一定的客觀歷史條件,一是清王朝的潰敗,一是西方民主思想日益深入人心,具有相當的群衆基礎,那麼,張之洞在戊戌以後,能使新政再度興起,在客觀上,正有不以個人意志爲轉移的促成西方新文化進一步傳播的作用。胡先驌曾說:「憶辛亥革命之秋,曾見市上有一種可笑之圖畫,以張文襄派遣學生出洋爲有心顛覆清室張本。」(《讀張文襄廣雅堂詩》)此圖畫確實耐人尋味。陳衍爲張之洞作傳曾說:「爲專制之說者,至謂開學堂,派游學,練兵造械爲亂階。」張之洞始所未料的後果,正在於這客觀上的「亂階」。

張之洞的詩歌亦能反映時世,林庚白曾舉例說:「如《九曲亭》、《焦山觀寶竹坡侍郎留帶》、《讀宋史》、《崇效寺訪牡丹已殘損》、《中興》諸作,皆沉鬱蒼涼,其感嘆之深,溢於言表。蓋之洞夙主中學爲體,西學爲用者,丁滿清末造,知國事之不可爲,其主張之無補於危亡,而身爲封疆大吏,又不得不鞠躬盡瘁以赴之。後二首居宰輔時之作,時勢益艱,故危苦益甚。」(《麗白樓詩話》)陳曾壽讀張之洞詩畢,有句云:「晚節艱難詩愈好,遺音哀惋世寧聞」,「憂傷小雅繁霜後,此卷千秋合讓傳。」(《書廣雅詩集後》)皆指出張詩能憂傷時世。

張詩在藝術上造詣頗深,以流暢自如爲其表。胡先驌認爲張之洞《廣雅堂詩》脫胎於白氏長慶體,由《送王壬秋歸湘潭》,《花之寺看海棠》諸詩可見端倪。胡氏主要着眼於張詩好用典以輔敘其事,而指出其與長慶體相仿佛。的確,張詩常並列地連用

數典以渲染題旨。如《送王壬秋》句云：「東宮絕艷徐陵體，江左哀思庾信文。筆毫費盡珊瑚架，墨演書殘白練裙。」連用徐陵、庾信之事來形容王闓運的聲名及才華。再如《誤盡》之一：「後主春寒弄玉笙，章宗秋月坐金明。詞人不管興亡事，重譜師涓枕上聲。」又連用李後主及金章宗，衞靈公與師涓事，諷喻上下酖嬉之患。而且張詩往往正面採用典故，借古喻今，如《金陵雜詩》通篇採用王安石事刺翁同龢。《元禎》則以咏元禎而刺瞿鴻禨。不似江西派詩人用典好作變化，另翻新意。然張詩用典一般比較貼切，如《四月下旬過崇效寺訪牡丹花已殘損》：

　　一夜狂風國艷殘，東皇應是護持難。
　　不堪重讀元輿賦，如咽如悲獨自看。

《新唐書·舒元輿傳》：「元輿為《牡丹賦》一篇，時稱其工。死後，帝觀牡丹，憑殿闌誦賦，為泣下。」詩人借用唐文宗時謀誅宦官的「甘露之變」，非常巧妙地暗指戊戌變法時維新黨人謀誅慈禧等守舊黨人未遂，反遭慘殺的「戊戌政變」。用典渾然無痕，極工切。再如《讀史·張孝祥》：

　　射策高科命意差，金杯勸酒颭宮花。
　　斜陽宮柳傷心後，僅得詞場一作家。

通篇雖咏張孝祥事，而實暗喻文廷式。首句指光緒預定文廷式為甲午大考第一名，第二句指文廷式不自檢點，有所謂「與內

監往來」事。末二句指文廷式爲慈禧所疾，終爲李鴻章等所乘，被彈劾「革職永不叙用」。「德宗因此案而卒釀官掖之變。傷心之極，所換得者，僅云起軒一卷詞耳。」（黄濬《花隨人聖庵摭憶》）用典亦深微工切。

除用典外，張之洞還較注重辭彩色澤，工於修飾。其詩如

> 城隅積水八寸綠，照見鳧鷖白如玉……
> 高軒恰可臨漱浣，淺瀨聊堪濯纓足。
> 足底葭萌何短短，碧烟如穀畫陰暖。（《南佳修襟送客》）
> 丁香麗歠千珠圓，海棠霞暈扶春烟。
> 至今紙上鬥香色，疑嬌似妬如能言。（《秦子衡爲孫駕航書崇效寺丁香海棠卷》）
> 我來江上望，花竹籠春烟。萬罫同一綠，
> 萊畦間秔田。江平碧瑟瑟，山遠青娟娟。（《忠州東坡》）
> 明鏡三面抱城郭，錦屏九疊臨汀洲。
> 江深石潤樹葱蒨，帝子飛蓋時來游。（《錦屏山》）
> 太行隨我向南行，漸有烟霏含青紫。
> 玉樓營外三家村，潑眼春光百鳥喜。
> 柳葉作態杏花嬌，人馬風沙一時洗。（《玉樓營見杏花新柳是日濟河微雨》）

花紅柳綠，水白山青。張之洞常用明麗爽目的自然色彩來點染他的詩篇。吟誦之間，很容易使人聯想起白居易《錢塘湖春行》這類詩篇。

　　在句法方面，張詩也與取徑於黃山谷的陳三立詩歌形成鮮明
對照。陳詩常常採用拗折硬截，曲折倒置的句法別開生面。而張
之洞最難以接受的也許就是這種句法。因此張詩不僅鮮有倒裝句
式，而且語法成分比較完整，相互之間的關係也較明確自然，
主謂、動賓等結構搭配也力避生硬。這由前面的示例已可見大
略。

　　當然，張詩如果僅有此膚韡，那麼與沈德潛的學唐也就並無
大的區別。張氏論蘄水范昌棣詩云：「能將宋意入唐格。」殆可
以自寫其詩。其詩如：

　　神臯蕩無險，險自散關始。萬壑共一井，
　　行人在其底。（《鳳嶺》）

　　四圍山勢的高峻壁立，在詩人的聯想中傾刻化作一種新奇而
又可捕捉的強烈感受。又如

　　佛法一線在戒壇，叩門先聽松聲寒。
　　橫廣平台五十步，穆穆護法排箸官。
　　墨雲倒垂逾萬斛，壓折白石回關榦。
　　潮音震蕩纖埃掃，氣象已足肅群頑。
　　矯如神龍下聽法，赫若天王司當關。
　　十松莊慢皆異態，各各凌霄鬥蒼黛。
　　一株偃蹇甘獨舞，不與群松論向背。（《戒壇松歌》）

如果說前一首用的是巧勁，那麼這首詩則是從正面着意形容，以盡奪老松之神形。

對於氣勢不凡的對象，詩人固然能與之精神交通，融而化之，對於習見的景物，詩人也能以敏感的心靈發隱探秘，其詩如：

> 灌木驕平川，軒軒出新沐。淺漲縈危磯，
> 胯板冒姸綠。（《雨後早發天津至唐官屯》）
> 明光曳地來，長如一匹練。不登石頭城，
> 幾疑天塹誕。邱垤齊斂避，形勢頓湧現。
> 是日積雨晴，千里無陰暗。夕陽生金采，
> 青綠染郊甸。尺樹藏百村，片嵐連數縣。
> 南北交映發，不為洲諸間。（《翠微亭》）

皆極精粹，非唐詩中膚泛之作可比。而如盧山這種幾乎為人發盡其秘的對象，在詩人的眼裏也能有其新的感受。如：

> 朝見盧山臨江滑，青翠騰躍來迎人。
> 暮見盧山忽杳靄，首尾隱若龍登雲。
> 從來倔強五岳山，彭蠡作杯江作帶。
> 內蓄百澗包靈奇，外切太虛定澎湃。
> 江表名山數第一，儼如大賢兼通介。（《江行望盧山》）

經過主觀喻擬改造，神氣已被歷代詩人攝去的盧山，重又煥發出勃勃生機。

再有一類咏物寫景之作，則能在平凡中見出遠意。其詩如：

> 楚澤多香草，一香為之祖。風露靄清晨，
> 靜貞出媚嫵。（《咏蘭》）
> 龍性生已具，森然蓄麟爪。欅柳及楊梅，
> 難較年大小。（《咏廣益堂雙松》）

一種人格精神正從其中滲透而出。再如：

> 階泉鏘玉聲，松雪耀積素。勞人逢幽境，
> 聊作蘧廬往。（《宿紫柏山留侯祠》）

一種人生哲理借留侯祠這個「蘧廬」，現出光彩。

從總體上看，張之洞與陳三立相比，較側重於描寫和表現客觀對象，不像陳詩那樣大多具有濃鬱的抒情色彩。當然，張詩也非純客觀的白描，客觀對象常常經過比較明顯的主觀變形而得以煥發其精神。而如：

> 誠感人心心乃歸，君民末世自乖離。
> 豈知人感天方感，淚灑香山諷諭詩。
> （《讀白樂天「以心感人人心歸」樂府句》）
> 殯宮春盡棠梨謝，華屋山邱總淚痕……
> 劫後何曾銷水火，人間不信有平陂。（《過張繩庵宅》）
> 故人第宅招魂祭，勝地村亭掩淚過。

前席頓憐非少壯，小忠猶得效蹉跎。（《中興》）

鬢邊霜雪秋摧白，山勢龍蛇雨洗青。

剩與讀碑思峴首，不辭攬淚灑新亭。

（《胡祠北樓送楊舍人還都》）

　　以及前例《崇效寺訪牡丹》等也皆有較明顯的抒情色彩，但一般都不像范當世，陳三立詩那樣悲憤。

　　張之洞雖主清切流暢，但其所作皆非信手拈來，無不凝結了詩人獨到的匠心。雖「以風致見勝處，亦隱含嚴重之神，不剽滑。」在唐宋以後，要想不費心力，就能獨出新意，幾乎是不可能的。在這幾乎已為前人開拓完畢的天地裏，每開發出一小塊新角都必須化出幾倍於前人的心力。藝術形式的局限將阻碍詩境大規模的新開闢。由於張之洞在選詞造句，謀篇布局等方面要求與唐詩的傳統相協調，在唐宋之間選取一個中和的藝術度，束縛甚多，因此不可能大幅度地改變習慣的格式，大胆廣泛地選用和創造新鮮的語言，構建不拘一格的章句形式，這樣也就會影響詩歌內在表現力的突破。張之洞的許多詩篇，雖然在意境方面有新的開闢，但由於藝術形態比較陳熟，尤其是表層形態比較陳熟，因此，即使是那些新開闢的詩境也仍然籠罩於傳統藝術定勢的陰影之下。仿佛是在南國春天的同一片原野裏，新發現了一些原來為人忽略的景物，而不是在北國天地裏的開闢，更不是在人迹罕至的絕域異境裏的冒險，尤非是對不知秋冬，無論春夏的外星球的探索，相對而言，張詩在藝術獨創性方面要比鄭珍、江湜、陳三立、沈曾植等略遜一籌。鄭珍他們的創作雖然也沒有跳出古典詩歌的基本

模式，但由於他們已經注意到在藝術形態的表層拓寬構造領域，擴大取象範圍，增加表現角度，因而他們有可能豐富詩歌的內在表現力，創造出更新穎的詩境。胡先驌評張詩曾謂：「公詩脫胎於白傅，而去其率，間參以東坡之句法者也。其淵源如此，從未經郊島黃陳鑱刻肝腎之途徑，故此類詩之獨到處不能領解，即韓詩排奡奇崛之境界，亦所未經，故習於宋詩者覺其詩不深至。差幸規模宏大，學問眩博，有以掩其所短耳。」（《讀張文襄廣雅堂詩》）此評值得品味。

第三節　無法束縛的詩才：樊增祥、易順鼎詩

樊增祥、易順鼎為張之洞的門人，雖與之洞同派，而風格並不相同，樊、易之詩以才情富艷見長。

樊增祥生於1846年，比陳三立長六歲，死於1931年。字雲門，號樊山。湖北恩施人。光緒三年進士。官至江寧布政司，護理兩江總督。與易順鼎齊名，號稱「樊易」。樊增祥久為地方官，為政尚嚴，宅心平恕，尤長於判獄。「每行縣一馬一僕，裹糧往反，不費民間一錢，其治盜皆自身捕逐，立就擒縛。」（余城格《樊山集序》）與袁枚一樣，稱得上是一個好官。而其學詩，早年也濡染於袁枚及趙翼。有《樊山全集》刊行。

樊增祥自叙《樊山集》曰：「余九歲始就傅，七歲已能屬對。時方讀唐詩，先君曰汝能對『開簾見月否』？余應聲曰『閉戶讀書』。先君心喜之，而慮其狂也，訶曰『書可對月耶』！時架上所有自太白、香山、放翁、青邱而外，惟袁、趙、蔣三家。余不喜

蔣而嗜袁趙,放言高咏,動數百言,長老皆奇賞之。……自丁巳
訖己巳積詩千數百首,大牟小倉、甌北體,自余則香奩詩也。庚
午歲從南皮師游,始有捐棄故技,更授要道之嘆,舉前所作悉火
之,故存稿斷自庚午。……自壬午冬迄癸未凡十閱月,與子珍同
在鄂中書局,子珍嘆余詩益高淡,因憶宋人『詩須放淡吟』之句,
命之曰淡吟集。……余三十以前頗嗜溫李,下逮西崑,卽《疑雨
集》、《香草箋》亦所不薄,閑情綺語,傳唱旗亭,化身億千,
寓言十九,別爲一册,如古人外集之例附諸集之後。」由此可見
其學詩大致趨向,其集中尚存重讀袁集之章。詩云:

> 吾少愛隨園,雄名震白下。落落開濟才,
> 抱書隱岩野。稍長習高論,賤彼不羈馬。
> 殷浩束高閣,中心罷藏寫。要其透背力,
> 鞭至石可赭。妖姬曳雲袿,俊鶻蹲秋華。
> 後生揚頹華,殆非公意也。安得戀鄭聲,
> 並令笙簧啞。今我嗜古人,毀方合以瓦。
> 饋貧感高義,古燈捲重把。
>
> (《雲生以隨園詩文集見惠三疊前韵奉謝》)

可見其對袁枚尚眷念不忘。樊增祥雖然欲「更授要道」,但
其始終未棄言情艷體。卽使是《染香集》外的大量詩作,也重才
情,以風調流轉自如爲旨趣。其《與翰臣論詩》云:「詩到天然
始是佳,玉爲底蓋兩無瑕。衣裁須取全身稱,棋力難教半子差。
水裏著鹽知有味,樹頭剪採不爲花。性靈卽是良知說,要讀奇書

過五車。」見解與袁枚非常接近，只是更強調了學問。

樊增祥一生「以詩爲茶飯。無日不作，無地不作。所存萬餘首，而遺佚蓋已不少矣。」（《近代詩鈔》）實遺詩三萬篇，爲古來罕有的高產作家，然視作詩爲易事，難免庸濫，其佳者或爲所掩。

樊詩語言以富麗爲主，所謂「高淡」之境其實尚未造及。卽使如幽淸之月夜，在其筆下亦未必「高淡」。其詩如：

> 尺八橫吹縹渺音，滿衣風露此登臨。
> 月如秦鏡無圓缺，天與紫窯孰淺深。
> 烟靄四垂碧羅幕，山川全鍍紫磨金。
> 碧城十二無消息，空負關干萬里心。(《八日十六夜城上望月》)

也被渲染得色彩斑爛。著名的七言歌行前後《彩雲曲》，則更如「百寶流蘇，令人目眩」。篇長不錄。

樊增祥也善於隸事用典，裁對工穩。王闓謂「近代詩人其隸事之精，致力之久，益以過人之天才，蓋無愈於樊山者。」（《今傳是樓詩話》）其詩如《都門雜感八首》、《感事二首》、《春興八首》、《庚子五月都門紀事》、《聞都門消息》等詩皆是借助典事諷喻現實的作品。佳句如：

> 欲去徘徊端正樹，憂來吟諷董逃行……
> 不虞建業金甌缺，更比澶淵瓦注輕。
> 鼉禁月明聞鬼哭，鳳城白日斷人行。

　　宮奴不念家山破，猶道如今是太平。（《庚子五月都門紀事》）

　　犬銜朱邸焚餘骨，烏啄黃驄戰後瘡。（《聞都門消息》其一）

　　舊宅不歸王謝燕，新亭分守楚梁瓜。

　　蛾眉身世惟青塚，貂珥門庭但落花。（《聞都門消息》其二）

　　崇愷珊瑚兵子手，宋元書畫冷攤中。

　　金華學士羈僧寺，玉雪兒郎雜酒傭。（《聞都門消息》其三）

　　諸如此類，皆有感於庚子事變，沉痛蒼涼，刻劃入骨。但相對來說，樊詩長於情調氛圍的傳達。其詩如：

　　柳色黃於陌上塵，秋來長是翠眉顰。

　　一彎月更黃於柳，愁殺橋南繫馬人。（《八月六日過霸橋口占》）

　　一、二句傳達秋天蕭瑟的氣氛，三、四句採用遞進手法，強調昏黃的月色給人的印象。詩句未必凝煉，然字裏行間卻能發散出一種令人沉醉的憂情愁緒。能喚起人們對蕭條時代的喟嘆。難怪譚嗣同「讀竟狂喜」，以爲「意思幽深節奏諧。」「所見新樂府，斯爲第一。」（譚嗣同《論藝絕句》）。再如：

　　垂虹如月臥桑乾，獨客臨流擁玉鞍。

　　駿馬嘶風驕不渡，一時回首望長安。（《桑乾》）

　　一絲憂慮，一線留戀，一種莫名的惆悵，在詩中彌漫開來，令人回味。再如

樓閣濛濛影碧池，林風吹水故參差。
卽看明月初生夜，何似空山獨往時。
肺病經時常斷酒，苦心二字總能詩。
漁陽桑葉今全落，未棲栖鳥借一枝。（《蓮池月夜柬叔寅再來》）

寫景未必奇特，而情調蘊藉綿遠，感人亦深。卽使如《華山》這類供人窮形盡相，施展雕刻之才的詩題，在詩人的筆下也由虛處展現其藝術魅力。詩曰：

三峰如削秀天葩，帝座微茫信不遐。
拂曉仙雲圍玉女，極天秋雪照蓮花。
瞳瞳白日臨關迥，浩浩黃流入豫斜。
欲掃游氛瞻北極，巨靈高掌莫相遮。

並不是從正面鑱刻華山之貌，而是通過側面氣勢、氛圍的渲染來傳達華山的精神，與魏源的華山詩有明顯的區別。筆墨輕鬆，色調華妙。樊增祥與左紹佐論詩有句云：「君不見蘭子七劍兩手中，中有五劍常在空。巧手能虛以運實，開鑿渾沌皆玲瓏。……兵家在少以克衆，權家在以輕起重，道家在以靜制動，詩家在以獨勝共。」這正是樊增祥在藝術上所追求的境界。以巧筆巧思，化實起重，與鄭輔綸、高心夔的藝術追求迥異。

《樊山集》中還剩有一些接近性靈派的作品。如：

雲鬢金釵出左家，清明隨分看桃花。

誰知螺鈿溪邊女，一月蓮頭自採茶。(《採茶詩二首》)

大田更比相如渴，何止思量露一杯。(《納涼作》)

城已再傾緣巧笑，戶經三免卽食家。

填詞小宋垂垂老，觸撥閑情為杏花。(《有贈》)

打棗黃竿裊裊輕，草頭蝴蝶曬霜晴。

秋光祇合村中看，不許行縢載入城。(《卽事)》)

小弄狡黠，頗有生趣，口吻神肖袁枚，可見青少年時代所受影響之深遠。

陳衍《近代詩鈔》所選，尚有不少「歡娛能工」之篇，寫生活樂趣，甜潤滑膩，風骨不高。

如果說樊增祥之才為輕巧之才，那麼易順鼎則為驚艷狂詭之才。

易順鼎生於1858年，比樊增祥少十二歲，死於1920年。字實甫，又字中實，自署曰懺綺齋，又自號眉伽，晚號哭庵。湖南龍陽人。天生奇慧，三歲讀《三字經》琅琅上口，五歲能作對。有神童之目。自謂張夢晉後身，又自謂張船山、張春水後身。以為王子晉再世為王曇首，三世為夢晉，四世為船山，五世為春水。諸人皆為才情爛漫，操行獨特，富有傳奇色彩的人物，可見易順鼎心之所好所尚。十五歲刻詩詞各一卷，十七歲中光緒元年舉人。游金陵，一日成《金陵雜感》七律二十首，可見其才思之敏捷。甲午戰敗，割遼東、台灣以媾和，順鼎慷慨上書，以為此乃「揖盜於門內」，「納虎於室中」，「中國將來必無可固之人民，可守之山河。」書上，不省。則間關航海，走台灣，欲贊劉永福軍

為海外扶餘。既至，見事已不可為，乃脫身歸國。年三十，以同
知候補河南，尋捐道員，希冀大用，不得，慨嘆曰「三十功名塵
與土，五千道德粕兼糟。」後棄官，入廬山，築琴志樓居之。作
《哭庵傳》自道生平曰：「所為詩歌、文詞，天下見之，稱曰『才
子』。已而治經，為訓詁考據家言。治史，為文獻掌故家言。窮
而思反於身心，又為理學語錄家言。然性好聲色，不得所欲，則
移其好於山水方外，所治皆不能竟其業。年三十而仕，官不卑，
不二年棄去，築室萬山中，居之，又棄去。綜其生平二十餘年內，
初為神童，為才子，繼為酒人，為游俠少年，為名士，為經生，
為學人，為貴官，為隱士，忽東忽西，忽出忽處，其師與友謔之
稱為神龍！其操行亡定，若儒若墨，若夷若惠，莫能以一節稱之！
為文章亦然，或古或今，或樸或華，莫能以一詣繩之！要其輕天
下、非堯舜、薄湯武之心，則未嘗一日易也！」不以狂詭為非，
頗有自知之明。後入張之洞幕，又媚榮祿，出為廣西右江道。尋
為岑春萱劾罷。遂益遊戲人間，放廢頹唐，無視操守，沉醉於淳
酒婦人之中。其《買醉津門雪中》詩曰：「焉知餓死但高咏，行
樂天其奈我何！名士一文值錢少，古人五十蓋棺多！」可見其人
行迹之外的衷心。夏敬觀題其《琴志樓編年詩》曰：「文章出手
即縱橫，賊壘逃歸世已驚。（按：實甫童時曾陷於太平軍中，因
奇其天慧即送歸）夢晉後身童自聖，夏鄉奇疾縮如嬰。（按：實
甫歿後身縮如小兒）誰憐畫餅遭飛語，（按：即指其為岑春萱所
劾）終覺援琴過溺情。一卷《魂南》招不得，九原知否返台澎？」
頗能概括其生平、文章。刊有《琴志樓易氏叢書》。

　　易順鼎與樊增祥一樣，一生創作沉沉夥頤，達萬餘首，屢變

其體。「爲大小謝，爲長慶體，爲皮陸，爲李賀，爲盧仝，而風流自賞，近於溫李者居多。」（陳衍《近代詩鈔》）近體以屬對工巧爲宗，又能以成語熟典生發新意，最自負其《四魂集》，自謂：「余所刻《四魂集》譽之者滿天下，毀之者亦滿天下！湘綺樊山皆極口毀之者也。然文章千古事、得失寸心知，余自信此集爲空前絕後、少二寡雙之作。」其中《魂南集》爲詩人航海走台灣時所作，尤多悲憤之語。陳銳序其集曰：「宜乎易君，哀時九嘆，側身四愁，睹歧路以回車，問金庭而呵壁也。」詩人曾廣鈞《四魂集》中句云：「『竟同鵬舉死冤獄，無怪馬遷修謗書。』『中朝舊議封關白，上相新聞使契丹』。……此皆屬對工巧，而用典隸事又極精切」，且「《四魂集》中不僅以屬對工巧爲尚也。其隸事之精切，設色之奇麗，用意之新穎，皆兼而有之。如『此日盟猶存白馬，何人塞欲賣盧龍』。『海上魚龍眞跋扈！淮南鷄犬豈平安！』『棘門霸上皆兒戲！太液昆明是水嬉。』『痛哭珠崖原漢土，大呼倉葛本王人』。……何其隸事之精切也。『雌龍雄鳳曾北走，銅駝金狄有東遷』。『重攀碧柳重魂斷，一步紅橋一淚流』。『胭脂坐令輸胡地，翡翠何曾賺越裝』。『館問碧蹄平秀吉，城尋赤嵌鄭成功』。……何其設色之奇麗也！『露布定塞西夏國，雲台應畫富春山』。……何其用意之新穎也！……更有奇句創格，開古人所未開之境者，如『慶歷衆賢之進日，元和惟斷乃成年。』『布衣臣本南陽者，冠冕人皆北斗之』。『與諸君飲黃龍耳，若有人乘赤豹兮。』此與《四魂集》中『北海知劉豫州否？南朝有李侍郎無？』一聯及『南朝可謂無人矣！北海猶知有備耶』一聯，皆可以橫絕千古也！……」高自標置，譽不容口，

實難副其實也。

易集中比較而言，還是古體瑰奇宏麗。

易順鼎好遊歷名山大川，足迹幾遍天下。曾賦《宿頂詩十首》以志其所登之峰。每遊歷必有所作，可謂登山則情滿於山，觀海則意溢於海。詩句或整或散，或長或短，任憑才情揮灑。如：

> 君不見上界三峰，飛雲峰、孤青峰、老人峰、
> 了髻峰以及香台、全真、鉢盂、錦綉之諸峰，
> 乃是海中三島嶼，正如蓬萊方丈、方壺圓嶠
> 數點金芙蓉。華首台、撥雲寺、延祥寺、寶
> 積寺，衝虛觀、白鶴觀、黃龍觀、酥醪觀，
> 正如華嚴樓閣彈指即現中有金銀台，又如
> 蜃樓海市忽隱忽現中有貝闕兼珠官。鐵
> 橋峰，乃是秦皇鞭海所駕之黿鼉；石樓
> 峰，乃是八仙過海所跨之長虹；白水門，
> 滴水岩、五龍潭，乃是鮫人龍女所啼淚痕、
> 明珠顆顆、生綃幅幅、織成非烟非霧之簾攏；
> 綠毛鳳、碧鵁鳥、五色蝶、五色雀，乃是石
> 華海月化為翎毛與草蟲；石榴花、刺桐花、
> 木棉花、杜鵑花，一切荔枝龍眼以及九節菖
> 蒲花紫茸，乃是海底千樹萬樹珊瑚紅……（《黛海歌賦羅浮》）

才思如泉噴湧，無所抑止。它如《阿育王寺觀舍利塔歌》、《端州七星岩》、《鼎湖山觀瀑布歌》、《游白水門觀瀑布作歌》

等詩，句式皆有類似之奇，而晚年應梁啟超之邀，於三月三日修
禊京師之萬生園，所賦長句，亦詩文夾雜，引說兼糅，或長或短，
恣肆恢詭，章句奇拗，為韓愈以來所少有，在本朝可與錢載之古
體章句相軒輊。

詩人在章法上長於鋪叙渲染，而短於剪裁、錘煉。詩人創作
的大量長篇巨製，在描寫對象方面，不是以鑱刻雕煉的正面摹狀
取勝，而是以其奇思異想，令人驚嘆。如果說，他的五言詩，如
《冒雨自伏虎寺入山至萬年寺》：

> 冥冥不見寺，冷翠天微漏。飛雨何蕭寥，
> 千岩盡奔溜。人行烟濤中，勢與蛇龍鬥。
> 松杉轉青氣，潤逼孤襟透。墜葉添寒聲，
> 鏗然屨邊奏。人語迥不聞，疎鐘如隔岫。

尚比較重視正面的直接刻劃，多少透發出湖湘漢魏六朝派的
一點風味，那麼如：

> 時時見寶刹，烟際迷青紅。筍輿得雲氣，
> 挾我疑行空。萬翠裹一身，不辨來何峰。
> 天門甫過二，已據猿巢顛。到此忽天盡，
> 倒行為地仙。松濤震左右，壓我雙吟肩。
> 忽驚地又盡，絕壁仍嶒岏。低頭視來路，
> 漠漠飛鴉盤。
> 百盤百勇赴，一步一險添。空中懸半趾，

恐被飛鳶饞。天光自穴入，壓首如崩岩。

（《侍大人登岱敬和元韵八首》）

跌破鴻蒙魂，折斷象罔脈。竅異渾沌鑿。

掌同靈胡擘。五色逃媧爐，二儀鬬羲晝。

胞胎日月鬥，胸腹風雷坼。驚看斧劈皴，

怳聽刀奏砉。萬古難粘膠，累劫不合璧。（《會仙石》）

旁有一小兒，自名為青童。竊據三神山，

爭帝如共工。羲和屍厥官，后羿射無功。

夸父與魯陽，不得傾羲裘。（《望日石》）

等等，已一首比一首遠離漢魏六朝，而歸於韓愈詩派。在本朝湘中，則較近於魏源。這些詩已較多採用多種修辭手法，來突出對象。

詩人善用誇張喻擬手法。其詩如：

我觀羅浮三千六百丈之瀑布，如讀皇甫
一十二萬年之帝紀。上自九天，下至九
淵，吾不能見其首，亦不能見其尾，前
有千古，後有萬年，吾不能知其終，亦
不能知其始。（《游白水門觀瀑布作歌》）

將一個空間形象轉化成無始無終的時間形象，新穎奇特，為古來罕有。再如：

居然一星一世界，千奇萬怪咸包藏。

或如麒麟與鳳凰，或如獅象熊貙狼。

或如華鬘瓔珞裝，或如華蓋如轟幢。

或如玉几兼金床。（《端州七星岩歌》）

松耶雲耶瀑耶皆化為白龍，雲之龍橫而

松瀑之龍縱。電如萬蛇，雨如萬蜂，雷

如萬鼓，水如萬舂。（《雨中發小白嶺天童作歌》）

　　廣譬博喻，上繼昌黎東坡。但這些尚不足以顯其詩才之縱橫。詩人尤長於精騖八極，心游萬仞，無所拘牽地馳騁幻想。如其描寫諸瀑布的佳篇：

何年共工陷鼇極，海水傾向東南斜。

九州天驚雨腳逗，袖手頗復哀神媧。

青霄倒垂星宿海，客欲往泛愁無槎。

力穿深潭九地破，對足或抵歐羅巴。（《噴雪亭瀑》）

雲霞精魂日月液，鑄此空中數拳碧。

斑駁疑經女媧煉，崢嶸想見靈胡闢……

鳥道橫空一萬里，石梁捲盡昆侖水。

龍憤雷霆鬥穴驕，猿驚冰雪噴崖起。

鼇邊河漢似西流，腳底須彌欲東徙。

誤道天公大笑聲，投壺玉女輸驍矢。

仙魅行霄瀑作梯，虹霓飲澗山如綺。（《登五老峰觀三疊泉》）

急雷破山群龍飛，龍女嫁作何人妃？

有簾水晶天半掛，仿佛擇婿張屏幃。

龍王添妝用何物，亂撒百寶拋珠璣。

冰綃雪縠一萬匹，鮫人涕淚穿成衣。

銀河奔流幾千丈，乘槎去借天孫機……

仙人垂簾但端坐，簾外世界方斜暉。

返景射壁壁若鏡，照見城郭人民非。（《朱陵洞觀瀑布》）

雖都是描寫瀑布，而瀑瀑迥異，可見詩人才源之淵深浩渺。
再如詩人眼中所見香港之萬家燈火：

或言龍宮開夜市，羅列金剛鍮石以及琉
璃雲母火齊與木難。或言蜃樓海市之所
為，海中霧閣而雲窗，窗中霧鬢而雲鬟。
從來南荒火維足妖怪，況復南海水府藏
神奸。惜哉神皋奧區不知何年鶉首剪今
左股割，妖魖怪蜃磨牙吮血而流涎。天
以祝融火德配壬女，更以一日一月朝夕
沐浴孕生百寶於其間，安得牛渚靈犀照
百怪，使彼天吳海若屏息匿影不敢妄動
窺人寰。得非海中陰火燃，燭龍委羽銜
蜿蜒。否則阿㜷萬斛螢，放此雷塘十畝
田，否則魚膏作燈燭，秦皇遊我游三泉……
忽看海上星，正與天上星相連，天上之
星似已一半走下天。尋常只有一北斗，

今宵乃有無數北斗爛漫縱橫懸。(《香港看燈兼看月歌》)

　　景觀是何等神奇。然寫景之中，又時寄對時世衰亂，民族受辱，國土日損的悲憤。詩人幾乎是空所依傍，完全馳騁於神幻的想像世界之中。眼前的一切已經轉化為由傳統文化醸造而成的主觀的心靈世界。而且詩人在作品中塑造的抒情主人公也是神奇不凡的，試看：

西南萬古青蒙蒙，鳥飛不到人能通。

使當傳劍臨崆峒，長歌直掛天山弓。

(《自青城歸筏橋登玉疊關岷山大江作歌》)

欲今震旦醒，起擊諸天鐘。(《宿上封寺》)

大材詎肯腐山林，神物猶思避菹醢。

吾聞豫章生七年，便可與龍鬥滄海。

何況此樹世稀有，壽過凡樟逾百倍。

願為樓船擊西夷，知君九死終不悔。(《萬杉寺五爪樟》)

瀑似天龍下聽講，我如佛坐圍袈裟。(《噴雪亭瀑》)

琴志樓頭飛雨懸，日呼五老同杯酒。……

青天涕唾六鼇背，白日歌呼五老顛。

君臥太虛猶衽席，我憑倒景作闌幹。

夢魂不逐斜陽去，相與提攜十萬年。(《祝融峰頂石》)

爭光日月齊天地，始是昂藏一丈夫。(《念庵松歌》)

手摩日月頂，念爾生病恙。(《祝融峰頂石》)

瀑兮瀑兮我所恨者爾不應飛雪上我之頭

顧，又不應飛流濺沫十二萬年使彼滄海

枯。何當騎爾更游黃山訪天都，然後合

符釜山大開明堂快睹群靈趨。(《鼎湖山觀瀑布歌》)

　　這自然可視爲詩人一時興到之豪語。然而唯有詩人能在創作時擺脫現實的束縛，不爲物役，在想像世界中去虛擬主宰萬物的主體人格，也才可能取得隨意駕馭自然，揮斥萬有的自由，也才有可能讓千山萬水超越實在的限制，煥發蓬勃的生機，在精神意志的海洋裏任意遨遊。易詩所創造的想像世界是神奇巨大的，與客觀實在相比，無論從時間角度，還是空間角度去看，都要遠遠溢出實在的軀殼，因此，它是一個被極大地誇大了的世界。天地炎黃，日月星辰，四海古今，百怪千神，飛禽走獸，黿鼉魚龍，三皇五帝，豪傑英雄，紛至沓來，交錯於須臾，雜聚於一瞬，令人目不暇接。宇宙間的一切在這個世界裏是完全自由的，不受任何限制約束。

　　這一切固然能使人感受想像力的偉大，並陶醉於它的魅力之中。然而這一切畢竟又是虛幻的，它有時會掩蓋實在對象的眞實個性。誇張喻擬和馳騁幻想，本來是爲了加深人們對客觀對象個性的感受，然而，當人們完全生活於一個虛擬的世界裏的時候，往往要忘卻它背後那個實在的世界，其長處在此，短處亦在此。如果將兩者中和，那麼其短也就不足爲短，而長也就不足爲長。藝術也許正是這樣永遠難以達到囊括衆美而無一瑕的完美境地，也永遠難以適合一切人的審美需要。因此，在我們指出其所短的時候，並不指望將有一種完美的境界出現，然而，卻暗暗地期待

着藝術世界無限的豐富多彩，只有這無限的豐富多彩才能構成一個完美的世界，才能滿足一切人的審美需要。

就易詩本身來說，它的風格也是較豐富的如《四鼓發順德月中行三十里作》：

> 晝行恒苦風，夜行每思月。靈蟾真有靈，
> 銜鏡出天闕。如行冰壺中，清光鑒毛髮。
> 淨洗塵土魂，寒入山水骨。片雲捲瑤宇，
> 低向碧海沒。煙絲飄空青，客夢與之結。

詩境極幽清，筆墨也較洗煉清新，與前例境界大異其趣。而如《天童山中月夜獨坐六首》，詩筆就更樸素：

> 青山無一塵，青天無一雲。天上惟一月，
> 山中惟一人。
> 此時聞松聲，此時聞鐘聲，此時聞澗聲，
> 此時聞蟲聲。
> 青山如水涼，綠陰如水涼，碧天如水涼，
> 白雲如水涼。

詩人故用極其簡單而又重複的筆墨，去強調異中之同。詩意不是在詩人的想像中孕育，而是在詩人的發現中誕生。完全不同於他的山水長篇。當然這種類型並非詩人創作的主導傾向。

詩人還創作過大量的言情篇章。在鼎革以後尤多遊戲庸濫之

作，且有誨淫之嫌，這些都是應該嚴加刪削的。但不能將寶珠也一同拋棄。

易詩的主導風格還是較明顯的。陳融評其詩曰：「胸中廬瀑天龍勢，袖裏浮村仙蝶痕。春水後身莫須有，雲門才調試同論。張顚得意頭濡墨，狂草狂吟殆一源。」（《讀晚清人詩集分賦》）既指出了他與樊增祥的共性，又區別了他的個性。而陳三立則云：「破碎老懷筇拆外，銷磨殘世販庸前。歌呼都有凌雲氣，漫品楞嚴十種仙。」（《樓外樓茗坐和實甫》）進一步指出了易詩綺艷瑰奇之表所包裹着的慷慨憤世之心。

唐詩派中各人的藝術風格皆不相同，但都不限於一唐。而他們的詩歌大多句調流轉，以才情氣勢見長，與同光體的精深洗煉，清健生峭者不同。故能爲同光詩壇又添華彩。

第四節　華文譎喻：西崑派詩人

西崑派中專學李商隱，可以亂眞的大手筆當推李希聖。李希聖生於1864年，比張之洞小二十七歲，死於1905年。字亦元。湖南湘鄉人。光緒十八年進士。官刑部主事。志在用世，然浮沉郎署，卒不得逞。除《雁影齋詩集》外，尙著有《光緒會計錄》、《庚子傳信錄》等。

李希聖學詩較晚，所作大多是七律。汪辟疆《光宣詩壇點將錄》稱其詩學李商隱，「能得其神髓，非惟詞采似之，即比詞屬事，亦幾於具體。」而且「寄懷綿邈。」（徐世昌《晚晴簃詩滙·詩話》卷一百七十八），多寓晚清國事。

李詩語言錦麗。其詩如：

金鞭寶瑰走天涯，紫塞黃塵日又斜。

北去銅駝惟有淚，西來玉馬已無家。（《哀王孫》）

玉盟已隨芳草出，鑾輿曾為看花來。

殘燈不照秦烏返，落日惟餘漢雁回。（《曲江》）

城草漸隨烏尾長，陌花留送翠翹歸。

黃金海舶傾車出，赤羽梁園夾道飛。（《故宮》）

誰遣故君成杜宇，坐愁春事到酴醾。

關風伏雨真無奈，剩碧零紅恐不支。

（《王聘三侍御秦右衡郎中邀同崇效寺看牡丹有事不得與》）

好用花鳥、庭園、宮殿、車輿、服飾方面的辭滙，又多用華
美貴重的事物加以修飾。對偶工整，句式平穩，節奏和諧。當然
這些都是最表層的特徵，但沒有這些特徵，也同樣不能稱其為
「崑體」。除此以外，李詩還善於用典，能融化入詩。而且詩意
含蓄，情調哀婉纏綿。其詩如：

芙蓉別殿鎖瀛台，落葉鳴蟬盡日哀。

寶帳尚留瓊島藥，金缸空照玉階苔。

神仙已遣青鸞去，瀚海仍聞白雁來。

莫問禁垣芳草地，篋中秋扇已成灰。（《西苑》）

首聯以明寫庚子事變後西苑的淒涼景象為背景，而暗寓珍妃

之死。起句寫光緒曾被幽瀛台，承句用漢武帝作《落葉哀蟬之曲》懷悼李夫人事，寫如今光緒對珍妃的痛悼。領聯承上，以具體細寫西苑的死寂景象作爲明線，而以追敘庚子以前帝、妃的情形爲暗線。出句用「瓊島」雙指太液池中瓊華島及渤海三神山，以《史記・封禪書》關於三神山有不死之藥的傳說，寫光緒曾患病於瀛台；對句櫽括李白「金釭青凝照悲啼」及班捷妤「華殿塵兮玉階苔」句意，寫當年珍妃被迫與光緒分隔，影形相吊，寂寞悲涼。頸聯寫眼前庚子事變，出句暗示珍妃爲慈禧所害，對句寫國難未已，帝國主義的侵略並未結束。尾聯呼應開頭，强調珍妃已逝以及禁苑的荒涼。詩意蘊籍綿沙，虛實呼應，若接若離，令人回味。再如：

> 青楓江上古今情，錦瑟微聞鳴咽聲。
> 遼海鶴歸應有恨，鼎湖龍去總無名。
> 珠簾隔雨香猶在，銅輦經秋夢已成。
> 天寶舊人零落盡，隴鸚辛苦説華清。（《湘君》）

該詩亦是寫光緒與珍妃事。起句由湘君寫到如今的光緒及珍妃之逝；承句櫽括《楚辭・遠遊》「使湘靈鼓瑟兮。」及李商隱《錦瑟》之悼亡意，寄托哀悼之情。而句面意境也相當鮮明淒楚。領聯承上寫光緒之死，出句設想珍妃之魂魄歸來也將爲八國聯軍入侵劫而憤恨不已；對句寫光緒之死不明不白，突出了宮廷鬥爭的殘酷尖銳。頸聯撫今追昔，出句用李商隱「紅樓隔雨相望冷，珠箔飄燈獨自歸」詩意，寫珍妃生前因慈禧之迫害而與光緒分居

兩地；對句寫光緒之去已久。尾聯借唐玄宗事，感嘆光緒一朝已成歷史陳迹，所謂「萬千感慨集於今」者。

這些詩篇，雖然辭面形象都相當鮮明，有很强的可感性。而且境界渾成。但詩意却深微朦朧，並不能在句面形象中直接顯現。猶如香發於花，可嗅而不可睹。由花之貌並不能見其味，而香氣却由花之體彌漫開來。這就是崑體的藝術精神，李希聖無疑是相當成功地把握了這種精神，其佳篇雜於李商隱集中幾可亂其真。

李希聖的同鄉曾廣鈞（ 1866 — 1927 ），爲曾國藩之孫。字重伯，號伋庵，別號舊民。光緒十五年進士。官至廣西知府。

曾廣鈞天賦甚高，少有神童之目。其詩承湘中本色，沈博艷麗。而其局度要廣於李希聖。能兼諸體。傳誦一時的《庚子落葉詞十二首》蓋爲珍妃沉井而作。哀艷動人。其句如：

鳳尾檀槽陪玉椀，龍香瓔珞殉金鈿。

文鸞去日紅爲淚，輕燕仙時紫作烟。……

赤闌回合翠淪漪，帝子精誠化鳥歸。……

銀床玉露冷金鋪，碧化長虹轉鹿盧。……

鷗波亭外風光慘，魚藻官中歲月長。

水殿可憐珠宛轉，冰綃贏得玉淒涼。……

玉娘湖上粘天草，只捲微波殺捲施。……

色澤更爲濃艷，筆墨也較恣肆，風致稍遠於玉溪生。《游仙詩和璧園艷體》則具玉溪無題之旨。諷咏權貴之暴黷。「楚國佳人號絳霄」一首暗指湖南瞿鴻禨，「桂海爭傳蕚綠華」一首暗指

廣西岑春煊，「聖女祠前寶扇回」一首暗指河南袁世凱，「瓊島
天風紫電光」一首暗指滿州端方。融化典實，思遠言微，意在象
外。再如《辛亥九月十一日登天心閣》：

> 海鶴存亡六十秋，西風獨上驛南樓。
> 馬殷霸業同殘照，崔顥佳篇在上頭。
> 倏忽陵風朱點鯉，須臾失勢白符鳩。
> 秦絲已應柯亭尾，何止驪珠得益州。

　　為辛亥革命而作。起句用柳宗元「海鶴一為別，存亡三十秋。」
句意。該詩題為《長沙驛前南樓感舊詩》，而清王朝由太平天國
滅至宣統三年由存至亡，凡六十餘年，故曾詩借柳詩既切地，又
切事。第二聯承上，發揮登臨感慨意，出句用馬殷典，暗指當時
鎮守湖湘的清王朝將帥，對句取崔顥「昔人已乘黃鶴去，此地空
餘黃鶴樓。黃鶴一去不復返，白雲千載空悠悠」句意，指清王朝
的統治將一去不復返。第三聯具體概括武昌起義，出句以「鯉」
諧「黎」，指武昌新軍起義後，黎元洪一日而為革命元勛，對句
活用「可憐白符鳩，枉殺檀江州」意，以清王朝新內閣奕劻之流
的失勢作為武昌起義勝利的對照。尾聯暗用《古詩》「秦箏奮逸
響，新聲妙入神」意，寫革命新聲繼清王朝在武漢的潰敗後，愈
益高漲，必將席捲全國，清王朝的統治已是土崩瓦解，不可收拾。
曾廣鈞雖為清室食祿之臣，但已經看清了當時的形勢，這說明他
是清醒的。再如《哀江南》：

虎踞龍蟠地宛然，孝陵鬼語痛降船。

黃天當立三千載，青蓋重來六十年。

蠟屐漫尋江令宅，箭鋒終落本初弦。

一篙春水粘天柳，同綠秦惰夕照邊。

亦為辛亥革命而作。「對當時南北和議，袁世凱奪取革命果實」「及其野心，」「有所揭露」，（錢仲聯《夢苕庵詩話》）而長篇七言歌行《仡幹山歌》「以美人香草之詞，寓隱文謠喻之義。」叙張勛復闢事，多有諷刺，「蓋詩史也」，（錢仲聯《夢苕庵詩話》）在藝術上為寓言象徵體。

在意象和境界方面，曾詩以雄麗闊大為主，其詩如：

八年去國身包胆，四十青城頗有鬚。……

洗兵海島詞人愧，立馬吳峰索虜圖。（《和侍郎伯次韵畣王壬丈》）

海水群飛沸冀州，軍書鐵劍壓衣韝。

風雲助我飄姚氣，戎馬從茲汗漫游。（《發桂林》）

今宵已宿湘源地，不是題橋是枕戈。（《逾興安抵唐橋》）

諸如此類，皆氣勢不凡，有將軍戎馬之風。即使如綺麗之篇，其境界亦大多宏闊。其詩如：

寶山珠殿插青天，萬朵紅蓮禮白蓮。

一片空嵐罩雲海，全家羅襪踏蒼烟。（《觀音岩》）

晴日臙脂懸絕嶠，驚波空碧散餘霞。（《瑜成山望之罘》）

碧海盈盈人萬里，踵山眉黛助相思。（《贈內詩》）

　　一掃纖巧柔媚的倩女之態，而在華采中輸入丈夫的慷慨英特之氣。「橫刀怒撟倒潮兵，且免流波洗燕趙。」（《督隊抵雙台子是日見湘豫潰兵四五萬人焚劫爲食余策馬彈壓諸軍始能收隊》）曾廣鈞畢竟不是僅能捻鬚作詩的書生，他的長篇如《銅柱行》、《譚提督桂林……》等詩，亦雄健縱橫。而其早年所作五古如《擬東城高且長》、《石廩東一峰是芙蓉最高頂》、《阻雪萬歲湖》等顯然受到湖湘詩派的影響。王闓運稱其詩「蘊釀六朝三唐，兼博採典籍，如蜂釀蜜非沈浸精專者不能。異哉，其學養之深乎！湖外數千年，唯鄧彌之得成一家，重伯與驂而博大過之，名世無疑。」（《題環天室詩集》），評價極高。

　　常熟張鴻，生於 1867 年，比李希聖少三歲，死於 1941 年。字映南，一字師曾，號謐隱，晚號蠻公，又號燕谷居士。光緒三十年進士，官至外務部郎中，記名御史，日本仁川領事。初，中式巳丑鄉試，援例爲內閣中書，遷戶部主事，兼充總理各國事務衙門章京。「時朝政窳敗，覘國者爭言事。公年少，尤踔厲風發。甲午九月，東事亟，萍鄉文道希集朝士松筠庵議具疏主戰，公亦預焉，同邑沈北山之上疏劾三凶也，公實贊之，爲定其稿。」（錢仲聯《張謐隱傳》）中年後，因出爲仁川領事，遂謝歸不出，致力於桑梓之教育事業。有《蠻巢詩詞稿》。

　　張鴻，雖爲西磚胡同居地主人，以學李商隱爲幟志，然初年曾取徑於李賀，晚又研習王安石（參見徐兆瑋《蠻巢詩詞稿序》）

　　張詩語言縟麗，用典謹嚴，此乃崑體當行本色，學崑體者皆

以此爲膚鞹。而其詩也同樣感慨時政，並不回避現實。其詩如《甲午九月出都》：

依然怒馬出長安，一領古衫淚未乾。
漫說鳳池添姓字，驚聞鱷海起波瀾。
請纓枉被嗤風漢，等國原知有達官。
只恨北來消息惡，嚴關烽火逼雲端。

可見詩人對時世的擔憂，以及因未能傾才報國而發出的悲憤。再如《游仙》七律五首也是爲甲午戰爭而作。其一：

淮南霞舉上瓊霄，月佩星冠擁侍僚。
飛劍斬蛟江左重，吹簫引鳳大郎嬌。
朝朝靧面紅桃雪，夜夜歸心碧樹潮。
莫說神州多弱水，跨麟乘鶴自逍遙。

譏諷李鴻章賣國求榮。引鳳句謂鴻章子經方納日婦爲妻。「時論謂經方爲日本駙馬，鴻章與日本姻婭，乃始終言和。」第三聯言李鴻章在日本用電氣浴，諷其不以國事爲重。尾聯譏李鴻章稱病不入都，逍遙於外。（參錢仲聯《夢苕庵詩話》）其二：

玉樞高捧領群仙，寶篆元文秘九天。
先遣赤龍迎柳毅，莫敎白雀跨張堅。
八公丹表淮王起，三島黃雲漢使旋。

畢竟登盤只仙李，蟠根月窟已千年。

　　言當時朝廷人事變動。「赤龍」句指劉坤一督辦東征軍務，「白雀」句指張之洞移督兩江，「淮王」句謂恭親王入樞，「三島」句言漢使爲日人所拒，尾聯譏李鴻章難脫和議之責。這些詩都帶有個人強烈的主觀情緒色彩，體現了詩人的愛憎態度。這些詩在藝術上採用寓言象徵手法。當然虛實之間的聯繫還是比較確定和單一的。

　　而且由於詩人還曾受到李賀的影響，因此詩人的想像有時也較「瑰詭」。其詩如：

　　持校帝城流血夜，此中猶是焰靡天。（《蔡村》）
　　萬峰林立倚碧霄，黑雲嚴鎖山之腰。
　　泰安城頭暗如漆，唐槐漢柏瘁不驕。
　　倏忽雨師嚴駕至，白羽萬箭如射潮。
　　我時獨立泰山頂，當頭旭日紅霞燒。（《無恙屬題岱頂觀雲圖》）
　　玉女投壺天一笑，黑旗十萬捲魚蛇。……
　　袖中更有飛虹劍，斬得西山大小青。……
　　劫火洞燒情不斷，淚波如雨瀉雲英。（《游仙》絕句五十首）

　　這些詩句顯然並非李商隱詩面目。而其晚年所作五古如：

　　落日照西山，赭紫上沙面。稚松順嶺腰，
　　蒼翠作山緣。孤亭立烟際，暮色自遠見。

明滅入叢樹，乾葉墮殘片。(《晚步》)

向晚步幽麓，南風送微涼。綠岡如薈樹，

隨雲為黑蒼。癭松立曠野，赭花媚斜陽。

旁有磊磊石，苔衣染微黄。(《晚過小山台》)

「寫景入畫，得宛陵神理。」(錢仲聯《夢苕庵詩話》)而
小詩如《燕谷漫興》之類，則有王安石風致。

張鴻弟子孫景賢，生於1886年，小於張鴻近二十歲，然
1919年即去世。清末曾在日本長崎領事館任職，民國後，曾官
司法部。有《龍吟草》。

孫詩與張詩相比，則較清雋。藻采未必濃艷，而情調宛轉纏
綿，筆致細膩周密，實突過乃師。《客有道秋舫故妓事者感賦成
四律》以近體咏賽金花事，風調極佳，能盡玉溪之能。其二云：

雙鳳城西一水斜，狄鞮妙絕舊倡家。

新妝巧作朝天髻，故錦輕摩奉使槎。

秘殿倉根深宿燕，明湖高樹少藏鴉。

游人目送金車過，錯認天家女史花。

渲染彩雲盛時勢態，能奪其精神，盡其風流。其四云：

車馬闐門老大回，青樓大道駐輕雷。

前身因果三生石，小劫河山一寸灰。

鑠骨容光誇絕世，畫眉圖史見驚才。

水天睹說長安酒，擁髻休燈有剩哀。

咏師師老來境況，一種曾經滄海之悲涼回蕩其間，發人深省。
孫詩雖然也往往以間接用典的手法來敘事抒情，但與張詩相
比，主觀情意的滲透，濃鬱而明顯。經常要溢出間接物象的空間，
抒發出來。如《讀海鹽王堇廬遺詩賦呈稷堂昆仲》其二云：

津亭對泣去重圍，生死相依千里歸。
今日已無餘涕淚，獨吟古寺棗花飛。

其三云：

布帆無恙過瓜州，目送歸人一葉舟。
此去若知千載別，定教江水不東流。

拳拳深情已不是憑藉典實來傳達，而是直接貫注於對友朋的
回憶和思念之中。當然他的多數抒情之章，也非長歌當哭，噴迸而
出，詩中情感依然是深沉含蓄的。如《南滙福城寺》：

午夜鐘聲出寺扉，仙人鉛淚忽沾衣。
生憎銀杏無情樹，隆慶年中已十圍。

詩人無限的歷史感慨，皆凝結在這飽經蒼桑的銀杏樹之中。
而且，詩人的想像也不以奇詭為尚，而更貼近於實在。其詩

如：

> 午夜更籌夢乍驚，平階佇立露寒輕。
>
> 庭花月過移秋影，禁樹風多作雨聲。
>
> 小蒼蜂窠如昔日，昆池鯨甲是殘生。
>
> 舉頭爭向西山笑，石不能言亦有情。 （《都門夜眺》）
>
> 甘泉玉樹鬱青蔥，青史還傳辟暑宮。
>
> 不惜水衡輸國庫，重教月斧試神工。
>
> 内人已見金盤泣，老監休愁鏡殿空。
>
> 歲久連昌詞客過，忍令惆悵落花風。 （《覽古》）

想像的翅膀負載着沉重的憂傷，始終無法遠離現實的土地，振翮逸舉，詩人的想像常常只是在低空回翔。

孫詩與張詩相比，在風調上，更能傳李商隱之神，如前例之《客有道秋舫故妓事者感嘆賦成四律》，及《楊花四首和曹麟角韻》等，自然是崑體當行。而《都門夜眺》、《覽古》等也同樣能取玉溪之神。同時，孫景賢與其他許多愛好李商隱的詩人一樣，也有取於長慶、梅村。孫景賢的《寧壽官》詞，即「用梅村體，咏李闈蓮英事，緯以晚清諸大史實，允稱詩史。」（錢仲聯《夢苕庵詩話》）。

以上諸家，雖同宗李商隱，而風格同中有異，各有自己的藝術個性。當然，他們與其它流派相比，又具有典雅、密麗、蘊藉、工穩的特點。這一派詩人雖然在藝術上持論不免偏執，但他們並非只講技巧的形式主義者，他們並沒有回避現實，他們的作品具

有充實的內容，有的甚至還比較尖銳。而且在理論上也強調有寄託，強調比興、諷喻。這由《西磚酬唱集序》已可見一斑。再如曾廣鈞在《與梁任甫》詩中也明確指出：「酒入愁腸惟化淚，詩多譏刺不須刪」。只是在他們看來，李商隱詩的藝術精神，比較適合表現他們對時代的感悟。所以要加以吸取。其實也就是「文心古無，文體寄於古」的意思，不過這個「古」，對於他們來說，主要限於李商隱，因此說是狹窄的。同時，他們也忽視了詩歌藝術的生命力在於不斷創造的原則。因此，他們並未能在詩歌形式方面有新的推進，這樣也會限制他們對現實生活豐富感悟的表現。這是他們的局限，但並不是形式主義的局限，而是藝術趣味的局限，審美觀念的局限。這種局限使他們的創作不能成為中國詩歌發展的方向，而只能是一種點綴。

第八章
昭示未來的乘槎之舉
——同光時期的詩界革命派

第一節　詩界革命派述要

　　由於多種原因，無論是漢魏六朝派，還是唐宋調和派和同光體，他們的創作眼光仍然局限在這個天朝大國的域內，仍然是在封閉的藝術環境之內步履維艱地探索着詩歌的前途。詩歌「踵事增華」與「返樸歸眞」的辯證運動，由於缺乏嶄新的藝術靈光的照耀，而變得暮氣沉沉。在此同時，那些曾經，或者仍然生活在海外的詩人，由於異質文化的新鮮刺激，終於睜開了探索世界的眼睛，他們的視野從來沒有像現在那樣開潤，幾乎一直籠蓋到太平洋彼岸。於是，一種激情、一種狂熱的衝動終於從那久久被壓抑和束縛的心底不可阻擋地升起。於是「詩界革命」的口號，有世以來第一次被一個生氣勃勃、思想活躍的年青人呼喚出來，他就是梁啟超。

　　1899 年 12 月 20 日，梁啓超由日本橫濱乘香港丸起程，目的地是美洲。他的《夏威夷遊記》紀載了舟行途中的感想。在 25 日那一天，作者寫道：「余雖不能詩，然嘗好論詩，以爲詩之境界被千餘年來鸚鵡名士（余嘗戲名詞章家爲鸚鵡名士，自覺過於尖

刻。）占盡矣，雖有佳章佳句，一讀之，似在某集中曾相見者，
是最可恨也。故今日不作詩則已，若作詩，必爲詩界之哥倫布、
瑪賽郎然後可。猶歐洲之地力已盡，生產過度，不能不求新地於
阿米利加及太平洋沿岸也。……要之，支那非有詩界革命，則詩
運殆將絕。雖然，詩運無絕之時也。今日者，革命之機漸熟，而
哥倫布、瑪賽郎之出世，必不遠矣。」梁啓超的「詩界革命」理
想幾乎是與新世紀一起誕生的。而在這同一年，沈曾植與陳衍在
武昌論詩，陳衍有所謂「三元」之說，沈曾植則稱「三元」詩人
「皆外國探險家覓新世界、殖民政策、開埠頭本領」。顯然，在
沈曾植看來，唐宋以來詩歌的發展，正是不斷開闢的結果。他雖
然並未用「革命」這個詞彙，但其意正與梁啓超「不能不求新地
於阿米利加及太平洋沿岸」的說法相同，當然沈氏在這裏強調的
是前人的新開闢，而其意也同樣是要求今人吸取前人的這種開闢
精神。但梁啓超與沈曾植畢竟是有區別的。沈氏的局限在於他居
於國內，較少受到海外新文化的影響，而沒有意識到未來的新詩
要從海外文化中尋求啓示，吸取營養，才能形成自己嶄新的風貌，
這才是當今的「殖民地政策，開埠頭本領」。而梁啓超自戊戌政
變後流亡日本，至此已有年餘。其時年方二十七，正是最敏銳，
最容易接受新事物的年齡。而且梁啓超的性格善於「趨時變」。曾
自敍說：「啓超學問欲極熾，其所嗜之種類亦繁雜。……嘗有詩
題其女令嫺《藝蘅館日記》云『吾學病愛博，是用淺且蕪。尤病
在無恆，有獲旋失諸。百凡可效我，此二無我如』……」。這就
是使梁啓超有可能在流亡期間，主動地、更多地接受海外新文化，
從而形成嶄新的「詩界革命」看法。如果把古典詩歌看作是一個

小小的世界，沈曾植他們的「開埠頭本領」還只是在這個世界內部探索新大陸，而梁啓超他們則已經有乘槎飛出這個世界去探索更爲廣濶的宇宙的願望，這就是他們之間最根本的區別。

本來在此以前，譚嗣同、夏曾佑等已試驗過用新名詞來寫詩。梁啓超在《飲冰室詩話》中曾回憶說：「蓋當時所謂新詩者，頗喜尋扯新名詞以自表異。丙申、丁酉間（ 1896～1897 ），吾黨數子皆好作此體。提倡之者爲夏穗卿，而復生亦篤嗜之」。現在梁啓超已並不以此爲滿足了。他認爲：「欲爲詩界之哥倫布、瑪賽郎，不可不備三長，第一要新意境，第二要新語句，而又須以古人之風格入之，然後成其爲詩。不然，如移木星、金星之動物以實美洲，瑰瑋則瑰瑋矣，其如不類何。若三者俱備，則可以爲二十世紀支那之詩王矣。宋、明人善以印度之意境語句入詩，有三長俱備者。如東坡之『溪聲便是廣長舌，山色豈非清淨身』。『夜來八萬四千偈，他日如何舉似人』之類，眞覺可愛。然此境至今日，又已成舊世界，今欲易之，不可不求之於歐洲。歐洲之意境語句，甚繁富而瑋異，得之可以陵轢千古涵蓋一切。今尚未有其人也。時彦中能爲詩人之詩而銳意欲造新國者，莫如黃公度……皆純以歐洲意境行之，然新語句尚少，蓋由新語句與古風格，常相背馳，公度重風格者，故強避之也。夏穗卿、譚復生皆善選新語句，其語句則經子生澀語、佛典語、歐洲語雜用，頗錯落可喜，然已不備詩家之資格……復生本甚能詩者，然三十以後，鄙其前所作爲舊學，晚年屢有所爲，皆用此新本，甚自喜之，然已漸成七字句之語錄，不甚肖詩矣。」很明顯，梁啓超之詩界革命的具體方案，其實是要效法宋、明人如蘇軾那樣融鑄佛典

佛理入詩。而變之以歐洲的新事物，並不想徹底地從藝術形式上
進行革命。

　　對世界文化的認識畢竟剛剛開始，而傳統文化則是哺育梁啓
超們成長起來的母親。他們的血管奔湧着母親的血，這不能不使
梁啓超們的「革命」有重要的保留。這就是詩界革命派的局限和
最終向傳統屈降的內在原因。乘槎問津畢竟還只是一種美好的願
望，他們還不能設計出眞正擺脫傳統引力場，飛向新宇宙的嶄
新之「槎」，他們的設計思想，在根本上還具有嚴重的缺陷，這
就是對舊風格的留戀。

　　1902年起梁啓超陸續在《新民叢報》上發表《飲冰室詩話》，
這時梁啓超因「新語句與古風格，常相背馳」，而連新名詞也不
太提倡了。他認爲：「過渡時代，必有革命。然革命者，當革其
精神，非革其形式。吾黨近好言詩界革命。雖然，若以堆積滿紙
新名詞爲革命，是又滿洲政府變法維新之類也。能以舊風格含新
意境，斯可以舉革命之實矣。苟能爾爾，則雖間雜一二新名詞，亦
不爲病。不爾，則徒示人以儉而已」。（《飲冰室詩話》）在這
裏，梁啓超有二點認識比較模糊。一是他把形式看得太狹隘，只
注意到表層形式，主要是「語詞」的新舊。其實卽使是這表層形
式，尙有節奏、韵律、句式等方面的內容。二是，他忽視了形式
的極其重要的作用。卽使就古典詩歌而言長篇古體與近體詩的藝
術效果也是很不一樣的，而何況是一種完全嶄新的形式呢？一定
的形式具有它特有的藝術表現力，也有它的局限。要想淋漓盡致
地去表現新精神，就必須採用與之相適應的新形式。而且，卽
使是寫新事物，光採用現存的詞彙顯然是不夠的，力不從心的。

新事物，新精神，新意境，在許多方面必然與新概念聯繫在一起，這就需要用新名詞來表示。而誠如梁啓超所說，新名詞常常與古風格「相背馳」。因此，梁啓超關於詩界革命的理論，有着內在的深刻矛盾。周作人曾說：舊詩「是已經長成了的東西，自有他的姿色與性情……若是托詞於舊皮袋盛新蒲桃酒，想用舊格調去寫新思想，那總是徒勞……我總不相信舊詩可以變新」。（《人境廬詩草》）但是，本文並不認為，梁啓超的「詩界革命」便毫無積極意義。首先，這是一種嶄新的呼喚，是「亂階」的開始。其次，他意識到新詩要從海外新文化中吸取「精神」，特別是他這不僅大大地開拓了題材範圍，而且，還指出了一個嶄新的方向。佛教文化的輸入，曾經促成了中國格律詩的誕生。現在，歐洲更廣泛的文化輸入也必將引起中國詩歌的真正革命。但作為他們本人來說，還尚未能擺脫舊傳統。

　　梁啓超，固然最明確地指出了詩界革命的口號，但在梁啓超之前，比梁啓超長二十五歲的黃遵憲，在少年時期，已「有別創詩界之論」，自「譬之西半球新國」，為「獨立風雪中清教徒一人」。（黃遵憲《與邱煒蘭書》）因此，作為一種理想而言，黃遵憲的新創要求，顯然要比梁啓超早得多。他在二十一歲又提出「我手寫我口」的主張，1897年五十歲時，又自稱己詩為「新派詩」。（《酬曾重伯編修》）

　　黃遵憲二十九歲中舉，明年即隨何如璋出使日本。光緒八年，黃遵憲三十五歲時又調任美國舊金山總領事。三十八歲解任回國後，在家寫《日本國志》。四十三歲再度出仕，隨薛福成出使英國。四十四歲調任新加坡總領事。四十七歲，甲午戰爭爆發，為

張之洞奏調回國。在這以前近二十年的外交生涯，使黃遵憲較早
較多地受到了海外文化的影響，因此，形成了比較開闊的世界性眼
光。而在海外的生活，也為他的詩歌提供了較為豐富的新內容。
這是黃遵憲在客觀上的有利條件。黃遵憲在日本期間，於光緒五
年曾作《日本雜事詩》一百五十四首，斯為原本。其中第七十二首
議論日本人學漢詩的情況，云：「幾人漢魏溯根源，唐宋以還格
尚存。難怪雞林賈爭市，白香山外數隨園」。自注云：「詩初學
唐人，於明學李、王、於宋學蘇陸，後學晚唐，變為四靈，逮乎
我朝王、袁、趙、張（船山）四家最著名……文酒之會，援毫長
吟高唱，往往逼唐宋……」。可見中國詩歌對日本的影響。詩中
洋溢著一種民族自豪感。而光緒十六年的修定本，有詩二百首，
上詩也改成：「豈獨斯文有盛衰，旁行字正力橫馳。不知近日雞
林賈，誰費黃金更購詩」。可以見出日本受西方文化的影響。而
詩注則在原注「往往逼唐宋」後改為「近世文人變而購美人詩稿，
譯英士文集矣。」強調了日本文學改從西法，革故取新的新變化。
從這裏，我們可以隱約看到黃遵憲文學認識的變化軌迹。黃遵憲
在修定本自序中說：「論者或謂日本外強中乾，張脈僨興……余
所交多舊學家，微言刺譏，咨嗟太息，充溢於吾耳。雖自守居國
不非大夫之議，而新舊同異之見，時露於詩中。及閱歷日深，聞見
日拓，頗悉窮變通久之理，乃信其改從西法，革故取新，卓然能
自立……頗悔少作，點竄增損，時有改正……嗟夫！中國士夫，
聞見狹陋，於外事向不措意。今既聞之矣，既見之矣，猶復緣飾
古義，足已自封，且疑且信；逮窮年累月，深稽博考，然後乃曉
然於是非得失之宜，長短取舍之要，余滋愧矣！」作為一個深受

古代傳統文化影響的中國士夫，面對着海外近代文明的崛起，終於開始覺醒，這是一個了不起的進步。中國詩歌與中國的文明一樣，只有在與世界最廣泛的交流之中，才能有新的前途。日本文學向來深受中國文學的影響，但僅有這種影響顯然是不夠的，因此，隨著明治維新的開始，日本人也同時將自己的文學置於更廣闊的世界性交流之中。黃遵憲注意到了這一變化的趨勢。但是，他在當時却尚未明確指出，中國的文學也必須效法日本，努力吸收西方文學的營養，去開闢嶄新的前景。

光緒十七年，黃遵憲在倫敦使館，為自己的《人境廬詩草》寫了序。在這篇著名的序中，他提出了改革詩界的方案。他說：「僕嘗以為詩之外有事，詩之中有人；今之世異於古，今之人亦何必與古人同。當於胸中設一詩境：一曰，復古人比興之體；一曰，以單行之神，運排偶之體；一曰，取離騷、樂府之神理而不襲其貌；一曰，用古文家伸縮離合之法以入詩。其取材也，自群經三史，逮於周、秦諸子之書，許、鄭諸家之注，凡事名物名切於今者，皆採取而假借之。其述事也，舉今日之官書會典方言俗諺，以及古人未有之物，未闢之境，耳目所歷，皆筆而書之。其練格也，自曹、鮑、陶、謝、李、杜、韓、蘇訖於晚近小家，不名一格，不專一體，要不失乎為我之詩。誠如是，未必遽躋古人，其亦足以自立矣」。這番見解可以說是揉合了唐宋以來詩人多方面的創作主張。共七個方面。第一點，詩人重申比興之義，但沒有作新的發揮。第二、第四點，實際上是一個以文為詩的問題，詩人繼承了韓愈以來的創作經驗，在清代宋詩派比較重視這一點，詩人的鄉前輩宋湘就相當善於「以單行之神，運排偶之體」。

後來曾國藩也曾明確地提出過類似的主張，我們在前面已有論及。
第三點，詩人強調兼取主觀的浪漫想像和抒情風格，以及客觀的敍
事寫實風格，這也是古代詩論所注意的一個問題，而黃遵憲的觀
點比較明確。第五、第六點，與龔自珍《送徐鐵孫序》中的觀點
是基本一致的，同時又融合了袁枚、趙翼關於古有古之時，今有
今之時，詩須開新境的精神，而宋詩派詩人等也主張開新境，在
不廢俚俗這一點上，也與公安派、性靈派基本一致。第七點，則繼
承了杜甫「轉學多師」、「不薄今人愛古人」以及錢謙益「無不
學無不捨」的創作觀點；在清代又與梅曾亮《使黔草敍》中的提
法十分相似，我們在前面也已經論及。所以就《人境廬詩草自序》
的理論意義而言，並不是前無古人的創見，也並無劃時代的價值。
這是使人深感遺憾的。然而，黃遵憲在異國他鄉，能夠用詩歌較
爲豐富地表現他對海外生活的感悟，有許多題材可以說是前無古
人的。明末以來，隨着海外文明的滲透，有些詩人已開始在詩中
去謳歌那些新異的事物，如屈大均曾在《澳門》六首中描寫過外國
人的生活，還寫到了望遠鏡。而康熙詩人孫元衡的《赤嵌集》尤
侗的《外國竹枝》對海外土風物產的描寫尤爲廣泛。後來阮元又
寫過《望遠鏡中看月》，表現了他對近代天體知識的了解。胡天
游還寫過《海賈篇》，敍寫了海上通商。而舒位則寫過《鸚鵡地
球歌》，描寫了想像中的澳大利亞風光。而黃遵憲之友胡曦所作
《火輪船歌》七古長篇，也比黃遵憲詠輪船、火車、電報、照相
的《今別離》，要早十六年。這些只是其中的一些例子。它如寫
時鳴鐘、眼鏡等海外新事物的作品也早已有之。但是，在黃遵憲
之前，似乎還沒有人能像黃遵憲那樣如此集中、豐富也來描寫海

外新事物，因此，黃遵憲在創作實踐上是對前人開拓新題材、表現海外文明的一次發展。當然是否已經產生質的飛躍還是可以商榷的。梁啓超認爲黃遵憲重視「古風格」，而少用新名詞。其實，正是由於黃遵憲對「古風格」的留戀，所以他儘管早有「別創詩界」的願望，然而却沒有意識到，或者缺乏勇氣要求中國詩歌在藝術上廣泛吸取海外文學的營養，去開闢嶄新的前景。相對來說，梁啓超提出的「詩界革命」方案又前進了一步，這不僅是因爲他在理論上更明確地要求表現海外新事物、創造新意境，而且，還意識到「當竭力輸入歐洲之精神思想，以供來者」。這樣才能提高「詩界革命」的水平，因而具有更深遠的理論意義。但黃遵憲等人的創作實踐則是梁啓超「詩界革命」理論產生的物質前提和基礎。

其後，康有爲於 1909 年在檳榔嶼與邱菽園論詩，再次指出：「新世瑰奇異境生，更搜歐亞造新聲」。在理論上並沒有新的推進，但康有爲流亡國外期間，遊迹甚廣，因此，創作了更多描寫海外文明和山川風光、風俗民情的作品。在詩界革命派詩人中，康有爲不僅作了最廣泛的環球旅行，而且也在題材世界作了最廣泛的環球飛越。而丘逢甲也創作了不少表現海外新事物的作品。在梁啓超主編的《淸議報》專闢的《詩文辭隨錄》及《新民叢報》專闢的《詩界潮音集》中，表現海外新事物的作品就更多。而一般不列入詩界革命派的詩人，如文廷式，也創作了不少類似的作品，除梁啓超在《夏威夷遊記》所舉「長夜苦難明，他洲日方午」二語「寫出亞美二洲之晝夜相背，其言中國政治之黑暗，他國方値昌明」。（夏敬觀《抉庵臆說》）之外，還有《暇閱西方史籍於二百年內得三人焉，其事或成或敗，要其精神志略皆第一流也。

各贊一詩以寫餘懷》（按：三人卽「俄羅斯帝大彼得」、「法蘭西帝拿破崙第一」、「美利堅總統華盛頓」）《題埃及斷碑爲伯希祭酒作》《爲徐仲虎建寅題海外歸舟圖圖爲無錫華翼綸作》、《過祆祠》等。而在黃遵憲、康有爲、梁啓超等人的影響之下，普通詩人嘗試創作歌詠新文明的例子也很多。如錢仲聯師在《夢苕庵詩話》中曾舉山陽曹民父，甘泉毛元征仿《今別離》所作詠「蠟像」、「蒸汽循環」、「月球與地球」、「報紙」、「留聲機」、「電話」、「望遠鏡」、「南北半球寒暑相反」等詩。甚至如同光體詩人夏敬觀也有《新子夜歌》以及《自虹橋馳車西新涇遂登療養院樓》、《雜興五首》、《夜起聞羅馬鐘聲》等作品、大寫新文明，新事物。而繼承發揚「詩界革命」精神，創作成就尤爲特出的，當推金松岑和許承堯。而早期如譚嗣同，夏曾佑等所作新詩，誠如錢鐘書先生所評「若輩之言詩界維新，僅指驅使西故，亦猶參軍蠻語作詩，仍是用佛典梵語之結習而已」。（《談藝錄》）。

隨着海外近代文明的輸入和廣泛傳播，以現實生活爲主要內容的詩歌，必然會愈來愈多地涉及到曠古未有的嶄新題材。這是一種必然的趨勢。詩界革命派的可貴之處，在於他們能自覺地正視這一現實；他們的局限在於迷戀古風格，因而不能眞正在藝術上超越舊傳統，改變古典詩歌的性質。

第二節　止於對未來的昭示：黃遵憲詩

黃遵憲是維新派中的重要人物，生於1848年比陳三立長四歲，死於 1905 年。字公度。廣東嘉應州人。著有《人境廬詩草》、

《日本雜事詩》、《日本國志》等。

黃遵憲長期持節海外，所以比較了解海外文明。甲午回國後，參加維新變法運動，爲上海强學會成員，並創辦時務報，聘汪康年爲經理，梁啓超爲主筆。後爲陳三立所邀赴湖南贊助陳寶箴推行新政，一人而兼鹽法道、署按察使、保衞局、課吏館諸事。成爲湖南維新運動的領袖人物之一。曾爲光緒召見，於御前奏曰：「泰西之强，悉由變法。臣在倫敦，聞父老言，百年以前，尚不如中華」。光緒笑頷之。後與日本駐華公使矢野文雄語政，而謂「二十世紀之政體，必法英之共主」。在湖南「南學會」上講演時，又首創民治之說：「亦自治其身，自治其鄉而已。由一鄉推之一縣一府一省，以迄全國，可以成共和之郅治，臻大同之盛軌」。（參見錢仲聯《人境廬詩草年譜》）戊戌時，光緒曾命呈《日本國志》。六月，命以三品京堂出使日本大臣，復又特簡三詔敦促黃遵憲回京，然因病滯於途。未至京，而政變已作。本當嚴辦，因日本方面出面交涉而免於禍。從此後退出政界，在家鄉閉門著書。然黃遵憲並未忘懷時世。1902 年，嘗致書梁啓超說：「蓋其志在變法，在民權，謂非宰相不可爲。宰相又必乘時之會，得君之專，而後可也。旣而遊歐洲，歷南洋，又四五年，歸見當道者之頑固如此，吾民之聾聵如此，又欲以先知先覺爲己任，藉報紙以啓發之以拯救之。……旣而幸識公，則馳告伯嚴曰吾所謂以言救世之責，今悉卸其肩於某君矣……及戊戌新政，新機大動，吾又膺非常之知，遂欲捐其軀以報國矣。自是以來，愈益挫折，愈益艱危，而吾志乃益堅……雖然，吾仰視天，俯畫地，仍守以待之而已……再閱數年，加富爾變而爲瑪志尼，吾亦不敢知也。」

由此可見其平生祈向。而其所主之政治路線，乃是：「始以獨立，繼以自治，又繼以群治⋯⋯中國政體，徵之前此之歷史，考之今日之程度，必以英吉利爲師。⋯⋯再歷數十年或數百年，或且胥天下而變民主，或且合天下而戴一共主，皆未可知。然中國之進步。必先以民族主義，繼以立憲政體」。（《與梁任公書》）臨終前，黃遵憲曾致書梁啓超，就熊希齡函商「吾黨方針，將來大計」，發表意見說：「熊羆男子渠意蓋頗以革命爲不然者，然今日當道，實已絕望，吾輩終不能視死不救。吾以爲當避其名而行其實」。（參見錢仲聯《人境廬詩草箋注・年譜》）對清王朝已不再抱有幻想。

然而，在詩學方面，黃遵憲雖有「別創詩界」之想，然「年十五六卽學爲詩」，深受傳統影響自不待言。曾感嘆說：「士生古人之後，古人之詩號稱專門名家者無慮百數十家。欲棄去古人之糟粕而不爲古人所束縛，誠戛戛其難！⋯⋯余固有志焉而未能逮也。《詩》有之曰：『雖不能至，心嚮往之』。」（《人境廬詩草自序》）而以「華盛頓、哲非遜、富蘭克令」之望屬於年青一輩。（參見《與丘菽園書》）黃遵憲雖曾說：「詩雖小道，然歐洲詩人，出其鼓吹文明之筆，竟有左右世界之力。」（同上）而其內心深處，其實並不是把詩歌放在首位的，他的抱負並不在詩，而在於政治，故其臨終前曾十分遺憾地嘆息道：「生平懷抱，一事無成，惟古近體詩能自立耳，然亦無用之物，到此已無可望矣」。（黃遵楷《人境廬詩草跋》引）。在這方面他與前代以「詩爲余事」的作家一樣，不僅在客觀上是個業餘詩人，而且在精神意識上也是個業餘詩人。

黃遵憲在創作上主張「無不學、無不捨」。於前代詩歌如漢

魏樂府、杜甫、韓愈、白居易、蘇軾，以及清代詩人如吳偉業、
宋湘、黃景仁、舒位等，皆有所借鑒。其詩中也經常採用前人詩
句或詩意。除杜甫這位百家所宗的詩人外，如韓愈、蘇軾，以及
清代詩人的作品也常滲透進詩人的筆墨。如「沿習甘剽盜」，「但
念廢棄後，巧拙同泯泯。」（《雜感》），「爲雲爲龍將翺翔」。
（《別賴雲芝同年》），「花開花落掩關臥」（《遣悶》），「偶題
木居士」。（《新嘉坡雜詩》）等，分別出於韓愈：「沿習傷剽
盜」，「死後賢愚俱泯泯」，「我願身爲雲，東野變爲龍，四方
上下逐東野，雖有離別無由逢」，「歸來隕涕掩關臥」、「偶然
題作木居士」等。而如「顚風斷渡鈴能語」。（《寓汕頭旅館感
懷寄梁詩五》）「黑風吹海海夜立」（《福州大水行》）「打窗
山雨琅琅響」（《卽事》）「要使天驕識鳳麟」（《歲暮懷人詩》）
「朝朝軟飽後，行行捫余腹」（《寄女》）「赤手能擒虎」（《天
津紀亂十二首》）等，則分別出於蘇軾「塔上一鈴獨自語，明
日顚風當斷渡」，「天外黑風吹海立」、「窗前山雨夜浪浪」。
「要使天驕識鳳麟」，「先生食飽無一事，散步逍遙自捫腹」、
「赤手眞擒虎」等。再如：「嶺南好時節，不爲荔支留」，「最
憐羅馬拜，中婦乞錢號」。「監門圖一幅，誰上九重看」。（《武
清道中作》）分別出於宋湘「江南好時節，莫待落花來」。「乞
錢中婦跽，賤買小兒號」，「監門圖一幅，誰奏九重看」。而如
「波海紅霞照我杯」。（《閏月飲集鐘山送文蕓閣學士假歸兼懷
陳伯嚴吏部》）「吾家正溪北」（《武清道中作》）則出於黃景
仁「紅霞一片海上來，照我樓上華筵開」，「我家雲溪北」等。
《人境廬詩草》採用龔自珍詩句者尤多，如「平生愛爾風雲氣，

倘既消磨不自禁」。(《爲詩五悼亡作》)「百千萬樹櫻花紅，一十二時僧樓鐘」，「爐香裊處瓶花側」，「萬綠沈沈慧一禪」。(《不忍池晚遊》)「又聞淨土落花深四寸」，「天雨新好花，長是看花時」(《櫻花歌》)「後二十年言定驗」，「四百由旬道路長，忽逢此志怨津梁」，(《巳亥雜詩》)等，分別出於龔自珍：「風雲才略已消磨」，「一十三度溪花紅，一十八下西溪鐘」。「瓶花帖妥爐香定」，「萬綠無人噢一蟬」、「又聞淨土落花深四寸」，「安得樹有不盡之花更雨新好者，三百六十日，長是看花時」，「五十年中言定驗」，「過百由旬烟水長，釋迦老子怨津梁」等。它如「黃塵沒馬頭」(《遊豐湖》)「復走江南江北飽看青山青」(《放歌用前韻》)「安知不置臣結名」。(《和平裏行和丘仲闕》)則分別出於黃庭堅：「肯使黃塵沒馬頭」，「江南江北飽看山」，「臣結春陵二三策」等。「哀樂中年感，艱難遠道書」。(《寄四弟》)「四海復四海，九州更九州」。(《題樵野丈運甓齋話別圖》)則出於王士禛「哀樂中年事，艱難遠道書」，「四海復四海，九州還九州」。等；「一家女兒做新娘，十家女兒看鏡頭」。(《山歌》)「吟到中華以外天」。(《奉命爲美國三富蘭西士果總領事》)則出自袁枚：「一家女兒迎新郎，千家女兒對鏡頭」，「吟到中華以外之天」等。甚至如高心夔詩，黃遵憲亦有所取。如「千帆張鳥翼」。(《由潮州泝流而上駛風舟行甚疾》)句便出自高詩「帆帆側翼鳥趨谷」句。諸如此類，在《人境廬詩鈔》中大量存在，遠不止上述例舉的詩人詩句。這說明黃詩與前代的詩歌有着直接的密切聯繫，前人的詩作是他創作的歷史營養，和師法的範例。從章句到體裁風格，

黃遵憲皆有所繼承，也有所變化。比較明顯的如「七古的《流求歌》、《九姓漁船曲》《南漢修慧寺千佛塔歌》等，顯然是梅村體的變調。以單行之氣運用於七律，正是宋湘詩的專長，而作者生長在宋湘的家鄉，很早從《紅杏山房詩》中有所濡染，也是無可置疑的，所以在早期作品如《武清道中作》第五律裏，還明顯地保存着學習宋湘詩的痕迹。古詩才氣縱橫之處，與其說他是近於袁枚、趙翼，毋寧說他是受宋湘影響更爲符合事實。從黃景仁詩奪胎而來的也有好幾首，如《西鄉星歌》、《馮將軍歌》等七古和《歲暮懷人詩》中的一些近體就是，不過因爲青勝於藍，人們也就忘却它的根脚了。龔自珍詩對作者的影響特別顯著，那種雄奇的境界，瑰麗的藻彩，風雷鼓蕩的生氣，正是當時許多古典詩歌改革者的共有的特色」。（錢仲聯《人境廬詩草箋注前言》）在詩歌藝術方面，黃詩仍然在傳統詩歌的巨大陰影籠蓋之下。

　　在語言方面，黃詩雖然比較豐富，但以典雅的古漢語書面語言爲主，如《都踊歌》中的「磋磋」、「棄則那」之類就是《詩經》、《國語》中的語彙，甚至如《小學校學生相和歌十九章》也寫得古色斑爛。而被梁啓超譽爲「空前奇構」，欲題爲「《印度近史》、《佛教小史》、《地球宗教論》、《宗教政治關係說》」的《錫蘭島臥佛》，更是大量採用經史佛典，非專家學者，難知其意，可謂「古文與今言，曠若設疆圉，竟如置重譯，象胥通蠻語」。其他詩歌也用典極夥。且大多貼切精嚴，爲作者一大特長。其詩如：

　　擾擾無窮事，吁嗟景敎行。乍聞祆廟火，已見德車迮。

過重牽牛罰，橫挑囓犬爭。挾強圖一逞，莫問出師名。(《書憤》)

其中三、四句用《禮記》「德車結旌」之典，可謂一語雙關，既在字面上寫明因教案而導致德國兵船侵入膠州灣事件，又寄托了作者對事件起因的看法。可謂春秋之筆，一字千金。再如「更覺黃人捧日難」、(《感事》)「黃人捧日」典出《太平御覽》，本是外人來降之兆。而我國人恰爲黃種人，該詩一語雙關，表達了複雜的詩意，寄托了作者深深的憂慮。再如：

空庭樹靜悄無鴉，太白光芒北斗斜。
破碎山河猶照影，廣寒宮闕定誰家。
光殘銀燭談偷藥，熱逼金甌看剖瓜。
滿酌清尊聊一醉，漫愁秋盡落黃花。(《七月十五夜暑甚看月達曉》)

前六句以典寫月，表現出兵氣滿天，山河破碎的特定時代氛圍。最後兩句故作超脫，表面上是寫如今正值炎夏，不用爲黃花落盡去犯愁，而實用《隋書·五行志》諷刺穆后之童謠：「黃花勢欲落，清樽但滿酌」。表達了作者對慈禧的憎恨，深化了詩意。

黃遵憲採用口頭俚語的作品主要是《山歌》之類。表現了作者對民間通俗歌曲的重視。中國古代許多優秀的詩人都比較善於吸收民歌的營養，如唐代的劉禹錫，就是善於仿寫民歌的一位著名詩人，顧況、羅隱、杜荀鶴、聶夷中等也非常善於運用通俗俚語入詩，宋代的楊萬里、范成大，特別是楊萬里，也極長於此道。明代的徐渭及公安派也相當重視民歌。如金鑾、劉效祖、趙南星、

馮夢龍等甚至還較多地仿效俚曲。卽使如標置格調的李夢陽晚年
作《詩集自序》也贊嘆王叔武「眞詩乃在民間」的見解。清初廣
東詩人屈大均也曾創作過大量的歌謠體作品，晚年所作尤夥。《廣
東新語》卷八還記錄了自己爲「二妃」，「某氏婦」，「天濠街
婦」，「四孝烈」，「麥氏」等而作的歌辭和本事。並在《廣東
新語》卷十二《粵歌》一章對粵地民歌作了採錄和很高的評價，
認爲「粵固楚之南裔，豈屈宋流風，多洽於婦人女子歟？」其後
如宋湘也曾創作過不少具有民歌風味的作品。黃遵憲繼承了唐宋
以來，主要是粵地鄉前輩的傳統。不僅修改，創作了《山歌》，
有時還以民諺入詩，如《聶將軍歌》中便成功地採用當時民諺：
「願得一龍二虎頭」，「一龍一虎三百羊」，熔鑄入詩。表現了
當時義和團的鬥爭目標及其歷史局限。

　　黃遵憲與其他詩界革命派詩人一樣也採用新名詞入詩。如
《罷美國留學生感賦》、《紀事》、《今別離》、《感事》、《以
蓮菊桃雜供一瓶作歌》等都是善用新名詞的成功例子，所用新名
詞多係輿地，人物以及近代海外文明產物，也有少量社會科學和
自然科學的術語和概念。如「總統、「校長」、「合衆」、「共
和」、「自由」、「平等」、「動物」、「植物」等等。這類詩
大多在海外時所作，在詩集中所占比例也不大，這類新名詞大多
是一些難以替代，不得不採用的概念，從總的語言形態來看，黃
詩的語言性質並未改變。

　　從形式上看，黃遵憲的詩歌除了在語彙方面，稍稍增添了新
名詞以外，在韻律、節奏、句式等方面均無重大突破。他的古體
詩，吸取了韓愈以文爲詩的手法，句式變化較多，有嚴整的「詩」

句，有自由舒展的文句，或整齊和諧，或長短參差，拗硬不馴。如《西鄉星歌》起句即以散文句式入詩：「人不能容此嶔崎磊落之身，天尙與之發揚踔歷之精神」。下繼以整句，復又間入散句：「當時帝星擁虛位，披髮上訴九天閶闔呼不開」，「死於飢寒，死於苛政，死於暴客等一死，徒死何如舉大計」，在詩行中生發出「嶔崎磊落」，兀傲慷慨的氣勢，使人在吟誦之際，卽能在節奏上感受到全詩的精神特色。他如《赤穗四十七義士歌》、《以蓮菊桃雜供一瓶作歌》、《和平裏行邱仲闔》等皆屬此類。而近體的節奏多爲常格，變化不多，以氣順勢暢爲歸。

　　黃遵憲創作了大量敍事記史長篇，如《西鄉星歌》、《馮將軍歌》、《降將軍歌》、《臺灣行》、《度遼將軍歌》、《聶將軍歌》、《錫蘭島臥佛》等皆是。這些詩篇在章法上吸收了「古文家伸縮離合之法」，故敍事動蕩曲折，波瀾起伏。如《馮將軍歌》從馮將軍「少小能殺賊」，寫到他英勇抗擊法軍的侵略，可作馮子材生平傳記觀。該詩前六句交待馮將軍當年赫赫戰功，作正面渲染，筆墨簡括，敍寫重點則是他抗擊法軍的事迹。七、八句稍作轉折，寫馮將軍居安思危，不忘武備，爲下文展示馮將軍老當益壯，英勇善戰伏筆。接四句，敍寫形勢由安轉危，逼近核心，並交代馮將軍重披戰鎧的緣由。而下面四句並沒有順勢轉入對馮將軍陣前殺敵的描寫，却將筆勢一挫，轉寫反面受謗，旣照應了史實，又增强了懸念，同時又能與下文形成對照，突現馮將軍的個性以及他的驍勇，並生發出「春秋」之意。經過前面的「伸縮離合」，作者方才具體描寫馮將軍統帥敢死之士與敵鏖戰的場面。

　　由於作者善用古文之法，所以他的詩歌在敍寫紛紜繁複的歷

史事件的時候，能做到詳略得宜，有條不紊，而且變化動蕩，引人入勝，這是他的特長之一。在近體創作中，有時也能以「單行之神。運排偶之體」。如《夜飲》、《到廣州》、《酬曾重伯編修》、《寒夜獨坐臥虹榭》等皆是，然相比而言，未必老練，與宋湘相比，尚遜一籌。其詩如：

　　廢君一月官書力，讀我連篇新派詩。

　　風雅不亡由善作，光豐之後益孳奇。

　　文章巨蟹橫行日，世變群龍見首時。

　　手擷芙蓉策蚪駟，出門惘惘更尋誰？（《酬曾重伯編修》）

　　一句一意，前起後承，一線貫穿，但思路較粗，有脫口而出之嫌。這類作品尚不能體現黃詩的造詣，黃詩較成功的近體，還是那些密織典實，富有波瀾的作品。

　　而就黃詩的表現對象來看，黃遵憲比較感興趣的還是對客觀事件的敘寫。雖然他曾提出「復古人比興之體」，而且還創作了《雁》、《杜鵑》、《五禽言》這類通篇比興的作品，但較能體現黃詩特長的還是「賦」體，當然，由於詩人大量隸事用典，所以他對客觀事件的陳述敘寫，除了一些長篇古體尚能直陳其事外，大量近體往往是間接的、含蓄的，其中介往往是古代歷史事迹的濃縮，因此可以擴大時空範圍，溝通古今四海的聯繫，豐富和延深詩意，使當前的事件具有歷史的深度，但同時也會影響到所敘對象的清晰度，不能給人以真切實在的感受，與此同時，詩人想像的翅膀也往往受到典實的約束，不能自由舒展地翱翔在鮮

明活潑的形象世界裏。好在黃詩側重於敍事寫意，不在寫景方面爭奇鬥勝。如《登巴黎鐵塔》原是一個絕好的寫景題目，但該詩的上篇把筆墨重點放在敍寫鐵塔方面，中篇雖寫登臨四顧，而詩思並不新奇，無非是：「呼吸通帝座，疑可通胚釁」。「離離畫方罫，萬傾開沃壤。微茫一線遙，千里走河廣。宮闕與城壘，一氣作蒼莽」。這類描寫人們並不生疏。下篇感嘆歐洲歷史興衰，這是古人未曾夢見的。表明了詩人對近代世界的了解，但並非寫景筆墨。

黃詩雖不以創造「畫境」為目標，却注重表現重大的社會事件。其胸襟氣概又足以駕馭之，故其詩「天骨開張」、「大氣包舉」，無論是用典之作，還是直敍之作，詩中產生的意象大多「猶如山岳那樣地崢嶸，又像江濤那樣地奔放」。其詩如：

> 黑雲羃山山突兀，俯瞰一城礮齊發。
> 火光所到雷硠礚，肉雨騰飛飛血紅。（《悲平壤》）
> 敵軍四圍來環攻，使船如馬旋如風，
> 萬彈如錐爭鑿空。地爐煮海海波湧，
> 海鳥絕飛伏蛟恐，人聲鼓聲噤不動。（《東溝行》）
> 長城萬里此為塹，鯨鵬相摩圖一啖。
> 昂頭側睨視眈眈，伸手欲攫終不敢。
> 謂海可填山易撼，萬鬼聚謀無此膽。（《哀旅順》）
> 忍言赤縣神州禍，更覺黃人捧日難。
> 壓己真憂天夢夢，窮途並哭海漫漫。（《感事》）
> 仰天擊缶唱烏烏，拍遍闌幹碎唾壺。（《仰天》）
> 任移斗柄嗟王母，枉執干戈痛國殤。（《再用前韵酬仲閼》）

墮地金甌成瓦注，在天貫索指銀潢。（《四用前韻》）

千聲簷鐵百淋鈴，雨橫風狂暫一停。

正望雞鳴天下白，又驚鵝擊海東青……

斗室蒼茫吾獨立，萬家酣夢幾人醒。（《夜起》）

筆墨雄奇，氣勢健舉。詩情悲慨，作者其人在詩中呼之欲出。

詩人還有一些詩篇，不僅僅是能運用新名詞，而且還能用新意識寫新意境。如《紀事》寫美國競選總統，《番客篇》寫海外人物風情，在當時都是比較新鮮的。再如《以蓮菊桃雜供一瓶作歌》一詩，是對「《淮南子·俶真訓》，所謂：『槐榆與橘柚，合而為兄弟；有苗與三危，通而為一家』；查初白《菊瓶挿梅》詩所謂：『高士累朝多合傳，佳人絕代少同時』」的進一步發揮。（錢鍾書《談藝術》）詩人在詩中雖用擬人化手法，寫出了諸花姿態，但其重點並不在描繪諸花合處之奇觀，而是欲以諸花象徵世界各民族，寄托詩人和平共處的願望，與魏源在《偶然吟》之八中表達的理想基本一致。下篇，詩人借用粗淺的自然科學知識作為想像的基礎和觸發點，展望未來：

化工造物先造質，控摶眾質亦多術，安知奪胎換骨無金丹，不使此蓮此菊此桃萬億化身合為一？眾生後果本前因，汝花未必原花身，動物植物輪回作生死，安知人不變花花不變為人！六十四質亦么麼，我身離合無不可，質有時壞神永存，安知我不變花花不變為我……待到汝花將我供瓶時，還願對花一讀今我詩？

寄托了物無貴賤，萬物平等的思想，而近代的自然科學知識，雜糅着佛學意識，則豐富了詩人的靈感，開拓了想像空間。再如《今別離》一篇，也同樣以近代科學知識作爲依憑，展開想像翅膀，如其二詠電報：

> 尋常並坐語，未遽悉心事。況經三四譯，豈能達人意。只有班班墨，頗似臨行淚。門前兩行樹，離離到天際。中央亦有絲，有絲兩頭繫。

筆墨之曲折，皆緣於新事物、新意識，而由電線溝通兩地相思，乃是曠古未有之設想。其四，本於東西半球晝夜相反之理，進行構思。

> 昨夕入君室，舉手褰君帷，披帷不見人，想君就枕遲。
> 君魂倘尋我，會面亦難期。恐君魂來日，是妾不寐時。
> 妾睡君或醒，君睡妾豈知，彼此不相聞，安怪常參差。
> 舉頭見明月，明月方入扉，此時想君身，侵曉剛披衣。

古人作相思之篇，往往是關山阻隔，夢魂未通，如今不僅關山阻隔，而且晝夜相反，連夢魂也無法相會，相思之苦比古人更深一層。嶄新的詩歌藝術，不僅有待於詩歌表層形式的更新，而且還有待於深層的修辭（廣義的）意識的更新，海外文化的傳播，將會更加豐富創作的靈感，使想像的基礎更加深厚。黃遵憲的這些以新意識爲構思嚮導的詩篇，雖然在《人境廬詩草》中所占比

重極小，但可以看作是一種前古未有的修辭意識即將崛起的信號，可以看作是對未來新世界的一種昭示。在世界文化廣泛交流的基礎上，人們的創作視野將會極大地拓寬，未來眞正的新詩，將不再僅僅以固有的傳統文化爲生長的土壤，而將以世界文化作爲土壤，以現代文明作爲嚮導，傳統的民族性，將爲發展的民族性所取代。然而，在黃遵憲的時代，傳統文化仍然占有統治地位，傳統意識仍然相當頑強地堅守着陣地。就黃遵憲本人的整個創作而言，尚未能跳出傳統的詩歌創作模式，但量變正在發生，海外文化、海外的近代文明，也正不可阻撓地層層滲透進來，爲現代白話新詩的誕生準備着條件。

第三節 在題材世界作環球飛越的舊槎：康有爲詩

康有爲是著名的維新派領袖人物之一，生於 1858 年，比黃遵憲小十歲，死於 1927 年。原名祖詒，字廣廈，號長素，又號更生。廣東南海人。光緒進士。官工部主事。光緒十四年，首次上清帝書，建議變法圖強。甲午之戰後，又發動「公車上書」，並建立強學會。戊戌時，參加百日維新。政變後，長期流亡國外， 1913 年回國。 1917 年參與張勳復辟。失敗後，始退出政治舞臺。刊有《南海先生詩集》、《文集》等。

康有爲五歲讀唐詩，六歲讀《大學》、《中庸》、《論語》及朱注《孝經》。十一歲隨祖父於連州官舍，學習文史典籍，閱讀邸報，漸知朝廷政事。十七歲始見《瀛環志略》及地球圖等，開始了解世界。廣州是最早的通商口岸，較早較多地受到海外近

代文明的影響。這使康有爲有較好的瞭解世界的外部環境。十九歲就學於著名學者朱次琦，研讀宋儒書及經說、小學、史學、掌故詞章。二十二歲，專攻道教佛教經典，初遊香港，始知西人治國有法度，開始購讀西學之書。二十三歲研讀經籍及公羊學。二十六歲，研治近代東西方政治制度，並學習物理，化學等自然科學。二十七歲「合經史之奧言，探儒佛之微旨，參中西之新理，窮天人之頤變」開始形成改良思想體系。康有爲在思想上持「公羊三世」的歷史進化觀，和人權民主觀，在政治上主張「君主立憲」，且謂「吾學三十歲已成，此後不復有進，亦不必前進」。所以，當資產階級革命的條件成熟以後，康有爲也仍然死抱着「君主立憲」的主張，淪爲保皇黨領袖。辛亥革命以後，雖然拒絕與袁世凱合作，但却參與張勛復辟之役。然而康有爲又始終如一地反對外來侵略，反對投降主義，反對軍閥割據、國家分裂，是一個堅定的愛國主義者。

在文學上，康有爲深受杜甫影響。「能誦全杜集，一字不遺，故其詩雖非刻意有所學，然一見殆與杜集亂楮葉」。(梁啓超《飲冰室詩話》)另外，康有爲還受到龔自珍的影響。而且，儘管他與黃遵憲、梁啓超等一樣，要求表現新事物，但他的詩學觀念，基本上還沒有跳出傳統的窠臼。他重視詩歌的社會政教功用。強調「感於哀樂」、「緣事而發」，而且也強調詩歌的抒情性。(參見《日本雜事詩序》、《人境廬詩草序》、《梁啓超寫南海先生詩集序》)但所有這些都並不是康有爲的創見。寫於 1909 年的《與菽園論詩兼寄任公、孺博、曼宣》三首，比較集中地展示了他的創作宗旨。其一云：

一代人才孰繡絲？萬千作者億千詩。

吟風弄月各自得，覆醬燒薪空爾悲。

正始如聞本風雅，麗葩無奈祖騷詞。

漢唐格律周人意，悱惻雄奇亦可思。

這裏強調了三點：一是要繼承《詩》、《騷》的精神，要有深厚的寄托；二是繼承漢唐以來的藝術形式。三是要有文采。並推重情感深沉、濃郁，境界雄闊、奇偉的風格。在這裏康有為尚未要求在藝術上擺脫傳統的束縛。但是，時代變了，通向世界的大門已經被殖民主義者的炮火轟開，因此，詩人不能局限於原有的題材範圍，而應當進一步把目光投向世界，這樣詩人又在該題其二，要求作家「更搜歐亞造新聲」。這是詩界革命派的核心主張。將一、二首詩意結合起來，也就是梁啓超用「舊風格寫新意境」的精神。這種取之於歐亞的新境界，自然是李杜詩篇所沒有的，因此詩人不由得豪興勃發，仰天而歌：「意境幾於無李杜，目中何處著元明。飛騰作勢風雲起，奇變見猶鬼神驚。掃除近代新詩話，惝恍諸天聞樂聲」。這就是康有為的創新主張。然而其着眼點是題材內容的拓展，並非是詩歌藝術的革命。康有為雖然在題材世界作了廣泛的環球飛越，但所乘之「槎」仍然是傳統的舊槎。正因此，康有為對新題材的表現也會受到極大的限制，只有在傳統藝術形式的表現力能達到的範圍內，才能使對象得到比較充分的展示。

康有為的創作實踐與他的詩學主張基本一致。

康詩也常用典，以經史為主，兼採佛家，但並不喜僻好奇，

而且用典也往往只是正面大約的比附，隨才情所至，少作精細周
密的選擇。如《除夕答從兄沛然秀才時將入京上書》有句云：
「新詩付與子由定，資斧能憐范叔寒」。前句以軾，轍相比，固
是文人積習，而後句用《史記》須賈贈袍范睢之典未免不類。
《東事戰敗》末句：「椎秦不成奈若何」，用「椎秦」之典來說
明朝野正直之士反對孫毓汶等人投降賣國，也實在勉強。《聞意
索三門灣以兵輪三艘迫浙江有感》句云：「淒涼白馬市中簫，夢
入西湖數六橋」。以伍子胥吳市吹簫，影附自己流亡日本，也並
不貼切。可見康有為用典尚欠三思，有脫口而出之嫌。然而，詩
意雖不夠精密，而無論是「椎秦」，還是「白馬吹簫」，都有着
強烈的情感色彩，而且字面形象也比較鮮明，這是康有為用典的
特長。

　　另一方面，儘管康有為當年在澹如樓讀書時曾發願：「懺除
綺語從居易，悔作雕蟲似子雲」。但只是空口許願，他既沒有從
此戒詩，也沒有刊刪華美的辭藻，他的詩歌依然是那樣文采斐
然。其詩如：

　　瀑流千尺射巃嵸，岩壑幽深隱綠茸。
　　日踏披雲臺上路，滿山開遍杜鵑紅。（《讀書西樵山白雲洞》）
　　黃鶯接葉啼難歇，紫蝶尋春故自飛。
　　感舊京華成夢夢，送人流水更依依。（《送春》）
　　城堞逶迤萬柳紅，西山岧嶢霽明虹。
　　雲垂大野鷹盤勢，地展平原駿走風。（《過昌平城望居庸關》）
　　貼地氍毹萬玉罄，回環哀艷日斜明。

舞衣乍解依人坐，垂柳枝枝總有情。……

香夢如絲欲化烟，桃花樓閣不成眠。

芳心已作沾泥絮，猶觸前塵一惘然。（《飲酒城南》）

康有爲是工於裝飾詩表的，而他的造句也比較自然流暢。句中語法成分配合和諧，較少拗折倒置。在這方面，康有爲繼承了唐詩的傳統。

另外，康有爲描寫海外風物人情的詩篇，往往運用當地的地名、人名、物名、建築名稱以及一些近代文明的產物如電燈、汽車之類，這些都增添了詩作新鮮的時代色彩。

而他在海外創作的許多長篇巨制，或五言，或七言，敍事周詳，議論新穎，情感沉鬱，吸取了杜甫《北征》的神髓，又兼探韓愈的敍寫手段，形成了長江大河般的氣勢。這些詩篇大多是正面敍述自己的所經所歷，所見所聞。詩歌的章句在凝煉中見流蕩，整飭中見變化。詩意一氣貫注，如文章然。詩句之間承轉緊密，往往魚貫相啣。其詩如：

豈知佛生中印度，千里無僧無一寺。

但見恆河東流水滔滔，摩訶末寺插天高。

婆羅梵志苦身軀，裸體仰天臥泥淙。

供祀妖像羊與猪，馬身象首塗粉末。

人持香花與燈俱，白牛入廟膜拜咨。

獼猴千億雜人居，施以豆參走群狙。

形容愚詭可駭吁，如入地獄變相圖。（《自阿喇霸邑佛敎僧寺…》）

築者所羅門，於今三千年。城下聚男婦，
號哭聲咽闐。日午百數人，曲巷肩駢連。
憑壁立而啼，涕淚湧如泉。慘氣上九霄，
悲聲下九淵。（《耶路薩冷觀猶太人哭所羅門城壁》）

　　在章法結構上往往是夾敍夾議，由所見而有所敍，有所敍而
有所感，有所感而有所議，直至發盡胸臆為止。康有為創作的最
長一首詩是《開歲忽六十篇》共二百三十五韻，也是較難得的長
篇，充分展示了康有為的詩才。

　　然而無論是長篇，還是短篇，都具有濃郁的主觀抒情色彩，
詩人很少不動聲色地去冷靜觀照它的創作對象。所謂「正始如聞
本風雅」，詩人重視有寄托之作，他不僅要在客觀對象中寄托自
己的改良之志，愛國之忱，故國之思，而且還時時直接以主觀情
意作為表現對象。當然這種主觀情意的抒發，並不是直接的主觀
獨白，而往往通過主觀的想像，借助意象的系列得到表現。其詩如：

秋風立馬越王臺，混混蚘龍最可哀！
十七史從何說起，三千劫幾歷輪回。
腐儒心事呼天問，大地山河跨海來。
臨眺飛雲橫八表，豈無倚劍嘆雄才。（《秋登越王臺》）
滄海驚波百怪橫，唐衢痛哭萬人驚。
高峰突出諸山妒，上帝無言百鬼獰。（《出都留別諸公》）
忽灑龍蓁翳太陰，紫微移座帝星沈。
孤臣辜負傳衣帶，碧海波濤夜夜心。（《八月九日在上海為英人

救出……》）

　　這些詩篇都並不以描寫眼前景物，或者敍述客觀時事爲目標，但同時又非抽象概念組成的系列，詩中意象瀾翻，但並不構成一幅渾成統一的畫面。如果僅就字面產生的形象而論，相互之間至少在表面沒有什麼相關的聯繫。它們服從於內在的情感，由內在的情意交織成一個統一的整體。因此僅就字面產生的形象而論，它們具有一定的象徵色彩。然而由於象和意之間的關係大多服從於某些典故，象、意之間只有一座橋梁，因此，這些形象雖然在欣賞時能豐富再造想像，但實際上只是一種借代體，並不是眞正的象徵體，而那些不以典故作爲紐帶的形象，也由於受到主觀明顯的評判、操縱、駕馭，而具有明顯的情感傾向，它們可以在整體上補充、強化內在之意，但也並不是一個獨立自主的象徵體。上述這種表現方法，在中國古典詩歌中是常有的。康有爲比較偏愛這種方法。由於主觀情意是通過形象系列被表現出來，具有間接性，能產生含蓄沉郁，廻腸蕩氣的藝術效果。

　　而就詩中意象的質地來看，主要具有二個特點，一是具有神異色彩。其詩如：

　　　轉大地於寸竅，噫萬籟於碎瓊。
　　　滄海飛波黑山橫，帝坐炯炯接長庚。
　　　鼻孔噴火滅日星，羲娥巒走爲之停。
　　　囚嫠百怪踏萬靈，天龍血戰鬼神驚。
　　　神鼠蹴倒雙玉瓶，金輪忽放大光明。

萬千世界蓮花生。（《戊子秋夜坐晉陽寺驚聞祈年殿災，今五百年矣，始議明年歸政》）

海水夜嘯黑風獵，杜鵑啼血秋山裂。

虎豹猙獰守九關，帝閽沉沉叫不得。（《己丑上書不達出都》）

一曲蒼茫奏水仙，靈飛鬼嘯一千年。

木公虛擁扶桑日，金母高居紫焰天。

雲雨不興龍似睡，波濤暗湧鰐流涎。

只今東海靈鼉吼，哀怨如聞廿五弦。（《出都留別諸公》）

虹霓蔽白日，太微亂天經。北斗催樞衡，金鏡蕩其名。

王母宴瑤池，惻愴白玉京。天龍多修羅，猙獰窺太清。

仙官三萬籍，斂手空屏營。香案有下吏，學道受血誠。

綠章夜上奏，欲整三垣星。華蓋接下陳，耿耿露光精。

徐徐見貶謫，仍許遊赤城。雖插塵寰腳，氣象震百靈。

多謝紫皇恩，猶作鈞天聽。（《屠梅君侍御謝官歸索詩為別敬賦六章》）

遮雲金翅鳥，啄食小龍飛。海水看翻立，旻天怨式微。

（《戊戌八月國變記事》）

在這方面，康詩受到了龔自珍、李賀以及屈騷的影響。在一個神異的世界裏，詩人能放膽去歌吟國家民族的哀痛，詛咒現實的黑暗，把矛頭直指慈禧。

其二是雄奇闊大，除上述例子外，再如：

吸將四大海水盡，洗滌天河無寸埃。（《題黃仲弢編修龍女行雲圖》）

離立金輪頂，飛行銀漢濱。午時伏龍虎，永夜現星辰。

（《送門人梁啓超任甫入京》）

鞭石千峰上雲漢，連天萬里壓幽並。

東窮碧海群山立，西帶黃河落日明。（《登萬里長城》）

老龍噓氣破滄溟，兩戒長風萬里程。

巨浪掀天不知遠，但看海月夜中生。（《己亥二月由日本乘和泉丸渡太平洋》）

深碧地中海，渴攬同一勺。湯湯太平洋，橫海誰挲攫。

我手攜地球，問天天驚愕。（《登巴黎鐵塔頂》）

俯視萬丈乃至雲，翁翁厚鋪如海雪。

薇雲合市數萬家，截成半島若環玦。

勢若巨浪撲岩崖，侵襲岡陵頂欲滅。

分師略地兩道出，白袍白馬白旗揭。

汹湧騰奔無可御，山腰忽已被橫截。

漸漸上侵迫峰頂，有若洪水漲汗誦。

懷山襄陵無不到，似泛巨艦聽飄撇。（《檳榔嶼頂夜看雲》）

　　詩膽包天，運用誇張手法，縱情揮灑，能傳李、岑及杜韓之雄豪精神，同時也折射出了詩人的個性精神。康有為評黃遵憲詩「博以寰球之遊歷，浩渺肆恣，感激豪宕。」（《人境廬詩草序》）庶可自狀其詩。相比之下，康詩比黃詩氣勢更豪放，詩境更鮮明遼闊，情感更激宕濃郁，然用典之精切，敘事之嚴密，運思之深入又皆遜黃詩一籌。

　　康詩的境界雖然浩渺肆恣，但深曲奇妙非其所有。即使是那

些描寫海外風物人情和文明產物的詩篇，也未必特別奇異，儘管康有爲善用誇張手法，但他缺乏嶄新的修辭意識，因此不可能在構思方面有全新的突破，最多只能窮盡心力，憑藉固有的文化素養去誇飾眼前的新事物，即使如名篇《登巴黎塔頂》：

浩浩凌天風，高標卓碧落。邈邈虛空中，華嚴現樓閣。
神仙慈珠殿，人間誤貶托。高高跨蒼穹，仍插塵中腳。
霓裳羽衣舞，夜夜月裏樂。玉女紫霞杯，一飲成大藥。

讀後只能喚起人們熟悉的聯想，與唐代五詩人之詠慈恩寺塔，在藝術手法上也並無特異之處。所不同的只不過是康有爲除了描寫塔高以外，還渲染了縱酒歌舞的場面，這一點算是與慈恩寺塔下的情景有所區別。另外康有爲在全詩中還簡單介紹了巴黎的情況。這方面除了給人以世界知識以外，並不能產生藝術感染力。再如他對法國歌劇的描寫：

鐃歌過去作天舞，瑤臺萬電耀玉宇。
玉面霓裳八百女，羽衣八彩翩翻舉。
四人作隊次第前，八人合隊散復連。
隊隊霞衣異樣妍，國國奇裝合色鮮。
百隊盤旋潦雲烟，大小垂手駢摩肩。
執拂執鐸相蟬聯，明眸皓齒粲嫣然。
玉腕輕攘文屨便，香氣氤盦步生蓮。
飛紅儳儳散連錢，驚鴻遊龍妙難傳。（《巴黎觀劇易數曲各極歌

舞之妙》）

　　如此大規模的歌舞，的確爲國內罕見。而且如上例句二之
「燈光布景」也非中國歌舞所有，還有如「萬人叢裏湧身來，相
吻驚魂若重現」之類也非我國之習俗，詩人畢竟是在寫法國歌舞。
然而詩中如「鐃歌」、「瑤臺」、「玉面霓裳」、「羽衣八彩」、
「明眸皓齒」、「驚鴻遊龍」之類形象也太使人熟悉了。這些都
只能激起人們固有的聯想，從而極大地減弱了歌舞的異國情調。
再如：

　　阿房三百里，仿佛見秦皇。迹是瑤臺後，花繁上苑旁。
　　舞鸞猶鏡殿，畫像遍椒房。拂拭金人淚，英雄事可傷。
　　（《遊微睑喇路易十四故宮》）
　　海山岩下紫藤斜，仙女飛飛舞碧霞。
　　弄罷風濤眠石上，滿身衣袖壓飛花。（《倫敦觀劇有作海山仙女
幽逸如《離騷》《九歌》者昔士卑亞曲多有之，令人超超作出世想》）

　　這兩首詩就更難於使人產生新的感受了，他如《大吉嶺十六
夜步月》、《夕遊意大利旃那祐》、《羅馬訪四霸遺跡》、《三
月五日在瑞士呂順遊阿爾頻山》等詩篇，除了一些地名人名，物
名比較新鮮外，大多並無多少異域色彩。康有爲畢竟深受祖國傳
統文化的薰陶，他的想像力已爲傳統文化所限止，無法在更廣闊
的世界裏翱翔。他只能在傳統文化指引下，用舊的創作意識去傳
達心中的感悟。而且在當時，即使康有爲能將想像的翅膀飛翔在

世界文化的天地裏，國內的極大多數讀者也是難以產生共鳴的，因爲在當時，普通的中國人尚缺乏世界文化的修養。其時嚴復翻譯西方社科著作。吳汝綸讀後旣贊嘆不絕又指出其不足，云：「自中土譯西書以來，無此鴻制，匪直天演之學，在中國爲初鑿鴻濛；亦緣自來譯手，無似此高文雄筆也！顧蒙意尚有不能盡無私疑者，以謂執事若自爲一書，則可縱意馳騁，若以譯赫氏之書爲名，則篇中所引古書古事，皆宜以原書所稱西方者爲當，似不必改用中國人語，以中事中人，固非赫氏所及知」。（《與嚴幾道》）以嚴復之能通西學西語，尚在譯著中以中國古代之典事相附會。而況康有爲之創作詩歌乎！中國文人積習之深，非一朝所能更新。然而，眞正的新詩不僅需要藝術形式上的變革，而且還需要意象的極大豐富和增新，以及創作意識的重大更新，傳統文化中產生的意象和舊的創作意識將不能滿足新詩創作的需要。而在本世紀最初幾年，對於世界文化的引進仍然處在初級的介紹階段，全面的消化吸收還要晚一些。許多作家和讀者還不能用新的，至少是改良的創作意識和審美意識去看待詩歌。詩界革命派中的成員如康有爲，自稱在三十歲以前就形成了他的思想觀點，以後很少有所變化。他們邁出了第一步，只是把筆觸伸向了世界，但並沒有邁出第二步，以至第三步，在藝術形式、詩歌意象和創作意識方面更多地吸收海外文化的營養。新名詞、新事物雖然已經冲擊了舊傳統，但尚不足以改變古典詩歌的性質，尚不足以將中國詩歌從已經充實的古典軀殼裏解放出來。這就是他們的歷史局限。

第四節 從傳統世界起飛，向傳統世界回落：
梁啓超詩

　　梁啓超是中國近代史上維新變法運動的著名宣傳家。生於
1873 年，比康有爲小十五歲，死於1929 年，比康有爲晚二年。
字卓如，一字任甫，號任公，又號飲冰室主人。廣東新會人。十
七歲中擧。在這以前基本上接受傳統教育。十八歲入京，始見
《瀛環志略》及上海製造局所譯西方書籍，心好之。是年秋識康
有爲，並執贄爲弟子。此後益究心於新學。二十四歲爲《時務報》
主筆。後應陳三立、黃遵憲之邀，赴湖南長沙主講時務學堂，並
參與上海大同譯書局的創建事宜。戊戌政變後流亡日本，並在橫
濱創辦《清議報》， 1901 年改辦《新民叢報》。1912 年回國，
組織民主黨，1913 年加入共和黨，並出任熊希齡內閣司法總長，
翌年辭職。1915 年袁世凱等籌劃稱帝，乃起程南下，從事倒袁運
動。1917 年張勛復辟，梁啓超通電反對，並參與討伐復辟之役。
後出任段祺瑞內閣財政總長，同年即辭職。其後主要致力於教育
事業。 1915 年，梁啓超曾回顧往昔而謂：「吾二十年之生涯皆
爲政治生涯……吾喜搖筆弄舌，有所論議……然匣劍帷灯，意固
有所屬，皆歸於政治而已。」然梁啓超並無多少實際的政績。他
的最大貢獻，乃在於用他那「常帶感情」的巨筆，進行呼喊，並
輸進歐美近代文化的新鮮血液，鼓吹新民智、新民德、新民力，
以喚醒沉睡的民衆，從而在思想文化領域掀起了陣陣波瀾。錢基
博著《現代中國文學史》時說：「迄今六十歲以下、四十歲以上

之士夫，論政持學，殆無不爲之默化潛移者。」梁啓超不愧爲中國近代史上思想啓蒙宣傳的天才。無怪乎黃遵憲一見他，便將「先知先覺」「以言救世」的責任拱手相讓。後人輯有《飲冰室合集》等。

梁啓超的學術思想是相當龐雜的，變化也較多，但其核心基本上是資本主義的改良思想。較康有爲開通，能趨於時。最明顯的是，他反對復辟，而且也不主張托古，曾說：「中國思想之痼疾，在『好依傍』，而有爲亦未能自拔。其大同之學，空前創獲，而必謂自出孔子。及至孔子之改制，何爲必托古？諸子何爲皆托古？則亦『依傍』、『混淆』也已！此病根本不拔，則思想終無獨立自由之望。」這是他與康有爲的分歧所在。

而在文學上，梁啓超最早明確提出「詩界革命」的口號，希望從傳統詩界起飛，到宇外去開闢一個嶄新天地，然而他終於沒有力量，超越傳統引力場，又墜回到了傳統世界。其後期向同光體靠攏。 1912 年創辦《庸言報》，約陳衍撰詩話，又請陳衍酌定其詩。陳衍以爲「疵病甚寡」，其「詩如其文，學韓學蘇，局勢開展，筆力雄駿，古體長於近體，必欲所求，則七律中對時有未工整處，古體詩用韵有上去聲通押者。」（《石遺先生年譜》）表明了梁啓超在詩學方面的轉向。其晚年手批《人境廬詩草》，也與《飲冰室詩話》中的極力揚揄不同，多有求全處，如稱其《西鄉星歌》「粗獷」，稱《櫻花歌》：「一篇中雜數體，最是文家所忌。起段略近韓蘇，中幅挽以初唐，末又似仿香山，然皆不到，如天吳紫鳳，顚倒裋褐,此其所以爲少作歟！」「剽竊定庵尤惡俗。」可見其趣味已大不同於倡詩界革命之時。梁啓超在政

治上反對復辟，在詩學方面却正有復辟之勢。陳聲聰有詩諷刺說：
「新詞新意乍離披，梁夏親提革命師。曾幾何時看倒退，紛紛望
古樹降旗。」自注：「梁任公、夏穗卿諸人倡詩學革命，夏早世，
任公中年後一意學宋人。」（《庚桑君近爲詩漸不滿於舊之作者，
毅然有革新之意，此事言者近百年矣，作此示之》）然而，在詩
學理論方面，梁啓超的認識却有了深化。 1922 年他寫了《屈原
研究》、《情聖杜甫》、《陶淵明》、《中國韵文裏頭所表現的
情感》， 1924 年又寫了《中國之美文及其歷史》。這些著述在
思想方法上已經受到歐美文學理論的洗禮，而更多注意到文學自
身的特徵，文學觀念開始得到自覺。他認爲「藝術是情感的表現」
（《情聖杜甫》）雖然，這稱不上是最新的發明，然而他的論述却
更加系統化了。尤其是他在《中國韵文裏頭所表現的情感》一文
中，對中國古典詩歌的表情方法作了系統的分析，認爲共有五大
類。其一是「奔迸的表情法」；其二是「回蕩的表情法」；其三
是「含蓄蘊籍的表情法」；其四是「寫實派的表情法」；其五是
「浪漫派的表情法」。可謂一新天下人耳目。這不僅在研究方法
上是古代所沒有的，而且其研究心得在整體上也是發古人所未發，
已具有真正的近代科學研究的學術氣息。梁啓超畢竟已經走到二
十世紀二十年代，他的可貴之處在於他能不抱殘守缺，而能勇敢
地超越傳統的思想方法。

　　然而，也許他已經沉醉於藝術之中，因而意識到古典詩歌乃
是一種獨特的藝術存在，盡管在中國詩歌發展的邏輯過程中，它
是現代白話詩誕生的前提，但現代白話詩却是與古典詩完全不同
的詩歌形式，它們各有自己的表現力。梁啓超不會寫白話詩，因

而反把創作精力集中於古典詩歌；既是創作古典詩歌，也就需要講究古典詩歌的藝術。這樣梁啓超就由「詩界革命」，返回到古典傳統之中。當然，梁啓超之向同光體靠攏，還是由於「詩界革命」，並沒有在藝術上形成自己獨立的形式，雖有革新的願望，而實質上仍然依附於古典的藝術形式之上，祇是不太講究藝術成規而已。因而當少年的熱情減退之後，重新冷靜地正視古典詩歌的藝術性的時候，也就十分自然地要向學古派靠攏，講究藝術形式，梁啓超之陳衍酌定詩稿，正表明他對藝術形式的重視。當年的詩界革命派成員，在白話詩興起以後，除已經去世的以外，絕大多數人都不再作「越世高談」，而創作古典詩歌的立場反而更加明確，古典詩歌的藝術個性更加鮮明，其原因也正在於此。由此可見詩界革命派的局限。

在創作實踐上，梁啓超在戊戌變法前後，與譚嗣同、夏曾佑等人一起，創作過一些採用新名詞的新詩。其中以《二十世紀太平洋歌》較有新意。該詩不僅採用了西方的地名、物名，而且還採用了抽象的理性概念，如「文明時代」、「四大自由」、「民族帝國主義」、「俎肉者弱食者強」、「門羅主義」、「物競天擇」、「東亞老大帝國」等，作《飲冰室詩話》前後，詩中新名詞逐漸減少。如《留別澳洲諸同志六首》：

> 危矣前年事，堯臺一髮懸。樊聲四浩劫，瀝血賴群賢。
> 豈謂黃巾亂，更移白帝權。天津橋畔路，腸斷聽啼鵑。

詩中用「白帝」指西方帝國主義，就頗能傳出其中消息。他

如《志未酬》、《自題新中國未來記》、《舟中作詩呈別南海先生》等也較少運用新名詞，即使運用，也不過分刺目，如「進步」、「青年」、「希望」之類，乃是固有辭滙發展而來。

中年以後作品如《戊申初度》、《中秋前一夕送蕭立誠歸國》、《毅安弟乞書》、《欲雪》、《秋風斷藤曲》、《朝鮮哀詞》、《南海先生倦游歐美載渡日本同居須磨浦之雙濤閣述舊抒懷敬呈一百韵》、《庚戌歲暮感懷》、《瘦公見贈敦煌石室藏唐人寫維摩詰經菩薩行品一卷口占奉謝》、《自題所藏唐人寫維摩詰經卷爲敦煌石室物羅瘦公見贈者》、《折屋行》、《感秋行》等皆很少採用新名詞，而舊風格則愈益鮮明成熟。接近學宋詩派。

梁啓超在創作上極喜歡用典，在上例詩篇中更是典實琳琅，而且選詞造句也寧生勿熟，鑱刻雕煉，深入密致。如爲康有爲贊嘆不絕的《述舊抒懷敬呈一百韵》敍寫康有爲從事維新變法的經歷，概括維新變法的歷史，無愧一代詩史。其句云：

> 正當令狐役，憶共孝廉船。領袖爭和戰，鋒芒讐佞便。
> 甘陵傷禍始，濠濮返無全。桂樹幽幽綠，衡雲郁郁連。……
> 謀曹驚百鬼，救宋走重研。冒死猶言事，孤忠竟格天。
> 啓心容傅說，神武是周宣。謇謇陳王道，兢兢捧御筵。
> 瞻依唐日月，整頓漢山川。小子才無似，同時席屢前。
> 元良常握法，多士許隨肩。百日建新極，群生解倒懸。
> 文萌監二代，廟戰懾三邊。謂是明良合，應將國恥湔。
> 妖讖來鴞羽，博禍起龍涎。風折垂天翼，雲霾太白躔。
> 車中驚有布，殿上失誅嬇。痛哭承衣帶，間關度陌阡。

未容身蹈海，空有淚如泉……消息房州斷，憂傷絕域牽。
秦庭無路哭，吳市更誰憐。

悲憤哀痛，令人震動，非當事者，無以有此。然已不見「新詩」影子。再如《自題所藏唐人寫維摩詰經卷》，敍寫殖民主義者的文化掠奪：

碧瞳胡兒解望氣，求遺乘傳如陳農。神物耀眼喜欲倒，
萬里芒屩鑱鴻蒙。牛腰捆載渡西海，奪我燕齊難為容。

亦純是「古風格」，與學古派並無什麼區別。
在章句結構方面也與早期不同。早期如《雷庵行》仿龔自珍《奴史問答》，未脫町畦。採用長短參差、整散並舉的章句，以造成一種自由兀傲，不拘一格的效果。如其上篇：

東台幽絕處，有盧曰雷庵。環庵之左右，有櫻有楓有茶有棪有松有杉。庵內何所有，但見琳琅古籍闐架而溢籤。有劍燦燦，有琴愔愔。雷聲隱隱走籬角，雲色冉冉起林尖。主人者誰？魄嚴魂舒，貌癯道腴。朝讀書，夕著書，文書一出驚海內，立言矜慎恒踟躇。

《二十世紀太平洋歌》則汪洋恣肆，大筆淋漓，而章句形式也類似。後期作品則趨於嚴整。
而就梁詩所表現的內容來看，以抒發主觀情懷為主，敍事為

次 ，寫景則非其所長。早期作品激昂慷慨，詩情噴薄而出，如
《和夏穗卿》、《去國行》等皆如此。試以《去國行》爲例：

> 嗚呼！濟艱之才兮，儒冠容容。佞頭不斬兮，俠劍無功。君
> 恩友仇兩未報，死於賊手毋乃非英雄。割慈忍淚去國門，掉
> 頭不顧吾其東！
> 吁嗟乎！男兒三十無奇功，誓把區區七尺還天公！不幸則爲
> 僧月照，幸則爲南州翁。不然高山、蒲生、象山、松陰之間
> 占一席，守此松筠涉嚴冬。坐待春回終當有東風！

後期則趨於悲涼迴蕩。如《庚戌歲暮感懷》：

> 鼎湖鷄犬不能仙，一慟龍髯歲再遷。禹域大同勞昨夢，
> 堯台深恨閟重泉。杯弓蛇影今何世，馬角烏頭不計年。
> 忍望海西長白路，崇陵草勁雪漫天。

全詩言情之語，唯「恨」、「慟」兩字。而其它詩句雖不用
情語，而無一句不迴蕩着濃郁的情感。光緒之逝，是爲一悲；自
己不能盡忠，又是一悲；變法理想難以實現更是一悲；而國內形
勢緊張，自己流亡年久，不能大展身手尤是一悲，這萬千悲哀，最後
凝成「崇陵草勁雪漫天」，就樣一個蒼涼而富有歷史深度的意象，
讓人在咀嚼回味中去釋放詩人無窮的憂傷。再如該題最後一首：

> 入骨酸風盡日吹，那堪念亂更傷離。九州無地容伸脚，

一盞和花且祭詩。運化細推知有味,癡頑未賣漫從時。
勞人歌哭為昏曉,明鏡明朝知我誰?

　　也同樣是對眼淚的品味。《感秋雜詩》則比較隱晦,托物咏懷,表現了詩人對武昌起義的看法,在字面上却無一字明言。可見這些詩作,往往是採用間接的方法,借助典實和自然物象來達到抒情寫意的目的。在這方面,梁啓超與康有爲有相近處。但兩人的詩風又是很不相同。康詩意象明朗,宏麗壯美。而梁詩就不如康詩鮮明,而是嚴酷悲凉,並不以宏美爲歸。其詩如:

已驚草澤妖氛急,況有蕭牆隱禍藏。
俗變蘭荃成糞壤,時來鷄犬坐堂皇。……
淅米矛頭炊劍頭,彼昏方謂我何求。
落日長圍吹敗角,黑風獨夜攬孤舟。(《連夕與翣庵侍南海生先話國事》)
秋笳吹落關山月,驛路青燐照紅雪。
大國痛歸先軫元,遺民泣瀝萇公血。……
寧聞鷸蚌利漁人,空餘魚肉薦刀俎。
大鷄鍛冠小鷄雄,追啄蟲蟻如轉蓬。(《秋風斷藤曲》)
擘雨萬荷枯,戰風千葉亂。……
哀彼鴟夷魂,眶眦存古愚。(《感秋雜詩》)

　　色調幽涼,氛圍蕭瑟,大不同於康詩。而且康詩自然流蕩,典實能被詩情融化,而梁詩則用典密致,以典隱事寄情。即使如敍

事詩也同樣如此。如《秋風斷藤曲》、《朝鮮哀詞》等，都較多
採用典實去表現朝鮮當前的民族災難和朝鮮人民的反抗。典實往
往如峽谷明礁，不免影響氣勢的貫暢，但掩遏之中，亦有沉鬱嗚
咽之聲。

　　康詩境界往往遼闊，大氣磅礴，而梁詩雖不乏雄勁之句，但
整個詩境不以闊大見長，其詩則較康詩深曲，如《感秋雜詩》、
《庚戌歲暮感懷》等皆如此。《庚戌歲暮感懷》其三，前六句寫
春節氣氛，渲染表面太平景象。尾聯云：「官家閑事誰能管，萬
一黃河意外清。」詩思在空中猛然一轉，將紙糊的太平景象一下
挑破，以國家危亡竟繫於僥幸萬一之望的反語，來表現自己對國
家前途命運的深切憂慮。而這前後對照，又發人深思。再如該題
之四，前六句寫民不聊生，哀鴻遍野，尾聯云：「金穴如山非國
富，流民休亦怨天公。」用深沉辛辣的反話，抨擊清王朝賣國，
以至釀成空前的民族災難。這些作品都具有較強的藝術力量。

　　梁啓超的後期作品與前期作品相比，在藝術上更精心，也更
成熟了。然而對於「詩界革命」却似乎是一個嘲諷。顯然按照梁
啓超「舊瓶裝新酒」的方案並不能眞正實現詩界的「革命」，但他
們却在客觀上能在正反兩方面爲年輕一輩提供許多有益的啓示。
其中重要的一條，就是必須進一步從藝術上借鑒海外文學，否則
就不可能有革命性的突變。恰如政治上的洋務派，雖然希望引進
西方的工業文明和教育方式，然而却不主張改革國體和政體，企
圖在政治形式不變的情況下富國強兵，其結果只能是失敗，並不
能給中國帶來光明的前途。然而，他們對於西方工業文明的引進，
和新的教育，却在客觀上引起了人們對歐美的進一步關注，並更

多地去接受歐美的新文化、新精神，從而也爲自己準備了掘墓人。
詩界革命派的情形也極相似。

第五節　唱鯤洋悲歌，寫「雪裏芭蕉」：　丘逢甲詩

　　曾被梁啓超譽爲「詩界革命一鉅子」的丘逢甲，生於 1864
年，比梁啓超長九歲，死於 1912 年。字仙根，號蟄仙，又號仲
閼。別號南武山人、滄海君。臺灣彰化人。光緒十五年進士。官
工部主事。甲午戰敗，清政府與日本簽訂喪權辱國的《馬關條約》，
割讓臺灣。丘逢甲發動臺灣各界愛國人士，聯名向清廷「刺血三
上書」，要求廢約，不成。倡自主自救之說，建立了具有民主性
質的「臺灣民主國」，表示永戴中華。逢甲被舉爲義軍大將軍，
守台中，抵抗日軍侵略，最後由於孤立無援，終於兵敗。後內渡，
寄寓廣東，致力教育事業。辛亥革命後，曾出任廣東革命軍政府
教育部長，並作爲廣東代表，赴南京參加孫中山臨時政府組織工
作，當選爲中央參議院議員。後因病南歸，不久病卒。有《嶺雲
海日樓詩鈔》行世。

　　在詩學方面，丘逢甲亦懷有雄心。他的《論詩次鐵廬韵十首》
比較集中地表現了自己的詩學主張。其一云：

　　　元音從古本天生，何事時流務競爭。
　　　詩世界中幾雄國，惜無人起與連衡。

其二云：

遍來詩界唱革命，誰果獨尊吾未逢。
流盡玄黃筆頭血，茫茫詞海戰群龍。

其五云：

北派南宗各自誇，可能流響脫淫哇？
詩中果有真王在，四海何妨共一家。

其六云：

彼此紛紛說界疆，誰知世有大文章。
中天北斗都無定，浮海觀星上大郎。

其七云：

芭蕉雪裏供摹寫，絕妙能詩王右丞。
米雨歐風作吟料，豈同隆古事無徵。

由此可見，丘逢甲論詩以天生「元音」為本，也即是以抒發真實的性情為本。而對詩界革命諸子並不十分傾倒，故有「誰果獨尊吾未逢」語，并隱然以「人天絕代才」自命（參見其三）。在丘逢甲看來，詩國之中尚未有「真王」出現，所以各種風格難

定於一尊。然無須攻戰不休，眞正的「大文章」在當今世界中，現實世界才是用武之地，故不必將詩學之爭看得過於重要。而在當今門戶開放的時代，旣要作詩，最好能將「米雨歐風」之「芭蕉」，移來古典詩歌的「雪地」，融中西於一體，其意也即是康有爲所說的「更搜歐亞造新聲」。

然而，丘逢甲並非是藐視前古、目空一切的詩人。他雖然對詩界革命有「誰果獨尊吾未逢」之嘆，而「少陵、青蓮、昌黎、王右丞、東坡以及西崑體，皆滄海所崇拜，而尤傾心放翁，每以自況……亦受同時詩人影響，滄海歸粵後，先後與易實甫、陳伯嚴、陳寶琛、康南海、黃公度諸人游，造詣益深，詩格益高。」（梁國冠《臺灣詩人丘倉海評傳》）當然作爲詩界革命派成員，其「詩格固規模前人」，然也同樣採用「西洋史事，以至聲光化電諸科學語」融鑄入詩。丘詩的語言比較豐富。與黃遵憲、康有爲相比，因爲履迹所限，表現「新事物」的面較爲狹窄，而且在整體上，題材也並不十分廣泛，側重於敍寫臺灣抗日鬥爭，抒發滿腔的悲憤，以及對故鄉的思念。而其悲壯激越的感人魅力却在康梁之上。

丘詩語言典麗，藻采飛揚。其詩如：

> 王母雲旗縹渺間，冥冥龍去枉髯攀。
> 海中仙蚌流珠淚，天上寒鴉怨玉顏。
> 雷雨神龍雙劍化，關河戎馬一身逷。
> 黃天訑立多新説，赤道回流有熱潮。（《秋懷八首次覃孝方韵》）
> 九夷何地容嬉鳳？兩曜兼旬厄鬥麟。

赤縣鴻流堙息壤，紫垣狼焰迫勾陳。

玉斧全功收畫地，金輪餘焰起遮天。

元王故國愁官泰，白帝新都向岳蓮。（《歲暮雜感》）

黃金鑄闕開藩部，碧玉通江建節樓。

十道分封諸將爵，五湖歸老美人舟。

海中故部沈蒼兕，雲裏殘莊失素霓。

歲自周天天自醉，紅牆銀漢隔秋思。（《秋懷》）

皆十分注意詞語修飾，色彩點綴，氣血充沛，神光煥發。而
且典實琳琅，貼切生動。其詩如：

崑崙山勢走中華，赴海南如落萬鴉。

縮地有人工幻術，通天何處覓靈槎。

沈冤鳥口空銜石，酣夢人心見散沙。

彈指光陰秋有老，長繩難繫夕陽斜。（《秋懷》）

頷聯出句借用《神仙傳》費長房縮地之典，諷刺投降派賣國
偷安，對句反用《博物誌》典，抒發心中憂憤。臺灣為清廷所割，
炎黃子孫竟無立足之地，怎不叫人撫膺頓足，悲痛欲絕！頸聯出
句用一「空」字自狀，又是何等深刻沉痛。尾聯用魯陽揮戈典，
一方面是悲嘆自己恢復之志未遂，而日見衰老，另一方面又是為
腐朽的清王朝唱挽歌。全詩由於善用典實，使詩情既濃郁強烈，
又沉鬱回蕩；既一唱三嘆，又深切透骨。再如：

酒迫桓溫走老兵，詩看秦系破長城。

英雄失路群兒笑，獨客逢秋百感生。

滄海桑沈栽後影，鈞天樂斷夢時聲。

尉佗台上西風急，來寫登高送遠情。（《秋懷》）

　　首聯以歷史上的英雄高士作喧染。頷聯承上，融合古今，發出喟嘆。回想自己當年在臺灣率義軍浴血奮戰，最後失敗內渡，而今又空銜木石，壯志未酬，心中自然百感交集。頸聯出句抒發滄桑之感，對句化用王維：「來預鈞天樂，去分漢主憂」句意，敍寫當年成立臺灣民主國，立志抗日，分擔國憂，而今却連夢中也難有這雄壯之聲。尾聯從深沉的回憶中收回到眼前。在蕭瑟的西風中，詩人佇立在尉佗台上，登高望遠，送別友朋，又是何等的慷慨悲涼！怎不叫人愴然而涕下。然而這是一種英雄的悲慨，而非婦孺的啼泣。全詩在抒發悲涼愴楚的情懷時，以其遼闊英邁的意象，挺拔動蕩的句律，鼓動起了烈士的雄風。再如：

衣冠文武眼中新，晏坐空山笑此身。

割地奇功酬鐵券，周天殘焰轉金輪。

後庭玉樹仍歌舞，前席蒼生付鬼神。

細柳新蒲非復昔，更無人哭曲江濱。（《秋興次張六士韵》）

　　首句借用杜甫：「王侯第宅皆新主，文武衣冠異昔時」句意，譏刺賣國升官的新貴，第二句慨嘆自己內渡後不能爲國家民族效力。頷聯出句嘲諷投降派，如李鴻章輩竟以賣國而得恩賜，對句則融佛典及《新唐書》所載武則天徽號「金輪聖神皇帝」爲一體，

影射慈禧太后。丘逢甲《日蝕詩》有句云：「朱麟忽鬥阻日馭，赤烏飢啄金輪旁。」康有為《寄贈王幼霞侍御》句云「金翅食龍四海水」，《戊戌八月國變記事》句云：「遮雲金翅鳥，啄食小龍飛。」皆指喻慈禧太后對光緒的迫害，該詩亦有此意。其時慈禧雖已老朽，然餘焰猶存，淫威不減，繼續幽禁光緒，操縱朝政。頸聯化用杜牧：「商女不知亡國恨，隔江猶唱後庭花。」及李商隱：「可憐夜半虛前席，不問蒼生問鬼神。」句意，揭露抨擊朝中達官貴人國難臨頭，依然醉生夢死，將天下百姓之命運寄托於神鬼之賜，且對仗巧妙，凝煉深刻。尾聯活用杜甫「少陵野老吞聲哭，春日潛行曲江曲。江頭宮殿鎖千門，細柳新蒲為誰綠。」句意。當年楊貴妃禍國，導致安史之亂，杜甫為之失聲痛哭，而今朝政日非，竟無人為之哀痛。這自然可視為激憤的誇張之語，當時維新派和革命派都在為拯救民族而奮鬥。然而，如果說，當年弱女子楊玉環並非禍國之元凶，實在是一個令人嘆惜的可憐替罪羊，那麼，如今之慈禧凶殘狠毒，獨攬大權，禍國殃民，則是實實在在的民族罪人，這樣的統治者，這樣腐朽的政府，又哪裏值得國人為之痛哭呢！

與黃遵憲相比，丘詩的用典雖然不如黃詩豐贍，但由上面示例可以看出，丘詩用典比較靈活，善於點化。而且意象鮮明，情感飽滿濃郁，字裏行間拂動着一股蓬勃的生氣。黃詩則以立意精深、運遣老成見長，而與康有為相比，丘詩則較貼切，更富有概括力和啓示力，康詩則更善用誇張手法。

在章句方面，丘詩善於收縱開闔，尤善用副詞、連詞、疑問代詞等增強力度。其詩如：

黃犀入貢非今日，白馬馱經異昔時。

終見神符興赤九，不應流淚到銅仙。……

故應積氣天難墜，何致清淡陸便沈。

上界不知人事苦，但聞開宴奏元音。（《歲暮雜感》）

當時但笑書生見，非策方今信鹿洲。（《澳門雜詩》）

年來此意成蕭瑟，匹馬西風蔴浪游。……

不信平生飛動意，但將文字救饑寒。（《秋懷》）

芒碭片雲應未散，蓬萊弱水幾曾清。（《擬杜諸將五首用原韻》）

入夢人間無白日，洗愁天上有黃河。

茫茫四野窮廬底，來唱陰山勅勒歌。……

休訛舜死與堯囚，環海居然更九洲，

日月不隨天左轉，江河還向海西流。（《秋懷八首次覃孝方韻》）

諸如此類，真可謂是「開滿勁弓，吹裂鐵笛。」（潘飛聲
《在山泉詩話》）那些雄奇蒼茫的意象，在詩人強勁的筆鋒之下，
奔騰翻滾，拂揚起一片個儻英勃的風雲氣。柳亞子有詩贊曰：
「時流競說黃公度，英氣終輸滄海君。戰血臺澎心未死，寒笳殘
角海東雲。」（《論詩六絕句》）丘逢甲不愧是「鐵騎突出揮金
戈」（丘煒萲《詩中八賢歌》）的抗日英雄。而且在章法上，詩
人往往採用一唱三嘆，反復吟誦的手法來抒發鬱結在胸中的強烈
情感，這由上面對示例的分析已可見其貌。

詩人有着英豪的氣概，也有着豐富神奇的想像。在這方面，
前代詩人李白、韓愈、李賀等也曾給予他有益的啓示。長篇如
《日蝕詩》、《蓮花山吟》、《七洲洋看月放歌》等都是馳騁幻

想的力作。《日蝕詩》由日蝕作爲想像的契機，將原有的一切關於天國星球的神話。天文知識重新加工改造成一個渾成的形象係列，中有句云：

羅睺左手出障日，中天竺國全無光……
百神聞之奏天帝，遞來疊肆群魔狂。
豐隆祗今賜休假，太皥蒞職方治裝。
時惟三元慶高會，列仙競進朱霞觴。
遙欺天醉巧抵隙，舉手更肆魔氛強。
前猶障月此障日，未可天度仍包荒。
佉羅行且湧海水，藥叉羅刹爭跳梁。
迦樓羅動鵬翮猛，乾闥婆搴龍頭昂。
帝車竊據弄鬥柄，妖黨朋煽聯天狼。
神州況復有伏荼，徵妖召怪難爲防。
共工頭堅柱且析，蚩尤氣橫旗頻揚……

境界神奇，是詩的「神話」。然而這種對天國的幻想，實在是對人間的象徵，寄托了詩人對邊患時政的憂慮。最後詩人期望道：「要須中國聖人出，前驅麒麟後鳳凰。大九州成大一統，萬法並滅宗素王，四天下皆共一日，永無薄蝕無災傷。」

而《七洲洋看月放歌》可算是「新派詩」的代表。詩人以古代和近代天體知識作爲嚮導，展開想象的翅膀：

茫茫海水熔作銀，着我飛樓縹緲獨立之吟身。少陵太白看月

不到處，今宵都付渡海尋詩人，月輪天有居人在，中間亦有
光明海。不知今宵可有南去乘舟人，遙望地球發光彩。地球
繞日日一周，日光出地月所收。此時月光照不到，尚有大地
西半球。此時月光隨我來南游，大千界中有此舟，更着此月
來當頭。……四萬八千修月仙，玉斧長勞竟何説。固知盈虧
之理原循環，大地山河終古不改色。即今圓相雖未全，一出
已令天下悦。天上之月海底明，上下兩月齊晶瑩。兩月中間
一舟走，飛輪碾海脆作玻璃聲。

意境清朗明淨，與前詩相比較近於實。詩人在欣賞明月的時
候忘不了現實世界中的災難：「安知人海群龍方血戰，蝸國蚊巢
紛告變。」只有在這蒼茫大海中的孤舟之上，不同種族的人才能
「各抱月華共歡宴。」在這裏寄托了詩人的理想。

丘詩與康詩一樣以抒發主觀情意為主。而且還往往以主觀變
形的手法，間接曲折地來表現這種情意。即使如寫景詩，也帶有
強烈的主觀色彩。如《游羅浮》：

太行與王屋，離之自夸娥。浮山海上來，
誰為合之羅。想見初來時，驅海生洪波。
連巢移鳳鷥，閉穴潛蛟鼉。仙山落人間，
一失成蹉跎。我亦海上來，今日相經過。
登高極遠望，去日常苦多。轉眼滄與桑，
麻姑鬢應皤。蓬萊渺何許，奈此仙山何！

並不以鏤刻形態爲指歸，與鄺輔綸的山水詩篇迥異，而與康有爲的大筆誇張也不一樣。丘詩把羅浮山當作是一個整體，他並不想細細地去進行工筆彩繪，而把注意力集中在這個整體與它的外部世界的關係上。而這種關係又並非只是一種客觀的空間關係，它是詩人主觀想象中的產物，並與詩人發生着情意交流。這樣也就賦予客體以強烈的主觀色彩。

總之，丘逢甲在創作上形成了自己的藝術風格，他的許多作品藝術質量都比較高，感染力強。然而他的大多數代表作品，都屬「舊風格」，在藝術上都沒有超出古典詩歌的基本規範。諸如「黃人尙昧合群理，詩界差存自主權」（《題蘭史獨立圖》）之類採用新名詞的作品，在《嶺雲海日樓詩鈔》中所佔比重較小，並不代表丘詩的創作傾向。就丘詩的藝術造詣而言，他稱得上是晚清古典詩歌創作的「神手」，但他與黃遵憲、康有爲、梁啓超等一樣，其實並沒有在藝術上親手開闢出一個嶄新的詩界，詩界革命只是他們豪邁的願望而已。

第六節　接踵而起的新派後秀：
金天羽、許承堯詩

受黃遵憲、梁啓超詩界革命之說的影響，江蘇的金天羽、安徽的許承堯也爲開闢新詩界作出了各自的努力。

金天羽生於 1874 年，比梁啓超小一歲，死於 1947 年，比梁氏晚逝十八年。原名天翮，字松岑，號鶴望生，天放樓主人。江蘇吳江人。諸生。光緒戊戌，荐試經濟特科，以祖老辭，歸養

不赴。金天羽的主要活動時間,晚於梁啓超。他在政治上也與梁啓超不同,不主張改良,而主張革命,與章炳麟、鄒容、吳敬恒、蔡元培等交往甚密,曾寫過鼓吹革命的《國民新靈魂》。民國以後,曾任江南水利局長。晚年與章太炎等在蘇州成立國學會,從事講學。著有《孤根集》、《天放樓詩集》、《續集》、《天放樓文言》等。

在文學方面,金天羽與梁啓超等一樣,重視小說的社會作用,曾寫過《論寫情小說與新社會之關係》,認為:「小說之有不可思議之力支配人道也」。而且曾創作過《孽海花》前六回。其論詩主「有我」。曾說:「吾友錢子泉撰《現代文學史》,以余名綴於石遺老人之後,則欲使余謬托為知己而不可得者。子泉固編見,然吾亦盡其在我者而已。」(《笏園詩鈔序》)他只願為「我之詩」,而不願附驥尾。比較集中表現他詩學理論的文章是《夢苕庵詩存序》,他曾說:「吾於詩無獨至之才,而好為獨至之論。曩序弢父、仲聯詩,昌昌乎其言之無隱也。」(《兩忘宧詩稿序》)在這篇序中,他認為:「詩者盡人所能為也,所貴者在乎有詩人之心。詩人之心出幽入明,控古勒今,不局局於當前之境,恒與造化者游處,其心哲,其思慮沈。其德愔愔,夫是之謂詩人之心。詩人之心因其時而變……詩人之心因其世而變,治世之心廣博而愉夷,亂世之心鬱勃而拗怒。其或撥亂世反之正,則必以弘偉平直之心發為音聲以震動天下。」又說:「凡一詩人之心,必合眾詩人之心以為長。無古無今,無中無外,去其疵累,擷其所長,而又必具有我之特長,是工也。……自肖者,非特肖其詩人之為也。必有賢聖悲憫之心,豪服天下之量,而隱文譎義,

又往往得之春秋。」在這篇序文中，他首先注意到詩人與非詩人的區別，實質上，也即是注意到了詩歌自身的特徵。他曾在《文學上之美術觀》一文中說：「余嘗以爲世界之有文學，所以表人心之美術者也；而文學者之心，實有時含第二類美術性。……故夫肺臟欲鳴，言詞斯發，運之烟墨，被之毫素者，人心之美感，發於不自己者也。若夫第二之美術者，則以人之心，旣以其美術表之於文，而文之爲物，其第一之效用，故在表其心之感；其第二之效用，則以其感之美，將儷乎物之美以傳。此文學者之心所以有時而顯其雙性也。」其意與王國維提出的「第一形式」、「第二形式」的美學觀極相似，反映了本世紀初，西方美學理論，如康德的美學理論對我國文學界的影響。金天羽的這番美術見解，簡言之，實際上也就是指出了文學作品的「內容」美，與「形式」美的問題，表明了金天羽對文學形式的重視。而在《夢苕庵詩存序》中，他發揮了這個美學觀。在他看來，詩人不僅應該道德高尚、思想深刻，而且還要有「思接千載，視通萬里」，不爲物役，不粘於眼前實在的想像力和創造力。這樣也就注意到了詩歌不同於其它文化類型的獨特的表現方式。這樣來看待詩歌，就比僅僅以「詩言志」來解釋詩歌，要深刻。其次，金天羽還注意到了詩歌與個人一生不同階段的聯繫，以及詩歌與時代的聯繫。再次，他還強調，詩人必須廣泛吸收古今，乃至海外的一切詩歌精華，同時又能空所依傍，發揮自己的創作特長，形成自己的藝術個性。最後，他認爲作爲一個詩人必須有強烈的社會責任感和同情心，以及闊大的胸襟，而且創作的詩歌必須有《春秋》的精神，歷史的深度。金天羽的這番見解應該說是相當全面的，而且也較有理

論深度。

　　而金天羽在創作實踐中，也能以他上述的理論作爲原則，他曾說：「余序仲聯詩猶之自序也，非謂仲聯之詩之一似余焉，詩心相印也。」因此《夢苔庵詩存序》也可看作他的創作大綱。

　　金天羽是一個轉學多師的詩人，曾說：「我詩有漢、魏，有李、杜、韓、蘇，有張、王小樂府，有長吉，有楊鐵崖，有元、白，有皮、陸，有遺山、青邱，而皆遺貌取神，不襲形似，自幼學義山，人不知也；學明遠、嘉州，人不知也；學山谷，人不知也；然於此數家功最深。而不知者動言似昌黎，似半山，猶皮相也。」（高圭《天放樓詩集跋》引）於清代詩人，頗推許顧炎武、屈大均、吳嘉紀、厲鶚、鄭珍、江湜、袁昶、范當世、鄭孝胥諸家，另外還受到黃遵憲的影響，較多地表現了海外的重要事件和歷史人物，也能採用新名詞入詩。其詩如《都蹏歌》即仿黃遵憲《都蹏歌》的形式，而用象徵手法寫英、日之同盟。而如《蟲天新樂府》則以詼諧之筆，以昆蟲禽爲興，寫一次世界大戰以來國外大事，《黑雲都》則爲意大利首相墨索里尼作，《花門強》爲土耳其總統凱末爾作。他如《獅鬚髢》、《桃花官》、《傘兵》、《雪撬兵》等亦都是寫海外時事的作品。金天羽生當黃遵憲之後，所以自然能比黃遵憲更多地了解世界，而能「極盡用舊形式寫新內容的能事。」（錢仲聯《三百年來江蘇的古典詩歌》）然而，他與黃遵憲、梁啓超等不同，對同光體詩人如陳衍、陳三立等頗有微辭，對陳衍等標榜聲氣、樹立宗派則尤爲不滿。曾說：「又其甚者，舉一行省數十縉紳，風氣相囿，結爲宗派，類似封建節度，欲以左右天下能文章之士。抑高唱而使之瘖，摧盛氣而使之

絀，纖靡委隨，而後得列我之壇坫。卒之儇薄者得引爲口實，而
一扶其樊籬，詩敎由是而隳焉。」（《五言樓詩草序》）對同光
體末流亦致貶辭，所謂「纖文弱植，未工模寫，而瓣香無已，標
舉宛陵，洎夫臨篇搦翰，乃不中與鐘譚當隸圍。」（《答樊山老
人論詩書》）持論可謂激烈。然而，對於趨於俚俗的創新者亦有
微意。曾說：「詩之今日，難言之矣。創作者惡夫襲古人之貌，
務破棄一切而爲新制，其體乃不離乎小詞俚曲之間。」（《五言
樓詩草序》）言下之意，頗不欲廁身其中，而欲繼承正宗的詩體
形式。他的《田家新樂府》，雖然寫得極通俗，但仍不失元、白、
張、王、皮、陸之古格。晚年所作如《搜粟尉》、《代竹金》、
《採薪憂》等更趨於雅。

　　而金詩之章句大多相當流暢，雖學黃庭堅，却不取其拗澀之
貌。其詩如：

　　東征盧調萬黃金，量見蓬萊水淺深。

　　樽俎思廖蕃館使，烽烟巳逼漢城陰。……

　　秦代長城漢代關，分明眼底舊河山。

　　遷都競獻臨安議，據地難爭督亢還。（《感事》）

　　虛空走野馬，視之行星球。明月將死時，火雲磅礴流。

　　海王一晝夜，人間百六秋。種姓溯黃炎，遠祖祧獼猴。

　　豈知洪水代，更作蛙黽游。盤古與亞當，本是兄弟儔。

　　（《雜感》）

　　由此可見其句調之一斑。金詩多用結構穩定、規範的雙音節

詞，而且語法結構較完整，較少採用倒裝句式，句與句之間承轉緊湊，較突出地顯示了流蕩和諧的藝術效果。

金詩較注意整體的表現力，不以局部的鑱刻爲工，其詩境界瑰麗雄奇，「不局局於當前之境」，而善於馳騁幻想。其詩如：

火維地荒幻，蚩龍所遁藏。軒轅張鼓旗，兵氣遂銷亡。
洞庭奏廣樂，百靈趨走忙。重華復來茲，望秩休玉堂……
朱鳥峙南宮，翼若鷲與鳳。罡風吹絕頂，六月天雨霜。
鐵瓦蓋宮殿，鬼火走長廊。夜聞劍佩聲，珠斗在我床。
起登望日台，凜冽寒難當。白雲如鴻蒙，重重蓋扶桑。
須臾龍吐珠，萬山頭低昂。吐吞山海間，失足陷大荒。
珠沉海陰黑，耳際風浪浪。天鷄久始鳴，雲霞寶鏡妝。

（《上南岳登祝融峰》）

虛實相間，幻想和比喻、誇張交揉在一起，奪盡南岳之神。再如其描寫玄妙觀中彌羅寶閣之大火，亦令人驚心動魄：

火聲隱隱如震霆，上燒天關煮列星。
天龍八部竄帝庭，二十八宿闔太清。
玄元皇帝踞灶棱，自誇入火不焦如定僧。
青牛燒尾脫輥衡，群仙亂踏天閽行。
長庚老子翻酒罌，或向慈航借淨瓶。
海水滴滴楊枝生，禁敕祝融如律令。
融也掉頭喚不應，火勢已著最上層。

嫦娥月窟開銀屏，老兔抱杵夢裏驚。

紅雲樓閣天為經，火鳳四集張翅翎。（《七月十六夜彌羅寶閣災》）

　　荒怪瑰譎，可謂韓愈《陸渾山火》之遺響，體現了詩人想象力的豐富。再如《黃山歌》，一開首即從虛處落墨：

　　軒轅皇帝天為徒，手提大化還洪爐。

　　乾坤六子試胚朕，滂峙飛走呈形模。

　　丹成擲鉢上仙去，元精夜出於斗樞。

　　游戲人間作狡獪，化身百億朝天都。

　　神思凌空而行，全憑幻想來渲染黃山的奇異風采。靈氣洋溢，一開始就將人置身於超脫凡塵的仙界之中。接着詩人又採用排句和廣比博喻，盡情地從各個角度、各個方面具體地形容描繪黃山的千姿百態。在章法上忽而返虛，忽而寫實；忽而幻想，忽而逼真。筆墨自由縱恣，氣勢磅礴。如其詩中之排句博喻：

　　為雲為松為瀑布，瀑作長虯松矮奴。

　　為鸞為龍為獅子，龍翔獅蹲鸞尾舒。

　　為仙為佛為魔怪，仙行佛坐魔軒渠。……

　　是藥是草皆芙蕖，是峰是石皆淨居。

　　是雲是海皆天衢，是道是釋皆文殊。……

　　一松迎客恭而迂，如賓如介當門閭。

　　一松送客低厭厭，如卑如幼循牆趨。

一松接引艱危須，如手如臂峰尖扶。

一松蒲團矼上敷，如針如線如氍毹。

一松聚音風來梳，如吟如嘯如笙竽。

更有擾龍之松肩臂粗，松蟠石膝龍在笯。

而在每一段排句之間，則穿插進神奇的幻想，以避免章法的板滯，使全詩動蕩變幻，富有生氣。在《南山》以後，又開一境。

金詩與康有爲等相比，更擅長於表現山川景物，而在寫景方面也更長於虛處傳神和馳騁奇幻的想象。

另一位善寫黃山的詩人是許承堯。當然許承堯之作爲詩界革命的後勁，並不是因爲他創作了獨步古今的黃山詩，而是因爲他也同樣創作了不少寫新事物的詩篇。如果說，黃遵憲、康有爲、金天羽等人之寫新事物，尚側重於新事物之「形而下」，較少「新理致」，那麼，許承堯的一些詩篇則頗有「新理致」。

許承堯生於 1874 年，與金天羽同年，死於 1946 年，比金氏早去 1 年。字際唐，號疑庵。安徽歙縣人。光緒三十年進士。官翰林院編修。有《疑庵集》。

馬其昶序《疑庵詩》，稱其：「初學唐人溫庭筠、李長吉之所爲，繼乃專主昌黎，賦五言古詩贈余，不謂之韓不可也。」指出了許詩取徑。許詩長於雕煉。《言天》一詩，以西方近代天體知識爲依據，敍寫了詩人對星球形成，物質轉化的看法。有句云：

星球有老少，斯語非我斯。試觀流與彗，確證何然疑。

原質不生滅，游行無邊陲。最初果何有？名愛耐盧尼。

此愛耐盧尼，非出真宰為。更思求其朔，冥闃不可窺。
萬球本一祖，盈縮相推移。為有互吸力，遂生成毀期。
成毀遞相襌，年壽亦不奇。

敍寫了星球作為一種客觀物體有生有滅的運動過程，而物質
不滅，乃為星球之本。最後詩人又大膽設想：

茫茫大宇中，腦電縱橫飛。如金合一冶，如水合一冶。
為同一原質，不受迹象羈。雲何得比例？光線無差池。
靈魂較光線，速率尤神奇。

詩人把精神運動也看作是一種物質的運動形式，它象光電一
樣，以極高的速度在空間運行。雖然這些設想是極幼稚的，但可
見詩人已從傳統的神鬼迷信中解放出來，承認了物質世界的客觀
性。而《靈魂》一詩，則側重對精神運動作了暇想，認為：「我
觀各植物，實緣光熱滋。有形與無形，試作比例推。」這些詩篇
言自然科學之「新理致」，闡發自然科學思想。盡管與文學的功
用不盡相合，但也可以看出西方自然科學知識在精神方面的滲透。
其結果將會孕育出全新的宇宙觀、世界觀。

然而在《疑庵集》中最有詩味，最有藝術性的作品還是刻劃
黃山的詩篇。其詩如：

我乃穴其腹，於中得盤旋。捫暗出鱉口，芒鞋濕腥涎。

（《天海至文殊院道中》）

龍尾屋角拂，濕翠僧眉雨。江生琴響終，鳴泉盡琴趣。

（《欲訪龍峰庵故址及江麗田墓未果》）

松乃肖石形，石亦似松族。離奇不可名，鮮秀出新沐。

（《由獅子林精舍登清涼台》）

肩頂著松枝，矯矯摟群龍。雲來篷之走，飄忽無常踪。

（《再登清涼台》）

四顧天倒垂，低藍幕叢碧。離離復芥芥，吞吐入肝膈。

（《始信峰》）

詩筆鑱刻，而想象奇異，能合晉宋與孟郊、李賀於一手，「足與姚燮、高心夔、劉光第諸家刻畫山水之作爭表黃池矣。」（錢仲聯《論近代詩四十家》）。他如《華陰廟望太華》：

鸞章寫靈液，雄麗張銀屏。崢嶸望岳樓，射眼仙掌明。
端凝古冠冕，肅穆涵金精。劍鍔富秋氣，天衢此司刑。

則更具有李賀詩的色彩。與金天羽相比，他的「詩界革命」傾向不太明顯，晚年自訂《疑庵集》甚至刪去了早年寫「新理致」的詩篇。詩界革命派成員的歸宿，大都是向傳統靠攏，而不是向新詩前進。

第七節　衝出傳統引力場的三個嘗試

前面我們着重分析了詩界革命派詩人的創新願望，詩學主張，

以及創作實踐。這裏還將就前面已經涉及到的「新名詞」、「流俗語」、「歌詞」諸問題，作進一步的探討。

一、新名詞

　　詩界革命派最早的「革命」嘗試是採用新名詞，以譚嗣同，夏曾佑爲代表。譚嗣同（1865—1898）字復生，號壯飛，湖南瀏陽人，是維新變法運動的重要人物。戊戌政變發生，被捕。與林旭、劉光第等同時被害，爲戊戌六君子之一。在思想史上有較重要的地位，著名的政治著作有《仁學》。譚嗣同的詩歌造詣遠遜於他的政治思想成就。三十以前，他的詩歌以學古爲主。「丙申（1896）在金陵所刻《莽莽蒼蒼齋詩》，自題爲『三十以前舊學第二種』」。（梁啓超《飲冰室詩話》）而譚嗣同的存詩主要是《莽莽蒼蒼齋詩》。他在《致劉淞芙書》中曾自敍其詩學取徑：「初亦從長吉、飛卿入手，旋轉而太白，又轉而昌黎，又轉而六朝，近又欲從事玉溪，特苦不能豐腴」。又評其詩：「大抵能浮而不能沉，能辟而不能翕，拔起千仞，高唱入雲，瑕隙尙不易見。迨至轉調旋宮，陡然入破，便綳弦欲絕，吹竹欲裂，卒迫卞隘，不能自舉其聲；不得已而強之，則血湧筋粗，百脈騰沸，岌乎無以爲繼。此中得失，惟自己知之最審，道之最切。」這可以看作是他對三十以前創作的藝術評價。譚嗣同三十二歲即罹難。「故所謂新學之詩，寥寥極希。余所見惟題麥孺博扇有《感舊》四首之三」。（梁啓超《飲冰室詩話》）梁啓超認爲：「吾謂復生三十以後之學，固遠勝於三十以前之學；其三十以後之詩，未必能勝三十以前之詩也。……其《金陵聽說法》云：『綱倫慘以喀私

德，法會盛於巴力門』喀私德即 Caste 之譯音，蓋指印度分人等
級之制也。巴力門即 parliament 之譯音，英國議院之名也。又贈
余詩四章中，有『三言不識乃雞鳴，莫共龍蛙爭寸土』等語，苟
非當時同學者，斷無從索解，蓋所用《新約全書》中故實也」。
（同上）由此可見譚嗣同所作「新詩」之面貌。而夏曾佑(1865—
1924)的詩歌成就也並不高。夏氏字德卿，一字遂卿，號碎佛，
筆名別士。浙江錢塘人。光緒進士。曾參與維新變法運動。在文
學方面，重視小說的社會作用。詩作較少，有《破佛師雜詩》，
約百餘首。夏詩紆徐不迫深於言情，也富有玄理。梁啓超舉其
「新詩」云：「穗卿贈余詩云：『滔滔孟夏逝如斯，矗矗文王鑒
在茲。帝殺黑龍才士隱，書飛赤鳥太平遲』；又云『有人雄起琉璃
海，獸魄蛙魂龍所徙』。此皆無從臆解之語。當時吾輩方沈醉於
宗敎，視數敎主非與我輩同類者，崇拜迷信之極，乃至相約以作
詩非經典語不用、所謂經典者，普指佛、孔、耶三敎之經。故
《新約》字面，絡繹筆端焉。譚、夏皆用『龍蛙』語，蓋其時共
讀約翰《默示錄》，錄中語荒誕曼衍，吾輩附會之。謂其言龍者
指孔子，言蛙者指孔子敎徒云，故以此徽號互相期許。至今思之，
誠可發笑」。（同上）這是最早的所謂「新詩」，與前人以蠻語、
佛語入詩在本質上並無區別，梁啓超對這類詩頗不以為然，認為：
「此類之詩，當時沾沾自喜，然必非詩之佳者，無俟言也……穗
卿近作殊罕見，所見一二，亦無復此等窠臼矣。瀏陽如在，亮亦
同情。」（同上）因此，梁啓超後來，只強調寫「新意境」。而
所謂「新意境」，我們在前面分析他們的創作的時候，已經介紹
過，它的核心主要是海外的新事物，新文明，而對於這種新事物、

新文明的表現，依然服從於傳統的創作意識，對於它們的理解，依然籠罩於傳統文化的巨大陰影之下。即使是極少部分具有「新理致」的作品，也側重於比較客觀的介紹，它們在總體上尚未融化成想象和構思的方式，尚未融化爲嶄新的感悟能力。這是他們創作的客觀現狀。然而，本文認爲，眞正的革命方向，應該是用新語言，去表現在世界文化交流中孕育誕生的嶄新的感悟。所以，僅僅採用少數的新名詞是不夠的，僅僅是介紹新事物，新文明也是不夠的。梁啓超作《飲冰室詩話》的時候對新名詞採取冷寞的態度並不見得是對「詩界革命」的深化。

　　回顧中國詩歌的發展歷程，我們應該注意到語言的發展對詩歌新形式的誕生發生的重要影響。漢魏以後語言的豐富澎漲，雙音詞的增加，句法結構的更加發達，曾經成爲五、七言詩體形成、鞏固、發展的重要物質基礎。而印度佛學文化的影響，不僅促成了聲韵科學的質的飛躍，從而影響到格律詩的形成。而且，還豐富了語言的庫藏。六朝以後在詩歌中採用佛學語言和融化佛理的作品日趨增加。特別是宋以後的詩歌這種情況就更加普遍。「常用的典故，如火宅、化城、三千世界、觀河皺面、華嚴樓閣彈指即現、天女散花、拈花微笑、羅刹鬼國、諸天、極樂世界、現身說法、衆盲捫象、三十三天、誦帚忌筈、百城烟水、五十三參、天龍八部、口吸西江、泥牛入海、香南雪北、千手千眼、舍筏、崖蜜、井中撈月、擎拳竪拂等等，常用的語言如因緣、三昧、公案、刹那、劫灰、功德無量、一切皆空、淨土、華鬘、丈六金身、五體投地、頂禮、一念萬年、恒河沙數、煩惱、解脫、薰染、回向、供養、授記、涅槃、資糧、神通、三生、方便、大慈大悲、

隔靴搔癢、拖泥帶水、大吹法螺、彼岸、不二法門、不生不滅、
不即不離、味徹中邊、生老病死、六根清凈、心猿意馬、得未曾
有、本地風光、立地成佛、唯我獨尊、騎驢覓驢、快馬一鞭、不
可思議、一超頓悟、冷暖自知等等，幾乎數之不盡。」（錢仲聯
《佛教與中國古代文化的關係》）可見吸收、化用外來語，本是
中國詩歌發展過程中的一個優良傳統。所以對新名詞不該採取冷
寞的態度。而鴉片戰爭以來，海外文化對中國的影響，相比佛學
文化的影響，要遠為廣泛和深刻，當然在戊戌以前，這種影響也
主要是在宗教和自然科學方面，梁啓超在《夏威夷游記》中曾說：
「其所謂歐洲意境語句，多物質上瑣碎粗疏者，於精神思想上未
有之也。雖然，即以學界論之，歐洲之真精神，真思想，尚且未
輸入中國，況於詩界乎。」在《飲冰室詩話》中又說：「當時在
祖國無一哲理、政法之書可讀。吾黨二三子號稱得風氣之先，而
其思想之程度若此（按：指只能運用西方宗教名詞和極有限的自
然科學知識）。今過而存之，豈惟吾黨之影事，亦可見數年前學
界之情狀也。」而梁啓超在 1896 年所撰《西學書目表》除宗教
外，列算學 22 種，重學 4 種，電學 3 種，化學 12 種，聲學 3
種，光學 5 種，汽學 3 種，天學 6 種，地學 6 種，地理志略 2 種，
全體學 11 種，動植物學 7 種，醫學 39 種，圖學 4 種，繪畫 2
種，農政 7 種，礦政 9 種，工政 38 種，商政 4 種，兵政 55 種，
船政 9 種，史志 25 種，官制一種，學制 7 種，法律 13 種，游
記 8 種、報章 6 種，格致總 11 種，西人議論之書 11 種（按：
主要是時政議論），無可歸類 18 種，由這張書單，就可知通商
以來，中國學界的翻譯情況，和海外文化對中國的影響情況，可

以進一步證明梁啓超對當時中國學界的評論。僅憑這些譯著，顯然是不足以使傳統文化發生質變的，也不足以使中國的思想界發生質變，當然也不足以使文學界發生質變。而中國當時的生產關係中，資本主義的因素盡管正在日益壯大，但自發產生的資本主義思想，仍處在不發達的，次要的地位，如果沒有先進的西方近代文明的進一步的強有力的輸入和衝擊，只憑中國生產力、生產關係的自然進步，顯然，還要經過漫長的時期，才能使中國進入資本主義社會。所以要使中國社會能較快地進步，就必須接受西方的影響，向先進的西方學習。而中國的文學，中國的詩歌，如果只是在封閉的文化環境裏，自發地進化，那麼，顯然也要經過相當漫長的時期，才有可能產生質的變革，具有現代新詩的形態。然而，西方近代資本主義的迅速發展，必然地要打破閉關自守的局面，必然地要使世界各國發生廣泛深入的交流，必然地要創造世界市場和世界文化。因此，中國社會之受西方近代文明的衝擊是必然的和不可避免的，要想離開西方近代文明的影響來認識中國社會的進步是不眞實的，要想離開西方近代文化的影響來認識中國文學和中國詩歌的突變也是不眞實的。然而，悠久的歷史，輝煌而又龐大的歷史文化，作爲一個具有鮮明個性的整體，也有着極強的獨立性，和排它性。因此，西方文化的全面「侵入」是相當不容易的，中、西文化的融會必將經過相當長時間的撞擊過程，才能實現，當然，這並不意味着要拋棄我們民族文化的精華，相反，是要在光大民族文化的精華和吸收西方近代文明的基礎上，發展民族文化。

在戊戌前後，先進的中國人已經有意識地開始吸收西方近代

文明，在思想文化方面，梁啓超、嚴復等人作出了重要的貢獻，當然這種貢獻主要表現在介紹和啓蒙方面。但是梁啓超在著《飲冰室詩話》時，對新名詞採取冷寞態度，是一種失誤。然而，在散文創作方面，梁啓超却「時雜以俚語，韵語及外國語法，縱筆所至不檢束」（《清代學術概論》）當然也較多運用新名詞，由於這些文章多刊於《新民叢報》，因而曾被稱爲「新民體」。由此可見，即使是論文字，對於不同體裁也不能一概而論。這說明，梁啓超在詩歌方面尚未能擺脫舊風格的成見。

　　在戊戌前後，由於譯著以較快的速度遞增，新名詞也必然也要同步遞增。王力先生說：「現代漢語新詞的產生，比任何時期都多得多。佛教詞滙的輸入中國，在歷史上算是一件大事。但是，比起西洋詞滙的輸入，那就要差千百倍」。「從鴉片戰爭到戊戌政變，新詞的產生是有限的。從戊戌政變到五四運動，新詞增加得比較快」。「現代漢語新詞的產生，有兩個特點：第一個特點是盡量利用意譯；第二個特點是盡量利用日本譯名。」（《漢語史稿》）如革命、教育、文學、文化、文明、經濟、封建、機械、機會、唯一、演說、同志、精神、具體、專制、社會、勞動、表象、環境、保險等等，都是利用古代漢語原有的詞語，而給以新的涵義，成爲新的詞。再如哲學、科學、企業、歷史、政策、系統、政黨、警察、物質、成分、條件、意識、概念、觀念、直覺、目的、主義、原則、代表、前提、進化、意圖、現象、現實、關係、單位、反應、絕對、抽象、肯定、否定、積極、消極、主觀、客觀、直接、間接、內容等等則是利用兩個漢字構成按照漢語原義講得通的新詞，上述這些在現代漢語中使用頻率極高的常用詞還

只是屬於利用日本譯名的一類。現代文學（包括現代詩歌）如果捨去了戊戌以來大量遞增的新名詞，也就失去了它存在的語言基礎，也就不成其爲現代文學（現代詩歌）至少會使它暗然失色。因此，對於新名詞採取排斥或者冷寞的態度是不可取的。當然詩界革命派詩人在創作上還是相對較多地運用新名詞，然而絕對量還是相當有限的。盡管現代漢語正處在逐步的形成過程中，但在五四以前書面語言應該說尚未發生質變，這由當時大量的散文作品可以證明。當然，如梁啓超的「新民體」，可以看作是古漢語書面語言，向現代漢語書面語言進化的過渡形態。然而，由於詩歌在文學體裁中處在最高的層次，而且是一種最精煉，最典雅的文學形態，對語言的選擇要求比較高，往往採用比較成熟的，規範的語言，因此，對剛出現的新名詞具有較強的排斥力。在歷史上，如佛學詞滙也是首先較多地出現在散文中，然後再逐步滲透進詩歌，在近現代的情形也是如此。當新名詞逐步成熟，比較地爲人習慣以後，才可能大量地出現在詩歌中。就這一點來看，梁啓超對新名詞採取的態度也是可以理解的。但是眞正要進行詩歌的革命，就必須主動地盡量運用新名詞，以促進新名詞的成熟，促進漢語言對外來語的消化吸收。因此詩界革命派的「革命」，在「新名詞」問題上，並沒有革命性的進展，尚不足以改變詩歌語言的性質，基本上仍處在與驅使變語、佛典同一的水平上。

二、流俗語

黃遵憲在二十一歲時寫了著名的《雜感》，在詩中，他首先批判了唯古是尊，剽竊古人的寫作方法：「俗儒好尊古，日日故

紙研。六經字所無，不敢入詩篇。古人棄糟粕，見之口流涎。沿習甘剽盜，妄造叢罪愆。」接着又提出了他的正面主張：「我手寫我口，古豈能拘牽。即今流俗話，我若登簡編，五千年後人，驚爲古爛斑。」其精神實質是要求「言文合一」，用現在的語言寫當前的事。後來又在《日本國誌》卷三十三《學術誌》一章中進一步發展了「我手寫我口」的主張認爲：「周秦以下文體屢變，逮夫近世，章疏移檄告諭批判，明白曉暢，務期達意，其文體絕爲古人所無，若小說家言更有用方言以筆之於書者，則語言文字幾幾復合矣。余又烏知夫他日者不更變一文體爲適用於今通行於俗者乎。嗟乎，欲令天下之農工商賈婦女幼稚皆能通文字之用，其不得不於此求一簡易之法哉！」已有創造通俗文體的願望。黃遵憲的《日本國誌》完成於 1887 年（光緒十三年），因此黃遵憲的這個願望在近代可謂是開風氣之先的。其後，裘廷梁於1897年（即戊戌變法前一年）在《蘇報》上發表了《論白話爲維新之本》的著名論文。更加明確地要求「崇白話而廢文言」，並編輯《白話叢書》，創辦《無錫白話報》，當時如王照，陳子褒等都是同道者。在他們的倡導下逐步形成了一個頗具規模和聲勢的白話運動。在十九世紀末，二十世紀初湧現出了許多以提倡白話爲己任的報刊。除裘廷梁創辦的《無錫白話報》以外，重要的刊物還有《覺民》、《中國白話報》、《湖州白話報》、《杭州白話報》、《蘇州白話報》、《安徽白話報》、《福建白話報》、《江蘇白話報》、《直隸白話報》……「眞是萬口傳誦，風行一時，如牛關《西江月》所咏：『愛國癡頑腸熱，讀書豪俠心堅。莫笑俺順口談天，白話報章一卷 』。」（阿英《辛亥革命文談》）

這是中國歷史上從未有過的局面。

　　語言的發展，本來就是一個不斷建構的過程，即是一個不斷突破和不斷規範的過程。生動的活生生的言語總是作爲一種革命力量向前突破，而書面語言則總是作爲一種規範的力量使新的言語系統化。因此，隨着言語的發展，書面語必然也會隨之而發展。在歷史上，「言文合一」的要求，也是語言文字發展進程中的一條基本線索。孔子所說的「辭，達而已矣」，即可看作要求言文統一，不致過分相離的觀點。其後隨着先秦言語的發展，在漢代王充又提出了「口則務在明言，筆則務在露文」，「文字與言同趨」，（《論衡·自紀》）的要求。晉代葛洪也反對文字擬古，主張趨今「易曉」，認爲「古書之多隱，未必昔人故欲難曉，或世異語變，或方言不同……是以難知，似若至深耳。」（《抱朴子·鈞世》）故不必故作「文隱」「至深」之文而爲古人之優孟。而漢魏的散體文也與先秦散文有較明顯的區別。在唐代劉知幾又復倡言文合一之說，矛頭是針對南北朝以來好用古語代替今詞，華而失實，書面語與口頭語差距愈益增大的傾向而發。他以江芊罵商臣，漢王怒酈生，以及單固謂楊康，樂廣嘆衞玠之口語爲例。指出：「斯並當時侮慢之詞，流俗鄙俚之說，必播以唇吻，傳諸諷誦，而世人皆以爲上之二言，不失清雅，而下之兩句，殊爲魯樸者何哉？蓋楚，漢世隔，事已成古，魏晉年近，言猶類今，已古者即謂其文，猶今者乃驚其質。夫天地長久，風俗無恒，後之視今，亦猶今之視昔。而作者皆怯書今語，勇效昔言，不其惑乎？」（《史通·言語》）其後的唐宋古文運動，一個重要任務就是要創作比較接近口語的散體文以取代言文差距過大的駢體文。

其結果，使唐宋古文與漢魏古文有了較多的區別。至宋代的道學家竟直以口語爲文，有所謂「語錄體」。明代前後七子，因求雅而擬古，效法秦漢古文，使他們的散文佶倔聱牙，難以卒讀，又增大了言文之間的距離。故先有唐宋派以「文從字順」爲宗旨，起而矯七子之弊。唐順之肯定了「直據胸臆，信手寫出，如寫家書，雖或疏鹵」却「具千古只眼」的文章，是「宇宙間一樣絕好文字」（《答茅鹿門知縣二》）。繼之，又有公安派標舉性靈，破除復古陳見，進一步要求言文合一，袁宗道認爲：「口舌代心者也，文章又代口舌者也。」「唐虞三代之文，無不達者。今人讀古書，不即通曉，輒謂古文奇奧，今人下筆不宜平易。夫時有古今，語言亦有古今。今人所詫謂奇字奧句，安知非古之街談巷語耶？……左氏去古不遠，然傳中字句，未嘗肖《書》也。司馬去左亦不遠，然《史記》句字，亦未嘗肖左也。至於今日，逆數前漢，不知幾千年遠矣。自司馬不能同於左氏，而今日乃欲兼同左、馬，不亦謬乎？」（《論文》）袁宏道也認爲：「文之不能不古而今也，時使之也。……夫古有古之時，今有今之時，襲古人語言之迹而冒以爲古，是處嚴冬而襲夏之葛者也。」（《雪濤閣集序》）又說：「大都入之愈深，則其言愈質，言之愈質，則其傳愈遠。」（《行素園存稿引》）而公安派的詩文也以文從字順、近於口語爲特點。如果再着眼於文學作品本身，上溯到唐宋以來的現狀，我們很容易發現，在詩歌方面，唐代就有近於口語白話的作品，如寒山、王梵志、白居易、張籍、王建、皮日休、聶夷中等都創作了不少白話的或接近白話的詩歌作品。在宋代，蘇東坡、楊萬里，甚至如黃庭堅都有點化俚俗口語、民謠雜說入詩的

作品，蘇、楊較爲突出，而楊尤以善寫口語著名。而理學家如邵雍之流，更寫作了大量的口語詩。而在「俗文學」方面，唐代變文，宋代平話，元明雜劇傳奇，直至明清長篇章回小說，也都是趨近於口話的文學樣式。這樣來看清季的白話運動，就不僅能注意到海外文化的巨大影響，而且還能認識到歷史文化的前提。

我們在前面側重強調了言文合一的方面。但事實上，書面語與口語之間是不可能完全合一的，它們之間的合一只是相對的，而保持一定距離則是絕對的。我們前面已經指出，書面語是一種規範化的語言。由於規範化，一定的語言，才能保持其相對的穩定性，才能具有更廣闊的時空範圍，才能成爲一種準確的思想交流工具。中國是一個地理條件相當複雜，領土遼闊的國家，山川、河流將這個國家切割成許多大小不等的自然區域。落後的交通，又使這些自然區域處在相對封閉的環境之內，於是形成了許多複雜的差異很大的方言口語。如果沒有一種統一的規範化的語言，人們的社會交流將會發生很大的困難。所以阮元曾說：「是必寡其詞，協其音，以文其言，使人易於記誦，無能增改，且無方言俗語雜於其間，始能達意，始能行遠。」（《文言說》）而統一規範的國語，也確實是使我們這個地理條件複雜的國家保持高度統一的一個重要力量。因此，當生動的口語突破了原來的規範，有了較大的發展以後，就要作新的規範，這實際上是書面語與口語之間調節距離的過程。言文趨一與規範化是一對基本矛盾，它們構成了語言發展的內在辯證運動。孔子在注意到「辭達」的同時，又注意「文」的一面，重視修辭，這實際上就是一個規範化問題。魏晉時代的文筆之爭，文體的區分，實際上也是從體裁的

角度，對各種類型的書面語進行規範化，對發展了的言語進行規範化。唐宋古文家雖然反對言文的過於分離，但也重視「文」，不贊成趨於俚俗，清代的桐城派，強調「義法」，主張「雅潔」，也是要求文體和語言的規範化，所以他們不滿意公安派以俚俗爲文。總的來說，在戊戌以前，中國古代的語言發展中，規範化的力量大於言文趨一的力量。因此，書面語與口頭語之間一直保持着較大的差距。語言發展，尤其是書面語的發展比較緩慢。而戊戌以後，受到海外文化的強烈刺激，新語詞數量激增，使固有的書面語結構難以容納急劇豐富起來的新思想，新感受，而口語與書面語之間本來已經差距較大的情況便更加嚴重。因此，終於逐步蘊釀起了眞正的語言革命，其目標就是要極大地縮小言文之間的距離。然而對於黃遵憲乃至於裘廷梁、王照他們來說，在創作實踐上尙未能克服潛在的規範化勢力。即使是在理論上，黃遵憲的主張，也尙未能超出唐代劉知幾、明代公安派的認識範圍，在詩歌創作方面，甚至還不如公安派能夠言行一致。這就使詩界革命的旗幟大大地退了色。就當時的客觀條件而言，他們本是有可能在創作實踐上比前人向白話方面邁進一大步的。當然如梁啓超在散文創作方面還是有很大成績的。「新民體」是文言文體向現代白話文體過渡的一座橋樑。然而，在詩歌創作上，他仍然比較保守，甚至在白話新詩取得了相當成績的本世紀二十年代，他還是不能完全站在白話新詩一邊，堅決地倡導白話新詩，他曾呑呑吐吐地表示：「其實白話詩在中國並不算甚麼稀奇……那些老先生忽然把他當洪水猛獸看待起來，只好算少見多怪。至於有一派新進青年，主張白話爲唯一的新文學，極端排斥文言，這種偏激

之論，也和那些老先生不相上下。……我不敢說白話詩永遠不能
應用最精良的技術，但恐怕要等到國語經幾番改良蛻變以後，若
專從現行通俗語底下討生活，其實有點不夠……我想白話詩將來
總有大成功的希望，但須有兩個條件：第一要等到國語進化之後，
許多文言，都成了『白話化』；第二要等到音樂大發達之後，做
詩的人都有相當音樂智識和趣味。」（《晚清兩大家詩鈔題辭》）
這一番議論在梁啓超而論，自然是十分通達的，然而，就當時的
情形來說，白話文學不是太多，而是需要進一步努力去創作，去
探索。靠等待是不會迎來梁啓超期望出現的條件的，只有在實踐
中，現代白話才能成熟起來，現代文學才能成熟起來。文言在整
體上已經不適合新時代，它們只能作為一種語言的歷史養料，為
現代白話消化吸收。這是一種歷史的趨勢。當然，當改革文言文
的時代要求出現的時候，黃遵憲他們能在理論上順應這一要求，
進行倡導和呼喚，為 1917 年白話運動的興起，作了觀念意識方
面的鋪墊，而當時出現的大量「白話刊物」，也為現代白話的形
成和現代文學的誕生，作了語言方面的物質準備，對於這份功勞，
我們還是不應當抹殺的。

三、歌　詞

　　詩界革命派詩人除了創作傳統的古體、近體、樂府體以外，
還嘗試創作了一些「歌詞」，嚴格地來說它們不屬於狹義的詩。
梁啓超在《飲冰室詩話》中曾例舉黃遵憲的《出軍歌》、《軍中
歌》、《旋軍歌》二十四首、《小學校學生相和歌十九章》，這
些歌詞在形式上有相當的獨創性。如《出軍歌》其一、其二：

四千餘歲古國古，是我完全土。

二十世紀誰為主？是我神明胄。

君看黃龍萬旗舞。鼓鼓鼓！

一輪紅日東方湧，約我黃人棒。

感生帝降天神種，今有億萬眾。

地球蹴踏六種動。勇勇勇！

　　採用七、五這間雜句式，句句押韻，句尾用疊詞作呼語。二十四首末字相連為「鼓勇同行，敢戰必勝，死戰向前，縱橫莫抗，旋師定約，張我國權。」在形式上鮑照《行路難》「瀉水置平地」一首，也採用五、七言相間句式，但並非句句押韻，當然結尾也不同。黃詩具有極強的咏嘆性，激昂慷慨，是很有力量和氣勢的軍歌。再如《小學校學生相和歌》其一：

來來汝小生，汝看汝面何種族。

芒碭五洲幾大陸，紅苗蜷伏黑蠻辱。

虯髯碧眼獨橫行，虎視眈眈欲逐逐。

於戲我小生！全球半黃人，以何保面目。

　　也以五、七言句式結構成章，韻律也較緊湊，適宜於歌唱。然而語言仍較文雅，非通俗流行之歌。

　　另外，黃遵憲在 1902 年曾寫信給梁啓超，建議說：「報中有韻之文，自不可少，然吾以為不必仿白香山之《新樂府》、尤西堂之《明史樂府》，當斟酌於彈詞粵謳之間，句或三或九或七

或五、或長或短，或壯如《隴上陳安》，或麗如《河中莫愁》，或
濃如《焦仲卿妻》，或古如《成相篇》，或俳如俳技詞，易樂府
之名，而曰雜歌謠，棄史籍而採近事」。（《與梁任公書》）梁
啓超接受了這一建議，在 1902 年創辦《新小說》月刊時，特闢
「雜歌謠」專欄。而黃遵憲本人的歌詞創作，正是他這種願望的
具體實踐。在藝術形式上師法民間的說唱文藝，在藝術風格和精
神上則以漢魏晉樂府爲典範，因此實際上仍未擺脫古典文學的束
縛。另外，由於黃遵憲本人尙「不能音律」，所以尙不能爲這些
歌詞譜曲，對此梁啓超不無遺憾地說：「使其解之，則製定一代
之樂不難矣。此諸編者，苟能譜之，以實施於學校，則我國學校
唱歌一科，其可以不闕矣。」梁啓超並且還設想：「今日欲爲中
國制樂，似不必全用西譜。若能參酌吾國雅、劇、俚三者而調和取
裁之，以成祖國一種固有之樂聲，亦快事也。將來所有諸樂，用
西譜者十而六七，用國譜者十而三四，夫亦不交病焉矣。」（《飲
冰室詩話》），很明顯，他們創作歌詞是爲歌唱而用。黃遵憲所
作歌詞不知當時是否有譜，而梁啓超自己所作《愛國歌》、《黃
帝》、《終業式》諸歌皆有譜。《愛國歌》實爲樂府體雜言，後
兩首則仿黃遵憲《軍歌》，採用七五言相間句式，當然結尾不同
（見《飲冰室詩話》）這些歌詞在章句方面雖然不同於漢魏「歌
辭」，但筆調氣息頗能傳漢魏歌辭莊重文雅的精神。如梁啓超的
《黃帝》四章就頗有《大晉篇》的神采，當然梁歌的體制小於
《大晉篇》。至如康有爲的《演孔歌》在體裁風格方面則基本模
仿漢魏郊廟歌辭。

　　爲了給歌詞創作張目，梁啓超甚至以前古詩、歌合一爲證，說

明詞與樂相結合的合理性。但是事實上，詩與歌的分化異途是客觀事實。當然自從詩成爲案頭閱讀欣賞的詩以後，各代也仍有歌詞創作，如漢代的《郊廟歌》、《鐃歌》、《鼓吹曲》、《相和歌辭》、《琴曲歌辭》等便是屬於歌唱性的體裁。而且歌詞的形式也給詩歌藝術以重要的影響，如「樂府」，後來就成爲詩歌的一種重要體裁。晚唐的詞起初也即是歌詞，以後逐漸失去了它的音樂性，而成爲一種獨立的文學樣式。繼起的曲，其始即承擔了詞的歌唱職能，後來也逐漸文字化，案頭閱讀化了，當然它的歌唱性相對較強。而在民間，民歌小曲則一直保持着它的歌唱性，因爲文化層次較低的普通平民百姓，他們的娛樂和文藝欣賞一般不是通過閱讀品味和神思遐思來實現的，而主要是依靠視聽感官的直接感知來實現的。民歌小曲正是以它的歌唱性來滿足平民百姓的需要，而具有存在的價值。但民歌小曲比較短小，不適合敍事。它主要滿足平民百姓抒發愛情的需要。爲滿足平民百姓（也包括士大夫）更廣泛的文藝需要，一種長於敍事而兼有音樂性的歌體也就應運而生了，宋元的「鼓子詞」、「諸宮調」便屬於這種說唱性的文藝。明清出現的「寶卷」、「彈詞」、「木魚書」、「鼓詞」、「子弟書」、「道情」、「粵謳」之類也屬於說唱性的文藝，當然說與唱的比重不同，如「子弟書」、「道情」、「粵謳」等皆以唱爲主，這些文藝樣式往往由藝人演唱爲主，不宜於平民百姓日常的歌唱，而民歌小曲幾乎充斥着纏綿的愛情主題，因此遲早會產生一種缺憾。

黃遵憲、梁啓超這些人由於長期生活在國外，因而有可能了解到國外的歌曲。梁啓超認爲：「蓋欲改造國民之品質，則詩歌

音樂爲精神教育之一要件……至於今日，而詩、詞、曲三者皆成爲陳設之古玩。而詞章家眞社會之蟊矣。」又抱憾說：「昔斯巴達人被圍……此教師爲作軍歌，斯巴達誦之，勇氣百倍，遂以獲勝。甚矣聲音之道感人深矣。吾中國向無軍歌……於發揚蹈厲之氣尤缺」。後「讀雜誌《江蘇》，屢陳中國音樂改良之義，其第七號已譜出軍歌，學校歌數闋，讀之拍案叫絕，此中國文學復興之先河也」。（《飲冰室詩話》）由此可見梁啓超對歌唱文學的重視，其宗旨在激厲國民精神。爲此他認爲：「今日不從事敎育則已，苟從事敎育，則唱歌一科，實爲學校中萬不可闕者」。（同上）並且嘗試創作了前例這種不同於民歌小曲和說唱歌詞，却取神於漢魏歌詩的作品，稱得上是一種文人化的風骨端嚴莊重的歌曲。從而爲現代歌曲的形成，作出了開創性的貢獻。然而黃遵憲、梁啓超所創作的歌詞，顯然還不夠通俗。梁啓超所引曾志忞《告詩人》中有言：「近數年有矯其弊者，稍變體格，分章句，間長短，名曰學校唱歌，其命意可謂是矣。然詞意深曲，不宜小學……歐美小學唱歌，其淺易於讀本。日本改良唱歌，大都通用俗語」。而梁啓超則欲調適於雅俗之際，認爲「蓋文太雅則不適，太俗則無味。斟酌兩者之間，使合兒童諷誦之程度，而又不失祖國文學之精粹，眞非易也。」（同上）

　　從前面的分析中可以看出，黃遵憲、梁啓超等嘗試創作的「歌」體，可以看作是一種新興歌曲的濫觴。但如以此一點，而加以推廣，認爲這就是代表詩界革命成果的新興詩體，是詩界革命所實現的革命目標，甚至是古典詩歌與現代白話新詩之間的過渡形態，這似乎不太確切。如果眞是這樣，詩界革命的藝術突破，

也實在是太可憐了。這不僅因爲黃遵憲、梁啓超、金天羽等所作歌體數量很少，在他們的整個詩歌創作中所占比重也相當有限，而且，在語言藝術上除了採用有限的新名詞外，也並無多少新進展。如果放在整個中國韵文發展的背景裏作對照，它們與歷史上詞、曲以及說唱體的興起相比，顯然大爲遜色，而詞曲、說唱體的興起，尚且並未享有詩歌革命之譽，又何論其亞呢？當然我們也不想抹殺這些歌體對新式歌曲的開啓之功。歌曲是海外文藝對傳統文藝發生直接影響的最早突破口之一。王韜與張宗良於1871年合譯《普法戰紀》時，曾隨譯德國、法國國歌各一首。譯者雖然無心，而在梁啓超看來却極有意義，認爲「於兩國立國精神大有關係者」。（《飲冰室詩話》）梁啓超曾在《新民叢報》第二號，以「棒喝」爲題刊登《日耳曼祖國歌》、《日本少年歌》、《德國男兒歌》及日人中村正直所作《題進步圖》諸譯作。這可以看作是自覺的歌詩翻譯。梁啓超等創作歌體，也正是受到海外歌詞影響的結果。祇是在形式上尚未能眞正對海外歌詞有所借鑒，因爲即使是譯作也仍然採用古典詩歌的形式，與原作有相當的距離，與稍後馬君武、蘇曼殊的譯詩屬於同一類型。其啓發作用主要是使人能有意識地去創作歌詞。

從整體上來說，詩界革命派還未能設計出眞正的新詩形式，甚至連雛形也尚未形成，而且在實踐上也未能跳出古典詩歌的手掌。但詩界革命派在詩外爲介紹海外文化所作出的努力，以及「詩界革命」的吶喊，却在客觀上預告了春天的消息，並且爲春天的來到作着耕耘的準備。他們對青年一代進行了詩界革命的啓蒙，新文學運動的重要倡導者，幾乎都受到過梁啓超的影響。然

而後繼的年青人，更容易也更多地接受了海外文化的影響，而且現實也爲他們準備了比啓蒙者好得多的文化條件，既然在最寒冷的時代已有人喊出了「革命」的口號，呼喚着春天，那麼當春天拂動時，血氣方剛的青年人自然更有勇氣高舉文學革命大旗，向眞正嶄新的文學世界挺進。

第八節　同光時期各派概要比較

同光詩壇是中國古典詩歌最後歷程中，最複雜、最豐富多彩的一驛。漢魏六朝派，同光體、唐宋調和派、西崑體、以及詩界革命派，各以自己的創造爲夕陽西照的詩空繡上絢麗的色彩。盡管他們各自的成就有大有小，但掩蓋掉任何一方都有損於晚霞的美麗。在藝術上，流派越多越好。單調劃一則意味着藝術的衰落。因此藝術王國，應該是不同的藝術個性和平共處的王國。一種流派，一種風格只要能存在，就有存在的理由，說明它仍然享有讀者市場。而對於讀者的藝術愛好實在無須強行納入某種個人意志的範圍。

藝術享受在人們的生活中有着重要的地位，但是決定一個國家一個民族前途和命運的，並不是文學家，也不是文學，任何一種藝術風格都不足以保護一個政權，也不足以推翻一個政權。藝術畢竟主要是精神上的一種享受。當然，文學作爲一種心聲，它可以反映人們的喜怒哀樂，反映人們的願望，當某種感情，某種願望引起強烈共鳴的時候，就說明這種感情，這種願望具有普遍性。因此，在先秦時代就有采風以觀民隱的政治方法。如果只是企圖

通過對文學中某種感情，某種願望的抑揚來鞏固政治，那是以葉障目的做法。時亂而變風變雅作。並非變風變雅作而時亂。眞正鞏固政治的措施，並非是抑揚文學，相反是由文學而知民情，由民情向背而知治本所在。文學對政治家的幫助無非如此。然而，詩人往往好爲大言，時時以天下爲己任，而其實如李白、杜甫，以其詩可以流傳千古，然未必能知一州，能宰一縣。同光詩壇，有以政治家而兼詩人的，亦有以詩人而從事政治的。也有一生而爲詩人的（當然並非職業詩人）他們大多數人（不管屬於哪一個流派）幾乎都主張表現自己對生活的眞實感受，都願意反映時政中的重大事件，也並不回避生活中的尖銳問題。其中梁啓超比較重視文學的政治作用。然而事實上他們都並未能以他們的詩歌拯救時世。相反倒是對詩歌、小說並不感興趣的孫中山對歷史發展作出了重大貢獻。而當時人們對文學的認識也並不純粹，大都把政論一類文章都納入文學的範疇，並因此而擴大了文學的政治功用。梁啓超在這個問題上的認識也仍然是比較模糊的。他本人對後世的思想啓蒙之功，主要依靠他的學術文和政論文，而並非是他的詩歌和小說。因此，本文並不打算以各流派所作詩歌的「政治功績」來論定各流派的功過。而主要看各流派的詩歌是否能眞實地表現詩人自己對生活的感悟。

由前面對各重要詩人創作的分析，我們認爲各流派的藝術風格雖然不同，但他們的作品基本上是眞實的。但是題材各有所側重，漢魏六朝派詩人中鄧輔綸、高心夔較多地描寫了祖國壯美的自然山水。同光體詩人中陳衍的作品對重大題材的表現相對少一些。而陳三立、范當世則比較尖銳地表現了時政，情感激憤悲壯。

唐宋調和派中的張之洞、樊增祥的詩篇則相對溫和一些。西崑體一派則較爲深沉，但題材面相對狹窄一些。詩界革命派詩人的題材則相當廣闊，他們較好地利用了他們在海外生活的有利條件，較多地表現了海外新事物、新文明，以及異域風土人情。康有爲詩集中的海外題材尤爲豐富。而黃遵憲對國內重大事件的敍寫也相當廣泛全面，稱得上是晚清社會的「詩史」。

　　在創作精神方面，漢魏六朝派和西崑體詩人較爲保守，其中尤以王闓運和李希聖爲最，然而如高心夔、劉光第、曾廣鈞、張鴻、孫景賢等也並不完全囿於他們的學古對象，也能立意自創。其中以高、劉爲最有離立之勢。同光體和詩界革命派都有比較明顯和強烈的創新要求，他們之間的區別在於：同光體詩人企圖沿着詩歌發展的傳統的通變路線，再向前邁進一步；而詩界革命派則已開始有世界眼光，他們希望通過吸收新名詞，尤其是描寫新事物，來開創新的詩界。然而，他們雖然形成了自己的藝術風格，但都沒有使中國詩歌超越古典的藝術規範，產生質的飛躍。而唐宋調和派，尤其是張之洞，受藝術成規的束縛較多，獨創意識不如同光體和詩界革命派來得強烈，更不可能使中國詩歌有較大的突破。比較而言，還是詩界革命派朦朧地意識到了中國詩歌的新前途，在二十世紀文化開放的時代，中國詩歌不僅應該從傳統中吸收營養，而且還應該吸收海外文化的營養，才能產生突變。而向世界學習，不僅僅是吸取新題材而已，用舊的形式、舊的語言、舊的創作意識是不可能從新題材中發掘出新詩來的。詩界革命派尚未清醒地意識到這一點，這就是他們的局限。

　　在詩歌創作的藝術傾向方面，漢魏六朝派詩人基本以求雅爲

目標，他們追求漢魏六朝的高格。在藝術手法上，如王闓運、鄧輔綸等都盡量避免新巧的修辭方法，而依靠語詞本身的直現力去直接刻劃對象，在總的傾向上，屬於「返樸歸眞」的一路。當然具體意向是以古格爲我格，因而並不可能眞正消除異化，有新的藝術突破。同光體詩人企圖在不失文雅的前提下，求生、求新、求深，他們盡量利用前人的修辭成果，發揚光大，在總的傾向上，屬於「由疏趨密」的一路，而且取得了一定的成績。而唐宋調和派則調適於兩種傾向之間，追求中和之美，以流暢自如，情彩生動，氣勢充沛爲目標，在風格上接近唐詩。由於他們不能在藝術上一意向前，在開闢餘地極小，而隋性很大，前進困難的情況下，恰如逆水行舟，不進則退，因而在藝術上就很難有較多新面貌。西崑派總的傾向與唐詩派相近，但他們是學李商隱的專家，以華文謠喩爲目標。比較而言，顯得更爲狹隘。詩界革命派詩人似無意在藝術形式，修辭方法上爭奇鬥巧，但都喜歡隸事用典，而且在語言的選擇上比較博雜，不拘一格。藝術質量或有粗疏之病。他們對待傳統的態度比較複雜，前後變化也很大，所以不能一該而論。黃遵憲、金天羽學古面較寬，幾乎無所不學，而康有爲、丘逢甲則偏重於唐詩，梁啓超則偏重於宋詩。當然從總體上來說，他們比較重視「以我爲變」，要求擺脫傳統形式的束縛，盡管在實踐上進展不大，但還是應該肯定的。就各自擅長來說，黃遵憲以紋事勝，康有爲、丘逢甲以抒情勝，梁啓超以寫意勝，金天羽則以傳神寫景勝。當然這都是相對而言。這一派各家格局都比較闊大。

在相互之間的關係方面，各派在整體上都不存在勢不兩立的

敵對關係。詩界革命派的譚嗣同稱王闓運詩「高華凝重，賦麗以則，擎孤掌以障奔流，上飛雲而遏細響，四杰不作，捨湘綺其誰與歸！」（《致劉淞芙＜一＞》）又稱鄧輔綸詩「本原深厚，虎視湘中，當代作者，殆難相右。」（《報劉淞芙書＜一＞》）又讀樊增祥《八月六日過灞橋口占》一詩，以爲「所見新樂府，斯爲第一。」（《論藝絕句》）梁啓超則稱陳三立詩「不用新異之語，而境界自與時流異，醲深俊微，吾謂於唐宋人集中，罕見倫比。」（《飲冰室詩話》）又稱同光體閩派詩人林旭：「少好爲詩，詩孤澀似楊誠齋，却能戛戛獨造，無崇拜古人意。」（同上）又稱李希聖感事詩「芳馨悱惻，湘累之遺也」「其風格在少陵、玉溪之間，眞詩人之詩也。」（同上）又好曾廣鈞詩，《飲冰室詩話》中多有採錄。而金天羽亦認爲：「洎夫晚葉，肯堂窮老，胞與民物之懷，漸西吏隱，天際眞人之想，兩賢徂往，遺文可玩。而執事與中實，驚才絕艷，並轡詩衢。」（《答樊山老人論詩書》）極推崇范當世、袁昶、樊增祥、易順鼎。又稱鄭孝胥詩「足千古矣。」（《再答蘇戡先生書》）學古派中許多詩人亦極贊黃遵憲詩。如陳三立稱黃詩：「馳域外之觀，寫心上之語，才思橫軼，風格渾轉，出其余技，乃近大家。此之謂天下健者。」（《人境廬詩草跋》）俞明震則謂：「五古具漢，魏人神髓，生出汪洋詼詭之情是能於杜、韓外別創一絕大局面者。」（《人境廬詩草跋》）范當世亦稱其詩：「詩言起訖一生事，眼有東西萬國風。」（《有感於黃公度之人之詩，而遽成兩律》）又謂：「吳摯甫、陳伯嚴皆嘗謬稱吾詩。以爲海內無兩。及是，而知其信不然也。」（《人境廬詩草跋》）自嘆弗如。相互之間傾倒如此，怎麽會水

火不容呢？辛亥革命以後，這些不同流派之間的在世詩人更是經常聚會唱和， 1913 農曆三月三日修禊日，在上海、北京兩地各派詩人會聚一堂仿東晉蘭亭故事，分韵唱和，堪稱詩壇盛事。陳衍有《京師萬生園修禊詩序》一文紀其事，重要詩人如梁啓超、易順鼎、沈曾植、樊增祥等皆參加了集會。更顯示了相互之間的良好友誼。他們畢竟同屬於古典詩歌營壘里的左鄰右舍，雖各有自己具體的詩學宗旨，而無根本的利害衝突。

詩界革命派雖標舉「革命」兩字，但這個「革命」實質上充其量不過是「改革」而已。「革命」一詞由來已久，早在《書》、《易》中就已出現。當然，梁啓超這時所使用的「革命」一詞，已是日本人對英語「Revolution」的意譯，這是在明治維新以後之日本的一個非常流行的詞滙。梁啓超自 1898 年戊戌政變失敗，逃亡日本後，更多地接受了歐美新文化的薰染， 1899 年間又與孫中山過從甚密，在政治上漸有贊成革命的趨向，但受到康有為嚴厲批評後，終於放棄了與孫中山合作的念頭。他一方面認為「革命」與舊王朝之間易姓爭鬥不同，乃是「從根柢處欣翻之，而別造一新世界」(《釋革》)同時又認為不易姓也可以收「革命」之效，所以在政治上主張保留清王朝的皇統，進行所謂不流血的「變革」。梁啓超對於「革命」的這種理解，集中地體現在1902年寫的《釋革》一文中。而在詩界中進行的「革命」也同樣受到這種理解的限制，指望在保留傳統的「古風格」的前提下實現革命的目的。其核心也就是「舊瓶裝新酒」，並非真正徹底的革命。而且在實踐上詩界革命之「革命」甚至還落後於他的政治「變革」。因為在政治上梁啓超已有「群治」的要求，這說明他有意變革政

體形式，而詩界革命却仍然要保持舊的藝術風格。革命要求只是寫新事物。與洋務派之引進西方科技、辦工廠、相去甚邇。在政治上，梁啓超尙能參加辛亥革命後的新政府；在詩歌方面，却不願加入創作白話新詩的行列。這說明他的詩學觀其實要比政治觀保守。此所以與學古派無最本質的區別。最終而能與學古派同聲大合唱。當然，在客觀上，把「革命」一詞引進詩界，還是破天荒第一次，詩界革命的口號是對未來的呼喚，在蟻朦天裏吹響了春聲。詩界革命派在客觀上爲開未來眞正的詩界革命之頭作出了努力。這就是他們爲現代新詩的誕生作出的貢獻。

第九章　古典詩歌的餘輝遠靄
——宣統民初時期的古典詩歌創作

第一節　宣民詩壇概説

　　這一時期，從政治形勢來看，清王朝已經腐朽之極，而資產階級的思想啓蒙也已取得了相當的成績，宣傳海外新文化的報刊雜誌數量日增。「民智程度亦漸增進，浸潤於達哲之理想，逼迫於世界之大勢，於是咸知非變革不足以救中國」。（梁啓超《釋革》）革命之機日漸成熟，革命派在國內經過多次起義，終於在 1911 年取得了武昌起義的勝利， 1912 年元旦，中華民國宣告成立。不久袁世凱竊取辛亥革命果實，中國又開始了漫長的軍閥割據、戰亂頻繁的動蕩歲月。

　　在政治上動亂無序的狀態下，文化界却空前地活躍，形成了頗爲熱鬧的場面。首先是報刊雜誌的繁榮。清末民初，各種報刊雜誌如雨後春筍，大量湧現，不下數百種。這是中國歷史上從未有過的事情。報刊的傳播內容空前豐富，傳播範圍空前廣泛，傳播速度空前迅速。黃遵憲早在寫《日本雜事詩》的時候，就已經敏感地意識到了報刊的鉅大作用，他說：「欲知古事讀舊史，欲知今事看新聞；九流百家無不有，六合之內同此文。」自注云：

「新聞紙以講求事務，以周知四國，無不登載，五洲萬國如有新事，朝甫飛電，夕旣上板，可謂不出戶庭而能知天下事矣。其源出於邸報，其體類乎叢書，而體大而用博則遠過之也」。甲午回國以後，爲開啓民心，以言救世，在 1896 年 8 月在上海創刊了《時務報》，爲宣傳維新變法起了重要作用。後來梁啓超在日本創辦的《清議報》《新民叢報》等也曾發生過相當廣泛的影響。可以說，晚清的思想文化啓蒙是以報刊作爲主要工具的，沒有報刊就不可能在較短的時間內，使資產階級的思想文化啓蒙產生廣泛的影響，辛亥革命也不會來得那麼早。從這個意義上來看清季報刊的大繁榮，就具有鉅大的價值。其次是通俗文學（以小說和戲曲說唱文學爲主）的繁榮， 1902 年，梁啓超創刊《新小說》，並在創刊號上發表了著名的《論小說與群治之關係》，用誇張的筆墨，宣傳的口吻，強調了小說的社會政治作用，認爲「欲新一國之民，不可不先新一國之小說。故欲新道德，必新小說；欲新宗教，必新小說；欲新政治，必新小說；欲新風格，必新小說；欲新學藝，必新小說；乃至欲新人心，欲新人格，必新小說」。隨後又有狄葆賢、金天羽、夏曾佑等起而鼓吹，在較短的時間內，促成了通俗小說創作的風靡。吳沃堯說：「吾感夫飮冰子《論小說與群治之關係》之說出，提倡改良小說，不數年而吾國之新著新譯之小說，幾乎汗萬牛充萬棟，猶復日出不已而未有窮期也。」（《月月小說序》）戲曲、說唱體文學也是方興未艾。如李伯元的《庚子國變彈詞》，鄒容的《革命軍》，陳天華的《猛回頭》《警世鐘》，陳季衡的《非熊夢》，感惺的《斷頭臺》，吳梅的《風洞山》，蕭山湘靈的《鑒湖女俠》等等不斷湧現，據阿英

《晚清戲曲小說目》統計,在 1908 年一年竟有二十種以上戲曲作品問世,而宣統元年小說創作更達九十七種以上。再次是翻譯文學的繁榮,林紓自 1899 年翻譯《巴黎茶花女遺事》以來,一發而不可收,到他 1924 年去世,共翻譯小說達一百八十三種之多,涉及的國家有英、美、法、俄、希臘、挪威、西班牙、日本等。而其譯作多採用古文轉譯。在林紓以外,翻譯作家還有許多。如曾樸對法國小說的翻譯也極有成就。在詩歌方面,則較爲遜色,較早較多翻譯歐美詩歌的有蘇曼殊和馬君武。 1909 年蘇曼殊出版了《拜倫詩選》,另外他還在報刊零星發表過雪萊、彭斯、歌德等人詩歌的譯作。前後共計十餘首。 1914 年《馬君武詩稿》出版,其中有馬君武譯拜倫、歌德等人詩作三十八首。然而,他們的翻譯完全採用古典詩歌的形式,比林譯小說更難傳達廬山眞貌。其最大的積極意義是把人們的眼光引向了歐美的詩歌,使世人意識到在夜郎以外,還有很大的文學天地。所有這些,伴隨着白話的提倡,有力地促進着現代白話語言的形成。而更多的青年人出外留學,接受海外新文明、新思想的洗禮,又爲清末民初的時代大變革準備着各式各樣的人才,其中也包括文學方面的人才。特別是少年時期已經在國內受到資產階級啓蒙思想教育的一代,後來又在國外進一步受到海外新文化的薰陶,其中許多人都成爲民國以後政治文化方面的先鋒骨幹。現代文學中最重要的作家,幾乎大多數人都屬於這樣的人物。

然而,中國之接受海外新文化的影響,是沿着宗敎→自然科學→社會科學→文學藝術這樣一條線索逐步擴展開來的。在戊戌以前側重於宗敎和自然科學,戊戌以後由社會科學逐步擴大到文

藝。而在文學藝術方面，則是由小說戲劇逐步漫延到詩歌。與此相適應，各種人才的成熟，也是沿着這一條線索，一階段一階段地，一批一批地逐步擴展開來。戊戌前後出現的「先行」人物大多側重於社會科學領域，嚴復、章太炎等就是如此。詩界革命派也側重於社會科學方面的宣傳，所以在「詩界革命」方面還處於極幼稚的階段，明顯地落後於他們在社會科學方面的進展。而當新一代在他們的啓蒙之下成長起來，並擴大到接受海外文學影響的時候，原先的啓蒙導師却開始失去青春的活力，爲自己建造起的文化體系，知識結構所規範。宣民之際，早先的詩界革命派詩人並沒有繼續前進，相反還有所後退。

　　而在文藝理論方面，西方的美學觀點也開始在悄悄地滲透進來。其中以王國維對西方哲學、美學的研究最爲深入，並達到了融會貫通的境界。王氏早年曾受日本教師藤田豐八、田岡佐代治的啓蒙，受他們的影響，有心研治西洋哲學。曾攻讀過巴爾善的《哲學概論》，文特爾彭的《哲學史》，康德的《純理批評》，叔本華的《意志及表象之世界》、《充足理由之原則》、《論自然中之意志論》等著作。能有意識地把美從倫理和其它社會功利中分離出來，認識到它的獨特品質和價值。在中國歷史上盡管有唯美主義的傾向存在，然而，由於在社會科學的學術領域，主要只有「經」和「史」的分離，哲學、倫理、政治，乃至於文學常常混雜在一起，處在經學的統帥和籠蓋之下，沒有得到明確的分離，缺乏各自獨立的個性，因此，美和美學也從來沒有成爲一個獨立的專門的研究對象。中國的思想文化具有高度的整體性，但缺乏細密的分類，因而也就影響了學科專門化的實現，影響了思

想文化的各個方面向縱深開掘，這是中國思想文化的一大缺陷。
從這個意義上來看王國維的哲學和美學研究的成果，就有了重大
的價值。由於王國維已經開始具有獨立的美學意識，和獨立的文
學意識，因此，他能比前人更清晰地把握美和文學的特殊性質。
例如，他論文學而認為：「文學中有二原質焉：曰景，曰情。前
者以描寫自然及人生之事實為主，後者則吾人對此種事實之精神
的態度也」。（《文學小言》）「情」和「景」在古代詩論中原
是兩個重要的基本概念，王國維的貢獻在於能把「情」和「景」
統一起來，並上升成為文學的基本「原質」。從而在一個更高的
層次上從整體上揭示了整個文學的特徵，而由《文學小言》所論
及的範圍可知，王國維的文學範疇已具有現代意義，不再是一個
含糊的，邊緣不清的，常常與「文章」相混淆的範疇。王國維已
經把詩詞，小說戲曲納入文學這個整體中進行考察。因為他對文
學「原質」進行了揭示，所以他的「文學」概念自然比前人有了
更高的抽象和涵蓋能力。在這裏王國維與前人相比，有了質的飛
躍。王國維論文學強調真，重視自然發露，因此他推崇自然樸素
的文學，推崇後起的文學樣式，如戲曲小說，他的文學進化觀，
是與文學體裁的不斷新生更替相統一的。他在《文學小言》和
《宋元戲曲考》中比較集中地闡明了他的這些主張。因此，盡管
王氏的見解中尚有其片面性，但是，與梁啓超之從宣傳的、社會
功利的角度來推崇小說，無疑更具有理論深度。然而，我們在前
面已經論述過，王國維認為美在於「形式」，而「形式」有兩個
層次，分別為「第一形式」和「第二形式」，所謂「第一形式」
即對象的感性顯現能喚起美感者，所謂「第二形式」即藝術形式，

也即是爲表現第一形式而需要的形式。王國維十分重視這第二形式，認爲「惟經過此第二之形式，斯美者愈增其美」，（《古雅在美學上的位置》）同時也十分重視「第二形式」中的「古雅」之美。因而，王國維又十分推重古代的高格。這樣王國維在文學樣式方面持進化發展的觀點，而對於同一樣式却又具有復古的傾向。因此，王國維並不是一個徹底的發展論者。這樣他在詩歌創作實踐上也就沒有革新詩界的願望，仍然是學古的。不過王詩頗能傳達他因研究西方哲學而產生的新穎領悟。如《雜感》、《出門》、《蠶》、《偶成》等皆頗有「西學義諦」者（錢鍾書《談藝錄》）然王國維雖重視形式，自己所作反在藝術形式方面尚欠功候，不免「筆弱詞靡」、「文秀質羸」（同上）。王國維在詩學方面，其貢獻主要是理論上的進展。它體現了中國文藝理論的轉變趨向。中國的現代文藝理論當以王國維爲開山。

而在這時期正式成立的文學社團——南社其宗旨主要是宣傳革命，反對滿清。故取「鍾儀操南音，不忘本也」。（寧調元《南社詩序》）之意，而名之曰「南」社。柳亞子也曾明確地解釋說：「它的名字叫南社，就是反對北廷的標誌了」。（《新南社成立布告》）高旭曾有詩悼唐才常，句云：「漢兒發願建新邦」，即是他們共同的理想。其主要成員多爲同盟會員，故又有同盟會「宣傳部」之別稱。

南社於 1909 年 11 月 13 日，由柳亞子、陳去病、高旭等發起，正式在蘇州虎丘集會成立。成立初期有社員十七人，辛亥革命前發展到二百多人。辛亥革命後激增至一千多人，是當時最龐大的文學社團，所以良莠不齊。文學觀點也並不統一，但「依然

篤古」。（錢基博《現代中國文學史》）在詩歌方面，主要有學
唐、學宋兩種類型。並沒有比詩界革命派更前進一步。高旭曾說：
「詩文貴乎復古，此固不刊之論也，然所謂復古者在乎神似，不
在乎形似……今之作者有二弊：其一病在背古，其一病在泥古，
要之二者均無當也。苟能深得古人之意境、神髓，雖以至新之詞
采點綴之亦不爲背古，謂之眞能復古可也，故詩界革命者乃復古
之美稱」。又說：「世界日新，文界、詩界當造出一新天地，此
一定公例也。黃公度詩獨闢異境，不愧中國詩界之哥倫布矣，近
世間無第二人，然新意境，新理想，新感情的詩詞終不若守國粹
的，用陳舊語句爲愈有味也」，又說：「國事日亟，吾黨之才足
以作爲文章鼓吹政治活動者，已如鳳毛麟角。而近人猶復盛持文界
革命，詩界革命之說，下走以爲此亦季世一種妖孽，關於世道人
心靡淺也，吾國文章實足稱雄世界。日本國無文字，故雖國勢盛
至今日，而彼中學子談文學者猶當事事丐於漢土」。（《願無盡
齋詩話》）這番議論，表面上看，似有矛盾，但就其實質而論，
學古而能有所創新，創新而又不失古人之精神乃是其詩學主張的
眞面目。所謂「詩界革命」者，不過是學古主張的「美稱」而已。
因此，他是不主張眞正的詩界革命的。在文學方面，他們仍然還
不能正視歐美的成就，只看到日本之受中國的影響，而不知日本
之外，還大有值得借鑒的文學藝術在。而且在他看來，當務之急，
是「鼓吹政治活動」，而不是什麼文界革命、詩界革命。這種觀
點不利於海外文化影響擴大到文學領域，尤其是詩歌領域。在當
時，如狄葆賢這樣一個極重視小說地位的改良人物，甚至還倡言
「愛古即愛國」。他說：「余每讀南華楚騷，遷史杜詩，宋詞元

曲，輒愛慕古人不置。蓋以此等文詞美術，乃吾國之菁華，故愛古即屬愛國。其不知愛美術者，必其人素無國家之觀念焉耳。」（《平等閣詩話》）而高旭雖無此言，却有此意，所謂「稱雄世界」云云乃詞異神合。有此等文學觀，也就必然會阻礙詩歌藝術的革命。當然，他們也反對死模仿。正是這種學古而能自創的詩學願望，以及衝破個性束縛，放言高歌的要求，使他們十分崇拜龔自珍的那種無拘無束、高吟肺腑，亦蕭亦劍的浪漫風度。他們不僅學其人，還學其詩，最明顯的是集龔句為詩。據 1936 年出版的《南社詩集》統計，這類詩竟達三百餘首之多。柳亞子曾仿龔自珍《三別好》詩，作三截句。其三詠自珍《破戒草》，詩云：「三百年來第一流，飛仙劍客古無儔。只愁孤負靈簫意，北駕南轅到白頭」。可以看出他們的愛好所在。

南社以外的革命詩人，還有著名的詩人秋瑾。而如章炳麟等，我們已在前論及，這裏不再贅述。當然，前面論及的一些同光詩人，盡管這時期依然健在，也無須多說了。而那些繼承同光詩老之學古精神的較年青一輩的著名詩人，則也是本時期應該論述的對象，主要有楊圻，夏敬觀、陳曾壽諸家，這些人雖然在光緒時已有科名，年齡也不比梁啓超小幾歲，但成名要比梁啓超晚，主要是在宣民之際崛起於騷壇。為略示與同光詩老的區別，故留在本部分加以述評。

第二節　五色紛呈的南社詩人

南社詩人中，學古趨向並不一致，柳亞子「尊唐抑宋」；黃

人則取經於李賀、盧仝、馬異、胡天游、王曇、龔自珍瑰誕奇肆
一路；黃節、諸宗元則頗得力於宋人；而蘇曼殊則有晚唐人哀感
頑艷的風致。

　　柳亞子生於 1887 年，比梁啓超小十四歲， 1958 年去世。
初名慰高，字安如；更名人權，字亞盧；又名棄疾，字亞子。別
置稼軒、南明遺民、秣陵悲秋客、中國少年之少年等。江蘇吳江
人。柳亞子的父親「頭腦很新，在戊戌政變時代，左袒康梁，大
罵西太后」。亞子「受他的影響很多」，（柳亞子《南社紀略》）
頗崇拜梁啓超。 1903 年後開始對梁啓超失望。1906 年加入同盟
會和光復會。辛亥革命後，參加反袁鬥爭，先後主編上海《天鋒
報》、《民聲報》、《太平洋報》。曾任孫中山總統府祕書。以
後又參加民主革命活動。新中國成立後,曾任中央人民政府委員、
人大常務委員等職，刊有《磨劍室詩詞集》。

　　柳亞子在詩學方面主要得力於唐詩。「幼年得力於母教，授
以唐詩。十二歲已讀完杜甫全集。」（陳爾冬《柳亞子遺事》）
「二十歲從健行公學還來，很念了一些舊書，史部以外，最喜歡
的還是詩，唐朝的李太白、李義山、杜牧之、金元之間是元遺山，
明朝是陳臥子、夏存古、顧亭林、黃梨洲、錢牧齋、吳梅村，清
朝是王漁洋、朱竹垞、沈歸愚、袁子才、黃仲則、舒鐵雲、王仲
瞿、陳文伯、龔定庵，都看了一些，尤其喜歡夏存古、顧亭林和
龔定庵。這樣，人家便以為我是龔派了。最古怪的，是對於六朝
最著名的《昭明文選》以及宋朝有名的王荊公、蘇東坡、黃山谷
之類的詩集，却從未看過，至多，不過讀陸放翁、謝皋羽、鄭所
南諸家的著作罷了。因為這些人都是愛國詩人，使我油然生敬愛

之心，因其人而重其詩。至於講到詩的派別來，我是主張尊唐抑宋的，同時却也崇拜非唐非宋的龔定庵。在這個時候，我的詩恐怕已經有了定型了吧。」（《柳亞子的詩和字》）柳亞子還曾說過：「直到十六歲那年，讀了梁啓超《新民叢報》內的《飲冰室詩界潮音集》，熱心詩學革命，便把以前所作的東西，付之一炬。在作風轉變的中間，還記得有一首七言古詩，開首幾句是：『嫁夫當嫁英吉利，娶妻當娶意大利，一點烟土披里純，願爲同胞流血矣』。這便是我當時的代表作品，在現在看來，自然是非常幼稚可笑的。」（《我對於創作舊詩和新詩的感想》）這些回憶都是十分坦率的，並沒有想把自己打扮成「詩界革命」的英雄。柳亞子在詩歌創作方面仍然走的是傳統的學古道路。 1947 年他在香港組織扶餘詩社時，也曾說：「余雅重新詩，苦不能爲效顰學步之舉，正以中舊詩之毒太深」。（《扶餘詩社社啓》）但創作傳統的舊詩並不妨礙他成爲民主革命的戰士。

在學古趨向方面，柳亞子是「尊唐抑宋」的。因此，他對於學宋詩派曾大加抨擊。在《胡寄塵詩序》中曾說：「曩者畏廬老人序林先生述庵詩曰：『近十年來，唐詩祧矣。一二巨子，尚倡爲蘇黃之派；又降則力摹臨川；又降，則非後山、簡齋，衆咸勿齒。憶壬寅都下與某公論詩，竟嚴斥少陵爲頹唐。余至嗫不能聲，知北地、信陽在今更芻狗耳』。嗚呼！何其言之痛也。雖然，今日詩道之弊，其本原尚不在此。論者亦知倡宋詩以爲名高，果作俑於誰氏乎？蓋自一二罷官廢吏，身見放逐，利祿之懷，耿耿忽忘。既不得逞，則塗飾章句，附庸風雅，造爲難深以文淺陋……後生小子，目不見先正之典型，耳不聞大雅之緒論，氓之蚩蚩，

唯捫盤逐臭者是聽，而黃茅白葦之詩派，遂遍天下。……余與同
人倡南社，思振唐音以斥傖楚，而尤重布衣之詩，以爲不事王侯，
高尙其志，非肉食者所敢望。」矛頭所向其實即是同光體。同光
體詩老多爲淸室官僚或廢臣，在政治上雖然許多人曾有變法維新
之志，但對於淸室尙懷有忠心，而南社諸子，有志於推翻滿淸，
與淸室勢不貳立，不共戴天。因此在政治上，雙方存在着嚴重的
分歧。而學古趨向又大異其趣。且同光體門戶旣立，有附響者，
亦必爲後來揭竿而起者所抨擊，古來宗派無一例外。這種種原因
便是柳亞子這篇詩序的觸發點。不僅是同光體爲柳亞子所不喜，
即使是康有爲和梁啓超，也因爲政治上的保守，爲柳亞子所不滿。
《論詩六絕句》之三云：「一卷生吞杜老詩，聖人伎倆只如斯。
蘭陵學術傳秦相，難免陶家一蟹譏。」便是針對康有爲而發。
《題飲冰室集》云：「逐臭吞膻事可憐，淮南鷄犬早成仙。荒
江却有鴻文在，餓死蟫魚不值錢」。則表示了他對梁啓超的評
判。

　　在詩歌風格上，柳亞子喜歡激昂慷慨之音。曾說：「存古
（夏完淳）是明末陳子龍的學生，以神童著名，十五起兵抗滿，
十七殉國，所作都是激昂慷慨之音；亭林是經學家和政論家，他
的詩脫胎杜甫，敦厚深摯，一方面又是反抗滿淸，不少故國故都
之感，在當時是很合我脾胃的」。（《我對於創作舊詩和新詩的
感想》）又說：「時流競說黃公度，英氣終輸滄海君」。（《論
詩六絕句》）在黃遵憲與丘逢甲之間，他推重後者，因爲丘詩尤
富有悲壯昂揚的激情，柳亞子自己的作品也是「意氣風發，聲調
激揚」。（郭沫若《柳亞子詩詞選序》）

柳詩句律暢快，純以激情行之。其詩如：

惡耗驚傳痛哭來，吳山越水兩堪哀！
未殲朱果留遺恨，誰信紅顏是黨魁！
缺陷應彌流血史，精魂還傍斷頭臺。
他年記取黃龍飲，要向軒亭酹一杯。（《弔鑒湖秋女士》）
滾滾胡塵暗四方，忍看鱗介易冠裳！
最難義俠求滄海，如此河山對夕陽！
流血千秋儕武穆，復仇九世重齊襄。
鋤非兩字分明記，耿耿精靈倘未忘。（《弔劉烈士炳生》）
傷心今日是何日？忍死遺民淚眼枯。
從此中原虛正朔，遂令驕虜擅皇都。
魂依鳳輦排閶闔，血酒龍髯泣鼎湖。
二百年來仇未復，普天猶自奉胡雛。（《四月二十五日》）
一士不得志，憂煩天地同。歸心湖海壯，
靈想鬼神通。樊噲猶屠狗，荊卿未化虹。
送君無別物，紅淚洒春風。（《送秋葉歸閩，次留別韵》）
忽復吞聲哭，蒼涼到九原。斯人如此死，
吾黨復何言！危論天應忌，神奸世所尊。
來岑今已矣，努力殄公孫。（《哭宋遁初烈士》）
熱血胸中吹不涼，年年忍見柳絲長！
華涇亦有郁容墓，一樣秋墳吊夕陽。（《天梅以和巢南西弔秋詩
見示》）
袁安高臥太寒酸，黨尉羊羔未盡歡。

願得健兒三百萬，咸陽一炬作消寒。（《消寒一絕》）

道勝魔高杠萬端，光明終古屬延安。

骨灰歸葬遺言在，莫作骨門抉目看。（《七月二十四日爲韜奮逝
世周年紀念補賦挽詩》）

風潮莽蕩太平洋，舊地重來漫感傷。

百萬大軍金鼓震，江淮河漢盡壺漿！（《一九四七年十月十八日
自上海至香港機中口占》）

　　這些詩歌激蕩着詩人從事民主革命的慷慨悲壯之情。文采斐
然，氣勢奔騰而下，如烈飆席捲大地。律體中幅也往往不爲俳偶
束縛，一氣貫注，隨意收縱撢洒。所用典故以熟爲主，不事生僻，
且都爲激情融化，故在整體上比較曉暢。然集中長篇鉅製較少，
風格變化也不多，尚有美中不足之憾。

　　南社中另一位藝術個性突出鮮明的詩人是黃人。

　　黃人生於 1866 年，比柳亞子長二十一歲，在南社中年輩較
高，1913 年冬去世。原名振元，字慕韓，中年易名曰人，字摩
西，號野蠻。江蘇常熟人。有《石陶梨烟閣詩》《摩西詞》遺世。
早慧，有「神童」之譽。書無所不讀，名學、法學、醫學、道書、
佛經、小說、詩詞無不窮。又習劍術。獨入山中，數月不返。早
年曾與曾樸、張鴻等交游。平生仰慕同姓學者黃石齋（道周）、
黃陶庵（淳耀）、黃梨洲（宗羲）、黃九烟（周星）諸人，故顏
其書齋曰「石陶梨烟室」。書室懸一聯：「黑鐵鑄神州，盤古留
魂三萬里；黃金開鬼市，尊盧作崇五千年」思想學行「狂誕不經」，
與流俗迥異。1900 年，東吳大學創辦，聘請章太炎和黃人爲文

學敎習，兩人朝夕晤談，黃遂傾向於革命。極推崇富有平民干政精神，抨擊君主專制的進步思想家唐甄。在東吳大學曾編著《中國文學史》，爲自有文學史以來，最爲豐富的一種。又編選《清文滙》凡一百冊。另外還編寫過《百科全書》。 1907 年《小說林》創刊，黃人爲主編。該刊物以登載翻譯作品爲主。所撰《小說林發刊詞》一文，阿英認爲「對於小說的認識，較之前十年夏穗卿、康有爲、梁啓超輩，有了較深刻的進一步理解」。（《晚清文藝報刊述略·小說林》）在《發刊詞》中，黃人認爲：「小說者，文學之傾於美的方面之一種也」。把小說提高到美學的高度上來認識，不能不說是一種進步。在文學觀念上又推重自由爭鳴的獨立意識，認爲春秋戰國之際「文學上能矯其失者惟楚，故南北學派分峙，而使春秋以上閥閱之文學，一變而爲戰國處士之文學；博物數典自然之文學，一變而爲名山大川傳人之文學。衝決周孔以來專制之藩籬，人人鼓舞其獨立自由之神，剚管掉舌以與異已者爲攻守，文學之壁壘一新，蓋儼然一合縱連橫之局。其中要以名法兩家尊重適時而深惡道古，嬴氏卒以其術取天下，成三代以來未有之大業。」（《中國文學史》）而其詩歌，亦以其不願受束縛的個性和博雜新奇、「離經背道」的學識爲本，自由馳騁，瑰奇幻誕。「有青蓮之逸，昌黎之奇，長吉之怪，義山之奇，求之近世，王仲瞿、龔定庵其儔也」。（錢仲聯《夢苕庵詩話》）其詩如：

　　鳥扶殘夢飛還墜，蟲感秋涼語漸哀。

　　列宿足陪傳舍客，片雲自養作霖才。（《夜坐》）

牙籤十萬列如屏，擺脫陳言入杳冥。

當世何人知意趣，前身疑我是精靈。（《獨坐和定庵韻》）

紛紛儒釋老，荒荒經史子。十二萬年中，留得幾張紙。（《咏懷》）

手中一卷劍南詩，壓在腰間渾未覺。

睜眼四顧無一人，清氣飛來咽幾口，

張口還為獅子吼。庭中頑石亂點頭，

枝頭鴉鵲都驚走。……小夢不妨入，大夢何時出？思之思之

無一言，天東送上金輪赤。先生無言只作詩，又在夢中過一

日。（《早起戲作》）

君民皆瘦百官肥，舉國若狂天亦醉。

宰相一手握盤珠，公用為乘私為除。

乘除不須計，一官可得十倍利。（《短歌行》）

久分好頭論價值，從他繆種竟生存。

自由思想起天演，碎磔河山重國魂。

繕葺高文破壞才，摩空飛去挾山來。

金時笑倒新天國，鐵血期登大舞臺。（《送章太炎去蘇州》）

瀝血發宏誓，九幽成十州。別標三位體，須漆萬王頭。（《題

李覺爾秘密結社和同國遺民均》）

詩語恣肆，不拘一格。抒發了詩人胸中鬱勃的劍氣。而且詩

人的想象也光怪奇偉。如其著名的《元旦日蝕》詩句云：

不料怪事發，煩冤啼血盆。老晴陡陰晦，白晝成黃昏。碧海

從古無渣滓，乃如火敦腦兒泡泡而渾渾。不見金輪銅輪鐵輪輪轉四天下，但見彈丸黑子顛倒相併吞。得非倚天劍，誤斷紅桑根？否則希有鳥，展翅翻崑崙。或疑夸父操蛇呿呿來相逼，不管赤道黃道黑道白道六龍且作驚鱗奔。……王母醉夢百妖喜，侵蝕一日無精光。……佞口善粉飾，似雲交食軌有常。母子相食極人變，日為月蝕豈吉祥。日自救不遑，乃與世人商。扣槃捫籥者，獻策何周詳。或推女媧氏，七十二變最擅長。煮石作膠漆，積金如山崗……鑄為利器御侵犯，補平天路成康莊，從此日馭無所妨。吾謂巾幗見，只堪補衰裳，補天未補日，長夜殊茫茫。……臣有一方可治天眼睛。欲去蒙蔽患，先正貪饕刑，月止薄薄蝕，自月以下相率食人膏血成妖精……願帝一一窮治之，賢於十百上池之水千空青……

以瑰誕的幻想象徵現實，矛頭直指慈禧。「誠詩家之董狐也」，「可匹袁昶《地震詩》，而藻采過之」。他如《時疫盛行戲作》《暑劇戲作參用昌谷玉川體》、《題長吉集》、《過湖蕩紀事》等古體亦皆奇詭，不同凡響。惜其詩作經兵燹大多散佚，已無從窺其全璧。

南社中另外兩位比較著名的詩人，黃節和諸宗元的學古宗旨傾向於宋詩。

黃節（1873─1935）又名晦聞，字玉昆，號純熙，別署晦翁、黃史氏。廣東順德人。1900年後留學日本，從事革命，與鄧實等人成立國學保存會，宣傳反清思想，以詩文鼓吹革命。民

國時曾任廣東敎育廳長，北京大學、清華大學敎授。晚年從事箋
注，有《蒹葭樓詩》、《漢魏樂府風箋》、《鮑參軍詩注》、
《謝康樂詩注》等。

陳三立稱其詩「於後山爲近」。黃節自己也嘗刻印一方曰：
「後山以後」，其詩悲慨蒼涼，筆致深折，能通阮籍之神理而遺
其貌。其詩如：

何必怯舟師，何必畏利器！苟得死士心，
無敵有大義。天下豈無人，蒼蒼果誰寄？
邊風吹蟲沙，霾霧走魑魅。壯士懷關東，
舉酒問天醉。花落竟無言，奈何夜不寐。（《宴集桃李花下興
言邊患夜分不寐》）

強年豈分心先死，倦客相依歲又寒。
試挈壺觴飲江水，不辭風露入脾肝。（《歲暮示秋牧》）

江湖乍見初冬雪，天地難爲一室春。（《題天梅萬樹花繞一廬卷
子》）

一湖山色分明好，兩姓碑題俯仰生。
酒氣浹墳秋酹祭，燭光搖樹鳥悲鳴。（《南屛謁張蒼水墓》）

愁入蒹葭不可尋，閉門誰識溯回深？
江湖一往成回首，風露當前獨斂襟。
遺世尚多今日意，懷人空有百年心。（《自題蒹葭圖寄黃賓虹索
畫》）

繽紛落木行俱盡，憔悴殘秋強自妍。
一葉枯榮視天下，滿樓風雨憶江邊。（《題黃葉樓報劉三爲予題

蒹葭樓》)

不雪冬陽知有屬，未燈樓望及初昏。

意摧百感將橫決，天壓重寒似亂原。（《閉門》）

歲歲望秋榮，一秋歲復換。歲換根不移，

花開亦多恨。（《題霜腴圖爲朱疆村先生壽》）

眼中三十年來事，又見蝦夷入國門。（《書憤》）

國亡身老甚須臾，樓外風來雨打湖。

湖水荷花三百頃，萬魚齊泣過河枯。（《五月十六日作》）

強烈的民族意識和對時世的憂慮，在詩歌意境的深處，層層
向外散散發開來，透進讀者的心靈深處，使人久久不能平靜。

諸宗元（1875 年—1932 年）字貞壯，號大至居士，浙江紹
興人。有《大至閣詩集》。

諸宗元少時「才力橫辟，好魏源、龔自珍之學，顏所居曰
『默定書堂』。中歲始更名大至閣。」（夏敬觀《大至閣詩序》）
「平生所爲詩奚翅數千首，不務鑱刻，而自然意遠。融景於情，
寓奇於偶，使讀者有惘惘不甘之情，則以才逸氣邁，吐語自不凡
也。」（汪國垣《光宣詩壇點將錄》）與夏劍丞有二俊之目。其詩如：

有舌尚存言變法，此心未死莫悲秋！（《戊戌秋中寄東虛》）

草間求活留花種，雲外遺音有雁聲。

不信東南金粉地，供人揮涕說神京。（《感紀》）

竊憤無端供涕淚，遠情何事苦喧豗。

松陰幽室求文稿，猛士終題廿一回。（《竊憤》）

我雖强不悲，淚欲奪眶出。幾忘殯在野，

忽念抱置膝。我初聞汝病，得書恍有失。

南還促宵徵，入門不敢誥。見汝能笑啼，

若脫械與桎。無何病中變，不謂救無術。（《四月三日哀遇》）

凡楚存亡任天意，曹劉吞攫謝時流。

四年兩度逢多難，十口全家住一樓。（《將挈家去杭感賦》）

長夜笳聲逢曉靜，一春花事任風飛。

越中劍氣今沈歇，耻著曼胡短後衣。（《寄晦聞》）

　　其詩與黃詩幽深者不同，比較明朗，而情感亦較深沉，且有豪邁之氣。

　　南社中的情僧蘇曼殊，詩歌創作的數量較少。但在南社中亦能獨具一格。

　　蘇曼殊（ 1884 — 1918 ），原名戩，字子谷，小名三郎，後改名玄瑛，別署燕影、燕子山僧、糖僧、玄珠、心印等。生於日本橫濱。原籍廣東香山，父蘇杰生，爲旅日華僑。母河合若子，爲日本人。 1902 年入東京早稻田大學預科，是年加入中國留學生革命團體青年會。次年加入拒俄義勇隊和軍國民教育會。1903年回國。二十歲削髮爲僧，法名曼殊。在上海與陳獨秀、章太炎、柳亞子交游甚密。任《國民日日報》翻譯，與陳獨秀編譯法國雨果的《悲慘世界》。1912 年應聘爲《太平洋報》主筆。遂加入南社。後人輯有《蘇曼殊全集》。曼殊擅長翻譯和小說創作，亦能作畫。其詩歌情採纏綿綺麗，憂鬱哀傷；筆調自然和諧；體格輕靈明雋。簫心有餘，劍氣不足。其詩如：

桃腮檀口坐吹笙，春水難量舊恨盈。

華嚴瀑布高千尺，未及卿卿愛我情。（《本事詩》其五）

碧玉莫愁身世賤，同鄉仙子獨銷魂。

袈裟點點疑櫻瓣，半是脂痕半淚痕。（《本事詩》其八）

春雨樓頭尺八簫，何時歸看浙江潮？

芒鞋破鉢無人識，踏過櫻花第幾橋？（《本事詩》其九）

契闊死生君莫問，行雲流水一孤僧。

無端狂笑無端哭，縱有歡腸已似冰。（《過若松町有感示仲兄》）

白水青山未盡思，人間天上兩霏微。

輕風細雨紅泥寺，不見僧歸見燕歸。（《吳門依易生韵》）

流螢明滅夜悠悠，素女娟娟不耐秋。

相逢莫問人間事，故國傷心只淚流。（《東居雜詩十九首》）

曼殊是一個情感十分濃郁的人，而素性又極單純。出家生活的壓抑，使詩人的內心世界變得十分豐富。溢之於詩，總是帶有一種深切的傷感，雖哀樂無端，而字字真切，只是缺乏氣勢和力度。高旭稱其爲「定庵流人」，（《願無盡齋詩話》）其實曼殊只有定庵的簫心，却無其鬱怒的劍氣，勉強可算半個「定庵流人」。

南社中的這些重要的詩人，盡管或多或少地以他們的詩歌傳達了革命的激情，但在藝術上並沒有沿着詩界革命派朦朧地意識到的方向作新的推進，像蘇曼殊這位雖曾翻譯歐洲詩歌的詩人，在創作上却尚未能吸收歐洲詩歌的藝術營養，而他們對於古典詩歌，在藝術也並沒有更新的奉獻。在這裏，中國詩歌基本上處於

停滯的狀態。

第三節　雄威不減，遺風流存：南社外諸家詩人

　　南社以外的詩人，就數量而言自然是很多的。詩文創作是傳統教育的一個相當重要的內容，因此在傳統教育中成長起來的人們，多數人能寫上幾句舊詩，當然真正傑出的作品是不會很多的，有造詣的詩人也就更少。這裏只想概要分析一下四位詩人的創作，他們分別是秋瑾、楊圻、夏敬觀、陳曾壽，可謂是掛一漏萬。

　　秋瑾是一位富有傳奇色彩的女革命家。生於 1875 年，1907 年遇害。原名閨瑾，字璿卿，小字玉姑，號競雄，別置鑒湖女俠。浙江紹興人。天資穎慧，性格豪爽，常以花木蘭、秦良玉自況。1903 年隨夫進京，接觸到了大量新書報刊。尤喜歡閱讀《新民叢報》和《新小說》，受到資產階級民主思想的影響。對歐美小說中的女性英雄尤為崇拜。 1904 年，毅然衝破封建家庭羅網，變賣首飾，東渡日本留學，並加入同盟會，組織婦女愛國團體共愛會。 1906 年回國，在上海創辦《中國女報》，提倡女權。曾謂：「女子當有學問，求自立，不當事事仰給男子，今新少年動曰革命、革命，吾謂革命當自家庭始，所謂男女平權是也」。（吳芝瑛《記秋女俠遺事》）而她自己的行為也正體現了她的主張。在男尊女卑的時代，居然有如此自信獨立的人格精神，本身就是一種前古罕有的革命之舉。她曾創作彈詞《精衛石》，描寫主人公黃鞠瑞接受維新思想，擺脫封建家庭的桎梏，留學日本，尋求救國真理的故事，其實就是她本人的自傳。 1907 年春，回紹

興主持徐錫麟創辦的大通學堂，聯絡會黨，組織光復軍，準備起義。同年六月，安慶起義失敗，徐錫麟英勇殉國，光復軍的起義計畫因之泄漏，七月十三日被捕，十五日凌晨就義於紹興軒亭口。成爲在民主革命中「第一個被殺頭的革命女性」。（夏衍《秋瑾不朽》）後人輯有《秋瑾集》。

　　秋瑾的詩歌頗有丈夫鬚眉的氣概，一掃纖細柔婉的纏綿情態，與其豪俠的個性互相呼應，其詩如：

萬里乘風去復來，只身東海挾春雷。
忍看圖畫移顏色，肯使江山付劫灰。
濁酒不銷憂國淚，救時應仗出群才。
拚將十萬頭顱血，須把乾坤力挽回。（《黃海舟中日人索句，并見日俄戰爭地圖》）
漫雲女子不英雄，萬里乘風獨向東。
詩思一帆海空闊，夢魂三島月玲瓏。
銅駝已陷悲回首，汗馬終慚未有功。
如許傷心家國恨，那堪客裏度春風。（《日人石井君索和即用原韻》）
莽莽神州嘆陸沈，救時無計愧偷生。
搏沙有願興亡楚，博浪無椎擊暴秦。
國破方知人種賤，義高不礙客囊貧。
經營恨未酬同志，把劍悲歌涕淚橫。（《感憤》）

　　詩筆雄健，詩情激昂慷慨，與蘇曼殊形成了鮮明的對照，其

古體尤爲雄豪。《寶刀歌》句云：

白鬼西來做驚鐘，漢人驚破奴才夢。
主人贈我金錯刀，我今得此心雄豪。
赤鐵主義當今日，百萬頭顱等一毛。
沐日浴月百寶光，輕生七尺何昂藏？
誓將死裏求生路，世界和平賴武裝 …… 願從茲以天地為爐
陰陽為炭兮，鐵聚六洲。鑄造出千柄萬柄寶刀兮，澄清神洲。
上繼我祖黃帝赫赫之威名兮，一洗數千數百年國史之奇羞！

識見卓特，強烈的民族自尊心，和謀求生存和平的願望，與
悲壯的獻身精神及鐵和血的呼喚緊緊地融合在一起，形成了辛亥
革命前夕特有的革命自由觀和人生觀。人們是那樣地渴望着自由，
又那樣地渴望着捐軀。索求和奉獻的矛盾完全融化在國家意識和
民族精神之中。再如：

登天騎白龍，走山跨猛虎。叱咤風雲生，精神四飛舞……不
見項羽酣呼巨鹿戰，劉秀雷震昆陽鼓，年約二十餘，而能興
漢楚；殺人莫敢當，萬世欽英武。愧我年廿七，於世尚無補。
空負時局憂，無策驅胡虜。所幸在風塵，志氣終不腐。每聞
鼓鼙聲，心思輒震怒！（《失題》）

豪言壯語，壓倒鬚眉。這樣的詩篇在歷代閨秀詩中可以說是
難以見到的。掩去作者之名，有誰能想到它竟發自一位大家閨秀

的肺腑。雖然在藝術上也許未必精工，但詩中的氣概自有一種震撼人心的力量。辛亥革命時期許多革命詩人的作品，都主要是以他們懷有的對民族和國家的赤膽忠心和勇敢的犧牲精神來打動人心的。它們已經超越了藝術的範圍，成爲民族精神的驚雷。

如果說秋瑾可視爲社外革命詩人的代表，那麼楊圻、夏敬觀、陳曾壽則可視爲學古詩人的代表。

楊圻（1875—1938），榜名朝慶，字雲史，號野王。江蘇常熟人。光緒二十八年南元。官郵傳部郎中，新加坡總領事。民國時曾爲吳佩孚秘書長，然其詩中却對強藩割據，生靈塗炭頗有感慨：「歷數豈有歸，英雄徒虛僞！天意本無常，人事亦何爲！得土必殺人，螳雀爭覷覦。一姓豈終極，孤城幾易幟！寧令萬骨枯，成爲數年事！所謂吊伐心，大盜勝者貴。逐鹿滿今古，心迹豈同異。哀哉衆生靈，浩劫將焉避！」表現了詩人個性的矛盾。刊有《江山萬里樓詩鈔》。

在詩學方面，楊圻欲重振唐音：「廓清近人摹宋之病」。尤善作梅村體。如《檀青引》、《金谷園曲》、《天山曲》，《長平公主曲》「緣情綺靡，直欲突過梅村」（錢基博《現代中國文學史》）《天山曲》，紀香妃事，吳燾跋其詩曰：「以文作詩，以詩作史。氣體如長江大河，音節如鵑啼猿嘯；明麗則秋水爲神，情韵則行雲無迹。一氣貫注，達二千餘言，有詩以來，千餘年無此鉅制矣。諷誦一過，如見古錦百端，明珠十斛，令人動色。以龍門之史筆，太白之仙才，少陵之學力，溫李之藻艷合爲一冶，自成大家。復取摩詰畫中之神，以寫湘靈弦外之怨，當使白傅梅村，一齊拜倒。絕代江山，夫豈過譽（南海稱君詞上下千古，橫

絕四海，題其《江山萬里樓詩集》曰『絕代江山』。）」評價之高，可謂無以復加。的確，楊圻之學唐，與沈德潛以及明七子不同，並不是字摹句擬，而能取其精神。藝術造詣，還是比較高的。二十一歲時所賦《檀青引》，以歌者檀青爲引線，敍寫咸豐史事，「包羅一代掌故，可作咸豐外傳讀。《長恨歌》《永和宮》並此鼎足而三，稱之詩史洵無愧色。」（《江山萬里樓詩鈔·易順鼎評點》）。有句云：

> 建康殺氣下江東，百二關河戰火紅。
> 猿鶴山中啼夜月，漁樵江上哭秋風。
> 軍書旁午入青鎖，從此先皇近醇酒。
> 花萼樓前春晝長，芙蓉帳裏清宵久。
> 三山清月照瑤台，夾道珠燈擁夜來。
> 一曲吳歌調鳳琯，後庭玉樹報花開……
> 當時海內勤王事，慷慨誓師有曾李。
> 未見江頭捷騎來，忽聞海畔夷歌起。
> 避暑溫泉夜氣清，宮花露冷月華明。
> 驚心一曲長生殿，直是漁陽鼙鼓聲……
> 來朝胡騎繞宮牆，凝碧池頭踞御床。
> 昨夜採蓮新制曲，月明多處舞衣涼。
> 太白晱晱欃槍吐，雲房水殿都淒楚。
> 咸陽不見阿房宮，可憐一炬成焦土……
> 鼎湖龍靜使人愁，福海悠悠春水流。
> 山蝶亂飛芳樹外，野鶯啼滿殿西頭……

十年血戰動天地，金陵再見真王氣。

南部烟花北地人，天涯那免傷心淚。

音節諧暢，藻采華美，而情感哀怨，婉而多諷，「與香山有同志焉。緣情綺靡，其餘事矣」，（同上）由此亦可見詩人創作之天才。

而其七言近體，又極有氣象。《泰山玉皇閣》云：

鷄鳴日出接天吳，絕頂疏鐘雲漢間。

氣合大荒心似海，身臨上界目無山。

九州寂寂孤僧睡，片石峨峨萬古閑。

便欲摳衣通帝座，手扶碧落看人寰。

體格謹嚴，境界遼闊，氣概非凡，直造盛唐之室。七古《題五洲地圖》則構思立意頗有新意。詩云：

入門屋大乾坤窄，八荒四極在我室。

手捫五岳皆平地，坐視滄海忽壁立。

恍如上界一俯矚，三分塵土水居七。

又如置身洪荒前，當時不見一人迹……

圖中斑駁五色分，人種國界辨明晰。

世上沿革血染成，此圖變更乍朝夕。

人間無日無干戈，一萬年後知何色？

起來取圖裂粉碎，無地存身計亦得。

回頭新月照空牆，似聞吳質嫦娥微嘆息。

着眼於地圖之特色，展開巧妙的設想。並對世界歷史有着石破天驚的認識。表現了詩人對人生的憂慮和感嘆。

五言如《洋縣謝家山處七舍留別》、《京口遇范肯堂先生》、《得幼兒豐祚貞祚家書》、《江樓約子才飲》等，詩語樸素眞切，又頗有餘意韵味。其句云：

> 亂後知何世？閑中過一生。為燒菇米飯，邀我說神京。……
> 山光明酒店，雨色入貧家。不到襄陽市，庸知換物華。(《洋縣》)
>
> 憂樂誰先後？含情未忍言。與君看落日，為我話中原。(《京口》)
>
> 自忘為客久，只解勸人歸。早晚買山去，移家入翠微。(《得家書》)
>
> 春色烽烟裏，江流雨雪中。故人詩鬢白，旅館夜燈紅。(《江樓約子才飲》)

能得唐詩之長。然詩人畢竟在詩歌藝術方面，並未有多少新的創造。不免過於囿於唐詩的傳統之中。

夏敬觀和陳曾壽，則為同光體的後勁。

夏敬觀（ 1875 — 1953 ），字劍丞，號盥人，映庵。江西新建人。光緒二十年舉人。官浙江提學使，民國時，曾任浙江敎育廳長。晚年寓居上海。於同鄉文廷式為後輩，師事皮錫瑞。著有

《忍古樓詞話》《忍古樓詩集》《映庵詞》等。早期詩參學唐、宋，後學梅堯臣。苦澀樸素，掃除凡艷。錢仲聯師有「着樹奇花見逸才」詩句評其詩。陳衍則題其詩稿曰：「命詞薛浪語，命筆梅宛陵。散原實兼之，君乃與代興」。然鄭孝胥則謂：「深人何妨作淺語，淺人好深終非深」。(《答夏劍丞》)不以深澀爲然。

夏敬觀論詩頗重學古。認爲「凡作詩文詞曲，必賴有澤古之功，然後能吐辭雅馴，雖或有時使用俚語村言，不傷鄙俗。近人作語體詩文，亦以平日書卷多者爲勝。蓋書卷猶藥石，其用處在能醫俗也。譬如作書作畫，非有使用書卷處，而書味盎然者，識者一見便嗟嘆賞玩。」對於白話詩終不能見賞，以爲「今人爲語體詩，其意未始不在創造，顧仍不出詩詞曲之範圍，則其成功者鮮矣。」(《映庵臆說》)然其本人亦有運用新名詞、寫新事物之作，前已論及，這裏不再贅述。夏詩鈎抉物情，頗能深入一層。其詩如：

> 虯龍喑咽眠不得，丘山欲負苦無力。
> 會當劫盡上天去，萬里春雷盡生翼。
> 南屏千丈潑空翠，一禪酩酊萬禪醉。
> 寒鐘透骨鳴一聲，大心滿山聲滿寺。(《淨慈寺井》)
> 稍覺霧爲壁，杲日出而褥。平野度秋氣，無隙不穿透。(《拔
> 可築樓於城北》)
> 一白真銷大地塵，曉晴便見雪精神。(《除日雪晴寄伯聲》)
> 一柏畫吟風露聲，一柏夜嗔山谷平。
> 一柏束虹天際直，一柏蒼龍地上行。
> 欹眠傴立皆有致，氣骨閱世彌老成……

五松對此發愧顏，四皓方之遜高蹈。（《鄧尉山四古柏行》）

僧榻已無容客處，佛堂還見點兵忙。

江天落日成孤注，淮泗狂流各一方。（《貞長等同登北固山甘露
寺》）

頃窺幽徑避白日，步步到寺循花磚。

又如茸葉作廊覆，左右柱立皆修椽。

露骨專車岩壑底，表影累尺僧房巔。

空亭住足一遐想，夜至風露宜娟娟。（《雲棲寺竹徑》）

詩思透進物表，刪落一切浮泛之語。讓對象之精神赤裸裸地
呈現於目前。夏敬觀不僅善作景語，亦善為情語。其詩如：

肝腸夜機杼，萬緒皆入織。中藏古人淚，

一語一淚滴。古人已悲今，我今更悲昔。（《秋士吟》）

思君生存日，未如此夜長。孤燈暗盧幃，夢見不可常。……

寒花夜范范，兩蟲互吟呻。古聲出房中，肝肺入酒醇。……

兩家白髮親，慰我吐酸語。憐兒更哀婦，愛婿復傷女。（《悼
亡詩》）

一見一回親，生交愁短疾。病起尚過我，詎知一面畢？

讀君最後詩，痛絕為擱筆。湖風淒殯棺，空榻猶在室。

便當縋黃泉，骨入那復出。（《哭俞恪士》）

亦同樣深摯透切，直造情心，能發揮宋人之長。而情調悲涼，
意境幽清，可謂亂世之音。夏敬觀曾自題詩卷云：「海水入詩生

夜雪，茶漚注硯作堅冰。苦吟縱與年俱進，那及緣愁白髮增。」
冷暖自知，能自道其詩境。

陳曾壽（ 1878 — 1949 ），字仁先。湖北蘄水人。光緒二十
九年進士。歷官刑部主事、學部郎中、都察院廣東道監察御史。
後築室杭州南湖。曾壽爲陳沆曾孫。著有《卷虹閣詩存》。其詩
「初學漢魏六朝」，後又兼採唐宋。「出入玉溪、冬郎、荆公、
山谷、後山諸家，以上窺陶、杜。」（陳祖壬《蒼虬閣詩序》）
能兼「韓之豪、李之婉、王之遒、黃之嚴。」（陳衍《蒼虬閣詩
序》）尤其是能以玉溪之麗澤補宋詩之瘦勁，遂令陳三立自認
「儋父」（陳三立《蒼虬閣詩存序》）。

集中《游仙》七古，以神話傳說，合玉溪之神采，昌黎之骨
格，寫光緒與珍妃事，另開生面。有句云：

> 團扇不怨秋風疏，銀河咫尺千里迂。
>
> 雜花破紅鳥相呼，獨非我春覩道書。
>
> 偶戲赤水雙明珠，胭脂涴井紅模糊。
>
> 瀛海晶瑩不可桴，日闖研冰進飛魚。
>
> 九州採藥群靈趨，丹成忽墮龍髯鬚……
>
> 影眄淒景無由驅，魂夢不敢朝華胥。
>
> 仙官笑謂子何愚，海水清淺曾斯須。
>
> 向來清怨鍾上都，日墮月蝕真區區。
>
> 仙家哀樂與世殊，玉女司册連環如，
>
> 不見王母今回車。

　　韵律如連珠滾落，非長慶體所有。而立意深隱，無劍拔弩張之氣。尤工於寫景，「不僅刻劃山水，要多獨往獨來超然物表之慨」。（胡先驌《評陳仁先蒼虬閣詩存》）其詩如：

斜陽布滿地，雷雨忽在顛。仰看四沈寥，
聲出雙松間。屬耳倏已遠，飛度萬壑泉。……
落落孤直胸，迴蕩生高寒。提挈四天下，
度入太古年。（《天寧寺聽松》）
歷歷鐘梵音，諸天度鳳鸞。地清坐忘暝，
茶歇神初完。妙境如追捕，眴瞥迹已殘。（《秋日同李伯虞、左
笏卿、周沈觀丈訪菊太清觀》）
明霞開鏡盦，秋潋桃花水。樓台擁烟鬟，
金碧射眸子。天人紗谷裳，舒卷一千里。（《次韵冶薌觀落日
詩》）
貪看落照一孤僧，片念微差墮塵擾。
流浪多生無畔岸，偶對江山愁皎皎。（《將至金陵覗散原先生車
渦鎮江觀落日》）
雪淨高下峰，幾點岩腹綠。心知有佳處，
禪樓托修竹。（《湖上雜詩》）
陰崖陡起萬佛撐，樹不識春何代青。
下漏日色變幽熒，微晶噴雪寒目睛。
徑深憩亭俯澄泓，上方潛迴下震驚。
偶與石斗波瀾成，本來淵默非不平。（《大雨後同石欽雲林寺》）

　　諸如此類，不僅境界可喜，而且意味深遠，有見道之心。咏
物詩亦極佳，能寄寓高情逸致。其詩如：

　　吐納九秋霜，變化絕思惟。衣白與衣黃，洒落天人姿。

　　入道初洗紅，連娟青蛾眉。繽紛天女花，微笑難通辭。

　　亦現莊嚴身，獅象千威儀。（《種菊同苕雪治蔣作》）

　　秋魂攝縹渺，凝魄為幽芳。隱然墮孤月，破此寒畦荒。（《洗
　　心閣中菊花開時石欽來住一月將別爲詩四首》）

　　不落凡近，立意新穎。然其詩亦不僅寫景咏物而已。陳三立
序其詩曾謂：「余與太夷所得詩，激急抗烈，指斥無留遺。仁先
悲憤與之同，乃中極沈鬱，而淡遠溫邃，自掩其迹。」其詩如：

　　語不分明宗國事，意何淒愴百年哀。（《夢強甫》）

　　河伯汪洋輕海若，大人游戲連群鼇。

　　寸地尺田樹荆棘，中央四角酬天驕。

　　不聞韶州遣使祭，誰當社飯長攀號。

　　掛冠汉黯留不得，吞聲杜老空悲騷。

　　出辱下殿那可再，坐撫往事憂心忉。（《甲辰歲日本觀油畫庚子
　　之役感近事作》）

　　風來助鳴咽，無淚洗崚嶒。（《孤松》）

　　母子一念忍，機發傾天維。決流沒一日，𩵱𩵱魚頭悲。（《咏
　　懷》）

　　萬端空後觀憂患，結念孤時贅影形。

霜氣穿茅燈颭颭，角聲挾浪月冥冥。

天觀回首餘杯土，陌路逢人淚自零。（《黃州江干旅夜》）

皆抒發了詩人對時世變亂的感嘆。陳詩與夏詩相比體格較爲闊大，而夏詩則幽深哀至處稍出其上。

然古典詩歌已如秋風中飽滿之蟹，惟有蛻壳方能有新的伸展。陳、夏之詩雖然在詩歌藝術上造詣極高，但同樣未能有令人驚喜的推進。這並非是他們的過錯，而是古典詩歌本身已對他們作出了限止。

第四節　結束語

中國詩歌在踵事增華與返樸歸眞，求新與趨雅的辯證運動中不斷充實着自身，在宋以後，又經過艱難的跋涉，終於在清代又出現了新的繁榮局面。

如果說在清以前，古典詩歌藝術主要在單體形式技巧方面發展着自身，並且吸取了散文的手法擴大了自己的表現力。那麼，在清以來一方面在單體方面又進一步擴展着自己的篇幅容量，出現了大量的長篇巨製，百韻以上作品屢見不鮮，而且二百韻以上的作品也不乏其例，最長的竟達六百八十八韻（劉師培《癸丑記行六百八十八韻》）。另一方面又進一步借鑒小說、傳奇和說唱文學中的敍寫手法，豐富自己的表現力。在廣義的修辭方法方面，也努力開拓構思和想象的空間，間接曲折的表現手法又有了進一步的發展。另一方面，又跳出單體的限止，以多篇集合的形式來

擴大容量，大型組詩有了長足的發展，百篇以上的組詩已不再是
罕有的珍稀之物。

　　而在題材方面也有了更廣泛的開拓，邊陲絕域，大漠雪地，
怪山奇洞等前所未發的山川景物已大量出現在詩歌之中，而時代
生活的變化發展也同樣爲詩歌提供了豐富的內容，尤其是近代以
來，隨着門戶的開放，許多詩人更把他們的筆觸伸向世界，新名
詞、新事物、新文明已越來越多地成爲詩歌的表現對象。

　　而客觀上殖民主義、帝國主義者的侵略再一次激發了中國人
民強烈的愛國主義精神和巨大的抗戰熱情，頑強抵抗與屈膝投降，
正義與邪惡，變法與守舊，生存與毀滅之間又一次出現了尖銳衝
突，成爲詩歌的重要主題。同時又由於近代社會的歷史特點，人
們在抗戰的同時又意識到要向侵略的一方學習先進的科技，乃至
於政治制度和民主思想。「師夷之長以制夷」已成爲當時許多清
醒的中國人共同的戰略思想，對外的抵抗侵略，是伴隨着內政改
革的呼聲一起成爲時代最嚴重的至關生死存亡的當務之急。頑強
反抗與虛心求學，民族自尊與正視落後，又與閉關自守、夜郎自
大及苟且偷安、賣國求榮交織在一起，糾纏在一起，構成了有史
以來最爲錯綜複雜的政治現實。所有這些都在客觀上爲詩歌提供
了從未有過的新內容。激昂慷慨與盲目樂觀，悲憤哀傷與悲觀消
沉，憂心如焚與彷徨頹唐，這種種情感也同樣交織成一張斑爛的
心靈網絡，籠蓋在詩的王國。清代詩歌容量的擴大，表現力的增
強正是對清代社會生活更趨豐富的一種適應。

　　然而近代以來，仍然是海外新文化逐步輸入滲透進我們這個
有着悠久的歷史和龐大輝煌的傳統文化之國家的初級階段，人們

還不可能產生完全嶄新的想象世界，這個世界仍然主要地以本民族的傳統文化爲基礎。當然在本世紀以來，隨着海外新文化的洶湧而入，傳統文化正在得到充實和改造，人們的想象世界因此也在逐步得到新的開發。與此同時，或者說在這以前，語言這個文學最基本的細胞也正在逐步發生演變。當然在本世紀以前並未發生質變，而嶄新的創作意識的誕生比語言和想象世界的進展還要晚一些，這需要海外文學藝術形式的新鮮刺激和啓迪。而在新生命的孕育過程中，古典詩歌正在盡力發揮傳統文化培養出的想象力和古漢語的表現力，並努力地在傳統的創作意識中抗爭着。

然而，古典詩歌已在語言、想象力和創作意識允許的範圍內，幾乎最大限度地發揮了自己的表現力，古典詩歌的藝術形式已經得到最大限度的充實，就像鹽溶於水已達到了最充分的飽和度。因此它已不再是一種待定的藝術，而成爲一種既定的藝術，完成的藝術。

當然這並不意味着這種藝術在新形式誕生以後將會即刻消失。文學的發展從來就是多頭緒和多線索的，而並非是單一的時間排它過程。然而，這種既定的詩歌藝術形式，在其以後的歷史中將是完全規範化的，脫離了這種規範化，也就失去了它的特有價值。

隨着現代漢語的迅速發展，新的文化、新的文明將會極大地開拓想像世界，而世界文學廣泛深入的交流也必將啓迪出不斷更新的創作意識。人們將會逐漸遺忘古漢語，和舊的想像世界，乃至於舊的創作意識，而不再具備創作古典詩歌的素養。從此，古典詩歌將成爲一種純粹的觀賞對象，而不再是一種生動活躍的藝

術存在。就像是青銅藝術一樣，越來越轉變成爲純粹的歷史文化，而富有歷史的感召力。

現代文學誕生以後，古典詩歌作爲一個時代已經結束，但作爲一種體裁仍然是不少人愛好採用的形式，直到今天用舊體創作的詩歌還有一定的數量，也不乏優秀的佳構，然而它已不是絕大多數青年人愛好並且有能力創作的藝術形式。也許在這青年一代，最多在下一代，古典詩體將會最後告別這個世界。而新生的詩歌形式將在一個新的層次，新的可能性範圍，開始新一輪的辯證運動。傳統的文化將在揚棄中發展自己的精華，並成爲新詩形式的民族靈魂。

當然，由於現代社會已經是一個向世界全面開放的信息社會，中國詩歌的發展，必然會從海外詩歌中吸取營養，世界性的交流，將使詩歌發展變得更加複雜，它的變化節奏將會加快，它的變化幅度將會加大，將會出現前所未有的新情況，然而歷史仍將是它的預言和鏡子。

一九八七年十月

國立中央圖書館出版品預行編目資料

中國近代詩歌史／馬亞中著.--初版.--臺北市：臺灣學
生,民81
　　面；　　公分.--(中國文學研究叢刊；41)
　ISBN 957-15-0388-6 (精裝).--ISBN 957-15
-0389-4 (平裝)

1. 中國詩-歷史與批評

821　　　　　　　　　　　　　　　　　81002115

中國近代詩歌史（全一冊）

著　作　者：馬　　　亞　　　中
出　版　者：臺　灣　學　生　書　局
本書局登
記證字號：行政院新聞局局版臺業字第一一〇〇號
發　行　人：丁　　　文　　　治
發　行　所：臺　灣　學　生　書　局
　　　　　　臺北市和平東路一段一九八號
　　　　　　郵政劃撥帳號〇〇〇二四六六八
　　　　　　電　話：3 6 3 4 1 5 6
　　　　　　FAX：(0 2) 3 6 3 6 3 3 4
印　刷　所：常　新　印　刷　有　限　公　司
　　　　　　地　址：板橋市翠華街8巷13號
　　　　　　電　話：9524219・9531688
香港總經銷：藝　文　圖　書　公　司
　　　　　　地址：九龍偉業街99號連順大厦五字
　　　　　　樓及七字樓　電話：7959595
定價　精裝新台幣四九〇元
　　　平裝新台幣四三〇元
中　華　民　國　八　十　一　年　六　月　初　版

80260　版權所有・翻印必究
　　ISBN 957-15-0388-6 (精裝)
　　ISBN 957-15-0389-4 (平裝)

臺灣學生書局 出版

中國文學研究叢刊